SUPERINTENDENT RICHARD JURY STOPFTE GERADE EIN ZWEITES PAAR SOCKEN IN DEN SEESACK, ALS DAS TELEFON KLINGELTE.

«Jury, Sie werden nach Hertfield fahren ... Der Polizei von Hertfield fehlt es an Leuten,

UND ES SIEHT SO AUS,
ALS OB DER MORD, DER
IHNEN DA BESCHERT
WURDE,

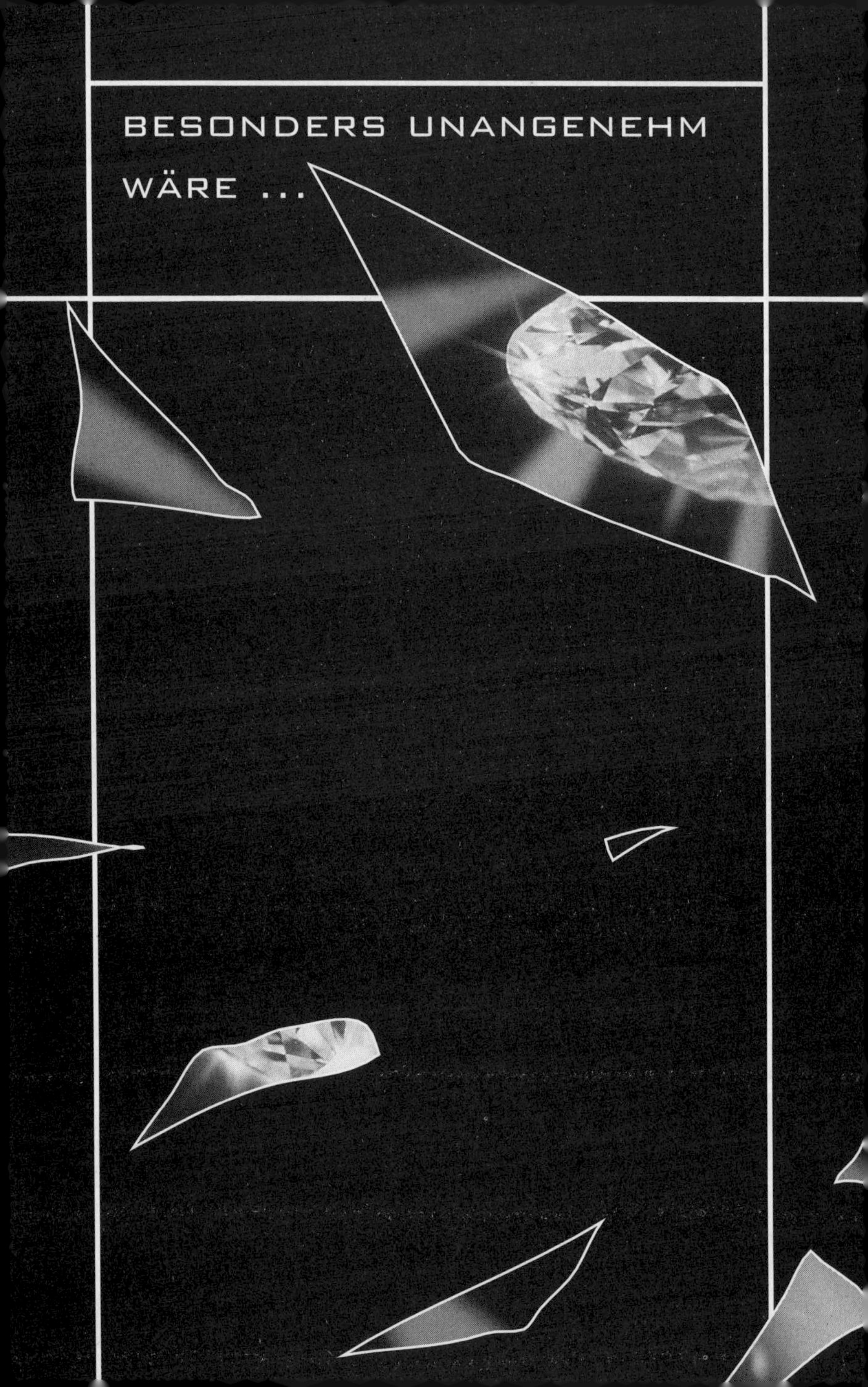
BESONDERS UNANGENEHM
WÄRE ...

... Die Sache ist –
sie können die Leiche
nicht finden.»

MARTHA GRIMES

ZWEI ROMANE

Inspektor Jury sucht den Kennington-Smaragd

DEUTSCH VON UTA GORIDIS

Inspektor Jury bricht das Eis

DEUTSCH VON
UTA GORIDIS UND JÜRGEN RIEHLE

WUNDERLICH
TASCHENBUCH

Inspektor Jury sucht den Kennington-Smaragd
Die Originalausgabe erschien 1983 unter dem Titel
«The Anodyne Necklace»
bei Little, Brown & Company, Boston/Toronto

Inspektor Jury bricht das Eis
Die Originalausgabe erschien 1984 unter dem Titel
«Jerusalem Inn»
bei Little, Brown & Company, Boston/Toronto

Veröffentlicht im Rowohlt Taschenbuch Verlag GmbH,
Reinbek bei Hamburg, Oktober 1999
Inspektor Jury sucht den Kennington-Smaragd

Inspektor Jury bricht das Eis
Deutsch von Jürgen Riehle (Kapitel 1 bis 19) und
Uta Goridis (Kapitel 20 bis 27)

Umschlaggestaltung Barbara Hanke
(Umschlag- und Innenfoto:
R. Konopka / First Light / Premium)

Gesamtherstellung Clausen & Bosse, Leck
Printed in Germany
ISBN 3 499 26189 8

Inspektor Jury sucht den Kennington-Smaragd

Für Colleen und Jack

Erster Teil

London
und
Littlebourne

I

In der Londoner Underground tat sich nicht viel um diese Zeit – zwischen Mittagspause und Büroschluß –, als Katie O'Briens Violine die letzten klagenden Töne eines Nocturne von Chopin durch den gekachelten Korridor schweben ließ.

Äußerst selten schwebte in den Gängen der Wembley-Knotts-Station etwas anderes durch die Luft als ein Wind, in dem man den Ruß schmecken konnte. Katie zupfte an den Saiten und überlegte sich, was sie als nächstes spielen sollte. Niedergeschlagen inspizierte sie den offenen Geigenkasten: Paganini hatte ihr keine einzige Zehn-Pence-Münze eingebracht, Beethoven auch nicht. Überhaupt war zu den paar Münzen, die sie selbst hineingelegt hatte, nur eine einzige hinzugekommen, ein Fünf-Pence-Stück von einem verwahrlosten, neunjährigen Jungen, der aussah, als hätte er sich besser Milch dafür gekauft. Doch er hatte Katie zwei ganze Minuten lang seine uneingeschränkte Aufmerksamkeit geschenkt und dabei rhythmisch den Kopf hin und her gewiegt, als wäre ein kleiner Dirigent darin eingesperrt. Ohne zu lächeln hatte er dann seine Münze hingelegt und war weitergegangen, bis er schließlich vom Labyrinth der graubraunen Gänge verschluckt wurde. In der letzten Viertelstunde war der Junge ihr einziger Zuhörer gewesen. Charing Cross, King's Cross oder Piccadilly hätten bestimmt mehr eingebracht, wären aber auch viel gefährlicher gewesen. In diesen Bahnhöfen wimmelte es gewöhnlich nur so von Bullen. Sie schienen nichts Besseres zu tun zu haben, als den Straßenmusikanten das Leben schwerzumachen – den Gitarre- und Akkordeonspielern, die ständig zahlreicher wurden, mit ihren offenen Kästen, ihren Balladen und ihren Liedern.

Ein Fünf-Pence-Stück. Wenn das so weiterging, würde sie nie genügend zusammenkriegen, nicht einmal für einen neuen Lippenstift, geschweige denn für das rosarote Satinhemd, auf das sie scharf war. Allein für die Jeans und die Bluse, die sie trug, hatte sie sechs Monate lang immer wieder hier aufspielen müssen.

Sie mußte bald zusammenpacken, denn sie wollte sich noch umziehen, bevor sie den Zug nach Highbury nahm. Das Kleid lag sorgfältig gefaltet in ihrer großen Schultertasche, die außerdem noch den neuesten Heartwind-Liebesroman und einen Cadbury-Schokoladenriegel enthielt. Auch eine Zeitung, den *Telegraph,* hatte sie gekauft, jedoch nur, um die Jeans und das azaleenfarbene T-Shirt damit zu bedecken, falls ihre Mutter in die Tasche schaute. Katie O'Brien zupfte an den Saiten ihrer Violine und seufzte.

In dem hohlen Tunnel hallten die Töne von den Wänden wider. In der Ferne war das Rumpeln eines Zugs zu hören, und ein weiterer Windstoß blies ihr die Haare ins Gesicht und Ruß in die Augen; er wirbelte die Papierfetzen zu ihren Füßen auf, als würde jemand am andern Ende die ganze Luft ansaugen. Ohne auf ihre neue Bluse zu achten, lehnte sie sich gegen die Wand und fragte sich, was sie als nächstes spielen sollte, ob es sich überhaupt lohnte, weiterzumachen. An der gegenüberliegenden Wand hing ein *Evita*-Plakat. Die ganze Wand war über und über beklebt mit Werbung für Filme, Ausstellungen und Reiseziele. Evita trug ein trägerloses Kleid, die Arme hatte sie in einer Art Siegerpose erhoben. Vor ihr war ein Wald von Mikrofonen aufgebaut. Die schimmernden Lippen verunzierte ein Schnurrbart, auf die Corsage waren zwei spitze Brustwarzen aufgemalt, und in den hocherhobenen Händen hielt sie Hammer und Sichel.

Katie fragte sich, wie jemand die Zeit und Gelegenheit gefunden hatte, das Plakat so zu verschmieren, und sagte sich dann, daß so was überhaupt kein Problem war, zumindest nicht um diese Zeit in Wembley Knotts. Außer dem kleinen Jungen mit dem Fünf-Pence-Stück war kein Mensch vorbeigekommen.

Sie hörte Schritte in der Ferne und schob sich die Violine unters Kinn. Als die Schritte in dem zugigen Tunnel näherkamen, fing sie an zu spielen; sie hoffte, «Don't Cry for Me, Argentina» würde erfolgreicher sein als das Nocturne. Sie schloß die Augen, als wäre sie ganz in die Musik versunken. Einen Augenblick später sah sie, wie die Füße vor dem Gitter unter dem Plakat stehenblieben, und schmückte die Melodie in Erwartung des *Ping* der Münzen im Geigenkasten mit ein paar Schnörkeln. Den Blick hielt sie jedoch gesenkt, als würde das Geld sie überhaupt nicht interessieren.

Deshalb traf es sie auch völlig überraschend.

Der brutale Schlag auf den Hinterkopf ließ sie in die Knie gehen, und der schmutzige, ockerfarbene Fußboden des Tunnels sauste auf sie zu. Sie hörte noch, wie die Schritte sich entfernten, dann versank sie in dem Dunkel wie in einem Haufen Sand, tiefer und tiefer. Bevor sie völlig unter ihm begraben wurde, blieb ihr noch ein Augenblick Zeit, sich wie zum Spaß die Frage zu stellen, ob Evita vielleicht aus ihrem Plakat herabgestiegen sei, mit den Armen, die Hammer und Sichel hielten, ausgeholt habe, und dann zurück nach Argentinien enteilt sei.

Don't cry for me –

SEINEN NEUESTEN FUND IM MAUL, trottete der zottige, kleine Hund über den Rasen der Grünanlage. Er überquerte die Hauptstraße und lief das Trottoir entlang, wo er vor jedem Hauseingang stehenblieb; da aber keiner als Versteck für diesen besonderen Fund in Frage kam, setzte er seine Suche fort.

Der kleine Hund gehörte niemandem, aber überall kannte man ihn. Meistens sah man ihn unter der Rosenhecke der beiden Craigie-Schwestern herumbuddeln oder im Wald von Horndean Mäuse oder Elfen jagen. Als der kleine Hund die hagere Gestalt aus dem Süßwarenladen herauskommen sah, blieb er stehen, legte den Kopf zur Seite, als frage er sich, ob die Person etwas tauge, und rannte dann ausgelassen auf sie zu. Er hatte Miss Augusta Craigie erkannt, deren Rosenbüsche er neulich ruiniert hatte. Augusta Craigie versuchte, ihn zu verscheuchen. Sie konnte den Hund nicht ausstehen.

Der Hund faßte das Herumwedeln und -fuchteln jedoch als Aufforderung zum Spielen auf. Er bellte und ließ den Knochen vor Miss Craigies Füße fallen. Sie wollte ihn schon wegkicken, aber plötzlich hielt die Spitze ihres Gesundheitsschuhs mitten in der Bewegung inne. Sie schaute sich den Knochen genauer an und kam zu dem Schluß, daß es sich nicht um einen Knochen, sondern um einen Finger handelte.

Nach dem Anruf aus dem Dorf war die Hertfielder Polizei innerhalb von zehn Minuten zur Stelle. Aber sie konnten machen, was sie wollten – ihm rohes Fleisch geben, ihn am Kopf kraulen und was sonst noch alles –, der kleine Hund führte sie nicht zu der dazugehörigen Leiche.

Superintendent Richard Jury stopfte gerade ein zweites Paar Socken in einen Seesack – seine Reisevorbereitung für ein Wochenende bei seinem Freund Melrose Plant in Northamptonshire –, als das Telefon klingelte.

Er starrte auf den Apparat. Kein normaler Mensch würde

ihn an einem Samstagmorgen um Viertel nach sieben anrufen, es sei denn, um ihm etwas mitzuteilen, was er bestimmt nicht hören wollte. Er ließ es viermal klingeln, fest entschlossen, nicht ranzugehen, aber dann wurde er, wie die meisten Leute, doch schwach – ein nicht beantworteter Anruf war für ihn inzwischen zur entscheidenden Botschaft aus dem All geworden – und nahm den Hörer ab. «Jury am Apparat.»

«Su-per-in-ten-dent Jury.» Die Stimme zitterte. Es war auch keineswegs die Stimme Gottes, obwohl der Mann vom Scotland Yard, dem sie gehörte, das glatt behauptet hätte.

Mit sehr viel Gusto bereitete Chief Superintendent Racer Jury auf die Hiobsbotschaft vor. «Nanu, junger Mann, immer noch in der Stadt? Ich frage mich, was London die Ehre verschafft.»

«Mein Koffer ist gepackt», sagte Jury, ohne sich provozieren zu lassen.

Die verbindliche Stimme wurde scharf. «Den Jagdrock können Sie wieder auspacken, Jury. Sie werden nicht nach Northants fahren.»

Racer, der sich selbst wie ein Landadliger fühlte, nahm selbstverständlich an, daß jemand mit einem Adelstitel und einem Gut von der Größe von Ardry End auch Fuchsjagden veranstaltete.

«Ich verstehe nicht ganz», sagte Jury, der sehr wohl verstanden hatte. Das Telefon war in der Küche, Jury lehnte an der offenen Tür des Kühlschranks und blickte in das nicht sehr einladende Innere. Ein Hühnerschlegel und ein halber Liter Milch.

«Ganz einfach, Jury – Sie fahren nach Hertfield und nicht nach Northants; in einen Ort namens …»

Während Racer sich vom Telefon abwandte, um sich am anderen Ende der Leitung gedämpft mit jemandem zu besprechen, nahm Jury den Hühnerschlegel heraus und fragte sich, ob die Rolle des armen, einsamen und möglicherweise auch noch hungernden Polizisten wirklich seinem Image entsprach; er kam zu dem Schluß, daß dem nicht so war, und warf die Kühlschranktür zu. Mit dem Teller in der Hand und dem Hörer am Ohr ging er ins Wohnzimmer und wartete darauf, daß Racer zur Sache kam.

«Littlebourne», ließ sich die unwirsche Stimme vernehmen, und als Jury nicht sofort reagierte, rief sie: «Jury!»

«Sir!»

Eine Pause. «Das meinen Sie wohl ironisch, Jury?»

«Sir?»

«Hören Sie auf mit Ihrem Sir, junger Mann. Als Sie noch Inspektor waren, haben Sie mich auch nie mit Sir angeredet, warum dann zum Teufel jetzt? Ich habe keine Zeit für Ihren abartigen, und wenn ich das noch hinzufügen darf, *unprofessionellen* Sinn für Humor.» Papiere raschelten. «Littlebourne. Haben Sie verstanden? So heißt das Kaff, in das Sie sich begeben. Ist ungefähr fünf Kilometer von Hertfield entfernt, wo Leute mit dem nötigen Kleingeld ihre Antiquitäten kaufen. Von Islington fährt jede halbe Stunde ein Zug –»

Jury unterbrach ihn. «Ich bin nicht an der Reihe. Es gibt einen Dienstplan, wissen Sie das?»

Der Draht schien in seinem Ohr zu knistern, als Racer zischte: «Dienstplan. Natürlich weiß ich, daß es einen Dienstplan gibt. Das Ei will mal wieder klüger sein als die Henne. Perkins liegt im Krankenhaus, und Jenkins hütet mit irgendeiner von den Schlitzaugen eingeschleppten Grippe das Bett. Der Polizei von Hertfield fehlt es an Leuten, und es sieht so aus, als ob dieser Mord, der ihnen da beschert wurde, besonders unangenehm wäre. Die Sache ist – sie können die Leiche nicht finden.»

Eine unauffindbare Leiche? Jury blickte auf den Hühnerschlegel, der erstarrt in einer Fettlache lag. «Woher wollen Sie dann wissen, ob jemand ermordet wurde? Wird denn jemand vermißt oder was?»

«Warten Sie, ich werd's Ihnen gleich erzählen.» Weiteres Geraschel. «Eine Frau, eine gewisse Craigie, führte ihren

Hund spazieren. Nein, Moment mal, es war gar nicht ihr Hund...»

Jury schloß die Augen. Racer würde sich nicht mit den Tatsachen begnügen; er würde wie immer eine ganze Chronik daraus machen. Der Chief Superintendent hielt sich nämlich für einen Erzähler von bardischem Format.

«... diese Frau tritt also aus einem Laden und versucht, den Köter zu verjagen; er läßt einen Knochen fallen, nur –»

Eine dramatische Pause. Jury wartete und inspizierte den Hühnerschlegel, nichts Gutes ahnend. *Nur war es kein Knochen.* Ja, das würde gleich kommen.

«... war es kein Knochen», sagte Racer genüßlich. «Es war ein Finger. Machen Sie sich also auf die Socken, Jury. Und nehmen Sie Wiggins mit.»

«Sergeant Wiggins ist in Manchester. Er besucht seine Familie.»

«Er verseucht ganz Manchester mit der Beulenpest, das tut er. Keine Angst, ich werde ihn schon ausgraben, was bei Wiggins ganz wörtlich zu nehmen ist. Tut mir ja leid, daß Sie Ihr Wochenende verschieben müssen. Keine Fuchsjagden, kein Halali. Das Leben eines Polizisten ist eben eine arge Pein.»

‹Klick› machte das Telefon im Scotland Yard.

Jury zog sein Adreßbuch heraus und meldete ein Gespräch nach Ardry End an. Er stützte den Kopf in die Hände und wartete. Ein Finger.

Ardry End war ein Herrenhaus aus zartrosafarbenem Stein, Sitz der Earls von Caverness (als es noch Earls von Caverness gab), das wie auf einem alten Gobelin ganz versteckt in einem septemberlich goldenen und rostroten Laubwald lag.

Aber an einem so grauen und nebligen Septembermorgen wie diesem, an dem die Regenschlieren über den Feldern von Northamptonshire hingen, wirkte der Gobelin eher verblichen. Es war so dunkel, daß hinter den kleinen Fensterquadraten eines Raums im Erdgeschoß bereits das Licht brannte.

Ein vom Regen durchnäßter Spaziergänger hätte bestimmt sehnsüchtig durch die Fenster dieses im östlichen Flügel gelegenen Raums geblickt, eines Raums, der so elegant wie behaglich wirkte – Queen-Anne-Sofas, aufgeschüttelte Kissen, Kristallüster und bequeme Sitzecken, Orientteppiche und warme Kamine.

Die beiden Personen, die sich darin aufhielten – ein gutaussehender Mann Anfang Vierzig und eine untersetzte, dickliche Frau Ende Sechzig –, hätte man für Mutter und Sohn, eine ältere Dame mit ihrem jungen Schützling oder eine glückliche Gastgeberin mit ihrem zufriedenen Gast halten können. In Frage kamen alle sentimentalen Verbindungen, die wir Leuten andichten, die sich in der Wärme und im Schein des Kaminfeuers befinden, während wir, die armen, durchnäßten Spaziergänger, neidisch durch die blinkenden Scheiben sehen.

Man hätte das Bild, das die beiden neben dem lodernden Feuer sitzenden Personen zusammen mit dem alten, tapsigen Hund zu ihren Füßen abgaben, für ein Bild des Friedens und der Harmonie halten können.

Man hätte glauben können, daß es ein Ort war, an dem auf solche Dinge wie Freundschaft, Vertrautheit und Gespräche Wert gelegt wurde.

Und man hätte sich getäuscht.

«Du wirst allmählich zum Alkoholiker, Melrose. Das ist bereits dein zweiter Sherry», sagte Lady Agatha Ardry.

«Wenn nur die Anzahl eine Rolle spielt, dann wirst du allmählich zum Cremetörtchen. Das ist dein drittes», sagte Melrose Plant, der letzte aus dem Geschlecht der Earls von Caverness. Und vertiefte sich wieder in seine Straßenkarte.

Sie warf ihm einen grollenden Blick zu, während sie das geriffelte Papier von dem Törtchen schälte. «Was machst du da?»

«Ich schaue mir eine Straßenkarte an.»

«Wieso?»

«Weil da Straßen drauf sind.» Melrose stöpselte die Karaffe zu und nippte an dem Sherry in dem Waterford-Kristallglas.

«Sehr komisch, Plant.»

«Ganz schlicht und einfach die Wahrheit, liebe Tante.» Melrose hatte Hertfield entdeckt, aber wo war dieses Littlebourne?

«Du weißt ganz genau, was ich meine. Du willst doch nicht wegfahren? Ich an deiner Stelle würde nicht immer nach London fahren. Du solltest mal lieber hierbleiben und nach dem Rechten sehen. Wenn es aber unumgänglich ist, komme ich natürlich mit. Ich habe eine Menge Besorgungen zu erledigen; ich würde auch mal gerne bei Fortnum reinschauen und Kuchen kaufen.»

Melrose versuchte erst gar nicht, ihr zu widersprechen, da sie ihn schneller als einen fliegenden Teppich nach London und wieder zurück gehetzt hätte. Er konnte sich also wieder seiner Karte widmen. Er gähnte. «Bei Fortnum gibt's keine Cremetörtchen, Agatha.»

«Natürlich gibt es da welche.»

«Nun, wir werden es wohl nie erfahren.»

Mißtrauisch beäugte Lady Ardry ihren Neffen, als enthielte seine Bemerkung eine Bedeutung, die sie wie eine Goldfüllung aus einem Zahn herausbrechen mußte.

Gold war übrigens auch etwas, womit sie sich beschäftigte. Sie hatte gerade Plants neueste Anschaffung, ein kleines, goldenes Figürchen, begutachtet. Sie nahm es noch einmal in die Hand, drehte und wendete es und meinte: «Das muß dich eine Menge gekostet haben, Melrose.»

«Willst du den Kassenzettel sehen?» Er rückte die Brille

auf seiner Nase zurecht und schaute sie über den Rand seines Sherryglases hinweg an.

«Wie geschmacklos, Melrose. Es ist mir völlig gleichgültig, wieviel du für deine Sachen ausgibst.»

Er sah, daß sie ihre riesige Handtasche geöffnet hatte und darin herumwühlte; sie kramte alle möglichen undefinierbaren Gegenstände hervor und stellte sie auf den Tisch. Machte sie Platz für die Goldfigur? Melrose stattete ihr ab und zu einen Besuch in ihrem Häuschen in der Plague Alley ab; zum einen war das als höfliche Geste gedacht, zum andern wollte er sein Eigentum wiedersehen. Wie sie es schaffte, reihenweise Möbelstücke aus Ardry End herauszubefördern, ohne daß er es merkte, war ihm ein Rätsel, das er nie gelöst hatte. Einmal kam er gerade mit dem Fahrrad die Einfahrt hinauf und entdeckte einen Möbelwagen vor der Tür. Nun ja, Ardry End war riesig, und es kümmerte ihn eigentlich auch nicht, solange sie die Porträts in der Ahnengalerie und die Enten im Teich ließ. Dann erspähte er etwas, was sie gerade aus ihrer Tasche auf den Tisch befördert hatte.

«Gehört das nicht mir?» fragte er.

Eine leichte Röte überzog ihr Gesicht. «Dir? Dir? Mein lieber Plant, was soll denn ich mit deinem Visitenkartenetui anfangen?»

«Weiß ich auch nicht. Deswegen frage ich ja.»

«Ich frage mich, was du mir da unterstellen willst.»

«Ich unterstelle gar nichts. Ich stelle nur fest, daß du mein Visitenkartenetui eingesteckt hast.»

Einen Augenblick lang dachte sie angestrengt nach. «Erinnerst du dich nicht?»

«An was?»

«Deine liebe Mutter, Lady Marjorie –»

«Ich erinnere mich an meine Mutter. Ja. Dieses Etui hat ihr gehört.» Melrose klappte sein goldenes Zigarettenetui auf und zündete sich eine Zigarette an. «Willst du mir weismachen, daß meine Mutter es dir geschenkt hat?»

Statt seine Frage zu beantworten, begann sie in Erinnerungen zu schwelgen. «Deine liebe Mutter, die Gräfin von Caverness –»

«Wenn man dich über die Mitglieder meiner Familie reden hört, könnte man glauben, ich sei nicht imstande, sie auseinanderzuhalten. Ich weiß, daß meine Mutter die Gräfin von Caverness war. Ich weiß auch, daß mein Vater der siebte Earl von Caverness und dein seliger Mann der Honourable Robert Ardry –»

«Laß die Späße, mein lieber Plant.»

«Darf ich fortfahren – bitte. Robert Ardry war mein Onkel. Und ich bin zur allgemeinen Bestürzung nicht mehr der achte Earl. So, das wär's. Astreine Geschichte, alles paletti.»

«Drück dich bitte gewählter aus. Deine liebe Mutter –»

«Lieb in der Tat. Und konnte fluchen wie ein Fischweib.»

«Kein Respekt für deine Familie. So warst du schon immer.»

«Aber du bist doch da, liebste Tante.»

Sie versuchte Zeit zu gewinnen, indem sie den Faltenwurf eines an diesem Tag völlig unpassenden, grellbunt bedruckten Chiffontuchs ordnete und Ruthven, Melroses Butler, hereinrief.

«Du hast dich herausgeputzt, als wolltest du zum Rennen gehen, Agatha. Warum?» Melrose schaute sie sich genauer an. «Und woher hast du diese Amethystbrosche? Sie sieht auch wie die meiner Mutter aus.»

Ruthven erschien, und sie verlangte mehr Törtchen. Sie würde ihr zweites Frühstück bis zum Mittagessen ausdehnen, wenn er nicht aufpaßte, Melrose kannte das schon.

Ruthven sandte ihr einen Blick zu, der einem vergifteten Pfeil glich, und entschwebte.

Sie nutzte diese Unterbrechung, um ihn von dem Thema der Amethystbrosche abzulenken. «Mir ist aufgefallen, daß Lady Jane Hay-Hurt letzten Sonntag besonderes Interesse für dich gezeigt hat.»

Lady Jane war eine achtundfünfzig Jahre alte Jungfer mit vorstehenden Zähnen und fliehendem Kinn, und Agatha hielt es deshalb wohl für ungefährlich, die Dame mit Melrose in Verbindung zu bringen.

«Lady Jane interessiert mich nicht. Aber ich werde schon noch jemanden finden, keine Angst. Die Ardry-Plants haben sich schon immer viel Zeit mit dem Heiraten gelassen.»

Da blieb ihr die Luft weg, wie er es vorhergesehen hatte. «Heiraten! Wer spricht denn vom *Heiraten!* Du bist doch eingefleischter Junggeselle, Melrose. Mit dreiundvierzig –»

«Zweiundvierzig.» Er hatte Littlebourne auf der Karte entdeckt und versuchte, die beste Route dorthin ausfindig zu machen.

«Du hast jedenfalls deine festen Gewohnheiten, und ich kann mir nicht vorstellen, daß es eine Frau gibt, die deine Marotten ertragen kann!» Triumphierend streckte sie die Arme aus und machte eine Bewegung, die den ganzen Salon umfaßte, als hätten schon Dutzende von heiratsfähigen jungen Frauen auf den Sesseln, Sofas und Couchen gesessen, sich aber unglücklicherweise wieder verflüchtigt.

So wird es sein, dachte er. Sie war irgendwie zu der Überzeugung gelangt, daß Melrose nur auf sein Ende wartete, um ihr, seiner einzigen noch lebenden Verwandten, Ardry End vermachen zu können, Ardry End mit seinen Feldern, Wäldern und Gärten, seinem Kristall und seinen Visitenkartenetuis, seinen Prunkschränken und seinen Amethysten. Dabei war sie nicht einmal seine Blutsverwandte. Und keine Engländerin. Agatha war eine verpflanzte Amerikanerin, doch ohne das Einfühlungsvermögen eines Henry James.

Unter seinem Morgenmantel trug Melrose Reisekleidung. Eigentlich hatte er um neun Uhr fahren wollen, aber dann hatte er ziemlich viel Zeit damit verloren, sie hinzuhalten oder vielmehr von der Fährte abzubringen. Wenn ihr zu Ohren käme, daß er sich mit Superintendent Jury treffen wollte, würde sie sich im Kofferraum seines Rolls-Royce verstecken.

Er stand schon seit einer Ewigkeit in der Garage herum. Melrose hatte ihn als Requisit für eine Maskerade eingeplant, über die er sich jedoch noch keine weiteren Gedanken gemacht hatte. Man konnte nie wissen, wozu ein Rolls-Royce gut war. Er lächelte.

«Was hat dieses Grinsen zu bedeuten?»

«Nichts.» Er faltete die Karte zusammen. Sie hielt sich für eine Expertin in Sachen Mord. Seit Jury – Inspektor Jury damals – in Long Piddleton aufgetaucht war, hatte Agatha nur noch über ihren «nächsten Fall» gesprochen. Um sie von ihm fernzuhalten, mußte man so gerissen sein wie ein Crippen oder ein Neil Cream ...

«Warum siehst du mich so an, Plant?» Während sie sich ein weiteres Törtchen in den Mund schob, sah er im Schein des Feuers ihren Ring aufblitzen.

Wo hatte sie diesen Mondstein her?

2

Little Burntenham war ein ganz gewöhnliches Dorf, ungefähr sechzig Kilometer von London entfernt, dem bis vor kurzem niemand sonderliche Beachtung geschenkt hatte. Vor ungefähr einem Jahr jedoch hatten die Londoner Little Burntenham und seine für sie äußerst günstige Lage entdeckt – und inzwischen hielten sogar Schnellzüge dort. Der Boom auf dem Immobilienmarkt ließ nicht auf sich warten, und selbst halbverfallene Häuser, die die Dorfbewohner nicht geschenkt haben wollten, wurden aufgekauft. Dicke Bündel von Scheinen waren von Hand zu Hand gegangen – aus denen der Narren, die sich die Grundstücke aufschwatzen ließen, in die der raffgierigen Makler. Eine weitere Veränderung, die die älteren Dorfbewohner besonders ärgerte, war die neue Schreibweise des Namens, die eingeführt worden war, damit die Touristen das Dorf einfacher finden konnten. Da Little Burntenham sowieso ausgesprochen wurde wie Littlebourne, hatte man beschlossen, es auch so zu schreiben. Man konnte sich also nicht mehr auf Kosten der Fremden amüsieren, die nach dem Ort fragten.

Littlebourne, das in einer hübschen, weiten Landschaft lag und auf einer Seite an den Wald von Horndean grenzte, war zwar ganz nett, aber keineswegs etwas Besonderes, da konnten seine neuen Bewohner noch so viel in Fachwerk, neue Strohdächer und pastellfarbene Tünche investieren. Im Ort gab es eine einzige Straße, die Hauptstraße, die sich ungefähr auf halber Strecke teilte und eine unregelmäßige Fläche sehr gepflegten Rasens, die Littlebourner Grünanlage, einschloß.

An der Hauptstraße lagen gerade so viele Geschäfte, daß die Littlebourner nicht in den sechs Kilometer entfernten Marktflecken Hertfield mußten, es sei denn, sie wollten in den zahlreichen Antiquitätenläden dort herumstöbern.

An der Hauptstraße waren auch die vier Ps von Littlebourne angesiedelt, wie sie ein paar Witzbolde genannt hatten: der Pastor, die Post, der Pub und die Polizei. Es gab noch ein fünftes P, auf das die Dorfbewohner jedoch gern verzichtet hätten: Littlebournes ‹Prinz›.

Das fünfte P – Sir Miles Bodenheim – machte gerade einem der anderen Ps die Hölle heiß. Er befand sich in dem Laden, der auch als Postamt diente, und schikanierte die Postmeisterin. Bevor Sir Miles Bodenheim beschlossen hatte, das britische Postsystem auf Trab zu bringen, hatte nur ein einziger Kunde darauf gewartet, bedient zu werden. Jetzt waren es zwölf, die neben den Brotregalen Schlange standen.

«Mrs. Pennystevens, ich bin überzeugt, daß Sie sehr viel schneller wären im Verkauf Ihrer Briefmarken, wenn Sie die zu einem Halfpence getrennt von den andern aufbewahrten. Sie sollten System in die Sache bringen. Ich stehe schon seit zehn Minuten hier und warte darauf, einen Brief aufgeben zu können.»

Mrs. Pennystevens, die fünfzehn Jahre lang einen gichtgeplagten Gatten gepflegt hatte, war praktisch gegen alles gefeit. Sie unterließ es sogar, ihn darauf hinzuweisen, daß allein schon ihr Wortwechsel zehn Minuten gedauert hatte; Sir Miles hatte sich mit ihr über das Gewicht eines Briefes gestritten und behauptet, sie habe zuviel berechnet. Schließlich hatte sie ihn selbst an die Waage lassen müssen.

Weiter hinten im Schatten der Brotregale hörte man jemanden murmeln: … «einfach bescheuert.»

Sir Miles drehte sich um und lächelte selbstzufrieden, offensichtlich erfreut, daß es noch jemanden gab, der Mrs. Pennystevens' Arbeitsweise bemängelte. Er wandte sich ihr wieder zu: «Ich glaube immer noch, daß Ihre Waage nicht richtig funktioniert. Aber da läßt sich ja wohl nichts machen. Die Regierung hat nun mal *Sie* mit diesem Posten betraut. Offen gestanden, Mrs. Pennystevens, ich an Ihrer Stelle würde mir eine neue Brille zulegen. Gestern haben Sie mir bei einem halben Laib Brot zwei Pence zuwenig herausgegeben.»

Die Leute in der Schlange fingen an, unruhig mit den Füßen zu scharren, und die Frau hinter Sir Miles stöhnte, sie habe es schrecklich eilig.

«Richtig», sagte Sir Miles, «bitte beeilen Sie sich, Mrs. Pennystevens. Niemand kann es sich leisten, den ganzen Tag hier zu vertrödeln.»

Mrs. Pennystevens' Augen waren hart wie Stahl, als sie ihm das Wechselgeld hinschob; er zählte es genau nach, und wie immer nannte er jede Münze, die er in die Hand nahm, bei ihrem Namen. Man hätte meinen können, die Währung des britischen Königreichs oder das Dezimalsystem seien ihm nicht vertraut, so verdutzt blickte er drein. Endlich steckte er das Geld in die Tasche, bedachte die Postmeisterin mit einem kurzen Nicken und nickte erneut, als er an der Schlange vorbeiging, so als würden die Leute nicht anstehen, um Milch und Brot zu kaufen, sondern um von Sir Miles Bodenheim, dem Besitzer von Rookswood, empfangen zu werden. Dann nahm er huldvoll von allen Abschied.

Nachdem er die schwierige Aufgabe vollbracht hatte, seinen Brief aufzugeben, setzte Sir Miles seinen Bummel über die Hauptstraße fort. Er erwog, das Taschentuch zurückzugeben, das er in einem winzigen Textilladen neben dem Süßwarengeschäft erstanden hatte, weil, wie sich später herausstellte, daran bereits ein Stich aufgegangen war. Fünfzig Pence, und das Empire war nach all den Jahren immer noch nicht in der Lage, anständig genähte Säume zu liefern. Das Taschentuch hatte nur einen einzigen Fleck, einen ganz winzigen, der von der Schokolade herrührte, die er gegessen hatte, aber das dürfte wohl nichts ausmachen. Nur hatte er heute Wichtigeres zu tun. Er brannte darauf, die Tankstelle ein paar Häuser weiter aufzusuchen; der Besitzer, Mr. Bister, hatte ihm gestern beim Tanken falsch herausgegeben.

So also sah ein Tag im Leben von Sir Miles Bodenheim aus. Die Polizeiwache hatte er sich für den Schluß aufgehoben; auf ihr wollte er den Rest des Vormittags verbringen, um von Peter Gere, dem Dorfpolizisten, zu erfahren, warum die Polizei von Hertfield in dieser Angelegenheit, die Littlebourne über seine nähere Umgebung hinaus bekannt gemacht hatte, nicht zügiger ermittelte.

Man hätte Sir Miles für den bestgehaßten Bewohner des Dorfes halten können. Aber dem war nicht so. Seine Frau Sylvia rangierte weit vor ihm. Fünf Minuten nachdem ihr Mann die Poststelle verlassen hatte, war sie am Telefon und stritt sich mit der armen, unwissenden Pennystevens.

«Ich möchte einfach nur wissen, wieviel ein Paket kostet, Mrs. Pennystevens. Das dürfte doch nicht so schwierig zu beantworten sein. Es soll heute nachmittag abgehen... Aber ich hab Ihnen doch gesagt, wieviel es wiegt – Sie brauchen nur nachzuschauen.» Sylvia Bodenheims Hand klapperte mit der Gartenschere, mit der sie gerade ihre Blumen geschnitten hatte – schnippschnapp, als wären es die Köpfe der Dorfbewohner. «Nein, ich werde auf keinen Fall Ruth mit einer Pfundnote losschicken. Auf die Dienstboten ist heutzutage kein Verlaß mehr. Ich verstehe nicht, warum Sie mir nicht den genauen Betrag nennen können... Meine Waage ist ziemlich genau, glauben Sie mir... Ja, nach Edinburgh.» Die Schere klickte, und im Takt dazu klopfte sie mit dem Fuß auf den Boden. «Fünfzig Pence? Sind Sie *sicher,* daß das ermäßigt ist?» Sylvia preßte die Lippen zu einem grimmigen Strich zusammen. «So sicher wie es unter diesen Umständen möglich ist – das ist keine sehr befriedigende Antwort. Hoffentlich muß Ruth nicht noch einmal zurückkommen, weil Sie sich verrechnet haben.» Ohne sich zu verabschieden, legte sie den Hörer auf und rief nach Ruth.

Die andern beiden Kandidaten, die man in Littlebourne lieber tot als lebendig gesehen hätte, waren die Sprößlinge der Bodenheims, Derek und Julia. Allerdings kamen sie erst weit nach ihren Eltern, vor allem deswegen, weil sie weniger in Erscheinung traten. Derek kam nur ganz selten aus Cambridge vorbei, und Julia (deren Pferd besser zum Studium geeignet gewesen wäre als sie) war ebenfalls kaum zu sehen. Sie verbrachte ihre Zeit damit, in London die Geschäfte abzuklappern oder mit der einen oder anderen Clique aus der Gegend auf die Jagd zu gehen. Die Dorfbewohner sahen sie immer nur hoch zu Roß, in Reitjacke oder schwarzem Melton und eine Hand in die Hüfte gestemmt.

Wenn die vier Bodenheims einmal zusammensein mußten (an Weihnachten beispielsweise), taten sie nichts weiter, als über ihre Nachbarn herzuziehen und auf ihre unantastbaren Rechte als Feudalherren zu pochen – kurz, sich aufzuspielen.

Die noch unvollendeten *Littlebourner Morde* dienten Polly Praed dazu, sich in der sanften Kunst des Mordens zu vervollkommnen. Wenn ihre Geschichten auseinanderzufallen drohten, spielte Polly, eine mäßig erfolgreiche Autorin von Kriminalromanen, am Beispiel der Bodenheims, die entweder einzeln oder gemeinsam ins Jenseits befördert wurden, die verschiedenen Möglichkeiten durch. Am besten gefiel ihr der Schluß, bei dem das ganze Dorf zusammenströmte, um die hochwohlgeborene Familie zu töten. Im Augenblick ging sie die Hauptstraße entlang und dachte über das geeignete Mordinstrument nach. Ein Dolch, der von Hand zu Hand ging, schied aus – es hatte ihn schon gegeben. Als sie an der Tankstelle vorbeikam, erwog sie allerlei tödliche Gifte und lächelte abwesend Mr. Bister zu, der seine ölverschmierte Mütze lüpfte. Das fürchterliche Klischee der mit Arsen präparierten Teetasse fiel ihr ein, und sie blieb stehen.

Ungefähr zehn Meter von ihr entfernt stiegen zwei Männer aus einem Auto, das sie vor dem winzigen Gebäude, in dem Littlebournes Ein-Mann-Revier untergebracht war, abgestellt hatten. Der eine war ziemlich schlank und unauffällig, obwohl sie das nur schwer beurteilen konnte, da er sich gerade die Nase putzte. Aber der andere, der *andere* ließ sie erahnen, was es bedeutete, vom Donner gerührt zu sein. Er war groß und vielleicht auch nicht *wirklich* gutaussehend... aber wie hätte man ihn sonst bezeichnen sollen? Als er den Arm ausstreckte, um etwas vom Rücksitz zu holen – eine Tasche? Bedeutete das, daß er *bleiben* würde? –, fuhr ihm der Wind durchs Haar. Er strich es zurück, wandte sich mit dem andern zusammen um und ging den Weg zum Revier hoch.

Polly starrte ins Leere und fühlte sich leicht seekrank.

Es war kurz vor zehn. Sie schaute häufig im Revier vorbei, um mit Peter Gere zu plaudern; sie waren gute Freunde, manchmal gingen sie sogar über die Straße in den «Bold Blue Boy», um etwas zu essen oder einen Drink einzunehmen. Was hinderte sie also daran, einfach hinaufzugehen und sich überrascht zu zeigen: Oh. Entschuldigung, Peter, ich wußte nicht –

Die Hände in den Taschen ihrer Strickjacke vergraben, ließ sie ihre Gedanken um die Szene kreisen, die sich da drinnen abspielen würde: das Erstaunen des Fremden darüber, daß sie *die* Polly Praed war (ein Name, der selbst bei ihrem Verleger keine großen Emotionen hervorrief), seine Bewunderung für ihren Scharfsinn (von den Kritikern immer nur im Zusammenhang mit der Handlung ihrer Geschichten erwähnt) und ihr Aussehen (über das sich selten jemand äußerte). Völlig absorbiert von dem fiktiven Schlagabtausch auf dem Polizeirevier, hatte sie ganz vergessen, daß sie sich immer noch draußen auf dem Trottoir befand, als sie die zornig erhobenen Stimmen hörte.

Sie drehte sich nach der Tankstelle um, wo Miles Bodenheim mit seinem Offiziersstöckchen in der Luft herumfuchtelte und Mr. Bisters Gesicht die Farbe des kleinen, roten Minis angenommen hatte, an dem er gerade arbeitete. Sir Miles machte mit seinem Stöckchen eine abschließende Bewegung und ging geradewegs auf sie zu. Sie flüchtete auf die andere Straßenseite und verschwand im «Magic Muffin», der glücklicherweise gerade offen war. Es handelte sich dabei um eine Teestube, die Miss Celia Pettigrew gehörte, einer in sehr bescheidenen Verhältnissen lebenden Dame von Stand, die ihre Öffnungszeiten völlig willkürlich festzulegen schien. Man konnte nie von einer Woche auf die nächste schließen: Es war, als richtete Miss Pettigrew sich nach einem anderen Kalender als dem Gregorianischen und nach einer anderen Zeit als der von Greenwich.

Polly sah Sir Miles die andere Straßenseite entlanggehen, bis er schließlich auf der Höhe der Polizeiwache angelangt war.

Sie hätte sich totärgern können.

Aus der Wache kamen Peter Gere und die beiden Fremden; sie steuerten geradewegs auf Miles Bodenheim zu. Bei dem Gedanken, daß Miles (der Blausäure in seinem Frühstücksei verdient hätte) und nicht sie in den Genuß dieser kurzen Begegnung kommen sollte, hätte sie am liebsten laut aufgeschrien. Sie beobachtete, wie Peter Gere und die andern um Sir Miles herum- und dann weitergingen – eine großartige Leistung, denn es war einfacher, eine Napfschnecke von einem Fels zu reißen, als Sir Miles loszuwerden. Die drei überquerten die Straße und die Littlebourner Grünanlage und verschwanden aus ihrem Blickfeld. Sie drückte mit ihrem Gesicht beinahe die Scheibe ein.

«Wem starren Sie denn so nach, Kind?» Die durchdringende Stimme von Celia Pettigrew ließ Polly zurückfahren; ihr Hals verfärbte sich zartrosa, während sie an einem der dunklen Klapptische Platz nahm. Das blau-weiß karierte Tischtuch war aus dem gleichen Stoff wie die Vorhänge. «Kann ich eine Tasse Tee haben, Miss Pettigrew?» fragte Polly gezwungen. «Und ein Muffin?»

«Dafür sind wir da», sagte Miss Pettigrew und huschte in den hinteren Teil ihrer Teestube, zu der Tür mit dem Vorhang.

Um nicht noch einmal in Versuchung zu geraten, hatte Polly sich mit dem Rücken zum Fenster gesetzt; als sie jedoch die Türklingel hörte, schlug ihr das Herz bis zum Hals. Hatte er vielleicht eine andere Richtung eingeschlagen, als er über die Grünanlage ging? Hatte er vielleicht –?

Nein. Es war nur Sir Miles, der gekommen war, um Miss Pettigrew an den Rand eines Nervenzusammenbruchs zu treiben. Obwohl Miles Bodenheim der Rang des ersten Opfers in den *Littlebourner Morden* nur von seiner Frau streitig gemacht wurde, war Polly in diesem Augenblick beinahe froh, ihn zu sehen.

Daß jemand darüber nicht froh sein könnte, kam Miles nie in den Sinn. Wortlos ließ er Hut und Stock auf den Tisch fallen und nahm Platz. «Habe Sie reingehen sehen und gedacht, ich könnte Ihnen ja etwas Gesellschaft leisten.» Er ließ seinen massigen Körper auf den Stuhl fallen und bellte: «Sie haben Kundschaft, Miss Pettigrew!»

Polly schloß die Augen, als sie hinter dem Vorhang das scheppernde Geräusch von Geschirr hörte. «Schusselig», murmelte Sir Miles. Und zu Polly gewandt: «Sagen Sie, Miss Praed, schreiben Sie denn wieder an einem neuen Krimi? Ist ja schon eine Weile her, daß Sie mit einem rauskamen, aber die Kritiken haben Sie wohl etwas verunsichert. Sie müssen das anders sehen. Auf diese Idioten kommt es doch gar nicht an. Wie sich ein Buch verkauft, das zählt, stimmt's? Aber es lief ja wohl auch etwas schleppend, nicht? Sylvia sagte, daß in der Buchhandlung in Hertfield kein einziges Exemplar verkauft worden sei. Nun ja...» Er strich sich das Haar glatt. An seinem Revers klebte etwas trockenes Eigelb; da sie es nicht zum erstenmal dort sah, fragte sich Polly, ob es immer dasselbe oder frisches war. «Wir werden Ihr Buch auf unsere Geschenkliste für Weihnachten setzen. Für die Haushälterin und die Köchin. Sylvia meinte zwar, daß die beiden sowieso schon zuviel Schund lesen – Filmzeitschriften und solchen Quatsch. Wo bleibt denn dieses hirnlose Geschöpf?» Er drehte sich ungeduldig auf seinem Stuhl um, als Miss Pettigrew kreidebleich hinter dem Vorhang hervorgetaumelt kam.

«Ja, Sir Miles?» preßte sie zwischen den Lippen hervor. «Sie hätten nicht so zu brüllen brauchen. Mir einen solchen Schreck einzujagen!»

«Sie sollten was für Ihre Nerven tun. Bringen Sie mir doch einfach eine zweite Tasse. Die Kanne reicht für uns beide. Was ist denn das?» Er stupste mit dem Finger gegen die Muffins auf dem Teller, den sie Polly hingestellt hatte.

«Karottenmuffins.»

«Allmächtiger! Bringen Sie mir mal ein Brötchen.»

«Ich hab keine Brötchen, Sir Miles.»

Er stieß einen lauten Seufzer aus. «Dann den Sardellentoast.»

«Sie wissen doch, den gibt's nur nachmittags.»

Umständlich zog Sir Miles eine dicke Taschenuhr aus seiner Westentasche und klappte sie auf, um ihr zu beweisen, daß sein Zeitmesser sehr viel zuverlässiger war als der ihre. Allerdings war es doch erst zehn. Also begnügte er sich damit, zu bemerken: «So viele Gäste haben Sie nun auch wieder nicht, daß Sie sich solche Haarspaltereien erlauben können, oder?»

Als Polly bemerkte, wie die schmale Gestalt der armen Miss Pettigrew zu zittern begann, schaltete sie sich ein:

«Wenn es nicht zuviel Arbeit macht, Miss Pettigrew, hätte ich auch gern einen. Ihr Sardellentoast ist wirklich ausgezeichnet; die Leute schwärmen davon.»

Während Miss Pettigrew etwas besänftigt nach hinten ging, sagte Sir Miles: «‹Ausgezeichnet?› Was ist denn daran so ausgezeichnet? Kommt doch nur aus der Büchse. Diese beschränkte Person braucht das Zeug nur aus der Büchse zu löffeln und auf eine Scheibe Brot zu legen. Aber es ist immerhin besser als diese Muffins –» Er stocherte wieder auf dem Teller herum. «Wie schafft sie es nur, daß ihre Muffins so mausgrau aussehen?» Er summte vor sich hin, während sie schweigend auf den Toast warteten.

Polly war drauf und dran, ihren Vorsatz, Sir Miles niemals eine Frage zu stellen, zu vergessen, als Miss Pettigrew mit dem Tablett an den Tisch kam. «Zu dumm, wirklich, daß Sie gleich zwei Bestellungen auf einmal am Hals hatten», meinte er forsch-fröhlich. «Und daß Miss Praeds Muffins in der Zwischenzeit kalt geworden sind.»

Mit steinerner Miene verschwand Miss Pettigrew hinter ihrem Vorhang.

Den Mund voller Toast, bemerkte Sir Miles: «Das ganze Dorf scheint kopfzustehen. Erst diese gehässigen Briefe...» Er lächelte boshaft. «Das waren doch nicht etwa Sie? Fällt irgendwie in Ihr Fach.»

«Anonyme Briefe und Kriminalromane sind doch wohl nicht dasselbe.»

Er zuckte die Achseln. «Na ja, Sie haben ja auch einen gekriegt, es ist also ziemlich unwahrscheinlich, daß Sie es waren. Obwohl Sie damit vielleicht nur den Verdacht von sich lenken wollten. Toast?» Großzügig hielt er ihr den Teller unter die Nase. «Daß Mainwaring und Riddley einen kriegten, wundert mich ja nicht. Die beiden hängen ständig bei dieser Wey herum. Das ist auch so eine. Jetzt werden wir bald alles in den Zeitungen nachlesen können, und die Polizei wird überall nach dieser Leiche suchen –»

Das war die Gelegenheit, auf die sie gewartet hatte. Beiläufig fragte sie: «Wer war denn das, ich meine die beiden, die mit Peter Gere zusammen waren?» Sir Miles studierte die angeknabberten Enden seines Toasts. «Polizei», sagte er nur.

Das war typisch Miles. Ständig redete er einem die Ohren voll, wenn man aber etwas von ihm wissen wollte, dann bekam man rein gar nichts aus ihm heraus.

«Von wo?»

Darauf gab er keine Antwort, sondern meinte statt dessen: «Ist auch höchste Zeit, daß sie jemanden schicken, der diese Sache in Ordnung bringt. Wenn wir uns darauf verlassen müßten, daß Peter Gere uns beschützt, lägen wir schon längst tot in unsern Betten. Ich war drauf und dran, ihm das zu sagen.»

Gott sei Dank bimmelte die Glocke über der Tür, und sie brauchte ihm nicht die Muffins in den Hals zu stopfen.

Der Neuankömmling war Emily Louise Perk, eine Zehnjährige, bei der nichts darauf hinwies, daß sie in den letzten zwei Jahren gewachsen war. Ihr zartgliedriger Körper und das dreieckige Gesicht, die bekümmerten, braunen Augen, die strähnigen blonden Haare, die bei ihrem spitzen Kinn endeten, das schäbige Reitjäckchen und die Jeans – all das vermittelte den Eindruck eines bedauernswerten kleinen Geschöpfs.

Emily Louise Perk war aber alles andere als bedauernswert. Ihr verwahrlostes Äußeres war keineswegs auf pflichtvergessene Eltern oder ärmliche Verhältnisse zurückzuführen. Wenn ihre Haare ungekämmt aussahen und sie immer dasselbe trug, so lag das nur daran, daß Emily Louise lange vor ihrer Mutter, ja lange vor allen übrigen Dorfbewohnern und selbst dem lieben Gott auf den Beinen war und ihren Interessen nachging; ihr Pony Shandy stand dabei an erster Stelle. Shandy war seltsamerweise im Stall von Rookswood, dem Gut der Bodenheims, untergebracht. Dafür, daß sie sich um die Pferde der Bodenheims kümmerte, durfte sie ihr eigenes Pony dort unterstellen. Da keiner zwischen Hertfield und Horndean sich besser mit Pferden auskannte als Emily Louise, redete ihr auch niemand drein. Daß selbst Sylvia Bodenheim sie in Ruhe ließ, war eine Meisterleistung für sich, ein Beweis für Emilys bemerkenswerte Fähigkeit, von den Erwachsenen zu kriegen, was sie wollte, oder sie mit totaler Nichtachtung zu strafen. Sie durfte sich frei in den Ställen bewegen und auch zum Tee in die Küche kommen, wo ihr die Köchin der Bodenheims, die Emily Louise ins Herz geschlossen hatte, alle möglichen Leckerbissen zuschob. Im Gegensatz zu den anderen Kindern aus dem Dorf, die von den Bodenheims eher wie streunende Hunde behandelt wurden, hatte sie sozusagen eine Existenzberechtigung.

Und sie machte ausgiebig Gebrauch davon; sie war immer auf dem laufenden, nichts entging ihr. Trotzdem war sie kein Klatschmaul; sie wußte einfach nur Bescheid. Ihre ein Meter zwanzig hohe Gestalt war wie eine Antenne, die Nachrichten empfing.

Hocherfreut rief Polly ihren Namen und zog ihr einen Stuhl heran. Wenn jemand etwas wußte, dann Emily.

Als Emily sich setzte, sagte Miles: «Solltest du nicht bei uns oben sein und dich um Julias Pferd kümmern?» Seine stahlgrauen Brauen zogen sich zusammen.

Doch niemand brachte so tiefe Furchen zustande wie Emily Louise. Man hatte bei ihr immer den Eindruck, als sei sie ganz woanders mit ihren Gedanken. «Heute ist Samstag. Samstags striegle ich nie die Pferde.» Sie inspizierte den Teller mit den Muffins und seufzte: «Schon wieder Karotten. Ich hätte Lust auf ein warmes Eierbrötchen.» Sie legte die Hände an den Hinterkopf und musterte Polly.

Polly rief Miss Pettigrew, die, als sie Emily sah, sofort einen Teller mit Eierbrötchen und frischen Tee brachte. Auch Miss Pettigrew war Miss Perks Charme erlegen. Sie saßen des öfteren bei Tee und Kuchen zusammen und unterhielten sich.

«Danke», sagte Emily, die wußte, was sich gehörte. «Polente im Dorf, ich meine, ein Neuer.»

«Weiß ich», zischte Sir Miles. «Ich bin dem Burschen schon begegnet.» Er klopfte sich den Staub von den Knien seiner Hose und schlürfte seinen Tee.

«Von Scotland Yard.»

Scotland Yard. Polly schnappte nach Luft. Sie räusperte sich. «Und was macht er hier? Ich meine, bleibt er länger?»

Da er anscheinend keine weiteren Auskünfte geben konnte, überging Sir Miles ihre Frage mit einer Bemerkung über die Unfähigkeit der Polizei im allgemeinen. «Sie machen ein großes Trara, aber keiner scheint seine Pflichten zu kennen.»

Emily verschlang ihr Brötchen. «Er findet die Leiche bestimmt. Er übernachtet im ‹Bold Blue Boy›. Da haben sie auch ihre Sachen gelassen. Er ist Superintendent.»

«Hast du denn, äh, zufällig auch seinen Namen erfahren?» fragte Polly.

Damit konnte Emily jedoch nicht dienen. Statt dessen leerte sie ihre Teetasse und schob sie zu Polly hinüber. «Sagen Sie mir bitte die Zukunft voraus.»

Polly wechselte nur ungern das Thema, aber vielleicht konnte sie darauf zurückkommen, wenn sie in den Teeblättern las.

Sir Miles stieß einen tiefen Seufzer aus, als hätte man ihn auf seinem Stuhl festgebunden und gezwungen, sich diesen Unsinn anzuhören.

Polly hielt die Tasse etwas schräg und betrachtete das nichtssagende Muster, das die kleinen schwarzen Teeblätter bildeten. Außer einem Umriß, der sie an einen zerfledderten Vogel erinnerte, sah sie nichts. «Ich sehe einen Mann. Einen Fremden.»

«Wie sieht er denn aus?» Emilys Kinn ruhte auf ihren geballten Fäusten, ihre Stirnfalte verstärkte sich.

«Groß, gutaussehend, ungefähr vierzig –»

«Was, so alt?»

«... kastanienbraunes Haar und, äh, braune Augen.»

«Grau.»

«Grau?»

«Quatsch», steuerte Miles bei.

«Weiter!» sagte Emily.

Polly blickte auf den Vogel ohne Schwingen und meinte: «Irgendeine Gefahr, ein ungelöstes Rätsel.» Polly zuckte die Achseln. Gewöhnlich war ihre Phantasie lebhafter, aber heute kam sie einfach nicht in Fahrt.

«Er hat ein nettes Lächeln und eine angenehme Stimme», vervollständigte Emily das Bild. Dann stand sie auf, leicht O-beinig und mit einwärts gedrehten Zehen. Sie hatte ein Stück Schnur entdeckt, das sie nachdenklich um ihren Finger wickelte. «Verdient so 'n Polizist viel Geld?»

«Quatsch. Ist arm wie eine Kirchenmaus», sagte Sir Miles und hoffte, ihr damit einen Dämpfer zu versetzen.

Offensichtlich war ihm das gelungen. «Ich kann nur jemanden mit viel Geld heiraten. Ich brauch es für die Pferde. Ich werd mal ganz viele Pferde haben.» Sie drehte sich um und ging zur Tür hinaus.

Superintendent Richard Jury hielt sich erst knapp eine Stunde in Littlebourne auf, und schon hatte er zwei Frauenherzen zum Schmelzen gebracht.

Obwohl Emily Louise Perks Schmelzpunkt etwas höher lag als der von Polly Praed.

3

Nicht die Polizei fand die Leiche, zu der der Finger einmal gehört hatte, sondern Miss Ernestine Craigie, die Schwester Augustas. Wie gewöhnlich war sie in Gummistiefeln, Anorak und mit einem Feldstecher um den Hals in den Wald von Horndean gezogen. Ernestine war nicht nur die Vorsitzende, sondern das Herz, die Seele und der starke Arm der Königlichen Gesellschaft der Vogelfreunde von Hertfield.

Der Wald von Horndean war ein ziemlich düsteres, mit Eichen, Eschen und Adlerfarnen bewachsenes Gebiet, dessen endlos wirkende Sümpfe und Moore sich zwischen Littlebourne und der sehr viel größeren Stadt Horndean erstreckten, ein Paradies für alle möglichen Vogelarten. Der Wald selbst war nicht gerade hübsch und auch nicht sehr einladend, denn selbst im Hochsommer wirkte er irgendwie winterlich trostlos mit seinem graubraunen Buschwerk und dem Laub, das nie jenen leuchtenden, herbstlichen Goldton aufwies. Außer im Dreck herumzustapfen, wie Miss Craigie das zu tun pflegte, gab es an diesem gottverlassenen, sumpfigen Ort nichts zu tun. Nichts, als Vögel zu beobachten und Morde zu begehen.

Polizeihunde hatten die Stelle, an der der kleine Hund herumgewühlt hatte – die Rosenbüsche der Geschwister Craigie –, gründlich abgeschnuppert. Die Schwestern konnten von Glück sagen, daß die Leiche nicht darunter begraben worden war, sonst hätten sie einiges über sich ergehen lassen müssen.

Es war schon so schlimm genug. Auf die eine oder andere Weise wurde diese Leiche immer wieder im Zusammenhang mit den Craigies erwähnt. Sie war zwar nicht unter Augustas Rosenbüschen, dafür aber von Ernestine gefunden worden: Sie lag halb in dem schlammigen Wasser eines Bachs, der durch den Wald von Horndean floß.

Als Superintendent Jury und Sergeant Gere am Fundort erschienen, fanden sie einen dichten Knäuel von Polizei und Hunden vor, die anscheinend alle einen guten Platz ergattern wollten. Einer der Männer kam auf sie zu.

«Tag, Peter.» Er streckte Jury die Hand hin. «Sie sind von Scotland Yard, stimmt's?» Jury nickte. «Ich bin Carstairs.» Kriminalinspektor Carstairs hatte eine stark gebogene Nase und etwas von einem Raubvogel an sich. «Kommen Sie. Wir haben sie vor einer halben Stunde gefunden. Das heißt, eine Frau aus dem Dorf hat sie gefunden – einer von unsern Leuten hat sie nach Hause gebracht. Muß zugeben, sie hat sich prima gehalten. Aber ein Schock war es doch für sie. Wenn Sie mit ihr sprechen wollen, sie ist dort. Oder...»

«Nein. Ist schon gut. Ist das der Arzt da drüben?»

«Ja. Kommen Sie mit.»

Der Amtsarzt war eine Frau; sie war gerade dabei, die vorläufige Untersuchung der Leiche abzuschließen, und diktierte ihre Befunde über die Schulter einem Assistenten, der auf einer schematischen Zeichnung eines menschlichen Körpers seine Eintragungen machte.

«... an dieser Hand kleben Haare; packen Sie sie ein. An der andern nichts, aber ich würde sie trotzdem mitnehmen.»

Der Grund, warum an ihr nichts klebte, war wohl ganz einfach der, daß sämtliche Finger fehlten.

Lässig warf die Ärztin sie wieder auf den Baumstumpf und wies ihren Assistenten an: «Bitte jeden Finger einzeln eintüten.»

Jury machte einen Schritt nach vorn, wurde aber von ihrem

Assistenten wieder zurückgepfiffen. «Bitte nicht auf den Finger da treten, Sir.»

Er blickte auf den Boden und zog schnell den Fuß zurück. Erst jetzt bemerkte er die beiden abgetrennten Finger. Einer war von dem Baumstumpf gerollt. Das Opfer, eine jüngere Frau, Ende Zwanzig oder Anfang Dreißig, lag mit der einen Wange im seichten, schlammigen Wasser des Bachs. Das Wasser hatte durch das Blut eine rostigbraune Farbe angenommen. Abgesehen von der Hand schien die Leiche keine weiteren Verstümmelungen aufzuweisen; das bläulich angelaufene Gesicht verriet Jury, daß sie erwürgt worden war.

Die Ärztin erhob sich, klopfte sich das Laub und die kleinen Zweige von den Knien und nannte ihren Befund: «Nach erster Untersuchung seit ungefähr sechsunddreißig Stunden tot. Also am Donnerstagabend so zwischen acht Uhr und Mitternacht.»

Die Polizeiambulanz war von der Horndean-Hertfield Road abgebogen und versuchte, auf dem Fußweg an den Tatort heranzukommen. Ein paar Meter vor der Leiche mußte sie anhalten. Zwei Männer brachten eine Bahre und ein Gummituch.

«Was ist mit der Hand, Doc?» fragte Jury die Ärztin.

Sie schob die Unterlippe vor und blickte auf die Plastiktüte, die sie ihrem Assistenten gegeben hatte. «Eine Axt anscheinend. Nur ein Hieb. Da drüben liegt sie.» Sie zeigte auf eine kleine Doppelaxt im Gras.

«Haben Sie eine Ahnung, warum der Mörder sich die Mühe machte, ihr die Finger abzuhacken?»

Sie schüttelte den Kopf und ließ ihre Tasche zuschnappen. Eine Frau, die nicht viel Worte machte. Sie trug ein strenges schwarzes Kostüm, dem eine helle Hemdbluse wohl eine etwas freundlichere Note verleihen sollte. Unter dem Kragen kam jedoch eine schmale, schwarze Krawatte zum Vorschein.

«Wegen der Fingerabdrücke kann er's nicht gemacht haben», sagte Carstairs, «sonst hätte er von beiden Händen die

Finger abgehackt. Und, äh, die Finger mitgenommen. Die Axt gehört Miss Craigie, hat mir Gere erzählt. Das ist die Frau, die die Leiche gefunden hat. Sie benutzt sie, um sich einen Weg durch das Gebüsch zu bahnen, um die Zweige und so weiter durchzuhauen... damit sie die Vögel beobachten kann. Vögel sind Miss Craigies große Leidenschaft.» Inspektor Carstairs zog an seinem Ohrläppchen, als wäre es ihm peinlich, ein so banales Detail erwähnen zu müssen.

«Hätte es auch eine Frau tun können?» fragte Jury die Ärztin.

Jedes ihrer Worte war ein Tropfen Säure: «‹Hätte es auch eine Frau tun können?› Ja, Superintendent. Sie werden feststellen, wir bringen alles mögliche fertig – wir ziehen uns an, ziehen uns aus, fahren Fahrrad, bringen Leute um die Ecke.»

Ein Punkt für die Emanzen, dachte er. «Entschuldigung.» Sie ging, und Jury und Carstairs starrten auf die Leiche hinunter. Der schwarze Mantel war schmierig von Algen, und in den Haaren hatten sich Zweige und Blätter verfangen.

Sergeant Wiggins und Peter Gere entfernten sich von den Polizisten aus Hertfield, die das Gelände absuchten, und kamen auf sie zugestapft.

Wiggins betrachtete die verstümmelte Hand, während die Frau in das Gummituch gehüllt wurde. «Was meinen Sie – warum hat er ihr die Finger abgeschnitten?»

Jury schüttelte den Kopf. «Jedenfalls nicht, um ihr auf Wiedersehen zu sagen.»

Sie sassen wieder in dem einen Dienstraum der Polizeiwache an der Hauptstraße und wärmten sich die Hände an Bechern mit heißem Tee und Kaffee.

«Die Leiche ist noch nicht identifiziert», sagte Carstairs.

«Die Etiketten der Kleider stammen von Swan und Edgar und Marks und Sparks. Man kann schon am Stoff erkennen, daß sie nichts Teures bei Liberty einkaufte. Ich würde auf Verkäuferin tippen. Reichlich mit Schmuck behangen. Wir haben nur eine Sache gefunden, die uns vielleicht weiterhilft.» Carstairs zog einen kleinen Umschlag aus der Tasche und schüttete den Inhalt auf den Tisch. «Mein Sergeant hat mir das gegeben, kurz bevor wir hierher zurückkamen. Eine Tagesrückfahrkarte nach London. Sie steckte im Futter des Mantels; anscheinend ist sie durch ein Loch in der Tasche gerutscht.»

Jury schaute nach dem Datum – 4. September, vorgestern also. «Demnach war sie keine Einheimische.»

«Nein, anscheinend nicht.» Irgendwie schien Carstairs das Thema nicht ganz fallenlassen zu wollen; er fügte noch hinzu: «Trotzdem sollten wir diese Möglichkeit nicht völlig ausschließen.»

«Aber selbst wenn», sagte Wiggins, die Tasse unter der Nase und den Dampf inhalierend, «ist sie doch wohl kaum im Dunkeln auf diesem Weg spazierengegangen? Im Wald? So wie sie angezogen war?»

Carstairs warf Wiggins einen Blick zu, als wäre er ein Haufen ungewaschener Socken, konnte aber nicht umhin, ihm recht zu geben. «Diese Miss Craigie, die Frau, die sie gefunden hat, meinte, sie müsse in der Mordnacht auf einer Nachtwanderung an der Stelle vorbeigekommen sein.»

«Um welche Zeit?» fragte Peter Gere.

«Sie ist sich nicht ganz sicher. Um neun oder halb zehn, vielleicht auch zehn. Auf jeden Fall nach Sonnenuntergang.»

«Was hat denn *sie* um diese Zeit im Wald verloren?» fragte Wiggins und reichte Gere seine Tasse zum Nachschenken.

Peter Gere antwortete: «Eulen. Miss Craigie ist Vorsitzende der hiesigen Gesellschaft der Vogelfreunde. Verbringt sehr viel Zeit im Wald von Horndean. Ein wahres Vogelparadies, sagt sie – hübsch feucht und morastig.»

«Klingt nicht sehr lustig», sagte Wiggins und zog seine Jacke fester um sich. Der Nachtspeicherofen des kleinen Dienstraums heizte für Wiggins völlig unzureichend. «Also haben wir schon mal eine Person, die sich zum Zeitpunkt des Mordes da draußen aufgehalten hat», sagte er zu Jury.

Gere lachte. «Na ja, ich muß zugeben, kräftig genug ist sie – aber, Moment mal, Sie denken doch wohl nicht, daß es einer aus dem Dorf gewesen ist?» Mit bekümmertem Stirnrunzeln stopfte er seine Pfeife.

«Vielleicht nicht, aber Sie hatten hier ja auch ein paar Sachen laufen, Peter. Wie steht's damit?» Carstairs griff in seine Tasche und warf einen braunen Packen auf den Tisch. «Schauen Sie sich das an, Superintendent.» Er hatte ein geheimnisvolles Lächeln aufgesetzt, als könne er es nicht erwarten, daß Scotland Yard einen Blick darauf warf.

Es war ein gewöhnlicher brauner Umschlag, der in Hertfield abgestempelt und an die Littlebourner Poststelle geschickt worden war. Jury öffnete ihn und entnahm ihm ein Bündel Briefe, das von einem kleinen Gummiring zusammengehalten wurde. Er ging die Umschläge durch und sagte: *«Buntstift?»*

«Interessant, nicht? Viel schwieriger für die Experten als Tinte oder Schreibmaschine. Die Fachleute konnten noch keinerlei Hinweise geben.»

Jury öffnete den ersten und las ihn: Er war mit grünem Buntstift geschrieben und an eine Miss Polly Praed, Sunnybank Cottage, adressiert. «Miss Praed scheint die tollsten Sachen anzustellen, ohne daß sie aus dem Haus geht. Drogen, Gin.» Er legte ihn beiseite und nahm sich den nächsten, einen orangefarbenen, an eine gewisse Ramona Wey. «Ziemlich kurz, was?»

«Und ziemlich harmlos, abgesehen von denen an Augusta Craigie und Dr. Riddley. Mit Buntstiften schreibt es sich auch nicht gut.»

Augusta Craigies Brief war in Lila geschrieben. «Mrs.

Craigie ist keine Kostverächterin. Bis jetzt wurden drei Männer in nacktem bis halbnacktem Zustand bei ihr zu Hause gesichtet.»

Peter Gere grinste. «Wenn Sie Augusta kennen würden – sie ist Ernestines Schwester –, wüßten Sie, wie unwahrscheinlich das ist. Ich würde sagen, sie war eher stolz auf ihren Brief. Wir haben uns schon gefragt, ob nicht sie die Briefschreiberin war, nur damit sie sich selbst einen schicken konnte.»

«So was ist ziemlich selten», sagte Jury. «Und irgendwie auch keine Erklärung für die andern Briefe. Die Verfasser anonymer Briefe verschaffen sich damit gewöhnlich ein Gefühl von Macht. Wie Voyeure oder anonyme Anrufer haben sie das Gefühl, das Leben anderer zu beherrschen.» Jury öffnete den nächsten. «Wie ich sehe, haben Sie auch einen gekriegt, Peter.»

Gere errötete und kratzte sich mit seinem Pfeifenstiel am Nacken. «Einen ziemlich langweiligen. In Grau. Ist wohl die passende Farbe für mein Privatleben. ‹Zotenreißer› – ganz schön altmodisches Wort, bezieht sich auf damals, als ich bei den Londoner Verkehrsbetrieben arbeitete.»

In gespielter Entrüstung schnalzte Carstairs mit der Zunge: «Der an Riddley ist besonders hübsch. In Blau. Riddley, das ist unser Medizinmann, ein junger Kerl, sehr gutaussehend.» Carstairs zog ihn aus dem Stoß.

Jury las die detaillierte Beschreibung der Dinge, die Doktor Riddley mit einer gewissen Ramona Wey trieb. «Ist sie denn so sexy?»

«Attraktiv», sagte Peter, «aber ein Eisberg. Sie hat einen Antiquitätenladen in Hertfield.»

Auf den Umschlägen standen keine Adressen, sondern nur Namen. Sie waren alle zusammen in einen einzigen braunen Umschlag gestopft und an die Poststelle geschickt worden.

«Wer hat sie in Empfang genommen?»

«Mrs. Pennystevens. Es kam ihr natürlich ziemlich komisch vor, aber sie gab den Leuten ihre Briefe, wenn sie in den

Laden kamen, um Brot oder Briefmarken zu kaufen. Sie sagte, sie habe gedacht, es seien Einladungen oder so etwas.»

«Nette Party», meinte Wiggins, der beim Lesen ein bißchen rot wurde.

«Gewöhnliche Buntstifte, wie man sie in jedem Papiergeschäft oder in jedem Haushalt mit Kindern findet.»

«Mit und ohne Kinder.» Peter Gere öffnete die seitliche Schublade seines Schreibtischs, holte ein paar Buntstiftstummel und Malbücher hervor und legte sie auf den Tisch. «Sind nicht meine. Sie gehören einem kleinen Mädchen aus dem Dorf. Sie malt gern aus. Emily heißt sie. Wo sie hinkommt, läßt sie diese Dinger liegen. Die hier habe ich auf der Fensterbank gefunden.»

Jury schüttelte den Kopf, während er den Brief an Augusta Craigie noch einmal durchlas. «Diese Briefe klingen nicht echt.»

Carstairs schaute ihn fragend an. «Wie meinen Sie das?»

«Ich meine, daß es sich um ein Täuschungsmanöver handelt.» Er warf den Brief auf den Tisch. «Es scheint eher ein Spiel zu sein. Sie klingen nicht einmal ernst.»

«Aber die Leute hier, die nehmen sie ziemlich ernst, das können Sie mir glauben», sagte Peter.

Carstairs blickte auf seine Uhr und stellte seine Tasse mit dem kalten Kaffee ab. «Hören Sie, ich muß nach Hertfield aufs Revier zurück. Wenn ich Ihnen irgendwie behilflich sein kann, lassen Sie es mich bitte wissen, Superintendent. Wir können sofort eine mobile Abteilung hierher verlegen, wenn Sie wollen. Ich dachte nur, da Hertfield in der Nähe ist –»

«Ist schon gut so. Lassen Sie Ihre Männer nur bitte weiter den Wald durchsuchen.»

Carstairs nickte, legte zum Scherz zwei Finger an die Mütze und sagte: «Vielen Dank für den Kaffee, Peter. Sie machen ihn anscheinend immer noch aus Eisenspänen.» Er grinste und war verschwunden.

Der Packen Briefe lag auf dem Tisch. Jury breitete sie auf der Tischplatte aus. «Anonyme Briefe in allen Regenbogenfarben. Und die Leiche eines Mädchens. Besteht Ihrer Meinung nach ein Zusammenhang zwischen dem da und ihr?»

«Kann ich mir nicht vorstellen», sagte Peter Gere. «Auf den Gedanken bin ich noch gar nicht gekommen. Denken Sie an Erpressung?»

«Nein. Das wäre keine sehr erfolgversprechende Methode, oder? Erst die Sünden publik machen und dann kassieren wollen?»

Wiggins' Kopf erschien über dem Kragen seines Mantels, in dem er, ewig fröstelnd, über die Sache nachgedacht haben mußte. «Wissen Sie, dieser Fahrschein in ihrem Mantel ist für mich kein Beweis, daß sie aus London kam. Jemand kann ihn da reingesteckt haben, damit wir glauben, sie wäre aus London.»

Gere berührte den braunen Umschlag. «Die hier wurden Dienstag vor einer Woche in Hertfield abgeschickt. Aber das beweist auch nichts. Was Sie da sagen, ist natürlich durchaus möglich.»

Wiggins untermauerte seine Theorie. «Ist doch komisch, daß der Mörder alles verschwinden ließ, was eine Identifikation ermöglicht hätte, aber nicht in die Taschen geschaut hat.»

«Die Fahrkarte steckte aber im Futter. Offensichtlich ist sie durchgerutscht», sagte Jury.

Wiggins dachte einen Augenblick nach. «Es könnte ja sein, daß es nicht ihr Mantel war.»

«Wie kommen Sie denn darauf?»

«Na ja, aufgetakelt wie sie war, in diesem grünen Kleid und schaufelweise Augen-Make-up –» Wiggins' Ton war mißbilligend – «und dem ganzen Schmuck. Der schwarze Tuchmantel paßte irgendwie überhaupt nicht dazu.»

Wiggins und Gere woben weiter an ihrer tollen Tuchmanteltheorie. Jury ließ sie machen; er war überzeugt, daß die Fahrkarte genau das bedeutete, was sie zu bedeuten schien:

daß die Frau aus London gekommen war und vorgehabt hatte, am selben Tag wieder zurückzufahren.

Jury hatte eine hohe Meinung von den Polizisten in der Provinz; ihre Unbestechlichkeit war schon legendär. Auch wenn ihre Feinde unter den Großstadtkollegen sie als einen Haufen blöder Hinterwäldler bezeichneten: Jurys Meinung nach war das nur der Neid auf ihren Ruf. Er hatte sich immer noch nicht von dem Schock erholt, den ihm die Prozesse gegen ein paar seiner Kollegen und die Gefängnisstrafen vor ungefähr zehn Jahren versetzt hatten. Er war zwar nicht gerade blauäugig, aber doch irgendwie romantisch veranlagt. An gewisse Dinge glaubte er einfach: an England, die Queen, den Fußballtoto. Wenn er Peter Gere, den Dorfpolizisten, betrachtete, empfand er echten Respekt. Es war nicht gerade einfach, auf fremdem Terrain zu operieren.

Trotzdem – ein hübsches Nest, dachte Jury, als er sich auf seinem Stuhl zurücklehnte und auf die Grünanlage blickte. Nicht einmal die Polizei, die in das Dorf eingefallen war, hatte es aus seinem goldenen Septemberschlaf geweckt. Die Hauptstraße schien mit dem grauenvollen Verbrechen, das im Wald verübt worden war, nichts zu tun zu haben; es war, als hätte jemand einen Stein durch ein sonniges Fenster geworfen. Aus dem einzigen Gasthof des Dorfes, dem «Bold Blue Boy», kam ein alter Mann herausgestolpert und schlurfte über die Grünanlage. Etwas weiter oben ging eine Frau mit einem Einkaufskorb über dem Arm in den Süßwarenladen. Nur die kleine Gruppe aus drei Dorfbewohnern, die anscheinend in der Mitte der Grünanlage aufeinandergestoßen waren, bezeugte, daß etwas im Gange war, denn es wurde eifrig gestikuliert und immer wieder auf die Polizeiwache gedeutet.

Nein, nicht drei, sondern vier Personen. Ein kleines Mädchen war aus der Gruppe herausgetreten und starrte auf die Polizeiwache oder auf den Wagen der Kriminalpolizei oder auch auf beides.

Jury hörte Wiggins und Gere nur mit halbem Ohr zu. Er

war überzeugt, daß die Ermordete keine Einheimische war – man sah ihr London schon von weitem an. Auf der Oxford Street und der Regent Street liefen Dutzende solcher Mädchen herum. Warum die Sache komplizierter machen?

Während Jury beobachtete, wie die Kleine mit dem blonden Strubbelkopf eine Art seitlichen Tanzschritt ausführte, sagte er zu den beiden Stimmen hinter sich: «Vielleicht war's so. Aber wo ist dann ihr eigener Mantel?»

Über den Verbleib des ursprünglichen Mantels schienen sie sich jedoch keine Gedanken gemacht zu haben. Keiner antwortete ihm.

Die Sonne, die durch die Jalousien fiel, malte zitronengelbe Streifen auf den Boden. Jury schaute wieder auf die Grünanlage hinaus. Die Gruppe hatte sich verkleinert; übriggeblieben waren der ältere Mann und das kleine Mädchen. Er löste sich von ihr und steuerte zielsicher auf die Polizeiwache zu. Das kleine Mädchen folgte ihm, aber immer in einem gewissen Abstand. Er hatte auffallend weite Kniebundhosen an; sie trug eine Reitjacke mit zu kurzen Ärmeln.

«Sir, können wir nicht in den Gasthof rübergehen?» fragte Wiggins leidend. «Im Wald war es furchtbar feucht.»

«Sicher. Aber wer kommt denn da den Weg hoch, Peter?»

Ein Schwarm Drosseln, die bisher mit einer Brotrinde beschäftigt gewesen waren, flatterten über dem Kopf des älteren Mannes, als wollten sie ihr Nest dort bauen. Jury beobachtete, wie er mit seinem Stock nach ihnen schlug. Bevor er wie eine steife Septemberbrise in den Raum gefegt kam, tauchten sein Gesicht und Brustkorb in der Glastür auf, einem Wasserspeier zum Verwechseln ähnlich.

«Peter! Das ist doch wohl die Höhe! Ich höre, im Wald von Horndean ist eine Leiche gefunden worden!» Sein Tonfall verriet, daß der Ortspolizist für diesen Unfug möglichst rasch eine Erklärung zu liefern habe, da er sich sonst gezwungen sähe, ihn zur Rechenschaft zu ziehen.

Jury erkannte in Sir Miles Bodenheim (von Gere betont lustlos vorgestellt) jenen Typ des Landadligen, der mit seiner Zeit nichts anderes anzufangen weiß, als sich in den Mittelpunkt des Geschehens zu rücken. «Sind Sie im Besitz von Informationen, die Ihnen wichtig erscheinen, Sir Miles?»

«Ich weiß überhaupt nichts. Ich verstehe nur nicht, wieso die Polizei es für notwendig hält, über meine Südwiese zu trampeln. Die tun ganz so, als gehörte sie ihnen.»

«Ihr Gut liegt in der Nähe des Waldes von Horndean?» fragte Jury.

«Ja, das tut es. Genauer gesagt, es grenzt daran. Rookswood ist ziemlich weitläufig.»

«Haben Sie vorgestern nacht vielleicht etwas Ungewöhnliches gesehen oder gehört?»

Miles Bodenheim lächelte süffisant. «Nur Miss Wey in Dr. Riddleys Praxis. Etwas spät für einen Arzttermin, finden Sie nicht?»

Wiggins hatte seinen Block hervorgeholt. «Um wieviel Uhr war das, Sir?»

Sir Miles' Augenbrauen gingen in die Höhe. «Um wieviel Uhr? Woher soll denn ich das wissen? Ich führe nicht Buch über die Angelegenheiten meiner Nachbarn.»

«Ungefähr?» sagte Wiggins und putzte sich die Nase mit seinem überdimensionalen Taschentuch.

Sir Miles stotterte: «Oh, ich weiß nicht, so gegen sechs, nehme ich an.»

«Ich dachte mehr an Vorgänge im Wald, Sir Miles», sagte Jury.

«Fehlanzeige», zischte er. «Ich treibe mich nicht nachts im Wald herum, um Nachtigallen aufzulauern, Superintendent. Ich verstehe auch nicht, warum Scotland Yard sich hierher bemühen mußte», fügte er der Form halber noch hinzu; anscheinend hatte er seine Meinung über die Polizei von Hertfield geändert. «Aber ich kümmere mich wohl besser um meine eigenen Angelegenheiten», fügte er hinzu.

Das wäre bestimmt das erste Mal, dachte Jury. «Ist der Wald denn eine Art Treffpunkt?»

«Nicht daß ich wüßte. Wir gehen da nur hin, um Vögel zu beobachten. Ich bin Sekretär und Kassenverwalter der Königlichen Gesellschaft der Vogelfreunde.»

«Ich möchte wahrscheinlich später noch mit Ihnen sprechen, Sir Miles. Wenn Sie etwas Zeit für mich erübrigen können.»

Wie zu erwarten, gefiel Miles Bodenheim diese demütige Anfrage von seiten der Polizei ungemein. «Ja, werde ich. Es scheint sich ja», fuhr er fort, «um ein besonders brutales Verbrechen zu handeln. Wie ich höre, wurde ihr der Arm abgehackt. Ich komme gerade von den Craigies. Ernestine steht immer noch unter Beruhigungsmitteln. Was für ein Schock! Ich hab mich mit Augusta beim Tee unterhalten, und sie hat mir alles erzählt. Entsetzlich, ihr einfach so den Arm –» Er brachte einen knackenden Laut hervor und schlug sich mit dem Stock auf den Arm. «Unverständlich, wie man so was tun kann.» Erwartungsvoll blickte er zu Jury hin, der sich jedoch nicht äußerte. «Aber na ja, sie war fremd hier.» Womit er wohl ausdrücken wollte, daß Fremde es sich selbst zuzuschreiben hatten, wenn sie ihre Arme einbüßten. «Hoffentlich seid ihr Burschen von Scotland Yard etwas schneller als die hiesige Polizei. Dafür bezahlen wir euch schließlich.» Sir Miles monologisierte weiter. «Ist doch komisch. Was konnte einer da draußen zu suchen haben? Außer uns Vogelfreunden hat im Wald von Horndean niemand etwas zu schaffen. Sylvia, meine Frau, sagt das auch.» Er erwärmte sich für sein Thema, und nun stand nicht mehr der Mord im Mittelpunkt, sondern das widerrechtliche Betreten seines Grundstücks. «Es gibt nur den einen öffentlichen Fußweg, und der ist völlig zugewachsen, weil niemand da langgeht. Es gibt auch keinen Grund, diesen Weg nach Horndean zu nehmen. Es ist ein ziemlich langer Fußmarsch; Sylvia sagt, sie ist beinahe im Schlamm versunken, als sie mit ihren Vogelfreunden da herumwanderte; man soll besser nicht so weit reingehen. Sylvia steckte schon einen halben Meter tief drin, sie sagt –»

Wie Jury an Geres Gesicht ablesen konnte, hätte Sylvia auch völlig darin versinken können, ohne daß ihr jemand eine Träne nachgeweint hätte. Er unterbrach Miles: «Sie meinen also, für Pärchen oder Picknicks ist der Wald nicht der geeignete Ort?»

Miles schnappte nach Luft. «Pärchen? Das will ich nicht hoffen!» In Littlebourne waren Pärchen anscheinend so unbekannt wie die Maul- und Klauenseuche. Sein Blick fiel wieder auf die Briefe, die Gere erfolglos mit dem Arm zu verdecken versuchte. «Dieses Dorf ist das reinste Tollhaus. Ein Verrückter, der sich frei unter Unschuldigen bewegt. Ein *paar* Unschuldigen, besser gesagt.» Er grinste. «Kein Rauch ohne Feuer. Sie bleiben noch, nehme ich an, Superintendent?»

«Ja, ich hab mir ein Zimmer im ‹Blue Boy› genommen.»

Sir Miles' grauer Schnurrbart zuckte. «Oh, doch nicht im ‹Blue Boy›. Die Heizung funktioniert nicht richtig; Mary O'Brien kocht zwar ganz gut, das schon, aber ich kann Frauen in der Gastronomie nicht gutheißen. Sie etwa? Ich weiß, Frauen sind heutzutage überall, aber Mary O'Brien... Sie haben bestimmt gehört, was ihrer Tochter zugestoßen ist? Ich hab's beinahe vergessen bei dem ganzen Trubel. Die Polizei ist in dieser Sache auch noch nicht weitergekommen, was, Peter? Zwei Wochen ist das nun schon her. Na schön, Superintendent, ich würde ganz gerne noch etwas bleiben und mit Ihnen plaudern, aber ich muß leider weiter.» Er klopfte mit seinem Stock dreimal auf den Boden, als wolle er irgendwelche Geister beschwören. «Wir stehen Ihnen zur Verfügung», bot er Jury an. «Zögern Sie nicht, uns in Rookswood aufzusuchen, wann immer Sie Hilfe benötigen.» Nachdem er sich die Befriedigung verschafft hatte, bei der Polizei nach dem Rechten gesehen zu haben, riß Miles Bodenheim die Tür auf und segelte hinaus, während sich hinter ihm die heiße Luft mit der kalten vermischte.

«Was ist denn mit dem Mädchen passiert?» fragte Jury und ließ den Packen Briefe in die Tasche seines Regenmantels gleiten.

«Katie O'Brien. Das ist die Tochter der Wirtin vom ‹Blue Boy›. Sie ist zweimal im Monat nach London gefahren, um Geigenstunden zu nehmen. Anscheinend hat sie auch in der Underground gefiedelt, um sich ein Taschengeld zu verdienen.»

«So 'n Blödsinn», sagte Sergeant Wiggins.

«Tja, und dann hat ihr jemand den Schädel eingeschlagen. Es soll ein wahres Wunder sein, daß sie noch lebt, aber ich weiß nicht, ob sie so besser dran ist. Sie liegt im Fulham Road Hospital im Koma. Schon seit beinahe zwei Wochen, und es sieht nicht gerade gut aus.»

Als sie aufstanden, um sich zu verabschieden, fragte Jury: «Wo ist das passiert?»

«Im East End. In der Wembley-Knotts-Station. Ihr Musiklehrer wohnt da irgendwo in der Nähe.»

Wiggins steckte sich ein Hustenbonbon in den Mund und reichte die Schachtel herum. «Keine Gegend, in der sich ein junges Mädchen herumtreiben sollte.»

4

Sollte sie, sollte sie nicht, sollte sie doch?

Emily Louise Perk stand immer noch auf der Grünanlage, O-beinig wie immer. Emily war sozusagen stets zu Pferd. Sie hatte die Tür der Polizeiwache im Auge, aus der eben Miles Bodenheim getreten war; er war dann aber sofort abgebogen. Ihre Gedanken kreisten um Scotland Yard.

In Pollys Büchern tauchte etwas auf, was Mordkabinett hieß, und Emily Louise fragte sich, wie so was wohl aussah. Wahrscheinlich befanden sich in ihm die Wachsfiguren von Mördern. Und Handschellen, Äxte, Blut. Sie hatte einen Horror vor Blut und hatte sich die detaillierten Beschreibungen der Leiche, die im Wald von Horndean gefunden worden war, kaum anhören können. Emily haßte es, nur an Blut zu denken. Das war auch einer der Gründe, weshalb sie eine so gute Reiterin war; sie wußte nämlich, daß sie herunterfallen und sich blutende Wunden holen konnte, wenn sie ihre Kunst nicht beherrschte. Ihre Mutter hatte einmal versucht, mit ihr über Blut und Blutungen zu reden, aber Emily hatte sich so geekelt, daß sie aus dem Zimmer gerannt war. In Pollys Büchern hatte sie die Beschreibungen von blutüberströmten Körpern immer übersprungen. In einem war von einem abgeschlagenen Kopf die Rede. Und nun war das auch noch hier passiert. Eine abgeschlagene Hand. Miss Craigie hatte gesagt, die Finger … Nein, sie wollte nicht daran denken.

Sie hatte es auch nicht über sich gebracht, Katie im Krankenhaus zu besuchen. Schaudernd dachte sie an die Gerüche, an das Blut, auf das man überall stieß: die Operationstische, die Messer der Chirurgen, die Blutflecken, Kittel und Uniformen. Und sie wollte ihre Freundin Katie nicht wie eine Tote auf einem Tisch liegen sehen.

Die Falte auf ihrer Stirn wurde noch tiefer. Eine so tiefe Furche war selbst für Emily ungewöhnlich. Wenn sie nur rausbekäme, was die Polizei wußte, vielleicht konnte sie dann auch entscheiden, ob das, was *sie* wußte, von Bedeutung war.

Die Tür der Polizeiwache ging wieder auf, und *er* kam heraus. Sie würde vorsichtig zu Werke gehen müssen. Leute von Scotland Yard schafften es, jeden auszuquetschen. Sie konnten selbst ihr Pony Shandy zum Reden bringen, wenn sie mußten. Und die Bäume, wenn sie es darauf anlegten.

Und Emily war im Besitz eines Geheimnisses. Das Problem war nur, daß es eigentlich nicht *ihr* Geheimnis war. Es war vielmehr Katie O'Briens Geheimnis.

SOLLTE SIE, SOLLTE SIE NICHT, sollte sie doch.

Polly Praed schob die Walze ihrer Schreibmaschine so heftig zurück, daß sie beinahe die ganze Maschine mitnahm.

Sie versuchte, sich zu einem Entschluß durchzuringen.

Ihr Häuschen stand direkt neben dem keltischen Kreuz, dort wo die Hauptstraße in die Hertfield Road mündete und mit ihr ein Y bildete. Von dem Fenster des winzigen Wohnzimmers, in dem sie ihre Bücher schrieb, hatte man einen guten Blick auf die Hauptstraße: Sie konnte über die Grünanlage bis zur Polizeiwache rechts davon und zum «Blue Boy» links davon sehen.

Gewöhnlich nahm sie das Treiben auf der Straße gar nicht wahr. Ihre Augen registrierten zwar das Kommen und Gehen, aber ihre Gedanken waren bei ihrer Geschichte. Das war die Regel. Heute schien es jedoch umgekehrt zu sein.

Mit etwas Zyankali in der Partybowle hatte sie gerade Julia Bodenheim ins Jenseits befördert. Ihre Finger bewegten sich wie von selbst, wenn es darum ging, einen der Bodenheims aus der Welt zu schaffen. Es entging ihr also kein Detail von dem, was sich im Umkreis der Polizeiwache abspielte. Während ihre Finger Julia vergifteten, verfolgten ihre Augen, wie der Mann von Scotland Yard mit Peter Gere den Rasen überquerte.

Polly fragte sich, was Emily dort zu suchen hatte: Emily tat das, was Polly am liebsten getan hätte. Es war zwar schon nach zwei, aber doch nicht zu spät, um noch etwas zu essen. Bestimmt waren sie zum Mittagessen gegangen. Nichts hinderte sie daran, das auch zu tun. Sollte sie, sollte sie nicht, sollte sie doch.

Ihre Finger ruhten auf einer mit Arsen gewürzten Aubergine, während sie sich ihren ersten Schachzug überlegte:

«Scotland Yard? Oh! Ich wußte gar nicht, daß die Polizei von Hertfield sich Verstärkung geholt hat.»

Ziemlich langweilig. Wie war es mit: *«Ich kann mir vorstellen, daß Sie Krimis, in denen von Scotland Yard die Rede ist, gleich wieder aus der Hand legen, Superintendent?»*

Albern. Sollte sie ihn vielleicht fragen, wie sie im dritten Kapitel vorgehen sollte? Das wäre so plump, daß sie bestimmt keine Chancen mehr bei ihm hätte. Erwartete sie von ihm, daß er seine Ermittlungen einstellte, um ihr eine Nachhilfestunde in Kriminologie zu geben?

Frustriert ließ sie sich auf ihren Stuhl zurückfallen und drückte fast ihre Katze Barney platt. Sie hatte sich dieses Plätzchen ausgesucht, weil es am sonnigsten war.

Abgehackte Finger. Polly stützte den Kopf auf die Hände und dachte nach, fand aber keine Erklärung. Sie beugte sich wieder vor, verschränkte die Arme auf ihrer Schreibmaschine, legte das Kinn darauf und starrte aus dem Fenster. Sie sah, wie das Tor zum Garten des «Bold Blue Boy» auf- und zuging. Auf und zu, auf und zu... und darauf saß Emily

Louise, die alles noch viel genauer verfolgte als sie. Als zehnjährige Göre konnte man sich so auffällig benehmen, wie man wollte.

Das ist einfach lächerlich, sagte sie sich, stand auf und strich ihr Twinset glatt. Sie würde einfach über die Grünanlage zum Gasthof gehen.

Nein, doch nicht.

5

Wer ist denn die Kleine mit dem sorgenvollen Blick?» fragte Jury, der aus dem offenen Fenster des «Bold Blue Boy» schaute. Sie saß auf dem hin- und herschwingenden Tor.

«Emily Louise Perk», antwortete Peter Gere, ein Käsebrot mit Gurkenscheibchen in der Hand. «Sie hängt immer herum. Ihre Mutter arbeitet in Hertfield, ihr Vater ist tot. Vielen Dank, Mary.»

Die Frau, die ihnen das Bier hinstellte, hatte einen vagen, ausdruckslosen Blick, als schaue sie sie durch eine regennasse Scheibe an. Sie war mittleren Alters, dunkelhaarig und bestimmt einmal sehr hübsch gewesen – vielleicht noch vor zwei Wochen, bevor diese Sache mit ihrer Tochter passierte. Sie sagte nur, sie sollten es sich schmecken lassen, und entfernte sich wieder.

Peter, der Jury von Katie O'Briens Unfall erzählt hatte, fuhr fort: «Mary konnte sich nicht erklären, wieso sie nicht die Sachen trug, die sie angehabt hatte, als sie von zu Hause wegging. Mary bestand auf Kleidern und Röcken. Katie muß sich also irgendwo umgezogen haben, denn sie hatte Jeans und ein pinkfarbenes T-Shirt an. In ihrer Einkaufstasche war auch ein Päckchen Zigaretten. Und einer von diesen Schmökern, die Mädchen in ihrem Alter verschlingen, ein Heartwind-Roman, soviel ich mich erinnere. Ihre Mutter war jedenfalls strikt dagegen, daß sie Zigaretten rauchte oder solche Schmöker las –»

«Die sind ziemlich harmlos», sagte Sergeant Wiggins, der jetzt, wo er sein Essen vor sich hatte, schon sehr viel gesünder aussah. «Es gibt Schlimmeres –» Als er Jurys fragenden Blick bemerkte, meinte er: «Na ja, Sie erinnern sich doch bestimmt an Rosalind van Renseleer. Ich hab ein paar von ihren Romanen gelesen...» Er verstummte und widmete sich wieder seinem belegten Brot.

«Ihre Mutter ist wohl ziemlich streng, was?» Gere nickte.

«Und was ist mit diesem Musiklehrer? Sagten Sie nicht, er habe sie an der Station abholen und auch wieder zur Station zurückbringen sollen?»

Gere zuckte die Achseln. «Weiß ich nicht. Das Morddezernat beschäftigt sich mit diesem Fall. Sie können sich von Carstairs einen Bericht geben lassen. Ist bestimmt nicht die erste, die in London überfallen wurde.» Gere lächelte matt. «Ein schwerer Schlag für Mary. Arme Frau. Aber die Jugend heutzutage –»

«Was für Jeans?» fragte Jury.

Erstaunt blickte Peter hoch. «Was für welche? Blue Jeans. Sehen doch alle gleich aus.»

«Überhaupt nicht. Die meisten Mädchen stehen heute auf Designer-Jeans, darunter machen sie es nicht. Welche Marke?»

Peter runzelte die Stirn. «Hmmm, das weiß ich nicht. Warum ist das denn so wichtig?»

«Ich frage mich nur, wie lange sie in der Underground spielen mußte, um sich welche kaufen zu können.»

«Jordache-Jeans», sagte Mary O'Brien und drehte am Zipfel ihrer Schürze, als wäre es der Hals des Mannes, der ihre Tochter überfallen hatte. «Und ein rosaviolettes T-Shirt. Ihr Kleid lag in der Tasche.»

«Jungen? Wie stand's damit? Hatte sie einen Freund?»

Mary O'Brien schüttelte den Kopf. «Sie ist erst sechzehn. Ich hab ihr gesagt, das hätte Zeit.»

Jury äußerte sich nicht dazu. «Der Musiklehrer – wie heißt der?»

«Macenery.» Sie schaute zu, wie Wiggins sich den Namen notierte. «Cyril Macenery. Er wohnt in der Drumm Street, nicht weit von der Station. Das erste Mal bin ich zusammen mit Katie zu ihm hingegangen. Er behauptet, er hat sie an die Bahn gebracht. Angeblich hatte er auch keine Ahnung, daß sie dort spielte.»

«Nehmen Sie ihm das nicht ab?»

«Ich weiß nicht, was ich glauben soll. Es überrascht mich, daß Sie sich überhaupt dafür interessieren. Außer Ihnen tut das keiner. Nach diesen Briefen und jetzt nach diesem Mord im Wald von Horndean...» Mit dem Handrücken strich sie sich das dunkle Haar aus der Stirn.

«Natürlich interessiert mich das, Mrs. O'Brien. Eine schreckliche Geschichte.» Sie schenkte ihm ein winziges, kaum wahrnehmbares Lächeln, ein Lächeln wie ein Blatt, das an einem Stein im Wasser hängengeblieben ist. Es verflüchtigte sich sofort wieder. «Wie heißt ihr Arzt?»

«Dr. Riddley. Der Arzt aus dem Dorf. Sie können nichts tun als warten. Ich besuche sie im Krankenhaus und spreche mit ihr. Es ist schwer, mit jemandem zu sprechen, der einen nicht hört. Ich habe auch den Kassettenrecorder und ein paar von ihren Lieblingskassetten hingebracht. Katie war außergewöhnlich musikalisch», sagte Mary O'Brien, und in ihrer Stimme schwang noch etwas von dem Stolz mit, den sie empfunden haben mußte. «Hier konnte ihr keiner mehr was beibringen. Sie war schon bei allen gewesen. Nur dieser Macenery war gut genug und außerdem auch nicht so teuer. Viel Geld habe ich nicht, aber sie brauchte einfach einen wirklich guten Lehrer. Katie hat getan, was sie konnte. Ihre Musik bedeutete ihr alles. Sie hat verschiedene Jobs gehabt, vor allem hat sie geputzt – für Miss Pettigrew, die Mainwarings, Peter, Dr. Riddley und andere. Manchmal hat sie auch in Rookswood nach den Pferden geschaut oder im ‹Magic Muffin› ausgeholfen, im Sommer, wenn viel los war, hat sie dort bedient... Wenn er nicht der beste Lehrer gewesen wäre, den wir uns leisten konnten, glauben Sie, ich hätte sie in so eine Gegend von London fahren lassen?»

Sie würde gleich zusammenbrechen, wenn er nicht eingriff. Ihre Stimme nahm diesen immer schriller werdenden, hysterischen Ton an. «Die Londoner Polizei wird sich darum kümmern, Mrs. O'Brien.»

«Ich kann Ihnen ja mal Ihre Zimmer zeigen.» Sie führte ihn eine dunkle Treppe mit alten Stichen von Vögeln und bukolischen Landschaften hinauf. «Sie sagen, man kann nie wissen, auf was Leute im Koma reagieren. Ich spreche mit ihr und spiele ihre Kassetten. Sie würden nie erraten, was ihr Lieblingslied war: ‹Rosen aus der Picardie›! Katie war so altmodisch.»

Jury fragte sich, wie sie das mit den Jordache-Jeans und dem pinkfarbenen T-Shirt in Einklang brachte.

JURYS INTERESSE FÜR DIE KLEINE BLONDE WUCHS. Anscheinend war es ihr auf dem Tor langweilig geworden – während seiner Unterhaltung mit Mary O'Brien war sie jedenfalls verschwunden.

Nachdem er Wiggins beauftragt hatte, die Postmeisterin und die Mainwarings zu befragen, machte Jury sich auf den Weg zu den Craigies. Jury und Emily traten gleichzeitig – ja beinahe schon verblüffend gleichzeitig – auf die Straße, er aus dem «Bold Blue Boy», sie aus dem Süßwarenladen ein paar Häuser weiter.

Jury beobachtete einen Augenblick, wie sie in die Luft starrte und ihn auf unübersehbare Weise ignorierte. Das letzte Mal, daß ihn jemand so auffällig ignoriert hatte, war in der Camden Passage gewesen, als er Jimmy Pink, den Taschendieb, der dort seiner Arbeit nachging, festnahm. Sie beugte den Kopf über eine weiße Papiertüte und überlegte anscheinend, welches Bonbon sie sich zuerst in den Mund schieben sollte. Immer noch durch ihn hindurchstarrend, obwohl er die einzige Person auf dem Trottoir war und außerdem von beträchtlicher Körpergröße, begann sie auf einem Bein herumzuhüpfen, dann machte sie einen Satz nach vorne, wobei sie die Beine, einem unsichtbaren Muster im Pflaster folgend, auseinanderspreizte. Sie wirbelte herum und wiederholte das Ganze rückwärts, die weiße Bonbontüte fest an sich pressend. Ihr ungekämmtes, strähniges Haar hatte an den Seiten ihres Kopfs zwei Bäusche gebildet, die beim Hüpfen auf- und abgingen.

Er überquerte die Hauptstraße, stieg in sein Auto und umkurvte damit das eine Ende der Grünanlage, um dann auf der andern Seite am «Blue Boy» vorbeizufahren. Bei dem keltischen Kreuz blickte er in den Rückspiegel. Sie stand völlig regungslos da, stopfte sich den Inhalt ihrer Tüte in den Mund und starrte dem Wagen der Kriminalpolizei nach.

6

Augusta Craigie – oder die Frau in dem wild wuchernden Garten, von der Jury annahm, sie sei Augusta – schien gerade mit einem Beet Primeln beschäftigt zu sein, als er das Gartentor aufklinkte. Bis auf das kleine Fleckchen, auf dem sie gerade arbeitete, war der Garten ein einziger Dschungel. Sie fuhr mit einer kleinen Harke um die winzigen Windmühlen und Wasserfälle, die Enten, die ihre Jungen in die Schlacht führten, die gepunkteten Frösche auf den Gipsbänkchen herum. Sogar ein kleines Riesenrad war vorhanden. Es war wie auf einem Rummelplatz für Liliputaner.

«Miss Craigie?» Sie drehte sich nach ihm um, und ihre Lippen formten ein kleines O. «Ich bin Superintendent Jury von Scotland Yard. Kriminalpolizei.» Er zeigte ihr seinen Ausweis.

Sofort rollte sie den Kragen hoch und die Ärmel herunter, als wolle sie den letzten Zentimeter unbedeckter Haut verhüllen, ein schwieriges Unterfangen, denn Miss Craigie war von den Haaren bis zu den Baumwollstrümpfen bereits ganz in Grau gehüllt. Mit ihren flinken, kleinen Augen und ihrer spitzen Nase erinnerte sie Jury an eine Feldmaus.

«Sie wollen bestimmt mit meiner Schwester sprechen. Ich glaube nicht, daß sie dazu in der Lage ist... ich meine, nach alldem, was sie hinter sich hat. Sie können sich vorstellen, was für ein Schock das war!»

«Ja, natürlich. Aber vielleicht könnten *wir* uns unterhalten?» Wenn er erst einmal im Haus war, würde er schon fertig werden mit den Schocks, die sie erlitten hatten.

«Wir? Oh. Ja, ich denke schon...» Verunsichert blickte sie auf ihre Gipsdekorationen, da aber von den Enten und den Fröschen kein Zuspruch zu erwarten war, streckte sie die Waffen, wickelte ihre Strickjacke noch fester um ihren schmalen Körper und führte ihn zu einer kleinen Tür. Das Strohdach war dringend reparaturbedürftig. Von den schweren, dunklen Balken um die Fenster und die Tür war schon längst der Maschendraht abgefallen, der verhindern sollte, daß Vögel dort ihre Nester bauten.

Eine langhaarige Katze mit dem gemeinen, verdrießlichen Gesichtsausdruck eines Schurken tauchte hinter einem Busch auf und folgte ihnen auf den Fersen. Drei weitere – Jury glaubte etwas Graues und Orangefarbenes gesehen zu haben – huschten wie Schatten um die Ecke des Hauses.

Der Eindruck, den der Garten vermittelte, wurde im Innern des Hauses noch verstärkt. Die Ausschmückung ihres Heims lag den beiden Schwestern offensichtlich mehr am Herzen als der Haushalt. Von dem vorderen Zimmer gelangte man durch einen niedrigen Bogen in einen zweiten Raum – ein Studierzimmer oder eine Art Wohnzimmer. Vor dem Fenster stand ein breiter, mit Papierrollen, Schreibwerkzeugen und Zeichengeräten übersäter Schreibtisch. Über alldem thronten zwei Sperlingspapageien in einem Korbkäfig.

Auch sonst gab es überall Vögel, nur daß diese entweder ausgestopft waren, unter Glas standen oder als Porzellanfiguren den Kaminsims und die Regale zierten. Augusta Craigie hatte in einem ausladenden, kretonnebezogenen Sessel Platz genommen; sie sagte: «Ernestine ist Ornithologin. Deswegen haben wir hier so viele Vögel herumstehen. Die Sperlingspapageien gehören mir. Süß, nicht wahr? Ernestine hat schon etliche Artikel über Vögel geschrieben. Ich kümmere mich um den Haushalt.» Sie breitete entschuldigend die Hände aus, als wären sie dieser Aufgabe nicht richtig gewachsen.

Jury war sich nicht sicher, ob die drei Katzen, die sich vor ihm aufgebaut hatten und ihn anstarrten – die Pfoten ordentlich nebeneinandergestellt und gelegentlich mit den Schwänzen zuckend –, dieselben Tiere waren, die er draußen gesehen hatte, oder andere, dem Dunkel des Hauses entsprungene Geschöpfe. Sogar am hellichten Tag brauchte man elektrisches Licht, und die große Stehlampe neben Miss Craigies Sessel brannte auch. Der mit Fransen besetzte Schirm verbreitete ein trübes Licht. Die Katze mit dem gemeinen Gesichtsausdruck sprang auf ihren Schoß und versetzte ihr einen mörderischen Hieb mit der Pfote, den Miss Craigie überhaupt nicht wahrzunehmen schien.

«Ernestine ist die Vorsitzende der Vogelfreunde von Hertfield. Gewöhnlich ist sie schon vor fünf mit ihrem Feldstecher unterwegs... Sie sehen, es ist also ganz *normal*, daß sie auf... auf diese arme Frau gestoßen ist.»

Augusta gehörte offenbar zu den Leuten, die für alles eine Erklärung parat haben müssen, und Jury ließ sie reden. Sie deutete jedoch sein Schweigen als Schuldzuweisung und schmückte eilig das Ganze noch weiter aus. «Sie war gerade dabei, eine dieser kleinen Karten für die Vogelbeobachter zu zeichnen. Wir benutzen sie, wenn wir gemeinsam losziehen; gewöhnlich in kleinen Gruppen, wenn es etwas Besonderes gibt – wie zum Beispiel das Tüpfelsumpfhuhn...» Ein bitterer Ton schlich sich ein, als sie sagte: «Wissen Sie, für mich war das genauso schlimm – wirklich genauso schlimm!» Sogar in dem trüben Licht sah Jury die Röte, die ihr Gesicht überzogen hatte: Sie war damit herausgeplatzt, als hätte Ernestine sich nun lange genug im Rampenlicht gesuhlt. «Zu sehen, wie dieser Hund auf mich zukam mit diesem – *Ding* im Maul.» Augusta sank in ihren Sessel zurück, fuhr dann aber plötzlich wieder hoch und beförderte dabei die Katze auf den Boden, die daraufhin die Sperlingspapageien zu belauern begann. «Ich versteh das alles nicht, Inspektor. Offensichtlich sind wir die Sündenböcke. Als hätten die Polizisten – Sie – *uns* im

Verdacht. Vor Ihnen war schon dieser andere Inspektor aus Hertfield da und hat uns mit Fragen bombardiert... Wirklich, es ist einfach ungerecht.»

Jury überging seine Degradierung und sagte: «Ich hoffe, Sie verstehen, wie wichtig es für uns ist, alle, die mit der Entdeckung der Leiche zu tun hatten, zu befragen. Wir wollen Sie keineswegs belästigen. Wenn Sie und Ihre Schwester nicht gewesen wären, würde sie vielleicht immer noch da draußen im Wald liegen.» Jury lächelte.

Die plötzliche Verwandlung vom Opfer zur Heldin veranlaßte Augusta, sich über das Haar und anschließend über den Rock zu streichen. Sie konnte es sich nun auch erlauben, ihrer Neugier freien Lauf zu lassen. «Wer war sie denn? Wissen Sie das?» Jury schüttelte den Kopf. «Von uns hat sie keiner gekannt. Vielleicht kam sie aus Horndean oder Hertfield. Ich hab gerade eben mit Miles Bodenheim – Sir Miles – gesprochen, und wir waren uns einig, daß der Mörder höchstwahrscheinlich ein Psychopath ist, aus London vielleicht –» (Auf Urlaub, fragte sich Jury.) «Man denkt sofort an Jack the Ripper.» Der kleine Schauer, der sie durchlief, schien eher ein Schauer der Lust als des Entsetzens zu sein. «Erinnern Sie sich, wie er seine Opfer verstümmelt hat?»

«Nein, so würde ich den Fall hier nicht sehen.»

Augusta ließ sich jedoch nicht beirren. Wie ein Spürhund war sie auf die blutigen Details aus und beschrieb den Fund der Leiche, wie ihre Schwester ihn ihr geschildert hatte. Diese schien sich erhoben zu haben; Gepolter, knarrende Dielen und Schritte auf der Treppe kündigten ihr Erscheinen an.

«Das muß Ernestine sein. Ich kann mir nicht vorstellen, warum sie schon aufgestanden ist. Das reinste Wunder, daß sie nicht ohnmächtig wurde – Ernestine! Du solltest im Bett bleiben, wirklich!»

Falls die Person, die den Durchgang blockierte, Ernestine war, stand nicht zu befürchten, daß irgend etwas sie umwerfen würde. Eine gedrungene, vierschrötige, energische Person. Jeden Einwand gegen den Kurs, den sie eingeschlagen hatte, räumte sie zweifellos mit Hilfe des Schwarzdornstocks in ihrer Hand aus dem Weg. Selbst die Katzen stoben auseinander. Über ihrem stattlichen Busen trug sie eine fest zugeknöpfte Segeltuchjacke, und die gestrickte Mütze hatte sie sich so energisch über die Ohren gezogen, daß nur ein graues Haarbüschel und eine Andeutung von Augenbrauen zu sehen waren.

«*Raus*, natürlich», lautete die schnippische Antwort auf die schüchterne Frage ihrer Schwester, wo sie denn hinwolle. «Ein bißchen Ruhe, mehr war nicht nötig. Ich muß mir nur noch die Gummistiefel anziehen –»

«Aber du kannst doch unmöglich in den Wald von Horndean zurück. Der Herr hier ist von Scotland Yard und möchte dir Fragen stellen.»

«Warum sollte ich nicht zurückgehen? Das Tüpfelsumpfhuhn wartet nicht ewig. Ich nehme doch an, die Polizei hat inzwischen alles hübsch sauber aufgeräumt, nicht wahr, Inspektor?»

«Wir haben die Leiche weggebracht, Ma'am. Trotzdem können Sie noch nicht wieder in diesen Teil des Waldes.»

«Und warum nicht, bitte? Die Tüpfelsumpfhühner sind beinahe ausgestorben, Sir. Sie sind, wenn überhaupt, nur an dieser Stelle zu sehen. Sie mögen Feuchtigkeit, wissen Sie.» Sie ging zu der Bank neben der Tür, wo ihre Gummistiefel warteten, stramm wie Soldaten. Ließ sie sich nur mit Gewalt aufhalten?

«Das Tüpfel –, was ist denn das?»

Sie blieb stehen, wandte sich um. «Das große Tüpfelsumpfhuhn. Sie wollen doch nicht behaupten, Sie hätten noch nie davon gehört?»

«Nein, noch nie. Ist es denn so selten?»

«Selten? *Selten?*» Sie kam wieder ein paar Schritte zurück. «In den letzten drei Jahren wurde es nur dreimal gesichtet. Einmal auf den Orkneys, einmal auf den Hebriden und einmal in Torquay. Es ist offensichtlich etwas von seinem Kurs abgekommen.»

«Und Sie haben es im Wald von Horndean gesichtet?»

«Ja, ich denke doch.» Sie knöpfte ihre Jacke wieder auf.

«Ich hab einen Freund, der einmal einen Spix Ara gesehen hat», sagte Jury und bot ihr eine Zigarette an, nach der sie geistesabwesend griff.

Ihre Augenbrauen gingen in die Höhe und verschwanden völlig unter der heruntergezogenen Strickmütze. «Das ist unmöglich! Spix Aras wurden nur in Brasilien gesichtet. Irgendwo im Nordwesten von Bahia. Das ist ein äußerst seltener Vogel.» Sie ließ sich in den andern kretonnebezogenen Sessel sinken, als müsse sie sich von diesem Schock erholen.

Jury schüttelte den Kopf. «Vielleicht hat er sich verirrt.»

Sie betrachtete ihn mit äußerstem Mißtrauen und meinte: «Ich kann nicht glauben, daß diese Person einen gesehen hat. Ich bin Ornithologin, und ich halte mich auf dem laufenden. Von einem Spix Ara habe ich nichts berichten gehört.» Ihre Augen verengten sich, als sie an der Zigarette zog, die sie zwischen Daumen und Zeigefinger festhielt. «Beschreiben Sie ihn.» Als nehme sie einen Mordverdächtigen in die Zange.

«Na, blau, nach der Aussage meines Freundes. Auf dem Rücken und den Flügeln etwas dunkler. Und, hmm, ungefähr sechzig Zentimeter groß.»

In der kurzen, verblüfften Pause, die daraufhin erfolgte, starrte Ernestine auf ihre Schwester. Jury dachte schon, sie würde Augusta für diese haarsträubende Spix-Ara-Geschichte verantwortlich machen. Aber sie sagte nur: «Augusta, hock hier nicht rum wie ein Huhn auf der Stange. Wir könnten eine Kleinigkeit vertragen. Wie wär's mit ein paar belegten Broten?» Und dem ergebenen Rücken ihrer Schwester rief sie noch nach: «Im Kühlschrank ist gehacktes Hühnerfleisch!» Dann machte sie es sich wieder in ihrem Sessel bequem, um mit Jury zu fachsimpeln. «Der Spix Ara ist...»

Jury gab ihr genau drei Minuten, dann fand er es an der

Zeit, sie von den Vögeln auf die Vogelbeobachter zu bringen. «Wie oft trifft sich Ihre Gruppe?»

«Einmal im Monat, am dritten Montag.»

«Und wer gehört dazu?»

«Die Bodenheims – Miles und Sylvia. Mainwaring und seine Frau, wenn sie zu Hause ist.» Ernestine grinste.

«Heißt das, daß sie häufig nicht zu Hause ist?»

«Da kriselt es, wenn Sie *mich* fragen.»

Augusta kam mit einer Platte belegter Brote zurück, die wie eingesäumt aussahen, so akkurat waren sie geschnitten. Jury lehnte dankend ab, ließ sich aber eine Tasse Kaffee einschenken.

«Sagen Sie, Miss Craigie, Sie müssen sich doch Gedanken über dieses Mädchen gemacht haben – wer sie war oder zumindest, was sie in dem Wald verloren hatte?»

Ohne sich darum zu kümmern, daß sie den Mund voller Hühnerfleisch hatte, meinte Ernestine: «Wahrscheinlich nichts. Muß wohl eine Verkäuferin gewesen sein.»

«Was veranlaßt Sie, das anzunehmen?»

«Ich weiß nicht. Sie sah eben so aus. Etwas nuttig mit diesen ganzen Armreifen und Ohrringen. ‹Geschmückt wie ein Pfingstochse›, pflegte unsere Mutter zu sagen. Stammte wohl von Woolworth, der ganze Kram.»

«Sie haben sie sich ja genau angeschaut.»

«Ich sah die Leiche zuerst hierdurch.» Sie hob ihren Feldstecher hoch. «Aber ich war mir nicht sicher, was es war, und bin zu der Stelle rübergegangen. So lange hab ich sie mir auch nicht angeschaut – das können Sie sich wohl denken –, wer aber wie ich ein scharfes Auge für Details hat, braucht da nicht viel Zeit. Ich bin dann sofort zur nächsten Telefonzelle gegangen und habe die Polizei informiert.»

Da die Antworten nur so aus ihr heraussprudelten, zögerte Jury etwas mit seiner nächsten Frage. «Die, äh, die Verstümmelungen wurden ihr mit einer kleinen Axt zugefügt, die neben dem Baumstumpf gefunden wurde. Es soll sich dabei um

Ihre Axt handeln, Miss Craigie. Wieso hatten Sie sie da liegen?»

Eine Axt am Tatort brachte Miss Craigie noch lange nicht aus der Fassung. «Ich bahne mir damit den Weg, was sonst. Ich hacke Zweige ab und so weiter, um etwas sehen zu können.»

«Wissen Sie, ob sonst noch jemand diese Axt benutzt hat?»

«Ich denke schon. Sie liegt immer rum. Nicht gerade *dort* – die Vogelbeobachter benutzen sie hin und wieder, man hätte sie also überall in der Nähe finden können.»

Jury wechselte das Thema. «Sagen Sie, haben Sie Katie O'Brien gekannt?»

Einen Augenblick lang schien sie seine Frage nicht zu verstehen. «Oh, die kleine O'Brien. Die hab ich ganz vergessen. Wurde sie nicht vor zwei Wochen zusammengeschlagen? Na ja, wenn ihre Mutter sie einfach so in London rumlaufen läßt, dann wundert mich das ja nicht.»

Wie Jury vermutete, verteidigte Augusta Katie wahrscheinlich nur, um ihrer Schwester widersprechen zu können. «Ein nettes Ding, diese Katie. Sie hat für einige Leute in Littlebourne geputzt. Und sie war sehr gründlich; ich hab sie auch ab und zu geholt. Richtig geschuftet hat sie; zuverlässig war sie auch und gut erzogen, nicht so wie diese andern Gören, die mit ihr zur Schule gingen.»

Ernestine machte eine wegwerfende Handbewegung. «Ja, ja, immer nett, die Kleine, aber stille Wasser... Was hab ich gesagt, wetten, daß sie bei der erstbesten Gelegenheit mit einem Jungen abhaut!»

«Vielleicht», meinte Augusta, «wollte sich dieses Mädchen auf Stonington vorstellen.»

«Auf Stonington?» wiederholte Jury.

«Ja, bei den Kenningtons. Ich hab gehört, Lady Kennington suchte jemanden, der für sie tippt. Stonington liegt auf der andern Seite des Waldes, an der Horndean Road. Ich erinnere mich genau, daß Mrs. Pennystevens mir erzählt hat, sie – ich meine Lady Kennington – hätte eine Bewerberin, die sich in ein, zwei Tagen vorstellen wollte. Vielleicht war sie das, die Frau im Wald.»

«Aber ist es nicht ziemlich unwahrscheinlich, daß ein Ortsfremder durch den Wald von Horndean geht?»

Augusta strahlte ihn an: «Aber Inspektor, vielleicht wurde sie dorthin *geschleppt*. Sie verstehen – nachdem sie irgendwo anders umgebracht worden war. Oder *hingerichtet*. Wirklich, es sieht doch ganz nach einem *Ritual*mord aus. Haben Sie daran schon gedacht?»

Jury mußte zugeben, daß ihm dieser Gedanke noch nicht gekommen war.

«Das ist doch Quatsch, Augusta. Du hast zu viele Krimis von Polly gelesen. Das ist unsere Märchentante, eine Kriminalautorin», erklärte sie Jury. «Sie ist gar nicht so schlecht. Ich hab auch schon versucht, sie für unsern Verein anzuwerben –»

Jury ging der Name Kennington im Kopf herum. Wo hatte er ihn nur schon gehört? Er konnte sich nicht erinnern, daß Carstairs oder Peter Gere ihn erwähnt hatten. «Haben Sie ein Telefon?» fragte er die Craigies.

«Natürlich», sagte Ernestine. «Ich muß wegen der Gesellschaft ständig rumtelefonieren. Ja, natürlich können Sie es benutzen», erwiderte sie auf Jurys Frage. «Es steht dahinten in meinem Arbeitszimmer. Passen Sie auf, daß Sie mir nicht die Karten durcheinanderbringen!» rief sie Jury nach.

«Stonington?» wiederholte Inspektor Carstairs einigermaßen überrascht. «Nein, niemand hat die Frau im Zusammenhang mit Stonington erwähnt. Der Busfahrer sagt, er erinnert sich an eine Frau, auf die diese Beschreibung zutrifft; sie sei in Littlebourne aus dem Bus von Hertfield nach Horndean ausgestiegen. Es war der letzte Bus nach Horndean; er kam fünf nach acht in Littlebourne an. Da war's schon ziemlich dunkel.»

«Kennington – ich muß den Namen schon mal gehört haben –»

«Vor ungefähr einem Jahr war er in allen Zeitungen. Lord Kennington hatte eine Schmucksammlung, darunter auch ein Smaragdcollier mit einem sehr seltenen und wertvollen Stein. Sein Sekretär, ein Bursche namens Tree, ist damit abgehauen. Ich meine, mit dem Collier. Manchmal scheint es ja noch so was wie Gerechtigkeit zu geben – ein paar Tage darauf wurde dieser Tree nämlich von einem Auto überfahren. Soviel uns bekannt ist, fehlt von dem Collier noch jede Spur.» Carstairs schien sich vom Telefon abgewandt zu haben, um sich mit jemandem zu besprechen, dann sprach er wieder in die Muschel. «Ich werde sofort nachprüfen lassen, was es mit Stonington auf sich hat. Jetzt lebt nur noch Lady Kennington dort, ihr Mann ist gestorben.»

Jury bedankte sich und legte auf.

Als er zurückkam, stritten die Schwestern sich wegen der Briefe. Augusta schien auf Miss Praed als Verfasserin zu tippen.

«Die gute alte Polly?» sagte Ernestine. «Um Himmels willen! Sie würde so was nie tun. Sie ist völlig mit ihren eigenen Geschichten beschäftigt, sie braucht ihre Phantasie nicht auf diese Weise auszutoben.»

«Aber sie hat zumindest Phantasie», versetzte Augusta.

Ernestine packte die Katze mit dem gemeinen Gesichtsausdruck, die über die Brotreste hergefallen war, und setzte sie auf den Boden. «Für diesen Brief an dich, altes Haus, brauchte einer schon Phantasie, das mußt du zugeben», wieherte Ernestine und klopfte mit ihrem Schwarzdornstock auf den Boden. «Augusta ist so unschuldig wie ein neugeborenes Lamm.»

Jury bezweifelte das, als er Augustas Miene sah. Ernestine, die anscheinend immer den Löwenanteil abbekam von dem, was im Leben der beiden passierte, schien den Blick mörderischer Wut aus ihren Augen überhaupt nicht zu bemerken. Und als die Katze, die es aufgegeben hatte, etwas von dem Hühnerfleisch zu ergattern, sich wieder an die Sperlingspapageien ranmachte, dachte Jury darüber nach, wie sonderbar es doch war, daß die eine Schwester sich Katzen und Vögel hielt, während die andere Ornithologin war.

«Auf wen tippen denn Sie?» fragte er Ernestine.

Sie stützte das Kinn auf die über dem Stock gefalteten Hände und dachte nach. «Ich tippe auf Derek Bodenheim.» Sie übersah den schockierten Blick ihrer Schwester. «Ein Spatzenhirn, dieser Derek. Als Kind gehörte er zu denen, die Insekten die Flügel ausreißen. Es könnte aber auch die gute alte Sylvia gewesen sein, wenn ich mir's recht überlege.»

«Du beschuldigst einen deiner Vogelfreunde?» sagte Augusta.

«Unsinn. Wenn einer sich für Vögel interessiert, bedeutet das noch lange nicht, daß er nicht auch mit dem Beil auf seine alte Mutter losgehen kann!»

«Nein, da haben Sie recht», sagte Jury und steckte seinen Block in die Tasche. «Vielen Dank, daß Sie mir so viel Zeit geopfert haben. Vielleicht muß ich mich später noch einmal mit Ihnen unterhalten. Und bitte, Miss Craigie, keine Ausflüge in den Wald von Horndean.» Aber nein, aber nein, lautete ihre Antwort. Jury wußte freilich, daß sie losziehen würde, sobald er außer Sichtweite war.

Als Jury ihnen an der Tür noch seine Visitenkarte gab, sagte Augusta: «Ich hoffe doch, daß wegen dieser schrecklichen Geschichte nicht unser Kirchenfest verschoben werden muß. Es soll morgen stattfinden, und ich habe mein Zelt und mein Kostüm schon fix und fertig.»

Ernestine höhnte: «Sie will als Wahrsagerin auftreten, als Madame Zostra. So etwas Albernes! Wenn die Kirche Geld braucht, warum lassen sie dann nicht einfach den Klingelbeutel durchgehen?» Sie studierte Jurys Visitenkarte. «Haben Sie nicht gesagt, Sie seien Inspektor? Hier steht aber Superintendent. Was ist der Unterschied? Untersteht Ihnen denn der ganze Haufen, oder was?»

Jury lächelte, während er in den blauen Himmel starrte. «Der Unterschied ist nicht so groß. Sie können es sich ungefähr so vorstellen: Nicht jeder Polizeibeamte ist Superintendent, und nicht jeder Vogel ist ein Tüpfelsumpfhuhn.»

Während er die kurze Strecke zur Hauptstraße von Littlebourne zurückfuhr, versuchte Jury sich zu vergegenwärtigen, was ihm an ihren Geschichten so merkwürdig vorgekommen war. Der Wald, die Leiche, die Vögel...?

Das Detail, auf das es ankam, lag irgendwo begraben, ein Stein auf dem Grund eines Sees. Auf dem halben Kilometer bis zu dem keltischen Kreuz erwog er die Möglichkeit, ob die Frau vielleicht zum Gut der Kenningtons unterwegs gewesen war. Während Jury in Gedanken die Liste mit den Personen durchging, die er sehen wollte – Peter Gere, den Arzt Dr. Riddley, diese Praed, die Bodenheims –, drang das hurtige Klappern von Pferdehufen in sein Bewußtsein. Als er in den Rückspiegel blickte, sah er ein braunes Pony, auf dem das kleine Mädchen mit den blonden Haaren saß.

Einer der findigsten Köpfe Littlebournes hatte sich offenbar an seine Fersen geheftet.

«Die Sache ist vor ungefähr einem Jahr passiert», sagte Peter Gere, die Füße auf dem Schreibtisch des Dienstzimmers. «Trevor Tree – der Sekretär von Lord Kennington –

hatte mich gegen Mitternacht angerufen und gesagt, bei ihnen sei eingebrochen worden. Kennington bewahrte seine Sammlung in einem Kasten mit einem Glasdeckel in seinem Studierzimmer auf, von dem man durch eine Flügeltür auf den Hof gelangte. Von den Fenstern auf der andern Seite blickte man auf den Kiesweg der Auffahrt. Ich erwähne das, weil wir uns nicht vorstellen konnten, was Tree mit seiner Beute hätte machen können, außer sie einem Komplizen zuzuwerfen, jemandem, der irgendwo draußen wartete. Für alles andere hätte die Zeit nicht gereicht. Er hätte sie allenfalls noch in eine Rosenvase stecken können. Wir durchsuchten alle Anwesenden, stellten das ganze Haus auf den Kopf und suchten auch das Grundstück ab.» Peter Gere zuckte die Achseln. «Außerdem haben sich die Leute alle gegenseitig im Auge behalten, als der Alarm losging –»

«War der Kasten mit einer Alarmanlage versehen?»

Gere nickte. «Das Haus auch. Außer Lord und Lady Kennington lebten dort nur noch eine alte Köchin, eine Haushälterin, die inzwischen nicht mehr bei ihnen ist, ein Gärtner und Tree. Kennington hatte auch vorher schon ab und zu was vermißt – irgendwelche alten Schmuckstücke – Broschen, ägyptisch aussehendes Zeug, einen Schlangenring, einen in Gold gefaßten Diamanten, einen Lapislazuli –, die er bei Ramona Wey gekauft hatte. Sie hat einen Laden in Hertfield. So besonders wertvoll sind sie aber nicht gewesen; Kennington dachte, er hätte sie vielleicht selbst verlegt, bis dann diese andere Sache passierte.»

«Ganz raffiniert, dieser Tree – er hat den Deckel zerschlagen, den Smaragd irgendwie verschwinden lassen und dann die Polizei benachrichtigt», fuhr Peter Gere fort. «Mehr als zwei Minuten hat Lord Kennington bestimmt nicht benötigt, um seinen Morgenmantel anzuziehen und in sein Studierzimmer hinunterzugehen. Und da telefonierte auch schon Tree mit der Polizei. Kennington hat ihn eigentlich erst später verdächtigt, am nächsten Morgen, als er verschwunden war. Er hätte einen noch viel größeren Vorsprung gehabt, wenn die Köchin nicht gewesen wäre; sie konnte nicht schlafen und sah ihn um sechs Uhr früh die Auffahrt hinuntergehen. Aber selbst *da* dachte sie noch, er hätte seine Gründe. Tree war ein aalglatter Bursche. Ein Charmeur, clever, kultiviert, sehr überzeugend. Ich bin ihm ein- oder zweimal im ‹Bold Blue Boy› begegnet. Sie kennen den Typ...

Na, dann begriff auch Kennington, was los war. In seiner Londoner Wohnung wurde Tree bereits von unseren Leuten erwartet. Er hatte das Collier aber nicht bei sich. Und in der Wohnung war es auch nicht. Sie haben ihn mitgenommen, konnten ihm aber nichts nachweisen. Die Londoner Polizei hat ihn noch ein paar Tage lang beschattet. Und nun die Ironie: Tree wird von irgendeinem blöden Teenager in der Marylebone Road über den Haufen gefahren. Und keiner hat diesen Smaragd wiedergesehen. Er ist ungefähr eine viertel Million Pfund wert.»

«Kühn, soviel Geld einem Komplizen anzuvertrauen. Sie vermuten doch, daß Tree das Collier einem andern zugesteckt hat – warum sollte dieser andere es nicht wieder abgestoßen haben?»

Gere kratzte sich im Nacken. «Ich hab eigentlich nie angenommen, daß er einen Kumpel hatte. Nicht er. Gerade weil er keinem über den Weg traute. Kennington muß wirklich blind gewesen sein, *ihm* zu trauen.»

Jury lächelte. «Hinterher ist man immer klüger.»

«Ja, da haben Sie recht. Ich mochte ihn nicht, überhaupt nicht. Ein unverschämter Kerl. Kennington fand anscheinend, er kenne sich mit Schmuck aus, und ließ ihn all diese Sachen kaufen. Er zeigte die Stücke, die er von Ramona Wey erworben hatte, im Gasthof herum und brüstete sich damit, wie günstig er sie bekommen hätte. Um die Wahrheit zu sagen – ich hab mich gefragt, ob die beiden nicht unter einer Decke steckten. Wie Topf und Deckel, diese beiden.»

«Sie halten wohl nicht viel von ihr?»

«Oh, sie ist schon in Ordnung. Aber warum interessiert Sie das überhaupt?»

«Weiß ich auch nicht», sagte Jury. «Littlebourne scheint von mehr Unheil heimgesucht zu werden, als es verdient hat.»

«ALTES KLATSCHMAUL!» SAGTE NATHAN RIDDLEY und zog sich den Knoten seiner Krawatte wie den einer Schlinge vom Hals. Sie hatten über Augusta Craigie gesprochen. «Polly sollte ihr eine Verleumdungsklage anhängen. Zum Teufel mit ihr.»

Wütend ließ Dr. Riddley seinen Drehstuhl kreisen, und bei jeder Drehung schien er wütender zu werden, zumindest hatte Jury diesen Eindruck.

«Meiner Meinung nach», fuhr Riddley fort, «brauchen Sie nicht länger nach dem Verfasser dieser blöden Briefe zu suchen. Ich weiß, Sie werden mir entgegenhalten, daß sie selbst einen bekommen hat.» Riddley zuckte die Achseln. «Sie hat eben einen an die eigene Adresse geschickt. Um den Verdacht von sich abzulenken etc. *Ihrer* war ja beinahe schon schmeichelhaft: ‹Durch einen Spalt im Vorhang hab ich Sie splitternackt rumspazieren sehen. Raten Sie mal, was ich am liebsten getan hätte?› Kichern – mehr nicht – würden die meisten von uns, wenn sie Augusta splitternackt sähen.» Der Drehstuhl quietschte, als er sich vorbeugte, um sich noch eine Zigarette zu nehmen. Er zündete sie an und lehnte sich wieder zurück, um sich auf dem Stuhl hin und her zu drehen. Außer dem Aluminiumtisch, auf dem er seine Patienten untersuchte, waren alle Einrichtungsgegenstände seiner Praxis aus altem, pockennarbigem Holz.

«Woher wissen Sie denn, was in ihrem Brief steht, Dr. Riddley?»

«Sie hat ihn doch überall herumgezeigt, Mann. Sie betrachtete das als ihre Bürgerpflicht.» Sie schwiegen, während Riddley rauchte und mit seinem Feuerzeug spielte. Der Aschenbecher quoll schon über. Seine Finger waren vom Nikotin verfärbt. Ein sehr nervöser junger Mann. Jury schätzte ihn auf Mitte Dreißig. Er fragte sich, ob ein Arzt selbst in einem so winzigen Dorf wie Littlebourne dauernd unter Stress stand. Kein Wunder, dachte Jury, daß sich die Frauen in Ärzte verlieben. Riddleys Chancen im Rennen schienen ziemlich groß zu sein: ungebunden, gutaussehend und wahrscheinlich auch Macho genug, um zu faszinieren. All das machte wohl sogar seine irische Abstammung wett – diese blauen Augen, dieses kupferfarbene Haar.

In die anhaltende Stille hinein klopfte Riddley die Asche von seiner Zigarette und sagte: «Superintendent, Ihr unbarmherziges Verhör zwingt mich zu einem Geständnis.»

Jury lächelte. «Sie gestehen was?»

«Alles. Alles, was Sie wollen. Sie haben mir genau zwei Fragen gestellt, seit Sie dieses Haus betreten haben. Nein, mit der letzten sind es drei. Sie haben mich einfach quasseln lassen. Habe ich mich selbst überführt? Natürlich haben Sie auch den Brief über mich und Ramona Wey gelesen. Ganz in Blau. Der Verfasser hat nicht gerade viel Phantasie bewiesen, er hat Ramona nämlich auch mit Mainwaring in Verbindung gebracht. Als würde jemand einfach auf gut Glück seine Pfeile werfen, um zu sehen, welche ins Schwarze treffen und welche nicht.»

«Haben Sie denn ein Verhältnis mit ihr?»

«Oh, jetzt geht's schon wieder los. Fragen, nichts als Fragen. Mein Verhältnis zu ihr ist das eines Arztes zu einer Patientin, Punkt. Aber Mainwaring –» Nathan Riddleys blaue Augen wandten sich ab.

«Mainwaring?»

Riddley zuckte die Achseln. «Den Tratsch lassen Sie sich besser von den Craigies und den Bodenheims erzählen.»

Jury wechselte das Thema. «Wie geht es Katie O'Brien?»

Die Frage bewirkte, daß der Stuhl zum Stillstand kam. «Katie? Mein Gott, das hab ich beinahe vergessen... Sie haben bestimmt gehört, daß sie in einer Londoner Underground-Station zusammengeschlagen wurde.» Jury nickte. «Sie liegt im Koma. Schon seit zwei Wochen geht das so, und je länger es dauert, desto schlechter werden die Aussichten. Wer immer das war, er muß es ernst gemeint haben. Er hat ihr einen fürchterlichen Schlag auf den Schädel versetzt. Die Folge davon war eine Hirnstammverletzung, wie man das manchmal bei Autounfällen sieht. Außer in Romanen gibt es da selten ein wunderbares Erwachen. Es ist wirklich schlimm.»

«In welchem Krankenhaus liegt sie?»

«Im Royal Marsden. In der Fulham Road.» Als Riddleys Hand zum Aschenbecher vorschnellte, schimmerten die hellen, rotgoldenen Haare an seinem Handgelenk in der Sonne. «Mary ist am Boden zerstört. Ich mache mir wirklich Sorgen um sie.»

Seine Anteilnahme scheint über die eines Arztes hinauszugehen, fand Jury. Er hätte Riddley nie mit Mary O'Brien in Verbindung gebracht. Vielleicht war er älter, als er aussah. Aber wahrscheinlich war Mary O'Brien jünger, als sie in dieser schlimmen Phase ihres Lebens wirkte.

7

«AM BESTEN LASSE ICH SIE SICH gegenseitig umbringen. So räume ich sie am schnellsten aus dem Weg.»

Diesen Plan teilte Polly Praed ihrer Katze Barney mit, die wie ein Briefbeschwerer auf dem Manuskript lag.

Die Motive für diese Morde interessierten Polly nicht besonders – nur die Methode beschäftigte sie. *Tap, tap, tap* klapperten die Tasten ihrer Schreibmaschine und beschworen das Bild von Julia Bodenheim herauf, mit einer Sticknadel in der Hand, die gerade in Curare getaucht worden war.

«Oh, paß auf, Mami», sagte ihre Tochter Angela, während sie in einer Modezeitschrift blätterte. «Du weißt, du trägst keinen Fingerhut.»

Natürlich trug Mami keinen Fingerhut. Polly lächelte. Angela hatte nämlich alle Fingerhüte gut versteckt.

Angela tat nur so, als würde sie lesen. In Wirklichkeit beobachtete sie, wie die flinken Finger ihrer Mutter geschickt einen zartrosa Faden am Rand des Stickrahmens entlangführten. «Oh, Mami! Siehst du, jetzt hast du dich doch in den Finger gestochen!»

Polly schob die Brille hoch und lehnte sich zurück. Muttermord? Würde das bei den Lesern ankommen? Oder war es zu abstoßend? Schließlich hatte schon Sophokles –

An der Tür war ein ominöses Klopfen zu vernehmen.

Sie fuhr zusammen und schob sich, verärgert über die Störung, die Brille auf die Nase. Warum mußte gerade jetzt, wo Mami Sylvia sich ihrem qualvollen Ende näherte (ihre Kehle umklammernd? Wild um sich schlagend?), jemand an die Tür klopfen? Mit dem Vorsatz, mehr über die Wirkungsweise von Giften in Erfahrung zu bringen, ging sie zum Fenster, um hinauszuschauen –

Allmächtiger! Er!

Panikartig drehte sie sich um und ließ die Augen im Zimmer umherschweifen, als könnte sie da ein Goldpaillettenkleid finden – ein Goldpaillettenkleid statt ihres langweiligen Twinsets! Warum hatte sie heute morgen auch nicht ihr Blaues angezogen... und ihr Haar, einfach fürchterlich... kein Lippenstift... Jesus Maria! Schon wieder klopfte es!

«So – foart, so – foart...» versuchte sie zu flöten, aber ihre Stimme tat nicht mit. Sie rannte ins Bad, um sich zu kämmen.

Vor sich hin summend wartete Jury auf Polly Praeds Treppe und genoß den Ausblick auf die Grünanlage. Wann würde Melrose Plant wohl eintreffen? Es wunderte Jury, daß er noch nicht aufgetaucht war, da er ihn schon in aller Frühe angerufen hatte. Wahrscheinlich hatte sich Lady Ardry an ihn gekettet, und Plant suchte noch nach einem Schweißbrenner... Gleichzeitig hielt Jury Ausschau nach dem Mädchen mit den blonden Haaren. Er war überzeugt, daß sie irgendwo auf der Lauer lag. Hmm. Da, in der Türöffnung auf der anderen Seite der Grünanlage. Diese Teestube, die sich «Muffin» soundso nannte –

Die Tür von Sunnybank Cottage öffnete sich.

Die Frau sah aus, als röche sie nach frischer Farbe; schuld daran war ihr Make-up, das den Eindruck erweckte, sie wolle gleich mit Dreharbeiten beginnen. Aber trotz der dicken Schicht Mascara und des völlig unpassenden, grüngolden glitzernden Lidschattens konnte er erkennen, daß die Augen darunter einfach umwerfend waren. Vielleicht hatten ihn die Dreharbeiten an Elizabeth Taylor denken lassen. Das Gesicht mochte ansonsten nichtssagend sein, aber bei solchen Augen fiel es einem schwer, auf etwas anderes zu achten. Doch Jury zwang sich dazu; schließlich war das sein Job. Die Augen gehörten einer eher zierlichen, etwa fünfunddreißigjährigen Frau in einem Twinset aus graubrauner Wolle und mit einer Fülle hübscher, dunkler Locken, die anscheinend nicht zu bändigen waren.

«Miss Praed? Ich bin Superintendent Jury. Scotland Yard. Kriminalpolizei.» Er zückte seinen Ausweis.

Sie schien so überrascht, daß sie ihre lässig verführerische Haltung – die eine Hand gegen den Türrahmen gestemmt, die andere auf der Hüfte ruhend – beinahe aufgab. Sie sagte jedoch nichts.

«Könnte ich Sie kurz sprechen?»

Ihr Arm führte eine zögernde Bewegung aus, wohl um ihn ins Haus zu bitten. Sie räusperte sich, als wolle sie etwas sagen, brachte aber keinen Ton heraus. Jury zog seinen Mantel aus und legte ihn auf ein Sofa. Er sah sich in ihrem Arbeitszimmer um, oder wie immer sie es bezeichnete. Vor dem kleinen Fenster mit dem Blick auf die Grünanlage stand ein ziemlich mitgenommener Schreibtisch, der mehr oder weniger den ganzen Raum einnahm; ein genauso mitgenommen aussehender roter Kater leckte sich die Vorderpfoten. Um den Hals trug er ein rotes Tuch, eine Siegesfahne vielleicht, als Zeichen des harterkämpften Siegs über weniger glückliche Katzen. «Hübsches Tier», sagte Jury; ein Versuch, ihr die Befangenheit zu nehmen.

«Das ist Barney», platzte sie heraus wie eine steckengebliebene Schauspielerin, der man ihr Stichwort zugeflüstert hat.

«Barney sieht aus, als könne er gut auf sich selbst aufpassen.»

«Oh, im Grunde ist er ein ziemlicher Hasenfuß.»

Barney schien diesen Kommentar nicht einfach so hinnehmen zu wollen. Er hörte auf, sich zu putzen, und setzte sich unnahbar und majestätisch in Positur, stellte die Pfoten nebeneinander und legte den Schwanz darum wie den Saum einer Staatsrobe. Er funkelte die beiden an.

Als die Katze keinen Gesprächsstoff mehr hergab, fragte

Jury: «Kann ich mich einen Augenblick setzen? Es wird nicht lange dauern.»

«O ja.» Wie in Trance drehte sie sich um und hielt nach Stühlen Ausschau, als hätten die Möbelpacker gerade ihre Wohnung leergeräumt.

«Da drüben steht einer», informierte Jury sie. Neben dem Stuhl stand ein Beistelltischchen mit einem Imbiß aus Käse und Crackern. «Habe ich Sie gerade beim Tee gestört? Tut mir leid.»

Sie schüttelte den Kopf, daß ihre Locken hüpften, und setzte sich, wobei sie auf einen anderen Stuhl deutete. Sie bot ihm sogar von dem Käse und den Crackern an, doch Jury lehnte ab.

«Wie lange leben Sie schon in Littlebourne, Miss Praed?» Es würde schwierig werden, dieses Gespräch mit ihr, das sah er bereits. Manche Leute ließen sich von der Polizei offenbar völlig verunsichern.

Sie beugte den Kopf über einen Cracker und ein Stück Käse, das sie sich von dem Teller genommen hatte. Wie schaffte sie es nur, ein Stückchen Käse wie einen kleinen Tierkadaver aussehen zu lassen?

«Ah, schon sehr lange. Ah, ich glaube, seit zehn oder fünfzehn Jahren...» Sie stellte umständliche Berechnungen an, wie lange sie nun schon in dem Dorf lebte, und kam schließlich zu dem Ergebnis, daß es zwölfeinhalb Jahre sein mußten, ein Ergebnis, das Jury zur genaueren Prüfung unterbreitet wurde.

«Ich habe gehört, Sie sind Schriftstellerin – Kriminalromane. Anscheinend ist mir noch keiner unter die Finger gekommen.»

Auf dieses Geständnis reagierte sie wie elektrisiert: «Hoffentlich nicht. Ich meine, sie würden Ihnen bestimmt nicht gefallen. Sie würden sie nur schrecklich finden. Sicher können die meisten Kriminalbeamten Krimis nicht ausstehen, vor allem nicht solche, wie ich sie schreibe, mit einem Inspektor vom Scotland Yard als Helden. Keinerlei Ähnlichkeit mit lebenden Personen –» Nach diesem Wortschwall widmete sie sich wieder ihrem Cracker und dem Stück Käse.

«Das ist auch besser so. Schließlich ist der Alltag eines Polizisten ziemlich langweilig.» Jury lächelte, ein Lächeln, das einmal eine Siebenjährige dazu bewegt hatte, ihm ihre restlichen Smarties aufzudrängen. Polly veranlaßte es leider, nach einer häßlichen Hornbrille zu greifen, die sie sich auch prompt vor die Augen schob.

«Ich habe Sie sicher beim Schreiben unterbrochen. Das tut mir leid.»

«Es braucht Ihnen aber nicht leid zu tun», beeilte sie sich, ihm zu versichern. «Ich habe nur die verschiedenen Möglichkeiten durchgespielt, wie man jemand ins Jenseits befördert.»

«Durchgespielt?»

«Na ja, so wie man Tonleitern übt. Meine Versuchskaninchen sind die Bodenheims. Der Titel: *Die Littlebourner Morde.*»

«Welches Familienmitglied haben Sie sich denn erkoren?»

«Die ganze Familie. Ich hab sie alle schon mehrmals um die Ecke gebracht. Mit Revolvern, Messern, vorgetäuschten Autounfällen, bei denen das Auto über die Klippen geht. Im Augenblick experimentiere ich mit Gift. Curare ist gar nicht so schlecht. Käse?» Sie schob ihm die Platte hinüber. Er schüttelte den Kopf, während sie einen weiteren Krümel Käse auf einen Cracker setzte. Dann fragte sie beiläufig: «Wie war doch wieder Ihr Name?»

«Jury. Von Scotland Yard.»

«Ach ja, wirklich? Kriminalbeamter also?»

Er hatte angenommen, das sei schon längst geklärt. «Richtig. Sie haben sicher von der Frau gehört, die heute morgen im Wald von Horndean gefunden wurde?»

Sie nickte. «Wie brutal!»

«Wir versuchen herauszufinden, wer sie war.»

«Bestimmt eine Fremde. Von den Leuten, mit denen ich gesprochen habe, hat sie keiner je gesehen. Das heißt, nach dem, was die Craigies erzählt haben.»

«Finden Sie es nicht seltsam, daß eine Ortsfremde im Wald von Horndean spazierengeht?»

Mord und Verstümmelung, das war ihr Spezialgebiet – sie entspannte sich und legte sogar ihren Cracker auf den Teller zurück. «Vielleicht wurde sie ganz woanders umgebracht und anschließend in den Wald geschleppt.» Sie schob sich die Brille hoch und sah ihn ganz geschäftsmäßig an.

«Das glauben wir nicht.»

«Wohin wollte sie denn? Niemand geht dort spazieren, außer den Vogelfreunden.»

«Vielleicht sollten wir eine Kriminalautorin in unser Team aufnehmen? Zigarette?»

Würdevoll nahm sie die Zigarette und das Kompliment entgegen; sie lehnte sich zurück, lächelte und schlug die Beine übereinander. Hübsches Lächeln, hübsche Beine, registrierte er. «Hab ich mich auch gefragt. Die ganze Zeit schon.»

«Erzählen Sie mir, was Sie denken.»

«Also gut: zuerst mal die Finger.» Sie hielt die eigene Hand hoch und spreizte die Finger. «Warum hackt man jemandem die Finger ab? Wegen der Fingerabdrücke kann es nicht gewesen sein.»

«Manche halten es für die Tat eines Geistesgestörten.»

«Nein. Nein.» Die dunklen Löckchen gerieten in Bewegung. «Wenn jemand die Absicht hat, sein Opfer zu zerstükkeln, dann begnügt er sich nicht mit fünf mickrigen Fingern.»

Ihre Betrachtungsweise war erfrischend nüchtern. «Stimmt.»

«Ein Täuschungsmanöver vielleicht.»

«Gut möglich.»

«Damit die Leute denken, er sei ein Geistesgestörter. Es könnte natürlich auch ein Racheakt sein. Symbolische Verstümmelung wie bei der Mafia in Amerika. Als abschreckendes Beispiel für die andern.» Sie lehnte sich zurück und schloß die Augen, um sich das Bild zu vergegenwärtigen. «Der Wald von Horndean. Am frühen Morgen. Nein, es war Abend, oder? Nebelschwaden; weicher, sumpfiger Boden; die Füße sinken beim Gehen ein. Sumpfvögel. Er wartet – oder sie. Ich könnte mir vorstellen, daß es eine Frau war, warum, weiß ich auch nicht. Das Opfer bleibt stehen, lauscht auf ein Geräusch. Es ist aber nur die Eule. Nebel hüllt die Frau ein. Die Mörderin nähert sich von hinten und –» Polly Praed riß die Arme hoch und ließ die imaginäre Mordwaffe heruntersausen: Der Schlag wäre tödlich gewesen, wenn sie wirklich eine Axt in der Hand gehalten hätte. Jury und Barney fuhren zusammen. «Oh, tut mir leid. Wenn ich richtig in Fahrt komme...» Sie seufzte, zog an ihrer Zigarette und wippte mit dem Fuß. «Ich frage mich, ob diese Sache mit den Briefen zusammenhängt –» Sie verstummte plötzlich und schaute ihn an, als hätte sie sich am liebsten in die Zunge gebissen. «Sie haben, äh, Sie haben sie nicht gelesen...?»

«Doch. Ziemlich albern. Meiner Meinung nach von jemandem, der den Leuten wahllos irgendwelche Sachen anhängt.»

Das schien sie zu beruhigen. «Na ja, ich hätte gut darauf verzichten können. Ein Erpressungsversuch, was denken Sie?» Gere hatte auch diese Vermutung geäußert. Jury schüttelte den Kopf. «Angenommen, jemand hat herausgefunden, daß Sie etwas auf dem Gewissen haben. Er droht, es publik zu machen.» Sie lehnte sich zu Jury hinüber, so gefesselt von dem neuen Stoff, daß sie ihre Befangenheit vergaß. «In so einem Fall läßt man am besten einen ganzen Schwung Briefe los, in denen man den Leuten alles mögliche unterschiebt. Und wenn derjenige, der es auf einen abgesehen hat, dann mit *seiner* Enthüllung auftritt, wird ihm niemand glauben.» Sie hatte sich die Brille auf dem Kopf hochgeschoben, und die amethystfarbenen Augen leuchteten. «Gar nicht so dumm, so ein Plan.»

Er mußte zugeben, daß ihm ihre Augen mehr imponierten als der Plan. «Hmm, ich verstehe.»

Sie betrachtete ihre Nägel. «Sie sind wohl zu mir gekommen, weil Sie denken, ich hätte sie geschrieben. Wahrscheinlich denken das auch noch einige andere Leute. Da Schreiben nun mal mein Beruf ist.»

«So phantasieloses Zeug würden Sie nicht schreiben.»

Das verwirrte sie. Sie fragte noch einmal: «Wie war noch Ihr Name?»

«Jury. Außerdem, wenn Sie es gewesen wären, dann hätte jeder Bodenheim bestimmt mehrere bekommen.» Er lächelte. «Glauben Sie, einer von ihnen hat sie geschrieben?»

«Ich glaube kaum, daß die überhaupt schreiben können.»

«Wo haben Sie sich vorgestern abend aufgehalten, Miss Praed?»

«Oh, jetzt geht's los. Ich kann natürlich mit keinem Alibi aufwarten. Ich saß hier an meiner Schreibmaschine und habe getippt.» Sie blickte weg.

«Haben Sie Katie O'Brien gekannt?»

«Katie? Warum fragen Sie?»

«Littlebourne scheint unter keinem glücklichen Stern zu stehen, was?»

«Meinen Sie etwa, sie hatte etwas mit diesen Briefen zu tun?»

Jury zuckte die Achseln. «Ist eigentlich kaum anzunehmen, denn sie sind einen Tag nach dem Überfall auf sie abgestempelt worden.»

«Ich gebe zu, sie sind ziemlich pubertär, und Katie wurde von Mary furchtbar gegängelt. Ich meine, unterdrückt. Aber anonyme Briefe, nein, dazu war sie einfach zu anständig. Ich meine, *ist* – wir reden schon so, als ob sie tot wäre. Es ist schrecklich. Wenn Sie mehr über sie erfahren wollen, sollten Sie mit Emily Louise Perk sprechen. Der Altersunterschied zwischen den beiden ist zwar ziemlich groß, sie waren aber trotzdem immer zusammen, nach der Schule oder Samstag nachmittags. Wahrscheinlich, weil sie beide solche Pferdenarren sind. Obwohl Katie sich natürlich nicht mit Emily messen kann, was das betrifft. Niemand kann das. Sie kümmert sich auch um die Gäule der Bodenheims. Emily weiß über alles Bescheid. Aber man kriegt nicht so einfach was aus ihr heraus – nur, wenn man sich auf irgendeinen Tauschhandel einläßt.»

«Tauschhandel?»

«Hmm. Wenn Sie was wissen wollen, müssen Sie ihr was spendieren. Sie haben mich heute morgen zwei Eierbrötchen gekostet.»

«Ich?»

«Sie wußte schon, wer Sie waren, noch bevor Sie aus dem Wagen gestiegen sind.»

Dann hätte sie ihn also wirklich nicht zweimal nach seinem Namen zu fragen brauchen. «Ich weiß es zu schätzen, daß ich Ihnen zwei Eierbrötchen wert gewesen bin.»

Errötend senkte sie den Blick auf die Käseplatte. «Und eine Tasse Tee», sagte sie matt.

8

«Über jeden Verdacht erhaben, Sir!» antwortete Sir Miles, als Jury ihn nach den Briefen fragte, und das verkniffene Lächeln, das Sir Miles' bescheidene Einschätzung der Bodenheimschen Familie begleitete, erfüllte einen doppelten Zweck: Scotland Yard konnte es entweder für bare Münze nehmen oder als einen Beweis für Miles Bodenheims Fähigkeit, über sich selbst zu scherzen. So oder so waren die Bodenheims allen in Littlebourne überlegen.

Jury brauchte nur den Fuß über die Schwelle ihres Salons zu setzen, und schon wußte er, warum Polly Praed die *Littlebourner Morde* schrieb. Drei Köpfe – Miles', Sylvias und der ihrer Tochter – hatten sich nach ihm umgedreht, als würde ihnen ein ganz besonderes Spektakel geboten; der vierte bewegte sich jedoch kaum. Er war viel zu sehr damit beschäftigt, eine gelangweilte Miene zur Schau zu tragen. Derek Bodenheim hing in seinem Sessel und drehte ein Glas mit irgendeiner Flüssigkeit in der Hand; sein Gesichtsausdruck hatte etwas Herausforderndes, als wartete er nur darauf, sich mit Jury anzulegen.

Nachdem er Jury einen Fingerhut voll Sherry angeboten hatte, ließ Miles Bodenheim sich sofort wieder nieder und wandte sich seinem Tee zu. Er trug ein lohfarbenes Jackett und ein schwarzes Ascottuch mit kleinen, weißen Punkten, in dessen Falten sein Frühstücksei trocknete. Als Jury den Sherry ablehnte, schien Sylvia Bodenheim sich verpflichtet zu fühlen, ihm eine Tasse Tee anzubieten. Aber ihre Hand tat sich so schwer, an die Teekanne zu kommen, und ihre Stimme klang so matt, daß Jury sich nicht einmal die Mühe machte, dankend abzulehnen.

«Wer war sie, haben Sie das inzwischen rausgefunden?» fragte Derek und versank noch tiefer in seinen Sessel. Was immer er vom Aussehen seines Vaters ererbt hatte, bei ihm war es völlig verwässert; seine Züge wirkten so weich und formbar, daß man den Eindruck hatte, man könne auf seinem Gesicht mit dem Daumen einen Abdruck hinterlassen.

«Das versuchen wir gerade. Hier im Dorf scheint sie niemand gesehen zu haben.»

«Außer Daddy und dem dämlichen Vogelverein geht keiner in diesem Wald spazieren», sagte Julia. Sie hob den Kopf, als wäre er die hübscheste Sache, die Jury in Littlebourne zu Gesicht bekommen würde. Seit seiner Ankunft war sie pausenlos mit ihrem Gesicht und ihren Posen beschäftigt gewesen. Sie hatte ihm rätselhafte Blicke zugeworfen und ihre lange Mähne geschüttelt, als säße sie einem Modefotografen gegenüber.

«Dämlich? Nichts ist dämlich an den königlichen Vogelfreunden. Du solltest auch beitreten, meine Liebe», sagte ihr Vater.

Julias Augäpfel rollten nach oben, und sie versuchte, eine noch verführerischere Pose auf dem blauen Velourssofa einzunehmen, das sie bestimmt nur seiner Farbe wegen gewählt hatte; das Blau paßte nämlich genau zu ihrem Hemd und ihren Augen.

Sylvia setzte ihre Teetasse ab und griff nach ihrem Strickzeug. Ihre dünnen Hände flogen hin und her, während sie bemerkte: «Diese Frau hatte absolut nichts dort verloren. Nichts.» Ergo (schien sie zu folgern) gab es sie überhaupt nicht.

«Jemand äußerte die Vermutung, sie sei vielleicht auf dem Weg nach Stonington gewesen.»

Sylvia bedachte Jury mit einem Lächeln so dünn wie die Gurkenscheiben auf den Sandwiches. «Was um Himmels willen hatte sie denn *dort* verloren? Und auch noch durch den Wald. Das Ganze ist absurd. Ich wette, sie war *nicht* auf dem Weg zu Lady Kennington. Ich selbst war vor drei Tagen dort, um sie zu fragen, ob sie etwas für unser Kirchenfest tun könne. Wie immer hatte ich kein Glück. Die Frau ist eine richtige Einsiedlerin. Während ihr Mann, Lord Kennington, ganz angenehm war… Sie haben bestimmt von dem Juwelenraub vor ungefähr einem Jahr gehört?»

«Ja. Der Verdacht scheint auf den Sekretär gefallen zu sein.»

Sylvia rümpfte die Nase. «Hat mich nicht gewundert. Ein unangenehmer Bursche, das. Du hast ihn doch kennengelernt, Derek?» Sie wandte sich zu ihrem Sohn um, der nicht reagierte. «Ja, die Polizei nahm an, daß er es war, obwohl sie ihm nichts nachweisen konnten, weil der Smaragd nie gefunden wurde. Er war ungeheuer wertvoll. Ägyptisch, glaube ich. Einer der alten Steine.» Das klang, als befänden sich sämtliche neuen im Besitz der Bodenheims.

«Ein cleverer Typ», sagte Derek, entschlossen, den Rest der Familie zu schockieren. «Hab ich schon immer gedacht. Der Stein ist nie wieder aufgetaucht. Und er selbst ist tot. Ein Smaragd im Wert von einer viertel Million ist verschwunden, und der Bursche, der das Versteck kannte, wird von einem Auto überfahren. Was für eine Ironie.»

«Clever?» sagte Sylvia. «Ich fand ihn ziemlich gewöhnlich.»

«Sind Sie ihm begegnet?»

Sylvia verzog das Gesicht. «Lord Kennington gab einmal eine kleine Party, um seine Sammlung vorzuführen. Er schien sich auf Ägypten spezialisiert zu haben. *Sie* ist sicher nicht das, was man unter einer Gastgeberin versteht.»

«Wie kam es, daß Tree für Lord Kennington arbeitete?»

«Soviel ich weiß, war er bei Christie's angestellt gewesen. Wir haben immer Sotheby's vorgezogen. Da ist man viel kulanter.» Jury lächelte nur und blickte auf die Drucke, den

Lackparavent, die Stuckreliefs. Es war ihnen offensichtlich gelungen, auch ohne die beiden berühmten Auktionshäuser jeder Eleganz den Garaus zu machen. Sie nahm ihre Erzählung wieder auf, dazu ein paar fallengelassene Maschen. «Ich weiß überhaupt nicht, wie die Witwe dieses Haus eigentlich führt. Als ich dort war, war weit und breit niemand zu sehen, so daß ich schließlich an die Fensterscheiben klopfte und den Kopf durch die Flügeltür steckte, als auf mein Klopfen hin keiner kam. Endlich ist sie dann aufgetaucht. Eine ziemlich unscheinbare Person. Wir bekommen sie kaum zu Gesicht, weil sie ihre Einkäufe in Horndean erledigt. Ich erzählte ihr von unserm Fest und bat sie, den Wühltisch zu übernehmen. Aber die Frau hat einfach kein Gemeinschaftsgefühl.»

Derek gähnte. «Warum sollte sie auch, wo sie doch gar nicht in Littlebourne wohnt.»

«So weit weg wohnt sie auch wieder nicht», sagte Sylvia und heftete ihren klammen Blick wieder auf Jury. Ihre Augen hatten die Farbe jener Pilze, vor denen man beim Sammeln immer zurückschreckt. «Und stellen Sie sich vor, sie hat doch tatsächlich ihre Geldbörse gezückt und mir eine Zwanzigpfundnote in die Hand gedrückt! Als wäre ich auf Betteltour. Die schreckliche Person hatte dann auch noch die Nerven zu sagen, mehr als zwanzig Pfund würde der Wühltisch sowieso nicht einbringen, warum also den ganzen Kram aufbauen, wenn es auch so ginge und wir auf den Tisch verzichten könnten. Stellt euch das vor, meine Lieben!» Sylvia breitete die Arme aus, jeden, sogar «ihren lieben Inspektor» einschließend, «wo wir doch *immer* einen Wühltisch hatten!»

Lady Kenningtons Argumente kamen Jury sehr vernünftig vor, und er versuchte, das Gespräch wieder auf den Mord zu bringen. Sylvia war jedoch schneller als er.

«Und dabei habe ich schon alle Hände voll zu tun – außerdem bin ich ja noch Vorsitzende des Frauenvereins. Den Kauf- und Tauschtisch habe ich bereits übernommen, und jetzt soll ich mich noch um den Wühltisch kümmern.» Unterstützung heischend blickte sie ihren Gatten an, aber Miles war damit beschäftigt, die Eierreste von seinem Ascottuch zu kratzen, und schien überhaupt nicht zugehört zu haben.

Derek sagte: «Ist doch mehr oder weniger dasselbe. Das läßt sich doch alles in einen Topf werfen.»

«Nein, es sind ganz verschiedene Dinge, Derek. Vergiß bitte nicht, daß du das Ringwerfen beaufsichtigen mußt.»

«Um Himmels willen, nicht schon wieder!»

«Julia kümmert sich um die Kutschfahrten.»

«Nicht ich. Emily macht das. Ich hab keine Lust, einen Haufen plärrender Kinder rumzukutschieren.»

«Ich meinte doch nur, daß du sie *beaufsichtigen* sollst, mein Liebes. Polly Praed führt das Imbißzelt –»

«Zum Glück nicht diese Pennystevens. Die hat mich letztes Jahr um zehn Pence beschissen. Und was tut der alte Finsbury?» fuhr Miles fort. «Schließlich ist es *seine* Kirche. Er könnte doch auch ein bißchen mit anpacken, statt nur rumzustehen und den Heiligen zu spielen.»

«Ich hoffe nur, Ramona Wey kriegt diesmal keinen Stand», sagte Julia. «Ich finde es nicht richtig, daß die Antiquitätenhändler aus Hertfield auf unserm Fest auch noch Geschäfte machen.»

«Aber das ist nicht der einzige Grund, warum du dagegen bist, was, Schwesterlein?» sagte ihr Bruder und verschränkte die Arme hinter dem Kopf. «Es ist wegen Riddley, stimmt's? Du willst nicht –»

«Halt die Klappe!» schrie Julia.

«Kinder, Kinder», sagte Sylvia beschwichtigend. Jury fragte sich, ob sie sie gleich zum Spielen hinausschicken würde. Zum Glück hatte er keine Kinder. Es brauchte ihm aber nur ein richtiges über den Weg zu laufen, dann tat es ihm wieder einmal leid.

«Was diese Briefe betrifft, Superintendent», sagte Sylvia und klapperte mit ihren Nadeln, «so kann ich mir gut vorstellen, warum Ramona Wey einen erhalten hat. Sie nennt sich

‹Designerin› und hat einen aufgemotzten kleinen Laden an der Row, dabei ist sie nichts weiter als eine aufgedonnerte, kleine Sekretärin aus London. Es heißt, sie und Freddie Mainwaring hätten ein Verhältnis, aber ich hoffe doch, er hat soviel Verstand und –»

«Ich finde sie gar nicht so übel», sagte Derek. Sein schwammiges Gesicht verzog sich zu einem spöttischen Grinsen.

«Ich war immer in der Lage, solche Dinge unvoreingenommen zu betrachten», sagte Sir Miles, das Gesicht zur Decke erhoben, als wolle er den Segen des Himmels empfangen. «Und ich würde euch empfehlen, meinem Beispiel zu folgen. Ich billige auch nicht, was diese Person treibt, nein, das nicht, aber zumindest ist sie diskret, so diskret, daß sie ihre Vorhänge zuzieht. Mrs. Pennystevens sagte mir, als ich sie danach fragte, daß diese Wey irgendwo ein Postfach haben muß; sie erhält nämlich nie Post. Ich finde es erstaunlich genug, daß wir welche bekommen, so langsam, wie sie hier sind. Aber wir müssen wohl gute Miene zum bösen Spiel machen.» Er lächelte milde und öffnete den Mund, um fortzufahren.

Aber Jury hinderte ihn daran mit einem noch milderen Lächeln, das außerdem die Autorität des hochrangigen Londoner Polizeibeamten ausstrahlte. «Wo waren Sie alle am Donnerstag abend? Das heißt, vorgestern?»

Sie blickten einander an und dann auf Jury, als wäre er ein ungezogenes Kind, das sich in Dinge mischt, die es nichts angehen. Nachdem er einen Augenblick lang Verwirrung geheuchelt hatte, schien Derek sich über die Frage immens zu amüsieren.

«Der Super denkt anscheinend, daß einer von uns die Hände im Spiel hatte! Also, was mich betrifft – lassen Sie mich überlegen –, ich war im ‹White Heart› in Hertfield. Und dafür lassen sich bestimmt auch ein paar Zeugen auftreiben, obwohl wir alle stockbesoffen –»

«Derek! Ich muß doch bitten! Der Superintendent denkt bestimmt nichts dergleichen. Ich war bei einer Zusammenkunft des Frauenverbands. Wir treffen uns an jedem ersten Donnerstag des Monats um halb neun. Ich war etwas spät dran, weil ich noch mal zurückmußte, um meine Unterlagen zu holen.»

Der Bus des Opfers war um 20.05 Uhr angekommen. Was hat die Gute aufgehalten, dachte Jury und grinste. Sylvia wußte entweder nicht, welcher Zeitraum für die Tat in Frage kam, oder war einfach die Unschuld in Person. «Allein?»

«Ja, natürlich. Ich habe den Führerschein, Superintendent.» Das gehörte wohl zu den Leistungen ihres Lebens – neben Stricken und Kindergroßziehen.

Als Sir Miles Jurys offenes Notizbuch sah, war er wieder versucht, eine Rede vom Stapel zu lassen. Man konnte schließlich nie wissen, in welcher Gestalt einem der buchführende Engel begegnete. «Ich habe wie immer am Donnerstagabend einen kleinen Ausflug in den ‹Bold Blue Boy› gemacht. Meiner Meinung nach kann es nicht schaden, wenn man sich ab und zu unter die Einheimischen mischt und ein Gläschen mit ihnen trinkt. Man muß mit dem Volk in Berührung bleiben. Sie können dort nachfragen. Jeder wird Ihnen bestätigen, daß ich da war. Haha, ein Alibi, mit dem Sie zufrieden sein können, Superintendent.»

«Der Pub schließt um elf, nicht?»

Sir Miles zwinkerte. «Nun ja, diese Dorfgaststätten, Sie wissen schon, die nehmen's nicht so genau. Elf oder Viertel nach. Das soll nicht heißen, daß Mary O'Brien nach der Polizeistunde noch aufhat –» Ein ziemlich überflüssiger Kommentar, da er Mary O'Brien eben genau das unterstellt hatte. «Und natürlich, seit dem Unfall der Kleinen –»

Julia sah anscheinend eine Möglichkeit, Derek eins auszuwischen, und sagte: «Ärgerlich, was, Derek? Kein Rumfummeln mehr in den Ställen.» Sie lachte unangenehm.

Derek wurde puterrot. «Ach, halt's Maul.» Seine weichen Züge verhärteten sich.

«Sprechen Sie von Katie O'Brien?» fragte Jury. Abgesehen

von Miles, dessen Augen einen Punkt irgendwo im Raum fixierten und der wohl seine nächste Rede entwarf oder verwarf, starrten ihn alle an. Sie wirkten peinlich berührt, selbst Julia, die das Gespräch auf dieses Thema gebracht hatte.

«Sie, Miss Bodenheim, haben mir noch nicht erzählt, wo Sie Ihren Donnerstagabend verbracht haben.»

«In den Ställen, arbeiten.» Derek kicherte kindisch, was ziemlich abstoßend klang aus dem Mund eines vierundzwanzig- oder fünfundzwanzigjährigen Mannes. «Daß ich nicht lache. Du und arbeiten.»

«Und ob ich gearbeitet habe.»

«Zurück zu der kleinen O'Brien. Haben Sie sie gut gekannt?»

«Nein. Sie hat manchmal meine Stute bewegt.»

«Ich dachte, diese andere Kleine, Emily Perk, kümmere sich um die Pferde auf Rookswood.»

«Tut sie auch. Nur ist meine Stute für Emily zu groß, deshalb haben wir Katie dafür angestellt.»

«Sie liegt im Krankenhaus», sagte Sylvia und schnitt einen Wollfaden ab. «Wirklich ein Jammer, aber warum muß das Mädchen sich auch in London rumtreiben... Und nicht nur das –» Sylvia funkelte Jury an, denn für die Straßen von London war schließlich *er* verantwortlich –, «sie wurde auch noch in einer Underground-Station überfallen. Sie spielte da für Geld, mein Gott –»

Sir Miles blickte auf die Kirchturmspitze, die seine Finger bildeten, und säuselte: «Wirklich, meine Liebe, wir sollten nicht zu hart ins Gericht gehen mit der Kleinen. Schließlich ist sie in einem Gasthof aufgewachsen und hat nicht die Privilegien genossen, die unsere...»

Jury hörte sich seinen Sermon an. Die Engel im Himmel waren sicher beeindruckt.

Es war kurz nach drei, als Jury im «Bold Blue Boy» auftauchte und Sergeant Wiggins vor einem Teller Suppe antraf.

«Ochsenschwanz», sagte Wiggins. «Hat mir Mrs. O'Brien zukommen lassen. Sie ist eben zum Einkaufen nach Hertfield gefahren. Es gibt bestimmt noch –»

Wiggins schien sich wie zu Hause zu fühlen. «Nein, danke», sagte Jury.

«Sie essen nicht richtig. Zum Lunch haben Sie auch nichts gegessen. Wenn ich mir wie Sie immer nur im Gehen was in den Mund stopfen würde, hätte ich überhaupt keine Widerstandskraft. Sie schmeckt sehr gut, diese Suppe.»

«Und was gab's sonst, abgesehen von der Suppe?»

Ungerührt schnitt Wiggins sein Brötchen in vier gleiche Teile und bestrich sie mit Butter. «Mainwaring hat die Ermordete nicht gekannt und konnte sich auch nicht vorstellen, was sie in dem Wald verloren hatte –»

«Keiner kann das. Weiter.»

«Er hat einen Job in London, in der City, bei einer Versicherung. Und nebenbei betreibt er ein Immobiliengeschäft in Littlebourne.»

«Er fährt also an bestimmten Tagen in die Stadt?»

«Ja, richtig.»

«Haben Sie ihm die Fotos von der Ermordeten gezeigt?»

«Ja. Er sagte, er habe sie noch nie gesehen. Und er meinte, er sei am Donnerstagabend mit dieser Wey zusammengewesen, was sie auch bestätigt hat. Wollen Sie, daß er sich die Leiche anschaut?»

«Warum er und nicht die andern? Was ist mit Mrs. Pennystevens? Haben Sie da was erfahren?»

Wiggins schüttelte den Kopf. «Es war so, wie Carstairs sagte. Sie kriegte den Packen Briefe und dachte, jemand hätte sich einen Scherz erlaubt. Die andern, Mainwaring und diese Wey, dachten das übrigens auch.»

«Warum, ist wohl klar. In den Briefen steht nämlich, daß sie ein Verhältnis haben. Was meinen Sie, haben sie eines?»

Für Wiggins, der seinen Suppenteller zur Seite geschoben hatte und sich seine Medizin verabreichte, war das ein Problem, das zwei Hustenpastillen erforderte. Jedenfalls klebten zwei zusammen, und er schob sich beide in den Mund. «Schwer zu sagen. Sie sieht schon sehr gut aus, das muß man ihr lassen.»

«Wie hat sie reagiert?»

«Wie alle andern. Wußte von nichts und konnte sich auch nicht vorstellen, was die Frau in dem Wald tat und so weiter. Carstairs war auch schon dagewesen.»

«Hat Carstairs angerufen?»

«Nein, warum?»

«Augusta Craigie meint, die Frau sei vielleicht auf dem Weg nach Stonington gewesen, dem Gut der Kenningtons, etwas außerhalb von Littlebourne.» Jury blickte zur Decke. «Wissen Sie, welches Zimmer ihrer Tochter gehört?» Er wußte, daß Wiggins sich in allen Räumen umgeschaut hatte, um sich die bequemste Matratze zu besorgen.

Wiggins nickte. «Das erste rechts. Viele Volants und Stofftiere.»

«Ich schau's mir mal an.»

Es war ein hübsches Zimmer mit einer schrägen Decke und knarrenden, unebenen Dielen, weißgestrichenen Möbeln und, wie Wiggins schon bemerkt hatte, einer gerüschten Bettdecke und gerüschten Kissen. Es ging auf die Grünanlage hinaus; die Flügel der kleinen Fenster oberhalb der Sitzbank waren nach außen geöffnet und behinderten die Kletterrosen, die sich auf der einen Seite des Hauses hochrankten. Jury schaute sich die Bücher auf dem Regal neben der Sitzbank an: unberührte Bände von Klassikern wie *Middlemarch*, dazwischen und dahinter abgegriffene Liebesromane. Nicht sehr raffiniert, dachte Jury, ihre Mutter hätte sie beim Saubermachen bestimmt sofort entdeckt. Aber vielleicht war die Ordnung, die hier herrschte, Katie O'Briens Werk. Jury öffnete den Schrank und sah fein säuberlich aufgehängte Kleider. Er schaute sich die Etiketten an und bemerkte, daß zwei von Laura Ashley stammten, also ziemlich teuer gewesen sein mußten. Ihre Mutter hätte viele Biere zapfen müssen, um sie zu bezahlen.

Auf einem kleinen Schreibtisch lag ein Album, das Jury in die Hand nahm und durchblätterte. Schnappschüsse von Katie O'Brien und ihrer Familie. Ein Foto behielt er. Es zeigte ein blasses, junges Mädchen mit einem herzförmigen Gesicht, das nicht lächelte. Das dichte, schwarze Haar war aus dem Gesicht gekämmt und wahrscheinlich zu einem Knoten oder einem Zopf zusammengefaßt. Die Frisur war so altmodisch wie das Kleid, das sie trug – ein einfaches, gemustertes Baumwollkleid mit einem kleinen Spitzenkragen. Sah das kleine, hübsche Gesicht nur deshalb so kummervoll drein, weil das Haar zu schwer und der Kragen zu eng war? Jury steckte das Foto ein und klappte das Album zu.

«Cora Binns», sagte Inspektor Carstairs. «Kurz nachdem Sie angerufen hatten, wurde sie identifiziert. Nicht von Lady Kennington – wir überprüfen das gerade –, sondern von einer Mrs. Beavers. Das ist die Hauswirtin dieser Cora Binns. Sie war wohl etwas beunruhigt, als Cora am Donnerstag nicht zurückkam. Cora Binns hatte Mrs. Beavers gesagt, daß sie in Hertfield jemanden besuchen wolle und wahrscheinlich gegen elf Uhr wieder zurück sei. Cora wohnte über den Beavers', und die Hauswirtin behält ihre Mieter anscheinend im Auge. Als Cora auch am Freitag nicht zurückkam, war ihr das wohl nicht geheuer. Vielleicht war sie aber auch nur neugierig. Sie gab eine Vermißtenanzeige auf, und eben hat mich das Morddezernat angerufen. Es scheint sich um dieselbe Person zu handeln. Aussehen, Kleidung, alles paßt. Ich dachte, Sie würden vielleicht sofort mit ihr sprechen wollen. Die Adresse –» Die Stimme wurde leiser, als Carstairs sich vom Telefon wegdrehte, um dann zu verkünden: «Catchcoach Street 22.»

«Welcher Stadtteil ist das?» fragte Jury, während er sich die Adresse notierte.

«Ich glaube, die Gegend um Forest Gate, einen Augenblick bitte... Ja, ich hab's. Also.» Einen Augenblick lang herrschte Stille. «Wembley Knotts. Ein Zufall, was? Da wurde doch auch die kleine O'Brien überfallen. Komisch.»

Als Jury den Hörer zurücklegte, hatte Sergeant Wiggins Katie O'Briens Foto in die Hand genommen und betrachtete es.

«Hübsches Ding.»

«Ja. Hinterlassen Sie Mrs. O'Brien einen Zettel, schreiben Sie, daß wir heute abend erst später zurückkommen. Und sie soll Mr. Plant sagen, ich könne mir nicht erklären, warum er noch nicht hier sei.»

Überrascht blickte Wiggins hoch. «Wohin fahren wir denn?»

«Nach London.»

9

Hätte ihn nicht Sylvia Bodenheims behandschuhte Hand aufgehalten, die mit der Gartenschere auf sein Revers deutete, wäre Melrose Plant schon längst im «Bold Blue Boy» aufgetaucht. «Das ist *kein* öffentliches Grundstück, junger Mann. Sie befinden sich auf Privatgelände.»

Da er zweiundvierzig war, wußte Melrose den «jungen Mann» zu schätzen. Auf das übrige erwiderte er: «Das weiß ich nicht. Der Weg ist jedenfalls öffentlich.» Mit seinem silberbeschlagenen Spazierstock deutete Melrose auf den Weg, den er gekommen war. «Da drüben steht ein Schild.»

Ungeduldig schüttelte sie den Kopf. Unter dem chartreusefarbenen Strohhut wirkte ihr Teint noch fahler – grüngelb und wabernd, wie unter Wasser. «Auf dem Schild kann stehen, was will, der Weg verläuft durch unser Grundstück.»

«Dann hätten Sie sich eben kein Haus auf einem Stückchen Land mit einem öffentlichen Weg kaufen sollen», grinste er.

Sylvia Bodenheim wich zwei Schritte zurück, als hätte er ihr einen Schlag versetzt. Augenscheinlich war «ein Haus auf einem Stückchen Land» keine sehr glückliche Formulierung. «Rookswood ist nicht einfach ein Haus!»

Melrose blickte nach links auf die eindrucksvolle, wenn auch etwas hochstaplerische Fassade mit den beiden kurzen Säulen, auf denen aus Stein gehauene Vögel saßen. «Oh? Ist es denn eine Schule oder ein Sanatorium oder so etwas?»

«Wohl kaum! Das Gut gehört Sir Miles Bodenheim. Der Stammsitz der Familie. Ich bin Lady Bodenheim. Und wer sind Sie?»

«Melrose Plant», antwortete er mit einer leichten Verbeugung. «Ich komme eben aus einem Ort namens Horndean – ich war mir nicht sicher, ob ich mich noch auf dem Weg nach Littlebourne befand. Mein Auto steht dahinten –» Sein Kopf wies auf eine Stelle irgendwo hinter ihm. «Deshalb wollte ich erst mal fragen.»

Sie blinzelte in die angezeigte Richtung, um festzustellen, ob auch der Wagen auf ihrem Grundstück stand, dann fing sie wieder an, mit ihrer Gartenschere zu klappern. «Gehen Sie nur immer geradeaus, und sie stoßen am keltischen Kreuz auf die Grünanlage. Und wenn Sie zurückkommen, gehen Sie bitte um unser Grundstück herum, nicht quer durch.»

Zum Teufel mit ihr. Er war fest entschlossen, den öffentlichen Fußweg so oft wie möglich zu benutzen. «Vielleicht können Sie mir noch sagen, wie ich zum ‹Bold Blue Boy›, dem Dorfgasthof, komme?»

Sie wandte den Kopf in die Richtung seines Wegs und schaute ihn nicht an, als sie sagte: «Da entlang.»

Melrose entfernte ein Blütenblatt von seinem Jackett. «Ich habe gehört, daß hier etwas Schreckliches passiert ist. Da werden die Immobilienpreise leiden, was?»

Sie funkelte ihn an. «Littlebourne hat nichts damit zu tun. Irgendein Ortsfremder –» Mit leicht gerötetem Gesicht wich sie zurück.

Er fragte sich, ob sie gleich mit klappernder Schere davonrennen würde. Ihre Flucht wurde jedoch vereitelt durch das Auftauchen einer schimmernden Fuchsstute, die über den weiten Rasen auf sie zugetrabt kam. Auf ihr saß eine junge Frau, die Melrose auf den ersten Blick sehr attraktiv fand – und die es auch war, wenn man derlei an Merkmalen wie ausgeprägten Backenknochen, mandelförmigen Augen und einem wohlgeformten Mund messen mag.

Aber dann sagte sich Melrose, daß sie nicht ansprechender als die übrigen Frauen war, die er in den vierzig Jahren seines Lebens gesehen hatte. Der Schwung der Backenknochen kam gegen den harten, gereizten Ausdruck ihres Gesichts nicht an. Unter der jungen Haut konnte er die scharfen Züge der älteren Frau erkennen, die ihre Mutter sein mußte. Die Stiefel der jungen Dame glänzten wie lackiert; ihre Reitjacke war aus einem grell karierten Stoff, den jeder Schotte verschmäht hätte.

«Wer ist das, Mami?»

«Niemand», sagte ihre Mutter und rückte ihren Rosen wieder zu Leibe.

«Stimmt nicht ganz», sagte Melrose, der sich noch einmal mit einer leichten Verbeugung vorstellte. «Und ich habe das Vernügen mit –?»

Der sanfte, gebieterische Ton mußte ihr imponiert haben, da er nur eine Nuance weniger bestimmt war als der ihre; sie lächelte frostig. «Sind Sie gerade hier angekommen oder was?»

Eine neugierige Familie. «Richtig. Ich kenne niemanden hier. Aber das wird sich doch sicher bald ändern.» Er warf ihr ein Lächeln zu, das ihn, so hoffte er, als Herzensbrecher zu erkennen gab.

Miss Bodenheim saß von ihrem Pferd ab und begab sich im wörtlichen wie im übertragenen Sinn auf sein Niveau. «Was haben Sie denn hier vor?» Ihre Finger spielten mit den Zügeln ihres Pferdes. Das Pferd blickte kummervoll in die Runde, und für Melrose bestand kein Zweifel, daß es mehr Verstand besaß als die Frauen zusammen.

«Ich wollte mir eine Immobilie anschauen.» Er hielt das für einen guten Vorwand, um ein wenig herumschnüffeln zu können, ohne sich als Superintendent Jurys Freund zu erkennen zu geben.

Die ältere der beiden Bodenheim-Damen kam mit ihrer Schere zu ihm herüber und gab gleich ihren Senf dazu. «Da handelt es sich wahrscheinlich um dieses baufällige, kleine Haus neben dem ‹Bold Blue Boy›. Sie werden ganz schön enttäuscht sein, glauben Sie mir. Sie sollten sich das gut überlegen; es ist schon seit einem Jahr auf dem Markt, obwohl inzwischen Hinz und Kunz nach Littlebourne kommt, um ein Haus zu ergattern. Das Dach ist undicht; es ist halb verrottet, und der Garten ist einfach eine Schande. Die Familie, die zuletzt dort wohnte –» Sie erschauerte. «Sie werden selbst sehen, in welchem Zustand es ist. Das Dach müssen Sie auf jeden Fall neu decken lassen; offen gestanden – ich an Ihrer Stelle würde Ziegel nehmen. Im Stroh nisten sich doch nur Vögel ein, und die Versicherung kostet auch mehr. Schauen Sie sich das Dach der beiden Craigie-Schwestern an. Ich rate Ihnen wirklich davon ab. Aber wenn Sie glauben, Sie *müßten* Stroh haben, dann gibt es hier nur einen, der das kann – Hemmings. Ich kann Ihnen seine Nummer geben. Er ist zwar meiner Meinung nach viel zu teuer, aber zumindest versteht er sein Handwerk, was sich von Lewisjohn nicht behaupten läßt. Sie wollten doch nicht etwa Lewisjohn nehmen? Schlagen Sie sich das mal aus dem Kopf; ein Dieb ist das! Nein, wirklich, Hemmings ist der einzige, auf den Verlaß ist. Aber Sie sollten Ziegel nehmen. Sie werden sich über Ihr Strohdach nur ärgern.» Mit gerümpfter Nase arbeitete sie sich etwas weiter vor und überließ es ihrer Tochter, die Dachfrage mit Melrose zu regeln.

«Ach, Willow Cottage», sagte Julia. «Es liegt auf der andern Seite der Grünanlage, da, wo der ‹Blue Boy› ist.» Sie wies mit ihrer Reitpeitsche über die Hecke. «Da ist wirklich viel zu tun. Aber offen gestanden, für die Arbeiten würde ich niemanden von hier nehmen.»

Er betrachtete die lackierten Nägel der Hand, in der sie die Peitsche hielt, und zweifelte an ihrer Kompetenz.

Melrose hatte sich endgültig gegen Willow Cottage entschieden. «Das ist wohl nicht das, was ich suche.» Er blickte zur Horndean Road hinüber; dort hatte er etwas gesehen, was ihm schon eher zusagen würde. Die Steinmauer, die auf beiden Seiten der Straße verlief, war gut einen Kilometer lang. Das Haus selbst konnte man von der Straße aus nicht sehen, aber er nahm an, daß es wesentlich größer und imposanter war als Rookswood. An dem hohen, schmiedeeisernen Tor war ein diskretes Namensschild aus Bronze angebracht, und daneben hing ein ebenso diskretes Schild – «Zu verkaufen».

«Stonington – das wollte ich mir anschauen.» Melrose schnipste gelangweilt ein vertrocknetes Blatt von seinem Mantel.

Sogar das Pferd schüttelte seine Mähne, als er das verkündete. Auch Lady Bodenheim schien sich in Hörweite aufgehalten zu haben; ein aufgeregtes Durcheinander weiblicher Stimmen ließ sich vernehmen.

«Stonington!... Oh, das ist doch absurd... Völlig ungeeignet für Ihre Zwecke... Ich kann mir nicht vorstellen... Es ist viel zu groß für einen Junggesellen... Sie sind doch Junggeselle?»

«Meiner Meinung nach ist es genau das Richtige», fuhr Melrose dazwischen. «Es ist zwar nicht ganz so groß, wie ich's gewohnt bin. Und Tante Agatha wird wahrscheinlich ihre Volieren und Zierhaine vermissen. Und die Schwäne. Die Quartiere für das Personal sind wohl auch etwas klein. Und ob die Ställe für die Meute reichen. Und...» Er seufzte unglücklich. «Meine Schwester, ach ja, Madeleine braucht einen Flügel für sich. Sie ist etwas eigen, Sie verstehen.» Das konnte alles bedeuten, von Schwangerschaft bis schlichter Verrücktheit. «Aber mein Architekt wird das schon hinkriegen – man kann schließlich nicht alles haben.» An dieser Stelle gelang es ihm, charmant zu lächeln und bedauernd die Achseln zu zukken. «Ist aber doch ein ganz nettes altes Häuschen, nicht wahr?»

Ihre Mienen ließen erkennen, daß Stonington um einiges netter war als Rookswood. Wie magisch angezogen folgten die Blicke der beiden Bodenheim-Damen dem von Melrose, der auf die Horndean Road gerichtet war, an der irgendwo in blauer Ferne Stonington, das Traumschloß, lag. Als sie sich wieder umwandten, sah Julia Melrose mit ganz andern Augen an – die Situation mußte offensichtlich neu eingeschätzt werden. Aber Melrose ließ sie erst gar nicht zu Wort kommen. Vergnügt rief er: «Und wer kommt denn da?»

Miles Bodenheim stapfte über den Rasen. Vielleicht hatte er sie von dem oberen Fenster aus gesehen und seine Neugierde nicht länger bezähmen können, oder er hatte Wind davon bekommen, daß die erste Familie von Littlebourne demnächst auf den zweiten Platz abrutschen könnte, und eilte herbei, um dies zu verhindern.

«Sylvia! Julia!»

Statt zurückzurufen, sagte Sylvia zu Melrose: «Nein, ich kann nicht glauben, daß das Ihr Ernst ist. Das kann einfach nicht sein. Lady Kennington hat das Anwesen völlig verwahrlosen lassen. Sie wissen bestimmt, daß er gestorben ist – ich meine Lord Kennington. Meiner Meinung nach paßten sie überhaupt nicht zusammen. Sie ist äußerst ungesellig. Ich nehme an, es hält sie nichts mehr hier. Aber wenn Stonington schon verkauft werden soll, dann besser an irgendeine Gesellschaft. Oder man könnte es in ein Heim umwandeln. Es würde Ihnen bestimmt nicht gefallen, dort zu leben.» Sie wandte sich ab, und die Art und Weise, wie sie eine braune Knospe vom Stengel knipste, erinnerte ihn an ein Kind, das eine Katze kneift.

«Plant. Melrose Plant», sagte er zu dem Neuankömmling.

«Mr. Plant trägt sich mit dem Gedanken, Stonington zu erwerben, Miles, aber wir haben ihm erklärt, daß er da einen großen Fehler machen würde.»

«Stonington! Großer Gott, Mann. Sie würden sich wundern. So groß und so kalt wie eine Scheune. Nein, das wäre bestimmt nicht nach Ihrem Geschmack. Erst kürzlich ist dort jemand gestorben, Lord Kennington, der Eigentümer. Wer zieht schon gern in ein Haus, in dem jemand gestorben ist.»

«Irgendwo muß man sterben», erwiderte Melrose; er fragte sich, ob Jury im Gasthof war und wie viele Mitglieder dieser Familie wohl noch wie Pusteblumensamen auf ihn zugeschwebt kommen würden.

«Ich habe ihm gesagt, er soll sich das aus dem Kopf schlagen», sagte Sylvia abschließend. Ihr großer Hut wippte, während sie sich langsam an der Hecke entlangbewegte; ihre Züge wirkten nun noch verkniffener und ihr Teint noch grünlicher.

«Mr. Plant geht auf die Jagd», sagte Julia. «Sie haben Ihre Meute erwähnt. Und Sie haben von Ställen gesprochen.»

Melrose kickte eine Knospe aus dem Weg. Sie landete auf dem Schuh des Bodenheimschen Familienoberhaupts. Vorsicht war geboten; er hatte keine Ahnung von der Jagd, ein fürchterlicher Sport seiner Meinung nach. «Ja, ich gehe gelegentlich auf die Jagd. Aber nur in Irland. Mit den *Black and Tans*.» Er fragte sich im nachhinein, ob das Jagdhunde waren oder eine eingegangene Splittergruppe der IRA.

«Wann wollen Sie denn einziehen?» fragte Julia.

«Ist wohl noch ein bißchen verfrüht, darüber zu reden. Wenn Sie mich jetzt entschuldigen wollen? Nett, Sie kennengelernt zu haben.» Melrose tippte mit dem Stock gegen seine Mütze und ging pfeifend auf dem öffentlichen Weg weiter. Er hoffte nur, daß es in Littlebourne – von Jury einmal abgesehen – auch liebenswürdigere Leute gab als diese hier.

Als *liebenswürdig* hätte er die nächste Person, der er begegnete, jedoch auch nicht bezeichnet. Sie stand mitten auf dem Grünstreifen und beobachtete, wie er ihn überquerte. Tiefe Furchen durchzogen ihre Stirn, und Melrose fühlte sich etwas unbehaglich bei dem Gedanken, einem so winzigen Gesicht zu solchen Kummerfalten Anlaß gegeben zu haben.

Es beunruhigte ihn so, daß er sich auf der anderen Seite

nach ihr umschaute. Ein Fehler, den schon Lots Frau begangen hatte. *Sie* hatte sich nämlich auch umgedreht und starrte *ihm* nach – ein kleines Mädchen, das mit einwärts gedrehten Füßen dastand; ihr blondes Haar hing in Strähnen um das spitze Gesicht. Auch ihre Reitjacke hatte schon bessere Tage gesehen.

Als er die Hauptstraße entlangging, folgte sie ihm; er spürte es eher, als daß er es sah. Die Bewohner von Littlebourne wußten wohl nichts mit ihrer Zeit anzufangen, wenn seine Gegenwart im Dorf solches Aufsehen erregen konnte.

Um vier Uhr nachmittags war es im «Bold Blue Boy» gähnend leer. Obwohl Pubs um diese Zeit noch nicht öffnen durften, stand die Tür zur Bar auf. Er ging hinein und fand einen langen, niedrigen Raum mit einem riesigen Kamin vor, in dem jedoch kein Feuer brannte. Rechts von diesem Raum gab es noch einen weiteren, dessen Tür so niedrig war, daß man ihn nur gebückt betreten konnte. Er war klein und gemütlich, voll mit blitzendem Kupfergeschirr, und in dem etwas kleineren Kamin loderte ein Feuer; auf den bequemen Fenstersitzen lagen geblümte und schon leicht verblichene Chintzkissen.

Melrose setzte sich an einen der Tische, um auf den Wirt zu warten, der ihm bestimmt sagen konnte, wo Jury sich aufhielt. Er hatte immer ein Buch bei sich – gewöhnlich einen Rimbaud-Band, aber in der letzten Zeit waren Krimis an die Stelle der französischen Dichter getreten –, und auch jetzt zog er einen Krimi hervor. Bevor er jedoch anfing zu lesen, schob er den geblümten Vorhang vor dem kleinen Fenster zurück und blickte auf die Grünanlage. Er sah niemanden außer einem alten, gichtgeplagten Rentner auf dem Weg zur Poststelle.

Als er sein Buch aufschlagen wollte, hörte er ein schmatzendes Geräusch, von dem er Gänsehaut bekam. Er drehte sich um. Das kleine Mädchen stand in dem niedrigen Durchgang, sog die Wangen ein, stülpte die Lippen nach außen und machte diese kleinen Schmatzlaute.

«Mary ist einkaufen gegangen», sagte sie.

«Mary?»

«Mary O'Brien. Der gehört der ‹Blue Boy›.»

«Aha», sagte Melrose und nahm sich seine Lektüre vor. «Dann muß ich eben warten.» Er fragte sich, warum die Kleine nicht wegging.

Sie zeigte nicht die geringste Absicht, im Gegenteil, sie war gerade hinter die Bar gegangen. Da die Bar so hoch und sie so klein war, konnte er sie dort eher hören als sehen. Kurz darauf tauchte jedoch ihr heller Haarschopf über dem Tresen auf. Wahrscheinlich hatte sie sich einen Barhocker geholt, auf dem sie knien konnte.

«Möchten Sie was? Es gibt Bass und Bitter und Abbot.» Sie berührte die emaillierten Griffe der Zapfhähne.

War er hier in Littlebourne auf ein Überbleibsel aus dem Zeitalter Dickens' gestoßen, in dem Kinder Schuhe putzten, Schornsteine fegten und Alkohol ausschenkten? «Das ist wohl kaum die richtige Arbeit für dich», sagte er so salbungsvoll, daß es selbst ihm auffiel.

«Ich mach das immer.»

Er seufzte und schüttelte den Kopf. «Na schön, dann gib mir mal einen trockenen Cockburns.»

Sie drehte sich zu den Flaschen um und maß den Sherry ab. «75 Pence, bitte», sagte sie und stellte das Glas vor ihn hin.

«Fünfundsiebzig? Du lieber Himmel. In Littlebourne ist wohl die Inflation ausgebrochen!»

«Wollen Sie was zum Knabbern?»

«Nein, danke.» Er legte eine Pfundnote auf den Tisch. Sie stand da, zog die Wangen ein und gab wieder diesen Schmatzlaut von sich.

«Hör auf damit. Das verdirbt die Kieferstellung, und dein Biß leidet darunter. Außerdem fallen dir die Zähne aus», fügte er der Vollständigkeit halber hinzu.

«Tun sie auch so.» Sie schob die Oberlippe hoch und entblößte zwei Zahnlücken.

«Was hab ich gesagt!»

«Wollen Sie wirklich keine Chips? Die da sind ganz prima.»

«Ich mag keine Chips. Aber wenn –» Melrose suchte in seinen Taschen nach Kleingeld.

Sie kletterte auf einen Barhocker und nahm eine Packung Chips von einem runden Ständer. Sie riß sie auf und verschlang sie mit gerunzelter Stirn. «Möchten Sie was davon?» Anscheinend wollte sie sich von ihrer großzügigen Seite zeigen.

«Nein. Gibt es in diesem Dorf auch eine Polizeiwache?»

«Wenn Sie über die Grünanlage gehen.» Sie hatte es sich auf dem Fenstersitz bequem gemacht. «Sind Sie von der Polizei?»

«Nein, natürlich nicht.»

«Hier ist einer von Scotland Yard.» Obwohl es ihm widerstrebte, eine so winzige Person auszufragen, hakte Melrose nach: «Weißt du zufällig auch, wo er sich aufhält?»

Melrose fand die Art und Weise, wie sie mit ihren Hacken gegen die Bank trommelte, ziemlich unerträglich. «Wieder in London. Er mußte zurück. Wahrscheinlich ist er wegen dem Mord nach Littlebourne gekommen.»

Über den Rand seiner Brille sah Melrose, wie sie auf seine Reaktion lauerte. «Mord? Was ist denn passiert?»

Sie hatte ihre Chips gegessen und faltete die fettige Tüte in kleine Quadrate. «Weiß ich nicht. Möchten Sie noch eine Tüte?»

«Ich wollte nie eine. Was hat es mit diesem Mord auf sich?»

Sie zuckte die Achseln, und ihre Hacken trommelten noch schneller gegen das Holz.

«Na, *wer* ist denn ermordet worden?» Austern mit einem Streichholz zu öffnen ist einfacher, dachte er, als er ihr betont gleichgültiges Gesicht sah.

Sie hatte aus der Chipspackung einen Papierflieger gemacht, den sie durch den Raum sandte. «Mami möchte nicht, daß ich darüber spreche.»

Er war überzeugt, daß sie sich das gerade eben ausgedacht hatte. Melrose ließ fünfzig Pence auf den Tisch fallen und sagte: «Dann doch noch eine Tüte Chips.»

Sie schnellte hoch, sauste zur Bar und kam mit einer neuen Packung zurück. «Ganz schön gruslig, dieser Mord.»

«Morde sind immer gruslig. Was war an diesem denn so besonders gruslig?»

Sie hielt ihre kleine, durchscheinende Hand hoch; in dem staubigen Licht des späten Nachmittags schimmerten die Nägel wie Opale. «Die Finger wurden ihr abgehackt.»

Melrose mußte ihr recht geben. Das war tatsächlich gruslig.

«Keiner weiß, wieso sie in dem Wald war. Es war keine Frau aus dem Dorf; sie denken, sie ist vielleicht aus London hierhergekommen. Die Leute hier gehen nicht im Wald spazieren, nur die Vogelbeobachter sind so doof. Manchmal reite *ich* mit Shandy da durch. Mögen Sie Pferde?»

«Nein. Na, doch. Oh, ich weiß nicht. Wahrscheinlich.»

«Sollten Sie aber. Pferde sind viel besser als Menschen.» Sie musterte ihn von oben bis unten, als kenne sie mindestens einen, der sich mit Pferden nicht messen konnte.

«Diesen Kriminalbeamten von Scotland Yard, hast du den gesehen?»

«Nein.» Sie war beinahe völlig unter den Tisch gerutscht, so daß er nur noch den gelben Haarschopf und den Arm mit dem Flieger aus der zweiten Chipspackung sehen konnte. «Ich hab Durst; muß von dem Salz kommen.»

«Was möchtest du denn, ein Guinness?»

«Zitronenlimonade.»

Erneut wechselte Geld in ihre Hände. Mit ein paar seitlichen Schritten tänzelte sie zur Bar und hinter den Tresen und klapperte mit Flaschen und Gläsern.

«Vielleicht hab ich ihn doch gesehen», sagte sie, als sie zum Tisch zurückgetänzelt kam. «Ich glaube, sie übernachten hier. Er und der andere Kriminalbeamte.» Sorgfältig füllte sie ihr Glas mit Zitronenlimonade. Sie hätten ganze Tage hier verbringen können, mit Chips, Cockburn's Very Dry und Zitronenlimonade, ohne daß es bemerkt worden wäre. Er blickte aus dem unterteilten Fenster und sah die verwelkten Blütenblätter der Rosen vorbeiwirbeln. Sonst rührte sich nichts.

«Vielleicht kriegt er auch raus, wer diese Briefe geschrieben hat.» Sie hatte den Sitz der Bank hochgeklappt und wühlte in dem Kasten.

«Was für Briefe?»

«Gemeine Briefe», ließ sich ihre Stimme aus dem Innern des Kastens vernehmen.

Das ließ Melrose aufhorchen. Jury hatte ihm keine Einzelheiten erzählt. «Großer Gott, in euerm Dorf ist ja einiges los.»

Als sie sich mit einem Malbuch und einer Schachtel Buntstifte an den Tisch setzte, sagte sie: «Ich hab meine Mami gefragt, was da drinstand, aber sie hat gesagt, ich soll nicht darüber sprechen.» Sie saugte mit ihrem Strohhalm die letzten Tropfen Zitronenlimonade aus und machte dabei gurgelnde Geräusche auf dem Boden ihres Glases. «Sie waren alle **in** Farbe.» Sie schlug eine Seite mit einer Waldidylle auf und fing an, eines der Rehe blau auszumalen.

«Hast du gesagt, daß diese, hmm, diese gemeinen Briefe in *Farbe* geschrieben waren?» Sie nickte. «Wirklich komisch, das.» Sie nickte wieder und machte sich mit ihrem blauen Buntstift an das nächste Reh. Irritierend, wie sie sich einfach über alle Konventionen wegsetzte. «Und sonst weißt du nichts darüber?»

«Worüber?»

«Über die *Briefe*.» Sie schüttelte den Kopf. Als sie mit den beiden Rehen fertig war, nahm sie einen roten Stift und zog einen dicken, krummen Strich, der quer über den Waldboden verlief. Sie betrachtete ihr Werk und hob es hoch, damit Melrose es begutachten konnte. «Sieht das aus wie ein Bach?»

«Nein. Ein Bach ist nicht rot.»

«Es könnte ein Bach voller Blut sein, oder?»

«Blut? Ein gräßlicher Gedanke.» Sie starrte auf das Blatt, ihr spitzes Kinn zwischen den Fäusten. «Wie kommst du denn auf so was?»

«Sie haben gesagt, das Wasser sei ganz rot gewesen an der Stelle, wo sie sie gefunden haben. Haben Sie Geheimnisse?»

In den Furchen auf ihrer Stirn hätte man Bohnen pflanzen können, so tief waren sie. «Geheimnisse? Ah, ja doch, ich glaube schon.» War das die richtige Antwort?

Sie musterte ihn streng. «Würden Sie die jemandem erzählen?»

Großer Gott, ein moralisches Dilemma. Er mußte auf der Hut sein. Er versuchte Zeit zu gewinnen, zündete sich eine Zigarette an, starrte auf die glühende Spitze und sagte: «Das hängt wohl ganz davon ab.» Sie hatte sich wieder in ihren Sitz rutschen lassen, und nur ihre Augen blickten ihn über den Tischrand hinweg an. Er hatte keine Ahnung, von was es eigentlich abhing. «Wenn ich durch mein Schweigen Schaden anrichtete, dann würde ich reden.»

Die Furchen wurden tiefer. Die falsche Antwort also. Sie stand unvermittelt auf und warf das Buch und die Buntstifte in den Kasten der Bank. «Ich muß jetzt gehen. Aber ich kann Ihnen das Dorf zeigen, wenn Sie wollen.»

Damit hatte sich die Sache mit dem Geheimnis wohl erledigt. Er erinnerte sich an den angeblichen Grund seines Kommens. «Gibt's denn hier auch einen Makler?»

«Ist das jemand, der Häuser verkauft? Ja, gibt es, aber ein Haus kaufen ist doch doof.»

«Das denkst du. Ich hab vor, mir eines zu kaufen.»

Daß Melrose ihr erhalten bleiben würde, schien sie nicht besonders zu interessieren. «Da ist Mr. Mainwaring. Ich kann Ihnen zeigen, wo er sein Büro hat. An der Hauptstraße gleich neben dem Süßwarenladen. Es gibt verschiedene Läden dort. Die Post ist auch in einem, aber der ist langweilig. Einer heißt ‹Ginger Nut›. Sie verkaufen Klamotten. Im ‹Magic Muffin› ist es ganz nett. Und dann gibt's noch ‹Conckles›, den Süßwarenladen.»

Als sie mit ihm durch die Bar ging, sagte er: «Kann man bei Mrs. O'Brien auch essen?»

«Ja. Sie hat heute was für den Sergeant gekocht. Ochsenschwanzsuppe.»

«Du bist ja wirklich auf dem laufenden.»

«Sie wollen heute nacht zurückkommen, hat Mary gesagt. Sie sind bestimmt sein Freund?»

Melrose blieb bei der Tür stehen und starrte sie an. Fiel sie denn auf keine List herein? «Das eigentlich nicht, ich hab nur gehört, daß er –»

Sie tanzte jedoch schon mit ihren seitlichen Schritten das Trottoir entlang. Er kam an dem unmöglichen Willow Cottage vorbei, das wirklich nur ein Haufen weißgetünchter Steine mit einem Gitter verblühter Rosen davor war. Sie war schon drei Türen weiter, als Melrose ihr nachbrüllte: «Vergiß nicht, daß wir zu dem Makler wollen!»

Es war jedoch schon zu spät; sie war bereits durch die Tür des Ladens mit dem Erkerfenster getanzt; das Schild besagte: CONCKLES – SÜSS- UND TABAKWAREN.

«Du irrst dich», sagte Melrose auf der Schwelle zu «Conckles», «wenn du glaubst, du könntest mich weiter erpressen.»

Sie irrte sich jedoch nicht.

FREDDIE MAINWARING HATTE ES SICH in seinem ledernen Drehsessel bequem gemacht und schien es als einen gelungenen Witz zu betrachten, daß gerade er etwas mit Immobilien zu tun haben sollte. Sein Verhalten änderte sich jedoch, als Melrose erwähnte, was er ins Auge gefaßt hatte.

«Stonington?» Der Drehsessel kam abrupt zum Stillstand,

und Mainwaring blätterte einen Stapel Karteikarten durch. «Sie wird wahrscheinlich noch etwas runtergehen; sie braucht das Geld.»

Diese Bemerkung kam Melrose sehr unprofessionell vor. Er fragte sich, wessen Seite der Mann vertrat. Mainwaring machte ihn nervös; er hatte ein gepflegtes, ansprechendes Äußeres und so einschmeichelnde Umgangsformen, daß er bei den Frauen bestimmt immer Hahn im Korb war. Das Foto auf dem Schreibtisch zeigte wohl seine Ehefrau; sie sah aus wie mit Karamelmasse überzogen: Make-up, hochgetürmte und mit Haarspray fixierte Locken. Kinderfotos waren nicht zu sehen.

«Das Gut gehörte Lord Kennington. Er ist vor ein paar Monaten gestorben, und seine Witwe lebt nur noch mit ein oder zwei Dienstboten dort. Zweihundertfünfundzwanzig will sie haben.»

Melroses wegwerfende Handbewegung besagte, daß Geld keine Rolle spielte. «Ich brauche ziemlich viel Platz.» Während Mainwaring über Salons, Empfangsräume, Parkett, Küchen und Badezimmer, Koppeln und Nebengebäude, Grenzen und Mauern sprach, zerbrach Melrose sich den Kopf, wie er das Gespräch auf den Mord bringen könne. «Ja, das klingt ganz gut. Ich möchte nämlich etwas näher bei London wohnen, Northants ist wirklich zu abgelegen. Geschäftliche Angelegenheiten...» Er wußte nicht, was er zu diesem Thema noch sagen sollte. Der letzte Handel, den er abgeschlossen hatte, lag ein paar Jahre zurück – er hatte damals seinen Jaguar gegen einen Bentley eingetauscht. Melrose erinnerte sich, daß er seinen Rolls in der Nähe des Bodenheimschen Besitzes geparkt hatte.

«Ich könnte Lady Kennington sofort anrufen und mit ihr einen Termin vereinbaren.» Mainwaring streckte den Arm nach dem Telefon aus. «Wann möchten Sie es anschauen?»

Melrose war schon drauf und dran gewesen, *jetzt* zu sagen, dann erinnerte er sich jedoch, daß er nicht das geringste Interesse hatte, etwas zu kaufen – und daß er, wenn er nicht aufpaßte, sowohl Stonington als auch Willow Cottage am Hals hätte. «Lassen Sie mich überlegen. Heute muß ich noch einiges erledigen. Morgen ist Sonntag, und … nein, morgen geht's auch nicht. Wie wär's mit Montag?»

«Montags fahre ich nach London … Ich weiß nicht, ob das so günstig ist.»

«Machen Sie sich keine Sorgen. Dienstag ist ausgezeichnet.» Bis dahin würde Jury alles erledigt haben. «Das Dorf ist wirklich sehr hübsch.»

«Es erfreut sich zumindest großer Beliebtheit. Nahe an London und trotzdem noch sehr ländlich, so etwas ist natürlich begehrt.»

Melrose hatte sich auf einen längeren Vortrag gefaßt gemacht und war überrascht, als Mainwaring es dabei beließ und sich nicht weiter über Littlebournes ländliche Reize ausließ. «Also ein Ort, wo nie etwas geschieht.»

«Das würde ich nicht sagen.» Mainwaring lehnte sich grinsend zurück. «Wie kommt es, daß Sie in der Viertelstunde, die Sie hier sind, noch nichts von der Frau gehört haben, die hier im Wald gefunden wurde? Ermordet.»

«Allmächtiger! Deshalb dieser Polizeiwagen auf der Straße von … wie heißt die nächste Stadt?»

«Horndean. Im Wald von Horndean wurde sie gefunden. Wir nennen ihn zumindest so. Der größere Teil gehört zu Littlebourne. Ich frage mich, ob sie uns zufällt oder denen.»

Eine sarkastische Weise, über einen Mord zu sprechen, dachte Melrose.

«Erstaunlich, daß Emily Louise Ihnen das noch nicht erzählt hat.»

«Emily Louise?»

«Die Kleine, die mit Ihnen hierhergekommen ist. Emily Perk.» Mainwaring schien ihn etwas mißtrauischer zu betrachten. Melrose hoffte, er würde sich nicht als zu scharfsinnig entpuppen. Nach einer halben Stunde mit Emily Perk hatte er sein Selbstvertrauen verloren.

«Ja, sie hat irgend etwas dahergeplappert, aber ich habe nicht richtig zugehört. Muß ja eine Plage für ihre Mami, ich meine, für ihre Mutter sein.»

«Hört und sieht alles. Und ist auch überall dabei.» Ein Schatten flog über Mainwarings Gesicht, als wäre Emily zur falschen Zeit und am falschen Ort aufgetaucht.

Melrose wollte gerade wieder auf den Mord zu sprechen kommen, als die Tür aufgestoßen wurde und zwei Frauen hereinkamen. Die eine war hager und mausfarben; die andere groß, stämmig, grauhaarig und offenbar die Wortführerin.

«Ah! Da sind Sie ja, Freddie… Oh, Sie sind gerade beschäftigt.» Es folgte eine vage, nicht sehr aufrichtig klingende Entschuldigung. «Ich möchte Ihnen nur das hier geben und mich vergewissern, ob Sie am Montag in einer Woche mitkommen.» Sie zog ein Blatt aus dem Papierstoß auf ihrem Arm und legte es auf Mainwarings Schreibtisch. Eine politische Aktivistin? fragte sich Melrose. «Betsy soll auch kommen, falls sie bis dahin wieder zurück ist. Keine Ausreden bitte! Sie und Miles bilden ein Team; ich möchte immer zwei losschicken, auf diese Weise können wir den Wald gründlich inspizieren.» Nein, nicht politisch, aber doch sehr aktiv. Melrose blickte auf das Blatt Papier und sah die bunten Linien einer Lageskizze. «Wir treffen uns bei Spoke Rock und gehen dann jeweils zu zweit los. Ziehen Sie Ihre Gummistiefel an oder besser noch Ihre Anglerstiefel; Sie wissen ja, wie sumpfig es dort um diese Jahreszeit ist, und der Bach ist durch den Regen bestimmt noch etwas angestiegen. Das Tüpfelsumpfhuhn ist äußerst scheu und vorsichtig, ich hab's aber so geplant, daß wir überall hinkommen, wenn die Teams zusammenbleiben und die vorgesehenen Routen einhalten.» In ihrem Ton lag eine deutliche Warnung, als seien ihre Pläne schon einmal auf Grund mangelnder Sorgfalt durcheinandergekommen. «Sie und Miles folgen der gelben Route. Sie führt von Spoke Rock zu Windy Hill hinüber und um das Moor herum. Schauen Sie, hier.» Sie stieß mit einem gedrungenen

Finger auf das Blatt. «Wir treffen uns um fünf, und ich möchte, daß alle da sind, und zwar pünktlich.» Melrose befürchtete, daß sie fünf Uhr morgens meinte, denn um die Cocktailzeit machte wohl niemand auf ein Tüpfelsumpfhuhn Jagd. Die Frau war von einer Robustheit, die ihm auf die Nerven ging, und ihre Stimme dröhnte aus Lungen, die unerschöpflich zu sein schienen. Ihrer Begleiterin konnte man diesen Vorwurf nicht machen – schüchtern und ergeben bog sie ihren Gürtelzipfel um, als wolle sie sich eine Schlinge daraus drehen. Der Blick der Hageren schweifte im Zimmer umher, blieb an Melrose hängen und wandte sich wie ertappt wieder ab.

«Sind Sie denn sicher, Ernestine, daß die Polizei den Wald nicht absperren läßt?»

«Bah. In ein paar Tagen sind die wieder verschwunden. Sie können sich ja nicht ewig da rumtreiben.»

«Sie können sich so lange rumtreiben, wie es ihnen paßt», sagte Mainwaring; es hörte sich nicht gerade glücklich an.

«Machen Sie kein Theater, Freddie. Das Tüpfelsumpfhuhn wird nicht ewig auf uns warten, Mord hin, Mord her. Also Punkt fünf. Es wird ein sensationeller Morgen, wenn wir uns *alle* an die Routen halten.» Sie wedelte Melrose mit ihren Plänen vor dem Gesicht herum. «Man trifft nicht alle Tage auf ein Tüpfelsumpfhuhn.» Es klang, als kämpften sie und der Vogel um die Weltmeisterschaft im Boxen – Weltergewicht.

«Kann man wohl sagen», meinte Melrose; er nahm die Brille ab und rieb sie mit seinem Taschentuch blank. «Ich hab auch nur einmal in meinem Leben eines gesehen.» Verblüfftes Schweigen. Dann sagte sie: «Das kann gar nicht sein. Es wurde in den letzten zehn Jahren nur dreimal gesichtet: auf den Orkneys, den Hebriden und in Torquay. Wo, meinen Sie, hätten Sie es gesehen? Und sind Sie sicher, daß es ein Tüpfelsumpfhuhn war?»

Er hätte sich noch so sehr anstrengen können, es wäre ihm nicht viel zu dem Vogel eingefallen. «In Salcombe.»

«In Salcombe! Das ist unmöglich!» Torquay war schon außergewöhnlich genug. Und nun auch noch in Salcombe! Der Vogel hatte wohl den Verstand verloren.

«Na ja, weit entfernt ist das ja nicht, das müssen Sie zugeben.»

Mainwaring versuchte zu vermitteln, indem er sie einander vorstellte. Mr. Plant wurde mit Ernestine und Augusta Craigie bekannt gemacht.

Sie waren also Schwestern? Seltsam. Aber es gab wohl doch eine Ähnlichkeit zwischen ihnen, die Spuren eines Stempels, den die Eltern auf ihren Gesichtern hinterlassen hatten. Er neigte höflich den Kopf, während er sich erhob, um Ernestines Hand zu ergreifen, die wie auf Knopfdruck hervorgeschnellt kam. Sie bewegte Melroses Hand auf und ab wie einen Pumpenschwengel.

«Bleiben Sie länger? Sind Sie auf Besuch hier? Sie müssen mitkommen. Sie können die grüne Route übernehmen.» Sie blickte auf ihren Plan. «Wunderbar. Sie können sich Sylvia und Augusta anschließen. Da haben Sie Glück – die beiden sind nämlich richtige Profis.»

Sylvia Bodenheim um fünf Uhr morgens – womit hatte er das verdient?

«Ernestine, Mr. Plant will sich in Littlebourne nur Häuser anschauen. Er ist bestimmt schon wieder abgereist, wenn wir uns treffen.»

«Ich danke Ihnen trotzdem für die Einladung. Was für ein Fernglas benutzen Sie eigentlich?» Es baumelte an einem Riemen über ihrem Busen. Er glaubte bemerkt zu haben, daß es ein besonders gutes war. In seinem Leben hatte es einmal eine unglückliche Phase gegeben, in der er einen Sommer lang die Rennen von Newmarket besuchte. Damals hatte er eine ganze Reihe von Ferngläsern ausprobiert.

«Dieses hier? Das ist ein Zeissglas.» Sie gab Melrose eine Kopie ihres Plans und sagte: «Da, nehmen Sie, falls Sie doch noch hier sind. Viel zu erklären gibt es da nicht. Auf Wiedersehen, Freddie!» Mit Papiergewedel verabschiedete sie sich.

«Vögel scheinen hier ja eine große Rolle zu spielen, wenn sie sogar einen Mord in den Hintergrund drängen.»

Mainwaring lächelte. «Ernestines Begeisterung reicht für uns alle. Sie kennt jeden Quadratzentimeter Wald. Kein Wunder, daß sie die Leiche gefunden hat. Sie ist ständig dort.»

«Sie hat die Leiche gefunden?» Melrose drehte sich nach der Tür um, die sie gerade hinter sich geschlossen hatte. «Dann hat sie sich aber schnell von dem Schock erholt.»

Durch das Fenster sah er eine dunkelhaarige Frau vorbeigehen, die Mainwaring zuwinkte und etwas zögerte, als frage sie sich, ob sie eintreten sollte oder nicht; sie wandte sich jedoch wieder ab, um eingehend den Baum vor der Tür zu betrachten.

«Ich muß weiter», sagte Melrose.

«Sie rufen mich zurück?»

«Aber sicher. Stonington scheint genau das richtige zu sein.»

Als er aus der Tür ging, dachte er schon gar nicht mehr an Stonington. Er dachte vielmehr an diese Craigie. Seltsam, daß jemand mit einer solchen Vorliebe für den Wald keine Bedenken hatte, für alle Welt sichtbar mit diesem Feldstecher um den Hals herumzulaufen.

DIE DUNKELHAARIGE FRAU BETRACHTETE noch immer den Obstbaum.

«Ich mag keine gestutzten Bäume. Und Sie?» fragte Melrose.

«Hm? Oh –» Ihre Überraschung war offensichtlich geheuchelt. «Ich dachte gerade, er scheint eine Krankheit zu haben.»

«Sieht doch ganz gesund aus. Wohnen Sie hier?» Es war

wohl kaum anzunehmen, daß ein Ortsfremder sich die Mühe machen würde, die Rinden der Bäume zu untersuchen.

«Ja, da drüben.» Sie zeigte über die Grünanlage. Dann klappte sie ein Notizbuch auf und schrieb sich offenbar etwas zu dem Baum auf. In Littlebourne schien es von Naturfreunden nur so zu wimmeln.

«Sind Sie Blau, Rot, Grün oder Gelb?» fragte er, seiner Meinung nach eine sehr geschickte Eröffnung.

Daraufhin wurde ihr Gesicht tiefrot, und sie schnappte nach Luft, eine Reaktion, die er nicht erwartet hatte. Als sie das Gleichgewicht wiedergefunden hatte, sagte sie: «Soll das heißen, daß Augusta nun schon mit Wildfremden darüber redet? Sie muß wirklich übergeschnappt sein.»

Melrose war verwirrt. «Augusta? Nein, die andere Miss Craigie.»

«Ernestine? Aber sie hat doch gar keinen gekriegt.»

«Sie hat was nicht gekriegt?»

«Einen *Brief*! Sprachen Sie denn nicht über die Briefe?»

Melrose erinnerte sich: Die kleine Perk hatte etwas von anonymen Briefen gesagt, die mit Buntstiften geschrieben worden waren. «Um Himmels willen, nein. Ich meinte diesen Plan für die Vogelbeobachter.» Melrose hielt ihn ihr wie einen Ausweis unter die Nase.

«Ach so!» Sie setzte zu einem Lächeln an, und er benutzte die Gelegenheit, sie zum Tee einzuladen. Er hoffte nur, daß die Bodenheims nicht in der Zwischenzeit seinen Rolls auseinandernahmen.

Als sie sich im «Magic Muffin» an einem wackligen Tisch mit Blick auf die Hauptstraße niedergelassen hatten, stellten sie sich einander vor. Polly Praed fragte: «Was taten Sie denn in Freddies Büro? Wollen Sie hier ein Haus kaufen?»

«Ich, hm, ich interessiere mich für Stonington.»

«Das kann doch nicht Ihr Ernst sein! Das Gut der Kenningtons? Er ist vor kurzem gestorben, wissen Sie.»

Der Tod schien in Littlebourne ziemlich selten in Erscheinung zu treten, sonst wären die Leute nicht so überrascht, wenn einer von ihnen dran glauben mußte. Melrose sah eine ziemlich große, dünne Frau an ihren Tisch treten. Polly Praed bestellte Tee und fragte, was für Muffins es heute gebe.

«Auberginenmuffins.»

«Mit Auberginen?» Polly sah etwas zweifelnd drein. «Ich habe noch nie von Auberginenmuffins gehört.» Als die Frau wieder gegangen war, schob Polly sich die Brille ins Haar und sagte zu Melrose: «Ob sie wohl gelb sind, so ein fürchterlich kitschiges Gelb?»

«Wahrscheinlich.» Zugleich stellte er fest, daß ihre Augen diese Farbe nicht aufwiesen: Sie waren kornblumenblau oder violett, je nachdem wie sie den Kopf hielt und das Licht einfiel.

«Will Ernestine Craigie denn mit ihrem verrückten Verein wirklich im Wald von Horndean herumwandern – nach dem, was geschehen ist? Sie haben doch bestimmt schon von dem Mord gehört?»

«Miss Craigie ist entschlossen, das Tüpfelsumpfhuhn zu sichten. Ich glaube, dafür würde sie auch über Berge von Leichen steigen.»

Muffins und Tee wurden vor ihnen auf den Tisch gestellt. Sie sahen aus wie ganz gewöhnliche Muffins, Muffins von einer frischen, gesunden Farbe.

Polly bestrich sich eine Hälfte mit Butter und sagte: «Sogar Scotland Yard hat sich hierherbemüht.» Sie hielt nachdenklich und stumm ihr Muffin in der Hand. Krümel rieselten auf ihren Pullover. Melrose hatte den Eindruck, daß sie innerlich ganz woanders war. Schließlich schien sie zurückzukehren und biß in das Gebäck.

«Sie haben also auch einen von diesen Briefen bekommen?»

Sie nickte. «Einen grünen. Fragen Sie mich bitte nicht, was drinsteht.»

«Wie käme ich dazu. Hat die Polizei eine Ahnung, wer sie geschrieben haben könnte?» Sie schüttelte den Kopf. «Gab's denn viele von der Sorte?»

«Ein halbes Dutzend. Sie kamen alle auf einmal.» Polly erzählte von dem Packen, den Mrs. Pennystevens erhalten hatte.

«Seltsam. Irgendwie nicht zu vereinbaren mit den Motiven, die man einem Verfasser anonymer Briefe unterstellt.»

«Wie meinen Sie das?» fragte sie stirnrunzelnd.

«Stellen Sie sich vor, Sie hätten dieses Laster. Sie möchten die Leute in die Zange nehmen. Deshalb versuchen Sie, das Ganze möglichst in die Länge zu ziehen. Versetzen Sie sich mal in die alte Augusta Craigie, der jedesmal, wenn sie ihre Post holen geht oder wenn die Post unter ihrer Tür durchgeschoben wird oder was weiß ich, der kalte Schweiß ausbricht. Ständig fragt sie sich: ‹Wann bin ich dran?› Der Verfasser kann die Leute ewig so zappeln lassen. Verstehen Sie? Wer würde also schon den ganzen Packen auf einmal losschicken? Die geheimen Qualen, die man in der Vorstellung genießt, würden völlig wegfallen.»

«Sie kennen sich auf diesem Gebiet ja gut aus. Sie haben sie doch nicht etwa geschrieben, oder?»

Melrose überging diese Bemerkung. «So wie diese Person vorgegangen ist, weiß jeder, wer alles einen Brief bekommen hat, und die Polizei wurde sofort eingeschaltet. Sobald der erste Schock vorbei ist, macht sich bestimmt keiner mehr Gedanken darüber. Und dann noch mit Buntstiften! Wer nimmt das schon ernst. Komisch. Glauben Sie, die Briefe haben mit dem Mord zu tun?»

«Das hab ich mich auch schon gefragt. Ich schreibe Kriminalromane –»

«Ach, tatsächlich?»

«Ja. So toll ist das aber gar nicht. Reine Routine, glauben Sie mir. Es ist nur ziemlich frustrierend, daß mir zu diesem Fall nichts einfällt. Dieser Superintendent von Scotland Yard muß mich für ziemlich dumm halten.» Bekümmert blickte sie auf ihre Muffinhälfte. «Die Sache ist – man kann eine rege Phantasie haben, aber für die Realität nicht taugen. Wie ich zum Beispiel. Ich habe sogar Schwierigkeiten, mich auch nur mit jemandem zu unterhalten, wie Sie bestimmt schon bemerkt haben.»

«Ich habe nichts dergleichen bemerkt.»

«Müssen Sie aber. In Gesellschaft bin ich ein absoluter Versager. Ich gehe deshalb auch nicht zu Parties, weil ich da doch nur stocksteif in der Ecke herumstehe und mir krampfhaft überlege, was ich sagen soll.» Kauend beschrieb sie sämtliche Lebenslagen, in denen sie versagte. Dann tat sie alles mit einem Achselzucken ab und fragte: «Darf ich mir den letzten Muffin nehmen?»

«Ja, nehmen Sie nur. Ich finde das, was Sie eben gesagt haben, völlig absurd. Es klang, als würden Sie eine andere Person beschreiben. Ich meine, Sie haben doch pausenlos geredet, seit wir hier sitzen.»

«Ach, Sie.» Sie winkte ab.

War das ein Kompliment? Oder wollte sie damit sagen, daß sie von derselben Sorte seien – beide Versager?

Sie schob Teller und Tasse zur Seite und beugte sich zu ihm vor. «Hören Sie, ich weiß, daß Sie nicht nach Littlebourne gekommen sind, um Stonington zu kaufen. Sie müßten ja steinreich sein. Obwohl ich nichts dagegen hätte, wenn Sie es kauften. Die Bodenheims wären am Boden zerstört, wenn jemand sie hier überflügelte. Es gibt nur noch eine Sache, die schlimmer für sie wäre – wenn jemand von Adel dort einzöge.» Hoffnungsvoll blickte Polly ihn an. «Sie sind doch nicht vielleicht adlig?»

Melrose starrte auf seine Tasse. «Na ja...»

«Oh, Sie sind es! Sagen Sie, daß Sie es sind!» Ihr Gesicht war ganz nahe an seines herangekommen, so gespannt war sie. Kein unangenehmes Gefühl.

«Ich bin nicht adlig.» Das Gesicht wich wieder zurück, und

er hatte beinahe das Gefühl, sie verraten zu haben. «Aber ich war es mal», fügte er strahlend hinzu.

«Sie *waren* es? Was soll das heißen?»

«Der Earl von Caverness. Und zwölfter Viscount Ardry und so weiter. Aber jetzt bin ich nur noch Melrose Plant.»

Wer er jetzt war, schien sie nicht weiter zu interessieren. Doch über den Verlust seiner Titel staunte sie mit offenem Mund. «Wie konnte Ihnen denn das passieren?»

«Oh, ich habe darauf verzichtet.»

«Warum?» Wütend starrte sie ihn an; offensichtlich fand sie es unverzeihlich, daß er eine Sache, die so nützlich hätte sein können, einfach fallengelassen hatte. Dann wurde ihre Miene wieder etwas freundlicher. «Ah, ich verstehe. Sie hatten Spielschulden oder sonst etwas auf dem Gewissen und wollten den Namen der Familie nicht beflecken.» Ihre Augen glitzerten, sie hatte sich eine Geschichte für ihn ausgedacht. Gleich würde sie ihn in eine Ritterrüstung stecken.

«Es ist leider nicht so romantisch.» Er fragte sich, warum er das Bedürfnis verspürte, sich ihr gegenüber zu rechtfertigen. Sie verwirrte ihn, und er wußte nicht warum – veilchenblaue Augen hin, veilchenblaue Augen her. Ihre übrige Erscheinung war keineswegs überwältigend; dieser unvorteilhafte Braunton ihres Twinsets, diese wirren Locken, diese ausladende Brille und dieser Bleistift, der irgendwo steckte – all das machte sie nicht gerade attraktiver. «Ich wollte sie einfach nicht mehr», sagte er matt.

Sie zuckte die Achseln. «Na ja, auch ohne Titel wird Julia Bodenheim sich Ihnen hoch zu Roß von allen Seiten zeigen. Am besten, Sie bringen sich in Sicherheit. Sie sind *die* Partie.»

Geschmeichelt sagte er: «Oh, freut mich, daß Sie das denken.»

«Ich hab nicht gesagt, daß *ich* das denke», sagte sie kauend.

«Ich bin gekommen», sagte Sir Miles Bodenheim zu Melrose Plant, «um Sie zum Cocktail nach Rookswood einzuladen.»

Er sagte das in jenem Ton, den der Erzengel Gabriel wohl bei der Verkündigung gebraucht hatte. Man hatte offenbar dankbar stammelnd anzunehmen. Und Sir Miles hatte anscheinend auch schon eine Erklärung parat, als dies nicht sogleich geschah. «Sie sollten nicht denken, daß Sie nicht annehmen können, nur weil Sie hier fremd sind. Es stimmt schon, daß wir eine gewisse Auslese treffen, aber unser kleiner Kreis wird Sie bestimmt nicht enttäuschen. Wir werden *alle* dasein.» Bei dieser wundervollen Enthüllung schwang er seinen Spazierstock über die Schulter und versetzte den Tiffany-Imitationen des «Bold Blue Boy» einen kräftigen Stoß. «Auch Derek ist zu Hause. Derek, unsern Sohn, haben Sie noch nicht kennengelernt. Er studiert Geschichte. Außer uns werden die beiden Craigie-Schwestern kommen. Ich bin ihnen gerade auf dem Weg hierhin begegnet. Ernestine ist richtig darauf erpicht, Sie bei unserer nächsten Wanderung dabeizuhaben – den Plan hat sie Ihnen ja schon gegeben. Sie sehen, eine wunderbare Gelegenheit, sich kennenzulernen. Wir müssen auch noch ein paar Details im Zusammenhang mit dem Kirchenfest besprechen. Es findet morgen statt: Also keine Widerrede. Kommen Sie.» Sir Miles kratzte an den Eiresten auf seinem Ascottuch und fügte noch hinzu: «Ich weiß, Sie haben gerade mit Miss Praed Ihren Tee eingenommen; aber da Sie im ‹Magic Muffin› bestimmt nichts Anständiges zu essen bekommen haben, sind ein paar Kanapees genau das richtige für Sie. Wo sind Sie denn Miss Praed begegnet?» Sir Miles schien etwas pikiert darüber zu sein, daß dieser Fremde sich schon über die Grenzen hinausbewegte, die er ihm gesteckt hatte. «Die Frau schreibt miserable Krimis, aber wenn man sich für so etwas interessiert...» Er zuckte die Achseln, als wolle er diese Möglichkeit von vornherein ausschließen. «Ernestine wird Sie bestimmt sehr interessant unterhalten. Sie ist –»

«Ich wünschte, ich wäre clever genug, um Krimis zu schreiben.»

«Clever? Ich kann nichts Cleveres daran entdecken. Jemand wird um die Ecke gebracht, und alle geraten aus dem Häuschen und versuchen herauszufinden, wer's war – ist das eine besondere Intelligenzleistung? Meiner Meinung nach reine Zeitverschwendung. Und wie Sie sehen, verläuft in Wirklichkeit alles ganz anders. Einem Inspektor, der so gerissen und auf Zack ist wie der in den Büchern von Miss Praed, werden Sie in diesem Fall hier wohl kaum begegnen. Haha, mit Sicherheit nicht.»

«Sie haben ihre Bücher also gelesen», sagte Melrose lächelnd.

Sir Miles hatte es aufgegeben, das Eigelb zu entfernen, und starrte über Melroses Kopf hinweg ins Leere. «Oh, ich habe mal in eines hineingeschaut, das wir unserer Köchin zu Weihnachten schenken wollten. Aber es würde mich wirklich wundern, wenn die Leute, die sie uns da geschickt haben, etwas herausfinden. Dieser Carstairs scheint ziemlich schwer von Begriff zu sein, während der Bursche von Scotland Yard sich ja mächtig ins Zeug legt, das muß man ihm lassen. Aber kommen Sie, alter Freund, kommen Sie.» Sir Miles bedeutete Melrose, sich zu erheben. «Es ist schon nach fünf, wir können uns gleich zusammen auf den Weg machen.»

Melrose seufzte innerlich, dachte aber, daß er sich vielleicht doch besser nach Rookswood mitschleifen lassen sollte, wenn er Wert auf weitere Bekanntschaften legte. Und Mrs. O'Brien hatte gesagt, Jury werde erst in ein paar Stunden zurück sein; das Abendessen würde also auch sehr spät serviert werden. «Und womit wird Miss Craigie uns unterhalten?» fragte er, als sie den «Bold Blue Boy» verließen.

«Mit Mausergewohnheiten und Flugmustern des Tüpfelsumpfhuhns.»

«Wie reizvoll», sagte Melrose.

«Die Mausergewohnheiten des Tüpfelsumpfhuhns entsprechen ganz und gar nicht dem, was man erwarten würde...» informierte Ernestine Craigie sie mit monotoner Stimme.

Erstaunlich, dachte Melrose, ein Glas mit lauwarmem Whisky in der Hand. Eigentlich hatte er überhaupt nichts von dem Tüpfelsumpfhuhn erwartet, nicht einmal, daß es sich mauserte.

Es war ein Lichtbildervortrag.

Gab es Schlimmeres, abgesehen vielleicht von herumgereichten Ferien- oder Babyfotos? Derek Bodenheim war ungefähr vor einer Stunde hereingeplatzt, hatte sich einen sehr großen Whisky eingeschenkt, das ‹Hallo›, das er Melrose zukommen ließ, so gelangweilt wie nur möglich hervorgestoßen und sich dann wieder zurückgezogen, die Flasche in der Hand: all dies entgegen den Versicherungen seines Vaters auf dem Weg vom «Bold Blue Boy» nach Rockswood, daß Melrose von seinem Sohn nur die beste Unterhaltung zu erwarten hätte.

Augusta Craigie hatte einen Stuhl in Armeslänge von dem Getränketisch entdeckt und schien mit der Sherrykaraffe vollkommen glücklich zu sein, was außer Melrose niemand bemerkt hatte.

Ein Dienstmädchen, eine schmächtige Person mit olivfarbener Haut und lautlosen, sparsamen Bewegungen, reichte eine Platte mit Kanapees herum, die wie Pappe schmeckten.

Die einzige Abwechslung stellten Julia Bodenheims Versuche dar, Melrose in etwas anderes als ein Gespräch zu verwikkeln – sie schlug abwechselnd ein schimmerndes Bein über das andere und lehnte ihren seidig glänzenden Busen mal gegen ein Glas, mal gegen einen Aschenbecher oder die Platte mit den Kanapees.

So sehr er sich auch bemühte, es gelang Melrose nicht, das Gespräch auf den Mord zu bringen. Von Sylvias Erklärung, daß so nahe an ihrem Grundstück eigentlich gar kein Mord hätte passieren dürfen, bis zu Augustas schauerndem Schweigen und dem kurzen Exkurs von Sir Miles über die Unfähigkeit und Penetranz der Polizei – sie pickten nur wie ein Schwarm Blaumeisen an dem Thema herum, um dann schnell wieder davonzuflattern. Selbst Ernestine – in ihrem grauen Kostüm so handfest und solide wie ein Bierhumpen – schien sich gegen das Thema zu sträuben.

Die Pläne für das Kirchenfest wurden jedoch um so leidenschaftlicher diskutiert – Melrose konnte sich die Festzelte, Wurfbuden und Kutschfahrten bereits lebhaft vorstellen. Das Karussell war angekommen, und auch die Stände waren schon zum größten Teil aufgebaut.

Konnte Emily Perk wirklich mit der Aufgabe des Kutschers betraut werden (hatte Miles gefragt), würde sie die Kinder auch nicht zu früh wieder absetzen? *Du weißt doch, meine Liebe, sie ist eigentlich strikt dagegen, daß Leute sich von Pferden ziehen lassen. Ja, Daddy, sie ist aber die einzige, die das machen kann und will,* hatte Julia geantwortet und dabei in *Country Life* geblättert; kurz darauf flog die Zeitung in die Ecke, wahrscheinlich, weil sie sich nicht darin entdeckt hatte. Danach waren Sylvia Bodenheims Stricknadeln wie zwei Rapiere hin und her geschossen, als sie von Lady Keningtons Weigerung berichtete, den Wühltisch zu übernehmen.

Wenn man sie alle so sprechen hörte, hätte man denken können, daß es entweder überhaupt keinen Mord gegeben hatte oder daß sie schon so daran gewöhnt waren, im Wald von Horndean Leichen ohne Finger zu finden, daß es auf eine mehr wirklich nicht mehr ankam.

Oder aber, eine dritte Möglichkeit: Jemand hatte hier ein sehr schlechtes Gewissen.

Der Lichtbildervortrag ging weiter: Auf der Leinwand erschien ein Muster bunter Linien, die von Westen nach Osten oder von Norden nach Süden verliefen oder irgendwelche Kurven beschrieben. Die Tüpfelsumpfhühner schienen wahre Flugorgien zu feiern – von den Äußeren Hebriden waren sie über Manchester bis nach Torquay gezogen. Melrose war gerade dabei, einzunicken, als Miss Craigies Markierungsstift eine horizontal verlaufende rote Linie zog, anscheinend eine der beliebtesten Flugrouten des Tüpfelsumpfhuhns. Er kniff die Augen zusammen und versuchte herauszufinden, an was diese Linie ihn erinnerte. An Emilys blutroten Bach vielleicht? Oder lediglich an eine Reklame der British Air...

Er gähnte und fragte sich, wann Jury zurück sein würde. So lange brauchte man nicht von London nach Littlebourne. Er stellte sich vor, das Große Tüpfelsumpfhuhn hielte irgendwo einen Lichtbildervortrag und erklärte einem Saal voll eingesperrter, gelangweilter Tüpfelsumpfhühner das englische Autobahnnetz: *Das ist Ihre Flugroute. Wie Sie sehen, endet die rote Linie in einem Kleeblatt. Das ist die Ausfahrt nach Doncaster...*

Zweiter Teil

Magier und Kriegshelden

10

Es lag auf der Hand, wie die Catchcoach Street zu ihrem Namen gekommen war: eine dolchförmig verlaufende Sackgasse, die mit den eleganten Cul-de-Sacs von Belgravia oder Mayfair nichts gemeinsam hatte. Die schmalen, heruntergekommenen Häuser standen dicht nebeneinander und drängten sich an dem klingenförmigen Ende noch enger zusammen. Es roch nach Fisch und brackigem Themsewasser.

Die Nummer zweiundzwanzig unterschied sich von den übrigen Häusern nur durch eine etwas gepflegtere Fassade und einen saubereren Hof. Von Nell Beavers, der Eigentümerin dieser Straße in dem Slum (sie hatte sich damit gebrüstet, daß ihr dieses und die beiden Häuser links und rechts davon gehörten), hatten sie Näheres über Cora Binns erfahren. Sie war am Donnerstag abend gegen sechs aus dem Haus gegangen und hatte noch gesagt, sie hoffe, der Berufsverkehr sei vorbei, wenn sie zur Highbury-Station käme.

«Es war gegen sechs. Ich spioniere den Leuten nicht nach.»

Jury wollte dafür nicht die Hand ins Feuer legen. Sie schien ganz der Typ zu sein, der in den Mülltonnen nachsieht, wie viele Flaschen drinliegen. Cora Binns hatte die Wohnung über ihr, und Jury war überzeugt, daß ihre Wirtin auf jedes Knarren in den Dielen achtete.

«Etwas spät für ein Vorstellungsgespräch, oder?» fragte Wiggins.

Nell Beavers zuckte die Achseln. «Was weiß ich! Ich nehme an, sie wollte keinen Arbeitstag opfern. Sie sagte jedenfalls, sie wolle nach Hertfield fahren», fuhr Nell Beavers fort, in ihrem Stuhl schaukelnd und stolz auf ihre Selbstbeherrschung. Sie gehörte nicht zu der Sorte, die gleich zusammenbricht, wenn es ernst wird: Sie wußten das, weil sie es ihnen bereits dreimal versichert hatte. «Sie hat gesagt, ihre Agentur – Cora war Aushilfssekretärin – habe angerufen, weil in Hertfield jemand eine Stenotypistin suchte. Sie brauchen nur diese Agentur zu fragen. Sie heißt ‹The Smart Girls Secretarial Service›. Ich würde an Ihrer Stelle gleich mal hingehen.»

Jury dankte ihr. Seine Landsleute fühlten sich des öfteren bemüßigt, ihm gute Ratschläge zu erteilen. «Sie haben Inspektor Carstairs erzählt, daß sie am selben Abend zurückkommen wollte.»

«Richtig, das hat Cora gesagt. Am nächsten Tag hat ihre Agentur angerufen und mich gefragt, ob ich wisse, wo sie sei. Sie sei nie bei den Leuten aufgetaucht, bei denen sie sich hätte vorstellen sollen. Richtig frech ist diese Frau geworden. Ich sagte nur, daß ich meinen Mietern nicht nachspionieren würde, ich wäre schließlich nicht ihre Mutter.» Nell Beavers schmatzte mit trockenen Lippen. «Als Cora aber auch am Freitag abend nicht zurückkam, sagte ich mir, Nell, jetzt rufst du mal besser die Polizei an. Beavers – mein verstorbener Mann, Gott hab ihn selig – sagte immer, Probleme lösen sich nicht von selbst.»

«Sie haben genau das Richtige getan, Mrs. Beavers.» Sie verzog jedoch keine Miene; auch dieses, wie sie wußte, wohlverdiente Lob konnte ihr kein Lächeln abringen. Sie schaukelte nur etwas schneller und sagte: «Ich an Ihrer Stelle würde mal mit den Cripps reden.» Sie wies mit dem Daumen nach rechts. «Gleich die nächste Tür. Warum Cora sich gerade mit ihnen angefreundet hat, ist mir ein Rätsel. Man hat in diesem Land als Hausbesitzer keine Rechte mehr, es ist eine Schande. Die Mieter können machen, was sie wollen. Seit Jahren versuche ich, sie rauszukriegen. Man weiß nie, was dieser Ash im Schilde führt.» Sittsam faltete sie die Hände im beschürzten

Schoß. «Ich hab's hier nicht zum erstenmal mit der Polizei zu tun. Die kommt immer wieder wegen Ash Cripps. Beavers hat auch gesagt, daß mit dem perversen Kerl was nicht stimmt.» Sie schlug ihre alte blaue Strickjacke auseinander und schloß sie schnell wieder, während Jury und Wiggins sie entgeistert anstarrten. «Sie haben kapiert? Er hat schon alle Parks und öffentlichen Toiletten im East End unsicher gemacht, und die im West End kennt er sicher auch.»

«Wo ist Cora eingestiegen?»

«Wo wir alle einsteigen: in Wembley Knotts. Cora hat sich immer über die Underground beklagt. Ein Skandal, wie teuer sie geworden ist. Von Wembley Knotts bis King's Cross kostet es inzwischen achtzig Pence. Aber immer wird gebaut, stimmt's? Na ja, die Polizei braucht ja nicht damit zu fahren.» Das schien sie ihnen besonders übelzunehmen: In diesem Staat war nicht nur für die Mieter gesorgt, sondern auch für die Polizei – nicht einmal die U-Bahn mußten sie benutzen.

VOR DER NUMMER VIERUNDZWANZIG hielten sich ein paar schmuddelige Kinder an den Händen und tanzten um einen ramponierten Kinderwagen herum. Keines trug einen Mantel, obwohl es ein ziemlich kühler Septemberabend war, und eines hatte sogar nur ein Hemdchen an.

Bei ihrem Ringelreihen um den Kinderwagen sangen sie zwar die Melodie von «Ringel, Ringel, Reihen», den Text hatten sie jedoch durch einen etwas handfesteren ersetzt, zum größten Teil durch irgendwelche wüsten Beschimpfungen, die dem unschuldigen Geschöpf in dem Wagen galten.

«Ist eure Mutter zu Hause?» fragte Jury, nachdem er sich vergewissert hatte, daß das Baby nicht erstickt war oder auf eine andere Art den Tod gefunden hatte. Es lag schlafend auf dem Bauch, die winzigen Hände zu Fäusten geballt, während die runden Wangen wie kleine Flammen glühten, denen selbst der Ruß der Catchcoach Street nichts anhaben konnte.

Die Kinder ersetzten ihr «Fickdich, Fickdich» durch «Mam's zu Hause, Mam's zu Hause», ohne ihren Singsang und ihr Ringelreihen zu unterbrechen. Sie kicherten nur vor Begeisterung darüber, daß sie, ohne eine Sekunde aufzuhören, auch noch Auskünfte geben konnten. Auf diese Weise ging es weiter, nur daß sie jetzt, von ihrem Erfolg angespornt, noch höher hüpften mit ihren nackten Füßen und kurzen Haaren und daß der Text inzwischen «Macht Brei, Brei, Brei, Brei» lautete. Diese neue Auskunft über «Mams» Aktivitäten führte zu weiterem Gelächter und Gekicher und auch dazu, daß die Tür aufging.

«Nu reicht's aber – ziehst du dir wohl deine Hose an! Und was ist mit Ihnen?» Die Frage war an Jury und Wiggins gerichtet.

Ein Hund mit einem Kopf wie eine Ratte sah endlich eine Möglichkeit zu entwischen und quetschte sich durch den Türspalt. Durch diese Öffnung sah Jury eine Gesichts- und Körperhälfte; die andere, befürchtete er, würde auch nicht vorteilhafter aussehen als das fettige Haar, das metallische Auge und der hängende Busen, die er bereits sah. Als die Frau die Tür vollends öffnete, füllte ihre massige Gestalt den ganzen Rahmen aus. Sie steckte in einer Kittelschürze, deren Knöpfe abzuspringen drohten.

«Polizei», sagte Jury und zeigte seinen Ausweis.

«Kommen Sie wegen Ashley? Na ja, wundert mich nicht. Kommen Sie rein.» Bevor er den Irrtum berichtigen konnte, brüllte sie den Kindern zu, ins Haus zu kommen und ihren Brei zu essen.

«Haben Sie denn die Polizei erwartet?» fragte Wiggins.

«Wer soll's schon sonst sein. Mit euern Regenmänteln und blauen Anzügen könnt ihr ja wohl kaum die beiden Ronnies sein. Nur immer reinspaziert.» Verärgert über soviel Begriffsstutzigkeit winkte sie ihn durch die Tür. «So, was hat Ashley wieder ausgefressen? Hat er sich wieder den Damen gezeigt? Laßt das!» rief sie der Gnomenschar zu, die über den Kinderwagen kletterte. «Euer Essen ist fertig.»

Zwei von ihnen hatten sich zu dem Baby in den Wagen gelegt, während die andern wie wild daran rüttelten. Als das Wort Essen fiel, rannten sie den Kinderwagen – und auch Wiggins – beinahe über den Haufen.

«Gebt endlich Ruhe, und Joey, du ziehst dir sofort deine Hose an!» Sie versetzte dem blanken Hinterteil des Kleinen einen Klaps, während er zwischen Wiggins' und Jurys Beinen durchrannte.

«Da hinten rein», sagte sie gebieterisch wie eine Fremdenführerin.

«Da hinten» befand sich die schmutzigste Küche, die Jury je gesehen hatte. Jeder Quadratzentimeter war bedeckt mit verkrusteten Tellern, dreckigem Geschirr und pockennarbigen Töpfen. Vom Herd hingen lange Fettzapfen. Gebannt starrte Wiggins auf eine Bratpfanne mit einem fingerdicken Belag von erstarrtem Fett.

«Mrs. Beavers von nebenan meinte, Sie könnten uns vielleicht weiterhelfen, Mrs. Cripps.»

«Was, die Beavers is nicht in der Kneipe und kippt sich ihr zehntes Bier runter, ihren Nachmittagssherry, wie sie's nennt?» Sie machte eine Handbewegung, als wolle sie Ordnung schaffen, und beugte sich dann über das Gas, um sich einen Zigarettenstummel anzuzünden. An dem wackligen Küchentisch stießen die Kinder wilde Drohungen und Verwünschungen aus; gleichzeitig hämmerten sie mit ihrem Besteck auf dem Tisch herum. Ohne sich darum zu kümmern, ließ die Frau den Kartoffelbrei in die Schüsseln plumpsen. Die Kinder grapschten nach dem Ketchup, um es über ihren Brei zu kippen. Wiggins stand neben dem Tisch, fasziniert von der rotweißen Mischung.

Von ihrer Zigarette fiel etwas graue Asche in die Pfanne, während sie bemerkte: «Na, ich hab's ihm ja gesagt. Zeigt ewig sein kleines Ding, dasses auch alle sehen...»

Sie schien Übung im Umgang mit der Polizei zu haben, ja sogar zu einer gewissen Gelassenheit darin gefunden zu haben. Lächelnd schüttelte Jury den Kopf, als sie ihm von dem Kartoffelbrei anbot. Wiggins wich einen Schritt zurück.

Sie hörte auf, vor sich hin zu brabbeln, und meinte: «Direkt vor meiner Nase hat er's getrieben» – sie wies nach hinten auf die dunkleren Regionen der Wohnung –, «aber mit mir kann er das nich machen. Ich hab auch meinen Stolz. Ich bin einfach aufs Arbeitsamt gegangen. Eine Scheißarbeit für knapp sechzig Eier die Woche. Und dafür, daß ich auf ihrer Couch pennen darf, nimmt mir die Screeborough-Bande allein schon vierzig ab; zwanzig gehn fürs Frühstück drauf. Ich sag's Ihnen!» Sie ging um den Tisch und ließ einen weiteren Klacks Brei in die Schüsseln fallen. «So, das war's. Maul halten. Und Hände weg von Sookeys Schüssel.» Sie versetzte einer Hand, die mit dem Löffel auf Eroberungen ausging, einen kräftigen Klaps. Dann blickte sie in die Runde verschmierter Gesichter und fragte: «Wo ist denn Friendly?»

«Drüben auf dem Schulhof. Hat gesagt, er will Fiona was zeigen.» Wieder fingen sie zu kichern an, und Sookey nutzte die Gelegenheit, um blitzschnell seinen Löffel in Joeys Kartoffelbrei zu tauchen.

«Ich werd ihm auch was zeigen, darauf könnt ihr euch verlassen. Ganz wie der Alte, dieser Kerl.»

Wiggins betrachtete die verschossene, vollgekritzelte Tapete – die langen Gladiolenstengel waren zu einem Peniswald umgestaltet worden – und zog sich mit seinem Notizbuch in den Flur zurück.

«Mrs. Beavers sagte, Sie seien mit Cora Binns befreundet gewesen, Mrs. Cripps.»

«Cora? Ja, ja, ich kenn Cora. Warum fragen Sie? Hat Ashley sich wieder an Cora rangemacht?»

«Ich will von dem Ribena, Mam», brüllte Sookey.

«Sei still. Is doch keines da.»

«Ah, Scheiße.»

«Cora Binns wurde ermordet», sagte Jury.

«*Was?* – Was sagten Sie da, ermordet?» Jurys Miene bewies ihr, daß es kein Witz war. «Also, ich hätte nie...» Die Zigarette zitterte in ihrem Mundwinkel. Der Rest ging in Geschrei und dem ohrenbetäubenden Lärm von klapperndem Geschirr unter. Falls die Crippsche Brut es überhaupt gehört hatte, so schien sie sich doch weitaus mehr für ihre eigenen Angelegenheiten zu interessieren; sie schubsten und drängten sich bereits wieder vom Tisch. Eines der Kinder – das Mädchen mit dem verschmiertesten Gesicht und den klebrigsten Händen – blieb im Gang stehen und musterte Sergeant Wiggins.

«Passiert ist es», fuhr Jury fort, «in einem Dorf nicht weit von London, Littlebourne. Cora wollte sich anscheinend um eine Stelle bewerben. Haben Sie eine Ahnung, ob jemand sie aus dem Weg räumen wollte? Vielleicht der Freund? Eifersucht ist ein ziemlich häufiges Motiv.» Sie hatte keine Ahnung. Jury zog das Foto von Katie O'Brien aus der Tasche. «Haben Sie dieses Mädchen schon einmal gesehen, Mrs. Cripps?»

Sie wischte sich die Hände an ihrer Kittelschürze ab – vielleicht aus Achtung vor der Toten –, bevor sie den Schnappschuß nahm. «Hübsche Kleine. Nein, is mir nich übern Weg gelaufen. Was hat sie denn mit Cora zu tun?»

«Vielleicht nichts. Aber sie ist vor zwei Wochen in der U-Bahn-Station Wembley Knotts überfallen worden. Und sie kommt aus Littlebourne, wo der Mord verübt wurde. Wissen Sie, wo die Drumm Street ist, Mrs. Cripps?»

«Sicher. Gleich zwei Straßen weiter.»

«Die Kleine auf dem Foto hat in der Drumm Street bei einem gewissen Cyril Macenery Geigenstunden genommen. Sie kennen ihn nicht zufällig?»

«Den Fiedler? Klar kenn ich Cyril. Am besten, Sie gehen in die Kneipe am Ende der Straße, da drüben.» Ihr Kopf ging nach links. «Da hängen die alle rum, Ashley auch. Ein alter vergammelter Schuppen. Gleich neben dem Süßwarenladen.»

Wiggins versuchte, die Kleine abzuschütteln, die mit ihren klebrigen Fingern seine Hosenbeine umklammert hielt; sein Blick schien zu besagen, daß im Vergleich zu der Crippsschen Küche selbst eine alte, vergammelte Kneipe ein wahrer Palast sei. Er klappte sein Notizbuch zu und steckte seinen Kugelschreiber in die Tasche. «Wenn Sie wollen, geh ich mal rüber, Sir.»

«Wir gehen zusammen; vielen Dank, Mrs. Cripps.»

«Wenn Sie Ashley sehen, sagen Sie ihm, er wird hier gebraucht. Der blöde Kerl hockt den ganzen Tag nur in dieser Kneipe rum. Is zu nichts anderm zu gebrauchen, das kann ich Ihnen gleich sagen. Nach einem Abbot kann er nicht mehr geradeaus blicken.»

«Mach ich. Vielen Dank, daß Sie mir Ihre Zeit geopfert haben. Und erzählen Sie bitte niemand von der Sache, Mrs. Cripps.»

«White Ellie nenn' sie mich.» Sie legte einen Finger an die Lippen. «Meine Lippen sind versiegelt», flüsterte sie.

«Haben Sie die Pfanne gesehen, Sir?» fragte Wiggins auf dem Weg zur Kneipe. «In dem Fett waren ein paar kleine Pfotenabdrücke.» Wiggins erschauerte.

11

Das Schild des «Anodyne Necklace» knarrte im Regen, der in Böen auf die heruntergekommene Straße prasselte. Der schorfige Anstrich war einmal grün gewesen, inzwischen waren jedoch die Details des Bildes verblichen und die Farbe abgeblättert, so daß Jury gerade noch den Umriß eines Perlenhalsbandes erkennen konnte, dem der Gasthof wohl seinen Namen verdankte. Es war ein unauffälliges, schmales Gebäude von einem stumpfen Bordeauxrot, das in der Dämmerung wie getrocknetes Blut aussah. Die Scheiben, deren untere Hälften aus Milchglas bestanden, schimmerten gelblich und ließen die Schatten drinnen nur undeutlich erkennen. Die Kneipe teilte sich das spitz zulaufende Ende der Straße mit einem winzigen Süßwarenladen, in dem es, abgesehen von dem flackernden Licht eines Fernsehers, völlig dunkel war, und einem verstaubt aussehenden Kiosk zu seiner Rechten. Im «Anodyne Necklace» mußten früher einmal die Reisekutschen Station gemacht haben, obwohl man sich kaum vorstellen konnte, wie eine Kutsche mit vier Pferden durch den halbverfallenen Torbogen gekommen war. Der Name des Gasthofs, auf den Stein des Torbogens gemalt, war kaum noch zu entziffern.

«Ich glaube, das bedeutet ‹Heilmittel›, antwortete Jury auf Wiggins' gemurmelte Frage, was es denn mit dem Namen auf sich habe. Niemand schien dringender eines gebrauchen zu können als Wiggins. Er stand mit eingezogenen Schultern da und nieste in sein Taschentuch.

Der gelbe Schimmer der Fenster rührte nicht von elektrischen Deckenlampen, sondern von den Gasleuchten an der Wand her. Es gab noch weitere Überbleibsel viktorianischer Eleganz: den Wandschirm am einen Ende der Bar, die so lang war wie der ganze Raum; den alten Spiegelrahmen, der dringend einen neuen Silberbelag benötigt hätte. Ansonsten gab es einen mit Sägemehl bestreuten Boden, runde Tischchen aus Kiefernholz und harte Bänke an den Wänden. Eine völlig absurd aussehende Girlande mit elektrischen Weihnachtskerzen hing zur Erinnerung an das Fest oder in Erwartung des Festes herum. Frauen mittleren Alters saßen zu zweit oder dritt vor ihren Biergläsern und verfolgten so wachsam wie Gefängniswärterinnen, was ihre Männer machten; offenbar nicht gerade viel. Die meisten klammerten sich an ihre Gläser wie an nicht eingelöste Versprechen. Die Aktivitäten verteilten sich auf das Dartspiel im rückwärtigen Teil und einen Tisch, an dem eine Gruppe von fünf oder sechs Personen saß, der anscheinend ein beleibter Mann mit einem Zwicker vorstand; sie schienen sehr vertieft in ein Spiel zu sein.

«Machst du ’nen Ausflug in die Slums, Süßer?»

Das Mädchen, das Jury angesprochen hatte, trug über einer flammend roten, tief ausgeschnittenen Bluse ein Samtband um den Hals, und unter den schwarzgetuschten und mit blauem Lidschatten geschmückten Augen hatte sie sich einen Schönheitsfleck aufgemalt. Jury konnte sich nicht vorstellen, was für Kundschaft sie hier aufzutreiben hoffte. Wahrscheinlich lebte sie sowohl auf wie auch von der Straße.

Der Mann hinter der Bar, der sich gerade umdrehte, um den weichen Schaum von einem Glas Stout zu streifen, schien sie bestens zu kennen. «Geh nach Hause, Shirl, und mach dein Schönheitsschläfchen. Du hast’s nötig, Mädchen. Was soll’s denn sein, Kumpel?»

«Eine Auskunft», sagte Jury und beobachtete Shirls Abgang, die den Wink entgegengenommen hatte, ohne mit der Wimper zu zucken.

Der Wirt warf einen gelangweilten Blick auf Jurys Ausweis. «Ist wohl wieder wegen Ash, was?» Er nickte in die Richtung der Männer an dem Tisch. «Da drüben.»

«Nein, nicht wegen Ash. Wegen Cora Binns. Wie heißen Sie, bitte?»

«Harry Biggins.» Erstaunt zog er die Augenbrauen leicht in die Höhe, während er zwei Stammgästen, die in den Spiegel hinter der Bar starrten und so taten, als hörten sie nichts, die Biergläser hinschob. «Wegen Cora also? Kam mir immer ganz harmlos vor.»

«Aber jemand anders war nicht harmlos. Sie wurde ermordet. Was wissen Sie über sie?»

«Cora? Das ist doch nicht zu fassen.» Kaum war ihr Name über seine Lippen gekommen, schien er sich an rein gar nichts mehr zu erinnern; er wischte seinen Tresen und bestritt, Cora Binns je näher gekannt zu haben. Auch Wiggins' Fragen ergaben nichts.

Jury zog das Foto von Katie O'Brien aus seiner Tasche. «Und wie steht's mit dieser da?»

Er behauptete noch sturer, er habe nie etwas von einem Mädchen namens O'Brien gehört; von seinem Gesicht ließ sich unmöglich ablesen, ob er log oder nicht. Auch der Überfall in der U-Bahn-Station Wembley Knotts war ihm nicht zu Ohren gekommen, was Jury für äußerst unwahrscheinlich hielt. Er ließ es ihm aber durchgehen. «Sie hatte einen Musiklehrer, der hier ziemlich häufig zu Gast sein soll. Macenery. Bitte erzählen Sie mir nicht, daß Sie auch den noch nie gesehen haben, sonst müßte ich mich wirklich fragen, Mr. Biggins, ob Sie Ihre Kneipe noch lange betreiben – da Sie so gut wie niemanden kennen. Lange könnten Sie sich so nicht über Wasser halten, denke ich.» Jury lächelte.

«Ich hab nie behauptet, daß ich ihn nicht kenne, oder? Er sitzt da drüben an Doc Chamberlens Tisch. Chamberlen ist nicht sein richtiger Name; er benutzt ihn nur fürs Spiel. Cyril ist der mit dem Bart.»

«Was ist das für ein Spiel?»

«Magier und Kriegsherren heißt es. Die ganze Zeit hocken sie darüber. Ziemlich blöd, wenn Sie mich fragen. Aber über Geschmack läßt sich nicht streiten, hab ich recht?» Harry Biggins ließ einen Goldzahn aufblitzen, um Jury zu beweisen, wie kooperativ er sein konnte.

«Vielen Dank. Also, wer hier drin hätte Cora Binns kennen können? Da Sie ihr ja nie begegnet sind.» Jury erwiderte sein Lächeln.

«Versuchen Sie doch mal Ihr Glück bei Maud; sie sitzt da hinten.» Biggins zeigte auf eine Frau mit goldblondem Haar, das wie ein Korb Zitronen auf ihrem Kopf saß. Sie war mit zwei andern Frauen zusammen, und alle drei trugen Mäntel und Schals.

«Sie kümmern sich um Maud, Wiggins; ich nehm mir den Tisch vor.»

Auf dem Weg dorthin fing Jury ein paar Gesprächsfetzen auf. «... spielten Strip Poker mit ihr. Und ham verloren.» Schallendes Gelächter, nur der stattliche Herr mit dem Zwikker war anscheinend zu sehr in das Spiel vertieft. Er warf einen seltsamen, kristallblauen Würfel mit vielen Flächen.

Ein bleicher junger Mann in Jeans stöhnte auf.

«Schaut euch Keith an, er wird schon ganz aufgeregt.»

Keith hätte auf dem Totenbett liegen können, so leidenschaftslos war seine Miene. Der Mann, den Jury für Cripps hielt, hatte ein breites, eingefallenes Gesicht, als wäre ihm ein Auto reingefahren. Er rollte seine Zigarre im Mund und starrte auf einen Bogen Millimeterpapier. Alle hatten solche Bögen vor sich; der ganze Tisch war damit bedeckt. Der Dicke hatte jedoch einen sehr viel größeren und mehrfach gefalteten. Das Spiel schien eher etwas zum Zuschauen zu sein, nach dem Verhalten der Leute zu urteilen, die mit einem Bier in der Hand an den Tisch traten, einen Augenblick lang darauf starrten und dann wieder weggingen.

Einer von ihnen sagte: «Wir sind den Gang entlanggegangen und haben nach einem versteckten Eingang in der nördlichen Mauer gesucht.» Dieser Beitrag kam von dem bärtigen jungen Mann, der Cyril Macenery sein mußte.

«Gut, ihr findet eine Tür», sagte der Dicke.

«Wir horchen vor der Tür», setzte Macenery hinzu.

Der Dicke würfelte wieder. «Ihr hört ein Schnauben und ein Stampfen.»

«Gorgon versucht, das Schloß aufzubrechen», sagte Ash Cripps mit einem selbstgefälligen Lächeln.

«Nein, falsch», erwiderte der Dicke und würfelte weiter.

«Wir treten ein», sagte Macenery.

Die andern schwiegen und blickten Macenery an, der ihnen anscheinend aus der Klemme helfen sollte. Er sagte: «Manticore benutzt einen Schild aus Silber, um die Strahlen der Sonne aufzufangen. Der Schild wird zu einem Flammenwerfer gegen die Hengste –»

«Polizei», sagte Jury und warf seinen Ausweis auf die Blätter, wie ein Spieler, der seinen Einsatz erhöht.

Ihre Reaktion wirkte wie eingeübt. Alle blickten auf Ash Cripps, der die Achseln zuckte, den Bleistift auf den Tisch warf und seinen Mantel von der Stuhllehne ziehen wollte.

«Nicht Sie, Mr. Cripps.» Jury nickte in Macenerys Richtung. «Sie.»

Die Verblüffung auf ihren Gesichtern ließ Cripps' Gesicht aufleuchten wie ein neuer Tag. «Nicht ich?» Er blickte zu Cyril hinüber. «Was hast denn du ausgefressen, Cy?»

«Mit Ihnen würde ich mich gerne später unterhalten, Mr. Cripps. Einstweilen können Sie gehen.» Damit war auch Ash der Tag verdorben. «Ich komme gerade von Ihrer Frau», sagte Jury.

«Vom Elefanten? Hat ein großes Maul, die Alte. Zum Teufel mit der ganzen Blase.» Er leerte sein Glas und verschwand.

«Es dreht sich um Katie, nicht?» fragte Cyril Macenery, als er sich mit Jury an einem Tisch außer Hörweite niederließ.

«Unter anderem.»

«Ich hab Ihrem Kollegen schon alles erzählt, was ich weiß. Wie oft soll ich denn noch dieselben Fragen beantworten?»

«Sooft sie Ihnen gestellt werden, fürchte ich. Der andere war von der Mordkommission, Mr. Macenery. Ich bin von Scotland Yard. Es ist noch etwas passiert.»

«Oh, was denn?» Er machte auf Jury einen äußerst mißtrauischen, zugleich auch sehr jungen und nervösen Eindruck. Wahrscheinlich war er älter, als er aussah, aber die Jeans, der Rollkragenpullover und das intensive Blau seiner Augen ließen ihn wie Ende Zwanzig aussehen, wenn man von den beginnenden Falten im Gesicht absah. Haare und Bart waren sehr sorgfältig und ordentlich geschnitten.

«Wie lange waren Sie Katie O'Briens Lehrer?»

«Ungefähr acht, neun Monate. Zweimal im Monat. Was hat Scotland Yard mit der Sache zu tun?»

Jury gab keine Antwort darauf. «Ich habe gehört, daß Sie ein sehr guter Lehrer sind. Zumindest so gut, daß Katies Mutter, die ja sehr besorgt um ihre Tochter ist, sie nach London fahren ließ, damit sie bei Ihnen Stunden nehmen konnte. War – ist – sie denn so begabt?»

«Ja. Ich hätte es sonst auch gar nicht gemacht. Ich kann das Geld zwar gebrauchen, aber ich würde mir nicht jeden Balg aufhalsen lassen. Sie muß noch zehn, fünfzehn Jahre üben, dann kann sie sich hören lassen.» Er lächelte niedergeschlagen.

«Da, wo sie jetzt ist, kann sie nicht viel üben», sagte Jury und versuchte so, Cyril Macenerys Einstellung zu dem Anschlag auf Katie O'Briens Leben zu ergründen. Er spürte, wie unglücklich dieser Mann war, der mit seinem Glas kleine Kreise auf der zerkratzten Tischplatte beschrieb.

«Da war doch auch noch was mit ihren Kleidern?»

Macenery knallte das Glas auf den Tisch. «Hören Sie, ich

weiß nur, daß Katie in Jeans bei mir aufgetaucht ist. Von diesem Inspektor Hound hab ich dann erfahren, daß sie in ihrer Tasche ein Kleid gefunden haben. Daraus ergibt sich natürlich, daß sie sich bei mir umgezogen haben muß. Hat sie aber nicht. Ob Katie ein Kleid anhatte, als sie von zu Hause wegging, weiß ich nicht. Was wollen Sie damit sagen – daß sie nach Wembley Knotts gekommen ist, sich in Schale geworfen hat und sich den Schädel –»

«Wenn jemand Jeans anzieht und etwas Rouge auflegt, wirft er sich ja noch nicht in Schale. Ich glaube, für sie war das einfach eine Gelegenheit, sich nach ihrem eigenen Geschmack zu kleiden. Sie haben nicht gewußt, daß sie in der Underground spielte, um sich etwas Taschengeld zu verdienen?»

Ein kurzes Zögern. «Nein.» Jury blickte ihn an. Es war ein sehr defensives Nein.

«Ich hab es wirklich nicht gewußt. Ich hätte das nie zugelassen. Aber wer weiß, vielleicht hab ich sie auf die Idee gebracht. Ich hab das nämlich auch schon gemacht. Verdiente mir auf diese Weise zwanzig oder dreißig Eier dazu. Ist aber schon lange her.»

«Sie begleiteten sie von Ihrer Wohnung in der Drumm Street zur Station, stimmt das?» Macenery nickte. «Gibt es dort in der Nähe eine Toilette, wo sie sich hätte umziehen können?»

«Es gibt eine öffentliche Toilette in dem kleinen Park gegenüber.»

«Sie hat sich bestimmt auch für *Sie* umgezogen, Mr. Macenery. Vielleicht dachte sie, in Jeans sähe sie erwachsener aus?» Der junge Mann schwieg. «War sie denn in Sie verliebt?»

Er funkelte Jury an. «Verliebt! Sie ist doch erst *sechzehn*, Superintendent.»

Jury lächelte. «Das hat wohl noch niemanden davon abgehalten, sich zu verlieben.» Jury schaute ihn einen Augenblick lang prüfend an, bevor er ihn fragte: «Kennen Sie Cora Binns?»

Das brachte Macenery aus der Fassung. «Cora Binns? Die Blonde, die hier ab und zu aufkreuzt? Ja, ich kenn sie, aber auch nicht besser als Sie. Nicht mein Typ.» Was wohl bedeutete, daß Jury genausowenig sein Typ war.

«Sie wurde ermordet. Aber da können Sie mir wohl kaum weiterhelfen, oder?»

Macenery machte einen schockierten Eindruck. «Oh, mein Gott! Wo? Wann?»

«In Littlebourne. Wo auch Katie herkommt. Beide scheinen Ihnen bekannt gewesen zu sein.»

«Bin ich vielleicht ein Glückspilz!»

«Haben sie einander gekannt?»

«Woher, zum Teufel, soll ich das wissen?» Der alte Ärger kehrte zurück.

«Ich meine, ist Katie auch ab und zu hierhergekommen?» Jury war überzeugt, daß er es abstreiten würde, aber dann schien er sich doch eines Besseren zu besinnen. «Ja, ein-, zweimal.»

«Ein bißchen jung, um in einer Kneipe rumzuhängen, oder?»

Ein tiefer Seufzer entrang sich dem Violinspieler. «Großer Gott, wir haben ihr keine Drinks spendiert, Mann; sie wollte nur bei dem Spiel zuschauen.»

«Hat sie auch mitgespielt?»

«Nein, glauben Sie mir, sie war nur ganz kurz hier.»

«Hat sie mit jemandem gesprochen, ich meine, außer mit Ihnen?»

«Nein. Und ich kann mir auch nicht vorstellen, daß sie Cora Binns hier kennengelernt hat; soviel ich mich erinnere, waren die beiden nie zur selben Zeit hier.»

Jury blickte zu dem Tisch hinüber, von dem die andern Spieler, anscheinend bei ihrer Partie gestört, nach und nach aufgestanden waren. Nur der Dicke, Chamberlen, saß noch auf seinem Platz. «Ein seltsames Spiel!»

«Die Magier? Ein Zeitvertreib. Wir sind eine Art Club.

Treffen uns ein paarmal in der Woche. Manchmal ist es ganz spannend.» Macenery schaute auf seine Uhr. «Hören Sie, in fünf Minuten habe ich eine Stunde. Sind Sie fertig mit mir?»

«Wo waren Sie am Donnerstag abend?»

«Hier.» Er war mit seinem Stuhl zurückgerutscht, um aufzustehen, schien aber nicht recht zu wissen, was er tun sollte. «Warum?»

Jury nickte. «Sie können gehen. Ich werde später noch einmal mit Ihnen reden.» Als Macenery aufstand, fragte Jury: «Haben Sie Katie schon besucht?»

Er blickte überallhin, nur nicht auf Jury. «Nein. Zu was auch? Ich weiß, daß sie im Koma liegt.» Er sah äußerst unglücklich aus. «Ich meine, sie würde mich doch nicht hören, wenn ich mit ihr spreche. Und was sollte ich auch sagen?»

«Irgendwas würde Ihnen schon einfallen.» Er beobachtete, wie Cyril Macenery zur Tür ging, und sah Wiggins vom Tisch von Maud und ihren beiden Begleiterinnen auf sich zukommen. Auch wenn er nicht wußte, welcher Art Katie O'Briens Gefühle gewesen waren, die von Macenery kannte er nun ganz gut.

Dr. Chamberlen sass an dem Tisch wie ein dicker Götze; er hatte die Hände über dem Bauch gefaltet, und der Zwicker baumelte ihm an einem dünnen, schwarzen Band von der Weste. «Ich nenne mich nur so», erwiderte er auf Jurys Frage. «Aus Gewohnheit. Nur so zum Spaß. Sie verstehen.» Zu Wiggins, der seinen Block hervorgezogen hatte, sagte Chamberlen: «Ich bin ein unbeschriebenes Blatt, Sergeant. Mein richtiger Name ist für Sie völlig uninteressant.»

«Trotzdem, nur so zum Spaß», sagte Jury lächelnd.

Chamberlen seufzte. «Na schön, Aaron Chambers, Catchcoach Street neunundvierzig. Vielleicht haben Sie schon einmal von dem berühmten Dr. Chamberlen gehört? Außer den Stammgästen des ‹Anodyne Necklace› kennen ihn nur wenige. Dr. Chamberlen schwor darauf, daß ein einfaches Knochencollier – so eines wie auf dem Schild über dem Eingang –, daß ein solches Halsband einfach alles heilen könne, vom Zahnweh kleiner Kinder und der Gicht bis –» Er zuckte die Achseln. «Weiß der Himmel, wie viele er davon verkauft hat, jedes in einer luftdicht verschlossenen Packung. Luftdicht, damit die Energie nicht entweichen konnte. Man kriegte sie bei einer alten Frau in dem Laden da drüben. Den Laden gibt es noch, die Frau ist natürlich schon lange tot. Viele hielten es für einen Schwindel. Was meinen Sie, Superintendent?» Eine rein rhetorische Frage. Chamberlen fuchtelte mit der Hand, und die Asche seiner Zigarre wurde über die Papiere geweht. «Von unserm Spiel haben Sie wahrscheinlich auch noch nichts gehört? Magier und Kriegsherren. Es gibt da einen Schatz. Und wir sind schon seit Wochen auf der Suche nach diesem Schatz. Das Ganze existiert natürlich nur auf dem Papier. Ich hab die Kette zum Schatz gemacht – das ‹Heilende Halsband›. Das kann ich, weil ich ein Meister bin. Und ich hab ihm magische Kräfte verliehen, die so außergewöhnlich sind, meine Herren, daß ich Sie beide vor meinen Augen verschwinden lassen könnte.» Er spitzte vergnügt die Lippen und schnipste mit den Fingern.

«Leider würden wir aber vor Ihren Augen genauso schnell wieder Gestalt annehmen, Dr. Chamberlen.»

Chamberlen zuckte mit den Schultern. «Sie verstehen, für mich ist das Heilende Halsband weit mehr als nur ein Mittel gegen Zahnfleischentzündung. Es ist etwas nicht Greifbares, noch nicht Erschaffenes. Ich allein entscheide, welche Eigenschaften es haben wird. Dr. Chamberlen, der richtige Dr. Chamberlen» – bescheiden preßte er die Hände gegen seine Weste – «hatte viele Konkurrenten. Einmal gab es da diesen Besenbinder aus Long Acre, dann einen gewissen Mr. Oxspring vom Hand and Shears, der um 1720 Halsketten aus Päonienholz herstellte, soviel ich mich erinnere. Ja, an Konkurrenten fehlte es ihm nicht, aber ich schmeichle mir, daß nur mein Collier echte Kräfte besitzt.» Er hielt das Millimeterpapier hoch. Als Jury die Hand danach ausstreckte, zog Dr. Chamberlen den Bogen schnell wieder zurück. «Sie werden es doch nicht verraten, nicht wahr? Den Plan darf eigentlich nur der Meister sehen.»

«Eher würde ich mir die Zunge abbeißen», sagte Jury und schnappte sich den Plan. Es war eine Skizze mit mehreren Ansichten eines riesigen Schlosses. Einige Räume waren vergrößert dargestellt – vor allem das Verlies; aber auch die Türme, der Burggraben und die Brücken waren in allen Einzelheiten wiedergegeben.

«Wir spielen dieses Spiel seit zwei Monaten», sagte Chamberlen. «Mit dem Halsband ist man gegen beinahe alles gefeit – gegen Krankheiten, Schicksalsschläge, Manticores Silberschild, Unholde, Diebe und selbst gegen die Kriegsherren.»

Jury studierte immer noch den Plan. «Nur leider nicht gegen Mord.»

«Hab ihm nur gesagt, daß Sie zurückkommen», kicherte White Ellie. «Sonst nichts. Geschieht ihm recht, wenn er ins Schwitzen kommt. Der Rumtreiber.»

«Halt's Maul, Elefant, und gib mir meine Fluppen.»

Sie nahm ein Päckchen Zigaretten vom Herd und warf es auf den ketchupbekleckerten Tisch, auf dem noch die leeren Schüsseln der Kinder herumstanden. Bis auf das kleine Mädchen, das sich inzwischen seiner Hose entledigt hatte und mit dem Finger im Mund zu Wiggins hochstarrte, war die Horde wieder auf der Straße. Als sie ihre ketchupverschmierte Hand nach Wiggins' Hosenbein ausstreckte, versetzte er ihr mit seinem Kugelschreiber einen kräftigen Klaps. Daraufhin fing die Kleine an zu brüllen, ließ aber nicht locker. Ihre Eltern waren offensichtlich nicht darauf erpicht, einen Polizisten wegen Kindesmißhandlung anzuzeigen.

«Was wollen Sie?» fragte Ash Cripps. «Hören Sie, wenn's wegen dieser Sache ist, die ich hinter der Kneipe gemacht haben soll – das ist erstunken und erlogen.» Er richtete seine Zigarette wie eine winzige Pistole auf Jury.

«Nicht deswegen, Ash», sagte Jury.

«Dann wegen der Screeborough-Bande?» Er blickte wütend zu seiner Frau hinüber, die sich über eine brutzelnde Pfanne beugte. «Ich hab's dir gesagt, Elefant, das gibt nur Ärger, und du pennst da auch noch. Hören Sie –» Er wandte sich wieder Jury zu. «Ich hab mit dieser Bande nichts zu tun. Seit letztem Juli auch kein Bruch. Ich hab meine Zeit abgesessen, also kommen Sie mir nicht damit –»

«Es hat auch nichts mit einem Bruch zu tun, Ash –»

Verwirrt blinzelte Ash zu ihm hoch. Die Weiber waren's nicht, ein Bruch war es auch nicht, was war es dann? White Ellie breitete ein Küchentuch über einen Stuhlsitz und sagte zu Jury: «Hier, setzen Sie sich doch. Wolln Sie auch was von dem Gebratenen?»

Sergeant Wiggins machte ein entsetztes Gesicht. Offensichtlich befürchtete er, daß Jury annehmen könnte.

«Nein, vielen Dank.» Er wandte sich wieder Ash zu. «Es ist wegen Cora Binns. Ich hab es bereits Ihrer Frau erzählt, Cora wurde ermordet.»

«Cora? Die kleine Blonde mit den dicken –» Er hielt die Hände vor die Brust. «Der Teufel soll sie alle holen.» Er wirkte eher erstaunt als betroffen. Da für ihn offensichtlich alles mit Sex zu tun hatte, fügte er hinzu: «Hat sich jemand an ihr vergangen?»

«Nein. Wir wollen nur etwas über ihre Freunde und Bekannten erfahren, ihre männlichen Bekanntschaften, genauer gesagt. Gibt es da einen, mit dem sie sich gestritten hat? Wissen Sie was?»

«Ich weiß nur, daß sie's auf Dick abgesehen hatte», sagte White Ellie und ließ die fettige Masse auf einen Teller plumpsen.

«Auf Dick? Auf welchen Dick?» fragte ihr Mann.

«Du kennst doch Dick. Er hat mal hier übernachtet; wir waren schon im Bett, da ist er plötzlich aufgetaucht und hat mir 'n Mordsschrecken eingejagt. Erinnerst du dich nicht?»

Ash kniff die Augen zusammen. «Ach, *der* Dick. Freund von Trev. Ein schlauer Fuchs war das, dieser Trev. Der beste Meister, den wir je hatten. Aber sagen Sie das mal nicht dem Doc.» Er klemmte sich die Serviette unters Kinn und nahm das Bratwursthack in Angriff. «Könnte auch sein, daß Trev und Cora mal was miteinander hatten.»

White Ellie schnaubte und wischte einen Teller mit ihrem Ärmel ab, bevor sie ein Kotelett, etwas von dem Bratwursthack und ein paar Kartoffeln daraufhäufte. «Auf Trevor waren alle scharf. Daß das auch passieren mußte. Aber so isses nu mal, das Leben», philosophierte sie.

Jury ließ den Blick zwischen ihnen hin- und herwandern. «Trevor?»

«Ja. Trevor Tree. Ein prima Kerl.»

Sergeant Wiggins, noch immer damit beschäftigt, sein Bein von der Vierjährigen zu befreien, hielt überrascht inne und sah Jury an.

Jury nickte und sagte dann zu Ash Cripps: «Wie gut haben Sie Trevor Tree gekannt?»

Ash zeigte mit dem Daumen über die Schulter. «Trevor hat da drüben in der Drumm Street gewohnt, wo auch Cyril wohnt. Cleverer Bursche, hat für 'ne viertel Million Schmuck geklaut. Und dann wird die arme Sau von einem Auto überfahren.» Bedauernd schüttelte Ash den Kopf. «Der Sünde Lohn.»

«Sie haben nicht zufällig was von dem Lohn abgekriegt, Ash?»

Er hörte auf, die Luft durch die Zähne zu saugen, und sah so schockiert drein, als hätte er sein Leben in einem Kloster verbracht. «Also darauf wollen Sie hinaus? Sie denken, ich hänge da mit drin. Das isses also?»

White Ellie zischte verächtlich und rieb mit einem Stück Brot den Teller aus, den sie gerade im Stehen leergegessen hatte. «Ashley ist viel zu blöd, um bei so was mitzumachen.»

«Haben die andern im ‹Anodyne Necklace› Trevor gekannt?»

«Nicht alle. Aber ein paar schon. Keith vielleicht. Und Doc Chamberlen natürlich. Ich weiß nich, ob die beiden sich vertragen ham. Ich meine, bei dem Spiel. Der Doc war bestimmt eifersüchtig auf Trev. Trev war nämlich ein richtiger Künstler. Sie sollten mal die Pläne sehen, die der gemacht hat. Ausgefeilt bis ins letzte. Na ja, Doc Chamberlen is auch ganz gut, aber Trev war besser. 'ne Religion is das für den Doc. Manchmal sitzt er stundenlang über seinen Plänen. Es dreht sich um einen Schatz. Im Augenblick suchen wir nach dem ‹Anodyne Necklace›. Das geht so –»

«Ach, halt's Maul, Ashley. So 'n blödes Spiel interessiert den Super doch nicht. Kannst du mir mal deine Hosen leihen, ich muß zum Waschsalon.»

«Mensch, zu was brauchst du meine Hosen? Ich hab's satt, dir meine Hosen zu leihen.»

«Ich brauch sie aber. Wenn ich mich hinsetze, sieht man mir sonst die Beine hoch.»

«Dann kneif sie zusammen, deine Beine.»

«Geht nicht. Bin zu dick.»

Jury erhob sich, wofür Sergeant Wiggins ihm unendlich dankbar zu sein schien. Er wurde nämlich inzwischen nicht nur von der Kleinen, sondern auch von dem Hund mit dem Rattenkopf bedrängt.

«Wir sehen uns noch, Ash. Sie bleiben doch in London?»

«Darauf können Sie sich verlassen. Ich wär schon längst abgehauen, wenn ich's gekonnt hätte.»

Als sie aus dem Haus gingen, drängte sich der Hund zwischen ihren Beinen durch und wartete am Ende des Wegs auf sie.

Wiggins warf ihm einen bösen Blick zu und sagte: «Was meinen Sie, Sir? Ist doch komisch, daß dieser Tree in der Gegend hier gewohnt hat, nicht?»

«Ja. Lassen wir das Auto stehen, Wiggins, und gehen wir zu Fuß. Ich möchte mir die Underground-Station anschauen, in der Katie überfallen wurde, und dann zur Drumm Street gehen.»

Als Jury das Trottoir entlangging, hörte er zu seinem Erstaunen, wie sein Sergeant, der seine Ausdrucksweise sonst so sauber hielt wie seine Nebenhöhlen, den Hund anzischte:

«Verpiß dich, Toto, wir sind hier nicht in Kansas.» Und um dem noch Nachdruck zu verleihen, versetzte er ihm einen Fußtritt.

Der Eingang zur Underground-Station Wembley Knotts wurde von den Geschäften links und rechts beinahe völlig blockiert. Jury und Wiggins zeigten der gelangweilten Schwarzen hinter dem Schalter ihre Ausweise; sie nickte, ohne überhaupt hinzuschauen, und winkte sie durch.

Außer ein paar Verkäuferinnen und ein paar Hausfrauen, die vom Einkaufsbummel zurückkehrten, war an einem Samstagabend um halb sieben in der Station kaum jemand zu sehen. Da die Rolltreppen abgeschaltet waren, mußten Jury und Wiggins zu Fuß die Treppen zu den Tunneln hinuntersteigen, von denen zwei wie eine Wünschelrute nach links und rechts abbogen. In der Ferne war ein Zug zu hören.

Sie folgten der Kurve der graubraun gekachelten Wände. Zwei Punks bogen um die Ecke und gingen an ihnen vorbei. Der Junge hatte einen Tomahawk-Haarschnitt, das Mädchen einen orangerot gefärbten Haarschopf. Sie schoben sich eher den Gang entlang, als daß sie gingen, und streiften Wiggins und Jury mit einem verächtlichen Blick.

«Sie scheinen die Polizei irgendwie zu riechen. Ich habe das Gefühl, meine Dienstmarke am Revers zu tragen.»

An der Stelle, an der Carstairs' Skizze zufolge Katie überfallen worden war, blieben sie stehen. Der Zug, der die beiden Punks ausgespuckt hatte, beschleunigte seine Geschwindigkeit und rumpelte aus dem Tunnel.

Man konnte die Stelle vom Bahnsteig aus nicht sehen, obwohl man nur die paar Stufen bis zum ersten Treppenabsatz hochzugehen brauchte. Jury betrachtete das Plakat für das Musical *Evita*; es hatte sich im Lauf der Zeit teilweise von der Wand gelöst. Eine Ecke bewegte sich in dem Luftzug, der durch den Zug entstanden war. Evita befand sich zwischen einem Sonnenuntergang, vor dem ein Glas Gin Tonic stand, und einer Reklame für Hustensaft.

«Taugt überhaupt nichts», bemerkte Wiggins in bezug auf den Hustensaft. «Ich bin neulich nachts vor Husten bald umgekommen, und das Zeug hat kein bißchen geholfen.»

Jury gab keinen Kommentar dazu ab; er drehte sich um und blickte den Gang entlang bis zur Kurve: Kein Mensch weit und breit. Auch auf der Treppe war niemand; der Bahnsteig lag nicht in seinem Blickfeld. An einem für jeden zugänglichen Ort wie diesem war es überraschend einfach, jemanden zu überfallen.

«Sie denken, es war ein und derselbe, nicht wahr? Aber warum hat er nicht versucht, sie so wie diese Binns um die Ecke zu bringen? Warum hat er sie nicht in den Wald von Horndean geschleppt oder an einen andern, weniger öffentlichen Ort? Ist doch ziemlich riskant, hier jemanden zu überfallen?»

Jury schüttelte den Kopf. «Keine Ahnung. Anscheinend hatte er einfach nicht die Zeit, mit ihr irgendwo hinzugehen. War wohl eine Kurzschlußhandlung.» Jury starrte abwesend auf das *Evita*-Plakat, auf das darübergeschmierte Hammer-und-Sichel-Zeichen. «Ich geh mal in das Krankenhaus in der Fulham Road und besuch sie.»

Unter ihnen, auf einem tiefer liegenden Bahnsteig, war das dumpfe Rumpeln eines Zugs zu hören, und etwas weniger weit entfernt quietschten die Bremsen eines Zugs, der gerade in Wembley Knotts eingefahren war. Wieder wurde Staub aufgewirbelt, und die Abfälle, die sich im Lauf der Woche angesammelt hatten, trieben an den gekachelten Wänden entlang.

«Man könnte genausogut in einem Kohlebergwerk arbeiten», meinte Wiggins hustend.

«Hmm. Gut, daß wir einer so gesunden Tätigkeit nachgehen. Immer an der frischen Luft.»

Wiggins nickte ganz ernsthaft.

«Wenn sie nur reden könnte», sagte Jury und blickte zu Evita hoch.

«Man könnte meinen», bemerkte Wiggins, «die Gören hätten nichts Besseres zu tun, als die Plakate zu verschmieren. Sieht ja toll aus, was?»

Im Scheinwerferlicht funkelten Evitas Collier, Ringe, Armbänder und Haare; ja selbst die Mikrofone um sie herum.

In diesem Augenblick fiel Jury die Bemerkung von Ernestine Craigie wieder ein, an die er sich zu erinnern versucht hatte, als er das Haus verließ. Auf Evita traf das zu: *Geschmückt wie ein Pfingstochse.*

‹Ich Trottel›, verfluchte sich Jury, ‹warum ist mir das nicht gleich aufgefallen?› «Wiggins, gehen Sie bitte zu dieser Jobvermittlung namens ‹Smart Girls› und treiben Sie den Manager auf. Fragen Sie ihn, was es mit diesem Job für Cora Binns auf sich hatte, und rufen Sie mich im Krankenhaus an.»

«Glauben Sie, da ist noch jemand? Es ist schon nach sechs.

Wenn ich den Manager zu Hause aufspüren muß, kann das etwas länger dauern.»

«Ist in Ordnung. Warum nehmen Sie nicht den Wagen? Ich kann genausogut mit der Bahn fahren. Sogar schneller, von hier nach South Kensington muß ich nicht mal umsteigen.» Sie standen nun auf dem Bahnsteig im Bauch des Tunnels; Jury hörte, wie der Zug näher kam. Über die Geleise führte eine Brücke zu einem Ausgang auf eine andere Straße. Das Drahtgeflecht war kaputt und notdürftig durch ein paar Planken ersetzt worden. Der Zug lief ein, Wiggins salutierte andeutungsweise und entfernte sich.

Jury nahm zwischen zwei *Times*-Lesern Platz. Er mochte die Anonymität der Untergrundbahn; sie half ihm, sich zu konzentrieren. Seine Blicke streiften die Reklametafeln über den Köpfen der Fahrgäste auf der gegenüberliegenden Bank. Neben einem Plan des Streckennetzes war ein Schild angebracht, das vor Taschendieben warnte. Es zeigte ein jeansbedecktes Hinterteil – der Schwung der Hüften verriet, daß das Opfer eine Frau war. Eine Hand zog ein Portemonnaie aus der Gesäßtasche. Ein Detail gefiel ihm besonders: Die Fingernägel dieser Hand waren lackiert.

Als der Zug durch den dunklen Tunnel rumpelte, dachte er: Wie nett, selbst unter den Taschendieben herrscht nun Gleichberechtigung.

12

Das Royal Marsden Hospital verschmolz mit seiner Umgebung, als wären Krankheit und Tod nichts als gewöhnliche Bedürfnisse, die befriedigt werden mußten. Auf der gegenüberliegenden Straßenseite befanden sich die üblichen Geschäfte, Waschsalons, Kneipen, Boutiquen, Restaurants.

Die Schwester, die Jury schließlich zu Katie O'Briens Zimmer führte, war außergewöhnlich hübsch, und daran änderte auch die Uniform nichts – das gestreifte Kleid, die schwarzen Strümpfe, das weiße Häubchen und die gestärkte Schürze, die höchstens eingedellt werden, nicht aber knittern konnte. Sie stieß die Tür zu dem Zimmer auf und sagte mit einer Stimme, die ebenfalls frisch gestärkt zu sein schien: «Nicht zu lange, Superintendent.» Mit knisternder Uniform entfernte sie sich.

Auf diesen Anblick war er nicht gefaßt gewesen – eine Haut wie Porzellan und dichtes, schwarzes Haar, das so lange und sorgfältig gebürstet worden war, daß es wie gemalt auf dem Kissen lag. Die zarten, schlanken Hände waren gefaltet und ruhten auf dem über die Brust hochgezogenen Laken. Auf der einen Seite ihres Betts stand ein Sauerstoffzelt, das ihn an eine Glasglocke erinnerte, gegen die im Herbst welkes Laub, im Frühjahr Blütenblätter und im Winter Schnee geweht werden würden. Auf ihrem Gesicht lag der Abglanz eines Lächelns.

«Hallo, Katie», sagte Jury.

Neben dem Nachttischchen lehnte der schwarze Geigenkasten an der Wand. Seltsam, daß ihre Mutter ihn nicht mitgenommen hatte. Er fragte sich, wie lange sie in diesen zugigen

Tunnels – Victoria, Wembley, Knotts, Piccadilly – hatte stehen müssen, bis sie genügend Geld verdient hatte, um sich diese Jeans und den Hund kaufen zu können. Sicher Monate.

Er ging zum Fenster und sah auf die allmählich dunkel werdende Fulham Road hinab. In der Nähe lag eine Kneipe, deren Fenster geheimnisvoll dunkelrot schimmerten. Direkt gegenüber befand sich ein Gemüseladen; die gestreiften Markisen waren schon für die Nacht hochgezogen. Und neben dem Gemüsehändler ein Waschsalon. Erinnerte er sich wirklich noch an diese Straße, wie sie in den Kriegsjahren ausgesehen hatte, als er ein kleiner Junge gewesen war, oder bildete er sich das nur ein?

‹Dort, wo der Lebensmittelladen ist›, sagte er mehr zu sich selbst und der Fensterscheibe als zu Katie, ‹gab es früher Süßigkeiten. Es war Krieg, und ich konnte meistens nur durchs Fenster gucken. Das war lange vor deiner Zeit. Ich erinnere mich, daß eine unserer Nachbarinnen in ihrem Keller lauter Konservendosen gestapelt hatte – mit Suppen, goldgelbem Sirup und Tee. Es war wie ein Laden bei ihr, sogar Süßigkeiten gab es. Ich hab sie immer besucht, und sie hat mir die ganzen Sachen gezeigt – all die gefüllten Regale …›

Vor dem Waschsalon schaukelte ein kleines Mädchen ihren Puppenwagen. Wahrscheinlich wartete es auf seine Mutter. Es nahm die Puppe aus dem Wagen und hielt sie in die Luft. Jury konnte die Umrisse der Frauen erkennen, die im Waschsalon saßen und zuschauten, wie ihre Wäsche herumgewirbelt wurde. Doch dann wurde ihm die Sicht durch ein Laken oder eine Decke versperrt, die eine Frau wie einen Vorhang gegen die Scheibe hielt.

Jury sah sich damals als kleiner Junge in seinem Zimmer stehen und das Gesicht gegen die Scheibe pressen. Die Verdunklungsvorhänge hätten eigentlich vorgezogen sein müssen, da aber kein Licht in seinem Zimmer brannte, hielt er es für sicher, wenn er hinausschaute. Außer einem großen, blassen Mond war nichts zu sehen; kein Geräusch, kein Warnsignal war zu hören, bis sich dann plötzlich Wände und Fenster in nichts auflösten. Er erinnerte sich, daß er durch die Luft gewirbelt worden war, als hätte er versucht, zur Decke hochzuspringen. Unbegreiflicherweise war er mit ein paar Schrammen davongekommen. Seine Mutter jedoch nicht.

Eine Frau kam aus der Wäscherei, schnappte sich den Kinderwagen und schob ihn an den mit einer Plane bedeckten Gemüsekisten vorbei. Saubere Wäsche, Lebensmittel: das Leben ging weiter in der Fulham Road. In dem burgunderroten Licht, das aus der Kneipe «Saracen's Head» fiel, schien ein junger Mann ungeduldig auf jemanden zu warten. Er hatte eine Gitarre bei sich und blickte die Straße hinauf und hinunter.

Nicht einmal die Luft bewegte sich über Katie O'Briens Bett. Wie eine aus Marmor gehauene Skulptur lag sie da. Auf dem Nachttischchen stand der Kassettenrecorder, den ihre Mutter ihr mitgebracht hatte. Er fragte sich, ob die Schwestern sich überhaupt die Mühe machten, etwas für sie zu spielen. Jury drückte auf die Taste, und die scheppernden Töne einer alten Aufnahme von «Rosen aus der Picardie» erfüllten das Zimmer.

Dunkelheit senkte sich auf die Fulham Road. Das kleine Mädchen und ihr Puppenwagen waren verschwunden.

«Auf Wiedersehen, Katie.» Er ging aus dem Zimmer.

Verärgert sagte die hübsche Schwester zu Jury: «Ein Anruf für Sie, Superintendent.» Sie fand es wohl unerhört, daß die Polizei nicht nur das Krankenhaus unsicher machte, sondern dann auch noch aus der gefährlichen Außenwelt jenseits der Krankenhausmauern Anrufe empfing.

«Sie ist in King's Cross, Sir», sagte Wiggins, der anrief, um Jury die erfreuliche Mitteilung zu machen, daß er die Jobvermittlung «Smart Girls» ausfindig gemacht hatte. «Und Sie würden nie drauf kommen, was ich noch herausgefunden habe.» Wiggins legte eine Pause ein, als wolle er Jury etwas Zeit zum Überlegen geben. «Miss Teague – das ist die Frau, der dieser Laden gehört – schaute in ihren Unterlagen nach den Jobs, die sie Cora Binns schon vermittelt hat. Und bei dem letzten war der Auftraggeber anscheinend nicht Lady Kennington, sondern Mainwaring.»

«Mainwaring?»

«Ja, richtig. Außerdem stellte sich heraus, daß Cora Binns schon einmal für ihn gearbeitet hatte.»

«Wollte er denn ausdrücklich Cora Binns haben?»

«Das wußte sie nicht. Eins der Mädchen hat den Anruf entgegengenommen. Sie hat sich jedoch krank schreiben lassen. Miss Teague glaubt aber nicht, daß ihr was fehlt. Ihrer Meinung nach ist sie mit einem Mann unterwegs. Bunny Sweet heißt sie.»

«Versuchen Sie, sie zu finden. Die Mordkommission soll Ihnen helfen. Aber wir sagen Miss Teague besser nicht, wo wir sie finden. Bunny Sweet – wer so heißt, ist bestimmt kein unbeschriebenes Blatt.»

13

«Cora Binns?»

Freddie Mainwaring schien nicht zu verstehen, warum Scotland Yard ihm diese Frage stellte.

«Die Frau, die im Wald von Horndean gefunden wurde, Mr. Mainwaring.»

«Hieß sie so? Nein, ich kenne – ich habe nie eine Cora Binns gekannt. Das habe ich auch Carstairs gesagt.»

«Inspektor Carstairs wußte nicht, wie sie hieß, als er mit Ihnen sprach. Vor ein paar Monaten haben Sie Cora Binns als Stenotypistin engagiert.» Mainwaring sagte nichts, anscheinend wartete er darauf, daß Jury weiterredete. «Sie haben die Jobvermittlung ‹Smart Girls› angerufen und für Stonington eine Stenotypistin angefordert.»

«Und Sie meinen…?» Als kein Zweifel mehr möglich war, daß Jury genau das meinte, sagte er: «Ich glaube, ich brauche erst mal einen Drink.»

Als Mainwaring die Whiskykaraffe entstöpselte, fragte Jury: «Sie haben sie nicht erkannt auf dem Foto, das Ihnen Carstairs gezeigt hat?»

Freddie drückte den Stöpsel wieder in die Karaffe – nicht gerade sanft für ein so elegantes Kristallgefäß – und starrte Jury an. «Nein, natürlich nicht, sonst hätte ich das doch gesagt, oder?» Daß genau das die Frage war, auf diesen Gedanken schien er nicht zu kommen. «Heiliger Strohsack! Ich habe sie wohl nur einmal dagehabt, und das liegt schon ein paar Monate zurück. Sie sehen doch alle gleich aus, oder? Sie war unbedeutend für mich.»

Stenotypistinnen verdienten anscheinend keine Beachtung. «Für irgend jemanden war sie offenbar wichtig.»

Mainwaring bekam einen roten Kopf und ließ sich in das üppige Brokatsofa sinken. Er wohnte in einem sehr alten, renovierten Haus am Ende der Hauptstraße. «Na schön. Ich hab also diese Agentur angerufen –»

«Die Jobvermittlung ‹Smart Girls› –»

«Blödsinniger Name. Ich rief an und arrangierte die Sache. Aus Gefälligkeit für Lady Kennington. Ich war in Stonington gewesen, um ein paar Dinge mit ihr zu besprechen, und sie meinte, sie könnte jemanden gebrauchen, der ihr den Papierkram ordnen hilft, den ihr Mann hinterlassen hat. Ich weiß nicht, um was es sich handelt. Um Rechnungen wahrscheinlich. Ich nehme an, Sie haben von dem Collier gehört, das ihm gestohlen wurde. Das und ein paar andere Stücke aus seiner Kollektion. Lady Kennington wäre eine reiche Frau, wenn sie es hätte. Das Collier ist noch immer nicht gefunden, oder?»

«Lady Kennington hat Geldsorgen, will sie deshalb verkaufen?»

«Das nehme ich an.»

«Auf wieviel Uhr hatten Sie Cora Binns bestellt?»

«Hören Sie, ich hab mit dieser Binns überhaupt nicht gesprochen. Ich sprach mit irgendeiner Frau von der Agentur. Moment mal: Sie fragte mich noch, wen ich vorher gehabt hätte, und ich sagte, ich könne mich nicht mehr erinnern.» Er entspannte sich, sichtlich mit sich zufrieden. «Hören Sie, Superintendent, rufen Sie doch die Agentur an und sprechen Sie mit der Person, die damals am Apparat war. Dann wird sich hoffentlich herausstellen, daß es sich um einen bloßen Zufall handelt.»

«Haben wir schon gemacht. Das Mädchen hat Urlaub.»

Frustriert sagte Mainwaring: «Und was zum Teufel hat diese Binns veranlaßt, durch den Wald von Horndean zu gehen?»

«Wie haben Sie denn der Dame von der Agentur den Weg beschrieben?»

«Ich hab gesagt, sie soll den Zug nach Hertfield nehmen; die fünf Pfund für das Taxi sollen sie ihr vorstrecken, Lady Kennington wird dafür aufkommen.»

«Cora Binns hat aber kein Taxi genommen. Sie nahm den Bus von Hertfield nach Horndean und ist dann in Littlebourne ausgestiegen.»

«Schön, aber davon weiß ich nichts. Wie sollte ich auch?» Sein Gesicht war puterrot.

«Ihre Frau ist wohl nicht zu Hause, Mr. Mainwaring?» fragte Jury, plötzlich das Thema wechselnd.

Das irritierte Mainwaring noch mehr. Die Hand mit dem Glas blieb in der Luft hängen. «Nein, ist sie nicht. Sie ist zu ihrer Mutter gefahren.» Die Beziehung zwischen Mutter und Tochter war dem Ehemann offensichtlich ein Dorn im Auge.

«Diese anonymen Briefe – können Sie sich dazu äußern?»

Nun beinahe lächelnd, sagte er: «Wie ich Ihrem Sergeant schon erklärte, nein. Ist ja Quatsch, das Ganze.»

«Sie scheinen sich da ziemlich sicher zu sein. Warum? Ich meine, was Sie selbst betrifft, können Sie das ja sein, aber wie sieht es zum Beispiel mit Dr. Riddley oder Ramona Wey aus?»

Mainwaring gefiel diese Verquickung nicht, das war nicht zu übersehen. «Einfach absurd.»

«Können Sie sich für die beiden verbürgen?»

«Gewiß, zumindest was –»

Für was er sich auch immer verbürgen wollte, es ging unter im melodischen Läuten des Glockenzugs an der Tür, dessen hohe, silberne Töne den dunklen Korridor erfüllten. Nervös blickte Mainwaring zur Tür. «Entschuldigen Sie mich bitte.»

Die Stimme einer Frau ließ sich im Korridor vernehmen; zuerst klang sie ganz normal, dann jedoch fing sie an zu flüstern.

Die Hand, die Ramona Wey Jury hinstreckte, war so weiß und kühl wie Marmor. Sie trug ein kurzes, schwarzes Samtcape über einem weißen Wollkleid und mehrere Schnüre Jettperlen um den Hals. Jury nahm an, daß die weiße Haut und der schwarze Helm des Haares zu solchen Zusammenstellungen verführten. Offensichtlich war sie eine Frau, die dramatische Effekte liebte; im Augenblick probierte sie deren Wirkung auf Jury aus, ohne jedoch zu bemerken, daß sie keinen Erfolg damit hatte. Abgesehen vielleicht davon, daß er sich an Katie O'Brien erinnert fühlte, die wie Schneewittchen in ihrem Glassarg lag: Wenn er Ramona Wey ansah, dachte er automatisch an die Königin mit dem vergifteten Apfel.

Die Gegenwart eines Mannes von Scotland Yard schien sie nicht daran zu hindern, sich wie zu Hause zu fühlen. Sie wußte, wo der Schrank mit den Flaschen und wo die Zigaretten waren, und sie wartete nicht ab, bis sie ihr angeboten wurden. Jury schloß daraus, daß sie Besitzrechte demonstrieren wollte. Mit ihrer Zigarette und einem Glas Whisky ließ sie sich in einen bequemen Sessel neben dem Feuer sinken.

«Schön, daß Sie noch vorbeigekommen sind, Miss Wey», sagte Jury. Mainwaring schien davon weniger begeistert zu sein. Ihm war offensichtlich klar, wie diese Selbstverständlichkeit, mit der sie sich in seinem Haus bewegte, interpretiert werden würde. «Wie ich höre, haben Sie einen Antiquitätenladen in Hertfield.»

«Ja. ‹Die Schatztruhe›. Ich handle ausschließlich mit altem Schmuck und Halbedelsteinen. Sie sind wohl wegen diesem Mord gekommen?»

«Sie haben die Frau nicht gekannt?»

«Natürlich nicht. Ich habe dem Inspektor aus Hertfield schon alles erzählt, was ich weiß – das heißt, so gut wie nichts. Ich nehme an, es war jemand auf der Durchreise, eine Fremde, die sich etwas umsehen wollte.»

«Ein komischer Ort, um sich umzusehen, dieser Wald.» Jury wartete, aber Ramona Wey zuckte nur vage die Achseln.

«Sie hieß Cora Binns.»

«Ach ja?» Ihre Stimme klang tonlos und gelangweilt.

Eine solche Gleichgültigkeit gegenüber einem Mord, der praktisch vor ihrer Haustür stattgefunden hatte, konnte nur gespielt sein.

«Sie gehören auch zu den Leuten, die einen anonymen Brief bekommen haben?»

«Ja. Aber die sind ja nicht ernst zu nehmen.»

«Sie sollen sowohl mit Dr. Riddley wie auch mit Mr. Mainwaring ein Verhältnis haben.»

Sie lachte. «Derjenige, der das geschrieben hat, ist offensichtlich nicht auf dem laufenden.»

Mainwaring schien zu ahnen, daß sie gleich mit einer Enthüllung aufwarten würde. «Ramona –» Er versuchte, sie daran zu hindern, jedoch ohne Erfolg.

«Sei doch nicht albern, Freddie. Der Superintendent braucht sich ja nur mit Stella in Verbindung zu setzen.»

Düster wandte sich Mainwaring wieder dem Feuer zu.

Sie bedachte Jury mit einem Blick, dem er entnahm, daß sie darauf brannte, ihm ihre Geschichte zu erzählen, ob er nun danach fragte oder nicht. «Freddie und Stella wollen sich scheiden lassen. Deshalb ist sie auch zu ihrer Mutter gefahren. Wir haben vor zu heiraten.»

«Deswegen brauchst du doch nicht so blaß zu werden, Liebling», sagte Ramona zu Mainwaring. «Es wäre sowieso bald publik geworden. Außerdem verschafft uns das ein Alibi, nicht?» Kokett lächelte sie Jury an. «Ich meine, diese ‹Wo-waren-Sie-in-der-Mordnacht›-Frage, mit der uns der Inspektor zugesetzt hat. Nun, wir waren ganz einfach zusammen. Anscheinend dachte er, dieser Mord und die anonymen Briefe hätten was miteinander zu tun. Denken Sie das auch?»

«Indirekt schon. Seit wann leben Sie in Littlebourne, Miss Wey?»

Sie dachte nach. «Oh, seit ungefähr anderthalb Jahren. Ich hatte Glück: Meine Tante ist gestorben und hat mir ein bißchen Geld hinterlassen. Und weil ich mich schon immer für alten Schmuck interessiert habe, kaufte ich diesen kleinen Laden. Ich bin nicht schlecht im Geschäft, wenn ich das sagen darf.»

«Und Lord Kennington gehörte zu Ihren Kunden?» Es schien sie zu überraschen, daß er darauf zu sprechen kam. Bevor sie ihm antwortete, hielt sie Mainwaring ihr Glas hin, um sich einen weiteren Drink eingießen zu lassen. «Ja. Er hatte eine tolle Schmucksammlung. Er kaufte im Lauf der Monate immer wieder etwas – keine besonders wertvollen Sachen; so etwas wie dieses Smaragdcollier, das ihm gestohlen wurde, führe ich nicht. Ich nehme an, Sie haben gehört, daß sein Sekretär damit abgehauen ist?» Jury nickte. «Trevor Tree.» Sie sah weg.

Mainwaring gab ihr das Glas zurück und sagte: «Ich wußte gar nicht, daß du ihn gekannt hast, Ramona.»

«Na ja, habe ich auch nicht, nicht gut zumindest. Er kam ein-, zweimal in meinen Laden, um für Kennington einzukaufen. Ich würde sagen, daß er ganz gut aussah, wenn auch etwas gewöhnlich.»

Jury bezweifelte, daß dieses «gewöhnliche» Aussehen Ramona, von der man durchaus dasselbe sagen konnte, daran gehindert hatte, sich mit Trevor Tree einzulassen. «Und haben Sie ihn gekannt, Mr. Mainwaring?»

«Nein. Nein, ich nicht. Er ist ein paarmal in Littlebourne gewesen, wie ich hinterher erfahren habe – im ‹Blue Boy›, wo er sich anscheinend mit einigen Stammgästen angefreundet hat. Mit Derek Bodenheim, genauer gesagt, der da auch häufiger auftaucht. Aber ich glaube nicht, daß seine Familie Tree gekannt hat. Aber warum interessiert Sie denn das jetzt?»

«Dieser Smaragd war doch ziemlich wertvoll?» Sie nickte. «Warum? Weil er so groß war?»

«Nein, so groß war er gar nicht. Es war die Qualität des Steins. Er hatte vielleicht sechs oder sieben Karat. Ein ägyptischer Stein, und völlig makellos. Kein Defekt, nicht die geringste Unregelmäßigkeit. Von einem sanften, intensiven Grün, leicht blaustichig. Und er war graviert. Sehr alt und wirklich erlesen. Mindestens eine viertel Million Pfund wert.»

Jury blickte sie an. «Sie scheinen sich den Stein ja sehr genau angeschaut zu haben.»

Sie erwiderte seinen Blick und entgegnete kühl: «Fällt doch in mein Fach, oder nicht?»

«Und was hat Lord Kennington bei Ihnen gekauft?»

Sie überlegte kurz. «Mehrere Broschen. Trauerschmuck. Ein paar Ringe, über die Monate verteilt. Ein Lapislazuliarmband und ein Halsband. Und andere Kleinigkeiten. Ich kann mich nicht mehr an alles erinnern. Aber was hat das mit der andern Geschichte zu tun?» Sie lächelte ihn an; ihre purpurrot geschminkten Lippen schimmerten im Schein des Feuers dunkel. «Sollten Sie uns nicht fragen: ‹Wo waren Sie in der Mordnacht?›»

Jury lächelte: «Das haben Sie doch bereits gesagt.» Er blickte von einem zum andern. «Sie waren zusammen. Aber wo waren Sie am Dienstag nachmittag vor vierzehn Tagen?»

Mainwaring und Ramona starrten ihn verblüfft an. «Was zum Teufel ist denn da passiert?» fragte sie.

14

Jury blickte auf seine Hand, die er Melrose Plant eben zum Gruß gegeben hatte, und fragte: «Warum würden Sie jemandem die Finger abhacken, Mr. Plant?»

Im «Bold Blue Boy» schlug es gerade halb zehn, als Melrose Plant die Serviette ausbreitete und erwiderte: «Sie sind noch keine fünf Minuten hier und haben weder nach der Speisekarte noch nach Tante Agatha gefragt, aber schon sprechen Sie von abgehackten Fingern. Ich muß sagen, Sie verlieren keine Zeit, selbst wenn Sie zwei Stunden zu spät zum Abendessen kommen. Mrs. O'Brien ist die Freundlichkeit in Person, obwohl sie auch ihre Sorgen hat – sie hat jedenfalls die Küche offengehalten, während Molly, unsere Serviererin, sich nur ungern bereit zeigte, auf Sie zu warten. Bis ich ihr dann etwas in die Hand drückte. Ich habe mir erlaubt, schon einmal zu bestellen. Sie nehmen mir das hoffentlich nicht übel. Es gibt Steaks und Pommes frites, Seebarbe und Pommes frites, Scholle und Pommes frites. Eine verwirrende Speisekarte, aber Molly half mir bei der Wahl, indem sie mich wissen ließ, daß Seebarbe aus und Scholle verdorben seien. Ich entschied mich also für das Steak. Wie geht's Ihnen, Superintendent? Ich gratuliere Ihnen zu der längst überfälligen Beförderung.»

Jury lächelte. «Tut mir leid, daß ich so spät komme. Und noch mehr bedauere ich, daß es mit dem Wochenende in Northants nicht geklappt hat. Mein Boss hat irgendwie Wind davon gekriegt, daß ich ein paar Tage Ferien machen wollte, und sofort alle andern Namen auf dem Dienstplan gestrichen.»

«Wie geht es denn Ihrem Boss Racer? Beschissen, hoffe ich.»

«Vielleicht wird er uns bald verlassen. Die Unzufriedenheit in der Chefetage scheint zu wachsen.»

«Kann mir nicht vorstellen, warum. Da kommt Molly ja mit dem Wein!» Melrose reckte den Hals nach einer stämmigen, jungen Frau mit einem dicken Zopf und einem Tablett, die eben aus der Küche kam.

Molly stellte schwungvoll eine Flasche Wein auf den Tisch.

«Das Etikett brauchen wir uns nicht anzuschauen», sagte Melrose und füllte ihre Gläser. «Sollen wir uns wieder den abgehackten Fingern zuwenden? Agatha wird untröstlich sein, so etwas verpaßt zu haben. Ich hab ihr natürlich nicht erzählt, daß ich hierherfahre. Wenn sie es erfährt, wird sie heiße Tränen über ihren Cremetörtchen vergießen. Erinnert mich an das Walroß, das über seinen Austern weinte, bevor es sie verschlang... Aber zu Ihrer Frage: Warum ich eine Hand abhacken würde? Zuerst wüßte ich gerne, um welche Hand handelt es sich?»

«Um die linke.»

«Ich dachte zuerst an Leichenstarre – daß sie vielleicht etwas in der Hand hielt und er die Finger nicht aufkriegte. Aber ich bin wieder davon abgekommen, weil es doch ziemlich lange dauert, bis die Leichenstarre eintritt. Also scheidet das aus –»

«Im Gegenteil, es gibt so etwas wie eine kataleptische Starre: Schlagartiges Erstarren der Muskulatur nach Eintritt des Todes. Ist nicht gerade häufig, aber bei einem gewaltsamen Tod, bei heftiger Erregung, tritt manchmal im Augenblick des Todes ein solcher Spasmus ein. Es soll vor allem im Krieg vorgekommen sein. Ich erinnere mich an ein paar Beispiele: Männer mit ihren Gewehren im Anschlag. Oder die sogenannte ‹Teegesellschaft› – Soldaten in einem Graben, die von einer Bombenexplosion überrascht worden waren und bei ihrer letzten Tätigkeit erstarrten. Einer hatte eine Feldflasche an die Lippen gesetzt. Wenn jedoch die richtige Leichenstarre eingesetzt hat, läßt sich so etwas nicht mehr feststellen.»

«Sie denken also, sie hielt etwas in der Hand? Etwas Belastendes?»

Jury schüttelte den Kopf. «Nein, ich denke, daß sie etwas Belastendes anhatte. Oder zumindest etwas, was nicht bei ihr gefunden werden sollte.»

Melroses nächste Frage wurde durch Mollys Erscheinen unterbrochen. Sie beugte sich zu ihnen hinunter; ihren durch die Arbeit abgehärteten Händen schienen die heißen Teller, die sie trug, überhaupt nichts auszumachen.

«Die Steaks.» Sie stellte die Teller auf den Tisch und warf ihren langen Zopf über die Schulter. «Wir machen Schluß. Was wolln Sie zum Nachtisch?»

Melrose entfaltete die Serviette auf seinem Schoß. «Souffle Grand Marnier, bitte.»

Gelassen meinte Molly: «Wir haben nur Brotpudding.»

«Nicht für mich, danke.»

Jury verzichtete ebenfalls auf den Nachtisch.

«Wie Sie wollen», sagte sie mit einem Achselzucken, das zu besagen schien, daß nur ein Schwachkopf diesen Pudding ablehnen würde.

Als Molly wieder gegangen war, sagte Jury: «Fassen wir mal zusammen: Als Vorspeise – wie Molly sagen würde – hatten wir diese anonymen Briefe. Und zum Nachtisch den Mord an Cora Binns. Was mich jedoch interessiert, ist das Hauptgericht: Katie O'Brien und ein gewisser Trevor Tree. Sie erinnern sich wahrscheinlich nicht mehr an die Geschichte. Sie machte keine Schlagzeilen, es war aber ein schlauer kleiner Trick, dem dieser Lord Kennington aufgesessen ist. Da Sie sich schon einen ganzen halben Tag hier rumtreiben, haben Sie wahrscheinlich von seinem Landsitz Stonington gehört –»

«Hab ich», sagte Melrose. «Es sieht so aus, als würde ich

ihn erwerben.» Melrose strahlte. «Ich mußte meine Anwesenheit schließlich irgendwie rechtfertigen.»

«Gute Idee. Jedenfalls hat dieser Tree sich mit Schmuck im Wert von einer viertel Million aus dem Staub gemacht. Das kostbarste Beutestück war ein Collier. Aber anscheinend hat der Hausherr immer wieder etwas vermißt in den paar Monaten, die Tree bei ihm war. Nichts sehr Wertvolles, nur Trödel. Offenbar machte Tree einen so vertrauenswürdigen Eindruck, daß er nie verdächtigt wurde. Kennington dachte, er habe die Dinge selbst verlegt. Ich vermute, Tree hat das gemacht, um zu testen, wie weit ihm sein Arbeitgeber vertraute.»

Melrose schüttelte den Kopf. «Mir bleibt auch nur blindes Vertrauen übrig. Immer wieder entdecke ich an Agatha Schmuckstücke meiner Mutter. Heute morgen trug sie einen Mondsteinring am Finger. Weiß der Himmel, wie sie das macht.»

«Und dann ging mir endlich ein Licht auf.»

«Ein Licht, das Agathas Finger angeknipst hat?»

«Nein. Cora Binns' Finger. Ernestine Craigie, die die Leiche gefunden hat, meinte, die Tote sei geschmückt gewesen ‹wie ein Pfingstochse›! Cora Binns trug eine Halskette, Armbänder, bombastische Ohrringe. Aber keine Ringe. Zumindest nicht an der Rechten. Der Ring oder auch die Ringe, die sie getragen haben könnte, stammten vielleicht aus Kenningtons Kollektion. Es waren bestimmt keine sehr wertvollen Sachen, sondern einfach alter Schmuck, der sich nicht leicht identifizieren ließ.»

«Aber wieso die Frau umbringen, wenn die Polizei sich gar nicht für die Sache interessierte?»

«Die Polizei vielleicht nicht, aber Lady Kennington! Cora wollte sich bei ihr vorstellen, und jemand, dem sie auf dem Weg nach Stonington begegnet ist, hat den Ring oder die Ringe erkannt. Und hat sich gefragt, wieviel Cora Binns wußte.»

«Aber was hatte die Frau in dem Wald verloren?»

«Die Chefin der Agentur hat ihr fünf Pfund gegeben, damit sie sich ein Taxi nach Stonington nehmen konnte. Aber sie hat das Geld eingesteckt und ist statt dessen mit dem Bus gefahren. In Littlebourne ist sie dann ausgestiegen, anscheinend dachte sie, Stonington sei von dort aus zu Fuß erreichbar. Es sind aber beinahe vier Kilometer. Der Weg durch den Wald ist bedeutend kürzer.»

«Und woher hätte sie das wissen sollen?»

«Jemand, den sie nach dem Weg fragte, muß es ihr gesagt haben.»

Melrose, der mit dem zähen Steak kämpfte, legte schließlich Messer und Gabel zur Seite. «Und dieser Jemand ist ihr dann gefolgt, da er, wenn ich recht verstehe, die Ringe gesehen hatte und wußte... Aber würde das nicht auch bedeuten, daß diese Person von Anfang an in die Sache verwickelt war?»

Jury nickte. «Das Collier ist nie wieder aufgetaucht. Tree hat es irgendwie verschwinden lassen und jemandem – seinem Komplizen vielleicht – das Versteck verraten. Ich tappe da völlig im dunkeln. Trees Autounfall liegt schon ein ganzes Jahr zurück.»

«Aber was hat das mit der kleinen O'Brien zu tun?»

«Katie wurde in der Underground-Station Wembley Knotts überfallen. Sowohl Trevor Tree als auch Cora Binns wohnten in diesem Teil des East End. Beide verkehrten in einer bestimmten Kneipe, dem ‹Anodyne Necklace›. Auch Katie ist ein paarmal mit ihrem Musiklehrer dort gewesen. All diese Leute, die sich unter demselben Dach einfanden, wenn auch zu unterschiedlichen Zeiten – das kann kein Zufall sein. Irgend jemand ist hinter dem Smaragd her, und er ist ungeheuer scharf darauf – kein Wunder, wenn man bedenkt, um welche Summe es da geht.»

Melrose schob seinen Teller von sich. «Ich kann nur hoffen, daß Sie das alles aufgeklärt haben, bevor man mich zwingt, meine Gummistiefel anzuziehen, um nach diesem fürchterlichen Tüpfelsumpfhuhn Ausschau zu halten.»

«Oh, ich sehe, Sie haben Miss Craigies Bekanntschaft gemacht.»

«Ja. Ich habe das Gefühl, diesen Vogel in- und auswendig zu kennen. Ich bin überzeugt, ich würde ihn bei einer Gegenüberstellung sofort wiedererkennen. Obwohl ich mich, offen gestanden, etwas unbehaglich fühlen würde, wenn ich wie Ernestine mit diesem Superfeldstecher um den Hals im Dorf herumliefe. Jemand könnte auf den Gedanken kommen, sie damit zu strangulieren. Und noch etwas. Wenn Sie vermuten, die kleine O'Brien wurde zusammengeschlagen, weil sie etwas wußte – es gibt hier eine Göre, die mit ihr befreundet war und die meiner Meinung nach mit etwas hinterm Berg hält...»

Die betreffende Göre trat durch den puppenstubenähnlichen Durchgang zur Bar, ohne Jury und Plant auch nur eines Blickes zu würdigen, obwohl sie sich direkt in ihrem Blickfeld befanden. Schnell verschwand sie hinter dem Tresen, worauf einiges in Bewegung geriet – Gläser klirrten, Papier raschelte, bis sie mit einer Schachtel Buntstifte und einem Malbuch in der Hand wieder auftauchte. Diese beiden Gegenstände schienen ihre Aufmerksamkeit völlig gefangenzunehmen.

«Was, um diese Zeit treibst du dich noch in öffentlichen Lokalen herum? Es ist beinahe zehn. Solltest du nicht schon längst zu Hause bei deiner Mutter sein?»

Geistesabwesend blickte Emily Louise zu Melrose auf und sagte: «Ach, Sie sind's.» Dann konzentrierte sie sich wieder auf ihre Buntstifte.

«So ’ne Überraschung, was? Ich hab dich gefragt, ob du nicht schon längst zu Hause sein solltest. Deine Mutter macht sich bestimmt Sorgen.»

Ihre Lippen formten stumm die Namen der Farben: *Blau, Gelb, Rot.* «Mum is im Kino in Hertfield.»

«Deswegen brauchst du hier nicht Nachtwächter zu spielen. Aber da du schon mal da bist, setz dich doch zu uns. Superintendent Jury würde sich gern mit dir unterhalten.»

Sie hob die gerunzelten Brauen von der Schachtel mit den Buntstiften und ließ den Blick auf Jurys Gesicht ruhen. «Wer?» Sie blinzelte, als versuchte sie, etwas an einem fernen Horizont zu erkennen.

«Dieser Herr, der mir gegenübersitzt.»

Ohne von dem tollen Herrn, dessen Bekanntschaft sie machen sollte, Notiz zu nehmen, kletterte Emily Louise unwillig auf den Stuhl neben ihm, schlug ihr Malbuch auf und nahm einen Buntstift aus der Schachtel.

Melrose konnte es sich nicht verkneifen, ihr über die Schulter zu schauen. Es war wieder eines dieser gräßlichen Bilder, ein Bauernhof diesmal. Mit einem orangefarbenen Buntstift machte sie sich daran, eine Ente auszumalen. Er versuchte, seinen Ärger zu unterdrücken.

«Nett, dich kennenzulernen», sagte Jury und streckte die Hand aus. Ihre kühle, kleine Hand lag wie ein Blütenblatt in der seinen. «Ich habe gehört, du bist eine Freundin von Katie O’Brien.»

Sie hatte sich auf die Entenmutter gestürzt und nickte nur.

«Katie soll eine ziemlich gute Reiterin gewesen sein.»

«Ja, ganz gut.» Sie hatte die Ente orangefarben ausgemalt und machte sich mit einem blauen Farbstift an die Schwimmhäute. Plant starrte darauf.

«Schön, wenn man Freunde hat», sagte Jury. «Es ist nur schlimm, wenn ihnen was passiert.»

Emily nickte und fuhr die Umrisse der Entchen blau nach, passend zu den Schwimmhäuten der Mutter.

Jury fuhr fort: «Manchmal erzählen sie uns auch ihre Geheimnisse... Ich erinnere mich, als ich ein kleiner Junge war, hatte ich einen ganz tollen Freund, Jimmy Poole hieß er. Wir waren immer zusammen. Jimmy Poole und ich tauschten auch Geheimnisse aus, manchmal stachen wir uns sogar mit einer Nadel in die Finger, um bei unserm Blut zu schwören, daß –»

«Kein Blut, bitte.»

«Schon gut.» Jury zündete sich eine Zigarette an und warf das Streichholz in den Aschenbecher. «Jimmy Poole und ich rauchten Zigaretten im Wald und taten auch sonst alles mögliche, was wir nicht hätten tun sollen. Eine Menge verbotener Dinge –»

«Was zum Beispiel?» fragte sie, ohne von ihrem Buch aufzublicken. Sie hatte jedoch aufgehört zu malen.

«Oh, was man so tut. Wir sind geschwommen, wo es zu tief war. Und wir waren unterwegs, wenn es schon dunkel war. Die Kopfkissen stopften wir unter die Decke, damit es so aussah, als würden wir darunter schlafen, dann kletterten wir aus dem Fenster. Jimmy Poole war wirklich auf Zack, wenn es sich darum drehte, Verstecke zu finden, wo niemand uns aufstöbern konnte. Er führte die Leute in die Irre. Es gab da eine Höhle, in der wir alles mögliche versteckten, Dinge, die unsere Mütter nicht finden sollten. Ich weiß noch, einmal hab ich beim Zeitungshändler ein Comicheft geklaut.» Er beobachtete, wie Emily Louise und Melrose ihn überrascht musterten. «Tja, so was hab ich auch gemacht. Ehrlichkeit hab ich erst später gelernt. Jimmy Poole mußte schwören, nichts zu verraten.» Jury warf Emily einen Blick zu. «Er hat nichts gesagt, es ist also auch nie rausgekommen.» Er bemerkte, daß Emily mit großer Hingabe die Entchen nachfuhr. «In der Höhle hatten wir Ruhe vor unsern Alten.»

«Konntet ihr sie nicht leiden?» Emily hatte ihren Buntstift aus der Hand gelegt und starrte mit einem tiefen Stirnrunzeln auf das Buch.

«Na ja, manchmal ja, manchmal nein. Wir dachten uns die tollsten Geschichten aus, um zu erklären, wo wir gewesen waren und was wir gemacht hatten. Wenn wir völlig verdreckt oder mit kaputten Jacken nach Hause kamen, mußten wir ihnen ja irgendwas erzählen.»

«Wer hat sich das dann ausgedacht, Sie oder Jimmy Poole?»

Jury überlegte. «Jimmy Poole. Er war schlauer.»

«Warum ist er dann nicht bei Scotland Yard?»

Sie sah ihn an. Ein harter, fordernder Blick. «Ich hätte zu gerne eine Limonade.»

«Mr. Plant holt dir bestimmt eine.»

Melrose, der sich schlafend gestellt hatte, öffnete ein Auge und sagte: «Ich möchte aber keine Fortsetzung verpassen.» Seufzend erhob er sich.

«Erzählen Sie weiter», sagte Emily Louise und knuffte ihn in den Arm.

«Na ja. Jimmy Poole hat mir eine Menge seltsamer Dinge erzählt, und ich mußte schwören, nie jemandem was zu sagen. Aber dann ist diese Sache passiert.» Emily Louise preßte sich die ineinander verschränkten Hände gegen den Kopf, als wolle sie sich unter den Tisch drücken. «Eine Frau aus dem Dorf hatte einen... na ja, einen Unfall.»

Emily rutschte auf ihrem Stuhl herum. «War es schlimm?»

«Ziemlich schlimm. Sie ist die Treppe runtergefallen. Das heißt, *vielleicht* ist sie gefallen. Es gab Leute, die dachten, sie wurde *gestoßen.* Wir konnten aber keinen festnageln.» Jury studierte das glühende Ende seiner Zigarette.

«Ist denn die Polizei nicht gekommen?» Emily blickte Jury mit gerunzelter Stirn an, anscheinend völlig fassungslos, daß Englands berühmte Gesetzeshüter so pflichtvergessen sein konnten.

«Nein, nicht Scotland Yard.»

Emily schüttelte enttäuscht den Kopf, weil Jurys Dorfbewohner nicht so umsichtig gewesen waren, Scotland Yard zu holen.

«Sie hätten es vielleicht getan», sagte Jury, «wenn Jimmy Poole was gesagt hätte.»

Daraufhin breitete sich tiefes Schweigen aus, das nur von dem Klirren der Gläser unterbrochen wurde, die Melrose vor sie hinstellte. Eine Limonade und zwei Brandys. Emily nahm einen Schluck aus ihrem und sagte: «Aber er hat nichts gesagt?»

«Nein, aber ich.»

«Sie! Es war doch ein Geheimnis.»

«Ich weiß. Du kannst mir glauben – ich hab mir's hin und her überlegt. Es war nur so – Jimmy Poole war krank, und ich konnte ihn nicht fragen, ob es auch in Ordnung war.»

«Was hatte er denn?»

«Mumps. Sein Hals war so dick, daß er nicht reden konnte.»

«Ist er gestorben?»

«Nein. Aber solange wir nicht darüber reden konnten, konnte ich ihn auch nicht fragen, ob ich das Geheimnis verraten durfte. Ich mußte selbst eine Entscheidung treffen, und so was ist immer schwer. Ich meine, *selbst* was zu entscheiden. Und weißt du, was mich schließlich dazu gebracht hat?»

Emily schüttelte den Kopf unter den verschränkten Händen und starrte Jury gebannt an.

«Ich hatte Angst, noch jemand könnte die Treppe runtergeschubst werden. Oder daß die, die schon mal runtergestoßen worden war, noch einmal gestoßen würde.»

«Ist sie nicht gestorben?»

Jury schüttelte den Kopf. «Nein.»

«Gut. Wem haben Sie es denn erzählt?»

«Dem Pfarrer. Der schien mir der Richtige zu sein.»

«Warum nicht dem Wachtmeister? Gab's denn keinen in Ihrem Dorf?»

«Doch. Ich hatte aber Angst vor der Polizei.»

«Ich nicht!» posaunte sie heraus.

«Nein, du nicht. Ich weiß.»

Sie ließ den blauen Buntstift vor- und zurückrollen. «War Jimmy Poole böse auf Sie?»

«Nein. Er war froh. Er meinte, er hätte es auch gesagt, er konnte nur nicht.»

«Weil er Mumps hatte.» Jury nickte. Emily Louise blies ihre Backen auf und stupste mit dem Finger dagegen. Alle drei schwiegen – Melroses Augen hatten sich zu Schlitzen verengt, Jury starrte aus dem Fenster, Emily pumpte Luft in ihre Backen und ließ sie wieder entweichen. Schließlich sagte sie: «Hat Ihnen Jimmy Poole mal was gegeben?»

Jury dachte einen Augenblick nach, drückte seine Zigarette aus und sagte: «Ja, hat er.»

Nach einer kurzen Pause fragte sie: «Und hat er Ihnen gesagt, Sie dürften es niemandem zeigen?»

«Ja.»

«War das, bevor er krank wurde?»

«Ja.»

«Was war es?»

«Eine Blechdose.»

«Was war drin?»

«Geld. Ein paar Briefe. Schmuck. Und eine seltsame Botschaft.»

«Was für eine Botschaft?»

Jury schüttelte den Kopf. «Ich bin nie daraus schlau geworden.»

Emilys Augen erschienen über der Tischkante und fixierten Jury. Dann sprang sie unvermittelt auf, schnappte sich ihre Buntstifte und das Malbuch und sagte: «Ich muß jetzt gehen.» Als wären ihr plötzlich zehn verschiedene Verabredungen eingefallen.

Als sie verschwunden war, sagte Melrose: «Das war absolut faszinierend.»

Jury unterbrach ihn. «Behalten Sie sie bitte im Auge. Ich glaube, Sie haben recht. Sie scheint etwas zu wissen.»

«Aber *mir* wird sie's bestimmt nicht verraten!» Als Jury nichts darauf antwortete, fuhr er fort: «Sie soll die Kinder in einem Pferdewagen herumkutschieren. Morgen findet hier nämlich ein Fest statt, wußten Sie das schon?»

Jury schüttelte den Kopf. «Als nächstes muß ich mit dieser Lady Kennington sprechen. Aber zuerst werde ich ein Schläfchen halten, mein Gott, bin ich müde!»

«Jimmy Poole hat Sie wohl geschafft.»

Jury lächelte und gähnte, während er das Fenster aufdrückte und dabei mit den braunumrandeten Kletterrosen ins Gehege kam.

«Ich erinnere mich vage», sagte Plant, «daß Sie mir erzählt haben, Sie seien in London geboren und aufgewachsen. Dieses Dorf hat es wohl nie gegeben, oder? Genausowenig wie Jimmy Poole?»

Jury dachte an die bläulichen, kalten Lichter, die in der Fulham Street angegangen waren, an das Mädchen mit der Puppe, die Frau mit dem Kinderwagen, an den Jungen, der mit seiner Gitarre vor der Kneipe stand. Die verschwommenen Umrisse von Rosenblättern drifteten in der Dunkelheit vorbei.

«Einen Jimmy Poole gibt es immer.» Er leerte sein Brandyglas und wünschte Melrose gute Nacht.

15

MELROSE SOG DEN SCHWEREN DUFT der Rosen ein, die Sylvia Bodenheims Schere entgangen waren, als er auf der anderen Seite der Ligusterhecke einen gellenden Schrei hörte. Da die Ställe sich dahinter befanden, zwängte er sich einfach durch die Hecke, sehr zum Ärger des Gärtners, der den Hals verrenkte, um zu sehen, was dieser Fremde seiner kunstvoll geschnittenen Hecke antat.

Melrose wußte nicht genau, was ihn beim ersten Sonnenstrahl geweckt hatte; da es ihm aber nicht gelungen war, wieder einzuschlafen – vielleicht teilte er Jurys Unbehagen, Emilys Sicherheit betreffend –, hatte er sich angezogen, gemächlich ein paar Tassen Tee getrunken und sich dann auf den Weg nach Rookswood gemacht. Er wußte, daß er sie dort antreffen würde, da sie die Pferde für das Fest herrichten mußte.

Es war auch eindeutig ihre Stimme, die da nun brüllte: «Gib's her, gib's her!» Und das ziemlich unangenehme Lachen, das darauf folgte, war eindeutig das eines Mannes.

Als Melrose um die Stallecke bog, sah er den weißen Pulloverärmel von Derek Bodenheim, der ein Buch hochhielt. Weder Derek noch Emily konnten Melrose sehen, da er seitlich neben der Stalltür stand. Sie waren auch viel zu sehr in ihr Fangspiel vertieft – obwohl es den Anschein hatte, als wäre es für Emily kein Spiel.

Derek wandte Melrose den Rücken zu, als dieser auf ihn zuging, seinen silberbeschlagenen Stock erhob und ihn geradewegs auf Dereks Armbeuge heruntersausen ließ. «Also wirklich, alter Junge, sie hat Sie höflich darum gebeten.»

«Was zum Teufel –?» stieß Derek hervor, rieb sich den Arm und starrte Melrose wütend an.

Emily hatte sich schnell ihr Buch geschnappt. Ihr Gesicht war ganz rot vor Anstrengung.

«Dumme Gans», sagte Derek zu ihr. Dann konzentrierte sich sein Ärger auf Melrose. «Was fuchteln Sie denn auf fremder Leute Grund und Boden mit Ihrem Stock herum? Was haben Sie hier überhaupt verloren?»

Melrose ging darauf nicht ein. Er fragte sich, was für ein Kerl das war, der sich einen Spaß daraus machte, eine Zehnjährige zu ärgern. «Sie gehn jetzt brav nach Hause!»

«*Ich* soll gehen! Wer glauben Sie denn, wer Sie sind?» Und zu Emily gewandt: «Warte nur, ich werd deiner Mutter sagen, daß du solchen Schweinkram liest.»

«Hau ab! Das ist kein Schweinkram. Außerdem hab ich's gar nicht gelesen.»

Wütend ging Derek über den Hof und ließ den Kies unter seinen Füßen knirschen.

Emily blickte von dem silberbeschlagenen Spazierstock auf Melrose. «Haben Sie schon mal jemanden umgebracht?» fragte sie hoffnungsvoll.

«Nur damals in der Fremdenlegion. Was zum Teufel war eigentlich hier los?»

Das Buch fest unter den Arm geklemmt, suchte sie nach ihrer Heugabel. «Er ist unausstehlich.» Dann schleppte sie Gabel und Buch zum Stall, in dem ein prächtiger Falbe stand, der anscheinend vor den Wagen gespannt werden sollte.

Melrose setzte sich auf einen Ballen Heu und zündete sich eine dünne Zigarre an. «Ist er immer so?» Er fragte sich, was es wohl mit dem Buch auf sich hatte und warum ihr so viel daran lag, es nicht aus der Hand zu geben.

«Ja.» Sie stapfte aus dem Stall zu den Futterbehältern hinüber und verschwand zur Hälfte in einem von ihnen, so daß von ihren Ausführungen über Dereks Unausstehlichkeit nur noch ein schwaches Echo zu hören war. Als sie den Eimer gefüllt hatte und wieder in den Stall kam, sagte sie: «Alle Jungen sind unausstehlich.»

«Oh, da bin ich mir nicht so sicher. Sie können auch ganz nett sein. Schließlich werden aus ihnen einmal Leute wie ich.»

Ihre Augen erschienen über der Stalltür und betrachteten ihn angewidert.

«Hatte Katie O'Brien eigentlich keinen Freund?»

«Warum müssen wir immer über Jungen sprechen? Ist doch bescheuert.» Sie ging wieder zu den Tonnen mit dem Futter zurück. Die Tonne, über die sie sich gerade beugte, war so groß, daß sie sich über den Rand hängen mußte, um an den Hafer am Boden zu kommen.

«Soll ich dir helfen?»

«Nein.» Ihre Beine baumelten in der Luft.

«Für einen jungen Mann von gut zwanzig benimmt sich Derek Bodenheim schon reichlich seltsam.» Sie schleppte den nächsten Eimer in Shandys Stall und gab bei der Erwähnung von Dereks Namen ein paar Würgelaute von sich. «Ob er wohl ganz richtig im Kopf ist?»

«Nein. Katie hat er auch immer geärgert. Sie haßte ihn.»

«Hat er sie auch geneckt?» Melroses Interesse erwachte.

«Ach, das Übliche. Hat sich von hinten an sie rangeschlichen, sie gepackt und versucht, sie zu küssen.» Sie erschauerte, während sie eine Gabel Heu in Shandys Heuraufe warf. «Sie sagte, er habe einen ganz nassen Mund… Ich möchte lieber nicht davon reden.»

Darauf folgte ein längeres Schweigen, nur von dem Scharren der Gabel unterbrochen. Melrose spürte jedoch ihr Interesse, auch wenn sie es nicht zugeben wollte. Er wußte, daß sie mit etwas hinterm Berg hielt; es mußte mit dem Buch zu tun haben. «Laß uns mal so tun, als ob.»

Keine Antwort; außer den Kaugeräuschen des Ponys ließ sich nichts vernehmen.

«Als lebten wir in einem wunderschönen Land – sagen wir in einem Königreich. Rundherum grüne Felder und darüber ein amethystblauer Himmel.» Er stutzte; wie kam er auf den Amethyst? «Und du bist eine wunderschöne Prinzessin.» Er bemerkte, daß das Scharren aufgehört hatte. «Und ich –» Großer Gott, welche Rolle sollte er sich zuteilen? Warum hatte er sich die Geschichte nicht schon im voraus zurechtgelegt? Er wußte, er mußte etwas Abstoßendes verkörpern, damit sie anbiß. «Ich bin ein blöder, häßlicher, dummer Zwerg.»

Eine Samtkappe und ein Paar Augen erschienen über der Stalltür. Hinter ihr kaute das Pony sein Futter, ohne sich von den Prinzessinnen und Zwergen beeindrucken zu lassen.

«Ja, ich bin also ein unausstehlicher Zwerg, der allen möglichen Blödsinn anstellt in diesem Königreich. Ich klaue dem Bäcker die Obsttörtchen und Muffins aus den Regalen. Ich bin so klein – und natürlich auch so häßlich –, daß sie mich meistens gar nicht bemerken.» Er legte eine Pause ein, um nachzudenken und seine Zigarre wieder anzuzünden. «Und du bist diese herrliche Prinzessin, die im Königreich Nirgendwo lebt.» Melrose erwärmte sich allmählich für seine Geschichte und begann in dem kleinen Hof auf und ab zu gehen. «Deine Gewänder sind ungeheuer prunkvoll. Eines ist violett und mit Amethysten übersät.» Melrose warf ihr einen kurzen Blick zu, um zu sehen, ob seine barock-verschlungene Erzählung ihre Aufmerksamkeit erregte. Sie tat es. «Der Zwerg – das bin ich – ist sehr eingebildet. Ich hab einen Bruder, und der ist ein noch schlimmerer Zwerg –» Kam dieses kurze Schnauben von Emily oder dem Pony? «Noch eingebildeter. Obwohl er sich unmöglich benimmt, hält er sich für unwiderstehlich. Dabei ist er nicht größer als ein Tischbein; sein Kopf ist ganz platt, und die Backen treten gewaltig hervor –»

«Vielleicht hat er Mumps.»

Irritiert blieb Melrose stehen. «Zwerge haben nicht dieselben Krankheiten wie Menschen. Sie haben ihre eigenen. Er hat –»

«Was zum Beispiel?»

«Ist nicht wichtig. Er ist jedenfalls nicht krank; er ist einfach nur – unausstehlich.» Sie hatte ihn aus dem Konzept gebracht. Derek mußte irgendwie eingeschleust werden. Ach ja, das Stichwort war Eitelkeit. «Weil er so eingebildet ist und weil sein Vater und seine Mutter ihn immer alles machen lassen... Hab ich schon seine Familie erwähnt? Vater, Mutter, Schwester – sie sind alle gräßlich. Sie behandeln die andern Dorfbewohner – ich meine, ihre Untertanen – wie den letzten Dreck. Eines Tages schleicht sich dieser schreckliche Zwerg in die Ställe des Palastes, wo die Prinzessin in ihrem perlenbesetzten Kleid auf und ab geht und *ein Buch liest*.» Er schaute sie an. Sie starrte zurück. «Er nähert sich der Prinzessin von hinten, packt sie und will sie küssen.» Offensichtlich mißbilligte sie das Vorgehen des Zwerges. Ihre Miene verfinsterte sich. Melrose spann seine Geschichte weiter. «Er will herausfinden, was in dem Buch steht, der Tölpel. Es ist aber ein Staatsgeheimnis, und die Prinzessin will nicht, daß er es erfährt. Sie hält ihn nämlich für einen Spion. Und weißt du, was sie macht?»

Mit ausdrucksloser Miene starrte sie ihn an.

«Sie geht zur königlichen Garde!» Melrose war zufrieden mit sich. Auf diese Weise hatte er auch die Polizei ins Spiel gebracht.

«Taucht Jimmy Poole noch in dieser Geschichte auf?»

«Jimmy Poole? Natürlich nicht. Was zum Teufel hat denn Jimmy Poole damit zu tun?»

Das schmale Gesicht verschwand, und er hörte wieder das Scharren der Gabel.

Was war los mit ihr? Seine Geschichte war doch phantastisch. «Der Zwerg, weißt du –»

«Ich trage keine Gewänder, und ich küsse keine Zwerge.»

«Laß mich doch weitererzählen. Das Ende gefällt dir bestimmt.»

Nur, wie sah es aus – das Ende?

«Ich will es nicht hören. Sie ist blöd, Ihre Geschichte.»

Zum Teufel mit ihr. Das beste war wohl, sie einfach zu fragen. «Was steht denn in dem Buch, das Derek dir wegnehmen wollte? Warum hat er gesagt, es sei Schweinkram?»

Eine kurze Pause. «Weil es über Männer und Frauen ist.»

«Davon handeln 99 Prozent aller Bücher. Aber warum interessiert dich das? Wo du doch keine Zwerge küßt.»

«Ich lese es auch gar nicht. Ich will's dem von Scotland Yard geben.»

Als ob Jurys Name sich ihr nicht für immer und ewig eingeprägt hätte.

«Superintendent Jury hat gesagt, er wolle nach Stonington. Wenn du mit den Pferden fertig bist, können wir ja zusammen zum ‹Blue Boy› zurückgehen. Du mit deinem Buch. Es ist zwar erst neun, aber eine Limonade kriegt man bestimmt schon.» Er wußte nun, wie das Spiel ging, obwohl er erkannte, daß er einen Fehler gemacht hatte. Er mußte das Buch in seinen Besitz bringen, *bevor* sie ihn mit Chips und Limonade erpressen konnte. «Das heißt, am besten, du gibst es mir jetzt sofort, und anschließend gehen wir dann zum ‹Blue Boy›.»

Sie streichelte die Mähne des Falben. Offensichtlich wollte sie Zeit gewinnen. Ein völlig unpassendes blaues Schleifchen, das in der Mähne befestigt war, erregte ihren Zorn; sie riß es ab und warf es auf den Boden. «Wenn er *das* tragen soll, mach ich nicht mit.» Sie blickte in Melroses Richtung, und als sie sein entschlossenes Gesicht sah, sagte sie: «Na gut.» Sie stapfte zu ihm hinüber und warf ihm das Buch in den Schoß.

Es war offensichtlich eine Bürde, die sie nur zu gern loswurde. «Es gehört Katie», sagte sie.

«Ein Buch, das Katie O'Brien gehört? Warum die ganze Geheimnistuerei?»

«Ich weiß nicht. Sie hat gesagt, ich soll es aus ihrem Zimmer holen, falls was passiert.»

«Hat sie denn damit gerechnet?»

Emily zuckte die Achseln und blickte über seine Schulter auf das Buch.

Es war in weißes Millimeterpapier eingebunden; quer über dem Einband stand GEOMETRIE. Er entfernte das Papier und sah, daß es einer der üblichen Liebesromane war, mit dem Titel *Irrgärten der Liebe.* «Wollte sie es vor ihrer Mutter verstecken?»

Emily hielt Melrose offensichtlich für ziemlich begriffsstutzig, denn sie sagte: «Es geht nicht um das *Buch,* sondern um den Einband.» Sie nahm es ihm aus der Hand, glättete das Papier und hielt es hoch. «Hier, sehen Sie?»

Es war ein seltsamer, sehr sorgfältig mit Bleistift und Tinte gezeichneter Plan, unter dem in Druckbuchstaben DER WALD VON HORNDEAN stand. Ein dichter Wald umgab ein Bild in der Mitte, auf dem verschiedene Orte und die zu ihnen führenden Wege und Schleichpfade eingezeichnet waren. Es gab einen Bärenpfad, einen Fußpfad, eine Grotte, die Schleimspur einer riesigen Schnecke. Zum Teil waren sie von einem Festungsgraben und einer «Gelben Steinstraße» umgeben.

Eine kleine Brücke führte zur St.-Pancras-Kirche.

Und mittendurch verlief der Bach des Bluts.

DER WALD VON HORNDEAN
PFAD DER SILBERSCHNECKE
PFAD DES SCHWARZEN BÄREN
ST. PANCRAS-KIRCHE
BLAUE GROTTE
FUSS PFAD
BACH DES BLUTS
HEILENDES HALSBAND
GELBE STEINSTRASSE
ALTER FESTUNGSGRABEN
DER WALD VON HORNDEAN

16

Die Frau, die gerade aus der Eingangstür von Stonington gelaufen kam, als Jury auf der kreisförmigen Auffahrt anhielt, trug einen in eine Decke gehüllten Gegenstand. Als er über den knirschenden Kies auf sie zuging, rief sie: «Können Sie bitte mit mir zum Tierarzt fahren? Ich kann nicht gleichzeitig fahren und die Katze halten.»

Aus dem einen Ende der Decke spitzte ein schwarzes, dreieckiges Katzengesicht hervor; ein winziges Blutgerinnsel verklebte das Fell zwischen Nase und Maul.

«Natürlich – nur, können wir meinen Wagen nehmen? Sie halten die Katze, und ich fahre.»

Sie schwieg, als er ihr die Tür aufhielt. Er stieß zurück, fuhr den langen Kiesweg hinunter und an einem niedrigen Pförtnerhäuschen vorbei. Als sie auf die Horndean Road kamen, fragte er: «Wohin?»

«Nach links. Richtung Horndean.» Sie wandte den Kopf ab und schaute aus dem Fenster; so wurde jedes Gespräch unmöglich. Ein im Nacken geknotetes Tuch hielt ihr dunkelblondes Haar zusammen. Er wußte, daß Lady Kennington kaum noch Personal hatte – nur einen Gärtner und eine Köchin. Die Frau neben ihm schien weder das eine noch das andere; sie mußte also die Dame des Hauses sein. Jury war verwirrt. Er hatte eine gebieterische ältere Frau erwartet, hager und grauhaarig, vielleicht in einem Kleid aus lavendelfarbener Seide mit einer Kamee. Die Wirklichkeit entsprach überhaupt nicht diesem Bild.

«Was ist mit der Katze los?»

«Ich weiß es nicht. Vielleicht wurde sie angefahren, aber ich bin mir nicht sicher. Ich sah sie vor ungefähr einer Stunde die Auffahrt hochrennen, hatte aber nicht den Eindruck, sie sei verletzt.» Sie sah aus dem Fenster, als sie das sagte.

Er drehte sich nach der Katze um, die ihn mit glasigen Augen an starrte und einen schwachen Laut von sich gab, als teile sie mit Jury das geheime Wissen über das Schicksal von Katzen, die sich in einem solchen Zustand befanden. Die Gedanken der Frau neben ihm waren wahrscheinlich nicht weniger betrüblich.

«Es sind ungefähr noch zwei Kilometer», sagte sie, und ihre Aufmerksamkeit galt den nebelverhangenen Feldern und Hecken, die an ihnen vorbeiflogen. Er konnte nur ein Stück Kopftuch sehen, nicht ihr Gesicht, aber das, was er gesehen hatte, ließ ihn vermuten, daß es ein schönes Gesicht war: blaß, grauäugig, intelligent. Er wäre nie auf den Gedanken gekommen, sie als «unscheinbar» zu bezeichnen, wie Sylvia Bodenheim das getan hatte.

«Die Katze fühlt sich schon ganz kalt an.» Sie hatte ihre Hand unter die Decke gesteckt. «Ich glaube, sie stirbt.» Das hörte sich sehr bedrückt an.

«Das ist nur der Schock. Die Temperatur fällt etwas.» Jury hatte keine Ahnung, wie Katzen bei Schock reagierten; er kannte nur die menschlichen Reaktionen. Er sah nach den Augen der Katze, doch die waren fest geschlossen. «Sie schläft bestimmt nur.» Aber eigentlich sah sie eher tot aus.

Sie antwortete nicht. Selbst die Luft zwischen ihnen schien von Elend erfüllt zu sein. Er hatte das Gefühl, sie und ihre Katze im Stich zu lassen. Es war einfach absurd. Anscheinend gehörte sie zu den Menschen, in deren Gegenwart man sich immer schuldig fühlt, ohne daß sie das überhaupt wollen.

«Ist es Ihre Lieblingskatze?» Eine dumme Frage. Er verfluchte sich, während er eine scharfe Kurve nahm, die aus dem Nichts vor ihm aufgetaucht war.

«Nein. Einfach nur eine zugelaufene alte Katze.»

Jury sah aus dem Augenwinkel nach der Katze, so verstohlen, als könnte sein Blick allein sie schon töten. Der Kopf hing schlaff herunter. Er widerstand der Versuchung, sie anzustupsen, um zu sehen, ob sie noch lebte.

Die Stimme der Frau klang irgendwie herausfordernd, als sie hinzufügte: «Ich mag sie nicht einmal besonders.»

«Natürlich nicht.»

Sie warf ihm einen kurzen Blick zu und schaute dann wieder aus dem Fenster. «Ach, seien Sie still und fahren Sie.»

Er hatte ihr angeboten, sie in die Praxis zu begleiten. Seinem Gefühl nach brauchte sie wenigstens moralischen Halt, sie hatte ihn jedoch gebeten, auf sie zu warten. Und sie hatte es immer noch nicht für nötig befunden, sich vorzustellen oder nach seinem Namen zu fragen.

Er war schließlich aus dem Auto gestiegen und auf dem nassen Hof umhergewandert. Die Tierarztpraxis befand sich in einem winzigen, hellgetünchten Gebäude, das zu einem größeren Bauernhof zu gehören schien. Jury lehnte sich gegen den Zaun und blickte auf die fernen Umrisse der Eschen und Eichen, die den Wald von Horndean auf dieser Seite säumten. Ihm war ganz schlecht bei dem Gedanken an all die Fragen, die er ihr stellen mußte.

Als sie dann wieder auftauchte, betrübter als zuvor, waren vielleicht zwanzig Minuten vergangen; Jury kam es wie eine Ewigkeit vor. «Der Kiefer ist gebrochen, ein ziemlich komplizierter Bruch, und das Becken ist ausgerenkt oder so was Ähnliches. Man wird ja nie schlau aus dem, was die einem erzählen. Eine teure Angelegenheit. Hundert Pfund oder mehr, meinte er und wiederholte ständig, es sei einzig und allein meine Entscheidung.» Sie stand neben ihm am Zaun und starrte in die Ferne, auf die Schafe und Kühe, die vor dem Wald von Horndean grasten. Sie runzelte die Stirn, als wären sie ihr eine Erklärung schuldig, als hätte das gesamte Tierreich sie im Stich gelassen.

«Sie hätten sie wohl auch einschläfern lassen können. Das wollte er doch damit sagen, oder?»

«Er vermittelte mir eher den Eindruck, als wolle *er* die Katze retten.»

«Aber es ist Ihre Katze. Wie heißt sie eigentlich?»

«Tom oder so ähnlich. Es ist im Grunde auch nicht ‹meine› Katze.» Sie sah ihn immer noch nicht an; irgendwie wirkte sie so enttäuscht oder verärgert wie über einen Verwandten, der eines Tages davonläuft und dann ohne Erklärung für sein rücksichtsloses Verhalten wieder auftaucht. «Es ist nicht ‹meine› in dem Sinn, daß ich darüber entscheiden kann, ob sie leben soll oder nicht. Dazu kommt, daß ich sie nicht einmal besonders mag. Das macht die Sache nur noch schlimmer. Sie verstehen...» Sie blickte ihm nun direkt in die Augen, als wäre es von größter Wichtigkeit, daß er sie in diesem Punkt verstünde. «Man kann doch Dinge, die man nicht mag, nicht einfach aus dem Weg räumen lassen.» Ihr Ton war belehrend, als gehörte Jury zu den Leuten, die über Leichen gingen.

Sie saßen nun wieder im Auto und fuhren durch die Wasserlachen auf dem Feldweg, daß der Schlamm links und rechts hochspritzte. Er wandte sich ihr zu, sah aber wieder nur das Kopftuch, unter dem ein paar helle Löckchen hervorlugten, während sie hartnäckig aus dem Fenster starrte. Sie schien mit den Hecken und Feldern kommunizieren zu wollen, und ihre Stimme war so verhangen wie die Landschaft, als sie wiederholte: «Ich mag diese Katze nicht einmal.»

Jury äußerte sich nicht dazu.

STONINGTONS GRAUE, QUADRATISCHE FASSADE erinnerte Jury an ein Gefängnis. Die große, eintönige Fläche wurde nur von einer monotonen Reihe länglicher, in Blei gefaßter Fenster unterbrochen, die den Eindruck vergitterter Luken erweckten. Strenges, düsteres Mittelalter. Die breite Treppe war von leeren, urnenförmigen Gefäßen flankiert. Links und rechts von der Auffahrt standen ein paar vernachlässigte Bäume, keine Blumenbeete, keine gepflegten Rasenflächen, nichts, was die Monotonie unterbrochen hätte. Und kein Lebenszeichen, weder von Mensch noch Tier. Direkt gegenüber auf der andern Straßenseite begann der Wald von Horndean, eine dunkle, schweigende, undurchdringliche Masse.

Auf der Rückfahrt hatten sie sich dann schließlich vorgestellt; seine Position schien sie jedoch nicht besonders zu beeindrucken. Im Haus angelangt, hängte sie ihren Mantel über einen Kleiderständer aus Messing, nachdem sie sorgfältig die Wassertropfen abgeschüttelt hatte. Es hatte endlich aufgehört zu nieseln. In der riesigen Eingangshalle des Hauses war es eiskalt; sie gemahnte Jury mit ihren stuckverzierten Wänden und den kleinen Nischen für die Statuen an ein Kloster.

«Ich hätte ein Feuer machen sollen», sagte sie und blickte auf die kalte Feuerstelle. «Aber in den übrigen Räumen ist es nicht so schlimm.» Ihre Stimme klang entschuldigend, als sei sie persönlich verantwortlich für die Kälte, als müsse sie ihren Besucher davor schützen. Sie führte Jury in einen sehr viel kleineren Raum, in dem es jedoch kaum wärmer war. Der Kamin sah genauso unbenutzt aus wie der in der Eingangshalle. Außer den vom Boden bis zur Decke reichenden Bücherregalen und viel kaltem Leder enthielt der Raum nichts, kein einziges Möbelstück, das gemütlich wirkte. Durch die Scheiben drangen ein paar schwache, kränkliche Sonnenstrahlen, die den Winter anzukündigen schienen. Die Fenster gingen auf eine Art Klosterhof oder Atrium hinaus, das eingeschlossen war von den Mauern des Gebäudes. Jury war überrascht; das Gefängnis verwandelte sich für ihn in eine Abtei; nicht einmal die Säulengänge fehlten. Es hätte ihn nicht gewundert, ins Gebet versunkene Mönche oder Nonnen auf und ab wandeln zu sehen. In der Mitte des Hofs befanden sich ein großes, trockenes Becken und die Statue einer verhüllten Frau mit gesenktem Haupt. Vielleicht kein großes Kunstwerk, aber doch sehr wirkungsvoll in dieser Umgebung.

«Wenn es Ihnen recht ist, gehen wir in einen andern Raum», sagte Lady Kennington. «Ich fand diesen hier schon immer gräßlich.»

Der andere Raum war noch kleiner; durch eine Flügeltür sah er wieder die Statue, jedoch aus einem andern Blickwinkel. Das Kaminfeuer brannte. Aber abgesehen von ein paar Kisten und einem chintzbezogenem Sessel, auf dem ein Umschlagtuch lag, war der Raum leer. Neben dem Sessel stand eine Teetasse auf dem Boden.

«Ich saß hier, als ich die Katze sah.» Sie zeigte auf das Fenster auf der andern Seite.

Jury blickte auf die dunklen Stellen auf der Wand, wo einmal Bilder gehangen haben mußten.

«Die Leute von Sotheby waren da und haben das ganze Mobiliar abgeholt, bis auf diesen Sessel hier, den wollten sie nicht haben. Sie sind sicher wegen der Frau gekommen, die im Wald gefunden wurde?» Jury nickte, sie blickte ihn stumm an und wandte sich dann ab, als versuche sie die Antwort auf eine Preisfrage zu finden. Sie nahm ihr Kopftuch ab und fuhr sich mit der Hand wie mit einem Kamm durch das Haar. «Ich glaube, sie wollte sich hier vorstellen.»

«Und als sie nicht auftauchte, haben Sie sich da nicht gewundert?»

«Doch, natürlich. Aber dann dachte ich mir, daß auf diese Leute eben kein Verlaß ist. Am Freitag habe ich schließlich die Jobvermittlung angerufen. Die Frau, die für den Auftrag zuständig war, war überrascht, aber na ja… für sie war sie eben auch ein Mädchen, auf das kein Verlaß ist. Sie hat sich tausendmal entschuldigt und wollte mir eine andere vorbeischicken. Ich sagte, das sei nicht nötig, so dringend sei die Sache nicht. Ich würde mich wieder bei ihr melden...» Sie verstummte und schüttelte den Kopf, als könne sie das alles nicht begreifen.

«Wann haben Sie von dem Mord gehört?»

«Eigentlich erst heute morgen. Gestern abend war ich nicht zu Hause. Ich war in Hertfield im Kino, und als ich zurückkam, fand ich einen Zettel von Annie vor – das ist meine Köchin. Ich solle sofort die Polizei in Hertfield anrufen. Deshalb habe ich auch ein Polizeiauto erwartet; Sie müssen es recht seltsam finden, daß man sich so wegen einer Katze aufregt, wenn gerade ein Mord passiert ist.» Sie ging zu der Flügeltür hinüber, und ihr weiter, grauer Pullover schimmerte im schwachen Licht der Sonne metallisch. «Ich habe Sie wirklich nicht mit der Polizei in Verbindung gebracht. Tut mir leid.»

«Sie brauchen sich nicht zu entschuldigen. Ich finde das auch gar nicht so seltsam, ich meine, das mit der Katze.» Jury hatte das Gefühl, als liege die Fahrt zum Tierarzt Jahre und nicht erst fünfzehn Minuten zurück. «Mr. Mainwaring sagt, er habe das Mädchen hierherbestellt.»

«Ja, Freddie wollte mir damit einen Gefallen tun. Er sagte, er kenne die Agentur und habe einen guten Eindruck von ihr. Hören Sie, wollen Sie nicht Platz nehmen?» Sie zeigte in die Richtung der einzigen Sitzgelegenheit.

«Nicht nötig. Setzen *Sie* sich doch.» Sie schüttelte den Kopf und schob den Ärmel ihres Pullovers zurück. «Wäre es denn nicht einfacher gewesen, jemanden aus dem Dorf damit zu beauftragen?»

«Ja, sicher. Ich hab nur niemanden gefunden. Und Freddie sagte, diese Agentur sei auch nicht sehr teuer.»

Sie schien sich gut mit Freddie zu verstehen. «Hatten Sie den Eindruck, Mr. Mainwaring läge diese Sache irgendwie besonders am Herzen?»

«‹Am Herzen –?› Ich weiß nicht, wie Sie das meinen.» Es wurde ihr jedoch schnell klar, wie es gemeint war. «Wollen

Sie damit sagen, daß Freddie Mainwaring das Mädchen irgendwoher kannte?»

«Das wäre ja möglich.»

Sie blickte ihn an, während sie sich die Sache durch den Kopf gehen ließ. Ihre grauen Augen wurden in dem abnehmenden Licht immer dunkler. «Sie scheinen nicht auszuschließen, daß er etwas mit ihrem Tod zu tun hat?»

«Zumindest gibt es da eine seltsame Zufälligkeit.»

Lächelnd schüttelte sie den Kopf. «Ich glaube nicht, daß er darin verwickelt ist. Freddie ist viel zu schlau, um sich eine Frau auf diese Weise vom Hals zu schaffen. Ich bin sicher, er bekäme auch so, was er will.»

«Denken Sie an Ramona Wey?» Sie legte den Kopf zurück, ohne sich dazu zu äußern. «Ihr verstorbener Gatte hatte geschäftlich mit ihr zu tun, nicht?» Sie nickte. «Es ging um alten Schmuck.» Sie nickte wieder; irgendwie hatte er das unangenehme Gefühl, sie könne seine Gedanken lesen. «Lady Kennington, ich wäre Ihnen sehr dankbar, wenn Sie mir etwas über den Diebstahl dieses Smaragdcolliers erzählen könnten.»

Das schien sie zu überraschen. «Was hat denn das mit dieser Sache zu tun?»

«Wie Sie wissen, wurde Trevor Tree, kurz nachdem die Polizei ihn wieder auf freien Fuß gesetzt hatte, von einem Auto überfahren. Das Collier ist nie wieder aufgetaucht. Es muß aber irgendwo sein.»

Sie griff sich an die Kehle, wie im Reflex auf die Erwähnung des Colliers. «Ja, das muß es wohl. John ließ sich zu allem möglichen hinreißen, wenn es um Schmuck ging. Er war richtig besessen davon. Er hat eine Hypothek nach der andern aufgenommen, um seiner Leidenschaft frönen zu können. Eigentlich sollte man annehmen, er wäre so schlau gewesen, das Collier versichern zu lassen. Aber er meinte, Versicherungen für Schmuck seien unzahlbar. Ist das nicht absurd? Ich glaube, John – mein Mann – war so etwas wie ein Spieler. Selbstzerstörerisch.»

«Und Sie müssen nun verkaufen, um seine Schulden zu begleichen. Trotzdem sind Sie nicht verbittert –»

Sie sah so verständnislos drein, als wüßte sie nicht, was das Wort bedeutet. «Ich hätte sowieso verkauft. Ich hätte das schon längst tun sollen.» Sie wandte den Blick ab. «Mir lag nie viel an Schmuck.»

Eine Meisterin des Understatements, dachte er; sie sprach von dem Smaragd, als käme er aus dem Warenhaus. «Es soll aber ein ziemlich seltenes Exemplar sein, ägyptisch.»

«Ja. John interessierte sich besonders für ägyptische Sachen. In den Stein ist eine Krähe eingraviert und darunter eine Krabbe oder etwas Ähnliches. Sie sollten einen schützen vor ‹Unannehmlichkeiten, Alpträumen und Dummheit›.» Ein Lächeln huschte über ihr Gesicht. «Sie haben es aber nicht getan. Ich bin immer noch nicht schlauer geworden. Und meine Träume –» sie verschränkte die Hände hinter dem Kopf und sah weg – «sind noch genauso schlimm.»

«Wurde der Kasten, in dem Lord Kennington seinen Schmuck aufbewahrte, ebenfalls verkauft?»

«Nein. Er ist nebenan.» Er folgte ihr zu der Tür auf der andern Seite.

Die Ausmaße sowie die gähnende Leere des Raums, in den sie ihn führte, versetzten Jury einen Schock. Auch hier war kein einziges Möbelstück vorhanden. Es mußte einst das Speisezimmer gewesen sein. Am Ende führte eine ganze Phalanx von Flügeltüren auf den Hof hinaus und gestattete dem Besucher, die Trauernde aus verschiedenen Blickwinkeln zu betrachten. Sie waren inzwischen in einem andern Flügel des Gebäudes angelangt, demjenigen mit dem Säulengang. Er hatte das Gefühl, durch dicke, runde Stäbe auf die Statue zu blicken. Bis auf die schweren, grünen Vorhänge an den Fenstern und den Schaukasten mit dem Glasdeckel, der in eine Ecke neben den marmornen Kamin geschoben worden war, war der Raum leer. Der seltsame Rundgang – mit der Statue als einzigem Orientierungspunkt – hatte Jury durcheinandergebracht. Er beugte sich über den Schaukasten und fragte: «Fanden Sie Trevor Tree sympathisch?» Er blickte zu ihr auf.

«Ich hatte nichts gegen ihn. Allerdings war ich selten mit ihm zusammen. Wir standen uns nicht sehr nahe.» Er glaubte einen Anflug von Ärger herauszuhören. Vielleicht antwortete sie aber auch nur mit leisem Humor auf seine unausgesprochene Frage.

«Was ist in jener Nacht passiert, Lady Kennington?»

Wieder dieses flüchtige Lächeln. «Ich möchte lieber nicht so genannt werden. Jenny Kennington genügt. John hat auch nur den Familiennamen geführt. Er fand das praktischer. In mancher Hinsicht war er wirklich sehr vernünftig. Ich glaube, ich habe mich als Lady nicht gerade bewährt.»

Jury sah sie an. «Ich könnte mir vorstellen, daß Sie Ihre Rolle recht gut gespielt haben. Erzählen Sie, was in der Nacht passiert ist, als das Collier gestohlen wurde.»

Sie erzählte ihm dieselbe Geschichte, die er schon von Carstairs gehört hatte. «Als wir entdeckten, daß Trevor verschwunden war, wußten wir natürlich Bescheid. Wir hätten es gar nicht so schnell bemerkt, wenn unsere Köchin nicht so früh aufgestanden wäre.»

«Ich verstehe. Es sind doch noch ein paar andere Schmuckstücke verschwunden in der Zeit, in der Trevor Tree bei Ihnen gearbeitet hat – offenbar hat er auch die mitgehen lassen. Würden Sie sie wiedererkennen?»

«O ja. Da war einmal diese Kamee. Ziemlich ungewöhnlich und sehr hübsch. Und dann dieser kleine Brillant mit dem ‹europäischen Schliff›, wie man das nennt. Nicht wirklich wertvoll. Und ein goldener Ring, gewunden wie eine Schlange. Der gefiel mir.» Sie warf ihm einen kurzen Blick zu. «Sie haben diese Sachen doch nicht etwa gefunden?»

Jury schüttelte den Kopf. «Nein, aber Cora Binns hat möglicherweise Trevor Tree gekannt. Und es ist durchaus möglich, daß sie einen Ring aus Lord Kenningtons Kollektion getragen hat – vielleicht den, den Sie gerade beschrieben haben. Vielleicht hat er diese Sachen nur gestohlen, um zu sehen, wie weit er gehen konnte. Wie haben Sie ihn eingeschätzt?»

«Als sehr gerissen. Aber das geht ja schon daraus hervor, wie er das Ganze geplant hat.»

«Wo ist Ihr Mann auf ihn gestoßen?»

«Bei Sotheby's. Oder vielleicht auch bei Christie's. John stand mit beiden Häusern in Verbindung. Deshalb wußte Trevor wohl auch von dem Smaragd. John suchte einen Sekretär, und dieser Tree wurde ihm als sehr zuverlässig empfohlen. Er war entweder bei Sotheby's oder Christie's angestellt. Natürlich kannte er sich sehr gut aus. John hat ihm sein volles Vertrauen geschenkt.» Sie zuckte die Achseln. «Vielleicht geht auch das auf das Konto seiner Spielernatur. Warum hätte er ihm auch sonst vertraut? Ich hielt Trevor Tree für einen viel zu gerissenen Burschen, ehrlich gesagt.»

Die Sonne war wieder herausgekommen und warf breite Streifen auf das blanke Parkett, als fielen ihre Strahlen auf eine Wasserfläche. Obwohl Jury recht weit von ihr entfernt stand – er bei dem Schaukasten und sie am Fenster –, fiel ihm das leuchtende Silbergrau ihrer Augen auf. Sie zog die langen Ärmel ihres Pullovers herunter; die Metallfäden ließen die grob gestrickten Maschen wie die Glieder eines Kettenhemds schimmern. «Mir ist schrecklich kalt», sagte sie. «Ich hätte gerne eine Tasse Tee. Und Sie?»

«Ich hätte auch nichts dagegen», sagte er.

«Dann mache ich schnell einen.» Sie überquerte das eichene Parkett und verschwand durch die Tür am andern Ende. Sie fiel hinter ihr ins Schloß.

Kaum war sie aus dem Raum gegangen, vermißte er sie auch schon.

17

«Warum malst du denn diesen Hund lila an?»

«Weil mir lila gefällt.» Emily Louise schaute nicht einmal von ihrem Malbuch auf.

Abgesehen von Melrose und Emily war der «Bold Blue Boy» völlig leer, nicht gerade verwunderlich um neun Uhr morgens.

Melrose besah sich die verrückten Farben der Bauernhofszene, dann den Plan und erinnerte sich an Miss Craigies fürchterlichen Lichtbildervortrag. Da war irgend etwas. Er hatte das Gefühl, irgendwo in den Tiefen seines Unterbewußtseins des Rätsels Lösung parat zu haben.

«Kennst du die Craigies?»

«Ja. Ernestine ist die mit den Vögeln – wirklich langweilig. Sie stapft mit ihrem Feldstecher im Wald herum und beobachtet sie.» Emily befeuchtete mit der Zunge ihren Buntstift, um eine Schar Gänse auszumalen. Rosa.

«Nimm die Stifte nicht in den Mund. Du kriegst sonst eine Buntstiftvergiftung.» Melrose blickte auf den Plan, der ausgebreitet vor ihm lag. All diese kreuz und quer verlaufenden Linien. Allmächtiger, würde er Ernestine um eine Wiederholung ihres Vortrags über die Flugrouten des Tüpfelsumpfhuhns bitten müssen? War er bei seiner Jagd nach Beweisstücken nicht bereits bis an die Grenze des Zumutbaren gegangen? Sein Blick wanderte zu Emilys Malbuch hinüber. Er platzte heraus: «Deine Gänse sind ja rosa!»

«Ja. Sind sie nicht hübsch?» flötete sie. Sie warf den Buntstift auf den Tisch und hielt ihr Kunstwerk hoch. Ein Bauernhof mit Tieren in allen Regenbogenfarben. Mit Ausnahme des Pferds, stellte Melrose fest; das Pferd war braun, ganz wie es sich für ein Pferd gehörte. Das irritierte ihn besonders. «Alle andern Viecher sind in den unsinnigsten Farben angemalt, nur das Pferd ist braun.»

«Klar ist es braun. Pferde *sind* braun; manche Pferde. Das hier soll jedenfalls Shandy sein.»

Er weigerte sich, darauf einzugehen. «Kann ich eine Seite aus diesem Buch haben?»

Sie hielt beim Kolorieren einer Kuh inne, die sie anscheinend vergessen hatte. Ein leuchtendes Zitronengelb war die Farbe ihrer Wahl. Mißtrauisch blickte sie zu Melrose auf. «Na schön…» Sie blätterte ihr Buch durch, bis sie auf eine Seite mit dem Bild eines aschenputtelähnlichen jungen Mädchens stieß, dessen winziger Fuß von einem jungen Mann mit einem Pagenkopf in einen gläsernen Schuh gesteckt wurde. «Da. Das können Sie ausmalen. Gefällt mir sowieso nicht.»

«Ausmalen? Du lieber Himmel, ich will nichts ausmalen. Ich brauche nur die Rückseite, um etwas aufzuzeichnen.»

«Sie meinen, ich soll das Blatt rausreißen?» Skandal!

«Ich kauf dir ein neues Buch.»

Sie sah von dem Prinzen mit dem Schuh in der Hand zu Melrose hoch. «Ist schon gut. Er sieht auch zu blöd aus.»

Sorgfältig falzte sie die Seite, fuhr an dem Kniff entlang und riß sie aus dem Buch.

«Danke», sagte Melrose kühl. Er nahm einen roten Farbstift und zog damit eine Gerade auf der Rückseite des Blattes. Mit einem blauen Farbstift zog er eine zweite Linie, die sich mit der roten schnitt.

Emily zeigte sich interessiert. «Was machen Sie da?»

«Die Flugrouten des Tüpfelsumpfhuhns aufzeichnen.»

Sie vergaß ihre zitronengelbe Kuh, nahm das Kinn zwischen die Hände und beobachtete, wie Melrose die rote Linie mit einer steil nach oben verlaufenden grünen Linie halbierte. Einen Augenblick später war das ganze Blatt mit Linien bedeckt, die in alle Richtungen verliefen. «Das ist es nicht», sagte er.

«Sieht blöd aus.»

«Streitet euch nicht, Kinder», ließ sich Jurys Stimme hinter ihnen vernehmen. «Er soll sich sein eigenes Malbuch kaufen», fuhr Jury fort, der neben Emily Platz nahm und sofort in den Genuß ihrer ungeteilten Aufmerksamkeit kam. «Was ist denn das?» Jury schob das von Melrose buntlinierte Blatt über den Tisch. «Wohl von Jackson Pollock inspiriert.»

Emily hielt ihm ihren Bauernhof unter die Nase. «Ist das nicht hübsch?»

«Sehr hübsch. Ich hatte auch mal einen lila Hund.»

Erstaunen breitete sich auf Emilys Gesicht aus. «Tatsächlich?»

«Er ist natürlich nicht lila auf die Welt gekommen. Aber in der Gasse, in der er immer herumstöberte, hatte mal jemand ein paar Farbdosen abgestellt. Mein Hund steckte immer überall seine Schnauze rein und hat sich von oben bis unten bekleckert. In einer Dose war etwas grüne Farbe; als sie umkippte, hat er von der auch was abgekriegt. Aber nur an ein paar Haarspitzen.»

«Das muß ein toller Hund gewesen sein. Ist er daran gestorben?»

«Nein. Aber die Farbe ist nicht mehr rausgegangen.»

«War er auch noch lila und grün, als er starb?»

«Ja. Zwar etwas verblaßt, aber immer noch ziemlich bunt.» Sie hatte einen grünen Farbstift hervorgekramt und strichelte damit auf dem lila Hund herum.

Melrose schob Katie O'Briens Plan zu Jury hinüber, frustriert, weil die Antwort ihm nicht einfach in die Augen stach wie die Lichtreflexe auf den Flügeln einer Möwe. Schon wieder diese vogelkundlichen Metaphern!

Verständnislos starrte Jury darauf: «Woher haben Sie denn das?»

Emily erzählte ihm von Katie.

«Falls was passiert, hat sie gesagt?»

Emily nickte und machte sich daran, die Buntstifte und das Buch zusammenzupacken. «Ich muß um halb elf auf dem Fest sein.» Offensichtlich wollte sie mit der Sache nichts mehr zu tun haben, nachdem sie Scotland Yard ihr Geheimnis anvertraut hatte.

Jury hielt sie jedoch am Handgelenk fest. «Ist das wirklich *alles*, was sie zu dir gesagt hat?» Emily nickte. «Hast du das nicht merkwürdig gefunden?» Wieder nickte sie, und ihre Stirn legte sich in tiefe Falten, während sie Melrose einen Blick zuwarf, als wäre er an allem schuld. Jury bohrte: «Hat sie vielleicht auch mal London oder ihren Musiklehrer erwähnt? Oder ein Spiel, das Magier und Kriegsherren heißt?»

«Ja, aber ein anderes Mal.»

«Und was hat sie bei diesem anderen Mal gesagt?» fragte Jury geduldig, ohne ihr Handgelenk loszulassen.

«Sie sagte, es sei ein Spiel, das sie in London gesehen hätte. Es soll sehr viel Spaß gemacht haben.»

«Und sonst hat sie nichts weiter erzählt? Von einer Kneipe in London, wo es gespielt wurde?»

Emily schüttelte heftig den Kopf. Der Ausdruck auf dem kleinen Gesicht war mitleiderregend und Jurys Meinung nach genauso einstudiert wie das Stirnrunzeln. «Bitte, lassen Sie mich los. Ich muß mich um die Pferde kümmern.»

Jury lockerte seinen Griff. «Gut. Vielen Dank, Emily.»

Als sie Jurys Lächeln sah, schien sie es plötzlich nicht mehr so eilig zu haben. Sie zögerte, ging dann schließlich doch auf die niedrige Türöffnung zu und huschte an Peter Gere vorbei, der sich gerade unter dem Balken durchduckte.

«Was hat es denn mit diesem Spiel auf sich?» fragte Melrose.

Jury breitete den Plan vor ihm aus. «Das ist ein Plan, wie sie ihn für ihr Spiel benutzen – hallo, Peter.»

Ächzend nahm Peter Platz. «Dachte mir doch, ich hätte Sie

reinkommen sehen. Die Bodenheims machen mich ganz verrückt mit ihrem Fest. Sie finden anscheinend, es ist meine Schuld, daß das Karussell nicht funktioniert. Hallo, guten Tag», sagte er, als Jury ihm Melrose Plant vorstellte.

«Schauen Sie sich das mal an, Peter.» Jury zeigte ihm den Plan. Gere studierte ihn, legte die Stirn in Falten, drehte und wendete ihn und meinte schließlich: «Was wollen Sie damit?»

«Es könnte uns einmal im Fall Katie O'Briens weiterhelfen. Und dann vielleicht auch in dieser Sache mit dem Collier, das Lord Kennington vor einem Jahr gestohlen wurde.»

Ungläubig starrte ihn Peter an. «Wie denn das?»

«Sie haben doch gesagt, daß Sie Trevor Tree und Derek Bodenheim ein paarmal bei einem Spiel gesehen haben, das Magier und Kriegsherren hieß.» Peter nickte. «Erinnert Sie das nicht an die Pläne, die sie dabei benutzen?»

«Ja, kann schon sein. Wo haben Sie ihn denn gefunden?»

«Nicht ich, sondern Katie O'Brien hat ihn gefunden. Ob in London oder in Littlebourne, weiß ich nicht. Erzählen Sie ihm die Geschichte, Mr. Plant.» Melrose berichtete Peter Gere von seinen morgendlichen Aktivitäten.

«Sie glauben doch nicht im Ernst, daß Tree diesen Smaragd irgendwo im Wald von Horndean versteckt hat?»

«Ich weiß es nicht. Aber es scheint doch mehr als nur ein Zufall zu sein – Katie O'Brien, Cora Binns, Trevor Tree, das ‹Heilende Halsband› –»

«Was hat es denn mit diesem ‹Heilenden Halsband› für eine Bewandtnis?»

«Eine Kneipe im East End, in der Tree Stammgast war. Die Kneipe, in der sie auch dieses Spiel spielen.»

Gere versuchte seine Pfeife anzuzünden und zog die Wangen ein, warf aber nach ein paar vergeblichen Versuchen die Streichhölzer auf den Tisch und ließ die Pfeife mit dem Kopf voran in seine Tasche gleiten. «Vielleicht hat er es wirklich da versteckt. Es sieht tatsächlich so aus, als hätte jemand versucht, den Wald von Horndean zu zeichnen. Da ist der Bach und dort die Kirche...» Er zeigte mit dem Finger darauf. «Es ist mir aber immer noch ein Rätsel, wie er diesen Smaragd überhaupt verschwinden lassen konnte. Er hatte gar nicht die Zeit, sich aus dem Haus zu stehlen und ihn irgendwo zu verstecken. Und bei sich hatte er ihn auch nicht. Ich hab den Kerl gründlich durchsucht. Das da könnte Spoke Rock sein.» Er zeigte wieder auf die Karte, auf die Höhle des Schwarzen Bären.

«Es muß noch einen gegeben haben, einen Komplizen oder zumindest jemanden, der wußte, daß Tree diesen Smaragd hatte.»

Daß Jury einen der Dorfbewohner verdächtigte, schien Peter Geres Mißfallen zu erregen. «Das ist doch Blödsinn. Obwohl ich Derek Bodenheim schon einiges zutraue...»

«Ich halte das keineswegs für Blödsinn, Peter. Katie liegt im Krankenhaus, und Cora Binns ist tot.»

18

Der Friedhof sah richtig heiter aus. Auf dem Feld nebenan hatten sich ein paar Luftballons vom Haken losgerissen und wurden vom Wind über die alten Gräber getrieben. Ein Herr mit einem weißen Stehkragen, den Melrose für Pfarrer Finsbury hielt, hatte die Arme auf dem Rücken verschränkt und blickte sich zufrieden um. Sylvia Bodenheim, die schon etwas früher gekommen war, um sich mit Emily herumzustreiten, stritt sich inzwischen mit einem jungen Mann, einem Arbeiter in Hemdsärmeln, der die Wurfbuden aufbauen half.

Das Fest sollte um zwölf Uhr mittags beginnen, und Melrose beobachtete, wie zu seiner Linken die Schaulustigen ihre fünfzig Pence Eintritt bei Sir Miles entrichteten, der sie daraufhin durch das Tor trieb und ihnen die nötigen Verhaltensmaßregeln mit auf den Weg gab. Vor allem wollte er verhindern, daß sie vom öffentlichen Weg abwichen und auf Rookswood herumstreunten. Aus der Entfernung konnte Melrose zwar nicht verstehen, was Sir Miles zu den Leuten sagte, denen er den Spaß verderben wollte, bevor sie überhaupt welchen hatten; er schloß es nur aus den Bewegungen, die Bodenheim senior mit seinem Stock ausführte. Die Leute zahlten jedoch und durften den durch seine Gegenwart geheiligten Boden betreten.

Inzwischen ließen sich auch die begeisterten Schreie der Kinder vernehmen, die wieder einmal, wie Melrose annahm, viel zu zahlreich vertreten waren; alles Kinder, die sich auf dem schmalen Stück Land drängen würden, das Emily für

Pferd und Wagen am Rand des Waldes von Horndean abgesteckt hatte. Melrose war gekommen, um Emily Louise seine (unerwünschte, wie sie ihm gleich zu verstehen gab) Hilfe anzubieten; sie war gerade dabei, Pferd und Wagen für die Ausfahrten fertig zu machen. (Obwohl der Wagen geschlossen war, sprach Sylvia Bodenheim immer von ‹ihrem Phaeton›.) Ein paar Minuten hatte die Auseinandersetzung zwischen Emily Louise und Sylvia Bodenheim gedauert; es ging um eine Schleife, die aus der goldenen Mähne der Stute verschwunden war. Emily bestritt, jemals eine solche Schleife gesehen zu haben. Nachdem Sylvia über die Wiese den Rückzug angetreten hatte, machten sich Emily und Melrose wieder am Wagen zu schaffen, und Emily wies ihn bei jeder Gelegenheit darauf hin, daß er die Schleifen und Girlanden völlig falsch anbringe. Der Wagen war aus edlem, wenn auch an einen Sarg erinnerndem Ebenholz; die hohen Türen hatten einen goldenen Rand und waren außerdem noch mit goldenen Bändern geschmückt. Alles in allem ein spektakulärer Anblick, eines Königs würdig – sei es als Hochzeitskutsche oder als Leichenwagen. Das goldene Band paßte zu dem Fell des Pferds, eines außergewöhnlich eleganten Tiers, das der stolze Besitzer Emilys treusorgenden Händen anvertraut hatte.

Auch deswegen war es zum Streit gekommen: Emily hatte darauf bestanden, daß das Pferd seine Ruhepausen brauche. Sie würde die Kinder nicht länger als zwanzig Minuten herumkutschieren; danach müßten Pferd und Wagen bei den Eschen am Waldrand abgestellt werden, damit das Pferd Gelegenheit zum Grasen hätte. Die Bodenheims meinten jedoch, das sei Unsinn: Die Ausfahrten seien eine der Hauptattraktionen des Festes; mit ihnen ließe sich am meisten verdienen. Wäre das Pferd aber nur zwei Drittel der Zeit im Einsatz, so bedeute das beträchtlich schmälere Einnahmen zugunsten des Kirchenfonds.

An Emily Louises christliches Gewissen zu appellieren war

jedoch ebenso wirkungsvoll wie ein Aufruf an die Toten, sich zu erheben und sich einmal an den Wurfbuden zu versuchen. Natürlich setzte sie sich durch – wie immer, soweit Melrose das beurteilen konnte (er fragte sich, wie ihre Mutter das aushielt). Keine Pause, keine Ausfahrten, hatte sie immer nur wiederholt. Sie hatte die Bodenheims in der Hand und wußte das auch, denn der Besitzer des Pferds ließ niemand anderen an das Tier.

Sie hatte eine hübsche, schattige Stelle für Pferd und Wagen ausgesucht und aus Holzscheiten und Brettern eine Art Barrikade errichtet, an der sie ein Schild anbrachte: ZUTRITT VERBOTEN. Melrose, der den Wagen fertig dekoriert hatte, schenkte ihren Worten keine weitere Beachtung – sie unterhielt sich sowieso nicht mit ihm, sondern mit dem Pferd und über so langweilige Dinge wie Gerste und Bremsen.

Er schaute zum Wald von Horndean hinüber und dachte an Ernestine Craigie und ihren Feldstecher. Es gab wohl kein Fleckchen Wald, das Ernestine nicht vertraut war – bestimmt kannte sie jedes Blatt, jede Feder, jeden Sumpf und jeden Kiesel in dem Bach, in dem die Leiche von Cora Binns mit dem Gesicht nach unten aufgefunden worden war. Der Bach interessierte ihn besonders: Wie lang war er, und in welche Richtung floß er? Der Bach des Bluts? Er runzelte die Stirn.

Vor allem störte ihn die Tatsache, daß der Plan, den Jury nach London mitgenommen hatte, auch nicht die einfachsten Schlüsse zuließ: Selbst bei erfundenen Lageplänen verborgener Schätze bestand zwischen den Einzelheiten ein gewisser logischer Zusammenhang. Den gab es sogar zwischen dem Zwerg und der Prinzessin …

… die gerade düsteren Blickes die Schlange erwartungsfreudiger Knirpse musterte, die sich für die erste Ausfahrt angestellt hatten. Sie verkündete, mehr als drei könne sie pro Fuhre nicht mitnehmen (obwohl Platz für sechs vorhanden war), weil das Pferd nicht überanstrengt werden dürfe. Worauf die Kinder in der Schlange lange Gesichter machten und tiefe Seufzer von sich gaben. Inzwischen hatte sich ein gutes Dutzend angestellt, und Emily sammelte die Karten ein, als fahre sie mit ihnen zu einem Begräbnis. Die drei, die zugelassen wurden, bekamen auch gleich einen Rüffel, weil der Wagen zu schaukeln anfing, als sie auf ihre Sitze kletterten.

Melrose beobachtete, wie Emily sich auf den Kutschbock schwang, sich mißgelaunt nach dem Wagen umschaute und dann mit der Zunge schnalzte, um die Fuhre in Bewegung zu setzen.

Es würde eine kurze Fahrt werden, davon war er überzeugt.

Melrose lehnte sich an den nächstbesten Baum und blickte zum Wald hinüber, auf die kupferfarbenen Äste der Bäume, durch die die Sonne ihre flachen Strahlen sandte. Er zog die Kopie von Ernestine Craigies Plan aus der Tasche, eine ziemlich primitive Zeichnung, auf der eigentlich nur die Orte eingezeichnet waren, von denen aus das Tüpfelsumpfhuhn möglicherweise seine nächste Attacke auf die Königlichen Vogelfreunde starten würde. Er entdeckte Coomb Bog, dann einen besonders großen Felsbrocken mit einem unleserlichen Namen, eine Gruppe Eschen und eine Stelle mit Lorbeerbüschen. Der Bach war natürlich auch eingezeichnet. Und, ziemlich weit oben auf dem Plan, eine Höhle. Die Höhle des Schwarzen Bären? Er studierte die Spuren, die der Bär hinterlassen hatte. Warum führten sie über den Festungsgraben, am Versteck mit dem Goldschatz und der Grotte vorbei? Für einen Bären ein ziemlich beschwerlicher Weg!

Katies Plan war einfach unsinnig. Der Festungsgraben schützte nichts, kein Schloß, keine Burg. Nur der Bach, die Grotte und die Spuren des Bären befanden sich in der Einfriedung. Und die Kirche von St. Pancras. Melrose schaute sich nach ihr um und sah sie auf ihrem kleinen Hügel thronen, alles überblickend.

Während er so dastand und an Cora Binns dachte, bemerkte er, wie in der Ferne ein dunkler Anzug in einer Baumgruppe verschwand. Einer von Carstairs' Männern. Inzwischen durchsuchten sie den Wald nicht nur nach Mordspuren, sondern gingen auch den Hinweisen nach, die ihnen der Plan lieferte (oder vielmehr nicht lieferte, wie Melrose befürchtete). Wenn der Wald von Horndean der Schauplatz eines Mordes war und zugleich das Versteck für einen Smaragd von unschätzbarem Wert, lag es allerdings ziemlich nahe, zwischen beidem eine Verbindung herzustellen. Cora Binns war vielleicht ermordet worden, weil sie hinter demselben Schatz her war wie der Mörder. Aber ihr Motiv, nach Littlebourne zu kommen, schien diese These zu entkräften: Sie war hergeschickt worden, um sich um eine Stelle zu bewerben, und es war kaum anzunehmen, daß sie in der Bärenhöhle über jenes Collier gestolpert war und daß man ihr zum Dank dafür die Finger abgehackt hatte...

Noch eine andere Gestalt bewegte sich zwischen den Bäumen. Er erkannte Peter Gere, der sich mit einem Taschentuch das Gesicht abwischte. Als er näher kam, sah Melrose, wie Gere den Kopf schüttelte, als wolle er sagen, *kein Glück*.

War ja auch nicht zu erwarten, dachte Melrose... Aber warum kam ihm Katie O'Briens Plan nur so bekannt vor, wo er doch wahrhaftig noch nie mit Gummistiefeln und einem Feldstecher bewaffnet da draußen im Wald herumgestapft war!

Als Peter in Hörweite kam, bekräftigte er seine Gesten mit Worten: «Nichts, wir hatten kein Glück. Allmächtiger, denkt er denn –» gemeint war Jury –, «daß wir jedes Fleckchen Erde umgraben, in jedes Loch schauen und in jede gottverdammte Höhle kriechen können? Er glaubt wohl, dieses Collier baumelt an einem Ast!»

«Er weiß es eben nicht. Sie an seiner Stelle würden es doch wohl auch so versuchen?»

Widerstrebend stimmte Peter zu. «Na ja, so 'n alter Knochen von Dorfpolizist wie ich – meine Aufgabe besteht sonst vor allem darin, Augustas Katzen von irgendwelchen Bäumen herunterzuholen und Miss Naseweis nach Hause zu bringen.» Peter sandte einen dünnen Strahl Tabaksaft in die Richtung des Adlerfarns. «Ich weiß auch nicht. Vielleicht paßt es mir nur nicht, daß Scotland Yard in meinem Revier herumschnüffelt.»

Sie mußten zur Seite springen, da der Phaeton mit Karacho zurückkam. Unter lautstarken Protesten fuhr Emily hinter die selbsterrichtete Barrikade, während die kleinen, zornigen Gesichter der drei Insassen aus dem Wagen auftauchten – eines war ganz rot und verheult – und eine weitere Runde verlangten. Emily zog ein Gesicht, als würde sie Melrose und Peter am liebsten unter den Rädern ihres Gefährts zermalmen; unverkennbar, daß sie es bereits satt hatte.

«Zweimal», schrie der Kleine mit dem roten Gesicht, «zweimal hättest du rumfahren müssen, wir haben aber nur eine Runde gedreht.» Die andern beiden stimmten in das Geheul ein und nickten zustimmend. Die Mütter waren herbeigeschlendert und sahen fast so unglücklich drein wie ihre Kleinen, wahrscheinlich nur, weil sie sie so schnell wieder zurückbekommen hatten. Sie würden sie wieder einsammeln und zur nächsten Attraktion schleppen müssen.

Emily war vom Kutschbock geklettert und riß die Wagentür auf. Als die Kinder immer noch herumstänkerten und nicht aussteigen wollten, packte sie eine kleine Dicke am Rock und zerrte sie vom Trittbrett. «Du hast im Wagen geschaukelt», sagte sie. Melrose wartete mit Peter Gere auf das Ende ihrer Strafpredigt, während sie die restlichen Insassen unsanft aus dem Wagen beförderte. Daß sie nach dem Pferd gespuckt hatten, schien sie ihnen am meisten zu verübeln.

Inzwischen mischten sich auch die Mütter ein; sie waren aber eher zaghaft und zogen sich gleich wieder zurück, als sie die mächtige Zornfalte auf der Stirn der Kutscherin bemerkten. Anscheinend wagte es keine, sich mit Emily Louise Perk anzulegen. Die drei heulenden Kinder wurden weggeführt.

Die nächsten drei erschienen. Stumm zockelten sie im Gänsemarsch auf die Kutsche zu.

«Zwei Runden, wenn ihr artig seid», verhieß ihnen die Fahrerin. Drei eingeschüchterte kleine Gesichter blickten sie an und nickten engelhaft, bevor sie ganz brav und sittsam in den Wagen kletterten. Er setzte sich in Bewegung.

«Ein richtiger kleiner Drache, was?» sagte Peter Gere und nahm sich eine Zigarette aus dem goldenen Etui, das ihm Melrose hinhielt.

«Sie würde selbst dem Schwarzen Bären eine Abreibung verpassen. Haben Sie diesen Tree eigentlich gekannt, Mr. Gere?»

«Nicht gut, eigentlich nur in Ausübung meines Berufs, wenn man so will. Ein durchtriebener Hund, zumindest hatte ich diesen Eindruck. Und aalglatt. Aber das mußte er wohl auch sein, sonst hätte das bei den Kenningtons nicht so geklappt. Lord Kennington war nämlich nicht gerade auf den Kopf gefallen, soviel ich mitgekriegt habe. Armer Kerl.» Gere seufzte. «Ich hab mich ganz schön blamiert bei dieser Sache, stimmt's?»

«Es war nicht Ihre Schuld.»

«Ich habe Tree mit seiner Beute entwischen lassen. Und jetzt das.» Er nickte in die Richtung des Waldes.

«Sie sind doch wohl etwas zu hart gegen sich.» Melrose empfand beinahe Mitleid mit dem Polizisten. Er hielt Gere weder für besonders schlau noch für besonders dumm, aber der Mann schien mehr Skrupel zu haben, als gut für ihn war. Vielleicht wollte er aber auch nur sein «Revier» schützen, wie er es bezeichnet hatte.

«Ich war dabei, Mann, als es passierte. Wie konnte Tree dieses Collier bloß so schnell verschwinden lassen? Das geht mir immer noch im Kopf rum.» Gere trat mit seinem Stiefel eine Kippe aus. «Ich hab ihn ein paarmal in Littlebourne gesehen, im ‹Blue Boy›, zusammen mit Derek Bodenheim; sie spielten dieses verfluchte Spiel. Ich hab mich oft gefragt... Na ja, ist nicht so wichtig.» Melrose nahm an, daß er sich über Dereks Rolle Gedanken gemacht hatte. «Trevor Tree war schon eine Type. Er erinnerte mich an diese Zocker in alten amerikanischen Filmen, die sich mit dem Gesicht zur Tür setzen, damit sie keine Kugel in den Rücken kriegen.»

Sie standen noch zehn Minuten lang herum, unterhielten sich und starrten in den Wald. Melrose fand, daß der Wald von Horndean genau das richtige Symbol für die ganze Sache war – zu dicht, um Einsicht oder Durchblick zuzulassen. Carstairs' Männer tauchten nur flüchtig daraus auf, Silhouetten zeichneten sich vor der Sonne ab, die durch das Laub der Bäume funkelnde Goldstücke auf einen Teppich von Nadeln fallen ließ. Die Farben waren gedämpft, und die Gestalten verschmolzen mit ihnen. «Ich glaube nicht, daß sie was finden –»

Melrose wurde wieder von dem heranrollenden Wagen unterbrochen; diesmal ging die Ankunft jedoch sehr viel lautloser vonstatten, da die drei Passagiere sich offenbar mustergültig an die Anordnungen der Kutscherin gehalten hatten. Ohne zu murren, gingen sie zu ihren Müttern zurück.

Emily Louise hüpfte von ihrem Sitz, warf einen prüfenden Blick in den Wagen und brüllte der Schlange von wartenden Kindern zu, das Pferd müsse sich nun ausruhen und die nächste Fuhre gehe erst in zwanzig Minuten ab. Trauer senkte sich über die Wartenden, Emily spannte das Pferd aus und band es an einem Baum fest. Sie ließ ein paar Münzen in ihrer Tasche klimpern und sagte zu Melrose: «Teepause.» Emily hatte mit Mr. Finsbury ausgehandelt, daß sie ein Viertel ihrer Einnahmen behalten dürfe. Sie hatte die abgerissenen Karten abgeliefert, und er hatte ihr ihren Anteil ausbezahlt. Die Bodenheims waren fassungslos gewesen.

«Zurück an die Arbeit», sagte Peter Gere und ging waldeinwärts. Aus der andern Richtung näherte sich, wie Moses das Wasser teilend, Miles Bodenheim. Kein Wunder, daß Peter so abrupt aufgebrochen war.

«Rücksichtslose, dummdreiste Leute dieses Jahr», sagte

Miles, auf jede Vorbemerkung verzichtend, als er auf Melrose zusegelte. «Wie ich sehe, ist diese schreckliche Winterbourner Bande auch da.» Er blickte über die Menge. «Na, alter Junge, wie finden Sie unser Fest? Nicht schlecht, was wir dieses Jahr wieder auf die Beine gestellt haben. Und solange sie nicht in Rookswood einfallen, würde ich es durchaus als Erfolg bezeichnen. Der alte Finsbury steht mal wieder mit dem Hut in der Hand herum – wenn wir uns auf ihn verlassen würden, gäb's nie ein neues Kirchenfenster. Ist immer dasselbe. Jedes Jahr. Wir rackern uns ab, und Gott wird dafür gedankt. Julia ist übrigens im Teezelt, falls Sie das interessiert.» Er zwinkerte überdeutlich.

Melroses Interesse erwachte jedoch erst, als er Polly Praed etwas ins Zelt schleppen sah, was allem Anschein nach ein von Servietten gekrönter Stapel Teller war. «Wenn man bedenkt, was im Wald von Horndean passiert ist, Sir Miles, ist es doch einigermaßen verwunderlich, daß die Leute sich von seiner Nähe überhaupt nicht stören lassen.»

Verständnislos blickte ihn Miles an; selbst Mord schien für ihn seinen festen Platz zu haben und hatte – wie die Winterbournes – gefälligst aus dem Spiel zu bleiben, solange man nicht ausdrücklich das Gegenteil wünschte. «Ach, na ja, wird auch bald aufgeklärt sein. Da drüben ist Derek. Macht seine Sache am Wurfstand einfach großartig. Cleverer Junge.»

Melrose fragte sich, wieviel Cleverness es wohl erforderte, eine Reihe von Flaschen aufzustellen, damit die Leute Ringe darüber werfen konnten.

«...Und Sylvia hat schon für mindestens fünfzig Pfund Trödel verkauft.» Er zeigte auf eine Gruppe von Frauen, die wie aufgescheuchte Hühner durcheinanderkreischten. Wahrscheinlich hatte Sylvia wieder einmal die Preise heraufgesetzt.

Während sie durch die zusammenströmende Menge gingen, ließ Sir Miles sein Stöckchen auf eines der Kinder heruntersausen, das es gewagt hatte, mit seinen Patschen, an denen noch die Zuckerwatte klebte, Sir Miles' Knickerbocker zu berühren. Mit seinen karierten Kniestrümpfen und seinem karierten Barett sah er richtig flott aus, aber die Wirkung dieser Aubrey-Beardsley-Aufmachung wurde durch das verkrustete Eigelb auf seinem Kaschmirpullover etwas beeinträchtigt. «Wohin soll's denn gehen?» fragte er Melrose, als wären sie einander gerade auf einem Bahnsteig begegnet.

«Ich dachte an den Teepavillon.»

Wieder zwinkerte Sir Miles. «Dachte ich mir doch, alter Junge, dachte ich mir doch.»

«Ich hatte eben eine wundervolle Idee», sagte Polly Praed, und ihre violetten Augen glitzerten, als sie Melrose seine Tasse Tee hinschob, «wie man Derek Bodenheim aus dem Weg räumen könnte.»

«Setzen Sie sich doch zu mir und erzählen Sie.»

Sie schüttelte den Kopf. «Danke, aber ich muß hier bedienen. Hören Sie gut zu: Derek, der Blödmann, ist doch fürs Ringewerfen zuständig. Jeder bringt eine Flasche mit irgend etwas drin, aber mit was, weiß keiner. Auf der Flasche steht nur der Name von dem, der sie gestiftet hat. Der Mörder versieht seine Flasche ganz einfach mit einem falschen Namen – entschuldigen Sie...» Polly ging zum andern Ende des Tischs, um ein paar Kinder zu bedienen beziehungsweise daran zu hindern, daß sie sich selbst bedienten. Als sie sie sich vom Hals geschafft hatte, kam sie wieder zu Melrose zurück und spann ihre Geschichte weiter. «... mit einem falschen Namen, und in dieser Flasche ist Strychnin. Derek wirft, sein Ring landet auch prompt auf ihr, und schon ist das Ding gelaufen. Können Sie sich vorstellen –»

«Moment mal, woher wollen Sie wissen, daß er mit dem Ring gerade diese Flasche trifft?»

«...wie er sich auf dem Boden krümmt? Strychnin tut einem so fürchterliche Dinge an – entschuldigen Sie.» Strahlend schenkte sie drei Tassen Tee ein, die von drei Damen mit mißbilligender Miene in Empfang genommen wurden.

«Ein sehr reizvolles Verfahren», meinte Melrose, der die einladende Handbewegung der an einem Nachbartisch sitzenden Julia Bodenheim zu ignorieren versuchte und sich auf seinen Tee konzentrierte.

«Reizvoll? Ich stelle es mir besonders qualvoll vor. Das Bild gefällt mir: Die in Reih und Glied aufgestellten Flaschen, jede in einer andern Farbe. Und dieses anscheinend so harmlose Kirchenfest. Niemand denkt auch nur im entferntesten daran, daß – entschuldigen Sie.» Polly entfernte sich wieder, und Melrose konnte Julias Finger nicht länger ignorieren, die sich in der Luft bewegten, als übten sie Tonleitern.

Als er an ihren Tisch kam, sagte sie: «Nehmen Sie Platz, Lord Ardry.»

«Melrose Plant, das genügt. Ich führe keinen Titel.»

Sie setzte ein verschwörerisches Lächeln auf, als wäre dieses *Melrose Plant* genauso falsch wie der Name des Mörders auf Pollys Flasche. «Natürlich. Finden Sie es nicht sterbenslangweilig hier?»

«Sie meinen das Fest? Ich habe solche Feste schon immer äußerst interessant gefunden. Eine wunderbare Gelegenheit, die menschliche Natur zu studieren.»

Julia seufzte. «Sie mußten sie bestimmt nicht jedes Jahr über sich ergehen lassen. Ich begreife nicht, warum Mummy sich mit diesem verdammten Quatsch abgibt; Derek und mich bringt das in eine äußerst unangenehme Lage...» Sie schwatzte weiter, während Melrose sich fragte, was an ihrer Lage so unangenehm war; offensichtlich saß sie nur herum, trank Tee und rauchte Balkan Sobranies. Er ließ seine Gedanken schweifen, und Katies Plan fiel ihm wieder ein. Woher hatte sie ihn nur? Durch die zurückgeschlagene Zeltplane sah er, daß der Wagen sich wieder in Bewegung gesetzt hatte und aus dem dunklen Schatten am andern Ende des Friedhofs herausrollte. Emily würde bestimmt einmal mit ihren Stiefeln begraben werden. Sie zog sie offenbar nie aus.

Melrose konnte gerade noch zehn weitere Minuten von Julias Lebensgeschichte ertragen, in der das Spannendste ein Sturz war, bei dem sie sich den Kiefer gebrochen hatte und infolgedessen eine Zeitlang nicht reden konnte. Dann sagte er, nun wolle er sich die Zukunft voraussagen lassen. Er mußte irgendwie wegkommen.

«Von der guten, alten Augusta? Wozu denn das?»

«Um zu erfahren, ob eine rätselhafte Unbekannte in mein Leben tritt.» Er mühte sich, ein geheimnisvolles Lächeln aufzusetzen. Sie war entzückt. Als er sich erhob, fragte er sie unvermittelt: «Sagen Sie, Miss Bodenheim – kannten Sie Lord Kenningtons Sekretär sehr gut?»

«Trev –?» Sie sprach nur die erste Silbe seines Namens aus, und er glaubte gesehen zu haben, wie ein Schatten über ihr Gesicht flog. «Nein, natürlich nicht. Wir hatten kaum etwas mit den Kenningtons zu tun und schon gar nichts mit ihrem Sekretär.»

Melrose überlegte. «Aber Ihr Bruder hat ihn doch recht gut gekannt, nicht wahr?»

Sie zog die Brauen hoch. «Was, um Himmels willen, kümmert Sie das? Wer hat Ihnen denn von dieser Sache erzählt?»

«Oh … da ich mich mit dem Gedanken trage, das Gut zu erwerben, höre ich eben so einiges. Na ja … Sie verstehen schon.»

Sie verstand wohl kaum, aber die leichte Röte verschwand aus ihrem Gesicht, als sie die Haltung wiedererlangte – oder vielmehr die Bodenheimsche Arroganz, die als Haltung ausgegeben wurde. Sie sagte: «Ich hoffe nur, daß Sie etwas geselliger sein werden als jene Dame da.»

Melrose teilte diese Hoffnung ganz und gar nicht.

Madame Zostra, die mit einer Kristallkugel, einem mit Steinen besetzten Turban und einem haarsträubenden Akzent ihr Gewerbe ausübte, hatte kaum etwas mit jener Augusta Craigie gemeinsam, die ihrer Schwester wie ein Schoßhund folgte. Vielleicht erlaubte ihr das Kostüm, eine skrupellose Seite ihres Wesens zu enthüllen, denn sie hatte nicht die mindesten Bedenken, Melroses Hoffnungen für die Zukunft in Grund und Boden zu stampfen. Er hatte immer gedacht, Wahrsagerinnen seien dazu da, Hoffnungen zu wekken, Mut schöpfen zu lassen, die Ratsuchenden mit verführerischen Fremden, Geld und exotischen Zielen wie mit Herbstlaub zu überschütten. Aber nachdem er Madame Zostra seinen Obolus entrichtet hatte, bestand Melroses Zukunft nur noch aus zerstörten Träumen. Er würde kein Vermögen machen, sondern eines verlieren, und zwar höchstwahrscheinlich an eine gefährliche (aber nicht verführerische) fremde Person, die sich wie ein toter Baumstamm quer über seinen Weg legen würde. Von herabwehendem Herbstlaub keine Spur.

Als Melrose aus dem Zelt trat, wunderte er sich nicht mehr über ihren Mangel an Kundschaft. Es mußte sich herumgesprochen haben, daß man mit dem Betreten ihres Zeltes alle Hoffnungen fahrenlassen konnte. Wenn der Erfolg des Festes von Madame Zostras Begabung abhing, würde das Kirchenfenster warten müssen, bis selbst in der Hölle Eiseskälte herrschte – an dem Ort, wo sich alle ihre Kunden wiederbegegnen würden, wenn man ihr Glauben schenkte.

Sylvia Bodenheim, die mit einer hageren Frau um den Preis eines schäbig aussehenden, aber selbstgestrickten Wollschals feilschte, war offensichtlich ganz in ihrem Element. Da sie nicht nur für den An- und Verkaufstisch, sondern auch für den Tisch mit dem Trödel zuständig war, flatterte sie wie ein riesiger Aasgeier zwischen beiden hin und her, und das bereitete ihr anscheinend großes Vergnügen.

Der Verkauf von Backwaren oblag Miss Pettigrew, der Besitzerin des «Magic Muffin». Stocksteif stand sie hinter ihrem Tisch, die Arme rechts und links von ihren Produkten aufgestützt. Sie sahen aus, als wären sie alle aus demselben Teig. Der Geruch von Muffins lag in der Luft – eine seltsame Kreuzung aus Karotten und Zimtgeruch.

Das kleine Karussell mit vier Pferden, zwei Schweinen, einem Lamm und einer Gans drehte sich langsam zu einer undefinierbaren Melodie, und die Knirpse, die auf den Tieren mit der abblätternden Farbe saßen, versuchten, sie mit imaginären Peitschen anzutreiben. Nach Emilys Phaeton (der sich, wie Melrose feststellte, am äußeren Rand des Geländes entlangbewegte) hatte das Karussell den größten Zulauf. Melrose beobachtete, wie der Falbe, auf den gerade ein Sonnenstrahl fiel, mit dem Wagen im Schlepptau herumtrottete. Zwei kleine Köpfe tauchten daraus auf; offensichtlich wollten die beiden ihren Spielkameraden auf dem Karussell etwas zurufen. Als aber die Kutscherin, die Peitsche in der Hand, sich nach ihnen umwandte, zogen sie sich schnell wieder zurück.

Derek Bodenheim las gerade die kleinen Plastikringe auf, als Melrose an seinen Stand geschlendert kam. Melrose übersah seine mürrische Miene und sagte strahlend: «Ich will's mal versuchen. Wieviel?»

«Drei für fünfundzwanzig.»

Er gab ihm das Geld und bekam drei Ringe. Alle drei Würfe gingen jedoch daneben, und er ließ sich drei weitere Ringe geben. Erst nachdem Melrose seine zwölfte Flasche verfehlt hatte, wich Dereks mürrischer Blick der vertrauten Überheblichkeit.

«Anscheinend hab ich kein Talent dafür», sagte Melrose bescheiden. In Wirklichkeit war er ausgezeichnet im Dart- und Hufeisenwerfen – in allem, was ein gutes Augenmaß erforderte. Aber auf diese Weise war es ihm gelungen, Derek etwas gesprächiger zu stimmen.

«Es ist eigentlich ganz einfach, man braucht nur etwas Koordinationsvermögen», bemerkte Derek mit großem Feingefühl. «Mainwaring hat drei hintereinander geschafft.»

Melrose drückte sein Erstaunen über Mainwarings Heldentat aus und fragte: «Was ist in den Flaschen?»

«Wein, Whisky, Haarwasser –»

Und Strychnin, dachte Melrose und grinste. «Ich bin bei allen Spielen, die Geschicklichkeit erfordern, eine vollkommene Niete. Schach ist was anderes. Das ist schon eher mein Spiel.» Melrose erinnerte sich, daß er als Zehnjähriger zum letztenmal Schach gespielt hatte. «Ein Spiel, das Konzentration erfordert... und etwas Phantasie.» Er blickte zum Nebenstand hinüber und sah Emily ihre kaum erworbenen Pennies verspielen. Auf der andern Seite des Friedhofs graste das Pferd. Eine ihrer Ruhepausen. «Jemand hat mir von einem Spiel erzählt, das zur Zeit sehr populär sein soll, ‹Magier und Kriegsherren› heißt es. Haben Sie das schon mal gespielt?»

Dereks Gesichtsausdruck veränderte sich nicht, als er erwiderte: «Ja, in Cambridge. Macht Spaß. Ist aber ziemlich kompliziert. Man braucht viel Phantasie dazu; man spielt es und entwickelt beim Spielen sein Konzept.»

«Hier gibt's bestimmt keinen, mit dem Sie das spielen können? Ich würde es ganz gern lernen.» Er hoffte, er würde recht behalten mit der Annahme, daß Derek sich kaum anbieten würde, ihm das neue Spiel beizubringen.

Er behielt recht. «Der letzte, mit dem ich es hier gespielt habe, war der Sekretär von Kennington. Der Typ, der mit einer viertel Million Schmuck abgehauen ist. Davon haben Sie bestimmt schon gehört?» Melrose nickte. «Tree war wirklich gut darin. Wir haben gewöhnlich im ‹Blue Boy› gespielt. Die Sache war natürlich von Anfang an so geplant.»

«Wie meinen Sie das?»

«Ich meine, daß er sich nur wegen des Colliers um den Job beworben hat. Es würde mich nicht wundern, wenn sie auch mit von der Partie war.»

«Welche ‹sie›?»

«Die hochwohlgeborene, gottverdammte Lady Kennington. Tree war ja auch ein ganz gutaussehender Bursche. Ich hätte ihm zwar nicht über den Weg getraut; er war einfach viel zu gerissen. Irgendwie brachte er es immer fertig, daß ich für seine Drinks bezahlen mußte.»

Gerissen in der Tat, dachte Melrose. Er zählte den jüngsten Sproß der Bodenheims zu der Sorte von Kneipengängern, die ständig andere anpumpen.

«Er war Magiermeister.» Auf Melroses fragenden Blick hin erklärte Derek: «Das ist derjenige, der bestimmt, was gemacht wird, der die Spielregeln festlegt.»

«Nach allem, was ich gehört habe, muß er einen Partner gehabt haben. Jemanden aus dem Dorf.»

Derek war vielleicht nicht ganz so dumm, wie sein ausdrucksloser Blick und seine schlaffen Züge vermuten ließen. «Sie brauchen mich nicht so anzuschauen, mein Guter.»

«Hab ich das?»

Verärgert stellte Derek dieselbe Frage wie Julia: «Was zum Teufel interessiert Sie das? Haben Sie davon gehört, als Sie sich Stonington anschauten, oder was? Denken Sie, es liegt ein Fluch auf dem Haus? Diese Frau soll ja auf dem Weg dorthin gewesen sein. Armes Luder. Nicht gerade angenehm, so zu enden, mit der Nase im Dreck.»

Melrose ließ sich noch ein paar Minuten in der Menge dahintreiben. Der Geruch von Popcorn vermischte sich mit dem eklig süßen Geruch von Zuckerwatte; sogar die Luft kam Melrose rosa und klebrig vor. Er stellte fest, daß das Teezelt noch voller geworden war und daß Miss Pettigrew immer noch ihre Kuchen bewachte: nichts Neues in der Backwarenabteilung. Die Stimmen der Kinder wurden – ähnlich wie die Sonne – immer greller und unangenehmer. Um ihnen zu entgehen, beschloß Melrose, zur St.-Pancras-Kirche hinaufzugehen und sich das Fenster anzuschauen, das den Anlaß für dieses ganze Treiben abgab.

Als er, dort angekommen, sich von dem kleinen Hügel aus umsah, entdeckte er in der Ferne die Frau in Schwarz-Weiß; sie stand am Tor zum Festgelände und unterhielt sich mit Peter Gere, während sie in ihrer Tasche nach Kleingeld suchte. Peter hatte anscheinend Miles Bodenheims Platz eingenommen. Das Kleid, das sie trug, war sehr auffallend: schwarz-weiße Zebrastreifen, die diagonal von den kurzen, seidenen Ärmeln bis zum Rocksaum verliefen. Die durchscheinende Blässe ihrer Haut wurde von dem rabenschwarzen Haar noch unterstrichen. Hoheitsvoll schritt sie durch das Tor und durch die Menge, und ihre Art, sich zu bewegen, paßte zu diesem Anlaß ebensowenig wie ihr Kleid zu dem kühlen Septembernachmittag. An verschiedenen Tischen nahm sie Dinge in die Hand und legte sie wieder zurück. Melrose fragte sich, wer sie wohl war. Er bemerkte, daß sie längere Zeit mit Derek Bodenheim plauderte, wobei dieser seine gelangweilte Miene ablegte und einen sehr aufmerksamen Eindruck machte – für ihn höchst ungewöhnlich. Am An- und Verkaufstisch wurde sie von Sylvia Bodenheim ostentativ geschnitten; dann sagte die Frau in Schwarz-Weiß etwas zu Miles, was ihn nicht gerade zu beglücken schien. Schließlich sah er, wie sie sich bei Freddie Mainwaring unterhakte, der peinlich berührt den Kopf abwandte. Melrose hatte den Eindruck, daß ihre Gegenwart den meisten Anwesenden nicht gerade lieb war.

Er betrat die kleine Kirche, in der die Luft angenehm kühl war und frei von Gerüchen nach Limonade, Eis und Zuckerwatte. Und es herrschte angenehme Stille. Er sah sich in dem schlichten Raum um. Kein Wunder, daß Pfarrer Finsbury sich auf ein farbiges Glasfenster freute. Das Fenster war ziemlich klein, aber sehr hübsch, wenn wie jetzt die Sonne darauffiel.

Auf Katies Plan bildete die Kirche eine Art Fixstern, der auf den Bach des Bluts ausgerichtet war, wenn man etwas Phantasie aufbrachte. Melrose stand an dem nach Osten gehenden Fenster und ließ den Blick schweifen. Ein Polizist stocherte in dem ziemlich weit entfernten Bach mit einem Stock herum.

Melrose hielt sich noch ein paar Minuten in der Kirche auf, starrte aus dem Fenster und wanderte ein wenig umher; obwohl er eigentlich nicht damit rechnete, etwas zu finden, schaute er sich doch nach möglichen Verstecken um. Als es vier Uhr schlug, fuhr er zusammen.

Im selben Augenblick hörte er auch die Schreie.

Ihre Kinder hinter sich herzerrend, strömten die Leute zusammen, und einen Augenblick lang nahm er an, sie würden sich um Dereks Stand versammeln. Pollys Strychninwein hatte sich so in seinem Kopf festgesetzt, daß er eine ganze Minute brauchte, um festzustellen, daß sie sich in Wirklichkeit auf den Wagen zubewegten, der an dem schattigen Waldrand stand. Als er hinsah, glaubte er Emily Louise vom Kutschbock fallen zu sehen.

Aber Emily Perk war zu sehr daran gewöhnt, fest im Sattel zu sitzen – sie plumpste nicht einfach so herunter. Sie war nicht gefallen, sondern gesprungen.

Das Geschrei kam von den Kindern im Innern des Wagens. Melrose hatte sich einen Weg durch die Menge gebahnt und sah zwei kreidebleiche Gesichter aus dem Wagen auftauchen; ein Kind brüllte wie am Spieß und versuchte mit kraftlosen Händen die Tür zu öffnen. Emily Louise, wie immer Herr der Lage, riß sie auf, und eine ganze Schar von Kindern schien herauszupurzeln, obwohl sich nur die drei offiziell zugelassenen Passagiere im Wagen befanden. Mit Armen und Beinen rudernd, zeigten sie auf den Wagen und flüchteten sich heulend und am ganzen Leib zitternd in die Arme ihrer Mütter.

Alles deutete darauf hin, daß sich in dem Wagen etwas befinden mußte, etwas nicht Geheures.

Den weiteren Verlauf der Ereignisse konnte er nicht aus nächster Nähe verfolgen, denn er war an den Rand der Menge gedrängt worden und mußte den Leuten über die Schultern schauen. Peter Gere, dem es gelungen war, sich einen Weg zu bahnen, versuchte, die Leute zurückzudrängen. Melrose konnte einen kurzen Blick in das Innere des Wagens werfen, als Gere die Menschen zur Seite schob: Aus dem Teppich, der aufgerollt auf dem Boden des schwarzen Phaetons lag, baumelte ein Arm, weiß und (so nahm er an) kalt wie Marmor. Er sah die Hand mit den rotlackierten Fingernägeln und den Saum eines schwarz-weiß gestreiften Ärmels.

Welch kurze Bekanntschaft.

19

Das Fest war verdorben. Angst, Panik und Entsetzen führten dazu, daß Büsche zertrampelt, Grabsteine umgeworfen und Tische umgekippt wurden, daß Hunde davonstoben und Kinder zu brüllen anfingen, weil ihre Eltern sie fortzerrten, sobald die Polizei aus Hertfield eintraf.

An Polizisten bestand glücklicherweise kein Mangel. Ganze Scharen von Medizinern und Tatortsachverständigen schienen aus dem Wald zu strömen. Nathan Riddley war als erster erschienen und hatte Ramona Wey für mausetot erklärt. Abgesehen von dem dünnen Rinnsal, das an ihrem Arm heruntergelaufen war und sich zu einem schmalen, dunklen Band verkrustet hatte, war kaum Blut zu sehen.

Melrose konnte in der allgemeinen Verwirrung gerade noch in Erfahrung bringen, daß die Mordwaffe ein kleiner, silberner Gegenstand gewesen war, mit dem man um die Jahrhundertwende Löcher in Stickleinen stanzte.

Anscheinend hatte er sich auf Sylvias Tisch befunden. Sylvia hatte ihn nämlich selbst gestiftet, und sie bedauerte ihre Freigebigkeit inzwischen. Der silberne Lochstecher hatte ihr das Fest verdorben.

Melrose staunte über die Kaltblütigkeit des Mörders, der die Frau einfach erstochen hatte, ohne sich um den Wald voller Polizisten zu kümmern. Der Wagen hatte es ihm ermöglicht, sein Vorhaben unbemerkt durchzuführen – die Tür zu öffnen, die Leiche hineinzuschieben und mit dem Teppich zu bedecken. Das Ganze war während einer der Ruhepausen geschehen.

«Verdammt kaltblütig», sagte Riddley zu Carstairs, der rasch aus Hertfield an den Tatort gekommen war. «Kaum zu fassen, die Unverschämtheit dieses Kerls.»

«Oder seine Verzweiflung», hörte Melrose Carstairs antworten.

Zufrieden beobachtete Melrose, wie das Bodenheimsche Domizil von der Polizei in Beschlag genommen wurde und sich bald als zu klein erwies. Bezirksinspektor Carstairs hatte Rookswood zum Vernehmungsort erklärt, und Miles Bodenheim, der versuchte, die Leute wie eine Herde Schafe auf den öffentlichen Weg zu treiben, war außer sich.

«Einfach unerhört, das», sagte er zu Melrose, als er mit ihm in der Eingangshalle von Rookswood stand. Anscheinend dachte er, der Mord sei nur begangen worden, um ihm das Fest zu verderben. «Sylvia hat eine fürchterliche Migräne, und Julia ist mit den Nerven am Ende. Daß so etwas in unserm Dorf passieren kann – und auch noch *zweimal,* wohlgemerkt –» (als hätte Melrose den ersten Mord vergessen). «Und jetzt trampeln da einfach Polizisten in unserm Salon herum, und diese ganzen *Leute*... Ah! Da kommen die beiden Craigies, ich muß sofort mit ihnen sprechen... Ernestine! Augusta!» Er segelte davon.

Die meisten Besucher des Kirchenfestes waren nur kurz von der Polizei befragt und dann wieder entlassen worden. Eine Handvoll blieb im Salon von Rookswood zurück – die Craigies, Mainwaring, die Bodenheims, Polly Praed und natürlich die Kinder, die den gräßlichen Fund gemacht hatten, sowie ihre Mütter, von denen sich eine lautstark beklagte. «Unerhört ist das», erklärte sie jedem, der es hören wollte; sie war ganz der Meinung von Sir Miles. «Unerhört, sage ich. Neun Jahre ist sie erst, unsere kleine Betty, und wird von der Polizei vernommen!» Klein Bettys Mutter hievte eine riesige Tasche auf ihren Schoß und sah so feindselig drein wie die Vorfahren der Bodenheims, deren Porträts die Wände zierten. Klein Betty war ein mondgesichtiges Kind mit kleinen, braunen Knopfaugen, dem es anscheinend großen Spaß machte, den klebrigen Blutfleck auf seinem Schuh zu betrachten.

Ohne Rücksicht auf ihre Migräne hatte man Sylvia aus dem Bett geholt und zur Befragung in den Salon zitiert. Unter ihren Augen waren dunkle Ringe, ihr Gesicht wurde immer grünlicher, und sie zerknüllte nervös ihr Taschentuch. Schuld an ihrer Verfassung war wohl, wie Melrose befand, weniger der Gegenstand, der von ihrem Trödeltisch entwendet worden war, oder die Tragödie, die sich im Anschluß daran abgespielt hatte, als die Tragödie, die sich da in ihrem Salon abspielte, in der nun schlichte Dorfbewohner und, schlimmer noch, völlig fremde Leute eingefallen waren.

Der Salon war ein mit rubinrotem Samt, cremefarbenem Brokat und viel Gold ausgestatteter Raum, der aus einer Zeitschrift für Innenarchitektur zu stammen schien. Auch die Gemälde fehlten nicht: Porträts Bodenheimscher Ahnen und Ansichten des Versailler Parks, die einen so scheußlich wie die andern. Die Polizei hatte den Raum gewählt, weil sich an ihn Sir Miles' gemütliches kleines Studierzimmer anschloß, in dem Inspektor Carstairs die Zeugen vernehmen konnte. Ein Polizist bewachte die Tür. Das Kleinod von Rookswood war so zu einer Art Wartesaal degradiert.

Melrose bemerkte, wie Sylvia eines der schmuddligen Kinder aus dem Wagen zurechtwies. Es hatte anscheinend den mit Brokatstoff verkleideten Klingelzug als Spielzeug betrachtet. Seine Mutter schnappte sich die Kleine mit einem «Komm her, Schätzchen» und einem giftigen Blick auf Sylvia.

Das Schätzchen tat so, als vergrabe es das Gesicht im Schoß seiner Mutter, in Wirklichkeit streckte es jedoch Melrose oder Emily Louise die Zunge heraus. Diese erwiderte die Geste, und das ging so lange, bis die Mami ihrem Schätzchen eine so kräftige Ohrfeige versetzte, daß es beinahe auf das kleine brokatbezogene Sofa flog.

Die übrigen Bodenheims trugen empörte und gelangweilte Mienen zur Schau; die beiden Craigies saßen stocksteif an der Wand, Miss Pettigrew zog die Brauen zusammen, als knete sie im Geist den Teig für ihre Muffins. Einige der Dorfbewohner wie Mrs. Pennystevens, die hinter den anderen Buden gestanden hatten, waren vernommen und entlassen worden.

Die Tür ging auf, und Freddie Mainwaring kam aus dem Studierzimmer getaumelt – aschgrau, von den grauen Hosen bis zum bleichen Gesicht. Als nächster wurde Derek in das Zimmer gerufen. Es war, als würde man zum Schuldirektor zitiert.

Unbestrittener Star des Ganzen, wenngleich sie so ungnädig reagierte wie immer, wenn Anspruch auf ihre kostbare Zeit und Person erhoben wurde, war Emily Louise Perk. Schließlich war es *ihr* Wagen gewesen, *ihr* goldbraunes Pferd, das am Waldrand gegrast hatte, und also auch *ihre* Leiche. Sie hatte ihren kleinen Auftritt gehabt, als sie von Kriminalinspektor Carstairs vernommen wurde – und wenn Melrose mit einem Mitleid hatte, dann mit Carstairs. Er fragte sich, was der arme Kerl mit seinem anbiedernden ‹Na, kleines Fräulein› wohl aus Emily Louise herausgeholt hatte. Seiner Meinung nach hatte Emily auch erst etwas bemerkt, als die Kinder zu brüllen anfingen. Da ihre Mutter (man hatte vergebens versucht, sie zu erreichen) wieder einmal nicht zur Stelle war, hatte sie sich auf den vergoldeten Stuhl neben Melrose fallen lassen; da saß sie und wartete, die Arme über der Brust verschränkt und die Kappe bis über die Augen gezogen.

«Deine Mutter sollte mal nach dir schauen. Wo ist sie denn?»

«Im Kino wahrscheinlich.»

«Warum war sie denn nicht auf dem Fest? Sonst waren doch alle aus dem Dorf da?»

«Sie mag keine Feste und ist nun mal nicht hier. Wo steckt

denn dieser Mann von Scotland Yard? *Er* muß das doch in die Hand nehmen.»

Melrose gefiel diese Formulierung. «Er ist in London. Aber er ist bestimmt benachrichtigt worden. Was ist eigentlich passiert?»

«Woher soll ich das wissen? Ich hörte nur, wie diese ekligen Winterbournes plötzlich anfingen zu brüllen, und hab sofort kehrtgemacht.»

Er wollte ihr gerade eine weitere Frage stellen, als er sah, wie der Polizist ihm auffordernd zunickte.

Daß Melrose nach Littlebourne gekommen war, um ein Haus zu erwerben, schien Inspektor Carstairs ganz und gar nicht zu befriedigen, da Melrose nicht die geringste Eile bekundet hatte, sich eines der Angebote anzuschauen. Da Mainwaring aber den Besuch Plants in seinem Maklerbüro bestätigt hatte, akzeptierte er die Erklärung mit so viel gutem Willen, wie er aufbringen konnte. Und das war nicht viel. «Sie sagten, Sie hätten die Tote auf dem Fest beobachtet?»

Diese Frage hatte er schon ein dutzendmal gehört, in allen möglichen Formulierungen. «Sie war da noch nicht tot, Inspektor.»

«Keine Scherze, bitte, Mr. Plant. Wir ermitteln hier in einem Mordfall.»

Genauso drücken sie sich in Büchern aus, dachte Melrose, und seufzte innerlich: Die Wände troffen von Blut, und die Leichen stapelten sich auf dem Boden, worauf unweigerlich jemand den Schauplatz betrat und sagte: «Wir ermitteln hier in einem Mordfall.»

«Entschuldigung. Aber Sie scheinen anzunehmen, ich hätte diese Frau aus bestimmten Gründen beobachtet.»

«Und haben Sie das?» zischte Carstairs.

«Nein. Ich hatte sie noch nie gesehen und fand sie sehr auffällig.»

«Inwiefern?»

«Oh, ich weiß nicht ... schwarz-weiß gekleidet und unheilschwanger.»

«Wieso unheilschwanger?»

«Das war, wie gesagt, nur der Eindruck, den ich hatte. Sie bewegte sich inmitten der Leute, schien aber nicht dazuzugehören. Als würde sie das Fest überhaupt nicht interessieren.»

«Und Sie sahen sie an dem Tisch mit dem Trödel?»

«Ja.»

«Wie sie sich mit Mrs. Bodenheim unterhielt?»

«Unterhalten ist vielleicht nicht die richtige Bezeichnung.» Die gute alte Sylvia, die im falschen Augenblick im Besitz eines silbernen Lochstechers gewesen war, tat ihm beinahe leid.

Carstairs musterte ihn lange und gründlich und sagte dann: «Ich danke Ihnen, Mr. Plant. Für den Augenblick genügt das.»

Melrose erhob sich und wagte eine Frage: «Ist, äh, Superintendent Jury über diese jüngsten Entwicklungen informiert?»

Carstairs' Miene war in der Tat sehr finster, und Melrose war überrascht, daß er überhaupt antwortete: «Wir versuchen, ihn ausfindig zu machen.» Daraufhin wandte er sich wieder seinen Papieren zu.

Sie versuchen es? fragte sich Melrose, als er den Blick über den Brokat und das Gold schweifen ließ: Der Raum war leer bis auf ein paar Polizisten, die in einer Ecke zusammenstanden und rauchten, und eine dünne Frau mit Haaren wie Zuckerwatte, die stocksteif auf ihrem Stuhl saß. Sie versuchen es – konnte ein Superintendent von Scotland Yard sich einfach verflüchtigen?

Verdammt, dachte er und ließ sich Stock und Mantel geben. Wenn die Polizei von Hertfordshire nicht in der Lage war, Jury ausfindig zu machen, so würde eben er das übernehmen.

20

Durch einen Spalt schlüpfen wäre eine angemessene Beschreibung dafür gewesen, wie es einem vorkam, sich auf der Sperrmüllhalde des Crippsschen Wohnzimmers wiederzufinden, wo Jury gerade so weit entfernt von Gold und Brokat war, wie es nur ging, wenn man nicht gerade in einer anderen Galaxie gelandet war.

Vor diesem Besuch hatte er gleich nach seiner Ankunft in London zwei weitere erledigt. Und einer davon hatte ihn vor Chief Superintendent Racers Schreibtisch geführt.

Bei Scotland Yard fragte man sich nicht, ob der Chief Superintendent schlechter Laune war, sondern nur, ob seine Laune schlechter als sonst war. Racer mochte sich vielleicht Gott widersetzen, dem Willen seines obersten Vorgesetzten aber mußte er sich beugen, und der war, wie alle andern, gespannt, wann Racer endgültig abtreten würde.

Jury war der einzige, der so etwas wie Geduld aufbrachte und ihm zuhörte, jedoch weniger aus Menschenliebe als aus Neugier: Er fragte sich, wie oft Racer noch obenauf schwimmen würde, bevor die Strudel ihn endgültig in die Tiefe zögen. Racer schien anzunehmen, daß sein Rücktritt den Untergang des britischen Empires zur Folge haben würde, war aber auch davon überzeugt, daß es sich mit Hilfe seiner Geniestreiche wieder aus der Asche erheben würde. Die letzten fünf Minuten hatte er darauf verwandt, einen seiner früheren Fälle in sämtlichen Verästelungen zu beschreiben; einen Fall, der nicht das geringste mit dem vorliegenden zu tun hatte.

Das sagte Jury ihm auch. «Ich sehe nicht, inwiefern das hier von Bedeutung ist, Sir.»

Racer, der sich erhoben hatte, um das Revers seines Savile-Row-Jacketts zu glätten, setzte sich wieder. Betrübt schüttelte er den Kopf.

«Kennen Sie den Unterschied zwischen Ihnen und Sherlock Holmes, Jury?» Racer schnappte sich den Plan, den Jury ihm zur Inspektion vorgelegt hatte.

Jury tat so, als denke er über diese Frage nach, bevor er antwortete: «Ja, doch, es gibt da einige Unterschiede.»

Racer schüttelte den Kopf. Selbst wenn Jury einer Meinung mit ihm war, ging er davon aus, daß Jury ihm widersprach. Eine Niete bleibt eine Niete, schien der Blick zu besagen, den er Jury zuwarf. «Die Fähigkeit zur Synthese!» Racer griff in die Luft. «Sie verlieren sich in einem Wust von Details, Jury. Das war schon immer so.»

«Dabei haben Sie mir immer vorgeworfen, ich würde mich über zu viele Details hinwegsetzen.»

«Das auch», sagte Racer, ohne zu zögern. Hätte Moses eines der zehn Gebote zurückgenommen, wenn Gott der Herr mit einem elften angekommen wäre, das die ersten zehn in Frage gestellt hätte? Er blickte von dem Plan auf. «Sie lassen also die Polizei von Hertfordshire jeden Stein und jeden Zweig in diesem gottverlassenen Wald umdrehen, da vielleicht das Collier darunter zum Vorschein kommen könnte.» Racer schob Cyril, den Kater, von seinem Schreibtisch. Er war eines Tages in den Korridoren von Scotland Yard gesichtet worden; niemand wußte, wie er hereingekommen war, aber offenbar war er in der Absicht gekommen, etwas zu melden. Jury war überzeugt, daß der Kater seine Gründe hatte, sich Chief Superintendent Racer anzuschließen – vielleicht gefiel es ihm, daß Racer ihn nicht ausstehen konnte. Er setzte sich mit Vorliebe auf Racers Schreibtisch, den Schwanz dekorativ um die Pfoten gelegt, als wäre er Teil einer Schreibtischgarnitur.

Diese Stellung nahm er auch auf der Erde wieder ein, aber er lauerte auf eine günstige Gelegenheit, den alten Platz zurückzuerobern.

«Dieses Collier», sagte Jury, «ist *eine* Sache. Sie suchen außerdem nach Hinweisen, die uns im Fall Cora Binns weiterhelfen sollen. Was hätte ich denn Ihrer Meinung nach tun sollen, Sir?»

Anscheinend hatte Racer auf dieses Stichwort nur gewartet. «Was Sie meiner Meinung nach hätten tun sollen?» Er lächelte andeutungsweise und erhob sich von seinem Schreibtisch, um im Zimmer auf und ab zu gehen. «Ich fasse zusammen: Folgendes liegt vor – erstens ein Packen anonymer Briefe; zweitens ein Mädchen, dem in einer Underground-Station der Schädel eingeschlagen wurde; drittens eine weitere Frau, deren Leiche in einem Wald etwas außerhalb dieses Kaffs gefunden wurde; viertens ein Collier, das ein Vermögen wert ist und das vor einem Jahr von irgendeinem Amateurdieb geklaut wurde.»

«Ich würde Trevor Tree nicht gerade als Amateur bezeichnen.»

Racer überging diesen Einwand. «Und fünftens dieser verdammte Wisch, ein Plan, der für irgendein blödsinniges Spiel benutzt wird. Wir haben es also mit völlig disparaten Elementen zu tun.» Racer war hinter Jurys Stuhl getreten. Cyril zuckte mit den Ohren, als wollte er Jury warnen.

«Völlig disparate Elemente», wiederholte er, zufrieden mit seiner Formulierung. «Und Sie haben einfach alles aneinandergereiht, Jury, und zweifeln überhaupt nicht daran, daß es auch zusammengehört, stimmt's? Aber...»

Wollte Racer das Ganze wieder von vorne aufrollen? Anscheinend.

«...wenn es nun nicht zusammengehört? Wäre es nicht auch möglich, daß der Fall O'Brien überhaupt nichts mit dem Rest zu tun hat?»

«Es besteht aber ein Zusammenhang. Und das Mädchen ist

ein Glied in der Kette.» Jury wiederholte gelangweilt dieses Glaubensbekenntnis. Racer in seinem Büro aufzusuchen war wie in einen Beichtstuhl zu treten, hinter dessen Gitter ein verrückter Priester hockt. Jury beobachtete Cyril, der seinen nächsten Angriff auf den Schreibtisch vorbereitete. Er schlich gerade um die Kante, und während Racer sich über die disparaten Elemente ausließ, landete er mit allen vieren auf der Schreibtischplatte und begann sich zu putzen.

«Und was sagen die Mediziner?» Racer war wieder an seinen Schreibtisch getreten und hielt den Plan hoch.

«Gar nichts, bis jetzt. Der Bericht steht noch aus.»

Racer schubste Cyril wieder vom Tisch und schaltete die Gegensprechanlage ein. Er fragte Fiona Clingmore, ob der Bericht über den Fall Littlebourne eingetroffen sei. «Dann setzen Sie sich mal gefälligst in Bewegung, Mädchen.»

Fiona trat ein, ohne sich im geringsten zu beeilen. Sie ließ eine Kaugummiblase platzen, während sie ihrem Chef die Unterlagen hinschob und Jury mit einem Tausend-Watt-Lächeln bedachte. Sie trug ein langärmeliges, hochgeschlossenes schwarzes Kleid, das über dem Busen spannte. Zusammengehalten wurde es von unzähligen kleinen schwarzen Knöpfen mit den dazugehörigen kleinen Schlaufen. Es gab aber auch ein paar Lücken; zwei oder drei Knöpfe hatten sich aus den Schlaufen befreit und enthüllten etwas schwarze Spitze. Jury sah zu, wie Racers Blick über die Knopfreihe wanderte. Dann schob er die Unterlagen zu Jury hinüber. «Nichts, was wir nicht schon wußten. Und wenn Sie beide sich genügend schöne Augen gemacht haben, dann hauen Sie ab. Und nehmen Sie dieses mottenzerfressene Tier mit! Ich habe zu tun!»

Alle drei waren glücklich, sich entfernen zu dürfen. Nur Cyril würde nicht davon abzubringen sein, sich wieder zurückzuschleichen.

Zwanzig Minuten später war Jury im Krankenhaus, wo die unwirsche, hübsche Krankenschwester in ihrem Stationszimmer Berichte verfaßte. Sie nickte Jury ungnädig zu. Als er nach Sergeant Wiggins fragte, erwiderte sie: «Ich glaube, er ist unten in der Kantine. Er wollte, daß ich ihm eine Tasse Tee bringe, aber schließlich hab ich noch anderes zu tun, als Besuchern Tee zu servieren.»

«Tut mir leid, wenn wir Sie bei Ihrer Arbeit gestört haben. Niemand verlangt von Ihnen, daß Sie Sergeant Wiggins mit Tee versorgen. Und Sie brauchen auch nicht zu seinen Wehwehchen Stellung zu nehmen.» Es war vorauszusehen, daß Wiggins seine Chance nützte, wenn ihm einmal ein ganzes Krankenhaus zur Verfügung stand.

Ihre Mundwinkel zuckten; sie versuchte, sich ein Lächeln zu verkneifen. Aber der gestärkte Busen hob sich etwas. Frauen in gestärkten Uniformen hatten Jury noch nie eingeschüchtert; beim Waschen ging das Zeug sowieso wieder raus. Sie preßte ihre Schreibunterlage gegen die Brust, als wolle sie alles unter Kontrolle behalten, und sagte: «Ist schon gut. Es macht mich nur etwas nervös, wenn hier dauernd Polizei ein und aus geht. Als ob gleich etwas Schreckliches passieren würde.»

«Nicht gerade schmeichelhaft für mich.» Er lächelte und tippte gegen die Unterlage. «Steht da was über Katie O'Brien?»

Sie nickte, blätterte die Seiten durch und zeigte ihm den Krankenbericht. «Alles beim alten. Sie hoffen wohl immer noch, es könnte sich etwas ändern.» Sie schien traurig zu sein.

«Ach, wissen Sie, wir Polizisten sind einfach unverbesserliche Optimisten. Hat sie Besuch bekommen?»

«Von ihrer Mutter heute morgen. Und von ihrem Musiklehrer.»

Von Macenery? Jury war überrascht. Er hatte sich also doch dazu aufgerafft. «Wann?»

«Ich glaube, er ist noch da.» Sie nickte in die Richtung des Korridors hinter ihr.

In Katies Zimmer war jedoch niemand, obwohl es eindeutige Hinweise darauf gab, daß Sergeant Wiggins sich dort aufgehalten hatte – eine Flasche Nasentropfen und eine Schachtel Hustenbonbons.

Jury ging zum Fenster. Die Kneipe auf der gegenüberliegenden Straßenseite war geschlossen. Ein Windstoß bewegte den Bogenrand der gestreiften Markise über dem Gemüseladen. Eine fröstelnde Frau mit Schal zog einen Einkaufswagen über die Straße. Obwohl es Sonntag war, brannte im Waschsalon Licht, und er sah jemanden in einer Zeitschrift blättern.

Er wandte sich vom Fenster ab und blickte auf die regungslose Gestalt von Katie O'Brien. Der Gedanke an das beschädigte Gehirn in diesem makellosen Körper erschütterte ihn aufs neue. Sie lag noch immer mit gefalteten Händen und ausgestreckten Beinen da – eine Skulptur, wie man sie auf mittelalterlichen Gräbern sieht. Es fehlte nur der kleine Hund zu ihren Füßen.

Jury drückte die Taste des Kassettenrecorders, und die scheppernde Stimme der Music-Hall-Sängerin erfüllte den Raum mit «Rosen aus der Picardie».

Sie saßen zusammen in der Kantine, Sergeant Wiggins und Cyril Macenery. Jury drückte auf den Knopf der Kaffeemaschine, und eine trübe Brühe schoß heraus, mit der er zu ihrem Tisch hinüberging.

Wiggins fing sofort an, sich zu entschuldigen. Manchmal hatte Jury den Eindruck, das Gewissen des Sergeants zu sein. «Mein Kopf! Ich dachte, er würde gleich platzen, glauben Sie mir, Sir. Ich hätte mir eine Thermosflasche Tee mitbringen sollen. Die Schwester kann mich anscheinend nicht ausstehen.»

«Uns», verbesserte ihn Jury. «Sie kann die Polizei nicht ausstehen. Nehmen Sie es nicht persönlich. Hallo, Mr. Macenery, schön, daß Sie gekommen sind.»

Macenery sah aus seinen blauen Augen kurz auf und

wandte sich schnell wieder ab. «Da läßt sich wohl nicht viel machen, was?» Alle drei blickten auf ihre mit Tee oder Kaffee gefüllten Plastikbecher.

«Ihre Mutter war heute morgen da», sagte Wiggins. «Sie hat mit ihr gesprochen. Manchmal hilft das, sagt die Schwester. Sie hat ihr erzählt, was sich im Dorf so tut. Daß heute das Kirchenfest stattfindet. Und von ihren Klassenkameraden, daß die Schule bald wieder anfängt...» Wiggins verstummte. Obwohl er eher dazu neigte, über körperliche Leiden als über seelische Nöte zu sprechen, fügte er noch hinzu: «Deprimierend, was?»

Sie sahen einander bei ihrem stockenden Gespräch nicht an, es war, als würden sie zu einem unsichtbaren Vierten am andern Ende des Tisches sprechen, der ihnen Antworten geben konnte, auf die sie selbst nicht kamen.

Schließlich erhob sich Macenery. «Ich denke, ich gehe noch mal kurz zu ihr hinauf.»

Jury zögerte. «Okay.»

Als Macenery den Raum verließ, machte auch Wiggins Anstalten aufzustehen. «Möchten Sie, daß ich –?»

Jury legte ihm die Hand auf den Arm und drückte ihn auf seinen Stuhl. «Nein.» Jury dachte an das, was Riddley gesagt hatte. Irreversibel. Ein Gedanke, der ihm das Blut in den Adern erstarren ließ: Katie O'Brien würde niemals wieder aus dem Koma erwachen, oder wenn, dann mit einem dermaßen geschädigten Gehirn, daß der Tod einem Wiedererwachen vorzuziehen wäre. «Warten Sie einen Augenblick. Ich wollte Ihnen noch von meiner Unterredung mit unserm Chef berichten. Racer scheint der Meinung zu sein, daß ich mich in Littlebourne verzettle, daß ich mich in London verzettle, daß ich mich überall verzettle. Das hat man davon, wenn man ihm Bericht erstattet.»

Wiggins lächelte trübe. «Immer noch besser, Sie tun's, als wenn ich es tue.»

«Ja. Er ist jedenfalls der Meinung, wir sollten die Sache in ein, zwei Tagen erledigt haben, sonst müßte er einen andern auf den Fall ansetzen.» Jury grinste.

Wiggins, dem als Kind wohl der Mund zu häufig mit Seifenlauge ausgespült worden war und der dementsprechend sparsam mit Flüchen umging, hielt sich diesmal nicht zurück.

«Er hat sämtliche ‹disparaten Elemente›, wie er es nannte, wie Dominosteine aneinandergereiht und fragt sich, warum ich nicht einen umstoße – alle anderen fielen dann von selbst in sich zusammen. Probieren wir das doch mal!» Jury baute den Salz- und Pfefferstreuer, zwei leere Plastikbecher und einen Serviettenhalter vor sich auf. «Nummer eins: die Briefe – als solche völlig uninteressant. Sie bewirkten nur, daß die Leute nicht mehr an Katie O'Brien dachten: Kaum einer, der nicht erstaunt reagierte, wenn ich auf sie zu sprechen kam. Natürlich gab es inzwischen auch diesen Mordfall, aber Katies Mutter hatte ganz recht, als sie sagte, die Briefe hätten die Leute alles übrige vergessen lassen. Die Aufmerksamkeit der Polizei von Hertfield war auf etwas anderes gelenkt. Dominostein Nummer zwei ist –» Jury stieß einen Becher um – «der Mord an Cora Binns. Ich vermute, sie ist dem Mörder begegnet, und er hat einen oder mehrere der Ringe an ihrer Hand gesehen, die ihn an den Smaragd der Kenningtons erinnerten. An etwas, dem er schon seit über einem Jahr auf der Spur war und das er oder sie bald zu finden glaubte.»

«Aber kommt es Ihnen nicht seltsam vor, daß die Person, der Cora Binns zufällig begegnet ist, auch prompt zu ihrem Mörder wurde? Irgendwie zu unglückselig, dieser Zufall. Und ist es nicht kurios, daß sie in Littlebourne keiner gesehen hat?»

Jury dachte einen Augenblick lang nach. «Nein, das finde ich nicht.» Wiggins zog die Augenbrauen hoch, aber Jury fuhr einfach fort: «Wer auch immer versucht hat, Katie umzubringen und Cora Binns dann tatsächlich umbrachte – er muß befürchtet haben, die Polizei würde wieder herumzuschnüffeln beginnen. Was, wenn zum Beispiel dieser Plan in ihre Hände gelangte? Katie hatte ihn offensichtlich irgendwo gefunden. Wollte sie damit zur Polizei gehen? Wissen wir nicht. Das wäre also Domino Nummer drei. Nummer vier –» Jury stieß den andern Becher um – «ist die verstümmelte Hand. Ich kann mir das nur durch kataleptische Totenstarre erklären. Vielleicht hätte er die Finger auch brechen können, da aber Ernestine Craigies kleines Beil gerade zur Hand war –» Jury zuckte die Achseln.

«Miss Craigie hat offenbar mehr mit der ganzen Sache zu tun, als gut für sie ist.»

«Haben Sie sie zu ihrer Hauptverdächtigen erkoren?»

«Jedenfalls ein zähes altes Huhn. Entschuldigung, das Wortspiel war nicht beabsichtigt.» Wiggins kippte den Pfefferstreuer um. «Wunderbar, Sir, Sie haben es geschafft. Alle Dominosteine sind gekippt, bis auf den Serviettenhalter. Der Mörder – stimmt's?»

Jury blickte darauf. «Stimmt.» Er wollte ihm schon einen Stups geben, ließ ihn dann aber doch stehen. «Es gibt einen, der sämtliche Voraussetzungen erfüllt.»

Erstaunt blickte Wiggins ihn an. «Sie meinen, Sie *wissen* es? Warum, um Himmels willen –»

«Ich glaube, es zu wissen.» Jury erhob sich schwerfällig.

«Sie scheinen aber nicht allzu glücklich darüber zu sein.»

Nein, das war er nicht, ganz und gar nicht. «Ich hab keinerlei Beweise, Wiggins. Nichts, rein gar nichts, und auch wenig Hoffnung, ihn zu schnappen, außer auf frischer Tat. Was höchstwahrscheinlich bedeutet, daß wir zugleich in den Besitz des Colliers gelangen.» Er zog den Plan aus der Tasche, faltete ihn in der Mitte und lehnte ihn gegen den Serviettenhalter. «Trevor Trees Kumpel, Komplize oder was auch immer muß wissen, wo dieses Collier ist. Und er wird jeden umlegen, der ihm in die Quere kommt. Ich hoffe nur, keiner tut das.»

Als sie aufstanden, fegte Wiggins etwas von dem verschütteten Salz auf seinen Handteller und warf es sich über die Schulter. «Man kann nie wissen, Sir.»

Sie waren ungefähr in der Mitte des langen, kühlen Korridors angelangt, als die unwirsche Krankenschwester mit knisternder Uniform auf sie zugestürzt kam, ihre Schreibunterlage an sich gepreßt. Jury wußte sofort, warum: Es war wegen der Musik.

Während Jury nicht viel für Musik übrig hatte – obwohl nun auch er stehenblieb und lauschte –, war Wiggins ein Musiknarr. Die Musik war seine große Leidenschaft – eine der wenigen, die er hatte. «Mein Gott, das ist ja wunderbar...»

Die Patienten schienen das auch zu finden. Sie standen in den Türrahmen, saßen in Rollstühlen, stützten sich auf ihre Stöcke. Cyril Macenery spielte auf der Geige – Katies Lieblingslied «Rosen aus der Picardie». Was Jury immer für einen sentimentalen alten Schlager gehalten hatte, klang nun wie Sphärenmusik.

Die Krankenschwester schien auch weniger wütend als besorgt zu sein. «Wirklich, ich weiß nicht, was die Oberschwester dazu sagen wird.» Sie schüttelte den Kopf; ihr weißes Häubchen ging auf und ab. «Keine Ahnung, wie sie darauf reagiert. Er hat wohl einfach ihre Geige genommen und angefangen zu spielen...»

Sie hätte natürlich einschreiten können, nur – sie hatte es nicht getan. Wahrscheinlich war sie von den wundervollen Klängen, die den sterilen, weißen Korridor erfüllten, genauso verzaubert wie alle andern. Jurys Vermutung, daß sich hinter dem gestärkten Äußeren noch etwas anderes verbarg, war also doch nicht so falsch gewesen. Er zückte seinen Kugelschreiber und kritzelte etwas auf seinen Block, dann riß er die Seite ab und gab sie ihr. «Ich weiß, das hier ist *Ihr* Revier. Aber vielleicht nützt es Ihnen, wenn Sie die Kriminalpolizei hinter sich haben. Sagen Sie Ihrer Oberschwester – falls sie vorbeikommt –, daß der zuständige Kommissar es für eine gute Idee hielt. Und daß niemand sich beschwert hat.»

Jury blickte den Korridor entlang. Einige Frauen schienen den Text des Lieds mit den Lippen zu formen oder in Gedanken zu tanzen. Die Krankenschwester nahm Jurys Zettel entgegen. Entschuldigend meinte sie: «Ich muß ihm leider bald sagen, daß er aufhören soll.»

«Ja, ich verstehe. Sergeant Wiggins wird dafür sorgen.»

«Aber erst», sagte die Krankenschwester und blickte Jury mit Sternenaugen an, «wenn das Lied zu Ende ist.» Sie lächelte.

Als Scotland Yard im Krankenhaus anrief, war Jury bereits ins East End gefahren.

Ash Cripps, der in seinem verschossenen Morgenmantel und mit einer Zigarre im Mund – aus einer Kiste, die Jury in weiser Voraussicht mitgebracht hatte – im Wohnzimmer auf und ab ging, hielt in der einen Hand den Plan, den Jury ihm gegeben hatte, und in der andern eine Flasche White Shield. Wenn er einen Schluck daraus nahm, störte ihn der Bodensatz offenbar kaum. Er stellte die Flasche auf den Sims des vorgetäuschten Kamins, in dem bei kühlerem Wetter künstliche Kohlen glühten. Papier und ein Aluminiumaschenbecher voller Zigarrenstumpen fielen herunter. Er schob sie mit dem Fuß in die winzige Feuerstelle.

Ein Teil der Crippsschen Nachkommenschaft saß in der Küche und aß Kartoffelbrei; ein anderer war auf der Straße und focht, bewaffnet mit Besenstielen und den Deckeln von Abfalleimern, eine erbitterte Schlacht aus.

Ash ließ sich jedoch bei seiner Tätigkeit nicht stören. Er trug seinen Morgenmantel wie eine Staatsrobe; die Kordel schleifte auf dem Teppich mit dem Pfingstrosenmuster. Sie warteten auf die Rückkehr White Ellies, die in seinen Hosen zur Wäscherei gegangen war.

«Hmm, stimmt, Trevor hätte sich so was ausdenken können.» Er kratzte sich am Kopf. «Es ergibt nur keinen Sinn.»

«Ist das denn sonst anders? Ich dachte, das Spiel bestehe darin, die Spieler auf eine falsche Fährte zu locken.»

«Ja, schon, nur… Schauen Sie.» Ash wühlte in den Schubladen eines alten Schreibtisches; gelegentlich hielt er inne, um die kleinen Schreihälse durch die Küchentür hindurch anzubrüllen. Schließlich warf er die Tür zu, was den Lärm jedoch kaum dämpfte.

Er gab Jury einen Plan. «Den da hat Trevor vor ungefähr zwei Jahren gemacht. Ein Phantasiedorf, in dem ein Schatz versteckt ist. In der Schmiede, wie sich dann herausstellte.» Es war die sehr ausgefeilte Skizze eines Dorfs, mit allerlei Geschäften, einer Kirche, einem Gasthof, Bauernhäusern und Scheunen. Die Bäume sahen aus wie Wattebäusche. Es gab auch einen Teich und einen See. Das Ganze glich einer Luftaufnahme und war sehr sauber und klar gezeichnet. «Er dachte sich Abenteuer aus, für die wir Monate brauchten.»

Die beiden Pläne sahen sich sehr ähnlich, vor allem, was den Zeichenstil anging.

«Ich hab auch andere von ihm gesehen, den mit dem Collier zum Beispiel. Da spielte die Geschichte in einer Stadt. Trevor hatte alles haargenau aufgezeichnet, die Kneipe glich unserer hier aufs Haar – sogar die Tische, Stühle und so weiter. Er hat auch einen Plan mit 'ner Schloßruine gemacht. Der war wirklich gut. Ratten und Ruinen waren Trevors Spezialität.» Er klopfte auf Jurys Plan. «Deshalb kommt mir der hier irgendwie komisch vor – er hat mit nichts 'ne Ähnlichkeit. Ist aber auch nicht frei erfunden ...»

Jury beließ es im Augenblick dabei. «Und Frauen, Ash? Wie sah es da bei Trevor aus?»

Ash fing an zu lachen, und sein Morgenmantel fiel auseinander. Umständlich hüllte er sich wieder darin ein und verknotete die Kordel. «Trevor hat's mit allem getrieben, was zwei Beine hatte. Elefant behauptet, er hätte sich auch mal an sie rangemacht, aber wahrscheinlich reißt sie nur das Maul auf. Irgendwo hört's ja mal auf.»

«Ich habe Fotos von ihm gesehen. Er sah recht gut aus.»

«Ah, doch, kann man schon sagen. Mit *dem* Aussehen und *dem* Verstand hätt er's zu was bringen können. Ein Jammer.»

«War Cora Binns eines seiner Mädchen?»

«Na ja, Cora scharwenzelte schon um ihn herum. Wo Trevor war, da gab's immer 'ne Menge Weiber. Aber Cora war nicht sein Typ. Ich meine, Cora war eine, die auf lebenslänglich aus war. Bescheuert.» Als sollte der Beweis geliefert werden, welchen Trost die Ehe für die Seele bedeutet, hörte man aus der Küche ein ohrenbetäubendes Klirren von Geschirr und das Scheppern eines brutal aufgestoßenen Fensters.

Das Gesicht von White Ellie erschien. Sie überschrie den Lärm der Mülleimerdeckel: «Warum paßt du nicht auf das verfluchte Kroppzeug auf. Sammy und Sookey laufen splitternackt herum, und Friendly hat wieder auf Mrs. Lilybanks Rosen gepißt!» Dann sah sie Jury, und ihre Brauen zogen sich noch unheilvoller zusammen. «Du hast's also wieder gemacht!»

Das Fenster wurde wieder zugestoßen, und die Scheiben schepperten noch gefährlicher. Ash verdrehte die Augen, als White Ellie, die ihrem Namen wirklich alle Ehre machte, einen Kinderwagen vor sich herschiebend ins Wohnzimmer gestapft kam. Auf dem Baby lag ein Berg Wäsche, und Jury war wieder einmal versucht nachzuschauen, ob das Baby noch atmete.

«Nichts hab ich gemacht. Der Super und ich müssen zur Kneipe rüber, um was zu besprechen, wenn du mir also meine Hosen geben könntest –»

White Ellies Garderobe bestand aus verschiedenen Schichten: Über einem Baumwollkleid trug sie einen blauen Pullover, der wiederum über Ashs Hosen hing.

Als sie sie ausziehen wollte, sagte er jedoch: «Nein, warte, ich zieh die neuen an.»

«Kommt nicht in Frage, die sind für die Kirche.»

Er verschwand im Dunkel des hinteren Zimmers und sagte stur: «Mann, heut sind die neuen Buxen dran.»

Fred Astaire hätte das auch nicht besser hingekriegt, dachte Jury, als sie fünf Minuten später zum «Anodyne Necklace» schlenderten.

Sie schienen alle noch auf denselben Plätzen zu sitzen wie vor vierundzwanzig Stunden, als Jury sie verlassen hatte, im trüben, gelben Licht der Gaslampen gefangen wie Fliegen in Bernstein. Die Frauen – alle mit Schals – hockten auf den Bänken, während die Männer um die Tische herum saßen oder am Tresen lehnten.

«Na, wenn das mal nicht Ash ist», sagte einer namens Nollie. «Herausgeputzt wie zu 'ner Hochzeit. Was ist denn der Anlaß?»

«Da is gar kein Anlaß. Ich helf nur der Polizei 'n bißchen aus. Ihr wißt schon.»

Jury breitete den Plan auf dem Tisch aus. «Kommt das jemandem bekannt vor?»

Keith runzelte die Stirn, schüttelte den Kopf und gab den Plan Chamberlen. Der studierte ihn gründlich, nachdem er seinen Zwicker wie ein Juwelier seine Lupe angehaucht und blankgerieben hatte. Schließlich sagte er: «Prima gemacht, wirklich sehr gut.»

«Was sollen denn die blöden Bärenstapfen?» fragte Nollie, als er den Plan in der Hand hielt. «Und wo ist dieser Wald von Horndean?» Er blickte zu Jury auf.

«Ich dachte, ich könnte das von *euch* erfahren.»

Nollie drehte sich mißtrauisch nach Ash um. «Ist das eine Falle, Ash?» Er schlüpfte in seinen Mantel.

«Nein, is es nicht. Was ich zu sagen habe, könnt ich auch vor meiner alten Mutter sagen.»

Keith höhnte: «Die is wohl stocktaub, die alte Schlampe, was?»

Daß seine alte Mutter beleidigt wurde, konnte Ash nicht dulden. Er begann, seine Jacke auszuziehen. Jury klopfte ihm auf die Schulter und drückte ihn auf seinen Stuhl. Dr. Chamberlen seufzte nur und schüttelte den Kopf. Harry Biggins stellte einen Teller mit Aal in Aspik vor ihn hin, und er stopfte sich eine riesige weiße Serviette in den Kragen.

Jury fragte Chamberlen: «Könnte Trevor Tree das gemacht haben?»

Während er Zitronensaft über den Aal träufelte, angelte sich Chamberlen mit einem dicken Zeigefinger den Plan und begutachtete ihn noch einmal. Jury gefiel die Art und Weise, wie er eine Situation studierte, bevor er sich dazu äußerte. «Ja, doch, das könnte durchaus sein. Trevor dachte sich immer ganz schlaue Sachen aus. Sehr einfallsreich, dieser Trevor.»

«Was heißt das?» Jury beobachtete, wie der glitschige Aal in Dr. Chamberlens Mund verschwand.

«All diese Einzelheiten, die einen in die Irre führen sollen. Aber was soll das, Superintendent? Suchen Sie auch nach dem Heilenden Halsband?» Chamberlen sah aus wie ein Uhu. Die Gläser seiner Brille funkelten.

«Nein, nach was Konkreterem, nach dem Smaragd, den Trevor Tree vor ungefähr einem Jahr den Kenningtons gestohlen hat. Ist ein Vermögen wert. Und ich weiß, daß Trevor hier Stammgast war.»

Chamberlen nickte. «Tree war Magiermeister. Wie ich.» Er hielt einen großen Bogen Millimeterpapier hoch. «Von dem Smaragdcollier hab ich gehört. Wurde nie gefunden, was?» Chamberlen wischte sich die Finger ab. «Ein gerissener Bursche, dieser Trevor.»

«Ein Gauner.» Jury sah Jenny Kennington vor sich, wie sie verloren in einem leeren Raum stand. «Lady Kennington muß deswegen ihr Haus verkaufen.» Chamberlen fuhr sich mit dem Finger über die Wange, als wollte er sich eine Träne wegwischen.

«O Gott, o Gott, die feine Lady. Steht die Ärmste jetzt im Schnee und hat die armen Kleinen am Rockzipfel?»

«Keine Kleinen am Rockzipfel. Sie ist zwar adlig, aber deswegen hat sie genauso ein Recht auf ihr Eigentum wie wir auch.»

Dr. Chamberlen hielt seinen leeren Teller hoch. «Nollie, sei so nett und bring mir noch eine Portion Aal. Die hochmoralischen Reden des Superintendent machen mich richtig hungrig.» Gehorsam nahm Nollie den Teller entgegen.

«Sie wissen also nichts über Trevor Tree, was uns weiterhelfen könnte? Er ist ja nicht mehr am Leben. Sie würden also keinen Kumpel verpfeifen. Und es ist ziemlich klar, daß *er* einen Kumpel hatte.»

«Aber ich war das nicht, falls Sie das meinen.» Säuberlich wischte er sich den Mund mit dem Zipfel seiner Serviette ab.

«Ich nehme an, Sie waren auch letzten Donnerstag hier?»

Chamberlen nickte. «Dafür gibt es Zeugen, Superintendent, Zeugen.»

Jury blickte in die Runde. Feierliches Kopfnicken.

«Und alle übrigen sind auch hiergewesen, und jeder kann das Alibi des andern bestätigen?»

Feierliches Kopfnicken.

«Und keiner hat die geringste Ahnung, warum Cora Binns ermordet wurde?»

Wieder feierliches Kopfnicken.

21

Als Melrose schliesslich in die Gegend von Wembley Knotts kam, hatte er zwei gebührenpflichtige polizeiliche Verwarnungen bekommen, eine auf der A 10 und eine in Chigwell, wo er auf der Suche nach dem richtigen Weg ein Rotlicht überfahren hatte. Eine alte Frau, die er auf dem Fußgängerübergang beinahe gestreift hätte, gab einen Schwall von Kraftausdrücken von sich, während Melrose an seinen Hut tippte und weiterfuhr.

Der Anblick eines Silver Shadow, der die Catchcoach Street entlangglitt, rief bei den wenigen Passanten, die noch unterwegs waren, unterschiedliche Reaktionen hervor. Die Frauen meinten, Prinzessin Di sei gekommen, um eine Hilfsaktion für die Armen des East End zu starten; die Männer – zumindest die beiden, die aus dem «Three Tuns» heraustaumelten – nahmen an, diese Halluzination hätte etwas mit den zehn Flaschen Abbot zu tun, die sie auf eine Wette hin zusammen geleert hatten. Um das, was sie für eine Halluzination hielten, zu verscheuchen, kehrten sie schnurstracks in die Kneipe zurück, um sich mit ein paar weiteren Gläsern wieder klare Sicht zu verschaffen.

Melrose hatte zweimal angehalten und gefragt, welche der Bruchbuden am Ende der Straße denn das «Anodyne Necklace» sei, und jedesmal nur staunend aufgerissene Münder zu Gesicht bekommen. Er fragte sich gerade, wo er seinen Wagen abstellen sollte, als er Jurys Dienstwagen entdeckte. Es gelang ihm, den Rolls in eine Lücke zwischen dem Ford und einem völlig verrosteten Mini ohne Windschutzscheibe zu bugsieren.

Als er ausstieg, sah er, daß Jurys Auto vor einem Haus parkte, das seinen beiden Nachbarn beinahe aufs Haar glich, nur daß es noch heruntergekommener aussah. Nur die abblätternde Farbe ließ erahnen, daß es einmal ganz einladend ausgesehen haben mußte. Hinter dem vorhanglosen Fenster bewegte sich eine dunkle Gestalt wie ein Fisch in einem Aquarium. Das dreckigste Rudel Kinder, das ihm je zu Gesicht gekommen war – fünf, nein sechs, da in ihrer Mitte auch noch der Kopf eines Babys auftauchte –, hatte sich über einen alten Kinderwagen hergemacht, aber sofort wieder davon abgelassen, als der Silver Shadow auftauchte, um zu beobachten, wie er in die Lücke einparkte, ein sehr kompliziertes Manöver. Melrose vergewisserte sich, ob die Tür abgeschlossen war.

«Könnt ihr mir bitte sagen, wo das ‹Anodyne Necklace› ist?» Ein schielendes Kind wollte antworten, bekam aber von einem der Großen sofort einen Stoß in die Magengrube. Er sagte: «Klar, könn wer schon, was isses Ihnen wert?» Er blickte zu Melrose hoch, und sein Mondgesicht nahm den frechsten Ausdruck an, der ihm zu Gebote stand; seine Wimpern waren so hell, daß die Augen lidlos wirkten.

Melrose warf ihm eine Fünfzig-Pence-Münze zu, nach der er schnappte wie ein Frosch nach einer Fliege. Der Junge zeigte auf die Häuser am Ende der Straße: «Dahinten.»

Am spitz zulaufenden Ende der Straße schienen ein paar Geschäfte zu sein sein; dazwischen stand ein schmales Gebäude mit einer unauffälligen Fassade, von der auch ein Schild hing. Melrose wandte sich nach dem Haus hinter ihm um.

«Wohnt ihr da?»

«Schon möglich», sagte der mondgesichtige Junge.

«Und habt ihr den Herrn gesehen, dem dieses Auto gehört?» Melrose zeigte mit seinem Spazierstock auf den Ford.

Er wurde mit einem weiteren schlauen Lächeln belohnt: «Schon möglich.»

«Mama is zu Haus!» piepste das einzige Mädchen unter ihnen, das geräuschvoll am Finger gelutscht hatte und nun einen Tritt ans Schienbein bekam, weil es Melrose diese Information hatte zukommen lassen. Die anderen vier, die Melroses Auto zuerst nur aus respektvoller Ferne betrachtet hatten, rutschten inzwischen wie eine Schar Schnecken darauf herum.

Es gelang ihm, das Kleinste mit seinem Spazierstock zu angeln und auf den Bürgersteig zu befördern. Dann ließ er alle sechs der Reihe nach antreten und gab jedem ein Geldstück. «Vielleicht liegt noch mehr drin. Wenn ihr aber mein Auto trotzdem nicht in Ruhe laßt», fügte er mit einem gewinnenden Lächeln hinzu, «dann muß ich euch die kleinen Ärmchen und Beinchen brechen.»

Diese Drohung schien sie eher zu belustigen als einzuschüchtern. Der Mondgesichtige, der auf den Namen «Sookey» hörte, öffnete den Mund zu einer Erwiderung, aber da hatte Melrose schon seinen Spazierstock gegen das von ihnen gebildete Mäuerchen vorschnellen lassen, so daß sie umpurzelten wie Dominosteine, wobei sie nicht aufhörten zu kichern. Dann sprangen sie die Straße hinunter zu den Läden; Sookey versuchte, den Kleineren ihr Geldstück abzunehmen, was ihm mehrere Tritte in die Leistengegend eintrug.

Melrose begab sich zum Haus Nummer vierundzwanzig.

Die Frau, die auf sein Klopfen hin geöffnet hatte und nun den Türrahmen ausfüllte, war die dickste Frau, die Melrose je gesehen hatte. Ihr voluminöses Hauskleid bauschte sich über den von Hosen bedeckten Beinen. Eine interessante Zusammenstellung, dachte er. Sie hatte sich jedoch offensichtlich einige Mühe mit ihrer Aufmachung gegeben: Das Haar war nach hinten gekämmt und wurde von einem grünglänzenden Band zusammengehalten; Lippenstiftrot sickerte in die Linien um ihren Mund.

Sie musterte ihn eingehend. «Wenn Sie wegen Friendly

kommen – das ist leider ein hoffnungsloser Fall. Ich hab gar nicht gewußt, daß die Leute vom Sozialamt auch sonntags unterwegs sind. Der Junge schlägt seinem blöden Pa nach.» Sie schob sich an Melrose vorbei und steuerte auf den Kinderwagen zu. Er war bedeckt mit Wäsche, die sauber oder auch schmutzig sein konnte. Darunter schien ein Baby zu schlafen. Als sie damit zurückkam, sagte sie: «Ashs Alter war noch schlimmer, das können Sie mir glauben. Was hätt ich denn machen sollen – er lag da draußen auf dem Treppenabsatz und gab so komische Geräusche von sich. Wären Sie da rausgegangen?» Sie funkelte Melrose an. «Woher hätt ich wissen sollen, daß er am Abkratzen war?»

«Ja, woher auch?» Melrose warf einen Blick in den Raum, der wohl einmal als Wohnzimmer gedient hatte, und hoffte, daß dies nicht der letzte Ort gewesen war, den Jury lebend gesehen hatte.

Mit seiner Antwort offenbar sehr zufrieden, zog sie ein Bündel Wäsche – nein, es war das Baby – aus dem Wagen, schüttelte es und legte es wieder hinein. «Die ganzen Stufen is er runtergefallen. Und ich sollte in dem gottverdammten Haus bleiben?» Sie sah genau so herausfordernd drein wie Sookey. Der Kleine war offensichtlich seiner Mutter nachgeschlagen. «Na, kommen Sie!»

Fasziniert folgte ihr Melrose. Ein bissig aussehender Hund mit schmalem Kopf und krummen Beinen blickte zu ihm auf, als er sich in der Küche umschaute. Ein Löffel steckte in einer Schüssel, deren Inhalt ein Eigenleben zu führen schien; er warf Blasen, brach auf, bildete Risse. Sie nahm sich diese explosive Masse vor und schien jetzt erst zu bemerken, daß sich ein Fremder in ihrer Küche befand. Sie fragte: «Wer sind Sie eigentlich? Sie kommen einfach so reinspaziert.»

Melrose verneigte sich leicht. «Melrose Plant, Gnädigste, ein Freund von Superintendent Jury; ich sah sein Auto vor dem Haus und dachte, er sei vielleicht hier.»

«Sie sind also gar nicht vom Jugendamt?» Sie schien überrascht. «Na schön. Ich heiße Cripps. Und Sie sind ein Freund vom Super?» Als ob Jury zur Familie gehörte, dachte Melrose. «Er ist mit Ashley in die Kneipe rübergegangen. Gerade eben. Ich geh auch gleich, wenn die Kinder ihr Essen gekriegt haben. Setzen Sie sich doch.»

Mitgehangen, mitgefangen, dachte Melrose und fegte die Brotkrumen von seinem Stuhl. «Die Sache ist sehr dringend, Mrs. Cripps.»

«White Ellie. Fünf Minuten, dann gehen wir zusammen.» Ihr Ton schien zu besagen, daß er dieses Angebot unmöglich ausschlagen könne.

Melrose fragte sich, was wohl in der Schüssel war, immerhin wollte sie eine ganze Mahlzeit damit bestreiten. Sie zog eine Pfanne auf den Herdring, wischte sie mit einem Handtuch aus, zündete das Gas an und ließ aus einem Glas Fett hineintropfen. Melrose glaubte etwas hinter dem Spülstein hervorhuschen zu sehen, einen Schatten, der sich in die dunklen Ecken flüchtete. Er blickte schnell weg und öffnete sein Zigarettenetui. «Nehmen Sie eine?»

«Vielen Dank», sagte White Ellie, nahm sich eine Zigarette und zündete sie an der Gasflamme an. Dicke Klumpen Teig tropften von ihrem Löffel, die Pfannkuchen zischten in der Pfanne. «Wolln Sie einen?» Melrose lehnte dankend ab. «Wo die Kinder bloß wieder stecken!»

Noch bevor er ihr sagen konnte, sie hätten den Laden an der Ecke gestürmt, um sein Geld auszugeben, kündigten sie mit viel Gejohle, Gejauchze und Getrampel ihre Rückkehr an; mit verschmierten Gesichtern fielen sie in die Küche ein und ließen sich und ihre Bonbonpapierchen auf die Hocker und Stühle fallen, die um den Tisch herum standen. Eines fehlte, wie Melrose bemerkte. Auch White Ellie fiel das auf, als sie die Teller austeilte. «Wo ist Friendly?»

Sookey, der es anscheinend darauf abgesehen hatte, den Besucher zu vergraulen, Bonbons hin, Bonbons her, verkündete: «Friendly hat gesagt, er will an die Radkappen pinkeln.»

Sie kicherten – eine Bande von Verrätern.

Melrose erhob sich lächelnd und drückte dabei auf einen Knopf an seinem Spazierstock, worauf eine dünne Klinge aus dem Schaft hervorschnellte. «Ich an deiner Stelle würde mal ganz schnell zu Friendly rüberrennen und ihm ausrichten, daß der Herr hier drinnen ihm dringend rät, sich ein anderes Betätigungsfeld zu suchen.»

Sie ließen Gabeln, Löffel und Ketchupflasche fallen. Sookey wurde noch blasser, als er schon von Natur aus war. «Verdammt!» flüsterte er, rutschte von seinem Stuhl und flitzte wie ein Pfeil aus der Tür.

Nur White Ellie zeigte sich völlig ungerührt. Sie ließ ihre Zigarette auf den Boden fallen, zertrat sie wie einen Käfer und inspizierte die Klinge. «Sapperlot. So was könnte ich auch gebrauchen. Sind Sie soweit? Ich zieh mir noch schnell die Hosen aus, dann gehn wir zum ‹Necklace› rüber.»

Während er wartete, betrachtete Melrose die Tapete.

Er sagte sich, daß er zu lange mit seiner Tante Agatha gelebt hatte, um sich noch von irgendwelchen Unregelmäßigkeiten im Ablauf des Weltgeschehens erschüttern zu lassen. Noch ein, zwei Jahrtausende, und dieser Mikrokosmos würde keine Geheimnisse mehr für ihn bergen.

Hätte Jury Tagebuch geführt, hätte er als erstes White Ellie beschrieben, wie sie am Arm von Melrose Plant im trüben Licht des «Anodyne Necklace» auftauchte.

Er hatte gerade den Hörer aufgelegt, als sie hereinkamen und sich dann trennten: White Ellie ging zu den Frauen auf den Bänken (und warf einen Bierkrug um, als sie sich zwischen den Tischen durchquetschte), Plant zu Jury an die Bar.

«Darf ich Sie zu einem Drink einladen, Superintendent?»

Er nickte in die Richtung des Telefons. «Ich nehme an, Sie haben von dem Mord an Ramona Wey gehört?»

Jury nickte. «Wiggins war dran. Sie haben im Krankenhaus angerufen. Was ist passiert?»

Melrose erzählte Jury von dem kleinen Bummel, den Ramona unternommen hatte. «Sie schien sich nicht gerade allgemeiner Beliebtheit zu erfreuen, soweit ich das feststellen konnte.» Plant legte eine Pfundnote auf den Tresen und winkte Harry Biggins heran. «Ich habe mich gefragt, welche Rolle sie wohl spielte. Wenn Ramona Wey Lord Kennington Schmuck verkauft hat, wäre es dann nicht möglich, daß *sie* den Ring, den Cora Binns trug, wiedererkannte? Vorausgesetzt natürlich, daß sie ihr überhaupt in Littlebourne begegnet ist.» Harry Biggins kam zu ihnen, und Melrose bat ihn, Mrs. Cripps reichlich mit dem, was für ihr Wohlbefinden notwendig sei, zu versorgen. Erstaunt stellte er fest, daß der Wirt seine Bestellung einer Flasche Old Peculier mit der größten Selbstverständlichkeit entgegennahm.

«Ramona Wey und Cora Binns, das erinnert mich an etwas. Bestellen Sie mir ein Bier, ich telefoniere mal rasch.»

«Gut. Ich sehe solange bei dem Spiel zu. Ist das da drüben der Tisch?»

Jury lächelte. «Ein äußerst kompliziertes Spiel, Mr. Plant. Der Dicke heißt Dr. Chamberlen. Zumindest nennt er sich so. Er ist der Meister, er bestimmt, was läuft. Ich glaube nicht, daß Sie viel aus ihm rauskriegen – weder aus ihm noch aus den anderen.»

«Wir werden sehen. Können Sie mir mal Ihre Kopie von Emilys Plan leihen, Superintendent?»

«Sicher.»

Melrose bestellte Jurys Bier und ging mit Handschuhen, Spazierstock und seinem Glas Old Peculier zum Spieltisch hinüber.

All diese Dinge legte er auf der großen, runden Tischplatte ab. Die Männer blickten mit gespielter Überraschung zu ihm auf; Melrose war jedoch sicher, daß sie ihn die ganze Zeit über beobachtet hatten.

Nur Dr. Chamberlen war entweder zu klug oder zu eitel, um Erstaunen zu heucheln.

«Wer von den Herren ist der Meister?» fragte Melrose.

Dr. Chamberlen hielt seinen dicken rosa Zeigefinger hoch und fragte ironisch: «Und mit wem habe ich die Ehre, Sir?» Der Blick, der Melroses Kaschmirmantel streifte, ließ keinen Zweifel daran, daß dies an einem Ort wie dem «Anodyne Necklace» eine recht fragwürdige Ehre war.

Melrose zog aus der Innentasche seines Mantels ein Etui mit Visitenkarten, die er für solche Notfälle bei sich hatte. Er schob ihm seine Karte hin.

Dr. Chamberlen setzte seinen Zwicker auf, beugte sich darüber und las; dann lehnte er sich wieder zurück, wahrte aber nur mit sichtlicher Mühe seine gleichgültige Haltung.

Den übrigen war es alles andere als gleichgültig. «Ein Earl! Verdammt, ein Earl im ‹Necklace›?» sagte Ash Cripps. «Und woher kennen Sie Elefant?»

Melrose brauchte einen Augenblick, bis er begriff, daß damit Mrs. Cripps gemeint war. «Sie war so freundlich, mich hierherzubegleiten.»

«Und Superintendent Jury», sagte Dr. Chamberlen, «scheint ein Freund von Ihnen zu sein.»

«Richtig. Aber ich bin kein als Aristokrat verkleideter Polizist, falls Sie das annehmen.»

Chamberlen schnappte sich einen Würfel und ließ ihn in der Hand hin- und herkullern. «Was führt Sie dann zu uns?»

«Das Spiel», erwiderte Plant lächelnd. Sie sahen einander an, und Melrose stocherte mit seinem Spazierstock in den verstreuten Blättern Millimeterpapier herum. «Ich bin selbst Meister, dreizehnter Grad.»

Daraufhin drehten sich alle Köpfe nach Chamberlen um, der keinen sonderlich erfreuten Eindruck machte. «Teufel!» sagte Keith, «der höchste ist doch fünfzehn, stimmt's, Doc?»

Melrose beglückwünschte sich, nicht der Versuchung nachgegeben und zwanzig gesagt zu haben.

«Sehr interessant», sagte Chamberlen, scheinbar ganz auf den Teller Aal in Aspik konzentriert, den Biggins vor ihn hingestellt hatte. Er stopfte sich die Serviette in den Kragen. «Aber wenn ich meine Frage wiederholen darf: Was hat das mit uns zu tun?»

«Mich interessiert das hier», sagte Melrose und legte den Plan auf den Tisch.

«Sie meinen den Plan, für den sich auch Superintendent Jury interessiert?» Chamberlen preßte ein Stück Zitrone über seinem Aal aus und streute Pfeffer darüber. «Mich interessiert er überhaupt nicht.»

Melrose nahm ein paar Scheine aus seiner Brieftasche und breitete sie wie einen Fächer auf dem Tisch aus. «Fünfhundert Pfund. Kann ich jetzt mitspielen?»

Allen außer Chamberlen, der den Mund voller Aal hatte, fiel vor Staunen der Kiefer herunter.

Ein kurzes Zögern, ein schneller Blick auf das Geld, dann sagte Chamberlen: «Wir spielen nicht um Geld.»

Ein Mann von Prinzipien, dachte Melrose, aber er wußte, wie schnell sich solche Prinzipien ändern konnten. «Mein Vorschlag lautet: Wenn Sie es schaffen, vor mir herauszufinden, was dieser Plan bedeutet, gehören die fünfhundert Pfund Ihnen. Ich meine damit natürlich Sie alle.»

«Kein guter Handel für Sie, was? Wir sind nämlich im Augenblick etwas knapp bei Kasse. Keiner von uns kann fünfhundert Pfund einsetzen.»

Melrose zuckte die Achseln. «Macht nichts. Wenn ich gewinne, lassen Sie mich eben immer mitspielen, wenn ich in London bin.» Melrose nahm an, daß Chamberlen mehr daran lag, ihn aus dem Spiel herauszuhalten als das Geld zu kassieren.

«Ich komm da nicht ganz mit: Wenn Sie ein Freund des Superintendent sind, warum hat er sich dann nicht gleich an Sie gewandt?»

«Oh, das hat er.» Melrose nahm den Plan in die Hand. «Aber ich bin nicht dahintergekommen.»

Das gefiel Dr. Chamberlen offensichtlich. «Unter einer Bedingung.»

«Und die wäre?»

«Dieser Ort –» Chamberlen stieß mit dem Finger gegen den Plan – «ist wahrscheinlich frei erfunden, und Sie können nicht von mir erwarten, daß ich Trevor Trees Gedanken lese. Deshalb sollte die Wette so aussehen, daß nur der Code entschlüsselt werden muß.»

Was für ein Code, zum Teufel, fragte sich Melrose. «Schön, ich bin einverstanden.»

In der darauffolgenden Viertelstunde bekam Melrose, der mit dem Bleistift in der Hand vor einem Bogen Millimeterpapier saß und nicht wußte, was er damit anfangen sollte, den verrücktesten oder sinnlosesten Wortwechsel zu hören, den er in seinem Leben vernommen hatte. Gelegentlich machte er sich ein paar Notizen, da die anderen wie wild draufloskritzelten. Auch die übrigen Gäste schien das Geld auf dem Tisch magisch anzuziehen.

«...und holt sich zwölf Goldstücke aus der Höhle des Schwarzen Bären.»

An diesem Punkt war Jury hinter ihn getreten. Melrose las den Zettel, den er ihm hinschob: *Ramona Wey arbeitete für die Jobvermittlung «Smart Girls»*.

Als Keith und Nollie in der Höhle des Schwarzen Bären festsaßen und nicht mehr weiterwußten, legte Chamberlen den Bleistift auf den Tisch und blickte zu Melrose hinüber. «Inzwischen muß Ihnen der Code ja klargeworden sein.» Sein vergnügtes Grinsen bewies Melrose, daß Chamberlen gewonnen hatte oder zumindest fest davon überzeugt war. Als Melrose nichts darauf erwiderte, erklärte er, offensichtlich sehr zufrieden mit sich selbst: «Der Schlüssel ist das, was immer wiederkehrt – gewöhnlich sind das Namen, Orte,

Zahlen. Aber so elementare Dinge brauche ich Ihnen wohl nicht zu erklären, wo Sie selbst Meister sind. Als Schlüssel kommen hier offensichtlich nur die Farben in Frage.»

«Vielleicht können Sie das doch noch etwas erläutern», sagte Melrose und legte seinen Spazierstock auf die Pfundnoten, nach denen sich bereits eine Hand ausstreckte.

Dr. Chamberlen faltete die Hände über dem Bauch: «Der Bach des Bluts ist offensichtlich rot. Dazu braucht man nicht viel Phantasie. Eindeutig sind auch der Schwarze Bär, die Gelbe Steinstraße und die Blaue Grotte. Bei dem Pfad bin ich mir nicht ganz sicher – braun vielleicht? Der Festungsgraben ist wahrscheinlich grün oder blau oder blaugrün.»

«Und der Königsweg?»

«Lila natürlich.» Chamberlen zuckte die Achseln und blickte von Plant zu Jury. «Glauben Sie mir, meine Herren, wenn ich mehr wüßte, würde ich es Ihnen sagen. Aber das ist der Schlüssel. Da bin ich mir ganz sicher.»

Melrose hob seinen silberbeschlagenen Stock von den Pfundnoten, die Chamberlen flugs einsammelte und erstaunlich großzügig an die Spieler austeilte.

Die Catchcoach Street wurde nicht so häufig von Adligen und Superintendenten besucht, als daß die Gäste des «Anodyne Necklace» sie so einfach ziehen lassen konnten, besonders nachdem Melrose Plant mehrere Runden ausgegeben hatte. Einen solchen Wohltäter ließ man ungern gehen, und White Ellie, die mehr als alle andern von seiner Großzügigkeit profitiert hatte, fühlte sich zu einer Gegenleistung verpflichtet. «Na, wie wär's, wollt ihr beide nicht mit zu uns kommen und ein paar aufgewärmte Pfannkuchen futtern?»

Sie standen unter dem Schild des «Anodyne Necklace» und schauten die Catchcoach Street entlang. In dem blauen Licht der Dämmerung waren die Straßenlampen angegangen, und die schmalen Häuser warfen lange Schatten auf das Pflaster. Ein Stück weiter tobte eine Horde Kinder herum.

«Farben», sagte Melrose Plant und zündete sich eine dünne Zigarre an. «Was zum Teufel hat das zu bedeuten? Wenn nur Emily mit ihren Buntstiften da wäre... Hat Ihr Telefonanruf etwas erbracht?»

«Ja. Ich erinnerte mich daran, daß Sylvia Bodenheim Ramona Wey als aufgedonnerte kleine Sekretärin aus London beschrieben hatte. In London gibt es zwar jede Menge aufgedonnerter kleiner Sekretärinnen, aber es ist anzunehmen, daß nur wenige für die Jobvermittlung ‹Smart Girls› in King's Cross arbeiten oder gearbeitet haben. Ramona war eine davon, wie mir die Geschäftsführerin mitgeteilt hat. Sie kündigte, als eine alte Tante von ihr starb und Ramona nicht mehr zu tippen brauchte – vor gut einem Jahr.»

«Sie hat also Cora Binns gekannt?»

«Bestimmt. Aber ich kann verstehen, wenn sie das unter diesen Umständen nicht zugeben wollte. Obwohl sie es besser getan hätte. Aber ich nehme an, sie hatte sich ihren eigenen kleinen Plan zurechtgelegt, Erpressung wahrscheinlich. Das arme dumme Ding.»

Einen Augenblick lang schwiegen beide. Auch auf der Straße war es still geworden, eine Stille, die nur von den hellen Stimmen der Kinder unterbrochen wurde. Alle übrigen Anwohner mußten in der Kneipe sein.

«Sagten Sie, diese Agentur befinde sich irgendwo in der Nähe von King's Cross?»

Jury nickte. «Warum?»

«Und wo ist die Underground-Station Wembley Knotts?»

«Nicht weit. Nur ein paar Minuten von hier.»

«Was halten Sie davon, wenn wir kurz reinschauen?»

«Na schön. Ich muß nur bald wieder nach Littlebourne.»

«Dauert keine fünf Minuten.» Melrose ließ seine Zigarre in den Rinnstein fallen und blickte zum Schild des «Anodyne Necklace» hoch. «Sägespäne, Gaslicht, Chamberlen und Cripps. Das hier könnte für den Rest seines Lebens von seinem Schick leben.»

Sie waren bei ihren Autos angelangt. Plants Spazierstock hatte offensichtlich die gewünschte Wirkung gehabt: Der Silver Shadow war unversehrt, keine Menschenhand und keine Cripps-Pfote hatten ihn angetastet.

Jury indessen seufzte. Quer über seine Windschutzscheibe war mit Seife das Wort RATE geschmiert, gefolgt von der etwas kleiner geschriebenen Aufforderung, von hier abzuhauen.

Melrose schüttelte den Kopf. «Lernen sie auf der Schule denn keine Orthographie mehr?»

Als Melrose seinen Rolls vorsichtig die Straße entlangchauffierte, sah Jury, wie die Cripps-Kinder ihr Spiel unterbrachen, zu winken anfingen und ihm auf dem gepflasterten Trottoir nachliefen.

Auch Friendly winkte, nur nicht mit der Hand.

Die schwarze Kontrolleurin beugte sich gerade aus ihrer Dienstkabine und legte sich mit einer Familie kleingewachsener Orientalen an. Jury zeigte seinen Ausweis, und sie ließ sie mürrisch passieren. Von den Orientalen verlangte sie noch dreißig Pence.

In der Ferne fuhr ein Zug ab, und der Wind schob sie wie eine Hand im Rücken den Gang entlang. Von dessen anderen Ende her waren, durch die Wölbung der gekachelten Wände verstärkt, die Klänge einer Gitarre und einer Stimme zu vernehmen, die ein melancholisches Lied von Heimweh und Heimkehr sang; es klang so traurig, als hätte der Sänger bereits jede Hoffnung aufgegeben. Jury hatte das seltsame Gefühl, dies alles schon einmal erlebt zu haben. Sie bogen um die Kurve, und Melrose warf ein paar Münzen in den offenen Gitarrenkasten; der Gitarrist nickte und spielte als Zeichen des Dankes ein wenig lauter.

«Hier wurde sie gefunden», sagte Jury und blieb vor dem *Evita*-Plakat stehen, das inzwischen bis zur Mitte eingerissen war. Ein glitzernder Arm war erhoben, der andere hatte sich von der Schulter abgelöst. Verstümmelt und mit einem Schnurrbart verunziert, behauptete Evita noch immer ihren Platz an der Wand, wie sie ihn auch im Leben behauptet hatte.

Neben ihnen hallten Schritte, und zwei Teenager bogen um die Ecke. Sie sahen völlig identisch aus – lange Haare, tiefe Schatten um die Augen, Jeans, Kaugummi.

«Ein so belebter Ort», sagte Melrose, «es muß ziemlich riskant gewesen sein, sie hier zu überfallen.»

«Wahrscheinlich blieb dem Betreffenden gar nichts anderes übrig. Da er in der Nähe von Wembley Knotts und des ‹Anodyne Necklace› nicht gesehen werden wollte.»

Sie gingen die Treppe hinunter und den Bahnsteig entlang. Die gegenüberliegende Wand war mit riesigen Plakaten vollgeklebt. Kristallklarer Gin; ein Rock, der über einem wohlgerundeten, in Strumpfhosen verpackten Po aufflatterte; die flehenden Augen einer alten Frau, die um eine Spende für ein Heim für mittellose Witwen baten; die noch flehenderen Augen eines Spaniels, der (wie der Tierschutzverein bekanntgab) nur noch kurze Zeit zu leben hatte. Die beiden Teenager standen am andern Ende des Bahnsteigs. Ein paar Jungen in Lederjacken und mit altmodischen Entenschwanzfrisuren kamen durch einen der gewölbten Gänge. Sie wechselten abschätzende Blicke mit den Teenagern.

Jury blickte auf die Wand hinter sich, in die Richtung, in die Melroses Spazierstock wies.

In diesem Augenblick hätten ihre Gedanken ein und demselben Gehirn entsprungen sein können. Plant zeigte mit seinem Spazierstock auf einen dunklen Punkt auf dem Plan des Underground-Netzes, der die größte Station Londons markierte. «King's Cross St. Pancras.»

Jede Linie hatte eine andere Farbe, damit sich der Benutzer in diesem Labyrinth zurechtfand. Plants Spazierstock folgte dem dünnen roten Strich, der die Stadt in zwei Hälften teilte. «Der Bach des Blutes, nicht? Die Central Line. Blau die Victoria Line; Schwarz die Northern Line; Grün die District Line – vergleichen wir das doch mal mit Ihrem Plan.»

Jury zog ihn aus der Tasche. Die Kirche von St. Pancras war an der Stelle eingezeichnet, die dem dunklen Punkt auf dem Plan des Underground-Netzes entsprach. «Und hier haben wir das Collier, genau da, wo wir stehen, in der Station Wembley Knotts.»

«Wenn man die Augen schließt, sieht es wie einer von Ernestines Plänen aus.»

Jury fragte sich, wie oft er diesen Plan allein in den letzten zwei Tagen gesehen hatte – die lackierten Fingernägel der Taschendiebin gleich daneben. Immer der gleiche Plan, in jedem Wagen, an jeder Station. Es gab praktisch keinen Tag in seinem Leben, an dem er nicht einen Plan der Londoner Underground gesehen hatte.

«Meinen Sie», meinte Melrose, «Tree hat es irgendwo hier versteckt? In einer Underground-Station?» Er blickte sich um, während ein Zug angedonnert kam, ein paar Fahrgäste ausspuckte und die Teenager samt den Jungen in den Lederjacken verschluckte.

Der Gitarrenspieler ging mit seinem schwarzen Kasten den Bahnsteig auf und ab. Erst jetzt merkte Jury, daß die Musik aufgehört hatte. Der Gitarrenspieler zündete sich eine Zigarette an, lehnte sich gegen eine Wand und wartete.

Jury warf ihm einen Blick zu und sagte zu Melrose Plant: «Wenn Sie wie Tree den Verdacht hätten, daß die Polizei schon auf der Straße oder in Ihrer Wohnung auf Sie wartet, und hier stünde Ihr Komplize –» Der Rest verlor sich in dem Wind, der aufkam, als der Zug beschleunigte und in dem dunklen Tunnel verschwand.

«– dann kämen Sie vielleicht auch auf den Gedanken, dieses Collier in eine Pfundnote zu wickeln und einfach in den Kasten mit den Münzen zu werfen. Allerdings hätte der schon jemandem sehr Vertrauenswürdigen gehören müssen.»

Jury blickte von dem Underground-Plan wieder zu dem unglücklichen Hund hoch, dessen Augen niemandem vertrauten. Täuschte er sich völlig? Es fiel ihm schwer zu glauben, daß Cyril Macenery der Täter gewesen sein sollte. Wichtig war zunächst nur, daß er im Krankenhaus war – allein mit Katie. «Bitte setzen Sie mich am Krankenhaus ab, wenn Sie nach Littlebourne zurückfahren.»

Plant versuchte, mit ihm Schritt zu halten; sie rannten beinahe durch die Gänge. «Fahre ich denn nach Littlebourne zurück?»

«Ja. Um auf Emily Louise Perk aufzupassen. Ihr hat Katie diesen Plan gegeben.»

«Ich würde mich viel sicherer fühlen», sagte Melrose, der hinter Jury die Rolltreppe hochrannte, «wenn Emily Louise Perk auf mich aufpaßte.»

22

Emily Louise sass auf der Polizeiwache von Littlebourne, ihr Malbuch aufgeschlagen vor sich, und wünschte, Superintendent Jury würde zurückkommen. Peter Gere war zwar auch bei der Polizei, aber er war doch nur der Dorfpolizist. Außerdem war er dauernd mit dem Telefon und dieser quietschenden Box beschäftigt, die ihn mit der Polizei von Hertfield verband; es hätte hereinkommen können, wer wollte, ihr eine überziehen und dann wieder verschwinden können, ohne daß Peter etwas bemerkt hätte.

Emily Louise hätte sich eher einen Zahn ziehen lassen, als zuzugeben, daß die Ereignisse von heute nachmittag sie sehr nervös gemacht hatten. Sie hatte das Gefühl, sie brauche den Schutz der Polizei. Aber Peter schien ihr den nicht geben zu wollen. Zweimal schon hatte er sie aufgefordert zu gehen und gesagt, er habe sehr viel zu tun.

Und nun sagte er es wieder. Er legte die Hand über die Sprechmuschel und erklärte: «Emily, ich hab 'ne Menge zu tun; am besten, du gehst jetzt.» Und bevor er die Hand von der Sprechmuschel nahm, um der Stimme am andern Ende der Leitung zu antworten, fügte er automatisch hinzu: «Deine Mutter möchte, daß du nach Hause kommst. – Ja, hier ist Gere...» Er wandte sich wieder ab.

Warum sagten sie ihr das immer? Man hätte meinen können, Gott habe einen Knopf auf der Box gedrückt, und eine gewaltige Stimme habe daraus gesprochen: *Hier spricht deine Mami.* Dabei wußte Peter, daß ihre Mutter in Hertfield war; sie hatte ihm das selbst erzählt. Von ein paar Ausnahmen abgesehen – sie dachte an Polly und Superintendent Jury –, schienen die Erwachsenen nie zuzuhören.

Angewidert betrachtete sie das letzte Bild in ihrem Malbuch. Schneewittchen tätschelte Zwerg Dopeys polierten Schädel und hatte ein Lächeln aufgesetzt, das aussah, als wäre es in Klebstoff getaucht. Emily streckte dem Bild die Zunge heraus, klappte das Buch zu und sah sich im Zimmer um.

An dem Plan, der mit einer Reißzwecke auf Peter Geres Filztafel befestigt war, blieb ihr Blick hängen. Es gab sogar mehrere davon. Da inzwischen jeder Polizist, der hier herumschwirrte, einen hatte, war der Plan sozusagen ein offenes Geheimnis.

Peter Gere hatte ihr den Rücken zugewandt; sie rutschte von ihrem Stuhl herunter, riß eines der Blätter ab und setzte sich wieder auf ihren Platz. Es würde sich prima ausmalen lassen. Sie reihte die Stummel ihrer Buntstifte neben sich auf und machte sich daran, die Grotte blau zu färben. Nach ein paar Minuten prüfte sie das Ergebnis, war aber nicht sehr zufrieden. Da ihre Stifte so stumpf waren, sah alles – die Grotte, der Bach, der Festungsgraben und die Straße – grob vereinfacht aus. Sie nahm das Kinn zwischen die Hände und starrte darauf. An was erinnerte sie das nur? Sie runzelte die Stirn. Als sie Peter den Mantel von der Stuhllehne nehmen sah, griff sie schnell nach dem Blatt, schob es in ihr Malbuch und tat so, als wäre sie eingeschlafen. Er würde ihr den Hals umdrehen, wenn er wüßte, daß sie an seiner Tafel gewesen war! Er hatte ihr streng verboten, sie zu berühren.

«Ich muß nach Hertfield, Emily, und du gehst jetzt schön brav nach Hause.»

Sie gähnte. «Ich muß noch die Pferde füttern.»

«Na schön, dann füttere sie; eigentlich solltest du um diese Zeit nicht mehr unterwegs sein...» Er brummte etwas über ihre Mutter. «Es ist schon nach acht. Was ist denn das?»

Pech. Der Plan war herausgerutscht, als sie das Malbuch vom Tisch genommen hatte.

«Emily! Das ist Beweismaterial, und du schmierst darauf herum.»

Sie versuchte, ihn abzulenken. «Es erinnert mich an was, ich komm nur nicht drauf.» Sie zog die Brauen zusammen. «Farbig sieht's irgendwie ganz anders aus, nicht?»

Peter drehte den Plan hin und her. «Für mich ist das irgendein blödsinniger Plan für Schatzsucher, sonst nichts. An was erinnert er dich denn?»

Emily sah mit zusammengekniffenen Augen zur Decke hoch und verfolgte eine Motte, die über die Deckenlampe flatterte. «Ich komm schon noch drauf.»

Sein Gesicht glich einer Gewitterwolke. «Bei mir läuft das nicht. Ich stopfe dich nicht mit Chips und Süßigkeiten voll.»

Als er sich umdrehte, um das Papier zusammenzuknüllen und in den Papierkorb zu werfen, streckte sie seinem Rücken die Zunge heraus. Der Plan war kein Spiel. Sie würde rauskriegen, was er bedeutete!

Peter schob sie zur Tür hinaus, warf ihr einen bösen Blick zu, stieg in sein Auto und brauste die Hauptstraße hinunter. Als er außer Sichtweite war, schlich Emily sich auf die Wache zurück, holte den Plan aus dem Papierkorb und glättete ihn sorgfältig.

Auf dem Weg nach Rookswood schaute sie noch bei Polly Praed vorbei und war sehr viel zufriedener mit dem Empfang, der ihr dort zuteil wurde. Polly hatte sie sogar einmal nach London in den Zoo mitgenommen und ihr erlaubt, mit der Underground in der ganzen Stadt herumzufahren.

In der Küche von Rookswood wurde sie noch freundlicher empfangen: Gleich mehrere frische Sahnetörtchen wurden ihr aufgedrängt, damit sie ihre Geschichte erzählte.

«Sie sind *wahnsinnig*», sagte Cyril Macenery, während er sich von seinem Stuhl aufrichtete, bis Jury ihn wieder zurückstieß.

Jury hatte den Spießrutenlauf vorbei an der sauren kleinen Krankenschwester, diversen Helfern, einem Wägelchen mit medizinischem Gerät und einer Frau, die sehr wohl fähig schien, ihn zu packen und an den Füßen aus dem Krankenhaus zu schleifen, hinter sich gebracht. Bestimmt die Oberschwester. Doch als er ihr seinen Ausweis unter die Nase hielt, blieb ihr nichts anderes übrig, als ihn mit zusammengekniffenem Mund zu akzeptieren.

Katie lag da wie bei seinem letzten Besuch. Er widerstand der Versuchung, ihr einen Spiegel an den Mund zu halten, bevor er Cyril Macenery aus dem Zimmer führte.

Nun waren sie in einem Raum, der trauernden Hinterbliebenen vorbehalten war. Wiggins, der unter einer Krankenhauslampe saß, hatte sein Notizbuch aufgeschlagen. Er hatte alles mitgeschrieben.

«Hören Sie, ich war hier in diesem Krankenhaus – Sie haben mich gesehen. Ich kann ja wohl kaum in Littlebourne gewesen sein und jemand umgebracht haben.»

«Davon rede ich im Augenblick nicht. Wir sprechen darüber, was mit dem Halsband geschah. Die Polizei wußte, daß Tree es gestohlen hat, aber gefunden haben wir es nicht.»

Macenery wirkte völlig fertig. «Daß Trevor mir so weit vertraut haben soll, um mir Schmuck im Wert von einer viertel Million in den Geigenkasten zu werfen und sich davonzumachen, ist doch lächerlich. Er hat keinem getraut.»

«Aber eben doch. Es war noch jemand anderes an dem Diebstahl beteiligt. Der Jemand, dem er die Underground-Skizze geschickt oder dagelassen hat.»

Wiggins hatte aufgehört zu schreiben und rollte den Stift zwischen den Fingern, klopfte damit auf sein Notizbuch. «Die Sache ist die, Sir, mit Macenery kommt das nicht hin. Tree wurde von der Polizei festgenommen und dann bis zu seinem Autounfall rund um die Uhr überwacht. Er wußte, daß er unter Beobachtung stand. Da er also nicht selbst an das Halsband herankam, schickte er seinem Komplizen den Magierplan. Ziemlich mieser Trick, würde ich sagen – ihn den Komplizen enträtseln zu lassen. Und das können daher nicht Sie gewesen sein», sagte Wiggins zu Macenery. «Nicht, wenn Sie das Halsband schon vorher gehabt hätten. Es sei denn, Sie haben es ihm zurückgegeben, aber das ist nach den gegebenen Umständen unwahrscheinlich.»

Macenerys Erleichterung war mit Händen greifbar. «Da haben Sie verdammt recht, ich kann's gar nicht gewesen sein.»

Jury lächelte. «Dann habe ich wohl schneller geredet als gedacht, was, Wiggins?»

Wiggins saß da unter der Krankenhauslampe, badete in seinem kleinen Glanz und zog das kleine rote Band von einer frischen Schachtel Hustenbonbons ab.

Durch die angelehnte Stalltür fiel ein schmaler, nicht sehr heller Lichtstrahl in Shandys Box, wo Emily gerade absattelte. Sie war zwanzig Minuten lang mit ihrem Pony ausgeritten – bis die Sahnetörtchen in ihrem Bauch zu rumoren anfingen. Dann war sie wieder in den Stall zurückgekehrt.

Als sie die Gurte löste, ging die Stalltür langsam zu, und es gab überhaupt kein Licht mehr.

Nichts war dunkler als der Stall bei Nacht und bei geschlossener Tür. Keine Fenster, keine Ritzen zwischen den Brettern, keine Astlöcher, durch die Licht hätte dringen können. Der Stall war so solide gebaut wie ein Haus. Und sie hatte erst gar nicht das elektrische Licht angeschaltet, weil sie sich in diesem Stall auskannte wie ein Blinder in seinem Zimmer.

In ihrem eigenen Zimmer hatte sie schon ab und zu Angst,

wenn sie allein im Dunkeln lag, aber im Stall war ihr das noch nie passiert, er war immer ein Zufluchtsort für sie gewesen.

Aber jetzt fürchtete sie sich.

Jeder, der einen triftigen Grund hatte, nachts hier aufzutauchen, würde nicht einfach die Tür zufallen lassen, sondern erst das Licht anschalten, und vor allem würde er sich nicht so lautlos hereinschleichen. Die Stille, die nach dem Knall, mit dem die Tür zugefallen war, und dem erschreckten Scharren der Pferde herrschte, war undurchdringlich. Außer dem raschelnden Geräusch der Hufe, dem leisen Wiehern und Schnauben war nichts zu vernehmen.

Emily wollte schon rufen: *Wer ist da?*, aber der Instinkt riet ihr, den Mund zu halten. Regungslos stand sie mit dem Tuch da, mit dem sie das Zaumzeug abgewischt hatte, und lauschte auf die Schritte im Stall. Wenn sie sich nur aus Shandys Box zu den Fässern hinüberschleichen könnte... Katie hatte immer gesagt, sie erinnerten sie an Ali Babas Schatzhöhle. Nein, besser nicht, wer immer sich da herumschlich, er würde bestimmt in den Fässern nach ihr suchen – nach *ihr*? Wer suchte denn schon nach ihr? Die Schritte schienen rasch näher zu kommen, an den Boxen entlang. Emily hörte, wie die Riegel an den Türen vorgeschoben wurden – an der ersten, der zweiten, der dritten.

Jemand verriegelte die Türen, sperrte die Pferde ein. Sperrte *sie* ein. Weiter hinten mußte eine Taschenlampe angeschaltet worden sein, denn auf den Brettern und der Decke war das Spiel von Lichtreflexen zu sehen.

Warum wurde sie eingesperrt?

Sie hörte die Tür am andern Ende quietschen – wahrscheinlich an der Box der alten Nellie – und das Wiehern des Pferdes. Aus Protest gegen den Eindringling. Auch diese Tür wurde zugeschlagen. Und wieder dieses Geräusch eines Riegels, der vorgeschoben wurde.

Sie preßte die Knie gegen die Brust und wagte kaum zu atmen. Dieselbe Abfolge von Geräuschen ließ sich vernehmen: Tür auf, das Scharren von Hufen, Tür zu, ein Riegel, der vorgeschoben wurde. Auch bei Jupiters Box.

Im ganzen gab es sieben Boxen, drei davon waren leer.

Sie wußte nun, was da vor sich ging: Wer immer das war – er hatte es auf sie abgesehen, und um zu verhindern, daß sie sich durch die äußere Stalltür in die pechschwarze Nacht hinausschlich, hatte er die Riegel an den andern Boxen vorgeschoben und inspizierte nun eine nach der andern. Inzwischen war er schon wieder eine näher gekommen.

Sie konnte nicht hinaus. Mit fest geschlossenen Augen dachte sie angestrengt nach. Am liebsten wäre sie einfach reglos sitzen geblieben, in der Hoffnung, daß der dünne Lichtstrahl über sie hinwegginge, daß er sie für einen Sack Futter hielte.

Die vierte Box wurde geöffnet, ausgeleuchtet und verriegelt.

Ganz langsam ging sie in die Hocke, richtete sich dann ganz auf und glitt lautlos zu Shandy hinüber. Sie hielt sich an seiner Mähne fest und schwang sich auf den Rücken des Ponys. Shandy schnaubte ein paarmal, aber das war nichts im Vergleich zu dem Lärm, den die andern Pferde machten, wenn die Tür zu ihrer Box aufging.

Nun blieb ihr nichts mehr übrig, als zu warten, flach auf Shandys Rücken ausgestreckt, die Wange gegen seinen Hals gepreßt. Ihr Verfolger war in der Box nebenan.

Shandy wieherte und scharrte auf dem Boden. Das seltsame nächtliche Zwischenspiel schien ihm ganz und gar nicht zu behagen. Emily umklammerte die Zügel, legte den Kopf so nah wie möglich an sein Ohr und wartete.

Sie hörte, wie der Riegel zurückgeschoben wurde, sah, wie der Lichtstrahl der Taschenlampe über die Flanke des Pferdes glitt und sie um eine Handbreit verfehlte, sah, wie er die Ecke ausleuchtete –

«Los!» flüsterte sie dem Pony ins Ohr.

Shandy schoß aus seiner Box. Als sie an die äußere Stalltür

kamen, die geschlossen, aber nicht verriegelt war, stieß sie mit ihrer Peitsche und das Pony mit dem Kopf dagegen – und draußen waren sie.

Sie hatten da jemanden zurückgelassen, der jetzt mit der Nase im Dreck liegen mußte, sagte sie sich glücklich, als sie den Wind im Gesicht spürte.

In weniger als einer Minute hatte Emily den Hof überquert und die Auffahrt erreicht. In ein paar Sekunden hätte sie auch den Rasen vor dem Haus überqueren können – aber das Haus war wohl nicht der richtige Zufluchtsort, denn derjenige, der im Stall nach ihr gesucht hatte, konnte ja von dort gekommen sein. Sie konnte durch das Tor am Ende der Auffahrt reiten, um zur Hauptstraße zu gelangen...

Zu spät erinnerte sie sich, daß es geschlossen war; man hatte ihr eingebleut, es immer hinter sich zu schließen. Und konnte sie sich denn darauf verlassen, daß diese Person (wer konnte es schon anderes sein als der widerliche Derek mit seinem sabbernden Mund?) sich nicht schon wieder aufgerappelt hatte, um sie sich genau dann zu schnappen, wenn sie sich an dem Tor zu schaffen machte? Mit jedem andern Pferd aus dem Stall hätte sie springen können, aber nicht mit Shandy. Und die Mauer von Rookswood folgte gut einen halben Kilometer der Hertfield Road.

Blieben nur zwei Möglichkeiten – sie konnte an der Mauer entlangreiten, bis sie endete, und das bedeutete, daß sie durch den Wald von Horndean reiten mußte; oder sie konnte quer über die Weide galoppieren und Rookswood hinter sich lassen...

Sie brauchte nicht lange zu überlegen, denn das Geräusch, das sie hinter sich auf dem Kies vernahm, war nicht das Geräusch von Schritten, sondern das Klappern von Hufen.

Blieb ihr also nur der Wald von Horndean. Emily bohrte die Absätze in Shandys Flanken und versetzte ihm einen Klaps mit den Zügeln; umzukehren war jetzt ausgeschlossen.

Als sie an der Mauer entlanggaloppierte, spürte sie den kalten Wind im Gesicht, einen Wind, der nach Regen roch. Sie betete um diesen Regen. Zumindest würde er ein Geräusch machen, das ihre Geräusche überdeckte.

Bevor sie im Wald verschwand, warf sie einen Blick über die Schulter und sah eine dunkle Silhouette auf sich zukommen. Wenn die Silhouette Jupiter, Julias Pferd, war, dann hatte sie keine Chance, das wußte Emily, denn Jupiter war einfach schneller als Shandy, selbst wenn Julia draufsaß, mit deren Reitkünsten es nicht weit her war.

Als sie die vereinzelten Baumgruppen erreicht hatte, die den Wald von Horndean säumten, bog sie in einen alten Reitweg ein und zügelte Shandy. Irgendwo zu ihrer Linken hörte sie das andere Pferd vorbeigaloppieren.

Sie konnte nun nicht mehr geradeaus bis zum Ende der Mauer und der relativ sicheren Landstraße zwischen Horndean und Hertfield reiten, da der andere dort bestimmt schon auf sie wartete. Und wenn er bereits auf dem Weg nach Rookswood zurück war, konnte sie auch nicht umkehren.

Sie konnte sich auf Shandys Rücken stellen und über die Mauer klettern. Aber wenn er Shandy ohne Reiter entdeckte, dann würde er sofort Bescheid wissen und auf der andern Seite der Mauer nach ihr suchen. Und er wäre zu Pferd und sie zu Fuß. Wahrscheinlich hatte er auch eine Taschenlampe bei sich, während sie nur eine Peitsche hatte, aber was ließ sich mit einer Peitsche schon anfangen?

Er konnte die Leute ganz schön in die Irre führen. Diese Worte von Superintendent Jury fielen ihr wieder ein, als sie die Zweige rascheln und knacken hörte – die Geräusche des zurückkehrenden Reiters, der sich jetzt sehr viel mehr Zeit nahm.

In die Irre führen: Es war, als ob Jimmy Poole ihr das noch schnell zuflüstern wollte, bevor er sich mit dieser schrecklichen Krankheit ins Bett legte (an der er beinahe gestorben wäre – sie war überzeugt davon).

Sie dirigierte Shandy schnell und lautlos an ein Stück

Mauer, kletterte auf seinen Rücken, verschaffte sich einen sicheren Stand und kletterte dann die Mauer hoch. Sie nahm das Tuch, mit dem sie das Zaumzeug abrieb, und ließ es auf die Mauer fallen, wo es an dem wilden Wein hängenblieb. Gut. Das sah so aus, als hätte sie es verloren, als sie über die Mauer kletterte. Sie ging ein paar Meter an der Mauer entlang, griff nach dem untersten Ast eines Baumes und schwang sich daran hoch.

Sie brauchte nicht lange zu warten.

Plötzlich gerieten die Zweige und Farne in Bewegung, und der dünne Strahl der Taschenlampe suchte den Platz unter ihr ab und fuhr an den Bäumen hoch.

Der Strahl fiel auf Shandys Hinterbacken. Das andere Pferd blieb stehen, jemand sprang aus dem Sattel, stapfte über die nassen Blätter und blieb dann direkt unter ihr stehen.

Zum erstenmal in ihrem Leben hatte Emily Louise Perks Neugierde nicht gesiegt. Wie festgefroren klebte sie mit angehaltenem Atem an dem Baum, das Gesicht gegen die Rinde gepreßt.

Sie hätte hinunterschauen sollen in den paar Sekunden, in denen dieser schreckliche Mensch das Pferd und die Mauer inspizierte; sie wußte das, aber sie konnte es einfach nicht – sie war zu feige dazu.

Emily Louise hatte in ihrem Leben nur dreimal geweint: einmal, als ihr Vater wegging; einmal, als ihre Katze starb und einmal, als Katie O'Brien ins Krankenhaus mußte.

Das war das vierte Mal, und sie weinte, weil sie wußte, daß Jimmy Poole nicht so feige gewesen wäre.

Der Regen hatte aufgehört. Und das Dunkel, das sie umgab, wurde noch undurchdringlicher. Die Person war weg; sie hatte sich wieder auf ihr Pferd geschwungen (sie war überzeugt, daß es Jupiter war) und war weggeritten. Sie würde irgendwo anders nach ihr suchen.

Sie kletterte von dem Baum auf Shandys Rücken und hätte

ihn gerne dafür belohnt, daß er so ruhig und geduldig gewartet hatte.

Emily ritt auf der Landstraße von Horndean bis zum Ende der Mauer. An diesem Punkt kreuzte sich die Straße mit einer andern, sehr viel schmaleren, die zu dem Dorf St. Lyons führte.

Shandy war müde; er schnaufte heftig und schüttelte die Mähne, als wolle er alles von sich abschütteln. Sie waren jetzt auf der Straße nach St. Lyons, und wenn sie nach rechts blickte, konnte sie jenseits der Hecken und Weiden die Lichter der Häuser an der Hauptstraße von Littlebourne erkennen. Der milchige, rosarote Schein kam aus Mary O'Briens Schlafzimmer, in dem immer Licht brannte. So aus der Ferne und mit all den Bäumen davor blinkten die Lichter wie Sterne. Einen halben Kilometer noch, und sie würde an der Stelle angelangt sein, wo das Sträßchen nach St. Lyons geradeaus weiterging und ein Feldweg mit tiefen Radspuren nach rechts abzweigte; er beschrieb einen Bogen und führte auf die Straße, die schließlich zur Hauptstraße von Littlebourne wurde.

Emily war so erschöpft, daß sie ihr Gesicht in Shandys Mähne vergrub und ihn einfach weitertrotten ließ. In der Ferne hörte sie ein Auto.

Es fuhr vorbei, ein dunkler, nächtlicher Schatten. Auf der Straße nach St. Lyons gab es nur ganz wenig Verkehr.

Sie war wie betäubt vor Angst, als sie bemerkte, daß es in einiger Entfernung hinter ihr anhielt und auf der schmalen Straße zu wenden versuchte, indem es halb in die Hecke zurückstieß.

Nun wußte sie Bescheid. Sie schlug einen leichten Trab an und ging dann in den Galopp über. Shandy war ziemlich schnell, wenn Emily auf ihm saß, aber kein Pferd aus den Ställen der Bodenheims war so schnell wie ein Auto.

Dabei mußte sie schneller sein, wenn sie die Nacht überleben wollte.

Der Wagen stand ein ganzes Stück hinter ihr, aber an den Scheinwerfern ließ sich erkennen, daß es ihm gelungen war zu wenden und daß er gleich auf sie losbrausen würde.

Die Gabelung der Straße lag direkt vor ihr. Wenn sie nach rechts abbog, wäre sie für ein paar Sekunden vor dem Wagen in Sicherheit. Sie ließ Shandy langsamer gehen, zog ihren Tweedmantel aus und steckte die Ärmel durch die Schlaufen des Zaumzeugs. Es war ein ziemlich plumpes Täuschungsmanöver, aber sie erinnerte sich, daß sie ihre Mutter hinters Licht geführt hatte, indem sie Kissen unter die Bettdecke stopfte, damit es so aussah, als läge sie im Bett, obwohl sie schon längst aus dem Fenster geklettert war, um irgendein mitternächtliches Abenteuer zu erleben. Jetzt tat es ihr richtig leid, daß sie in den letzten Jahren kaum auf ihre Mutter gehört hatte, auch wenn sie nicht recht wußte, was ihre Mutter eigentlich zu sagen gehabt hatte.

Sie hörte den Wagen auf der Straße nach St. Lyons näher kommen – gleich würde er die Gabelung erreicht haben. Sie glitt zu Boden, schrie «Los!» und klopfte Shandy auf die Hinterbacke. Shandy fing an zu galoppieren, und der Mantel flatterte auf dem Sattel.

Als der Strahl der Scheinwerfer auf die Beine des Ponys fiel, ließ Emily sich in die Hecke rollen; Tränen liefen ihr übers Gesicht, und sie haßte sich.

Shandy so hereinzulegen!

Mr. William Francis Bevins Potts war offensichtlich so stolz auf seine Position in der technischen Abteilung der Londoner Verkehrsbetriebe, daß er bereitwillig seine Lieblingssendung ausschaltete, um einen Vortrag über die Londoner Verkehrsmittel zu halten. Während er ein Potpourri verwirrender Details über Geschichte und Entwicklung des Wagenparks auftischte, betrachtete Jury die farbenprächtigen Plakate, die die Wände von Mr. Potts' Wohnung in der Edgeware Road bedeckten – elegante Herren aus der eduardianischen Zeit, denen bei ihren Ausflügen mit der Underground ebenso elegante Londoner Bobbies beistanden. Mr. Potts' Wohnung, die kaum Möbel, dafür aber all diese Plakate enthielt, erinnerte Jury auch eher an eine Underground-Station.

Jury ließ ihn noch ein paar Minuten gewähren, da er die Erfahrung gemacht hatte, daß Leute, die von einer Sache besessen waren, ein Ventil dafür brauchten und dann viel schneller und präziser die Fragen beantworteten, die Jury stellen würde, wenn er sie erst hatte reden lassen.

Gelegentlich tauchte in der grauen Masse dieser atemberaubend langweiligen Details eine interessante Tatsache auf, die wie ein exotischer Fisch in einem Fischweiher wirkte. Zum Beispiel hatte Jury nicht gewußt, daß die neueren Dieselloks, die Ende der sechziger Jahre gebaut worden waren, Rolls-Royce-Motoren besaßen. Das würde Plant interessieren.

«...auf der District, der Circle und der Metropolitan Line wird der Bestand für den Oberflächenverkehr eingesetzt; auf der Northern, der Jubilee...»

Als er die Jubilee Line erwähnte, leuchteten seine Augen. So wie er den Bau dieser Linie beschrieb, hätte man meinen können, er wäre dabeigewesen.

Wiggins schien sich prächtig zu unterhalten; seine Liebe zum Detail entsprach der von William F. B. Potts – einer der Gründe, weshalb Jury ihn so unersetzlich fand, vor allem, wenn es darum ging, Protokolle zu schreiben. Als Jury es schließlich an der Zeit fand, den schon fast zehn Minuten währenden Monolog zu unterbrechen, erntete er von Wiggins einen vorwurfsvollen Blick.

«Das ist ja alles höchst interessant, Mr. Potts. Was wir wollen, hat aber eigentlich eher mit den Bahnhöfen als mit dem

Wagenpark zu tun. Wir haben uns an Sie gewandt, weil man uns sagte, daß niemand so gut Bescheid wüßte wie Sie, was die technischen Einzelheiten dort betrifft.»

Mr. Potts nickte emphatisch; anscheinend hatte er seinem Laster genug gefrönt und war nun gewillt, sich mit Dingen von allgemeinerem Interesse zu beschäftigen. Er fuhr sich mit der Hand durch das spärliche graue Haar, preßte die Fingerkuppen gegeneinander und konzentrierte sich auf Jury.

«Wenn Sie etwas verstecken müßten, einen relativ kleinen Gegenstand, für den Sie einen sicheren Ort benötigen, einen Ort, an den Sie später zurückkommen können – welche Stelle käme da in einer Underground-Station in Frage?»

Mr. Potts konnte anscheinend nichts, was mit der Untergrundbahn zu tun hatte, aus der Fassung bringen. Interessiert fragte er: «Wie klein ist der Gegenstand, und wie lange soll er dort bleiben?»

Jury beschrieb mit Daumen und Zeigefinger einen Kreis. «Ungefähr von der Größe einer Münze. Wie lange, ist schwer zu sagen. Einen Tag oder auch unbestimmte Zeit.»

Das war, wie sich von Mr. Potts' Gesicht ablesen ließ, eine ziemlich harte Nuß. «Sie meinen, der Gegenstand soll so versteckt werden, daß niemand ihn entdeckt, weder zufällig noch nach einer gezielten Suche?» Jury nickte. Mr. Potts dachte eine Zeitlang nach, blickte von Jury auf Wiggins, starrte auf die Plakate an der Wand, öffnete ein paarmal den Mund, um etwas zu sagen, verschluckte aber immer wieder die Antwort und meinte dann schließlich: «Es klingt vielleicht seltsam, aber einen solchen Platz scheint es nicht zu geben, abgesehen vielleicht vom Gitter.»

«Dem Gitter?»

Mr. Potts nickte. «Sie haben sie bestimmt auch schon gesehen. Man bemerkt sie nur nicht. Die Gitter der Entlüftungsanlage. Es hängt natürlich von der Station ab – es gibt unterschiedliche. Da könnte man schon was reinstecken, und es würde jahrelang dort liegenbleiben. Viele davon befinden sich in Bodenhöhe. Sie müssen nur mal durch die Tunnel gehen, dann sehen Sie sie. Die Leute schauen nie auf ihre Füße, deswegen fallen sie ihnen nicht auf.»

Jury erhob sich, und Wiggins klappte sein Notizbuch zu. «Mr. Potts, wir sind Ihnen sehr zu Dank verpflichtet. Leider können wir Ihnen nichts Genaueres sagen.»

Das störte Mr. Potts jedoch nicht; wenn er nicht gerade über Wagenparks und Betriebsanlagen sprach, konnte er sich sehr kurz fassen. «Gern geschehen», sagte er nur und begleitete sie zur Tür.

Dort wandte Wiggins sich noch einmal um und fragte: «Ich wüßte gerne noch, Sir, wie sie gereinigt werden. Ich meine die Tunnel. Sie müssen doch auch gereinigt werden?»

William F. B. Potts' Brustkasten schwoll an, nicht aus Eitelkeit oder Stolz, sondern einfach, weil er sich die Lungen vollpumpte. «Ja, natürlich. Es gibt einen besonderen Zug dafür, Sergeant. An beiden Wagen und auch hinter der Führerkabine, in der der Reinigungstechniker sitzt, sind Scheinwerfer angebracht. Der eine Wagen ist mit Filtern ausgerüstet, der andere mit Ansaugpumpen. Der mit den Ansaugpumpen bläst den Staub in den Wagen mit den Filtern. Die Geschwindigkeit läßt sich regulieren. Gebaut wurde dieser Zug in den Siebzigern von den Acton Works...»

«Vielen Dank, Mr. Potts. Wir bleiben in Verbindung», sagte Jury und schob Wiggins zur Treppe.

Die Tür schloß sich hinter ihnen, und Sergeant Wiggins meinte: «Gut, daß ich das endlich erfahren habe. Ich hab mich schon immer gefragt, wie sie das machen.»

Das Gitter befand sich genau gegenüber der Stelle, an der Katie O'Brien überfallen worden war, in Bodenhöhe und unter dem *Evita*-Plakat. Mit Hilfe von zwei Sicherheitsbeamten der Londoner Verkehrsbetriebe fand Jury das Versteck.

Das Collier war in ein dünnes, dunkles Taschentuch gewickelt und durch das Gitter geschoben worden – mehr als ein paar Sekunden konnte das nicht gedauert haben. Dahinter hatte es dann auf einem kleinen Vorsprung gelegen und den Ruß des letzten Jahres aufgefangen. Wenn jemand genau hingeschaut hätte, wäre ihm das kleine Säckchen sofort aufgefallen. Aber wer schaute sich schon das Gitter einer Entlüftungsanlage in einer Underground-Station an?

23

«Dich umbringen?» rief Melrose Plant dem Häufchen Elend zu, das im «Bold Blue Boy» vor ihm stand. Sie sah aus, als hätte sie sich die ganze Nacht in irgendwelchen Dornenhecken und Sümpfen herumgetrieben, und ihr auch sonst ungekämmtes Haar war struppiger als üblich; ihr Gesicht starrte vor Dreck, und ihre Jeans waren völlig zerfetzt.

Sie nickte und starrte mit gerunzelter Stirn auf den Fußboden.

Melrose hatte die letzte Dreiviertelstunde damit verbracht, sie zu suchen. Peter Gere war nicht auf der Polizeiwache gewesen. Polly Praed hatte Emily angeblich gegen acht gesehen. Die Bodenheims behaupteten, überhaupt nichts über ihren Verbleib zu wissen. Ihre Mutter war nicht zu Hause.

Gegen zehn hatte er sich dann mit einem Glas Bitterbier und einer Zigarre niedergelassen, um zu warten, und wäre beinahe in Ohnmacht gefallen, als ihr schmales, weißes Gesicht im Fensterrahmen auftauchte und sie ihn aufforderte, ihr beim Hereinklettern zu helfen. Sie weigerte sich, durch die Bar oder den angrenzenden Raum zu gehen. Also kroch sie durchs Fenster; Melrose hatte sie unter den Schultern gepackt und hochgezogen.

Melrose erhob sich von seinem Fenstersitz, um durch den oberen Teil des Fensters auf das beleuchtete Stück Straße hinauszuschauen. Er sah ihr Pony, das an einem Laternenpfahl festgebunden war. Es schien ganz friedlich zu grasen. Aber warum hing ihr Mantel in den Schlaufen des Zaumzeugs?

Als er sie danach fragte, sagte sie voller Verachtung: «Damit's so aussah, als säße ich auf Shandy, deswegen. Dann kriegte ich aber Angst, er würde ihn über den Haufen fahren. Ich bin über die Wiese zur Hauptstraße gelaufen, und da war dann auch schon Shandy und trottete ganz gemütlich um die Grünanlage. Wirklich ein schlaues Tier.» *Schlauer als mancher Zweibeiner*, besagte ihr Blick. «Ich möchte zu Mr. Jury.» Ihre Mundwinkel gingen nach unten. Bestimmt bedeutete das, daß sie gleich anfangen würde zu heulen, obwohl er sich Emily Louise eigentlich nicht heulend vorstellen konnte.

«Im Augenblick ist er noch in London. Er wird aber bald zurückkommen. Er hat mir noch gesagt, ich soll auf dich aufpassen.»

Ihr Blick verriet, was sie von dieser Idee hielt.

«Komm schon.» Er zog sie zu dem Ständer mit den Chips, ging hinter den Tresen und holte eine Zitronenlimonade hervor. Vielleicht würde sie ihr Elend vergessen, wenn sie den Mund voll hatte. «Wer hat denn gewußt, daß du dort warst?»

Emily zuckte die Achseln. «Viele. Ich füttere jeden Sonntagabend die Pferde. Da.» Der kolorierte Plan hatte die ganze Zeit über in ihrer Tasche gesteckt, er war ganz feucht und zerknittert und völlig verschmiert.

Er blickte von dem Plan zu ihr. «Wann hast du denn das gemacht?»

Sie erzählte es ihm, während sie den letzten Chip aus ihrem Beutel fischte.

«Hast du das jemandem gezeigt?»

«Polly. Wir haben auch rausgekriegt, was es bedeutet. Das Underground-Netz. Ich versteh nur nicht, wie jemand auf die Idee kam, das so umständlich zu zeichnen. London ist wirklich eine tolle Stadt. Ich komm nur nie hin!» Sie stieß einen dramatischen Seufzer aus und warf Melrose einen anklagenden Blick zu, als wäre *er* verantwortlich für ihr Landpomeranzendasein.

«Hast du mit jemandem darüber gesprochen?»

Emily hatte aus dem leeren, knisternden Beutel einen Ball

geformt, den sie auf ihrer flachen Hand auf und ab hüpfen ließ.

«Hör auf damit und hör zu!»

Sie legte die Stirn in tiefe Falten und rutschte auf ihrem Stuhl herum. «Regen Sie sich mal nicht auf. Ich hab nur mit Mrs. Lark darüber gesprochen.»

Die Köchin der Bodenheims. Wunderbar. Wahrscheinlich hatte sie es sofort der ganzen Familie erzählt.

Er schaute sie an und fragte sich, was er tun sollte. Junge Damen in Bedrängnis fielen nicht in sein Ressort. Er erwartete, daß in solchen Fällen Mütter, Krankenschwestern oder alte Köchinnen zur Stelle waren. Emilys Mutter schien wie üblich nicht erreichbar zu sein. Mary O'Brien hatte er ebenfalls nicht gesehen. Polly Praed? Er schlug Polly vor.

«Nein!» Eine Silbe, die wie eine kleine Explosion klang. «Ich möchte mit niemandem sprechen.» Sie war hinter die Bar gegangen, um nach ihrem Malbuch und den Buntstiften zu schauen. Als sie alles gefunden hatte, setzte sie sich ganz zufrieden auf einen der Hocker; die schrecklichen Stunden, die sie durchlebt hatte, schien sie völlig vergessen zu haben.

«Du sprichst doch mit *mir.*»

«Das ist was anderes.»

Das konnte entweder bedeuten, daß er überhaupt nicht zählte oder daß er nun der erlesenen Gesellschaft angehörte, die bislang aus Superintendent Jury und irgendwelchen Pferden bestanden hatte. «Ich weiß dein Vertrauen zu schätzen.»

Ihr Blick hätte jemanden, der sie nicht kannte, zur Salzsäule erstarren lassen. «Nur weil Sie hier fremd sind und weil Sie nicht reiten – Sie können's also nicht gewesen sein.»

Was bedeutete, daß er sich unter anderen Umständen als der geborene Killer entpuppen könnte.

«Du denkst doch wohl nicht, daß es *Polly* war?» Emily antwortete nicht. «Aber das ist doch –» Er wollte *lächerlich* sagen, aber das Wort blieb ihm im Hals stecken.

«Deswegen wollte ich auch nicht durch die Tür kommen.

Weil ich nicht weiß, wer da alles rumsitzt.» Von der andern Seite der Wand drangen die gutmütig-brummigen, kaum unterscheidbaren Stimmen der Stammgäste zu ihnen herüber wie in Watte gehüllt.

«Na schön, du kannst heute nacht ja auch hier schlafen. Mary O'Brien hat bestimmt ein Nachthemd –»

«Nachthemd! So was trag ich nicht! Ich schlafe in meinen Hosen.» Sie hatte ihr grünes Bambi fertig ausgemalt und schlug die Seite um.

Melrose stand auf. «Ich verständige die Polizei.»

«Ich spreche nur mit dem von Scotland Yard.»

«Mr. Jury ist in London. Ich ruf mal in Hertfield an. Vielleicht ist Peter –»

Sie sah mit stählernem Blick von dem Eichhörnchen auf, das sie gerade blau ausmalte, und sagte: «Nur mit Mr. Jury.»

Dritter Teil

Musik und Erinnerung

24

Um dieselbe Zeit unterhielt sich Jury mit sechs andern Polizeibeamten, darunter auch Wiggins, die am Sonntagabend in die Station Wembley Knotts beordert worden waren.

«Schlimme Sache, das», sagte Kriminalinspektor Graham. «Aber was veranlaßt Sie zu der Annahme, daß dieser Schuft heute nacht noch vorbeikommt?»

«Heute nacht oder morgen in aller Frühe. Wahrscheinlich aber heute nacht, weil da die Pendler noch nicht unterwegs sind. Man kann noch so früh aufstehen, immer scheint es Leute zu geben, die Punkt sechs an ihrem Arbeitsplatz sein müssen oder sonst was vorhaben.»

«Trotzdem», meinte Graham, «wenn dieses Collier wirklich die ganze Zeit über dort gelegen hat –» er zeigte auf die Stelle unter dem *Evita*-Plakat –, «warum sollte er sich dann plötzlich so beeilen?»

«Weil unser Freund weiß, daß ihm nicht viel Zeit bleibt, darum. Es muß ziemlich ungemütlich für ihn geworden sein, nachdem Katie O'Brien den Plan entdeckt hat. Zwei Tote und eine im Koma. Sie glauben doch nicht, daß diese Person so lange wartet, bis *wir* dieses Collier gefunden haben?»

«Dann hat er genau noch eine Stunde und dreiunddreißig Minuten, bis die Station schließt.» Kriminalinspektor Graham verstummte, als er die hallenden Schritte hörte und jemand um die Ecke bog.

Es war Cyril Macenery, der seinen Geigenkasten unterm Arm trug. Er hatte den Blick gesenkt, als suche er nach etwas.

Jury stellte ihn der versammelten Mannschaft vor. «Unser

Straßenmusikant», sagte er. «Wir haben alles räumen lassen – nicht, daß es soviel zu räumen gab –, und die einzigen Anwesenden hier sind Sie –» er ließ den Blick über die Gruppe schweifen – «und Cyril, Katies Lehrer. Alles soll ganz normal aussehen, und besonders unverdächtig ist für unsern Freund, wenn einer hier unten Musik macht. Meiner Meinung nach», fügte Jury grimmig hinzu, «ist das nur ausgleichende Gerechtigkeit.» Er schaute zu Cyril Macenery hinüber, der nichts darauf erwiderte. Er hatte sich nach vielem Hin und Her bereit erklärt, als Straßenmusikant aufzutreten. Als Jury es ihm im Krankenhaus vorgeschlagen hatte, waren seine Antworten zuerst sehr einsilbig ausgefallen.

Sergeant Tyrrwhit, der in Ledermantel, Hawaiihemd und Jeans an der Wand lehnte, sagte: «Zwei von uns haben sich also auf dem Bahnsteig postiert, einer im Tunnel und einer auf der Rolltreppe. Und dann Sie. Sind Sie sicher, daß dieser Kerl das Versteck kennt?»

«Ziemlich sicher», sagte Jury.

«Ziemlich sicher», wiederholte Tyrrwhit und klebte seinen Kaugummi hinter das *Evita*-Plakat. Noch immer hing sie schrecklich unsicher herab, haftete aber dennoch fest.

Jury mochte Tyrrwhit. Er war zwar nur Hilfsdetektiv, aber innerhalb eines Jahres würde er bestimmt zu Grahams Rang aufgestiegen sein. Sein Sarkasmus, dachte Jury, paßt zu seiner Rolle und seiner Aufmachung.

«Ein besseres habe ich nicht», sagte Jury und reichte das Foto herum, das er mitgebracht hatte. «Das ist der Mann, auf den wir warten.»

Nachdem alle das Foto angeschaut hatten, gab Graham es ihm wieder zurück. «Peinlich, peinlich, eher hätte ich meine Großmutter verdächtigt.»

«Seien Sie froh, daß sie es nicht ist. Sonst wären Sie vielleicht mal ohne Finger aufgewacht.»

Sie waren um die Ecke gegangen und hatten sich so aufgestellt, daß man sie von dem Gitter aus nicht sehen konnte. Macenery hatte sich die Violine – es war Katies – unter das Kinn geschoben. Er zupfte an einer Saite, starrte auf die Wand und sagte: «Sie ist tot.»

Sie hatten gerade darüber gesprochen, was Macenery spielen sollte, um den Männern auf dem Bahnsteig zu signalisieren, daß die Person, nach der sie schauten, aufgetaucht war. Jury, der sich schon umgewandt hatte, um den Gang zurückzugehen, glaubte nicht richtig gehört zu haben. «Was?»

«Sie ist tot. Katie. Sie ist gestorben, kurz nachdem Sie gegangen sind.»

Jury schluckte. «Ich kann es nicht glauben.»

Macenery zupfte wieder eine Saite. «Ich auch nicht.»

Er versuchte, sich auf seine Musik zu konzentrieren; Jury starrte einen Augenblick ins Leere und ging dann den Gang entlang.

Jury und Wiggins setzten sich in eine dunkle Ecke am andern Ende des Bahnsteigs.

«Das kann doch nicht wahr sein», sagte Wiggins so bekümmert, wie Jury ihn selten erlebt hatte.

«Leider doch.» Jury zog seine Zigaretten heraus.

Wiggins schwieg eine Weile, dann sagte er: «Haben Sie keine Angst, daß Macenery ausrastet, wenn er ihn sieht?»

«Nein. Daß er hierherkam und diese Sache durchzieht, spricht eindeutig dagegen. Er hat Disziplin, deshalb ist er auch so gut.»

Die beiden Fahrgäste, die aus dem nächsten Zug stiegen, schienen ebenfalls dieser Meinung zu sein. Sie blieben stehen und lauschten, bevor sie den Steg hinaufgingen und durch den Ausgang auf der andern Seite der Station verschwanden.

Und so verbrachten sie die nächste halbe Stunde. Jury rauchte eine Zigarette nach der andern und starrte auf den grauen Betonboden des Bahnsteigs; Graham und Tyrrwhit gingen auf und ab; die andern standen weiter hinten im Gang oder auf der Treppe. Macenery spielte.

«Was spielt er jetzt, Wiggins?»

«Ich hab das immer nur auf dem Klavier gehört», sagte Wiggins düster. «Es heißt *Pavane für eine tote Prinzessin*.»

«Ach», erwiderte Jury nur.

Nach weiteren zehn Minuten, als Jury schon dachte, er habe sich wohl getäuscht und diese Nacht werde doch nichts mehr passieren – hörte er das Piepsen seines Sprechfunkgeräts. Er drückte auf den Knopf und vernahm die ruhige Stimme des Sergeant auf der Treppe; der Betreffende sei gerade gesichtet worden.

Ein paar Minuten später hörten sie die ersten Klänge des Lieds, das Macenery als Zeichen hatte spielen wollen, ein Lieblingslied von Katie: «Don't Cry for Me, Argentina».

Jetzt mußte der Mann nur noch das Collier aus seinem Versteck holen. Jury ließ ihm drei Minuten Zeit, dann gab er Graham und dem andern Kriminalbeamten ein Zeichen. Tyrrwhit hatte sich im Gang postiert und lauschte ostentativ der Musik; dann setzte er sich in Bewegung und folgte dem Verdächtigen in respektvollem Abstand.

Jury hörte Tyrrwhits Befehl: «Nicht rühren, Kumpel!»

Die neben dem Gitter kauernde Gestalt erstarrte und blickte von Tyrrwhit, der mit entsicherter Pistole hinter ihm stand, zu den andern, die sich über ihn beugten und auf ihn herabblickten.

«Hallo, Peter», sagte Jury.

Peter Gere hielt das Taschentuch mit dem Collier in der Hand und sagte: «Verdammt, ich hätt's mir denken können. Als ich dieses verdammte Lied hörte, da hätt's bei mir ticken müssen. Sie hat genau dasselbe Lied gespielt an dem verdammten Nachmittag.»

Jury wußte nicht, wo Cyril Macenery war. Die Musik hatte aufgehört. Er war jedoch froh, daß Macenery das nicht hörte.

Kriminalinspektor Graham belehrte Gere mit eisiger Stimme über seine Rechte. Der Dorfpolizist – einer jener Männer, deren Unbestechlichkeit schon legendär ist. Graham hätte offensichtlich gern weiter an diesen Mythos geglaubt.

Jury fragte: «Warum haben Sie Katie O'Brien getötet, Peter? Dachten Sie, sie hätte den Plan entschlüsselt?»

«Ich hab sie nicht getötet. Nur etwas unsanft angefaßt.»

Jury schwieg.

«Sie hat ihn beim Putzen gefunden. Ich Idiot hatte vergessen, die Schreibtischschublade abzuschließen. Ein neugieriges Ding, diese Kleine. Blödsinnigerweise hab ich viel zu heftig reagiert. Sie sah mich komisch an und ging. Aber sie ist wieder zurückgekommen und hat ihn sich geschnappt, indem sie die Schublade von der andern Seite herausnahm. Jedenfalls durfte sie mich nicht in Wembley Knotts sehen.»

«Und um die Leute von Katies Unfall abzulenken, haben Sie diese Briefe geschrieben?»

«Hat doch prima geklappt, oder? Umgebracht hab ich sie jedenfalls nicht. Sie liegt im Krankenhaus.»

«Sie ist tot.»

Gere erblaßte. Jury wußte, daß er seine Trümpfe ausspielen mußte, solange Gere noch an diesem Brocken kaute. «Und Cora Binns – wußten Sie, daß sie Trevor Trees Freundin war? Oder hat sie den Schmuck der Kenningtons getragen?»

Fast wie ein Blinder starrte ihn Gere an. «Ich wußte nur, *daß* er eine Freundin hatte. Männer wie Trevor Tree haben doch immer irgendwelche Weiber», fügte er hinzu. «Wirklich idiotisch, ihr diese Ringe zu geben. Sie stieg aus dem Bus und fragte nach Stonington. Sie sagte, sie müsse mit Lady Kennington sprechen. Woher, zum Teufel, sollte ich wissen, was sie mit ‹sprechen› meinte. Ich wußte nicht, wieviel sie wußte, wieviel Trevor ihr erzählt hatte. Jedenfalls stand sie mit all dem Schmuck behangen vor mir, den Kenningtons Witwe garantiert wiedererkannt hätte – durch Zureden allein hätte ich die Ringe wohl kaum von ihren Fingern gekriegt.»

Er stieß das hervor, als hätte er nicht genügend Sauerstoff zur Verfügung; dann schien er jedoch zu merken, wieviel er preisgab.

«Und Ramona Wey?»

Gere antwortete nicht.

Jury dachte, vielleicht ließe sich an Geres Eitelkeit appellieren. «War bestimmt nicht einfach, Trevor Trees Vertrauen zu erringen?»

«Daß ich nicht lache – ganz im Gegenteil, würde ich sagen.» Er verstummte wieder.

«Schafft ihn weg», sagte Jury und wandte sich ab.

Mit falscher Herzlichkeit sagte Kriminalinspektor Graham: «Schön, Mr. Gere. Wollen wir die Bahn nehmen?» Jury wußte, daß er sich nur einen Spaß erlaubt hatte, aber der Spaß kam nicht an.

Graham wollte Peter Gere gerade die Handschellen anlegen, als ein Zug hielt und ein paar Fahrgäste ausstiegen – eine unglücklich aussehende Frau mit Haaren bis zur Hüfte und einem weiten Zigeunerrock, an dem ein vier oder fünf Jahre altes Mädchen hing. Spät für die Kleine, dachte Jury; Emily Louise fiel ihm ein. Die Mutter schien die Phalanx von Männern nicht zu bemerken und ging einfach durch sie durch.

Jury hätte nie geglaubt, daß jemand so schnell sein könnte: Peter Gere hatte das kleine Mädchen an sich gerissen und sich rückwärts mit ihr entfernt. Das ungläubige Staunen auf dem Gesicht der Mutter verwandelte sich in Entsetzen.

Automatisch griff Tyrrwhit nach seiner Pistole, erkannte aber, daß sie ihm nichts nützen würde, solange Gere das Kind wie einen Schild vor sich hielt. Stumm verharrte er auf seinem Platz und starrte ihm nach. Keiner war nahe genug, um Gere zu packen, bevor er sich über die Fußgängerbrücke davonmachen konnte. Jury rannte ihm nach und erreichte die Brücke, als die Türen des Zugs zugingen und die Wagen sich in Bewegung setzten. Er brüllte Peter Gere durch den Lärm und den Luftwirbel zu, er solle das Mädchen loslassen, das Ganze sei sinnlos, auf der andern Seite warte schon Polizei auf ihn. Er versuchte, das Mädchen am Rock zu packen.

Verzweifelt blickte Gere in beide Richtungen – zurück zu Jury und nach vorn zum Ausgang; dann stieß er das Mädchen von sich. Jury packte es, als Gere durch das behelfsmäßig reparierte Geländer des Stegs brach, anscheinend in der Hoffnung, auf dem Dach des Zuges zu entkommen.

Geres Hände suchten verzweifelt nach einem Halt, den es nicht mehr gab. Er verpaßte den letzten Wagen um ein paar Zentimeter und fiel auf die Schienen.

Das kleine Mädchen gegen seine Schulter drückend, blickte Jury hinunter und war froh, daß William E. B. Potts nicht erwähnt hatte, wie hoch die Spannung auf der Leitschiene war.

25

Als Jury schliesslich um zwei Uhr morgens zurückkehrte, fand er Melrose Plant mit einem französischen Gedichtband auf den Knien in einem der Sessel vor; neben ihm standen ein überquellender Aschenbecher und eine Flasche Remy.

«Mainwaring hat eine Nachricht hinterlassen. Er möchte unbedingt mit Ihnen sprechen, wann immer Sie zurückkommen.»

Erschöpft ließ sich Jury nieder. «Kann ich einen Schluck davon haben?»

Melrose schob ihm die Flasche hinüber. Dann erzählte er ihm von Emily Louise.

«O mein Gott», sagte Jury. Er schwieg einen Augenblick. «Und wie geht es Mary O'Brien?»

«Dr. Riddley hat ihr ein paar Beruhigungstabletten gegeben, und das hat wohl auch was genützt, zumindest konnte er sie überreden, sich ins Bett zu legen. Ich wollte mich gerade zurückziehen, als sie mit einem schrecklich leeren Blick im Nachthemd die Treppe herunterkam. Sie trug eine Öllampe und wanderte langsam damit im Raum umher; an jedem Fenster blieb sie stehen, hielt sie hoch und schaute hinaus, als erwarte sie noch einen späten Gast... Richtig unheimlich war das.» Er zündete sich eine Zigarre an. «Ich glaube, ich weiß jetzt, was es bedeuten soll, wenn man sagt, jemand sei nur noch ein Schatten seiner selbst. Wirklich, ich hatte das Gefühl, durch sie hindurchgreifen zu können.» Er schwieg einen Augenblick und fügte dann hinzu: «An den Tod kann man sich wohl nicht gewöhnen. Ich bin froh, daß ich Katie nie gesehen habe …» Er warf seinem Freund einen kurzen Blick zu, als befürchtete er, Jury könne ihm von ihr erzählen. Jury sagte nichts, und Melrose fuhr fort: «Als Riddley mir das von Peter Gere erzählte, war ich völlig fassungslos.»

«Und woher wußte es Dr. Riddley?»

«Dieser Musiklehrer von Katie – wie heißt er noch?»

«Cyril Macenery.»

«Er hat Riddley angerufen. Anscheinend brauchte der arme Kerl jemanden, mit dem er sprechen konnte, jemanden, der Katie kannte. Hat ihn wohl ziemlich mitgenommen.»

Jury zog das Collier aus der Tasche und ließ es auf den Tisch fallen; es war noch immer in das Taschentuch gewikkelt. «Wie viele wegen diesem kleinen Häufchen ihr Leben lassen mußten!» Deprimiert zuckte er die Achseln. «Sie können es ruhig in die Hand nehmen, es wird nicht mehr als Beweismaterial benötigt.»

Melrose pfiff durch die Zähne. «Wunderschön. Werden Sie es Lady Kennington zurückgeben?» Jury nickte. Melrose drehte den Stein zwischen Zeigefinger und Daumen hin und her und fuhr mit dem Daumen über die Gravur. «Peter Gere war also Trees Komplize?»

«Ich kam darauf, als ich mir die Durchsuchung der Leute, des Gebäudes und so fort vergegenwärtigte. Es war einfach das Naheliegendste. Peter Gere war natürlich sofort zur Stelle – als erster wird der Dorfpolizist gerufen –, und er setzte sich mit der Polizei in Hertfield in Verbindung. Er durchsuchte auch Trevor Tree, das hat er uns selbst erzählt. Das Collier hat er entweder einfach in der Tasche von Trees Morgenrock gelassen, oder er hat es eingesteckt und Tree später zurückgegeben.»

«Trevor Tree hatte also so viel Vertrauen zu Gere?»

«Warum nicht? Er mußte ja nur warten, bis alles vorbei war, die Polizei wieder in Hertfield und die Kenningtons wieder im Bett. Gere wäre nicht weit damit gekommen, es war also ziemlich unwahrscheinlich, daß er versuchen würde, Tree hereinzulegen. Trevor wollte das Collier nur aus dem Haus schaffen und dann irgendwo sicher verstecken – was er damit vorhatte, werden wir nie erfahren. Er steht also in aller Frühe auf, geht die Auffahrt hinunter, zu Fuß, damit niemand wach wird, fährt nach Hertfield und tut das Schlauste, was er tun kann: Er mischt sich unter die Pendler. Was dann passiert ist, weiß ich nicht. Ich kann es nur vermuten: Im Zug wird er plötzlich ein wenig nervös; er befürchtet, daß sie in Stonington vielleicht doch nicht einfach annehmen würden, er schliefe noch, daß sie vielleicht die Polizei verständigt hätten und er in seiner Wohnung schon von ihr erwartet würde. Er geht also diesen Gang entlang und sieht das Gitter. Bückt sich, als wolle er sich die Schuhe binden, und schiebt es durch.» Jury hielt das Collier hoch. Der Stein funkelte im Licht.

«Und später taucht dann Cora Binns auf; wir dachten ja, sie sei Gere einfach über den Weg gelaufen. Aber das wäre schon ein unglaublicher Zufall gewesen, oder? Sie hat vielmehr nur getan, was jeder in ihrer Lage getan hätte – sie fragte den Dorfpolizisten nach dem Weg. Und er hat ihn ihr nicht nur gezeigt, sondern ist ihr bis in den Wald von Horndean gefolgt. Peter Gere hat die Ringe erkannt, die sie trug, und mußte sich fragen, was sie mit Lady Kennington ‹besprechen› wollte. Carstairs' Leute haben die Ringe übrigens in Geres Abstellkammer gefunden, in einem Karton mit allem möglichen Kram, der für den Basar des Kirchenfestes bestimmt war. Offensichtlich hat er ihn nie abgeliefert. Ich frage mich, warum», fügte Jury mit einem Augenzwinkern hinzu. «Wahrscheinlich hat er angenommen, sie seien dort sicher aufgehoben.»

«Und wie war das mit Ramona Wey?»

Jury schüttelte den Kopf. «Ab da hat er nichts mehr gesagt. Ramona Wey muß Cora Binns gekannt haben. Vielleicht wußte sie, daß ihr Tod irgendwie mit dem Collier zusammenhing. Vielleicht erfahre ich das gleich von Mainwaring.»

Melrose dachte einen Augenblick lang nach. «Was sie wohl

zu Peter Gere gesagt hat, da an dem Tor, als er die Eintrittskarten verkaufte? Ich war so beeindruckt von dem kühlen Empfang, der ihr bereitet wurde – vor allem von den Bodenheims –, daß ich auf Peter Gere überhaupt nicht achtete.»

Jury leerte sein Glas. «Warum auch? Er schien ein so netter, umgänglicher Kerl zu sein, dabei war er völlig am Ende. Aber er hat das wunderbar überspielt. Er versuchte unsere Aufmerksamkeit auf die andern zu lenken. Und die Briefe waren ein schlauer, kleiner Trick: Die Leute sollten an etwas Spannenderes denken als den Überfall auf Katie O'Brien. Irgendwann muß er drauf gekommen sein, wie wertvoll dieses Collier war, und ein Menschenleben mehr oder weniger spielte angesichts von soviel Geld keine Rolle mehr.»

«Aber wie kam er darauf, daß es in dem Gitter versteckt war?»

«Peter hat früher einmal bei den Londoner Verkehrsbetrieben gearbeitet. Er erwähnte das auch in dem Brief, den er erhalten hat, das heißt, den er sich selbst geschickt hat. Deshalb ist er wohl schneller als Sie oder ich darauf gekommen.» Jury goß sich noch etwas ein. «Wo ist Emily jetzt?»

«Bei ihrer Mutter. Sie hat tatsächlich eine. Mrs. Perk kam vorbei und nahm sie mit nach Hause. Entsetzt natürlich, obwohl Emily zu diesem Zeitpunkt schon ein Schläfchen gehalten und sich das Gesicht gewaschen hatte. Sie sah also nicht mehr ganz so wild aus. Mrs. Perk sagte, Emily habe jedem Kindermädchen das Leben zur Hölle gemacht, deshalb habe sie schließlich keines mehr engagiert. Ich glaube, Emily ist meistens unterwegs, wenn ihre Mutter annimmt, sie sei zu Hause.»

Jury rieb sich die Augen. «Ah, ein Schläfchen. Ich werde auch eines halten, wenn ich von Mainwaring zurückkomme. Stonington kommt morgen dran, anschließend fahre ich dann nach London zurück, um den Papierkram zu erledigen. Ich hoffe, Wiggins macht das meiste.»

Plant nahm den Smaragd noch einmal in die Hand, hielt ihn gegen das Licht und rückte seine Brille zurecht. «Wenn ich nicht wüßte, daß Peter Gere der Täter ist, würde ich Ernestine Craigie verhaften lassen.»

«Ach. Warum denn das?»

Das Smaragdcollier pendelte zwischen ihnen hin und her. «Dieser Vogel, der da eingraviert ist, ist offensichtlich ein Tüpfelsumpfhuhn.»

Sie saßen noch zehn Minuten herum, ließen die Flasche kreisen und sprachen über alles, was ihnen so durch den Kopf ging, nur nicht über Katie O'Brien.

«Was hat sie Ihnen erzählt, Mr. Mainwaring?»

Freddie Mainwaring saß in Bademantel und Hausschuhen vor ihm und sah so verletzlich aus, wie ein Mann aussieht, der mitten in der Nacht aus dem Bett geholt wird. «Daß sie Cora Binns kenne. Ich wußte vorher nicht, daß Ramona für diese Agentur gearbeitet hat. Komisch, ich kann mir das gar nicht vorstellen. Sie war viel zu… mondän für eine Stenotypistin.»

«Und weiter?»

Mainwaring schien eher zu dem Foto seiner Frau in dem Silberrahmen als zu Jury zu sprechen. Vielleicht versuchte er seinen Sündenfall zu rechtfertigen. «Ramona erzählte, sie erinnere sich, daß dieses Mädchen immer von einem gewissen ‹Trev› geredet hätte, ihrem Freund in London, obwohl Ramona es unwahrscheinlich fand, daß Cora einen Mann länger bei der Stange halten konnte. Ramona hat ihn jedenfalls nie mit dem Sekretär der Kenningtons in Verbindung gebracht. Ich glaube übrigens, daß sie ihn besser gekannt hat, als sie zugab.» Das Blut schoß ihm ins Gesicht. Er strich sich das Haar aus der Stirn. «Bis sie dann das Foto der Toten sah.»

«Warum hat sie uns das nicht erzählt?» Jury glaubte zu wissen, warum.

Mainwaring zog eine zerdrückte Packung Zigaretten aus der Tasche seines Bademantels. Er schien in den letzten vierundzwanzig Stunden älter, grauer und trauriger geworden zu sein. «Ramona hat anscheinend angenommen, Cora Binns wollte jemanden erpressen.»

«Ein etwas sonderbarer Schluß. Schließlich ist sie auf Ihren Vorschlag hin hierhergekommen.»

«Ich weiß. Aber Ramona… Ramona war kein Engel, wenn ich ganz ehrlich bin. Es ist zwar nicht gerade nett, so etwas zu sagen, aber –»

«Sie sind erleichtert. Was aber nicht heißt, daß Sie einen Mord begangen hätten, um sich diese Erleichterung zu verschaffen.»

Mainwaring warf ihm einen dankbaren Blick zu. Vielleicht bedeutete dieses späte Geständnis für ihn eine Art Abrechnung. «Ich konnte ihr das einfach nicht ausreden.»

«Hatte sie denn eine Ahnung, wer Trees Verbündeter war? Offensichtlich hat sie ja jemanden aus Littlebourne verdächtigt.»

«Ich glaube nicht, daß sie wirklich etwas wußte. Sie hat nur gelacht und gesagt, sie würde mal einen Versuchsballon starten. Oder mehrere.»

«Sie meinen, einfach so aufs Geratewohl Leute beschuldigen? Kein ungefährliches Spiel.»

Sie schauten einander an, und beide wußten, wie gefährlich dieses Spiel gewesen war.

26

Am folgenden Morgen, kurz vor zehn. Jury war nach Stonington aufgebrochen, und Melrose hatte beschlossen, durch die Grünanlage von Littlebourne zu gehen, um den Brandy der letzten Nacht aus seinem Kopf zu vertreiben. In dem Laden mit der Poststelle gab es einen Kartenständer; vielleicht würde er eine Karte kaufen und mit ein paar unsinnigen Sprüchen darauf an Agatha schicken.

Drinnen entdeckte er, daß Miles Bodenheim schon recht früh in die Niederungen des Dorfes hinabgestiegen war, um auf der Post nach dem Rechten zu sehen. Die Postmeisterin stützte sich auf den Schalter, und ihr ganzes Gewicht ruhte auf ihren Fingerknöcheln. Sie war offensichtlich auf das Schlimmste gefaßt.

«Ich würde annehmen, Mrs. Pennystevens, daß Sie in einem Fall wie diesem, und vor allem in Anbetracht der Tatsache, daß Sie Ihr Amt nur bekleiden, weil wir, die braven Bürger dieses Dorfes» (an dieser Stelle lächelte er spröde) «Sie hier dulden – daß Sie nicht so leichtfertig Ihre Kunden als knausrig bezeichnen würden. Der Brief an den Direktor der Ordnungsbehörde wiegt genausoviel wie dieser hier – es kann gar nicht anders sein, in beiden steht nämlich genau dasselbe. Und wenn Sie für den zweiten Brief zwei Pence mehr verlangen, dann beweist das nur, daß Ihre Waage nicht richtig funktioniert. – Ach, Sie, mein Freund!» Seine Miene hellte sich auf, als er Melrose erblickte. Ein weiteres Opfer! Und schon hatte er ihn am Ärmel gepackt und zwischen den Regalen mit Kuchenpackungen, goldflüssigem Sirup und Wasserbiskuits hindurchgezerrt. «Sie haben es natürlich auch schon gehört! Peter Gere! Wir konnten es einfach nicht fassen, keiner von uns. Sylvia ist am Boden zerstört. Kann man ihr auch nicht verdenken –»

Melrose lächelte milde. «Ich wußte gar nicht, daß sie ihn so schätzte.»

«Schätzte?» Sir Miles wich etwas zurück, und ein paar Brotlaibe fielen um. «Davon kann überhaupt nicht die Rede sein. Es ist nur erschütternd, daß wir all diese Jahre einer solchen Gefahr ausgesetzt waren, daß unser Leben sozusagen an einem Faden hing – genau das waren Sylvias Worte: Unser Leben hing an einem Faden. Aber das steht alles in meinem Brief an den Polizeipräsidenten. Ich hab mich unverzüglich hingesetzt und ihm und dem Direktor der Ordnungsbehörde geschrieben; ich beabsichtige auch, Superintendent Jury das nächste Mal, wenn ich ihn sehe, darauf hinzuweisen, daß wir keine Psychopathen bei der Polizei dulden können!»

«Soviel ich weiß», sagte Melrose und nahm ein paar Pakkungen Kuchen für Emily heraus, «ist das auch keine Einstellungsvoraussetzung.»

Miles warf ihm einen mißtrauischen Blick zu, kapierte offensichtlich nicht, was er damit meinte, und setzte seine Tirade fort. «Das Problem ist, daß nicht gesiebt wird, begreifen Sie? Sie nehmen einfach jeden, und seine Vergangenheit interessiert sie überhaupt nicht. Schauen Sie sich doch nur diesen ewig kränkelnden Burschen an, der den Superintendent begleitet.»

«Sergeant Wiggins ist aber ein sehr tüchtiger Polizist.»

«Ein Windstoß kann ihn umblasen. Hat doch tausend –» er nahm eine Packung Cracker, schaute nach dem Preis und stellte sie wieder zurück – «Wehwehchen. Ich verstehe nicht –» Zum Glück brauchte Melrose Sergeant Wiggins nicht weiter zu verteidigen, denn Miles' Aufmerksamkeit wurde von etwas Neuem gefesselt. «Das sind doch die Craigies», sagte er und reckte den Hals, um aus dem Fenster zu schauen. «Entschuldigen Sie mich bitte, mein Lieber, aber ich muß mit den beiden sprechen. Sie sind bestimmt auch am Boden zerstört...» Und er enteilte. Melrose hörte ihn über die Hauptstraße trompeten: «Ernestine! Augusta!»

Nachdem er seine Postkarte abgeschickt hatte – eine Luftaufnahme von Hertfield, das er als einen ungewöhnlich unauffälligen Ort bezeichnete –, sah er sich unschlüssig um. Alle schienen verschwunden zu sein. Es hatte wieder angefangen zu nieseln; der Himmel war von einem monotonen Grau, und über die Grünanlage fegte der Wind. Littlebourne erinnerte Melrose in diesem Augenblick an eine alte Filmkulisse, so verlassen und trostlos wirkte es.

Als er die Grünanlage überquerte, um sich zum «Magic Muffin» zu begeben, hörte er das Klappern von Pferdehufen hinter sich.

Es war Julia Bodenheim auf Jupiter; sie hatte sich für ein in der Nähe stattfindendes Reitertreffen feingemacht, trug blanke Stiefel und ein blendend weißes Plastron. Zu seiner Erleichterung ritt sie weiter. Sie begnügte sich damit, die Peitsche zu heben, kurz zu lächeln und sich etwas zu recken, um ihr wohlgeformtes Profil darzubieten.

Er sah ihr nach: Drei Tote in ebenso vielen Tagen, und Julia Bodenheim ging auf Fuchsjagd; so demonstrierte sie Melrose einmal wieder den erstaunlichen Hang der Engländer zu Nichtigkeiten.

GANZ LITTLEBOURNE schien sich im «Magic Muffin» versammelt zu haben, wahrscheinlich weil man Muffins und Tee für schicklicher hielt als Ale und Bier. Außerdem war der

«Bold Blue Boy» geschlossen; die Elf-Uhr-Kneipengänger hatten also gar keine andere Wahl.

Polly Praed war glücklicherweise auch darunter. Sie saß an dem Tisch in der Ecke neben einer grauhaarigen alten Frau, die gerade im Begriff war aufzustehen, Melrose jedoch noch eingehend musterte, bevor sie ihm ihren Platz überließ.

«Alle sind einfach… baff. Hätten Sie auf Peter Gere getippt?» Polly lehnte sich zu ihm hinüber, die Brille in den Haaren, die Augen funkelnd, erregt und betroffen zugleich.

Melrose beschloß, aufrichtig zu sein. «Nein. Ich frage mich, Polly –»

Es schien sie überhaupt nicht zu interessieren, was er sich fragte. «Und *Emily*! Mein Gott, der armen Kleinen so zuzusetzen!»

Melrose nickte, obwohl es ihm schwerfiel, in Emily eine arme Kleine zu sehen. «Ja, schrecklich. Ich dachte…»

Was er dachte, interessierte sie jedoch genausowenig. «Ich hatte Peter Gere richtig gern. Er machte einen so… gütigen Eindruck. Und war so bescheiden. Ein Dorfpolizist wie aus dem Bilderbuch.»

«Polly –»

Diesmal wurde er von Miss Pettigrew unterbrochen, die mit einem Tablett an ihren Tisch trat, um die Teetasse und den Teller seiner Vorgängerin abzuräumen. Ihre Wangen waren gerötet, und ihre Frisur hatte sich völlig aufgelöst. Es konnte im Dorf passieren, was wollte, Miss Pettigrew war zur Stelle, um mit Tee und Muffins Erste Hilfe zu leisten.

«Danke, für mich nichts», sagte Melrose, und sie entfernte sich mit ihrem Tablett.

«Jetzt, wo alles vorbei ist, werden Sie wohl auch unser Dorf wieder verlassen?»

Obwohl sie ihm endlich das Stichwort für seine Einladung gegeben hatte, war er alles andere als begeistert von dem Ton, in dem sie das sagte. Keine Spur von Trauer oder auch nur von Bedauern.

«Ja, morgen nach der Beerdigung. Ich dachte, vielleicht könnten Sie mich einmal auf Ardry End besuchen, wenn die Beseitigung der Bodenheims Sie gerade nicht völlig in Anspruch nimmt. Es ist ein hübsches, altes Anwesen und schon seit Jahrhunderten im Besitz der Familie... der Earls von Caverness.»

Sie brach ein Stück von ihrem Muffin ab und bestrich es mit Butter. «Sie müssen eine Menge Geld haben.»

«Ja, jede Menge.»

«Das ist sehr nett von Ihnen, aber ich weiß nicht. Ich gehe eigentlich nie von hier weg. In Gedanken reist es sich am besten, nicht?»

Er versuchte erst gar nicht, darauf einzugehen. «Wir hatten auch einmal einen Kriminalautor in Long Piddleton, aber er ist weggezogen», fügte Melrose hinzu, um anzudeuten, daß es da eine offene Stelle gab.

Sie war jedoch offenbar mit ihren Gedanken noch beim Thema Geld.

«Wieviel ein Polizist wohl verdient?» Sie blickte auf ihren Muffin.

Oh, zum Teufel! dachte Melrose.

DIE STUFEN VON STONINGTON erschienen Jury so breit wie ein Wassergraben, und auch die graue Fassade wirkte noch abweisender als bei seinem ersten Besuch. Der Himmel war wie Schiefer; es hatte zwar aufgehört zu regnen, aber von den Bäumen tropfte noch das Wasser, und auf den Rändern der leeren Bodenvasen lag Rauhreif.

Da Jury sie nicht einfach überrumpeln wollte, hatte er Carstairs gebeten, Jenny Kennington anzurufen und ihr die Geschichte zu erzählen. Pure Feigheit – so zu tun, als sei er nur ein Überbringer von Neuigkeiten, die im Grunde nichts mit seiner Person zu tun hatten.

Sie mußte ihn vom Fenster aus beobachtet haben, denn sie öffnete ihm die Tür, noch bevor er nach der Klinke griff. Sie trug dasselbe wie am Tag zuvor, einen Rock und diesen silbergrauen Pullover.

«Lady Kennington, ich bin gekommen, um –» Wollte er ihr das Collier auf der Schwelle überreichen?

«Ich weiß, Inspektor Carstairs hat angerufen. Aber kommen Sie doch rein. Ja, gestern abend rief er an, es war schon ziemlich spät.» Sie sah aus, als hätte sie danach nicht gut geschlafen. «Es ist schrecklich. Ich konnte es einfach nicht glauben... Ich kannte Peter Gere zwar kaum, aber...» Wieder führte sie ihn in die kalt und ungemütlich wirkende Bibliothek, und wieder entschuldigte sie sich wegen der Kälte. «Es ist sinnlos, diese Räume heizen zu wollen. Dazu noch der Umzug und was alles damit zusammenhängt.»

Die Stühle und das Ledersofa waren verhüllt. «Das lasse ich hier. Es hat mir sowieso nie gefallen.» Neben den Bücherregalen standen Kisten.

Sie gingen durch den andern, kleineren Raum. Jury verspürte ein leichtes Bedauern, als er den geblümten, chintzbezogenen Sessel nicht mehr vorfand. Es war ihm plötzlich bewußt geworden, wie sehr dieses Bild sich ihm eingeprägt hatte – der Sessel, das Tuch, die Teetasse auf dem Boden. «Wohin ziehen Sie?»

«Das weiß ich noch nicht. Wir haben einmal in Stratford gewohnt – etwas außerhalb von Stratford, im Avontal. Eine Bekannte von mir will ein Haus in der Altstadt verkaufen. Es ist winzig, zwei Zimmer oben, zwei Zimmer unten.» Sie lächelte ein wenig. «Gerade das richtige für mich.»

«Glauben Sie?» fragte Jury. Er sah nicht sie an, sondern durch die Flügeltür nach draußen. In dem baumlosen Hof hatte sich in dem trockenen Springbrunnen unter der Statue rätselhafterweise ein Haufen Laub angesammelt. Dem Tag schien jede Farbe entzogen. Übrig blieb die eintönige Komposition aus weißem Marmor, grauem Stein und dunklen Blättern.

Sie gab ihm keine Antwort; vielleicht hatte sie seine Frage für rhetorisch gehalten. Sie führte ihn durch den Speisesaal. Er war unverändert, denn es gab auch nichts, was sich hätte verändern lassen. «Am besten, wir gehen in die Küche. Dort brennt ein Feuer.» Sie rührte sich jedoch nicht, sondern blickte gedankenverloren aus den hohen Fenstern. Es war geradezu ein Ritual, dieses Verweilen in jedem Raum. Als wolle sie einem Hausgott ihre Verehrung bezeugen, damit ihr seine magischen Kräfte erhalten blieben.

Das Collier, das Jury wie ein kleines, grünes Feuer in seiner Tasche lodern spürte, schien ihr jedenfalls nicht sonderlich wichtig zu sein.

Einen Augenblick darauf sagte sie: «Und Katie O'Brien ist auch tot.»

«Ja», sagte Jury und zog das Collier aus der Tasche. «Das hier gehört Ihnen.»

Nun blieb ihr nichts anderes übrig, als die Hände auszustrecken, die sie ihm hinhielt wie jemand, der aus einer Quelle trinken will. Er legte das Collier hinein. Sie hielt es hoch und gegen das Licht. «Vier Leute mußten deswegen sterben.»

«Stellen Sie sich nicht so an», sagte Jury abrupt. Überrascht sah sie ihn an. «Ich meine, es ist Ihres, es gehört Ihnen. Und wenn Sie es nicht tragen wollen, dann bringen Sie es zu Sotheby's oder sonstwohin und lassen Sie es versteigern. Sie werden so viel Geld dafür bekommen, daß Sie nicht mehr von hier wegziehen müssen, weder nach Stratford-upon-Avon noch sonstwohin.»

Nichts ließ erkennen, ob sie überhaupt zugehört hatte. Als nächstes sagte sie: «Wissen Sie, ich habe immer gefunden, daß aus den Bestattungsriten der Ägypter mehr Hoffnung sprach als aus unseren. Dem Verstorbenen Speisen, Wein und

Schmuck mit ins Grab zu geben, damit er auch im Jenseits keinen Mangel litt.»

«Was wollen Sie denn damit sagen? Etwa, daß auf dem Collier der Fluch der Pharaonen liegt?»

«Nein.» Ihre kühlen Augen musterten ihn. «Ich habe das Gefühl, Sie halten mich für ziemlich undankbar. Aber glauben Sie mir, das stimmt nicht.»

«Ich erwarte von Ihnen gar keine Dankbarkeit. Ich erwarte nur, daß Sie gut für sich sorgen.» Er wandte sich ab, um die trauernde Statue zu betrachten, denn er empfand eine völlig irrationale Wut.

«Oh», sagte sie nur. Sie spielte mit dem Verschluß des Colliers und legte es sich um den Hals. «Hier, sehen Sie, ich glaube nicht, daß irgendein Fluch darauf liegt.»

Jury verkniff sich ein Lächeln; er konnte sich nicht erklären, warum er plötzlich so wütend geworden war. Im Grunde sah sie sehr komisch aus in dem ausgebeulten grauen Pullover und dieser smaragdgrünen Pracht. «Na gut», sagte er, «solange Sie die Sache vernünftig betrachten.»

«Ich bin sehr vernünftig.»

Jury hatte da seine Zweifel. Er wollte ihr gerade einen weiteren kleinen Vortrag halten, aber das Quietschen der Tür, die am andern Ende des Raums aufsprang, bewahrte ihn vor dieser Dummheit; ein wiederauferstandener Tom kam herein. Der schwarze Kater ließ sich in der Mitte des Zimmers nieder und fing an, sich das Gesicht zu putzen, als liege der Wettlauf mit dem Tod schon Jahre zurück.

«Die Katze ist also wieder da?»

«Ja. Nachdem er sie geröntgt hatte, meinte der Tierarzt, es sei doch nicht so schlimm. Aber gekostet hat es trotzdem eine Menge.»

Jury zeigte auf das Collier. «Damit können Sie viele Tierarztrechnungen bezahlen.»

Lächelnd ließ sie es durch die Finger gleiten. «Es ist eigentlich ganz hübsch, nicht? John hat mir erzählt, daß Smaragde vor allem deswegen so geschätzt wurden, weil sie die Farbe der Vegetation haben. Sie wurden mit den Überschwemmungen des Nils und dem Wiedererwachen des Lebens in Verbindung gebracht.»

«Ihre Katze scheint sich jedenfalls prächtig regeneriert zu haben. Vielleicht ist das ein gutes Zeichen.»

Sie blickte auf die Katze, die sie anblinzelte, als brauche sie eine Brille, und dann gähnte. «Ein häßliches altes Vieh, was?»

«Ja. Zu schade, daß Sie sie nicht mögen.» Jury lächelte.

NICHT NUR POLLY PRAED beschäftigte die Frage, wieviel ein Polizist verdiente.

Emily Louise stellte sich genau dieselbe Frage, als sie an jenem Montagnachmittag mit großer Hingabe ihr Pony striegelte. Nur war ihre Neugier gezielter als Pollys: Emily wollte wissen, wieviel ein Superintendent verdiente.

«Soll ich bei Jurys Bank nachfragen?» entgegnete Melrose, der auf einem Heuballen saß.

Sein Sarkasmus kam nicht an. Emily ließ sich weiter über die Preise und Vorzüge verschiedener Pferderassen aus. «Ein richtig gutes Pferd kostet glatt mehrere tausend Pfund. Aber Rennpferde und so interessieren mich gar nicht.»

«Da hat der Superintendent aber Glück, da kann er ja auch noch seinen Wagen abbezahlen.» Melrose wechselte das Thema. «Hat heute nicht die Schule wieder angefangen?» Das wird ihr vielleicht einen Dämpfer versetzen, dachte er mürrisch.

Aus Shandys Box kam ein Geräusch, als würde sich jemand übergeben. «Morgen. Aber meine Mutter sagt, morgen müßte ich auf die Beerdigung. Ich hasse die Schule.»

«Warum?» Aber wer unter fünfundzwanzig ging schon gern zur Schule?

«Weil es einfach blöd ist. Man muß sich extra dafür anziehen und so 'n Quatsch.» Die Samtkappe und ein Augenpaar erschienen über der Tür. «Gehn Sie auch auf Katies Beerdigung?»

«Ja, und du?»

Die Falte zwischen ihren Brauen wurde tiefer. «Meine Mutter sagt, ich muß.»

«Willst du denn nicht?»

«Nein. Es ist zu traurig. Ich will nicht sehen, wie Katie zugeschaufelt wird.»

«Keiner von uns will das.» Ihre Blicke bohrten sich in seine. Offensichtlich hatte sie etwas Tiefgründigeres erwartet. Melrose versuchte, sie von der Beerdigung abzulenken. «Komm, wir reiten zusammen aus!» Der Enthusiasmus, den er in seine Stimme legte, war alles andere als echt.

«Sie? Ausreiten?»

«Du brauchst dich gar nicht so zu haben.» Melrose stand von seinem Heuballen auf und klopfte sich die Hosen ab. «Ich habe in meinem Leben schon auf einigen Pferden gesessen.»

Sie kam aus Shandys Box und musterte ihn so kritisch wie ein Schneider, der für einen Reitanzug Maß nehmen will. «Na schön... Die Bodenheims werden wohl nichts dagegen haben, wenn ich Ihnen die alte Nellie gebe.»

«Die alte Nellie! Ich wage zu behaupten, daß ich es auch mit einem lebhafteren Pferd aufnehmen könnte.»

Fünfzehn Minuten später konnte man Emily Louise Perk auf Shandy und Melrose Plant auf der alten Nellie davonreiten sehen – zwar nicht in einen Sonnenaufgang, aber doch in den feinen Septembernebel, der sich wie ein Schleier auf die Horndean Road senkte.

27

«Ich traute meinen Augen nicht, als ich Sie den Weg hochkommen sah», sagte Mrs. Wasserman, die sich bemühte, mit Jurys langen Beinen Schritt zu halten, während sie zur Station Angel hinübergingen. Sie wohnte im Erdgeschoß eines Hauses in Islington, in dem auch Jury schon seit mehreren Jahren wohnte. «Ist etwas passiert? Wo ist denn Ihr Auto? Es ist doch hoffentlich nicht kaputtgegangen. Wollten Sie nicht ein paar Tage Urlaub machen?»

Jury lächelte. Es klang, als hätte er sein Auto irgendwo verloren und seinen Urlaub vergessen. «Sie wissen doch, wie das ist, Mrs. Wasserman – es kam wieder was dazwischen.»

Sie waren beinahe da. Mrs. Wasserman haßte diese Underground-Station. Sie haßte die verschmierten Plakate und den Aufzug, in dem man sich so eingesperrt fühlte, und die Ausländer, die dort arbeiteten. Manchmal ging sie bis zur Highbury-Islington-Station und fuhr dann mit dem Bus zurück, nur um nicht am Angel einsteigen zu müssen.

Sie gab Jury eine Pfundnote für ihren Fahrschein und erzählte ihm von ihrer letzten Begegnung mit dem Mann, der sie angeblich schon seit Jahren verfolgte. «Ich sah ihn, als ich von der Highbury-Station die Islington High Street entlangging. Dort ist nämlich ein Gemüsehändler, bei dem ich besonders gern einkaufe. Er ist mir nachgegangen. Erinnern Sie sich an den Park? Wir sind auch mal dort gewesen, und Sie fanden, die beiden Bäume an der Ecke sähen wie Tänzer aus, weil ihre Äste so ineinander verschlungen sind.» Nervös klappte sie ihr schwarzes Portemonnaie auf und zu. «Dort stand er, gleich neben den Bäumen. Und solange ich im Laden war, blieb er da auch stehen.» Das Portemonnaie gegen den Busen gepreßt, schwankte sie leicht hin und her.

Während Jury in der kurzen Schlange vor der Fahrkartenausgabe wartete, holte er sein Notizbuch hervor. «Können Sie ihn bitte noch einmal beschreiben?» Es war ein Ritual, das sie jedesmal wiederholten.

«Ich hab ihn schon so oft beschrieben, Mr. Jury», sagte sie mit einem traurigen kleinen Kopfschütteln und einem traurigen kleinen Lächeln. Jury fühlte sich in die Rolle des pflichtvergessenen Neffen gedrängt, auf den sie sich verlassen und der sie bitter enttäuscht hatte; da er aber noch so jung und unschuldig und vielleicht auch ein bißchen einfältig war, mußte man ihm einiges durchgehen lassen. Schließlich hatte er ja auch seinen Urlaub vergessen und sein Auto verloren. «Also gut, er war klein und trug einen braunen Anzug und einen braunen Mantel. Und einen braunen Filzhut. Seine Augen sahen irgendwie verschlagen aus. Ja, verschlagen.»

Jury notierte es sich. Höchstwahrscheinlich gab es einen Mann, auf den diese Beschreibung zutraf – und nicht nur einen, sondern viele. Aber er wußte, daß keiner von ihnen Mrs. Wasserman verfolgte. Ihr Verfolgungswahn hatte sich im Lauf der Jahre verschlimmert. In den nächsten Tagen würde sie ihren Gemüsehändler meiden und den kleinen Park mit den Bäumen, die wie Tänzer aussahen, bis sie vergessen hätte, daß der Mann ihr dort zuletzt begegnet war.

Geräuschvoll kam der neue, aluminiumverkleidete Aufzug zum Stillstand, und ein gelangweilter Pakistani wartete darauf, daß seine Insassen auf die Gasse hinaustraten.

Mrs. Wasserman betrachtete ihren Fahrschein. «Ich muß in King's Cross umsteigen. Schrecklich. Wohin fahren denn Sie, Mr. Jury?»

«Ins East End, nach Wembley Knotts.»

«Keine gute Gegend, seien Sie nur vorsichtig. Aber einem Polizisten braucht man das wohl nicht zu sagen.» Sie trat in den Aufzug. «Ich meine nur, die Underground ist ja so gefährlich geworden. Es passieren die schrecklichsten Dinge.»

«Ich weiß», sagte Jury zu der sich schließenden Aufzugstür.

DIE DUNKELHEIT SENKTE SICH schnell über die Catchcoach Street. Die Fenster des «Anodyne Necklace» warfen schmutziggelbe Halbmonde aufs Pflaster.

Als Jury eintrat, sah er, daß die Frauen noch immer auf den Bänken Wache schoben; ihre Männer lehnten noch immer an der Bar. Shirl, in einem ärmellosen lila Samt, der so alt war, daß sein Flor schon völlig abgewetzt war, unterbrach die Ausübung ihres Gewerbes so lange, um ihm zuzulächeln und -zuwinken. Einige der anderen nickten, darunter auch Harry Biggins. Offenbar war er zu einer festen Einrichtung geworden, ein weiterer Stammkunde der Eckkneipe.

Magier und Kriegsherren – anscheinend dasselbe Spiel, das sie seit Monaten spielten – lief am hinteren Tisch. Mittlerweile hatten sie alle von der grausigen Geschichte in der Wembley-Knotts-Station gehört. Immerhin versuchten sie, eine angemessen getragene Miene aufzusetzen, in der aber immer wieder Schadenfreude aufblitzte.

«Das is 'n Schlag ins Kontor, wie», sagte Keith und lächelte breit. «So 'n blöder Bulle, wie find ich 'n das? Blöder Bulle. Wo ich doch geglaubt hab, daß die Landgreifer immer so verdammt ehrlich sind.»

«Offenbar nicht», sagte Jury und grinste zurück.

«Die sollen bloß aufpassen», sagte Dr. Chamberlen. «Sonst kriegen sie noch den gleichen Ruf wie die Londoner Polizei.» Fast kicherte er.

«Ich wollte nur kurz hereinschauen und mich bei Ihnen für Ihre Mitarbeit bedanken.»

Ihre verständnislosen Gesichter ließen erkennen, daß sie nicht recht wußten, wie sie damit umgehen sollten.

«Haben Sie Cyril Macenery und Ash Cripps gesehen?»

«Hab Cy den ganzen Tag noch nicht vor der Nase gehabt. Aber vor nicht mal 'ner Viertelstunde war so 'n Scheißbulle da und hat Ash gesucht. Hat sich wohl wieder was erlaubt.» Gelächter am ganzen Tisch.

Jury war gerade auf dem Weg zur Nummer vierundzwanzig, als er Ash Cripps in Begleitung eines Polizisten auf sich zukommen sah. Die haarigen Beine, die aus dem zugeknöpften Mantel ragten, ließen vermuten, daß er darunter nichts anhatte.

White Ellie stand in der Tür, die Hände auf den behosten Hüften, und ließ eine Rede vom Stapel. Wie immer kam sie gleich zur Sache: «...furchtbar, wie die aus dem Damenklo gerast kam, als sei der Leibhaftige hinter ihr her. Und er splitterfasernackt, glotzte mit seiner blöden Visage über das Geländer...»

«Halt dein verfluchtes Maul, Elefant.»

Jury erkundigte sich bei dem Polizisten: «Was ist passiert, Sergeant?», während White Ellie wüste Schimpfworte von sich gab.

Mit gerunzelter Stirn musterte ihn der Polizeibeamte, bis Jury schließlich seinen Ausweis hervorzog. «Oh, entschuldigen Sie, Sir!» Er nahm Jury beiseite und erklärte: «Also ich fand ihn im Damenklo da drüben in dem kleinen Park bei der Drumm Street. Ein Exhibitionist. Er heißt Ashley Cripps. Ash the Flash nennen sie ihn hier.»

«Das geht in Ordnung, Sergeant –»

«Brenneman, Sir.»

«Ich muß Mr. Cripps ein paar Fragen stellen. Sie können ihn mir überlassen, ich übernehme die Verantwortung für ihn.»

Sergeant Brenneman schien nichts lieber zu tun, aber er fühlte sich verpflichtet, Jury zu warnen: «Die Sache ist – es ist nicht das erste Mal, daß ich ihn deswegen festnehmen muß.»

Auch Jury senkte die Stimme: «Und bestimmt auch nicht das letzte Mal.»

Brenneman entfernte sich pfeifend, und Ashley Cripps schritt so würdevoll wie nur möglich voraus und führte Jury ins Wohnzimmer. «Gib mir meine Buxen, Elefant.»

Die Übergabe erfolgte auf der Stelle, ohne großes Zeremoniell. Dann sagte sie zu Jury: «Kommen Sie doch gleich wieder her, ich hab was in der Pfanne. Wegen dem hat's kein Abendbrot gegeben, die Kleinen haben einen Mordshunger.» Was der Krach bewies: Die Küche war erfüllt von ihrem Geschrei nach mehr Brei mit Speck, vom Geklapper und Geklirr der Bestecke und Gläser. Als sie durchs Wohnzimmer gingen, beugte Jury sich über den Kinderwagen, schob ein paar Wäschestücke beiseite und legte den Kopf des Babys frei. Sein Rosenknospenmund gähnte. Es lebte!

White Ellie verteilte den restlichen Speck, und Sookey versuchte sofort, die Portion des Mädchens auf seinen Teller zu bugsieren, ließ aber schnell wieder davon ab, als sie ihn mit ihrer Gabel ins Ohr zu stechen drohte. Friendly schüttelte die Ketchupflasche, bis der Inhalt herausgeschossen kam.

«Wir ham alles gehört. Schrecklich, schrecklich.» White Ellie ließ frische Speckscheiben in das brutzelnde Öl fallen.

Nachdem er den Gürtel seiner Hose zugezogen und sein Hemd zugeknöpft hatte, meinte Ash: «Ich hab gehört, er is direkt auf den Schienen gelandet. Tja, das war's dann wohl. Gibt nur noch Perverse auf der Welt.» Er schubste Sookey von seinem Stuhl. «Weg da, ihr Blagen. Gib dem Super deinen Stuhl.»

Die Kinder räumten das Feld; Friendly schnappte sich seinen Napf und bedachte Jury mit einem grimmigen Blick.

«Wollen Sie nicht was essen?» fragte Ash.

«Vielen Dank, ich muß zurück zu Scotland Yard.»

«Na schön, vielen Dank auch für das, was Sie da draußen für mich getan haben.» Ash nickte in Richtung der Tür, dem Schauplatz des letzten Debakels.

«Ach, nicht der Rede wert. Eigentlich bin ich gekommen, um mich bei *Ihnen* zu bedanken. Eine Hand wäscht die andere. Tut mir leid, daß ich nicht bleiben kann.»

An der Tür schüttelten sie sich die Hände. «Schaun Sie rein, wenn Sie in der Gegend sind», sagte White Ellie.

Jury versicherte ihnen, das werde er tun, und schaute sich besorgt nach seiner Windschutzscheibe um. Sie war jedoch sauber.

Als er ins Auto stieg, hörte er, wie Ash Cripps den Kindern befahl zu winken. Über den ketchupverschmierten Gesichtern schossen die kleinen Hände in die Höhe.

White Ellie brüllte: «Mit der Hand, Friendly, mit der Hand!»

28

Ein leuchtendroter Luftballon, ein Überbleibsel des Kirchenfestes, der von der Putzkolonne übersehen worden war, lugte höchst unpassend hinter einem Grabstein hervor; seine Schnur schien irgendwo hängengeblieben zu sein. Dann stieg er höher und höher. Während der Gottesdienst weiterging, verfolgte Jury, wie er von der Brise, die durch die Gräser des Friedhofs fuhr, fortgewirbelt und in den Wald von Horndean getragen wurde.

Er machte sich selten Gedanken über Gerechtigkeit und Ungerechtigkeit, aber heute tat er es. Er fand es einfach empörend, daß dieser Morgen wie eine Perle schimmerte, daß das Laub glänzte und selbst die Luft wie Goldstaub glitzerte. Daß der Himmel von einem so transparenten, milchigen Weiß war und daß dieses rotleuchtende Oval sich wie eine mit Buntstift ausgemalte Sonne davon abhob.

In der St.-Pancras-Kirche waren mehr Leute gewesen als nun am Grab. Überrascht stellte Jury fest, daß selbst Derek dort war und zur Abwechslung eine eher bedrückte als gelangweilte Miene zur Schau trug; die übrige Familie war zu Hause geblieben, und das war auch gut so. Mainwaring war mit einer blonden Frau erschienen, die wohl seine Gattin war. Sie war von einer schlichten Schönheit; ihr Gesicht jedoch war so ausdruckslos, daß sich nicht einmal Trauer damit heucheln ließ.

Auch Emily Louise, die sich bis zur letzten Minute geweigert hatte, ihre Mutter zu begleiten, war da – gut getarnt saß sie etwas weiter hinten im Wald auf ihrem Pony. Sie hatte ihre

Samtkappe abgenommen und hielt sie in der Armbeuge wie ein Angehöriger der königlichen Garde seine Kopfbedekkung.

Jury, Melrose Plant und Wiggins bildeten ein Grüppchen für sich, als wüßten sie nicht recht, ob sie nun dazugehörten oder nicht. Und weiter hinten, ebenfalls für sich und vielleicht noch unsicherer, stand Jenny Kennington. Die Hände hatte sie in den Taschen ihres schwarzen Mantels vergraben; das Haar war von schwarzer Spitze bedeckt.

Die Köpfe senkten sich, während der Pfarrer von St. Pancras die Leiche Katie O'Briens der Erde übergab – Erde zu Erde, Asche zu Asche, Staub zu Staub. Als der Sarg unten angekommen war, trat eine völlig verschleierte Mary O'Brien an das Grab und ließ ein wenig Erde darauffallen. Die übrigen Trauergäste taten dasselbe; sie bückten sich, um eine Handvoll von der schwarzen Erde aufzuheben und auf den Sargdeckel rieseln zu lassen. Es erinnerte Jury auf traurige Weise an ein Kinderspiel.

Er sah, wie Emily ihr Pony wendete und zwischen den Bäumen verschwand. Als die andern sich bereits zerstreut hatten und langsam den Hügel hinuntergingen, stand Jury immer noch an dem Grab. Und er rührte sich auch nicht, als Melrose und Wiggins sich zum Gehen anschickten. Melrose wandte sich nach ihm um, und Jury gab ihm durch ein Kopfnicken zu verstehen, daß er noch etwas bleiben wolle.

Er beobachtete Lady Kennington, die ebenfalls noch nicht gegangen war, sondern in einiger Entfernung auf der andern Seite des Grabs darauf wartete, daß die andern sich zurückzogen. Jury blieb stehen.

Schließlich trat sie an das Grab, nahm eine Handvoll Erde und ließ sie auf den Sarg fallen. Sie führte die Hand an die Stirn, und er dachte zunächst, sie werde sich bekreuzigen. Statt dessen lächelte sie und salutierte andeutungsweise.

Dann ging sie davon.

[illegible]

[illegible] Hans und Wolf [illegible]

[illegible]

[illegible]

[illegible]

[illegible]

Dann eine Tür ging [illegible]

Inspektor Jury bricht das Eis

Für Pamela,
eine vorbildliche Freundin

Die weisen Männer

Im fernen Osten seh ich in Gedanken
sie kommen jedes Jahr zum selben Ort.
Sie tragen in den Händen, was sie fanden,
und im Gesicht, was sie erwartet dort.

Sie gehen schweigend, ruhig und sicher
wie Porzellanfigürchen durch den Wald,
die Farben der Gewänder leuchtend,
die feinen Züge kultiviert und alt.

Sie scheuen Wandel, deuten weder Krieg noch Frieden,
beenden nie die Reise, die sie so geprägt,
und warten sehnlich auf ein Zeichen, das
die Zukunft treu in ihre eignen Hände legt.

Edgar Bowers

Schwester! Oh, meine Schwester! Das ist der Grund:
Ob wir fallen durch Ehrgeiz, Blut, Lust oder Raub,
wie Diamanten schneidet uns der eigne Staub.

Die Herzogin von Malfi

Erster Teil

Old Hall

I

Eine Begegnung auf dem Friedhof. Das war es, was ihm rückblickend immer wieder durch den Kopf ging, wenn er sich ohne jede Ironie sagte, daß ein solcher Ort nicht gerade auf jene dauerhafte Liebe schließen ließ, nach der er sich sehnte. Schneeverwehungen auf der Sonnenuhr. Zankende Spatzen in den Hekken. Die schwarze Katze, die in dem trockenen Vogelbecken thront. Erinnerungsfetzen. Ein zerbrochener Spiegel. *Pech, Jury.*

Es begann an einem windigen Dezembertag, dem fünftletzten vor Weihnachten, als Jury durch die Tore von Washington Old Hall zwei streitsüchtige Spatzen in einer nahen Hecke beobachtete. Sie flatterten unter wütendem Gezänke zwischen Hecke und Baum hin und her und pickten sich gegenseitig die Brust blutig. Jury war grausame Szenen gewohnt; dennoch schokkierte ihn der Anblick. Aber passierte das gleiche nicht überall? Sie unterbrachen die wilde Jagd schließlich auf dem Boden vor seinen Füßen. Er machte eine Bewegung, um den Kampf abzubrechen, aber schon waren sie wieder auf und davon.

Das Haus war verschlossen, und so stapfte er durch die alten Straßen Washingtons, während der Schnee allmählich in Regen überging. Es war nach drei Uhr, die Pubs hatten also zu – wieder Pech. Am Ende einer Dorfgasse fand er sich vor der katholischen Kirche wieder. *Tust du dir jetzt leid, Jury? Keine Freunde, keine Verwandten, keine Frau, kein …* Aber Weihnachten steht doch vor der Tür, widersprach etwas in ihm.

Jury hatte diesen Konflikt, der seine Einstellung zum Fest der Liebe belastete, noch nicht gelöst, als er die schwere Kirchentür aufstemmte und leise die Vorhalle betrat. Zu allem Überfluß mußte er nun auch noch feststellen, daß er mitten in eine Taufe geplatzt war. Der Pfarrer unterbrach zwar die Zeremonie nicht, aber die Gesichter der Eltern fuhren zu dem Eindringling herum, und das Baby schrie.

Jury meinte, seine innere Stimme boshaft kichern zu hören. *Du Tölpel.* Er fixierte das Anschlagbrett der Kirche und setzte eine Miene tiefster Versunkenheit auf, die den Leuten dort klarmachen sollte, wie dringend notwendig die Gemeindenachrichten für sein Seelenheil seien. Mit einem kurzen Nicken *(als würde das jemanden kümmern, du Trottel!)* drehte er sich um und ging hinaus, ungeläutert und ungetröstet.

Auch auf dem Kirchhof konnte er diese zänkische Stimme nicht zum Schweigen bringen. Sie hackte gnadenlos auf ihm herum: Es hatte ihn ja keiner *gezwungen* anzunehmen, als ihn seine Cousine mit Wimmerstimme eingeladen hatte, sie doch an Weihnachten zu besuchen. *(«Wir kriegen dich doch sonst nie zu Gesicht, Richard...»)* Newcastle-upon-Tyne. Ein scheußlicher Ort, gerade im Winter. *Ein netter Spaziergang über den Friedhof, das paßt zu dir, Jury... und dazu noch der Schnee... es schneit schon wieder...* Und so fort.

Und da sah er sie; über einen Grabstein gebeugt, das braune Haar, das der Wind in Strähnen unter der Kapuze ihres Capes hervorgeweht hatte, naß von Schnee und Regen. Alte Weiden senkten Vorhänge aus feuchten Blättern in seinen Weg. Moos kroch an den Grabsteinen hoch. Ansonsten lag der Ort verlassen da.

Sie stand vollkommen reglos. Wie sie sich so in einiger Entfernung vor ihm über den Stein beugte, erinnerte sie Jury an eines jener lebensgroßen Grabmale, die man gelegentlich selbst auf den kleinsten und schlichtesten Friedhöfen sieht, erstarrte Zeugen der Trauer, die Gesichter kapuzenverhüllt und düster, die Hände gefaltet.

Ihre Hände waren nicht gefaltet. Sie schien etwas in ein kleines Buch einzutragen. Entweder war sie so in das Studium der Inschriften vertieft, daß sie sein Herannahen nicht bemerkte, oder sie nahm einfach an, er wolle ungestört bleiben.

Er schätzte sie auf Ende Dreißig. Sie gehörte zu der Sorte Frauen, die sich gut hielt: Wahrscheinlich sah sie jetzt sogar besser aus als mit zwanzig. Sie hatte eines jener Gesichter, die Jury schon immer als schön empfunden hatte, ein Gesicht, in das der Ausdruck von Trauer und Schmerz so fest eingemeißelt schien wie in eine Grabskulptur. Ihr Haar hatte fast die gleiche Farbe wie seines, nur lag auf ihrem ein roter Schimmer, der selbst hier, in der grauen Düsternis eines verschneiten Dezembernachmittags, noch sichtbar war. Ihre Augen lagen im Schatten der Kapuze verborgen. Sie beugte sich über einen kleinen Stein mit herausgemeißelten Engeln, deren Flügel schon völlig verwittert waren.

Jury tat so, als betrachte er ebenfalls die Grabsteine, wobei er die gleiche Miene aufsetzte wie vor dem Anschlagbrett in der Kirche. Während er noch fieberhaft nach einem grabesdüsteren Einleitungssatz suchte, preßte sie die Hand auf ihre Stirn und ließ sie dann auf den Grabstein sinken, als suche sie Halt. Sie sah krank aus.

«Ist Ihnen nicht gut?» Seine Hand lag flugs auf ihrem Arm.

Sie schüttelte den Kopf, als wolle sie Klarheit hineinbringen, und schenkte ihm ein dünnes, verlegenes Lächeln. «Nur ein kleiner Schwächeanfall. Wahrscheinlich kommt das vom vielen Bücken und zu schnellen Aufrichten. Danke.» Hastig steckte sie das Büchlein und den Stift in eine der großen aufgesetzten Taschen ihres Capes. Der Einband des Notizbuchs war aus Metall – golden, und bestimmt nicht billig. Der Stift war ebenfalls aus Gold, das Cape aus Kaschmirwolle. Nichts an ihr wirkte billig.

«Sie schreiben doch nicht etwa ein Buch über Grabinschriften?» Wie banal, dachte er, irritiert von seiner eigenen Unbeholfenheit. Wäre sie die Hauptverdächtige in einem Mordfall gewesen, hätte er wohl eine bessere Figur gemacht.

Aber seine Vermutung schien sie nicht zu verärgern. «Nein.» Sie lachte auf. «Ich forsche ein bißchen herum.»

«Wonach? Ich weiß, es geht mich nichts an, aber – fühlen Sie sich auch wirklich ganz in Ordnung?»

Sie schwankte ein wenig und griff sich wieder an die Stirn. «Ehrlich gesagt, ich weiß nicht recht. Mir ist wieder schwindlig.»

«Sie sollten sich hinsetzen. Vielleicht auch einen Brandy oder so was trinken.» Er runzelte die Stirn. «Die Pubs haben allerdings geschlossen...»

«Mein Cottage ist ganz in der Nähe, auf der anderen Seite des Dorfangers. Ich weiß nicht, woher diese Schwindelanfälle kommen. Vielleicht von dem Medikament... Na, als nächstes zeig ich Ihnen noch meine Blinddarmnarbe...»

«Ich hätte nichts dagegen.» Er lächelte wieder. «Aber gestatten Sie mir wenigstens, daß ich Sie nach Hause begleite.»

«Danke. Das wäre sehr freundlich von Ihnen.» Zusammen liefen sie durch das alte Washington, das Jury jetzt mit ganz anderen Augen sah: es erschien ihm nun als Prachtstück von einem Dorf, mit seinen zwei Pubs und der winzigen Bibliothek jenseits des Angers.

«Ich habe noch etwas Whisky. Wenn Sie mir auf ein Glas Gesellschaft leisten wollen?»

Wieder sagte Jury – und beglückwünschte sich dabei zu seiner atemberaubenden Originalität: «Ich hätte nichts dagegen.»

Sie kamen an dem größeren der beiden Pubs vorbei, einem cremefarben gestrichenen Gebäude mit schwarzen Fensterläden und dem Namen «Washington Arms». Ihr Haus lag am Ende eines schmalen, heckengesäumten Wegs. Der kleine Eingangsvorbau lief ebenso wie das ziegelgedeckte Dach spitz zu; die zitronengelbe Haustür wirkte darin wie ein Flecken winterlichen Sonnenscheins.

Drinnen war es jedoch gar nicht sonnig; die Fensterkreuze waren zu schmal und lagen zu hoch, um selbst an hochsommerlichen Tagen genügend Licht hereinzulassen. Sie schaltete eine Lampe an. Der bunte Glasschirm warf einen verschwommenen Regenbogen auf den Mahagonitisch.

«Wir haben uns noch nicht vorgestellt», sagte sie lachend.

Das stimmte allerdings; auf dem Weg hierher hatten sie sich unterhalten wie zwei alte Freunde und dabei vergessen, etwas so Beiläufiges wie ihre Namen zu erwähnen.

«Ich heiße Helen Minton», sagte sie.

«Richard Jury. Sie sind nicht von hier, nicht wahr? Ihr Akzent klingt eher nach London.»

Sie lachte. «Sie müssen ein gutes Ohr haben. Ich kann höchstens den Unterschied zwischen Cornwall und Surrey und den Geordies hier oben raushören. Aber ich glaube kaum, daß ich einen Londoner Akzent zweifelsfrei erkennen würde.»

«Ich bin aus London.»

«Dann – aber bitte setzen Sie sich doch –, dann stelle ich Ihnen dieselbe Frage, die ich hier ständig zu hören kriege: Was hat Sie ausgerechnet hierher verschlagen? London erscheint einem hier so fern wie Timbuktu, und trotzdem kann man mit dem Schnellzug in drei Stunden dort sein.»

«Ich bin unterwegs nach Newcastle.»

Während sie ihm die Jacke abnahm – deren schweres Wildleder keineswegs einen ausreichenden Schutz gegen die hiesigen Stürme bot –, sah sie ihn nachdenklich an. «Sie scheinen nicht allzu glücklich darüber zu sein.»

Jury lachte. «O Gott, merkt man mir das an?»

«Hmm. Es ist zu schade, daß die Leute, wenn sie Newcastle hören, nur an Kohle denken. Die meisten Zechen sind längst stillgelegt. Die Stadt selbst ist eigentlich recht schön.» Sie legte sich die Jacke über den Arm, machte aber keine Anstalten, sie aufzuhängen, sondern stand einfach da und betrachtete ihn. Ihre Augen waren grau, nur eine Spur dunkler als seine eigenen, wie Zinn oder die Nordsee.

«Wir sind hier nicht weit vom Meer, oder?»

«Nein. Die Küste von Sunderland ist nur ein paar Meilen entfernt.» Sie legte den Kopf schräg und sah ihn weiter prüfend an. «Wissen Sie, daß wir fast die gleiche Haar- und Augenfarbe haben?»

«Ach, wirklich?» sagte er beiläufig. «Ja, jetzt, wo Sie es sagen, fällt es mir auf.» Er lächelte. «Sie könnten meine Schwester sein.»

Sein Lächeln hatte eine gänzlich andere Wirkung als gewöhnlich. Sie sah plötzlich unendlich traurig aus und wandte sich ab, um seine Jacke aufzuhängen. «Und warum fahren Sie nun nach Newcastle?» fragte sie, während sie die Jacke sorgfältig über einen Kleiderbügel drapierte.

«Um meine Cousine zu besuchen. Ich soll mit ihr Weihnachten feiern. Ich habe sie seit Jahren nicht mehr gesehen; früher hat sie in den Potteries gelebt. Die Familie ist in der Hoffnung auf bessere Arbeit hierhergezogen. Ein böser Irrtum.»

Helen Minton hängte ihren Mantel an einen Haken und fragte: «Ist sie Ihre einzige Verwandte?»

Jury nickte und setzte sich. Er hatte nicht das Gefühl, erst eine Aufforderung abwarten zu müssen. Er bot ihr eine Zigarette an. Während sie sich über die Flamme beugte, hielt sie mit einer Hand den Vorhang ihres rötlichbraunen Haars zurück. «Das ist ja seltsam. Ich habe einen Cousin. Der ist mein einziger Verwandter. Er ist Künstler, ein sehr guter.» Sie wies auf ein kleines Gemälde an der Wand gegenüber – eine abstrakte Komposition in leuchtenden Farben mit scharfen Konturen.

Jury lächelte. «Anscheinend verfügen wir so ziemlich über die gleiche Erbmasse. Das Haar. Die Augen. Die Cousins. Ihr Haus gefällt mir», sagte er, machte es sich in dem tiefen Sessel richtig bequem und zog zufrieden an seiner Zigarette.

«Wir wär's jetzt mit einem Whisky?»

«Großartig!»

Während sie mit der Ernsthaftigkeit eines Kindes, das nichts falsch machen will, die Drinks einschenkte, sagte sie: «Eigentlich ist es gar nicht mein Haus. Ich habe es nur gemietet.» Sie reichte ihm sein Glas.

«Dann stelle ich Ihnen jetzt die Frage, die Sie sicher ständig zu hören kriegen: Was hat Sie bloß hierher verschlagen?»

Das Glas in beiden Händen haltend, antwortete sie: «Nichts Bestimmtes. Ich bin zu etwas Geld gekommen, genug, um damit bequem leben zu können. Ich fand, daß dies ein schönes kleines Dorf ist, und beschloß, eine Weile hierzubleiben. Ich stelle ein paar Nachforschungen über die Familie Washington an.»

«Sind Sie Schriftstellerin?»

«Ich? Gott, nein! Es ist nur ein Zeitvertreib. Natürlich kommen auch viele Amerikaner vorbei; allerdings weniger um diese Jahreszeit. Die Washingtons sind eine recht interessante Familie; sie haben sich nach dem Dorf und dem Gut benannt, das sie mehrere hundert Jahre lang bewohnten, bevor Lawrence Washington dann Sulgrave Manor gebaut hat. Haben Sie Old Hall, das Herrenhaus, besichtigt? Ach nein, heute ging das ja gar nicht: Es ist kein Besuchertag. Sie müssen unbedingt wiederkommen. Donnerstags helfe ich dort aus: der Fremdenführer, der sonst die Besichtigungen macht, nimmt sich dann frei – und ich könnte Sie herumführen...» Ihre Stimme erstarb. «Aber wahrscheinlich werden Sie viel zu beschäftigt sein, mit Ihrer Cousine und mit Weihnachten...»

Er schüttelte den Kopf. «So beschäftigt nun auch wieder nicht.»

«Ich könnte Sie herumführen», wiederholte sie. «Das Haus gehört der Gesellschaft für Denkmalschutz. Mein Lieblingsraum ist das Schlafzimmer im Obergeschoß...» Sie hob den Blick zur Zimmerdecke und errötete heftig. Hastig fuhr sie fort: «Es gibt eine Küche, und manchmal mache ich den Leuten Tee, obwohl ich das wahrscheinlich gar nicht dürfte. Aber es gibt ein, zwei Leute, die schon öfter da waren...»

Mit argloser Miene (während er sich insgeheim diebisch darüber amüsierte, wie sie sich aus der Sache mit dem Schlafzimmer herauszureden versuchte) fragte er: «Und wenn Sie mir Old Hall gezeigt haben, darf ich Sie dann zum Dinner einladen?»

«Zum Dinner?» Sie hätte über die Einladung nicht überraschter sein können – als hörte sie das Wort «Dinner» zum erstenmal. Aber dann strahlte sie vor Freude, und ihre Befangenheit war verflogen. «Ja – gern. Das wäre nett.» Mit frisch erwachtem Eifer warf sie einen Blick ins Nebenzimmer. «Wir könnten hier zu Abend essen», sagte sie und breitete die Arme aus, als entdeckte Sie in Jurys Vorschlag ungeheure Möglichkeiten.

Er lachte. «Ich hatte gewiß nicht vor, Sie in der Küche schuften zu lassen. Gibt es hier keine Restaurants?»

«Das Essen ist nicht so gut wie bei mir», erklärte sie schlicht und einfach. «Von dem ganzen Gerede übers Essen hab ich übrigens einen Bärenhunger bekommen. Bevor ich aus dem Haus ging, hab ich ein paar Sandwiches gemacht. Möchten Sie eins?»

Jury hatte seit Tagen keinen Appetit mehr verspürt. Jetzt fühlte er sich plötzlich ausgehungert. Er fragte sich, ob ihnen wirklich bloß etwas zu essen fehlte, und lächelte. «Danke, gern. Soll ich nachschenken, während Sie die Sandwiches holen?»

«O bitte, tun Sie das. Die Flaschen stehen dort drüben. Ich bin gleich wieder da.»

Jury nahm die Gläser und sah sich im Zimmer um, in dem sich schon die Schatten der Dämmerung ausbreiteten, obwohl es erst vier Uhr nachmittags war. Es war ein hübsches Zimmer. Die Polstermöbel waren mit alten Rosendrucken bezogen, und im Kamin prasselte ein Feuer. Er bemerkte, daß es qualmte. Über dem Kaminsims hing ein gerahmter Druck von Old Hall. Die Tapete war in einem neun oder zehn Zentimeter breiten Streifen um das Bild herum eine Spur heller.

Helen kam mit einem silbernen Tablett zurück, auf dem ein Teller mit Sandwiches und eine Unzahl von Beilagen standen: Gewürzgurken, Meerrettich, Senf, Pfeffersauce und dergleichen mehr.

Er lachte: «Großer Gott! Sie scheinen Ihre Sandwiches ja üppig zu belegen.»

«Ich weiß. Gräßlich, nicht? Ich habe eine furchtbare Schwäche für scharfes Essen. Da fällt mir ein, daß es im neuen Teil des Dorfes ein indisches Restaurant gibt, in das wir gehen könnten.» Sie strich Senf und Meerrettich auf ihr Roastbeef und garnierte es zum Abschluß mit einem Stück Gewürzgurke. Sie biß herzhaft hinein und sagte dann: «Ach, ich könnte Feuer speien. Möchten Sie mal probieren? Es ist frischer Meerrettich. Eine Bekannte von mir hat ihn zubereitet.» Sie hielt ein kleines Steinguttöpfchen hoch.

«Nein, vielen Dank. Ich bin mit einem ganz gewöhnlichen Sandwich vollauf zufrieden.»

Ein paar Minuten lang aßen und tranken sie in einvernehmlichem Schweigen, dann lehnte sie sich zurück in die Polster der Couch und zog ein Bein unter ihren Rock.

«Wo arbeiten Sie?»

«In der Victoria Street.» Er wünschte, die Frage nach seinem Beruf wäre nicht in diesem frühen Stadium gefallen; die Antwort stieß manche Leute vor den Kopf.

«Was tun Sie dort?»

«Polizeiarbeit. Ich bin ein Bulle.»

Sie starrte ihn an und lachte. «Niemals!»

«Doch», sagte er.

Sie schüttelte immer noch ungläubig den Kopf: «Aber Sie sehen...»

«...nicht wie einer aus? Oh, warten Sie erst mal ab, bis Sie mich in meinem abgetragenen blauen Anzug und meinem Regenmantel sehen.» Immer noch lächelnd legte sie den Kopf schräg, so daß ihr Gesicht und ihr Haar in den Schein der bunten Glaslampe eintauchten. «Ich beweise es Ihnen, indem ich Ihnen ein paar schlaue Fragen stelle. Sind Sie bereit?»

Sie ging vergnügt auf das Spiel ein. «Schießen Sie los.»

«Okay. Warum sind Sie wirklich hier? Warum sind Sie so unglücklich? Und warum haben Sie das Bild über dem Kaminsims abgenommen?»

Bei der ersten Frage hatte sie abrupt den Blick abgewandt. Bei der dritten Frage schnellte er zu ihm zurück. «Wie...?»

«Der Kamin qualmt. Man merkt es an der Tapete: sie ist um den Rahmen herum heller. Sie machen keine sonderlich gute Figur bei meinem Kreuzverhör. Sie wirken so schuldbewußt wie...» Jurys Lächeln verschwand. Er hatte gewiß nicht vorgehabt, sie aus der Fassung zu bringen. Im bunten Widerschein des Lampenlichts war ihr Gesicht jetzt tiefrot.

«Ihnen entgeht wohl nichts.» Das war alles, was sie sagte.

«Das ist mein Job. Und es ist meine Schwäche. Namen, Daten, Orte, Gesichter... von denen ich einige am liebsten vergessen würde...» *Aber nicht Ihres,* hätte er gerne hinzugefügt. «Es tut mir wirklich leid. Ich wollte nicht in Ihren Angelegenheiten herumschnüffeln.»

«Nein, nein. Schon gut. Was das Unglücklichsein betrifft –» Ihr Lachen klang gezwungen. «Es liegt wohl daran, daß bald Weihnachten ist. Weihnachten deprimiert mich. Schrecklich, nicht? Aber ich glaube, es geht vielen Leuten so. Man fühlt sich tatsächlich schuldig, keine Familie zu haben, so als hätte man sie aus Nachlässigkeit verloren.» Sie wandte sich mehr an ihr Glas als an Jury. «Vermutlich stehen wir unter einem solchen Zwang, glücklich zu sein, daß wir uns schuldig fühlen, wenn wir's nicht können...» Sie tat die Sache mit einem Schulterzukken ab.

«Ich stelle meistens einen Antrag auf Weihnachtsdienst und bringe das Fest so hinter mich. Die Dinge, die ich dabei oft zu sehen bekomme, machen einem klar, daß man nicht der einzige ist, der Weihnachten nur mit Hängen und Würgen übersteht.» *Wie die alte Frau, klein und zerbrechlich wie ein Vogel, die sich in der Besenkammer erhängt hatte.* Die Erinnerung blieb unausgesprochen. «Das ist ganz heilsam.» *Wenn man solche Roßkuren mag.* «Falls Sie zu Weihnachten noch nichts vorhaben, essen Sie doch mit uns zu Abend. Meine Cousine würde sich sehr freuen. Sie brauchte sich dann zur Abwechslung mal nicht nur den Kopf darüber zu zerbrechen, wo ihr versoffener Mann steckt und ob ihre Kinder als Punks enden und sich die Haare lila färben werden.»

«Das ist furchtbar nett von Ihnen. Aber schließlich bin ich eine Fremde. Ich will mich Ihrer Familie nicht aufdrängen...»

«Aber, aber, Sie wollen doch wohl nicht sentimental werden. Paßt das zu dem, was Sie mir eben erzählt haben?»

Beide lachten.

«Apropos Weihnachten – ich muß noch ein paar Geschenke

einpacken. Für die Bonaventura-Schule. Sie nennt sich zwar Schule, ist aber in Wirklichkeit eher ein Waisenhaus.»

«Sie tun also auch etwas für die Armen.»

Helen wiegelte ab: «Oh, rechnen Sie mir das nicht allzu hoch an. Es ist nur ein Zeitvertreib.» Ihr Blick glitt über Jurys Schulter zum Fenster, wo Schneeflocken gegen die Scheiben wirbelten.

Aber warum, grübelte Jury, hat sie es bloß so nötig, die Zeit totzuschlagen? Seine Frage, warum sie so unglücklich sei, war unbeantwortet geblieben. Widerstrebend stellte er sein Glas auf den Tisch und stand auf. «Meine Cousine wundert sich bestimmt schon, wo ich bleibe. Ich mach mich wohl besser auf den Weg.»

Sie begleitete ihn zur Tür. Als sie sie öffnete, sah er hinaus in ein stürmisches Schneetreiben. Die Hecken raschelten im Wind, die jungen Bäume bogen sich unter ihrer feuchten Last. Der Schnee war wieder mit Regen vermischt.

Helen zog die Ärmel ihrer Strickjacke über die Hände und schlang die Arme um ihre Taille.

«Sie gehen besser wieder rein», sagte Jury und schlug den Kragen hoch. Der schneidende Wind fuhr ihm eisig durch Jacke und Pullover.

Doch ungeachtet der Kälte, die ihr durch alle Glieder drang, blieb sie stehen und sagte: «Sie sind für dieses Wetter nicht richtig angezogen. Haben Sie denn keinen Mantel?»

«Der liegt im Auto.»

Sie begleitete ihn zum Gartentor und suchte mit den Blicken die Straße nach seinem Wagen ab. «Wo steht er denn?»

Die Frage klang, als argwöhnte sie, daß er, leicht bekleidet, wie er war, den ganzen Weg nach Newcastle auf Schusters Rappen zurücklegen wollte. Er betrachtete lächelnd ihre Gestalt in der Dunkelheit: Die Beine dicht aneinandergepreßt stand sie da. Mit ihren dunklen Knöpfstiefeln und ihren Baumwollstrümpfen wirkte sie wie eine Frau auf einem Jugendstilplakat.

«Der Wagen steht vor dem Pub. Und Sie werden naß.» Der

Moment auf dem Friedhof fiel ihm wieder ein: «Woher kommen Ihre Schwindelanfälle?»

Der Wind fuhr ihr durchs Haar. «Das ist wahrscheinlich nur eine Nebenwirkung des Medikaments, das ich nehmen muß. Eine kleine Herzgeschichte. Nichts Ernstes. Aber Sie sollten jetzt besser gehen.» Dann machte sie plötzlich ein bekümmertes Gesicht, strich eine Haarsträhne aus dem Mundwinkel und fragte: «Werden Sie wiederkommen?»

Eine Böe hatte den Kragen ihrer Strickjacke aufgeschlagen, und er streckte die Hände aus, um ihn wieder zu schließen; dabei zog er sie gleichzeitig ein wenig näher zu sich heran. «Warum fragen Sie? Sie wissen doch, daß ich wiederkomme.»

Einen Moment lang schauten sie sich in die Augen, dann lächelte sie und sagte: «Ja, ich denke, ich weiß es.» Durch die Dunkelheit rannte sie den Weg hinauf zum Haus und winkte ihm von der Tür aus zu, ehe sie sie hinter sich schloß.

Jury blieb noch ein oder zwei Minuten auf dem Gehsteig stehen, die Schultern hochgezogen, die Hände in den Jackentaschen vergraben. Dieser verfluchte eisige Wind! Ein Licht wurde im Haus eingeschaltet; er sah sie am Fenster stehen. Das Fensterkreuz zerteilte ihr Gesicht in vier Segmente, die hinter den regennassen Scheiben verschwammen wie eine Traumerscheinung.

Mit einem letzten Winken marschierte er in Richtung seines Wagens und merkte plötzlich, daß seine Niedergeschlagenheit verschwunden und die zänkische Stimme in seinem Inneren endlich verstummt war. Der Schnee lag knöcheltief, aber er bemerkte es kaum. Die Autofahrt würde eine üble Rutschpartie werden, doch das kümmerte ihn wenig. Jury begann zu pfeifen.

Dennoch war ihm unbehaglich. Je weiter er sich von ihrem Haus entfernte, desto stärker wurde das Gefühl.

Und da kam ihm zum erstenmal der Gedanke, daß eine Begegnung auf dem Friedhof nicht der beste Beginn für eine Liebesgeschichte war. Seine innere Stimme wollte schon wieder loskrächzen, aber er ließ es nicht dazu kommen. Wenn er Helen das nächste Mal sähe, würde er bestimmt herausfinden, warum sie so unglücklich war.

Als er sie das nächste Mal sah, war sie tot.

2

JURY HÄTTE AUCH OHNE DAS GEJAMMER seiner Cousine gewußt, daß Newcastle, wie überhaupt der ganze Tyne and Wear-Distrikt die Heimstatt von Frustration, Armut, Arbeitslosigkeit und Suff war, trostlos und bedrückend. Aber er mußte es sich trotzdem an seinem ersten Abend in ihrer bescheidenen Mietwohnung anhören, während sie aus einer Wolle, die ebenso mausgrau war wie ihr Haar und ihre Augen, irgend etwas strickte und höchstens einmal die Nadeln sinken ließ, um hinaus in das Schneetreiben zu blicken, durch das Brendan wohl nie nach Hause stolpern und rutschen können würde, nachdem er wieder einmal seine Sozialhilfe versoffen hatte. Brendan war ihr arbeitsloser Mann, ein Ire mit trotzigem Blick, und im übrigen der einzige Ire ohne einen Funken Humor, den Jury kannte.

Hier konnte einem das Lachen allerdings auch vergehen: *Die Nietenbude nennen wir's,* hatte seine Cousine gesagt und damit das Arbeitsamt mit seinen vielen kleinen Zettelchen gemeint, auf denen Jobs angeboten wurden, die wundersamerweise genau in dem Moment schon vergeben wären, in dem der Arbeitssuchende sich nach ihnen erkundigte. *Letzte Woche haben sie eine einzige Stelle in den Minen angeboten, und über tausend Bewerber sind gekommen. Die ganzen Fabriken haben sich nur hier angesiedelt, weil die Regierung versprochen hat, sie ein paar Jahre lang zu subventionieren. Jetzt ist Schluß mit den Subventionen, und sie ziehen einem den Teppich unter den Füßen weg.* Brendan sei eben einer von denen, die dabei aufs Kreuz gefallen waren. Ihm könne man das bestimmt nicht vorwerfen.

Jury glaubte ihr aufs Wort. Aber es ging ihm nicht allzu nahe, denn er hatte seine Cousine nie besonders gemocht. Seine seltenen Besuche, seine Anrufe, seine kleinen Geldgeschenke, wenn der große Seelenjammer sie überkam – das alles geschah nur aus dankbarer und liebevoller Erinnerung an ihren Vater, seinen Onkel, der ihn aufgenommen hatte, nachdem seine Mutter gestorben war. Er mochte seine Cousine nicht, weil sie immer jenseits der Realität gelebt hatte, in jenem schönen Traumland der Kindheit, wo die zertanzten Schuhe über Nacht von Elfen repariert wurden, wenn einem nicht gerade eine Fee goldene Pantoffeln schenkte.

«Außerdem könnten die Kinder weiß Gott neue Schuhe brauchen», klagte sie mit einem Seitenblick auf Cousin Richard, der daraufhin gehorsam Schuhe auf seiner geistigen Geschenkliste vermerkte.

Die Kinder fanden Schuhe zwar langweilig, aber es entging ihnen nicht, wenn jemand ein weiches Herz hatte; sie witterten die Verheißung von Geschenken so deutlich wie eine frische Nordseebrise. Und so fanden sie sich beim Einkaufsbummel am nächsten Vormittag mit den Schuhen ab, um an die wahren Geschenke heranzukommen: eine Puppe, die *Star Wars*-Krieger aus Plastik, Malbücher und Süßigkeiten und ein gewaltiges Mittagessen. Die Kinder, die sich außerhalb der Reichweite ihrer Mutter sehr viel wohler fühlten, trugen alle so phantastische Namen wie Jasmine und Christobel – Namen, die man seinen Kindern gibt, wenn man ihnen nicht zutraut, daß sie sich als gewöhnliche Johns und Marys im Leben behaupten werden. Im Gewühl der Kaufhäuser hielten sie sich jedenfalls alle recht wakker, wenn auch der erwachende Forscherdrang des Jüngsten nervtötend war und die Älteste eine bedenkliche Entschlossenheit zeigte, ihrem Namen Chastity, die Keusche, Schande zu machen: Keck ließ sie ihren Blick über die Männer gleiten und machte ihnen schöne Augen wie eine rollige Katze.

Er fühlte keinerlei Bedauern, als er am Nachmittag Newcastle verließ und im Rückspiegel sah, wie die Stadt mit ihren großen grauen Steinmassen, ihren Rokokodächern, protzigen Schloten und verlassenen Werften am jenseitigen Ufer des Tyne kleiner und kleiner wurde, während er in Richtung Washington fuhr.

Als Jury in Sichtweite des Dorfangers kam, mußte er feststellen, daß ihm zwei Polizeiautos vom Northumbria-Revier zuvorgekommen waren: sie standen im Vorhof von Old Hall, der normalerweise für offizielle Besucher des Herrenhauses reserviert war. Offenbar traf das für die Polizei jetzt zu. Jury war alarmiert. Die Polizeiautos sehen, anhalten und aus dem Wagen springen war eins.

Vor dem Tor von Old Hall hatte sich eine Gruppe Schaulustiger aus dem Dorf versammelt, von denen einige angesichts der dramatischen Ereignisse keine Zeit mehr gefunden hatten, sich noch einen Mantel überzuziehen. So standen sie frierend und mit verschränkten Armen im Schnee, warteten und rätselten.

Jury kämpfte sich zum Tor durch und hielt einem Polizisten, der ihn aufhalten wollte, seinen Ausweis unter die Nase. Die Entschuldigung des Polizisten ging ebenso wie der Name des diensthabenden Sergeanten im Pfeifen des Windes unter.

Es war Detective Sergeant Roy Cullen, der die Ermittlungen leitete, und der Klumpen Kaugummi, den er beim Reden mit der Zunge hin und her schob, trug nicht gerade dazu bei, seinen Sunderland-Akzent verständlicher zu machen. Er stellte Jury Detective Constable Trimm vor, dessen breiter Akzent auch ohne Kaugummi unverständlich genug war.

Bei Jurys Eintreten war Cullen gerade die Treppe heruntergekommen, und Trimm hatte mit einer schwarzhaarigen Frau gesprochen, die ein Taschentuch an die Lippen preßte. Abgesehen von Kopfschütteln bekam er nicht viel aus ihr heraus.

«Name des Opfers –» Cullen konsultierte sein Notizbuch.

«... Helen Minton.» Er blickte auf. «Sie liegt oben. Was ist denn los, Mann, Sie sehn ja aus... die Spurensicherung war noch nicht da. Also Finger weg von...»

Jury wartete die Erklärung, wie er aussehe und wovon er die Finger lassen solle, nicht ab. Es war eine kurze Treppe mit nur einer Biegung; sie erschien ihm endlos.

Sie lag in dem Schlafzimmer, das sie so geliebt hatte, auf dem brokatbezogenen Bett. Ihr braunes Haar, das im Flackerlicht zweier elektrischer Kerzen rötlich schimmerte, war ihr übers Gesicht gefallen. Ihre Beine lagen halb auf dem Bett, ein Arm war zum Kopfende hin ausgestreckt, der andere ruhte auf ihrem Bauch, die Hand baumelte seitlich herab. Auf dem Boden direkt unter der Hand lag ein Pillenfläschchen, aus dem ein paar Tabletten herausgefallen waren. Die Samtkordel, die normalerweise durch den Raum gespannt war, um die Besucher auf sicherer Distanz zu halten, hing schlaff herab. Jury trat näher an das Bett heran. Es war ein recht interessantes Möbelstück: das Kopfbett war getäfelt und hatte ein Geheimfach für eine Pistole, falls der Schläfer einen nächtlichen Überfall befürchtete. Das aufklappbare Fußende war gleichzeitig ein Gewehrständer.

Er betrachtete die Pillen auf dem Boden: vielleicht war dies das Medikament, von dem sie geglaubt hatte, es habe unangenehme Nebenwirkungen.

Die alten Fenster klapperten, und Jury spürte einen kalten Luftzug; wären die Kerzen nicht bloß elektrisch flimmernde Imitationen gewesen, hätte man annehmen können, sie flackerten im Wind, und auch Helens Haar, das halb ihr Gesicht verbarg, sah aus, als hätte der Wind es zerzaust. Mit einem Finger strich er es sanft zurück. Wie lange war sie schon tot? Nicht sehr lange; die Haut war kühl, aber nicht kalt. Der Tod hatte ihre Blässe vertieft, so daß ihr Gesicht sich fast weiß von dem dunklen Bettüberwurf und dem rotbraunen Haar abhob.

Wach auf! Gegen jede Vernunft versuchte er sich einzureden, daß in solchen Fällen immer wieder Irrtümer passierten. Vielleicht auch diesmal. Schnee wirbelte gegen die Scheiben und türmte sich auf den Fensterbrettern. Während er sie so liegen sah, inmitten dieses geschichtsträchtigen Raums, dieser mysteriösen und dramatischen Szenerie, drängte sich ihm der Gedanke auf, daß ihr Tod nur eine Art Theaterinszenierung sei. Gleich würde sie die Augen öffnen und lächelnd und quicklebendig aus dem Bett springen. *Steh auf*, befahl ihr seine innere Stimme, die es nicht wahrhaben wollte.

Aber die Toten stehen nicht wieder auf, auch nicht zu Weihnachten.

Zu der Frau im unteren Stockwerk – der Schwarzhaarigen mit dem zerknüllten Taschentuch – hatte sich inzwischen ein grobschlächtiger Mann in einem Schaffellmantel gesellt, der durch gewichtiges Herumstapfen einen furchtlosen Eindruck machen wollte. Sie seien Amerikaner aus Texas, gab er gerade zu Protokoll.

«Hörn Sie, wir wissen zunächst mal gar nichts, außer daß wir uns das Haus anschaun wollten. Es war kein Kartenverkäufer zur Stelle, aber na ja, wir dachten uns nichts dabei und sind eben hier rummarschiert, und dann ist Sue-Ann –» seine klobige Hand packte ihre Schulter; ob er damit sie oder aber sich selbst stützen wollte, war schwer auszumachen –, «jedenfalls ist Sue-Ann raufgegangen. Dann ging das Geschrei los. Sue-Ann sagt...»

Jury wußte, daß dies nicht sein Fall war und daß er dem Sergeanten besser nicht ins Handwerk pfuschte. Trotzdem fragte er Cullen, einen hochgewachsenen, wortkargen Mann, ob er dem Paar einige Fragen stellen könne. Cullen nickte mit einer Miene, der absolut nichts zu entnehmen war. «Vielleicht könnte Ihre Frau uns die Geschichte selber erzählen, Mr....?»

«Magruder. J. C. Magruder aus Texas.» Texaner, so schien seine Körperhaltung anzudeuten, waren alle groß und breitschultrig. Er blähte sich noch ein wenig mehr auf. «Wir sind jetzt schon seit fast einer Stunde hier, Sue-Ann und ich...»

«Verzeihung – Mrs. Magruder?»

Sue-Ann Magruder ließ nur widerwillig die Hand mit dem Taschentuch sinken, als beraube sie sich damit ihrer einzigen Sauerstoffquelle. Wundersamerweise hatte ihr sorgfältig aufgetragenes Make-up keinerlei Schaden davongetragen; nur ein paar winzige Mascaraflecken waren auf dem weißen Leinen zu sehen. Jury hatte genug hysterische Frauen erlebt, um zu wissen, daß sie auf das nächste Signal hin sofort mit einem neuen Anfall aufwarten würde.

«Ich könnte mir vorstellen, daß Ihnen, als Sie in das Zimmer kamen, alles, tja – fast unwirklich erschien.»

Sue-Ann meinte, Jury hätte ihr aus der Seele gesprochen, und fuhr dann fort: «Sie lag so still, so *still*, daß ich erst dachte, es wäre eine Puppe oder so was... Oh! Und *kein Mensch* war in der Nähe!» Angesichts eines neuerlichen Heulkrampfs warf Constable Trimm Jury einen eisigen Blick zu und sagte: «Wir ham heut noch was Besseres zu tun als das. Wenn Sie 'ne Aussage wolln, gehn Sie mit runter zum Revier und –»

Magruder fiel ihm ins Wort. «Revier!? Wir werden auf kein Polizeirevier gehn, Mister! Hören Sie, wir sind nur Touristen. Wir haben mit der Sache nichts zu tun. Wir waren in Edinburgh und dachten, es wär interessant, mal zu sehn, wo die Eltern des alten George Washington geboren wurden...»

«Sie liegen da ein bißchen falsch», sagte Cullen, der wohl hoffte, die Einwände des Mannes mit einer Geschichtslektion zerstreuen zu können. «Es war sein Ururgroßvater, der hier geboren wurde. Wir werden Sie nicht lange aufhalten, Sir, das verspreche ich. Es ist eine reine Formsache. Constable!» Cullen wies mit einem energischen Kopfnicken auf das Paar, woraufhin Trimm sich in Bewegung setzte, um Sue-Anns Mantel und Handtasche – und Sue-Ann selbst – einzusammeln. Ein herannahender Krankenwagen raste ohne jede Rücksicht auf Sue-Anns angegriffenes Gemüt mit gellender Sirene durch die Straßen. Jury hörte, wie matschiges Eis unter seinen Reifen knirschte, als er vor dem Tor stoppte. Magruder zog widerstrebend mit

Trimm ab, nicht ohne ein wenig vor sich hin zu schimpfen und etwas vom amerikanischen Konsulat zu murmeln.

Cullen wandte seine Aufmerksamkeit nun Jury zu. «Ist Scotland Yard an dieser Frau interessiert?»

«Scotland Yard nicht. Nur ich. Es tut mir leid, wenn es so aussieht, als wollte ich in Ihr Jagdrevier eindringen. Sie können mich jederzeit wieder rausschmeißen.» Jury lächelte. «Sie sehen aus, als wären Sie kurz davor.»

In Wirklichkeit sah Cullen ganz und gar nicht so aus. Sein spezieller Trick bestand gerade darin, sich nicht anmerken zu lassen, was er dachte; er stand einfach da, kaute Kaugummi und bot das Bild eines völlig unbedarften Bullen, an dessen Gerissenheit Jury allerdings keinen Augenblick zweifelte. Doch jetzt steckte Cullen in der Klemme: Einerseits war dies in der Tat sein Jagdrevier, und keiner hatte diesen Jury eingeladen, darin zu wildern; andererseits – Cullen stellte die Frage in einem übertrieben gleichgültigen Ton: «Und warum sind Sie an dem Fall interessiert? Ist es was Persönliches?»

«Ich kannte sie.»

Cullen verzog keine Miene, er kaute nur etwas schneller. Jury wußte, daß der Sergeant den Kuhhandel schon kommen sah. «Da brat mir gleich einer 'nen Storch», sagte Cullen ausdruckslos. «Wie gut? Wann haben Sie sie zum letztenmal gesehn?»

Jury betrachtete mit nachdenklichem Stirnrunzeln die Wände, als müsse er sich schwer konzentrieren, um seinem Gedächtnis dieses entscheidende Faktum zu entlocken. Er sagte nichts. Die Fahrer des Krankenwagens und der medizinische Sachverständige kamen zur Tür herein und wurden von Cullen nach oben gewiesen.

Cullen steckte das Notizbuch in seine Tasche, winkte Jury zu sich heran und sagte: «Kommen Sie mit aufs Revier, wenn wir hier fertig sind. Ich lad Sie dann zu 'ner Tasse Kaffee ein; Sie sehen aus, als könnten Sie eine brauchen, Mann.»

Das Polizeirevier von Northumbria war ein großer, funkelnagelneuer Glas- und Betonkasten in der Nachbarschaft eines ebenso neuen Einkaufszentrums mit einem klingenden Namen und einem riesigen Parkplatz. Jury verstand nicht, woher die Käuferscharen kommen sollten, die nötig waren, um diese gewaltige Ansammlung kleiner und großer Geschäfte am Leben zu erhalten. Der ganze Komplex, umädert von Schnellstraßen und Zubringern und kaum eine Meile von Washingtons Dorfanger entfernt, erinnerte ihn an einen Dinosaurier, der von einem Blatt satt werden muß.

Als sie auf dem Revier eintrafen, war Constable Trimm noch mit den Magruders beschäftigt. Sue-Ann zerknüllte ihr Taschentusch mit unverminderter Inbrunst; ihr Gatte schien inzwischen etwas geschrumpft zu sein.

Ein Polizist kam herein und stellte das Pillenfläschchen auf Cullens Schreibtisch. Cullen hielt es ans Licht, schüttelte es und warf dann einen Blick in den Bericht. «Kardiothymie. Herzrhythmusstörungen. Dieses Zeug reguliert den Herzrhythmus.» Er sah Jury an. «Was war los mit ihrem Herz?»

Jury zuckte die Achseln. «Sie sagte, das Medikament habe unangenehme Nebenwirkungen.»

«Die hatte es allerdings», sagte der Polizist.

Falls dies ein kleiner Scherz sein sollte, so fand Cullen ihn jedenfalls nicht witzig genug, um darüber das Gesicht zu einem Lächeln zu verziehen.

«Das Mittel sollte den Herzschlag *regulieren*, nicht anhalten», fügte Jury hinzu.

Cullen überflog das Blatt, das vor ihm lag, schob es beiseite und sagte: «Vielleicht eine Überdosis.»

«Nein.»

Cullen merkte auf. Er schob sich einen neuen Streifen Kaugummi in den Mund. «Und woher wissen Sie das so genau?»

«Schauen Sie sich das Datum und die Anwendungshinweise auf der Flasche an. Sie sollte die Tabletten nur im Bedarfsfall nehmen, und es fehlt kaum eine.»

«Also kein Selbstmord, wollen Sie damit sagen?»

«Das wußte ich ohnehin.»

Cullens Augenbrauen wanderten in gespielter Verblüffung aufwärts. «Seid ihr Burschen in London hellsichtig?»

«Nein. Wir hören Stimmen.» Er war drauf und dran, die Beherrschung zu verlieren. Aber es wäre dumm gewesen, sich mit Cullen anzulegen. Er lächelte. «Ich weiß es, weil ich mit ihr verabredet war. Wir wollten uns in Old Hall treffen und später gemeinsam zu Abend essen. Ganz abgesehen davon – selbst wenn es Selbstmord war, warum zum Teufel an so einem öffentlichen Ort?»

Genüßlich an seinem frischen Kaugummi mümmelnd, lehnte Cullen sich zurück und legte die Füße auf den Schreibtisch. «Tja, nach der Autopsie werden wir mehr wissen. Sie war noch nicht lange tot. Höchstens zwei, drei Stunden. Wie lange kannten Sie sie schon?»

Jury wußte: Wenn er Cullen erzählte, daß er sie erst gestern kennengelernt hatte, würden alle Informationen, mit denen er aufwarten konnte, bestenfalls als nebensächlich betrachtet werden. «Schon sehr lange», sagte er.

Er hatte das Gefühl, die Wahrheit zu sagen.

Und er war durchaus in der Lage, seinen Bericht so klingen zu lassen, als hätten sie sich seit Jahren gekannt. Schließlich hatte Helen Minton ihm einiges über sich erzählt – daß ihr einziger lebender Verwandter ein Cousin war, der Bilder malte; daß sie Nachforschungen über die Washingtons anstelle; und daß sie Wohltätigkeitsarbeit für die Bonaventura-Schule leistete.

«Aha, das Waisenhaus», sagte Cullen.

Im Verlauf ihrer Unterhaltung hatte der Sergeant aus den nach und nach einlaufenden Berichten ein sauberes kleines Dossier über Helen Minton zusammengestellt. Jury hätte gerne einen Blick hineingeworfen, bat aber nicht darum. Alles was er wolle, so sagte er, sei, mit Cullen zusammen diesen Fall zu bearbeiten.

Cullen grunzte. Es war vermutlich ein Laut des Einverständnisses. Das Telefon schrillte, und er nahm gleich beim ersten Klingeln ab. Wortlos hörte er zu, sagte dann: «In Ordnung», und legte auf. «Viel haben wir bisher nicht; selbst ihre Nachbarin – die Dorfbibliothekarin, heißt Nellie Pond – weiß nicht viel mehr über sie, als daß sie vor ein paar Monaten das Haus gemietet hat. Die Pond hat ausgesagt –» er hielt einen der Berichte hoch –, «daß sie vor etwa einer Woche einen Streit im Hause Minton gehört habe.»

«Hmm. Nun, wenn Sie nichts dagegen haben, würde ich gerne einigen Leuten ein paar Fragen stellen. Okay?»

Cullens Kaubewegungen gingen in einen anderen, langsameren Rhythmus über, während er Jury mit argwöhnischer Miene beäugte, als habe er den Verdacht, daß dieser ihm etwas verheimlichte. «Was für Leute? Was für Fragen?»

Jury lächelte. «Sobald ich die Leute finde, denk ich mir die Fragen aus.»

Die mahlenden Kiefer des Sergeanten nahmen wieder ihren früheren Rhythmus auf, als Trimm hereinkam und meldete: «Die wußten nicht mal soviel, daß man einen Fingerhut damit füllen könnte, diese Magruders. Er ist der größte Doofkopp, den ich je...» Als er Jurys gewahr wurde, hielt er inne und bemühte sich, seine Überraschung – oder Verärgerung – darüber zu verbergen, daß Scotland Yard seinen großen Fuß immer noch in der Tür des Northumbria-Reviers hatte. Er war ein rundgesichtiger Mann mit dunklen stechenden Augen, die flink hin- und herschossen wie Elritzen in einem Fischteich. Trimm, dachte Jury, war wohl nicht gerade besonders helle. Cullen dagegen schon.

«Werden Sie mir das Ergebnis der Autopsie mitteilen?» fragte Jury.

Cullen musterte ihn mit einem bohrenden Blick, der durch den Schädel ins Hirn zu dringen schien. Er nickte. Trimm war offensichtlich erbost.

«Solange auch Sie mich in Ihre kleinen Geheimnisse einweihen. Natürlich wäre da noch der Chief Constable. Aber ich denke, er wird mitspielen.» Cullen verschränkte die Arme und schob die Hände unter die Achselhöhlen. «Das letzte Mal, daß wir hier wichtigen Besuch hatten, war, als Jimmy Carter einen Baum auf dem Dorfanger gepflanzt hat, mit einem goldenen Spaten. Dann haben ihn irgendwelche Kerle geklaut. Den Baum, nicht den Spaten. Tja, hinterher wurde dann eben ein neuer Baum in das Loch gesteckt.» Cullens Mund verzog sich zu etwas, das entfernte Ähnlichkeit mit einem Lächeln hatte. «Sonst gibt's hier nur Fußball und die Besäufnisse in den Dorfkneipen. Mögen Sie Fußball? Sunderland ist in der ersten Liga. Das Team von Newcastle in der zweiten.»

Das Funkeln in seinen Augen schien anzudeuten, daß Mord hier ebenso zweitrangig war wie die Fußballelf von Newcastle.

3

DER PRIESTER HIELT SEIN MESSBUCH fest in beiden Händen, als er auf dem verschneiten Weg zwischen Pfarrhaus und Kirche stehenblieb. Seine Lippen bewegten sich lautlos, vielleicht in einem stillen Gebet, vielleicht auch in stummer Unterhaltung mit einer räudigen Katze, die, den Bauch dicht am Boden, in sicherer Entfernung an ihm vorbeischlich, mißtrauisch gegenüber jedermann, ob Christ oder Heide.

«Pater? Mein Name ist Jury.»

Durch stahlgeränderte Brillengläser sah der kleine Priester erst zu ihm auf, dann herab auf die Katze. Ihr Fell hatte fast die gleiche schmutzigweiße Farbe wie die spärlichen Haarbüschel auf seinem Kopf, die wie der Kamm eines Kakadus aufragten. Die Katze beobachtete den Priester, der ein Stück Käse unter seiner Soutane hervorzauberte – ganz offensichtlich aus einer sehr staubigen Tasche – und es ihr zuwarf. Die Katze schnappte es und wand sich im Davonschleichen geschmeidig an einem Grabstein vorbei.

«Ich weiß nicht, woher sie kommen, noch wohin sie gehen», sagte der Priester, den Blick suchend gen Himmel gewandt, als hoffte er, dort die Lösung des Rätsels zu finden. «Diese streicht schon seit Monaten hier herum. Aber sie ist noch genauso mißtrauisch wie zu Anfang. Sie sagten, Ihr Name sei Jury?» Er streckte Jury die Hand entgegen. «Ich bin Pater Rourke.»

«Superintendent Jury, um genau zu sein.» Er reichte dem Priester seine Karte.

«Oha, Scotland Yard?» Pater Rourkes Augenbrauen flatterten nach oben wie kleine Engelsflügel. Im Vergleich zu Trimm sprach er mit einem entschieden irischen Akzent. Ja, er stamme aus Kerry, antwortete er auf Jurys diesbezügliche Frage, und Jury fragte sich, ob unter der trüben Flut zahlloser Beichten das Blau des Himmels von Kerry in den Augen des Priesters verblaßt war.

«Helen Minton», sagte Pater Rourke traurig, als Jury ihm erzählte, warum er gekommen war. «Ja, ich habe davon gehört. Auf dem Land verbreiten sich Neuigkeiten rasch. Aber bitte, kommen Sie doch herein.» Es waren nur noch wenige Schritte bis zu seiner Haustür.

Das Pfarrhaus war recht gemütlich, für Jurys Geschmack vielleicht etwas zu vollgestopft. Während der Priester sich auf die Suche nach seiner Haushälterin machte, die ihnen Tee kochen sollte, setzte Jury sich in einen wuchtigen Sessel; die Cretonnerosen auf dessen Bezug hoben sich kaum noch vom Dunkel des Hintergrunds ab. Auf dem Tisch neben ihm lag ein Stapel Zeitschriften. Er nahm eine davon zur Hand: *Semiotique et Bible*. Er warf einen Blick hinein und legte sie eingeschüchtert wieder auf ihren Platz.

In diesem Moment kam Pater Rourke zurück. «Ah, Sie interessieren sich für Strukturalismus, Superintendent?» fragte er.

Jury lächelte. «Ich weiß nicht einmal, was das ist.»

«Verstehe. Nun, es ist einfach eine andere Art, das Evangelium auszulegen. Die Strukturalisten sind stärker interessiert an der Art und Weise, wie der Verstand sich an die Botschaft des Evangeliums herantastet, als an der Wahrheit selbst. Wenn Sie verstehen, was ich meine.»

Jury zuckte die Achseln. «Tue ich nicht. Könnten Sie's genauer erklären?»

Der Priester verzog die Lippen zu einem Lächeln. «Genauer gesagt heißt das vielleicht nur, daß nichts wirklich eine besondere Bedeutung hat.» Er deutete auf die Zeitschrift, in der Jury geblättert hatte. «Semiotik ist so etwas wie die Lehre von den Zeichen.» Er stöberte durch einige Broschüren, wobei er eine kleine Papierlawine auslöste, fand einen Füller und zeichnete etwas auf die Rückseite einer Zeitschrift. Er hielt seine Zeichnung hoch, die aus nichts als einem Quadrat mit zwei Diagonalen bestand, die sich im Mittelpunkt kreuzten. «Das Viereck als Grundmodell unseres Daseins. Wir leben in Gegensätzen, nicht wahr? Leben, Tod. Denken, Instinkt. Wir denken in Gegensätzen.» An jeder der vier Ecken notierte er einen Buchstaben, immer denselben: ein *R*.

«Eigentlich müßten gerade Sie an diesem Gedanken Gefallen finden.» Wieder dieses kleine Lächeln, dieser scharfe Blick durch die Brillengläser. «Vielleicht wird man eines Tages ein paradigmatisches Muster entwickelt haben, das umfassend genug ist, um allen Möglichkeiten Rechnung zu tragen.» Pater Rourke riß die hintere Umschlagseite der Zeitung ab und gab sie Jury. «Eine Struktur, die das Denken vereinfachen könnte.»

Jury lachte, faltete das dicke Papier zweimal und steckte es in die Hosentasche. «Pater Rourke, mich jedenfalls haben Sie eher heillos verwirrt. Wofür steht übrigens das *R*?»

Der Priester sah ihn belustigt an. «Nun kommen Sie, Superintendent! Für *Rätsel* natürlich. Finden Sie die Lösung. Es ist alles nur eine Auslegung von Zeichen.» Er zuckte die Achseln. So einfach war das.

«Und diese Methode bevorzugen Sie auch bei der Auslegung des Evangeliums?»

Der Priester faltete die Hände über seinem Bauch, ließ den Blick durch den Raum schweifen und schien zu überlegen, wie er sich Jury am besten verständlich machen könnte. «Nein. Ich ziehe die psychologische Methode vor. Träume, Phantasien – sind sie nicht wie Wunder und Gleichnisse? Da ist soviel, was an Freud gemahnt. Man muß nur die Römerbriefe des Paulus lesen. Oder die Geschichte vom Verlorenen Sohn – liest sie sich nicht wie eine Variante des Ödipus-Mythos? Wenn man die Heilige Schrift studiert und dabei auf Auslassungen, auf Schnitzer, auf Lücken stößt» – seine alten Augen funkelten wie Kristallglas, als er Jury zulächelte –, «sollte das auch für einen Polizisten interessant sein. Sie erleben das doch ständig – die kleinen Unstimmigkeiten in den Aussagen von Verdächtigen und so weiter. O ja, hätte ich nicht den Talar gewählt, wäre ich jetzt bestimmt ein Bulle; und wahrscheinlich kein guter. Aber was tue ich – ich halte Ihnen hier lang und breit Vorträge über Bibelauslegung, während Sie doch wegen einer ganz anderen Sache gekommen sind. Sie wollen etwas über Helen Minton erfahren.»

«Ja.»

Inzwischen hatte eine mürrische Haushälterin den Tee hereingebracht, die nun stirnrunzelnd und die Hände über ihrer großen weißen Schürze gefaltet dastand, wohl um zu sehen, ob die Rosinenbrötchen – kleine Dinger, so platt wie Pfannkuchen – dem Pater zusagten. Jury vermutete, daß dieser die Allgegenwart ihrer wachsamen Argusaugen gewohnt war, denn er dankte ihr nur und bedeutete ihr zu gehen, woraufhin sie davonschlich wie vorher die räudige Katze.

«Helen Minton», sagte der Priester, während er Marmelade auf ein Rosinenbrötchen strich. Er warf Jury einen pfiffigen Blick aus seinen blaßblauen Augen zu. «Es war ihr Herz, hab ich gehört. Aber Sie sind anderer Meinung?»

«Ja, ich bin anderer Meinung.» Er betrachtete das verblaßte Veilchenmuster am Boden seiner Teetasse. Wie die Augen des Priesters und das Veilchenmuster schien hier alles im Dahinschwinden begriffen – die Cretonnerosen des Sessels, das braune

Farnmuster der Vorhänge, das schlecht zu den Polsterbezügen paßte –, das Zimmer wirkte wie ein ungepflegter Garten, in dem die Pflanzen allmählich verwelkten. Und draußen kroch das Moos ungehindert an den Außenmauern des Hauses empor, um dann unter dem üppig wachsenden Efeu zu verschwinden. Etwas schien hier katzengleich zu schleichen, zu verharren, abzuwarten. Unwillkürlich mußte er an die Grabsteine denken, die Helen so eingehend untersucht hatte, als er sie zum erstenmal sah.

Er erzählte Pater Rourke, wie er sie kennengelernt hatte. Dabei vermied er jedoch zu erwähnen, daß das erst gestern geschehen war, um seine Bedeutung als «Freund» nicht zu mindern.

«Was hat sie auf dem Friedhof gesucht, Pater? Sie hat gesagt, sie interessiere sich für die Geschichte der Familie Washington.»

«Tja, wissen Sie, das bezweifle ich.» Der Priester bestrich ein zweites Brötchen mit Butter und kaute nachdenklich daran herum. «Mir hat sie das auch erzählt. Aber ich habe ihr nicht geglaubt.»

«Warum?»

Er lehnte sich zurück und schien seinen Blick diesmal nach innen zu richten. Er gab keine direkte Antwort. «Sie kam nie zum Gottesdienst, obwohl sie oft in der Kirche war. Die alte Katze dort draußen... Nun, mit mir will sie anscheinend nichts zu tun haben, so wie sie sich immer schlangengleich davonschleicht. Aber Helen ist sie überallhin gefolgt. Das sagt viel über einen Menschen aus. Aber was kann ich Ihnen schon über menschliche Eigenheiten erzählen? Sie wissen mehr darüber, als ich jemals wissen werde.»

Jury lächelte. «Das glaube ich kaum. Wonach hat sie denn Ihrer Meinung nach gesucht?»

«Sehen, Sie, Grabsteine sind eigentlich nichts anderes als Dokumente. Und sie fragte, ob sie sich das Kirchenregister anschauen dürfe. Sie suchte nach jemandem, aber mit den Vorfahren von George Washington hatte das wohl nichts zu tun.» Pater Rourke schob sich den letzten Rest des Brötchens in den Mund.

«Möchten Sie sich auf dem Friedhof umsehen? Vielleicht finden Sie dort etwas.»

«Ja, das könnte nicht schaden.»

Er war sicher, daß nichts dabei herauskommen würde, wie so oft bei Pflichtübungen dieser Art. Doch weil der Polizist in Jury sich der Routine nicht entziehen konnte, ging er mit dem Pater zu dem kleinen Grabstein mit den verwitterten Engeln. «Diese Inschrift hat sie notiert, Pater. Sie trug ein kleines Notizbuch bei sich.»

In seinen klobigen Stiefeln – der Schnee lag hier sehr tief – kniete der Priester nieder und putzte seine Brillengläser. «‹Lyte, Robert›. Das Geburts- und Sterbedatum ist nicht mehr zu erkennen.» Er stand auf. «Soweit ich mich erinnere, taucht im Stammbaum der Washingtons der Name Lyte ein paarmal auf.» Er zuckte die Achseln. «Vielleicht hat sie doch die Wahrheit gesagt.»

«War sie Katholikin?»

«Nein. Sie sagte, sie sei nicht gläubig.» Er seufzte und blickte hinauf in den düsteren Abendhimmel. «Nicht mehr lange, dann ist es stockdunkel. Es heißt, wir kriegen noch mehr Schnee. Die Gegend um Durham ist schon fast eingeschneit, und das ist nur ein paar Meilen von hier.»

«Hat sie nie einen Cousin erwähnt?»

Der Priester schüttelte den Kopf. «Nein, niemanden. Aber ich kannte sie eigentlich kaum. Ich glaube, keiner hier kannte sie richtig. Sie war ja auch nur kurz in der Gegend. Nun gut, ich hoffe, Sie werden finden, wonach Sie suchen, Superintendent.» Er schwieg einen Moment und streckte dann die Hand aus. «Könnte ich für einen Augenblick meine Zeichnung wiederhaben?»

«Natürlich.» Jury griff in die Tasche und reichte dem Priester das Blatt.

Pater Rourke zog einen Bleistiftstummel hervor, radierte etwas aus und kritzelte dafür etwas anderes hin. Dann gab er

Jury das Blatt zurück. «Ein *H*, Mr. Jury. An einer Ecke. Jetzt müssen Sie nur noch die drei anderen herausfinden. Reduzieren Sie das Rätsel auf seine Grundelemente.»

Jury blickte zur Kirchturmspitze von St. Timothy empor. Sein Bedarf an Rätseln war gedeckt. «Ich glaube, Sie wären eine gute Verstärkung für uns, Pater.»

Die blassen Augen des Priesters verdüsterten sich, während er ebenfalls zur Kirchturmspitze hinaufsah. «Ich wünschte, Er da oben fände das auch. Leben Sie wohl, Mr. Jury.»

Pater Rourke stapfte davon.

Als Jury dem Friedhofstor zustrebte, drang ein letzter Sonnenstrahl durch die Wolken, und Jurys hohe Gestalt warf einen langen Schatten über den Schnee. Daneben erschien ein zweiter Schatten. Jury wandte sich um und sah, daß die weiße Katze ihm folgte.

Er war froh, daß Pater Rourke sich nicht noch einmal umgewandt hatte.

Er ist Künstler, ein sehr guter. Das hatte Helen Minton über ihren Cousin gesagt. Ein Polizist, der vor ihrem Haus postiert war, informierte Jury, daß die Leute von der Spurensicherung bereits dagewesen seien.

Ohne erst seinen Mantel auszuziehen, begann Jury, die Schreibtischfächer zu durchstöbern in der Hoffnung, etwas zu finden – das kleine goldene Notizbuch, Briefe, irgend etwas. Aber außer ein paar Rechnungen, einem Scheckbuch, einigen Fotografien und etwas Schreibpapier entdeckte er nichts. Eines der Fotos schien erst vor kurzem aufgenommen worden zu sein – zumindest konnte man Helen gut darauf erkennen –, und er steckte es ein.

Auf diese Art arbeitete er sich durch das ganze Haus und stellte dabei fest, daß sie Sinn für Ordnung gehabt hatte, ohne jedoch pedantisch gewesen zu sein. Eine Strickjacke war nachlässig über einen Stuhl geworfen, ein wenig schmutziges Geschirr stand herum…

Jury ging zurück ins Wohnzimmer. Unter der Treppe gab es einen Abstellraum mit einer kleinen Tür. Er öffnete sie. Im schwachen Licht der Zimmerlampe entdeckte er zwischen Gummistiefeln, Gartengeräten und alten Farbeimern ein Porträt. Er nahm es heraus, setzte sich und betrachtete es.

Es zeigte eine viel jüngere Helen Minton. Sie saß auf einer Kiste unter der schrägen Wand einer Mansarde und blickte zu einer Dachluke hinaus, durch die Sonnenlicht hereinströmte, das ihre Gestalt überflutete und den Rest des Raums im Schatten ließ. Es war ein hinreißendes Gemälde. Jury trug es hinüber zum Kamin und hielt es vor den Druck von Washington Old Hall. Die Ränder des Porträts schlossen genau mit den helleren Streifen um den Druck herum ab.

Zunächst dachte er, daß Bild trage keine Signatur, aber dann entdeckte er sie in einer Ecke, verborgen im Schatten des Mansardenbodens und von der Zeit verwischt wie die Inschrift in alten Grabsteinen. Der Name war nachlässig hingeworfen und kaum mehr als ein gerader Strich. Der erste Buchstabe mochte ein *P* sein.

Er betrachtete das abstrakte Bild an der anderen Wand und entdeckte dort die gleiche unleserliche Signatur.

Jury zog den Zettel hervor, auf dem er sich die Angaben auf dem Pillenfläschchen notiert hatte. Die Apotheke lag am Sloane Square. Er wünschte, der Name des Arztes stünde ebenfalls auf den Medikamentenpackungen; es hätte die Dinge vereinfacht. Aber Cullen würde den Namen ihres Arztes und ihre Londoner Adresse früh genug herausfinden; er mußte lediglich den Apotheker und den Immobilienmakler befragen, der ihr das Haus vermietet hatte.

Jury betrachtete von neuem das Porträt und das *P* in der einen Ecke.

Es erinnerte ihn an Pater Rourkes Viereck.

Die winzige Dorfbücherei lag zwischen den beiden Pubs, dem «Cross Key» an der Ecke und dem «Washington Arms». Der Wind hatte sich endlich gelegt, und es schneite nicht mehr.

Überwältigt von einer plötzlichen Lethargie hatte Jury sich auf die Bank an der einzigen Bushaltestelle des Ortes gesetzt und starrte jetzt über den Dorfanger hinweg ins Leere. Er zündete sich eine neue Zigarette an der Glut der alten an. Im Sommer müßte er einmal so richtig Ferien machen; sein letzter längerer Urlaub lag schon Jahre zurück. Vielleicht würde er seinen Freund Melrose Plant auf Ardry End besuchen. Er überlegte, ob Plant wohl angelte. Sie könnten nach Schottland zum Angeln fahren. *Sie verstehn doch nicht die Bohne vom Angeln, Sie Doofkopp*, würde Trimm ihm wahrscheinlich erklären. Und woher auch, wenn sein ganzes Training darin bestand, daß er durch London pirschte und seine Freizeitvergnügungen sich auf gelegentliche Kneipenbesuche in Begleitung einer gelegentlichen Frauenbekanntschaft beschränkten? In den Pubs war er häufiger zu sehen, mit Frauen dagegen seltener. Die beiläufigen Affären, die jedermann hatte und die keinem das Herz brachen, schienen nicht seine Sache zu sein. Er sammelte immer nur die Bruchstücke des Lebens auf. Besser, er dachte nicht weiter darüber nach, sonst würde er noch den ganzen Tag hier sitzen bleiben.

Er warf seine Zigarette in den Schnee und stapfte über den Anger zur Bücherei.

Es war eine Bücherei, in der man am liebsten den Rest seines Lebens verbringen würde, um zu lesen – und zwar im Stehen, weil der Raum zu klein war, als daß noch Stühle oder Tische darin Platz gefunden hätten. Zwischen brechend vollen Bücherregalen, schwerbeladenen Bücherwagen und schwankenden Büchertürmen auf dem Boden blieb nur wenig Raum für die Besucher. Und Lesehungrige gab es hier genug – alte Leute und Schulkinder, und alle (so kam es einem vor) kannten einander. Als Jury an das Halbrund der Ausgabetheke gleich neben der Tür trat, legten gerade zwei kleine Kinder, die kaum mit dem

Kinn bis zur Tischplatte reichten, ihre Bücher dort ab. Sie kreuzten die Arme über ihrer Beute, als fürchteten sie, jemand könnte sie ihnen sonst wegschnappen. Das kleine Mädchen warf Jury einen abschätzenden Blick zu. Er zwinkerte. Sie verbarg ihr Lächeln, indem sie mit dem Kopf unter die Tischkante abtauchte.

Als eine der Büchereiangestellten sich ihm zuwandte, sagte er: «Könnte ich vielleicht Miss Pond sprechen?» Er zeigte ihr seinen Ausweis, worauf sie so erschrak, daß sie einen kleinen Stapel Leihkarten umstieß, bevor sie antwortete.

«Sie ordnet gerade Bücher ein. Ich hol sie.» Sie ergriff hastig die Flucht, wobei sie die hochgeklappte Thekenschranke hinter sich herunterknallen ließ.

Die Frau, mit der sie zurückkam, war sehr hübsch. Sie hatte glutrotes Haar, das wie ein leuchtender Fächer über ihre Schultern fiel. Ihre Haut war blaß und so glatt, daß er fast erwartete, sein Spiegelbild darin zu sehen.

Jury stellte sich vor. «Falls Sie einen Moment Zeit haben, würde ich gern mit Ihnen sprechen. Und wenn Sie mehr als einen Moment erübrigen könnten, würde ich Sie gerne zu einem Drink einladen. Die Pubs machen gerade auf.»

Sie war hinter die Theke getreten, und Jury bemerkte, daß sie ein oder zwei verstohlene Blicke in einen zerbrochenen Spiegel warf. Jury hatte diese Wirkung auf Frauen – sie griffen rasch nach Kamm und Lippenstift. Nellie Ponds Make-up bestand nur aus einem Hauch Lippenstift, dessen Rosa schlecht zu dem flammendroten Haar paßte, das sie mit einer Hand immer wieder unwillkürlich glattstrich. «Na ja... doch, eigentlich hätte ich nichts dagegen. Ich wollte sowieso gerade gehn.» Von einem Haken nahm sie einen alten braunen Mantel, und er half ihr hinein.

«Es geht um Helen Minton. Die Ortspolizei hat Sie sicher schon befragt. «Er stellte ein kleines Lagerbier mit Limonensirup für Nell und ein großes McGowan's Ale für sich selbst auf den Tisch. Die Sandwiches sahen am Rand schon etwas vertrocknet aus, aber sie machte sich heißhungrig darüber her.

«Ach, die arme Helen. Sie war ein nettes Mädel.»

Sie saßen an einem kleinen Kamin, in dem ein Feuer prasselte, das Nellie Ponds ohnehin schon flammendes Haar noch röter erscheinen ließ. Der Feuerschein fing sich darin und schlug Funken aus ihren bernsteinfarbenen Augen, und das Spiel der Flammen ließ Licht und Schatten auf ihren hohen Wangenknochen hin- und herflackern.

«Hat sie irgendwann einmal über jemanden gesprochen, den sie hier kannte? Oder überhaupt von jemandem erzählt? Sie scheint so eine Art Einzelgängerin gewesen zu sein.»

Nellie dachte lange über diese Frage nach, während sie genußvoll ihr Roastbeef-Sandwich verzehrte. Sie trank so, wie sie aß: mit fast beängstigender Hingabe. Ihr Bier und ihr Sandwich waren schon alle, als Jury gerade erst anfing. Er stand auf und bestellte Nachschub.

«Sie hat über niemand Bestimmten geredet, nur über die Dorfbewohner im allgemeinen.» Die Antwort erfolgte beiläufig, denn ihre Aufmerksamkeit galt in erster Linie ihrem zweiten Sandwich.

«Fanden Sie die Umstände ihres Todes nicht seltsam?»

«O doch, daß sie dort im Schlafzimmer von Old Hall lag, war schon ziemlich seltsam.»

«Waren Sie näher mit ihr befreundet, Nell?»

Daß es ihr gefiel, ihren Namen aus seinem Munde zu hören, war offensichtlich. Sie hielt im Essen inne und schaute ihm in die Augen. «Eigentlich nicht. Ich glaube, Helen war mit keinem näher befreundet. Sie hat nicht viel von sich gesprochen.»

«Sie haben der Polizei von einer Auseinandersetzung erzählt – Sie meinten, Sie hätten einen ‹Streit› gehört, der sich vor etwa einer Woche in ihrem Haus abgespielt hat.»

«Und ob. Der Mann hat ganz schön rumgebrüllt.»

«Es war die Stimme eines Mannes?»

«O ja. Ihre konnte ich nicht richtig hören. Sie hatte ja auch eine ziemlich leise, irgendwie sanfte Stimme. Na ja, ich ging zum Fenster, um rauszuschauen; es war dunkel…»

Jury zückte sein Notizbuch, was sie anscheinend etwas nervös machte. Er lächelte. «Keine Angst. Das ist reine Routine.»

Sie schien ihm zu glauben. «Es war nach elf, das weiß ich noch. Vergangenen Dienstag.»

«Also erst vor einer Woche.»

Sie nickte. «Jedenfalls kam er den Weg von ihrem Haus herauf und ist dann in Richtung Dorfanger abgebogen.»

«Wie sah er aus?»

Sie zuckte die Achseln. «Es war zu dunkel, um viel zu erkennen. Ziemlich groß, glaub ich.» Sie musterte Jury wie zum Vergleich, aber ihr Blick blieb etwas zu lange an ihm haften, denn sie errötete plötzlich. «Es war ziemlich stürmisch, genau wie heute, und der Mann ging vornübergebeugt. Er trug einen dunklen Mantel und eine Mütze. Er mußte sie festhalten, sonst wär sie davongeflogen.» Nell warf einen Blick auf ihre Armbanduhr. Das schwarze Band war ausgefranst.

«Reicht Ihre Zeit noch für ein Glas?» Er nutzte ihr Zögern aus, um noch zwei Glas Bier und eine neue Runde Sandwiches zu holen. Sie schien einverstanden. «Ich weiß nicht, wie Sie's bei Ihrem Appetit schaffen, so schlank zu bleiben.»

Nellie Pond errötete ein bißchen, war aber keineswegs beleidigt. «Liegt wohl am Stoffwechsel. Bei Mama ist es genauso.»

«Kam Ihnen an dem Mann irgendwas bekannt vor?»

Sie schüttelte den Kopf. «Ich habe Helen nie zusammen mit einem Mann gesehen. Und ich hab auch nie gehört, daß sie anders als freundlich über einen Mann sprach.»

«Fanden Sie das nicht seltsam? Sie war doch eine schöne Frau.»

Nellie hatte gerade ihr drittes Sandwich in Angriff nehmen wollen und starrte nun mit großen Augen darüber hinweg auf Jury. «Ich hab nie bemerkt, daß sie besonders ...» Sie zuckte die Achseln. Jeder nach seinem Geschmack. Dann fragte sie: «Sie haben sie also gesehn?»

«Ja.» Funken sprühten aus einem kleinen Holzscheit. Es zerbarst und rollte vom Rost. Jury schob es mit dem Fuß zurück.

Nellie Pond senkte die Stimme. «Es heißt hier, daß sie Tabletten genommen hat. Eine Überdosis.»

Jury bestätigte das weder, noch leugnete er es. «Morgen findet eine Autopsie statt. Die genaue Todesursache steht noch nicht fest. Wissen Sie vielleicht, ob sie jemals verheiratet war?»

Die Frage überraschte sie. «Helen? O nein, das glaub ich nicht. Aber wie gesagt, sie hat nicht viel von sich gesprochen.» Sie kaute an ihrem dritten Sandwich und dachte nach. «Es gibt jemanden, der vielleicht was weiß: eine Frau, mit der sich Helen in Shields getroffen hat. In einem Hotel, dem Margate. Keine Ahnung, was sie ausgerechnet dorthin gezogen hat.»

Jury zückte wieder sein Notizbuch. «Wie hieß sie – diese Frau? Hat Helen Ihnen den Namen gesagt?»

Nellie nickte, während sie den Rest ihres Sandwiches verputzte. «Dunstun, glaub ich. Nein, warten, Sie, das stimmt nicht. Dunsany, ja, das war der Name.»

«Hat sie jemals ihre Familie erwähnt?»

«Sie hatte keine. Das heißt, doch, diesen Cousin. Sie hat, glaub ich, gesagt, daß er in London wohnt. Helen war aus London. Sie hatte dort ein Haus. Mit diesen neuen Schnellzügen ist man ja in Null Komma nichts da. In Durham wohnen Geschäftsleute, die ständig hin- und herzischen. Ich war noch nie in London», fügte sie wehmütig hinzu und betrachtete die Krümel auf ihrem Teller, als wäre Brosamen auflesen ihr Schicksal.

«Hat sie öfter Ausflüge gemacht, abgesehen von dem in dieses Hotel Margate?»

«Ich weiß nicht. Natürlich, sie fuhr nach Durham, wie alle, es ist hübsch dort.» Sie runzelte die Stirn. «Und nach Spinneyton. Das war freilich ein bißchen seltsam.»

«Wo liegt das?»

«Nicht weit von Durham. Ein runtergekommenes Kaff mitten in der Einöde. Aber sie hat gesagt, sie wolle dort in einen Pub. Und das war komisch, weil Helen fast nie in Pubs ging. Ich meine, warum hat sie sich ausgerechnet so eine Spelunke ausgesucht? Eine typische Arbeiterkneipe. Ziemlich schmuddelig. Nichts als Prügeleien und Besoffene. ‹Jerusalem Inn› heißt der Laden.»

4

Fahl wie durch beschlagene oder schmutzverschmierte Scheiben schimmerten die Lichter der Bonaventura-Schule: Einige Räume im Erdgeschoß waren erleuchtet. Eine öde Atmosphäre der Stille und Verlassenheit lastete auf dem Haus und dem Grundstück. Durch die Gitterstäbe eines hohen Eisentors sah Jury auf die dunkle Auffahrt, an deren Ende sich das massiv wirkende Gebäude aus Steinquadern erhob.

Die Schulleiterin, mit der er vom Pub aus telefoniert hatte, nachdem Nellie Pond gegangen war, war nicht gerade erpicht darauf gewesen, sich ihren Zeitplan – der jetzt vermutlich ein Nachtmahl vorschrieb – durcheinanderbringen zu lassen.

An dem steinernen Torpfosten waren eine Klingel und ein Messingschildchen mit der Aufschrift «Bitte läuten» angebracht.

«Willst du mal ’nen Trick sehn?»

Jury sah sich um. Die Stimme klang schneidend in der kalten Luft, aber diejenige, der sie gehörte, war nirgends zu entdecken. Die Frage wurde wiederholt, und Jury schaute nach oben. Dort, in dem Baum direkt hinter dem verschlossenen Tor, bewegte sich etwas: eine Gestalt, in der Dunkelheit kaum auszumachen im dichten Gewirr der kahlen Äste. Geschickt wie ein kleines Äffchen begann sie herabzuklettern.

Er schätzte sie auf sieben oder acht, als sie, die Finger um die Eisenstäbe geklammert, vor ihm stand und fragte: «Na, willst du nun?»

Jury dachte einen Moment lang nach. «Klar. Wenn er gut ist.»

Die Unbestimmtheit in seiner Einwilligung schien ihr zu gefallen. Wahrscheinlich hatte sie ein Nein erwartet. Ein Ja wäre in Ordnung gewesen, wenn auch ziemlich phantasielos. Daß ihr Trick sich mit anderen, unbekannten und vielleicht sogar besseren Tricks messen mußte, machte die Sache so wunderbar riskant.

«Er ist gut.» Sie schloß die Augen und rief mit leise singender Stimme einen Waldkobold an. In dem trüben Lichtkegel einer einsamen Lampe sah er, daß ihre Wimpern lang und so hell waren wie ihr Haar; sie flatterten wie Mottenflügel. Sie hatte das schmutzigste Gesicht, das ihm je untergekommen war. «Jetzt mach die Augen zu.»

«Ich? Aber wenn ich die Augen zumache, seh ich ja gar nicht, was der Trick an der Sache ist.»

Sie ging mit sich zu Rate. Dieser zynische Fremde glaubte nicht an Waldkobolde. «Dann dreh dich einen Moment um.»

«In Ordnung.» Jury drehte ihr den Rücken zu und hörte Geklapper hinter sich. «Darf ich mich jetzt wieder umdrehen?» fragte er nach einem langen, jeder Magie baren Moment.

«Nein.» Sie schien ein wenig ungehalten. «Es ist ein langer Trick.» Schließlich erlaubte sie ihm, sich umzudrehen. Sie stand jetzt draußen vor dem Tor. Der lose Gitterstab war wieder an seinem Platz.

Er zeigte sich baß erstaunt, und sie lächelte. Ihre Zähne waren weiß und regelmäßig, wenn man die eine oder andere Lücke übersah.

«Ich kann immer raus, wenn ich Lust dazu hab. Das mach ich auch. Wirst du's verraten?»

«Bestimmt nicht», versprach Jury. Sie nickte. Er war also für die Kobolde noch nicht ganz verloren. «Drück die Klingel, dann lassen sie dich rein.»

Jury tat wie geheißen; als Antwort ertönte ein Summen. Es machte ihr Spaß, das Tor allein aufzustemmen, denn sie lehnte seine Mithilfe kategorisch ab. Kaum waren sie innerhalb der Festungsmauern, schloß sie das Tor wieder. Sie zog eine schmutzige kleine Papiertüte aus der Tasche und sah hinein. Es kam ihm vor, als zähle sie. Dann hielt sie ihm die Tüte hin. «Willst du eins?» Die Frage erfolgte mit der Gönnermiene eines Menschen, der unwillentlich großzügig ist. «Aber nicht die grünen. Die mag ich am liebsten.»

«Such du mir eins aus.»

Vorsichtig kramte sie ein Gummibonbon aus der zerknitterten Tüte und legte es ihm auf die Hand. «Ein schwarzes. Die mag ich nicht.»

Er dankte ihr, und sie marschierten auf das Schulgebäude zu. «Wie heißt du?»

«Addie», sagte sie und rannte plötzlich ein paar Meter voraus, als schäme sie sich, ein Geheimnis ausgeplappert zu haben.

Aber sie blieb stehen und wartete auf ihn, als er ihr hinterherrief: «Ich wette um doppelt so viele Bonbons, wie in deiner Tüte sind, daß ich weiß, wofür Addie steht.»

Sie hörte auf zu kauen und starrte ihn an. «Das kannst du nicht. Das hat noch keiner geschafft!»

«Na schön. Wenn's so schwierig ist, laß mich viermal raten.» Er wußte, daß sie niemals darauf eingehen würde.

«Viermal? Das ist zuviel.» *Du spinnst wohl*, gab ihm ihr Blick zu verstehen. «Dreimal.» *Oder laß es bleiben*, sagte ihr Blick. Um ihren eigenen Einsatz bei der Wette machte sie sich offenbar keinerlei Gedanken.

«Okay. Aber es ist 'ne ziemlich harte Nuß.»

«Ich weiß. Fang an.»

«Adelle.»

«Nein!» Sie tanzte rückwärts den Weg hinauf und ließ ihn nicht aus den Augen.

«Adelaide.»

«Nein!» Vor Aufregung drehte sie ihrer Tüte den Hals um.

«Annabelle.»

Sie schielte zu ihm hoch. War der verrückt? «‹Annabelle›? Da ist doch kein ‹d› drin!»

Er zuckte die Achseln. «Wie dumm von mir. Schätze, du hast gewonnen.»

Doch Addie war sich nicht sicher. Ihre Stirn legte sich in Falten, während sie sich heroisch zu einem großzügigen Opfer durchrang. Mußte man nicht so einem Obertrottel noch eine letzte Chance geben? Der Sieg war greifbar nahe... andererseits... «Du darfst noch einmal», flötete sie.

«Ich hab noch eine Chance? Das ist aber anständig von dir.»

Sie bestätigte das mit einem angespannten kleinen Nicken und zerdrückte nervös die Papiertüte in ihren Händen. Selbst seinem schlimmsten Feind würde man nicht wünschen, den Platz mit dieser Tüte zu tauschen, falls Addies eigener Großmut ihr nun eine Niederlage eingebracht hätte.

«Adeline.»

Ihr Nein schallte triumphierend durch die frostklare Luft. «Ich heiße Ariadne!»

«Was für ein schöner Name.» Eine Gedichtzeile fiel ihm ein: *Der Wind fing sich in Ariadnes Haar.*

Das Kompliment wurde ignoriert. «Wann krieg ich meine Bonbons?»

«Sobald ich welche kaufen kann. Morgen vielleicht.»

Sie hatten inzwischen die Eingangstür erreicht, die in diesem Augenblick von einem mageren Teenager mit aschblondem Haar geöffnet wurde. Das Mädchen wollte gerade etwas zu Jury sagen, als es Addie erblickte. «Wo hast du gesteckt? Ab ins Haus mit dir, na los, tu, was man dir sagt!» befahl sie in einem breiten Geordie-Akzent.

Doch Addie preschte davon und verschwand um die Hausecke. Ihre flinken Füße wirbelten die Schneeflocken hoch auf.

Das Mädchen, das seine Aufgabe äußerst ernst zu nehmen schien, sagte zu Jury: «Die Gnädige wartet.»

Miss Hargreaves-Brown wartete in der Tat. Die grobknochigen Hände auf dem wohlgeordneten Schreibtisch gefaltet, vermittelte sie den Eindruck, hier den Großteil ihres Lebens ausgeharrt zu haben, ein armes Opfer der Unpünktlichkeit und allgemeinen

Schlamperei der anderen. Als ihr später Besucher in das Büro geführt wurde, blickte sie betont lange auf die Uhr.

Hätte Addie ihn nicht aufgehalten, wäre er Punkt halb sieben zur Stelle gewesen, wie verabredet. Aber als er an Addie dachte und dabei Miss Hargreaves-Brown ansah, tat ihm die fünfminütige Verspätung nicht leid. «Entschuldigen Sie, Miss Brown. Ich…»

Ein herablassendes kleines Lächeln. «Miss *Hargreaves-Brown*», korrigierte sie ihn sanft.

Natürlich kannte er ihren Namen und hatte ihn absichtlich verstümmelt, um ihre Reaktion zu testen. Nach ihrem Erstarren zu urteilen, hatte er sich des versuchten Raubes an ihrem wertvollsten Besitz schuldig gemacht: nicht ihre Unberührtheit, nein, schlimmer, ihr Name, der, wie sie wohl hoffte, als Gütesiegel einer vornehmen und reichen Abstammung beeindruckte. Jury entschuldigte sich, zeigte ihr seinen Ausweis, bot ihr eine Zigarette an, die sie ablehnte, und nutzte die Zeit, um sie gründlich zu mustern. Miss Hargreaves-Brown hatte jene Grauzone des Lebens erreicht, in der das Alter nicht mehr bestimmbar ist. Sie hätte eine guterhaltene Siebzigerin oder eine ältliche Fünfzigerin sein können. Er wäre jede Wette eingegangen, daß das Kleid, das sie trug – ein dunkles Wollkleid mit Seidenkragen und -manschetten –, ihr bestes war. Eine Dame, so schätzte er, mit spärlichem Einkommen. Ihr Gehalt als Leiterin der Bonaventura-Schule konnte nicht allzu hoch sein. Sie sprach keinen nördlichen, sondern einen südlichen Akzent, und er fragte sich, was sie hierher in den Tyne and Wear-Distrikt verschlagen hatte.

Alles an ihr war gebändigt, geordnet und zugeknöpft, von der Chignonfrisur bis zu dem Taschentuch in ihrem Ärmel. Jury konnte fast hören, wie sie ihre kleinen Schützlinge ermahnte, in der Zeit zu sparen, um in der Not zu haben, oder wie sie ihnen einbleute, daß Reinlichkeit gleich nach der Gottesfurcht komme. Was das eine mit dem anderen zu tun haben sollte, war ihm allerdings, nebenbei bemerkt, ein Rätsel.

Jury hatte ihr am Telefon erklärt, warum er sie sprechen wollte. Ihre nächsten Worte bezogen sich daher auf Helen Minton. «Diese unglückliche Frau», sagte sie, und es klang mehr nach einem Urteil als nach einer Mitleidsbekundung.

«Soviel ich weiß, kam sie manchmal mit Geschenken für die Kinder.» Als Miss Hargreaves-Brown nickte, fuhr er fort: «Haben Sie sie dadurch näher kennengelernt?»

«Nein. Ich glaube, Helen Minton war keine Frau, die andere allzu nahe an sich heranließ.»

«Warum sagen Sie das?»

«Sie war – verschlossen, fand ich. *Sie* war diejenige, die Fragen gestellt hat.» Und das gehört sich nicht, drückte ihr Tonfall aus.

«Was für Fragen, Miss Hargreaves-Brown?»

«Über die Schule und die Kinder.»

«Aber bei einem Waisenhaus ist das doch nicht weiter verwunderlich, oder?»

Miss Hargreaves-Brown sank in ihren Stuhl zurück, als hätte Jury ihr einen Schlag in den Magen versetzt. «Bonaventura ist *kein* ‹Waisenhaus› –» sie spie das Wort wie einen ekligen Klumpen aus –, «sondern eine *Schule*. Es stimmt freilich, daß viele, ja sogar die meisten unserer Kinder aus sozial schwachen Verhältnissen und aus zerrütteten Familien kommen oder eben Waisen sind. Wir werden sowohl aus privater Hand wie von der Regierung finanziert. Wir haben ganz normale Lehrer. Zugegeben, unser Lehrkörper ist etwas unterbesetzt» – was nach Jurys Einschätzung bedeutete, daß halb soviel Lehrer da waren wie gebraucht wurden –, «und nicht alle Kollegen sind Cambridge-Absolventen» – war das bei der Polizei vielleicht anders? Warum erzählte sie das ausgerechnet ihm? –, «und als Schulleiterin muß man hier ziemlich auf Zack sein, wenn ich so sagen darf.» An dieser Stelle zog sie das Taschentuch aus ihrer Seidenmanschette und betupfte sich damit die Oberlippe. Jury kam es vor, als wäre er nicht von der Polizei, sondern vom Sozialamt.

«Ich bin sicher, daß man dazu sehr viel Erfahrung und Klugheit braucht, Miss Hargreaves-Brown. Tut mir leid, wenn ich falsch informiert war.»

Sie schob den Stuhl zurück und stand auf. «Vielleicht haben Sie ja Lust, sich die Schule anzuschauen.»

Jury nahm diese Einladung nur widerwillig an.

Die Bonaventura-Schule war so ziemlich der letzte Ort, den Jury besichtigen wollte. Bereits ihre steinerne Vorderfront hatte unbehagliche Erinnerungen in ihm geweckt, und der kalte Korridor vor dem Zimmer der Schulleiterin tat ein übriges, ihm einen Vorgeschmack von all den anderen kalten Korridoren und Sälen zu geben, in denen Schlafpritschen in militärischer Ordnung aneinandergereiht waren.

Während sie ihm mit einigem Stolz von den kleinen Sparmaßnahmen berichtete, durch die sie die Kosten niedrig halten konnte, schweiften seine Gedanken zurück zu einer anderen und doch ganz ähnlichen Schule. Er hatte dort mehrere Jahre seiner Kindheit verbracht, nachdem er seine Mutter bei einem der letzten Bombenangriffe auf England verloren hatte und auch der Onkel, der den verwaisten Jungen so freundlich bei sich aufgenommen hatte, gestorben war.

Sie durchquerten einen behördenbeige gestrichenen Flur, von dem links und rechts lange, freudlose Schlafräume abgingen, deren ordentlich gemachte Betten mit den glattgespannten grauen Decken an ein Lazarett oder eine Kaserne erinnerten. Beige, grau und das Braun von Miss Hargreaves-Browns Oberlehrerinnenkleid – die farblose Welt einer alten Daguerreotypie.

Sie jagte ihn kreuz und quer durch das Gebäude. «Sie sind gerade mit dem Abendessen fertig. Frühstück ist um sieben ...»

Und die Welt ist in Ordnung, dachte er grimmig.

In einem der Räume saß ein Junge auf seiner Pritsche und las in einem Buch. Miss Hargreaves-Brown scheuchte ihn zur Abendandacht. Jurys Bett hatte damals, vor langer Zeit, in einer Ecke gestanden – er war dankbar dafür gewesen, denn so konnte er auf sein eigenes Stück Wand blicken und im Geiste Bilder darauf malen: Phantastisches, Abenteuerliches, wilde Nashörner und Elefanten und Dschungelmärsche. Er hatte Großwildjäger werden wollen und war als Polizist geendet. Die Stellen für Großwildjäger waren dünn gesät.

Sie schritten durch die fahle Welt der Bonaventura-Schule, einen weiteren Korridor hinunter, der sich vom letzten nur dadurch unterschied, daß er einen neuen Anstrich noch dringender nötig hatte, während Miss Hargreaves-Brown über sich selbst redete: «...als Schulleiterin hat man hier mit gewaltigen Problemen zu kämpfen. Allein die Heizkosten...» Sie hielt die Hände immer noch gefaltet, als bete sie um mehr Geld. «...habe in einer sehr guten Privatschule unterrichtet. Die Stelle hier war frei, und obwohl ich sehr jung für den Posten war, konnte ich die Verantwortlichen davon überzeugen, daß mein Herz für das Gemeinwohl schlug – und schlägt...» Jury machte eine passende Bemerkung und sehnte sich nach einer Zigarette oder, besser noch, einem Drink.

«Sie mochten Helen Minton also nicht?» fragte Jury, als sie wieder im Büro waren und auf bequemeren, wenn auch abgenutzten Stühlen vor einem kalten Kamin Platz genommen hatten.

Sie zog ihre sandfarbenen Brauen hoch. «Ob ich sie mochte? Darüber habe ich mir keinerlei Gedanken gemacht. Milch?» Sie hatte ihm eine Tasse Kaffee angeboten.

«Nein danke. Ich trinke ihn schwarz.»

Das Mädchen, das ihnen den Kaffee gebracht hatte – es war dasselbe Mädchen, das Jury ins Büro geführt hatte –, wurde gnädig entlassen: «Du kannst jetzt gehen, Lorraine.»

«Jawohl», murmelte Lorraine und nickte. Sie schien jedoch nicht gewillt, dem Befehl sofort nachzukommen, sondern spielte mit einer langen Haarsträhne und heftete den Blick hoffnungsvoll auf Jury. Er wußte nicht recht, worauf sie noch wartete, und bedachte sie daher mit einem Lächeln, wie schon einmal, als sie das Tablett auf den Tisch gestellt hatte. Damit schien er ins Schwarze getroffen zu haben, denn sie ging hinaus.

«Wie alt ist sie?»

«Sechzehn. Zugegeben, einige unserer Kinder sind wirklich Waisen. Lorraine ist schon ihr Leben lang bei uns. Sie ist ein wenig zurückgeblieben; wir haben große Mühe, ihr etwas beizubringen. Aber sie ist nicht die erste; wir hatten schon andere, traurigere Fälle hier.»

«Ich kann mir nicht vorstellen, daß Sie viele hatten, die man als ‹glücklich› bezeichnen würde.»

Sie zog es vor, den Einwand zu ignorieren. «Wir haben auch ganz gewöhnliche Schulkinder, die am Nachmittag nach Hause gehen.»

«Sie wissen nicht zufällig, ob Helen Minton Feinde hatte?»

«Nein, wieso? Ich meine, ich kann es mir nicht vorstellen. Wie kommen Sie bloß darauf?» Sie legte den Kopf schräg, und ihre Augen wurden schmal. «Sie wollen doch nicht etwa andeuten, daß an ihrem Tod etwas ungewöhnlich war?»

«Wenn jemand im Schlafzimmer von Old Hall tot aufgefunden wird, halte ich das zweifellos für ‹ungewöhnlich›, Sie nicht?»

«Sie war krank. Ich nehme an, ihr Herz hat in diesem Moment...» Miss Hargreaves-Brown zuckte die Achseln.

«Wie lange war sie hier in der Gegend?»

«Länger als zwei Monate, glaube ich. Halten Sie mich bitte nicht für undankbar, aber...»

Als sie sich anschickte, den Wert der kleinen wohltätigen Dienste, die Helen Minton geleistet hatte, herunterzuspielen, fiel Jury ihr ins Wort: «Hat sie sonst etwas über ihre Krankheit oder über ihre Lebensumstände gesagt, das... tja... Licht auf die Umstände ihres Todes werfen könnte? Sie dürften sie mindestens ebensogut gekannt haben wie jeder andere hier. Helen Minton scheint ein mehr oder weniger einsamer Mensch gewesen zu sein.»

«Ach, Sie haben sie also gekannt, Superintendent?»

«Flüchtig.»

«Dann haben Sie ja ein ganz persönliches Interesse an der Sache.» Diese Feststellung wurde in mißbilligendem Tonfall vorgetragen, so als habe ein Polizist kein Recht auf persönliche Motive.

Jury konnte ihr nicht recht widersprechen. «Ja.»

Sie steckte eine lose Haarsträhne in den Chignonknoten und sagte: «Es gibt nichts, was ich Ihnen sonst noch über Helen Minton erzählen könnte. Sie war aus London, mehr weiß ich nicht.» Und als sei es ihr gerade noch eingefallen, fügte sie hinzu: «Sie war recht attraktiv. Das heißt, ich könnte mir vorstellen, daß sie auf den einen oder anderen so gewirkt hat.» Sie vermied es, dabei Jury anzusehen, und nahm einen Schluck aus ihrer Tasse.

Vielleicht wußte sie wirklich nicht mehr, doch Jury hatte das Gefühl, daß sie etwas verschwieg. Es war ihm jedoch klar, daß er nicht ein einziges weiteres Wort aus ihr herausbringen würde.

«Vielen Dank, Miss Hargreaves-Brown. Es war sehr freundlich von Ihnen, daß Sie mir soviel Zeit geopfert haben. Da ich weiß, wie wertvoll Ihre Zeit ist, will ich Sie jetzt nicht länger belästigen.»

Lorraine führte ihn hinaus und sah ihm von dem dunklen Eingang aus nach.

Er marschierte die lange Auffahrt hinunter, und als er an die Pforte kam, ertönte wieder das Summen. Er zog das Eisentor auf, schritt hindurch und ließ es hinter sich ins Schloß fallen.

«Leb wohl!»

Er drehte sich um. Die Stimme kam – natürlich, woher auch sonst? – aus dem Baum. Dort oben, fast ganz verborgen im dichten Gewirr der Äste, lauerte die kleine dunkle Gestalt wie ein Gespenst aus der Kindheit.

Jury winkte.

«Leb wohl und Gott segne dich», sagte der Baum.

«Leb wohl.»

«... und Gott *segne* dich!» rief der Baum.

«Gott segne dich», sagte Jury, bevor er sich abwandte.

5

In der Dunkelheit konnte er die Straßenschilder kaum erkennen. Jury war von der A 1 auf eine Ausfallstraße abgebogen und, wie ihm schien, schon meilenweit gefahren; trotzdem wollte die öde Moorlandschaft zu seiner Linken kein Ende nehmen. Vielleicht hatte er etwas falsch verstanden, als man ihm an der Tankstelle den Weg beschrieben hatte. Der Tankwart hatte es sich außerdem nicht nehmen lassen, dem Fremden eine Neuauflage alter Schauergeschichten von den Unglücklichen aufzutischen, die sich ins Moor gewagt hatten und seither, wie er glaubhaft zu berichten wußte, nie wieder gesehen worden waren. Jury war es gelungen, sich in aller Höflichkeit loszueisen, aber allmählich kamen ihm die Geschichten gar nicht mehr so unwahrscheinlich vor.

Die Straße war schmal, stellenweise vereist und erst vor kurzem geräumt worden: kleine Schneehügel säumten sie zu beiden Seiten. Ein Stück voraus bewegte sich etwas: ein Mann, der ohne Hut und Mantel durch die Kälte stapfte. Ein abgehärtetes Volk hier oben, dachte Jury, während er anhielt und das Fenster herunterkurbelte. «Kennen Sie eine Kneipe namens ‹Jerusalem Inn›? Sie soll hier irgendwo sein.»

Das Gesicht des kleinen Mannes verzog sich zu einem Lächeln. «Ja schon… wenn man zur Kirche fährt, liegt's auf halbem Weg.»

«Gehen Sie auch in die Richtung?»

«Ja, schon…»

Es wird wohl einfacher sein, ihn gleich mitzunehmen, als lange mit ihm zu reden, dachte Jury und öffnete die Beifahrertür. «Steigen Sie ein.»

Das Männlein sprang fix ins Auto und lächelte Jury zahnlos an. Er hatte sich nicht die Mühe gemacht, sein Gebiß einzusetzen, und seine wasserblauen Augen waren trübe, als hätte der Frost sie mit Rauhreif bedeckt. Viel wahrscheinlicher allerdings war, daß er zu Hause schon ein paar Gläschen getrunken hatte, um sich für den Weg zum Pub zu stärken. Seine Hände umklammerten etwas, das wie eine mutierte Riesenzwiebel aus einem billigen Science-fiction-Streifen aussah. Er hielt sie auf seine Knie gestützt wie einen Koffer, während sie nordwärts fuhren.

«Was ist das?» fragte Jury.

Der Kleine blinzelte ihm zu. «Ein Lauch, mein Freund. Dies Jahr hab ich ihn mächtig groß gekriegt, und den Preis hab ich auch gewonnen. Letztes Jahr hätt ich schon gewonnen, wenn ich nich wieder so 'n Pech gehabt hätt. Ich war nich ganz da und hab's nich geschafft. Sind Sie aus dem Süden?»

Jury lächelte. Das war eine rein rhetorische Frage. Und sie war nicht als Kompliment gemeint.

Das «Jerusalem Inn» war ein schmuckloses, grau verputztes Gebäude mit einem ebenso schmucklosen Schild, das wie zufällig an der Seitenfront hing und dessen breite schwarze Lettern fahl von einer schwachen Lampe beleuchtet wurden.

Jury war es ein Rätsel, woher bei diesem Wetter die Kundschaft kam, doch hatte sich etwa ein Dutzend Gäste eingefunden. Und alle sahen so aus, als gehörten sie zum Inventar des Pubs wie das Schild draußen an der Mauer.

Dickie, Jurys neuer Bekannter, legte seinen Lauch und sein Geld auf die Bar und fragte Jury, was er trinken wolle. Jury bestellte ein Bier, als der Kneipenwirt sich ihnen zuwandte. Er hatte das rosige Gesicht einer Putte oder eines Trinkers.

Es waren noch vier Tage bis Weihnachten, und das «Jerusalem Inn» war bestens für das Fest gerüstet: es strotzte von Dekorationen – altersschwache Lichterketten, Lamettakaskaden, staubige Stechpalmenkränze und eine lebensgroße Krippe in der Nische neben dem Kamin. Inmitten all dieser Pracht fand gerade eine ganz unweihnachtliche Partie Pool statt, und zwar zwischen einem stämmigen untersetzten Kerl, an dem flächendeckende Tätowierungen und eine schwere Lederweste ins Auge fielen, und einem drahtigen, schwarzhaarigen Mann mit einem Goldring im Ohr. Der Ring schien allerdings mehr Ausdruck modischen Geschmacks als Hinweis auf bestimmte sexuelle Vorlieben zu sein. Rechts neben dem Billardtisch stand eine quadratische Box mit einem Videospiel, dem sich ein junger Mann hingebungsvoll widmete. Unter einem dürren Mistelzweig war eine junge Frau mit Haifischgesicht gerade dabei, einen großen, unangenehm aussehenden Kerl ausgiebig zu küssen. Aber ihre Showeinlage kam nicht gegen den Lauch an, der – wie Jury Dickies langatmigem Geschwätz schließlich entnommen hatte – den ersten Preis im jährlichen Lauchzüchterwettbewerb gewonnen hatte.

Mehrere Leute kamen herüber, um Dickie auf die Schulter zu klopfen.

«Letztes Jahr hättst du schon gewonnen, Dickie, wenn du ihn vorher nur 'n bißchen abgewischt hättst.» Drinks wurden ausgegeben, die offenbar alle auf Dickies Rechnung gingen. Nach Jurys Gefühl hätte es eher andersherum sein müssen. Er bezweifelte, daß Dickies Geldbörse oft Futter bekam, und doch war dieser die Großzügigkeit selbst. Aber knapp bei Kasse waren wohl alle hier.

Das «Jerusalem Inn» war trotz des ganzen Weihnachtsbrimboriums eine Arbeiterkneipe. In gewisser Weise war das ganz erfrischend nach dem Museumsmuff der Pubs im Londoner West End mit ihrem roten Plüsch, den elektrifizierten Gaslampen, den vergoldeten Spiegeln und dem sonstigen wurmstichigen Bombast der Viktorianischen Ära. Auch die Ramschkollektion ländlicher Gastlichkeit fehlte – weder gab es Zinnkrüge und Messingteller, noch hingen die unvermeidlichen Jagdszenen über bestickten Polstern. Hier standen lange Bänke an den Wänden. Drei alte Männer hatten sich auf einer dieser Bänke niedergelassen und sahen so aus, als gehörten sie zu dem Krippenensemble neben dem Kamin.

Die Gesichter an der hufeisenförmigen Bar in der Mitte des Raumes spiegelten alle ziemlich deutlich ein und dasselbe Schicksal wider – die hoffnungslose Existenz zwischen Arbeitslosigkeit und Geldmangel. Jury war sicher, daß manche dagegen aufbegehrten. Andere hatten sich zähneknirschend in ihr Los gefügt, und einige – die jüngeren – betrachteten die Arbeitslosigkeit als eine Art zu leben, die ihnen in die Wiege gelegt worden war. Arbeit und Wetter waren die vorherrschenden Gesprächsthemen.

Jury wußte, daß er von jedem hier eingehend gemustert worden war, und doch hatte er kein direkt auf sich gerichtetes Auge bemerkt. Nachdem sich ihr Interesse an dem Riesenlauch und dem knutschenden Liebespaar erschöpft hatte, nahmen die Leute ihre Gespräche wieder auf. Gedämpftes Gemurmel wie in einer Kirche kurz vor dem Gottesdienst erfüllte bald den ganzen Raum. Ein verkommener Geselle saß schweigsam über einem Wörterbuch und ließ gelegentlich ein lautes Räuspern vernehmen oder pochte mit seinem Stock auf die blanken Dielen, wenn er eine Seite umblätterte. Ein anderer Mann saß im Anorak da und las in einem dicken Buch; neben ihm hockte zitternd ein nervöser Windhund. Die Pool-Spieler entschlossen sich zu einem neuen Spiel und griffen wieder zu ihren Queues.

Der Wirt stand unentschlossen herum, in der Hand den Drink, den Dickie ihm spendiert hatte. Offenbar hatte Jury seine Neugier geweckt.

«Sind Sie von hier?» fragte er schließlich.

«Nein. Aus London.»

Der Wirt tat überrascht. «Zwei Straßen hinter Harrod's ist's für euch doch schon wie hinterm Mond, hab ich recht?» Er lächelte, um dem groben Scherz die Spitze zu nehmen.

«Haben Sie viele Gäste hier draußen?»

«Und ob. Sie würden sich wundern. Unten an der Straße liegt Spinneyton, da kommen die meisten her. Geld ist nicht viel da, nur eben das bißchen Arbeitslosenunterstützung. Die meisten Zechen sind geschlossen, und die Werften in Newcastle sind fast alle stillgelegt.» Er schüttelte weise den Kopf. «Ich selber komm aus Todcaster. Diesen Laden hab ich erst seit sechs Monaten. Es ist schwer, von dem Haufen hier akzeptiert zu werden. Ziemliche Sippenwirtschaft, wissen Sie?» Das letzte flüsterte er, als müßten London und Todcaster hier zusammenhalten; dann entfernte er sich, um die benutzten Gläser einzusammeln.

Während er darauf wartete, daß der Wirt wieder eine freie Minute hatte, schlenderte Jury hinüber zum Kamin, um die Weihnachtskrippe zu begutachten. Die Blicke der drei alten Männer folgten ihm argwöhnisch. Ob man mir den Polizisten ansieht? fragte sich Jury. Er stieß einen Seufzer aus, als er die Krippe näher in Augenschein nahm. Ihr Zustand war schlichtweg bejammernswert. Doch wie um den dürftigen Eindruck wieder etwas wettzumachen, schlief zwischen zwei Tierfiguren – einer dreibeinigen Ziege und einem schwanzlosen Lamm – ein echter Terrier mit einem schwarz umringten Auge.

Nur zwei der Heiligen Drei Könige waren anwesend, und denen hätte ein frischer Farbanstrich nicht geschadet. Maria war da, Joseph auch. Aber im Stroh, über das sie sich beugten, lag nichts.

Etwas zupfte ihn am Ärmel, und eine helle Stimme sagte: «Ich mußte sie baden.»

Jury drehte sich um und sah ein kleines Mädchen von sechs oder sieben Jahren, das zu ihm hochstarrte. Ihre Augen waren von dem gleichen klaren, fast glasigen Braun wie die der Puppe, die sie umklammerte. Die Puppe war sehr groß, hatte rot gefärbtes, verblichenes Haar und war von unbestimmbarem Geschlecht. Im Moment trug sie ein Kleid, das vermutlich einst dem Mädchen gehört hatte. Die Taille saß auf den Hüften, und der Saum hing ihr bis über die Zehen.

Als die Kleine sah, daß Jury ihre Bemerkung nicht verstand, deutete sie mit dem Kopf auf die Krippe. «Sie war schmutzig.»

«Oh», sagte Jury. Er blickte auf das Kleid. «Ist es denn ein Mädchen?»

Sie betrachtete stirnrunzelnd das verwaiste Stroh, als überdenke sie ihren Irrtum. «Jetzt gerade ist sie eins.» Sie glättete das alte Kleid, sichtlich daran gewöhnt, daß die Puppe ein Mädchen war, und unzufrieden darüber, daß sie zur Weihnachtszeit eine Doppelrolle spielen mußte.

Durch eine Hintertür erschien eine hübsche junge Frau mit einem Tablett voll Gläser. Als sie das Kind sah, schüttelte sie den Kopf, kam zur Krippe und flüsterte: «Chrissie! Leg das Jesuskind wieder zurück, Kleines! Wie oft muß ich dir das noch sagen?»

Ihr Haar hatte die gleiche Farbe wie das des Kindes, doch ohne dessen Glanz; ihr Gesicht ließ ahnen, wie das kleine Mädchen später einmal aussehen würde.

«Ich mußte sie doch baden!» sagte Chrissie mit quengelnder Stimme.

«Tu sie wieder ins Stroh!» Die Frau warf Jury einen Blick zu, als gebe es zwischen Erwachsenen ein natürliches Bündnis, schüttelte den Kopf und seufzte: «Diese Gören!» Dann ging sie hinter die Bar und begann Gläser ins Regal zu stellen.

Traurig knöpfte Chrissie das Puppenkleid auf, wobei sie Jury den Rücken zuwandte, um das Schamgefühl der Puppe nicht zu verletzen. Dann stieg sie über das Seil, das zum Schutz der Figurengruppe gespannt worden war, legte das nackte Puppenkind ins Stroh und kam wieder zurück. Das nun komplette Arrangement fand jedoch nur ihre stirnrunzelnde Mißbilligung. «Es sieht blöd aus.» Sie kreuzte ihre rundlichen Ärmchen auf Altfrauenart vor der Brust.

«Na ja…» meinte Jury.

Da er ihr nicht auf der Stelle recht gab, fügte sie in noch entschiedenerem Ton hinzu: «Sie sieht häßlich aus ohne Kleider.»

Jury trank einen Schluck Bier. «Sie sieht nicht aus wie das Jesuskind, das find ich auch. Was ist denn mit dem richtigen passiert?»

«Es ist bei 'ner Prügelei kaputtgegangen. Hier gibt's ständig Prügeleien. Futsch!» Sie gab ein schmatzendes Geräusch von sich, dessen Klang ihr offenbar Spaß machte. «Deshalb haben sie gesagt, ich soll Alice hinlegen. Sie ist ein Mädchen.» Sie schielte zu Jury hoch, um zu sehen, ob er ihr widersprechen würde.

«Das ist wirklich Pech. Aber nach Weihnachten kriegst du sie ja wieder, oder?» Sie nickte. «Weißt du, Jesus würde nämlich kein Kleid tragen.»

Sie kratzte sich am Ellbogen. «Er hat Tücher getragen. Ich hab Bilder gesehn.»

«Aber erst, als er älter war. Was du brauchst, sind Windeln.»

«Was?» Das war der größte Quatsch, den sie je gehört hatte.

«Windeln. Ein paar alte Lumpen würden's auch tun. Wenn deine Mama dir ein Stück Stoff gäbe, das sie nicht mehr braucht, könntest du's zerreißen und Alice damit wickeln.» Er wies mit seinem Glas auf die armseligen und ramponierten Darsteller in dem Stück hinter dem Absperrseil. «Sie waren arm. Sie hatten nichts Besseres zum Anziehen für ihn.»

Chrissie schaute hinab auf ihr eigenes Kleid, ein verschossenes, geflicktes Stück, wie das Puppenkleid. Es stammte offensichtlich aus zweiter Hand und war ihr viel zu groß. «Dann sind sie hier ja richtig.» Sie drehte sich um und rannte zur Tür hinaus, wahrscheinlich, um nach Windeln zu suchen.

Jury spendierte dem Wirt – Hornsby hieß er – erst mal einen Drink, bevor er ihm seinen Ausweis und das Foto von Helen Minton zeigte.

Nachdem der Drink Hornsby die Zunge gelockert hatte, stellte sich heraus, daß der Wirt nicht viel zu sagen wußte. Er kratzte sich im Nacken und schüttelte den Kopf. «Die hab ich hier noch nie gesehn, Mann – äh, Superintendent.» Hornsby zeigte seiner Frau das Bild. Mrs. Hornsby strich ihr langes Haar hinters Ohr, als könnte sie so besser sehen, und beäugte das Gesicht auf dem Schnappschuß, das halb im Schatten eines Baumes verborgen war. Mrs. Hornsby war offensichtlich keine Frau, die zu übereilten Antworten neigte, was entweder bedeuten mochte, daß sie ihre Gedanken nur unter langwierigen Mühen faßte, oder aber, daß sie eine sehr gewissenhafte Denkerin war.

Sie ließ ihren Blick durch das Lokal über jeden einzelnen ihrer Gäste schweifen, als könnte sie auf ihren Gesichtern den Schlüssel zu diesem Rätsel entdecken. Und tatsächlich schien sich in ihrem Gedächtnis etwas zu regen, als ihr Blick zwischen den drei alten Stammgästen, dem Billardtisch, der Krippe und Helens Bild hin und her sprang. Sie biß sich auf die Lippen, und Jury fürchtete schon, sie würde die Aussage ihres Mannes bestätigen. Aber sie überraschte ihn: «Sie war letzten Dienstag hier, das muß so ungefähr um neun oder zehn gewesen sein. Sie hat ein Newcastle Brown Ale bestellt, und ich hab irgendwie gelacht und auch gefragt, ob sie denn weiß, wie stark das ist, und dann hat *sie* gelacht und gesagt, ja, sie hätt es schon mal getrunken. Ich wußte, daß sie nicht von hier war, wegen ihrem Akzent – sie hat genauso geredet wie Sie –, und ich dachte, sie kommt wahrscheinlich aus London. Mir hat's gefallen, wie sie an der Bar stand und sich gar nichts draus zu machen schien, daß das ‹Jerusalem› nicht das Ritz ist. Dann hat sie 'ne Weile beim Pool zugeschaut, und Clive» – hier wies sie mit dem Kopf auf eine Tür, die wohl in ein Hinterzimmer führte – «hat ihr noch 'n Bier spendiert. Sie hat sich ein bißchen mit der Göre unterhalten, mit Chrissie» – über ihr Gesicht huschte ein Lächeln, das mindestens so strahlend war wie die Weihnachtsbeleuchtung im Raum –, «und dann hat sie Clive auch einen Drink spendiert. Das dritte Bier wollte sie wohl schon nicht mehr; sie hat kaum was davon getrunken, aber sie wußte, was sich gehört. Ich meine, als Frau hätte sie das natürlich nicht tun brauchen, aber sie hat's trotzdem getan, und das find ich gut. Sie hat auch mit Robbie geredet...» Sie sah den großen jungen Mann an, der immer noch mit dem Videospiel beschäftigt war. Robbie ist 'n bißchen – einfältig.» Das Wort kam Mrs. Hornsby nur schwer über die Lippen. «Aber er ist der hilfsbereiteste Junge, den man sich vorstellen kann. Er hat hier sein Zimmer und kriegt ein bißchen Geld dafür, daß er saubermacht.» Sie runzelte die Stirn. «Tut mir leid, aber sonst fällt mir nichts ein.»

Jury starrte sie mit großen Augen an, und ihr Mann klopfte ihr auf die Schulter. «Schlaues Mädel, meine Nell. Der macht keiner was vor.»

«Wenn jeder Zeuge so wäre wie Sie, Mrs. Hornsby, hätten wir in London bald alle Verbrecher hinter Gittern.»

Mrs. Hornsby errötete heftig und versuchte, ihre Augen von Jury loszureißen, stellte dann aber offenbar fest, daß er – verglichen mit dem Rest der Welt – einen durchaus angenehmen Anblick bot. Sie lächelte wieder ihr strahlendes Lächeln. Jury gab auch ihr einen Drink aus.

«Vielleicht weiß Clive was.» Sie deutete auf die Tür, durch die ihre Tochter eben hinausgerannt war. «Im Hinterzimmer ist gerade ein Spiel im Gange. Clive ist auch dabei. Und vielleicht hat Marie mit ihr gesprochen. Marie quatscht jeden Neuen an, um Zigaretten zu schnorren und zu erzählen, wie schwer sie's hat.»

Marie entpuppte sich als die Frau mit dem Haifischgesicht; sie sah gar nicht so übel aus, aber in ihrer Gegenwart beschlich einen das dumpfe Gefühl, man müsse seine Brieftasche festhalten. Als Jury sich ihr vorstellte, rückten die anderen neugierig näher. Man konnte ihnen das wohl kaum übelnehmen: in der Eintönigkeit ihrer Tage, die sie mit Pool, Darts und Nichtstun verbrachten, war jede Abwechslung willkommen. Sogar ein herumschnüffelnder Bulle war besser als die Nietenbude, solange er seine Nase nicht in ihre privaten Angelegenheiten steckte. Jury hätte wetten können, daß die meisten von ihnen Alkoholiker waren, die unaufhaltsam dem Ruin entgegenstürzten. Der Suff war alles, was sie hatten, und die wöchentliche Stütze nur ein anderes Wort für Freibier.

«Sie hat gesagt, daß sie in Washington wohnt.» Marie nahm bereitwillig eine Zigarette entgegen und lehnte sich halb an die Bar, halb an Jurys Schulter. Für einen Drink, so hoffte Jury, würde ihr bestimmt etwas einfallen, das immerhin einen gewissen, wenn auch fragwürdigen Informationswert hätte. Er spendierte ihr ein Carlsberg, aber es half ihrem Gedächtnis leider nicht auf die Sprünge.

Jury durchbrach den Halbkreis der Neugierigen, ging hinüber zum Videospiel und setzte sich zu Robbie, dessen schlaffes Gesicht einen Hauch von Schönheit vermuten ließ, unausgeprägt und vage wie ein Spiegelbild auf der Wasseroberfläche. «Heißt du Robbie?» Der Junge lächelte. Er war um die Zwanzig und sah dumpf drein, machte aber einen sehr freundlichen Eindruck. Jury zeigte ihm das Foto. Robbie fuhr aufgeregt mit den Fingern durch sein glanzloses braunes Haar, als sei dies ein Test, den er unbedingt bestehen müsse. «Erinnerst du dich an diese Frau?»

Die Antwort war ein gestottertes «J-j-jaa-a». Und er nickte mehrere Male heftig, sichtlich erfreut darüber, daß er sich an sie erinnern konnte.

«Worüber hat sie mit dir gesprochen?»

Robbie ließ seinen Blick durch den Raum wandern, nicht zielstrebig wie Nell Hornsby, sondern verlegen und ratlos wie jemand, der einer Aufgabe nicht gewachsen ist. Nach einer Weile versuchte Jury so sanft wie möglich seiner Erinnerung nachzuhelfen. «Ich möchte nur wissen, ob sie ihren Namen genannt hat. Oder ob sie gesagt hat, was sie hier wollte. Anscheinend kann keiner sich mehr an etwas erinnern.»

Das erleichterte Robbie sichtlich. Er schaute hinunter auf den Videoschirm und sah zu, wie die bunten Monster vor Pac-Man davonflitzten.

«Lust auf ein Spiel?» fragte Jury und fischte ein paar Münzen aus seiner Tasche.

Robbie nickte. «I-ich b-bin nich be-besonders g-g-gut», sagte er verzagt.

«Ich auch nicht.»

Robbie jagte Jury kreuz und quer über das Spielfeld, fraß alle seine Monster auf und war gerade dabei, ihm endgültig den Garaus zu machen, als Hornsby von der Bar herüberrief, der Superintendent werde am Telefon verlangt.

Kaum hörte er die Stimme des Deputy Assistant Commissioner Newsome am anderen Ende der Leitung, bereute Jury auch schon, daß er beim Northumbria-Revier hinterlassen hatte, wo er zu erreichen sei.

Nicht daß er Newsome, einen entwaffnend wortkargen

Mann, nicht gemocht hätte; es war dessen Mitteilung, die ihn ärgerte. «Schauen Sie, ich will Sie ja nicht kritisieren. Aber Racer schlägt Krach, weil Sie da oben eigentlich Ferien machen sollten, und jetzt ruft der Chief Constable des Distrikts bei uns an und fragt, warum Scotland Yard... Sie wissen schon, was ich meine.»

«Ich habe das mit Cullen abgeklärt.»

Er konnte sich plastisch vorstellen, wie Newsome bei der Antwort mit den Achseln zuckte. «Warum machen Sie dem Chief Superintendent nicht eine Freude und kommen zurück?»

«Mein Anblick hat ihm noch nie große Freude bereitet. Okay. Ich wollte morgen sowieso noch London kommen. Ich werde einen Frühzug nehmen.» Hornsby, dem offenbar kein Wort entgangen war, während er ein und dasselbe Glas ein ums andere Mal polierte, verkündete, daß es um 8 Uhr 30 einen Schnellzug ab Newcastle gebe.

Jury informierte Newsome, daß er den Zug um 8 Uhr 30 nehmen werde, und legte auf.

Nell Hornsby spülte Gläser und beobachtete Robbie, der jetzt am Billardtisch eine einsame Partie Pool spielte. «Schrecklich traurige Sache mit dem Jungen. Mutter tot, Vater verduftet. Er war in der Bonaventura-Schule.»

«Bonaventura?» Jury wandte sich nach Robbie um.

«Ja, diese sogenannte Schule in Washington. ‹Waisenhaus› wäre treffender. Als er sechzehn wurde, schickten sie ihn fort. Das ist da so üblich. Die glauben anscheinend, daß Kinder ab sechzehn ihren Unterhalt selbst verdienen können. Ein Witz, wenn man bedenkt, daß in dieser Gegend nicht mal erwachsene Männer das schaffen.»

«Wie heißt er? Robbie – und weiter?»

«Robin Lyte.»

Robbie schaute von dem zerschlissenen Grün des Billardtisches auf, als Jury mit zwei Gläsern Bier und einer Handvoll Zehnpencestücke zu ihm trat. «Ich spiel nicht besonders gut Pool.»

Er wies mit dem Kinn auf das Videospiel. «Wie wär's mit Pac-Man?»

Der Junge versuchte mühsam, sich eine Antwort abzuringen. Er schloß die Augen, als könne der verbale Kontakt mit der Welt nur hergestellt werden, wenn der Blickkontakt unterbrochen war. Er wand sich geradezu unter der Anstrengung, ein Ja hervorzuwürgen und ein Danke hinzuzufügen.

Sie spielten schweigend. Nur Robbies Kichern unterbrach dann und wann die Stille, wenn er gewann. Er gewann immer.

Jury versuchte es nicht noch einmal mit dem Foto von Helen Minton. Die Erinnerung ließ sich nun mal nicht zwingen. Falls irgendeine nützliche Information im Gedächtnis des Jungen eingeschlossen sein sollte, würde Jury einen anderen Schlüssel finden müssen.

«Du bist auf die Bonaventura-Schule gegangen, nicht wahr?» Robbies Gesicht war über den Videoschirm geneigt, wo die Monster darauf warteten, ein weiteres Zehnpencestück zu verschlingen. Er nickte. «Ich wette, da hat's dir nicht besonders gefallen.» Der Junge schaute von dem kleinen Lichterlabyrinth auf und schüttelte den Kopf. In seinen Augen lag ein tiefer Schmerz, als könne die Wunde, die ihn hervorgerufen hatte, niemals verheilen. Jury warf ein paar Münzen so heftig in den Schlitz, daß der Tisch erbebte. «Ich kann's dir nachfühlen. Ich war auch mal in so einem Heim. Eiserne Pritschen, schlechtes Essen, kalte Flure. Vier Jahre lang. Das war nach dem Tod meiner Mutter.»

Robbie achtete plötzlich nicht mehr auf das pulsierende Monster, das sie zum Spielen einlud, sondern zog seine alte Brieftasche hervor und zeigte Jury ein Foto. «M-Mutter.»

Das Bild zeigte drei junge Frauen, die untergehakt nebeneinander standen. Robbies Finger deutete auf die mittlere. Sie hatte blondes Haar mit einer frischen Dauerwelle darin und lächelte keck in die Kamera.

«Sie war hübsch.» Jury gab das Bild zurück, starrte gedankenverloren auf das kleine Monster und fügte hinzu: «Meine war auch hübsch.»

Nell Hornsby verkündete die Sperrstunde. Jury trug die Gläser zurück zur Bar.

«Es klingt vielleicht albern», sagte Nell, «aber manchmal denk ich, der Junge ist der glücklichste von uns allen.» Sie kippte den Rest ihres Brandys hinunter.

«Darauf würde ich keinen Eid schwören», sagte Jury, bevor er zur Tür hinausging.

Zweiter Teil

Einkehr

6

Es schlug Mittag in der «Hammerschmiede», und der mechanische Schmied draußen hoch oben auf dem Balken begann seinen Hammer auf und ab zu bewegen. Der hölzerne Gesell sah ziemlich schmuck aus in seiner frisch gestrichenen Kluft – der blauen Hose und der Jacke, die ebenso blaugrün leuchtete wie der grelle Anstrich, den Dick Scroggs, der Wirt, kürzlich zwischen Gebälk und Flügelfenster geklatscht hatte. Auf der Hauptstraße von Long Piddleton, ohnehin schon ein farbenfrohes Sammelsurium von eng aneinandergedrängten Wohnhäusern und Geschäften, erstrahlte die «Hammerschmiede» als auffälligster Farbtupfer in der Wintersonne.

Die Gäste drinnen waren genauso kunterbunt zusammengewürfelt. Eine Frau und zwei Männer saßen an einem Tisch in der Nähe eines lustig prasselnden Kaminfeuers. Zwei von ihnen waren von Hause aus millionenschwer; der dritte verkaufte Antiquitäten an Touristen – mit demselben Ergebnis. Letzterer gab mit seinem lavendelfarbenen Halstuch und der jadegrünen Sobranie-Zigarette ein passendes Gegenstück zu dem Schmied draußen auf seinem Balken ab, wenn auch freilich kein ganz so hölzernes. Nicht weniger schillernd – jedoch mehr im übertragenen Sinn – war die alte Frau am Kamin, die zahnlos vor sich hin brabbelte und Gin in sich hineinkippte. Ab und zu putzte sie für Dick Scroggs. Wenn ihr nicht nach Putzen zumute war, unterhielt sie sich mit der steinernen Katze neben dem Kamin und versoff ihren Lohn.

«Glauben Sie, Scroggs' Verschönerungswut wird sich jemals wieder legen?» fragte Marshall Trueblood, dem der Antiquitätenladen nebenan gehörte. Er betrachtete kritisch den polierten Zinn- und Messingtinnef und die erst kürzlich aufgehängten

Jagdvogeldrucke, bevor er eine weitere Balkan Sobranie – diesmal eine zartviolette – in eine lange Zigarettenspitze steckte.

Melrose Plant fand es ziemlich unangebracht, diese Frage ausgerechnet aus Truebloods Mund zu hören, aber er war zu höflich, dies auch zu äußern. Für ihn war Trueblood eher ein Spektakel als eine Person. Er konzentrierte sich weiter auf sein *Times*-Kreuzworträtsel und nahm gelegentlich einen Schluck aus seinem Krug Old Peculier.

«Ach, ich weiß nicht. Mir gefällt's eigentlich ganz gut», sagte Vivian Rivington. «Früher war es so eine düstere alte Höhle. Und seit die ‹Büchse der Pandora› geschlossen ist, können wir doch froh sein –»

Marshall Trueblood schloß gequält die Augen. «Oh, hör bitte auf, so leutselig zu sein, Darling. Ich finde das ermüdend. Lieber Gott, schau dir doch nur den alten Scroggs an – neuerdings trägt er sogar einen Mittelscheitel und klatscht sich das Haar mit irgendeiner scheußlichen Pomade an den Schädel. Und jetzt kocht er auch noch!» Er nippte an seinem Campari Limone.

«Mir gefällt's trotzdem. Wenn man keine Lust hat, selbst zu kochen, kann man jetzt hier eine Kleinigkeit essen...»

Trueblood ließ Zigarettenasche in einen blechernen Aschenbecher fallen. «Wenn man richtig *essen* gehen will, Darling, dann fährt man nach London.»

«Was bist du nur für ein Snob», sagte Vivian trocken.

«Jemand muß ja diese Rolle übernehmen. Sieh dir Melrose an, der von Rechts wegen ein Snob sein sollte und statt dessen so ekelhaft gleichmacherisch denkt. Der Lebensstil eines Gentleman, Darling» – dieses «Darling» galt Melrose – «ist mit dem Empire untergegangen.»

Melrose vermutete, daß mit Empire der Möbelstil und nicht der Kolonialismus gemeint war.

«Sie gehören einer aussterbenden Rasse an, Melrose. Und ich finde es mit Verlaub gesagt langweilig von Ihnen – von euch beiden –, daß Sie so kurz vor Weihnachten verreisen wollen. Und ausgerechnet nach *Durham*! In die Nähe von Newcastle! Wo jede Menge besoffenes, grölendes Pack die Straßen unsicher macht, randaliert und bei Fußballspielen mit Bierflaschen um sich schmeißt. Außerdem schneit es dort.»

«Hier schneit es doch auch. Erinnern Sie sich? Dieses weiße Zeug, das heute morgen vom Himmel rieselte», sagte Plant, während er in einem Zug zwei Waagrechte und drei Senkrechte ausfüllte.

«Ich rede von echtem Schnee, Darling. Tonnen von Schnee. Berge von Schnee. Solche Schneemassen kennt man hier gar nicht. – Was ist los, Vivvie? Du siehst ein bißchen blaß aus.»

Ihr Gesicht wirkte im Schein des Feuers tatsächlich kreidebleich. «Dieses ganze Gerede über Schnee erinnert mich an die starken Schneefälle, die wir vor ein paar Jahren hatten. Und an die Morde damals.» Sie wandte sich an Melrose. «Hast du eigentlich in letzter Zeit etwas von Superintendent Jury gehört, Melrose?»

Kennt ihn seit Jahren und bekommt seinen Vornamen immer noch nicht über die Lippen, dachte Plant. Wahrt immer hübsch die Form, die Dame. «Meistens nur telefonisch. Jury hat wohl nicht viel Zeit zum Briefeschreiben.»

Trueblood schlug mit der Hand auf den Tisch, daß die Gläser klirrten. «Na, das war doch mal ein absolut *hinreißender* Mann! Ich hab ein- oder zweimal bei ihm vorbeigeschaut, als ich in London war. Aber er ist einfach nie zu Hause. Bringen wir doch jemanden um und holen ihn wieder her...» Er drehte sich nach der alten Frau am Kamin um. «Withers, du altes Schlachtschiff», rief er, «würdest du dich gegen lebenslange Versorgung mit Gin und Wermut eventuell kaltmachen lassen?» Er wandte sich wieder seinen Tischgenossen zu. «Wie wär's mit 'ner Zigarette?» Er hielt den anderen seine schwarze Schachtel mit Sobranies hin.

«Danke ergebenst, aber ich rauche keine Buntstifte», sagte Melrose und zog eine dünne Zigarre hervor.

Der Klang des magischen Wortes «Gin» hatte Mrs. Withersby aus ihrer Aschenbrödel-Haltung auffahren lassen und ihre geselligen Instinkte geweckt. Sie raffte sich auf und kam in ihren Pantoffeln zum Tisch herübergeschlurft. Mrs. Withersbys Vorstellungen von Geselligkeit entsprachen jedoch nicht ganz den feineren Umgangsregeln. Sie hielt Trueblood fordernd ihr Glas vor die Nase und sagte: «Gin mit Bier, Süßer. Dein Tuntenpalast wird eines schönen Tages noch total ausgeräubert, wenn du immer hier rumhockst.» Sie wies mit dem Daumen in Richtung von Truebloods Antiquitätenladen. Dann wandte sie sich Melrose Plant zu, der ihr bereits drei Drinks spendiert hatte, und ihr verschrumpeltes Gesicht mit den dünnen bläulichen Lippen verzog sich zu einem Grinsen.

«Eins muß man dem da ja lassen» – ihr Blick folgte Trueblood, der aufgestanden war, um ihr einen Drink zu holen –, «wenigstens sitzt er nicht den ganzen Tag in einem Riesenkasten von Haus und tut nichts, während andere sich krumm und bucklig schuften.»

«Withers, altes Haus», sagte Trueblood und reichte ihr das frisch gefüllte Glas, «wir haben vor, eine Riesenfete in Harrogate steigen zu lassen. Mit Orchester und allem Drum und Dran. Abendkleidung erwünscht. Du könntest dein Chiffonkleid tragen, das zitronengelbe.»

«Verpiß dich, Süßer», sagte Mrs. Withersby dankbar, bevor sie schlurfenden Schrittes abzog.

Trueblood zuckte die Achseln, betrachtete seine tadellos manikürten Fingernägel und sagte: «Jetzt sagen Sie schon. Warum fahren Sie denn nun da rauf in diese gottverlassene Gegend? Sie verreisen zu Weihnachten doch sonst nie, sondern bleiben schön brav zu Hause und sitzen bei einem Glas Cockburn's Port vor einem prasselnden Kaminfeuer. Und was wird die liebe Tante Agatha ohne ihre Weihnachtsgans anfangen?»

«Wir könnten sie ja mitnehmen», sagte Vivian.

Melrose ignorierte diesen Vorschlag. Wenn Vivian unbedingt so hirnrissig sein wollte…

Wenn man vom Teufel spricht – plötzlich stand die in ein schwarzes Cape gehüllte Gestalt der lieben Tante in der Tür.

«Agatha, altes Haus», sagte Marshall Trueblood und schob ihr mit seiner blankpolierten Schuhspitze den vierten Stuhl entgegen. «Setzen Sie sich zu uns.»

Lady Agatha Ardry, die, abgesehen von sich selbst und dem neuen Vikar, fast niemanden in Long Piddleton leiden konnte, hegte einen ganz besonderen Widerwillen gegen Marshall Trueblood. Ihrem Neffen Melrose gegenüber hatte sie mehrfach die Meinung geäußert, Trueblood sollte geteert und gefedert und dann aus der Stadt gejagt werden.

Melrose hatte dem entgegengehalten, daß so etwas vielleicht in ihrer Heimat Amerika üblich sei, während hierzulande die Narrenfreiheit Tradition habe. Sein bedeutungsvoller Blick, so hoffte er, sprach Bände.

«Nein, danke vielmals – wie ich sehe, ist wieder diese Withersby hier.» Sie baute sich vor dem Tisch auf. «Was soll denn dieser Unsinn von einer Reise in nördliche Gefilde? Weihnachten steht doch vor der Tür.»

Und wenn es nicht Weihnachten wäre, wäre es Ostern oder Pfingsten, dachte Melrose. Ohne von seinem Kreuzworträtsel aufzusehen, sagte er: «Da muß ich dir ausnahmsweise zustimmen, Tante. Es ist blanker Unsinn.» Er ignorierte Vivians finsteren Blick.

«Hab ich mir's doch gedacht.» Die Nachricht schien sie zu erleichtern, denn sie ließ sich aufatmend auf den angebotenen Stuhl plumpsen.

Aber als Melrose fortfuhr: «Es ist blanker Unsinn, aber die Reise wird dennoch stattfinden», klappte ihr das Kinn herunter.

Die Worte hatten sie offenbar ebenso ratlos wie durstig gemacht. Sie bestellte einen doppelten Sherry bei Dick Scroggs. Der hob den sorgfältig gescheitelten und pomadisierten Kopf, sah, wer gerufen hatte, und las weiter in der Zeitung, die vor ihm auf dem Tresen lag.

«Ich verstehe das alles nicht. Du verreist doch sonst nie über die Feiertage. Ein eingefleischter Junggeselle wie du geht doch nicht so leicht von seinen Gewohnheiten ab... Mr. *Scroggs*!» rief sie ein zweites Mal.

«Junggeselle vielleicht, aber kein eingefleischter. Landpartien gehören zwar nicht gerade zu meinen Gewohnheiten, aber da es Vivian ist, die mich gebeten hat...» Er sah auf und schenkte seiner Tante ein allerliebstes Lächeln, das sie zur Weißglut trieb. Sie hatte schon immer gefürchtet, daß sich zwischen Melrose und Vivian etwas anbahnen könnte. Daß Vivian mit einem anderen verlobt war, trug wenig zu Agathas Beruhigung bei, denn dieser andere war in Italien. Und Italien war weit. «Ein Wochenende auf dem Land. So eine Art Stelldichein für Kunst- und Kulturschaffende. Vivian dachte wohl, geteiltes Leid ist halbes Leid, und hat mir eine Einladung verschafft.»

Unterdessen brachte Dick Scroggs den Sherry. Die «liebe» Tante Agatha machte jedoch keinerlei Anstalten, sich zu bedanken, geschweige denn, den Drink zu bezahlen. Das überließ sie stets anderen. Statt dessen nahm sie nun Vivian aufs Korn. «Warum? Plant ist doch gar nicht künstlerisch tätig. Wer hat dich denn eingeladen?»

Vivian zog einen Brief aus ihrer Handtasche. Das Papier war cremefarben, die Schrift prangte in erhabenen Lettern. «Charles Seaingham. Der Kritiker. Sie kennen ihn sicher, er schreibt Artikel über Kunst und Literatur, die in allen möglichen Zeitungen erscheinen.»

Allzuviel konnte er nicht geschrieben haben, denn Agatha hatte nie von dem Mann gehört.

«Ich habe ihn auf der kleinen Party kennengelernt, die mein Verleger gab, als das Buch mit meinen Gedichten herauskam...»

Agatha, die es sich nie nehmen ließ, ein Haar in der Suppe zu finden, schnaubte verächtlich. «Ach, *diese* unverkäuflichen Dinger! Du solltest Liebesromane schreiben wie Barbara Cartland, Vivian.» Sie nahm ihr den Brief aus der Hand und las ihn durch die Lorgnette, die sie gelegentlich benutzte, um sich ein würdevolles und imposantes Aussehen zu geben.

Ob mit oder ohne Lorgnette, dachte Melrose, es dürfte ihr schwerfallen, nicht den Eindruck eines groben Klotzes zu machen. Und wie sie so schwer und massiv in ihrem dunkelbraunen Tweedkostüm dasaß, erinnerte sie ihn tatsächlich an einen dikken Baumstumpf. Ihr Haar hätte ein ausgezeichnetes Vogelnest abgegeben.

«MacQuade? Wer ist das?»

«Ein Schriftsteller. Ausgezeichnet mit dem...»

Agatha interessierte weder, was er geschrieben hatte, noch womit er ausgezeichnet worden war. «Parmenger. Noch nie gehört», sagte sie und ließ den Mann damit zur Nichtigkeit schrumpfen.

«Ein Maler.»

«Wahrscheinlich Nackedeis. Oder große farbige Vierecke. Solches Zeug hab ich nie verstanden.» Sie runzelte die Stirn. «Aber dieser Name. St. Leger. *Lady* St. Leger... die kenn ich doch...»

«Nein, das tust du nicht», sagte Melrose, ohne von seinem Kreuzworträtsel aufzuschauen.

«Woher willst denn *du* das wissen?»

«Wenn du sie kennen würdest, könntest du ihren Namen richtig aussprechen: ‹Sen-Le-sche›, nicht ‹Sanktleger›. Genauso wie ‹St. John› ‹Sen-Dschon› ausgesprochen wird.»

«Das werde ich bis zum Sen-Nimmerleinstag nicht verstehen. Warum schreibt ihr eure Namen nicht so, wie sie klingen?»

Sie gab Vivian den Brief zurück und versuchte es mit einer neuen Taktik: «Warum verbringst du die Feiertage eigentlich nicht mit deinem Verlobten, Vivian. Das kommt mir denn doch höchst eigenartig vor.»

«Weil ich offen gestanden keine Lust habe, den langen Weg bis nach Venedig zu fahren, und weil ich mich offen gestanden nicht besonders gut mit seiner Familie verstehe, und...»

«Und offen gestanden», fiel ihr Melrose ins Wort, «mag Graf Dracula Weihnachten nicht. Überall diese Kreuze...»

Vivians Gesicht wurde feuerrot. «Würdest du bitte aufhören,

ihn ‹Graf Dracula› zu nennen!» Wütend knallte sie ihr Glas auf den Tisch, daß das Ale überschwappte. Melrose fand dies einen recht beachtlichen Zornausbruch für die sanfte Vivian; allerdings schien sie während der Monate in Italien ein wenig südländisches Temperament abbekommen zu haben.

«Dracula war doch kein Italiener, Melrose, er war Transsylvanier», sagte Trueblood.

«Aber er ist viel herumgekommen.»

«Ach, laßt mich in Ruhe!» Vivian drehte den beiden den Rükken zu.

Mit zuckersüßem Lächeln fragte Trueblood: «Aber ein Graf ist er doch, nicht wahr, Vivvie?»

«Hör auf, mich Vivvie zu nennen. Ja, er ist allerdings ein Graf.»

«Ein Ausländer», sagte Agatha voller Abscheu und vergaß dabei geflissentlich, daß sie selber aus Milwaukee, Wisconsin, stammte. «Hier hätte er nichts zu melden, ob Graf oder nicht. Er ist Ausländer.»

«Das haben Italiener nun mal so an sich, liebe Tante.»

Trueblood zündete sich eine Zigarette an, die zum Farbton seines Halstuchs paßte, wedelte das Streichholz aus, als schwenke er eine Fahne, und sagte: «*Ich* fand ihn ganz reizend.»

Das ist nicht gerade eine Empfehlung, dachte Melrose.

Agatha war offenbar zu dem Schluß gekommen, daß Vivian entschieden zuviel Glück hatte – erst schnappte sie sich einen italienischen Grafen von den Gestaden des Mittelmeers, und dann wurde sie auch noch zu Literatenparties eingeladen. «Vergiß nicht, was ich dir gesagt habe: Nimm dich in acht vor Mitgiftjägern, besonders vor ausländischen.»

Melrose wußte, daß sie nichts dergleichen gesagt hatte. Agatha war im Gegenteil überglücklich gewesen, ihren Neffen außer Gefahr zu wissen. «Niemand, der Vivian kennt, würde sie nur wegen ihres Geldes heiraten», sagte er mit seinem bezauberndsten Lächeln.

«Wie oft habe ich dir gesagt, du sollst deinesgleichen heiraten,

Vivian –» Agatha hätte sich am liebsten die Zunge abgebissen, denn «ihresgleichen» saß neben ihr am Tisch und löste Kreuzworträtsel. Melrose konnte Agathas Hirn förmlich tickern hören, während es den Wert von Haus und Mobiliar, von Grund und Boden von Ardry End überschlug und zusammenrechnete wie eine Rechenmaschine. Sie war seine einzige lebende Verwandte und hatte nicht die Absicht, ihre Rechte von so ärgerlichem Zuwachs wie Ehefrauen und Kindern schmälern zu lassen.

«Andererseits wirst du ja auch älter, und der Mann scheint ein durchaus ehrbarer Italiener zu sein –» fuhr sie fort.

Als hätte sie schon eine ganze Gondel voll ehrloser Italiener kennengelernt, dachte Melrose.

«– der vermutlich Verstand genug haben wird, seinen Titel zu behalten. Ganz im Gegenteil zu gewissen anderen Leuten.»

Melrose fühlte, wie sie ihn mißbilligend ansah, während er ungerührt fünf Wörter in schneller Folge eintrug. Gleich einem Schachspieler, der mehrere Züge vorausdenkt, erkannte er mit einem Blick, wie die restlichen Lösungswörter lauten mußten. Er legte seinen Stift weg und meinte: «Sag ihm, daß er sich an seinen Titel klammern soll, wenn ihm sein Leben lieb ist, Vivian. Denk daran, wie großartig sich dein Name ausnehmen wird: Contessa Giovanni…»

Vivian sah so gequält drein, daß er innehielt und das Thema wechselte. Stirnrunzelnd wandte er sich an Agatha. «Woher weißt du übrigens von dieser Reise? Wir haben das Ganze selber noch kaum besprochen.»

«Ich war gerade im Haus –»

In *seinem* Haus, nicht in ihrem strohgedeckten Cottage in der Plague Alley.

«– und habe mit Martha über die Weihnachtsgans gesprochen.»

Plants Köchin hatte schon ein- oder zweimal angedeutet, sie werde kündigen, falls Lady Ardry noch einmal ihre Küche betreten sollte. Aber natürlich würde Martha nichts dergleichen tun. Sie und Ruthven standen schon so lange in den Diensten der Earls of Caverness, daß sie gar nicht mehr wegzudenken waren. «Martha mag es nicht, wenn du in ihre Küche kommst.» Er leerte sein Bierglas. «Außerdem weiß ich nicht, was es da zu besprechen gab. Dieses Jahr fällt der Gänsebraten aus.»

Als sei dies plötzlich der Stein des Anstoßes, ließ Agatha sich erstaunt zurücksinken. «Red keinen Unsinn. Wir haben immer Gänsebraten zu Weihnachten.»

«Die Zeiten sind hart. Diesmal müssen wir uns mit Rinderhaxe, kalten Kartoffeln und Armen Rittern begnügen.»

«Aus welchem Dickens-Roman haben Sie denn diese köstliche Mahlzeit?» fragte Trueblood. «Aus dem *Raritätenladen*?»

Melrose schaute in die Runde und dachte, daß er seinen Raritätenladen nicht erst bei Dickens zu suchen brauchte. «Du hast mir immer noch nicht erklärt, wie du von dieser Reise erfahren hast.»

«Von Ruthven. Der Mann konnte mich noch nie leiden. Als ich in die Küche gehen wollte, habe ich ganz zufällig gehört, wie er mit Martha darüber sprach.»

Agatha hätte sogar an der Tür eines Affenkäfigs gelauscht, wenn sie sich davon etwas versprochen hätte. «Ruthven kommt auch mit», sagte Melrose.

Würde sie jetzt einen Schlaganfall bekommen? Einen Schreikrampf? Oder würde es bei dem Sprühregen von Sherry bleiben, der aus ihrem Mund kam, als sie keuchte: «*Ruthven!* Plant, was zum Teufel...! Du mußt ihn hierlassen!»

Melroses Butler hätte ebensogut ein überzähliges Gepäckstück sein können. «Nein, das kann ich nicht. Weißt du, es ist recht kompliziert. Martha will die Feiertage bei ihren Verwandten in Southend-on-sea verbringen. Er ist mit ihrer Familie nie besonders gut ausgekommen» – hier sah Melrose Vivian an, die eingehend ihre Hände betrachtete –, «aber weil er ein Gentleman ist, will er sich natürlich nicht rundheraus weigern, nach Southend zu fahren. Also sage ich einfach, ich brauche ihn.»

«Aber du brauchst ihn nicht! Wofür brauchst du ihn denn?»

«Er kann mein Badewasser einlassen.»

«Dein Badewasser! Du entwickelst dich Tag für Tag mehr zu einem Snob, Plant.»

«Warum machst du nicht selber eine kleine Reise?» schlug Melrose vor. «Fahr nach Milwaukee oder Virginia und besuch diese Biggets, mit denen du letztes Jahr Stratford-upon-Avon unsicher gemacht hast.»

«Warum nicht, Agatha?» sagte Vivian, die aus ihren dumpfen Grübeleien über venezianische Kanäle und fette verwitwete Contessas aufgewacht war.

«Ihr habt gut reden! Weihnachten einfach so abzuhauen!» Sie kramte in ihrer großen Handtasche, förderte ein Taschentuch zutage und preßte es gegen ihre Augen. «Und ich bleibe hier, allein und verlassen.» Sie funkelte Melrose böse an. «Wer wird mir meine Gans braten?»

Der Letzte aus dem Geschlecht der Earls of Caverness richtete seinen Blick über ihren Kopf hinweg und lächelte, zu sehr Gentleman, um zu antworten.

Zu Melroses Leidwesen lachte mal wieder seine Tante zuletzt. Bereits am nächsten Morgen stand sie wieder auf der Matte – oder saß, genauer gesagt, auf seinem Queen Anne-Sofa, trank Kaffee und eröffnete ihm, daß ihr schließlich doch noch eingefallen sei, warum ihr der Name bekannt vorkam.

«Welcher Name? Wovon redest du?» fragte er mürrisch. Er war noch im Morgenmantel und in Pantoffeln und hatte sich auf eine geruhsame Frühstückslektüre der *Times* bei frischem Haferkuchen und Rosinenbrötchen gefreut, die jetzt nach und nach Agathas Heißhunger zum Opfer fielen.

«St. Leger, mein lieber Plant. Ja, erinnerst du dich denn nicht?» Sie ließ ihrer Frage einen jener Blicke und traurigen Seufzer folgen, mit denen sie ihm stets zu verstehen gab, daß er langsam senil wurde. «Elizabeth St. Leger. Ich kenne sie ja eigentlich nur flüchtig, aber Robert, dein Onkel...»

«Ich weiß, daß er mein Onkel war. Was haben die beiden miteinander zu tun?»

«Robert war ein guter Freund von Lady St. Legers Mann – Rudy hieß er, glaub ich. Sicherlich hast du von ihm gehört? Er war ein ziemlich bekannter Künstler. Er ist tot. Jedenfalls hat Robert – du weißt ja, was für ein künstlerisch begabter Mensch er war –»

«Nein, das ist mir vollkommen neu. Onkel Bob hat die meiste Zeit am Roulettetisch verbracht.» Und mit polyglottem Saufen in London, auf dem Kontinent und in Amerika, wo er Agatha kennengelernt hatte. Vielleicht war Agatha früher einmal hübsch und lustig gewesen, aber Melrose konnte sich beim besten Willen nicht daran erinnern oder es sich auch nur vorstellen. «Worauf willst du eigentlich hinaus?»

«Einfach darauf, daß Elizabeth St. Leger und ich uns bei der einen oder anderen Gelegenheit begegnet sind, und daß ich mir dachte, es wäre nett, sie mal anzurufen.»

Alarmiert setzte Melrose sich auf; ihm schwante Übles. «Und warum hast du das getan, Agatha?» Als ob er das nicht schon wüßte.

«Nun ja, als wir gestern über sie sprachen, hab ich eben gedacht, es wäre schön, eine alte Freundschaft aufzufrischen. Du solltest eines von diesen Rosinenbrötchen probieren, Plant. Sie sind Martha diesmal viel besser gelungen als sonst. Wahrscheinlich hat sie meinen Rat befolgt, das Backpulver...»

«Vergiß das Backpulver. Worüber habt ihr beide gesprochen?»

«Oh, über dies und das. Und weißt du was? Als ich diese Party erwähnte, und daß mein Neffe dazu eingeladen sei, hat sie geradezu darauf bestanden, Charlie Seaingham anzurufen –»

Sie hatte bis gestern noch nie von dem Mann gehört, und jetzt nannte sie ihn schon «Charlie».

«– und dann hat er darauf bestanden, daß ich mitkomme, und,

na ja...» Sie hob die Hände in einer hilflosen Geste, die ausdrükken sollte, daß sie es eben einfach nicht übers Herz brachte, eine freundschaftliche Bitte abzuschlagen.

Melrose betrachtete verdrossen diese Klette, die nun ein weiteres Rosinenbrötchen mit Marmelade bestrich und sich die Hälfte davon auf einmal in den Mund stopfte. «Das heißt also, daß du auch bei den Seainghams sein wirst.»

«Nun, unter Künstlern und Schriftstellern bin *ich* gewiß nicht fehl am Platz.»

«Wie schön. Ich dagegen werde mich höchstwahrscheinlich ziemlich fehl am Platze fühlen.»

«Du schreibst ja auch nicht, mein lieber Plant.»

Er blickte sie über seine Goldrandbrille hinweg an. «Willst du mir etwa erzählen, daß du immer noch an diesem Krimi schreibst, Agatha? Ich meine deinen ‹semidokumentarischen Roman› über die seltsamen Vorgänge damals in Long Pidd. Das ist vier Jahre her, und ich habe noch keine einzige Zeile gesehen.» Er widmete sich wieder seiner *Times*.

«Ich habe beschlossen, einen Artikel für die *Long Pidd Press* zu schreiben. Das heißt, es soll eigentlich eine Kolumne werden. Der Gedanke kam mir, als ich mich einmal per Leserbrief darüber beschwert habe, daß diese Withersby wieder sturzbetrunken mitten auf der Hauptstraße rumlag.»

«Mrs. Withersby ist meistens sturzbetrunken, aber ich sehe nicht, was dich das angeht. Außerdem bringt die *Long Pidd Press* nicht gerade die heißesten Nachrichten. Ich kann mir jedenfalls Interessanteres vorstellen als die prächtige Rosenzucht des Vikars oder die Ermahnungen, keine Bierflaschen in den Pidd River zu werfen. Wie soll deine Kolumne denn heißen?»

«Ich dachte, ich nenne sie vielleicht ‹Augen und Ohren›.»

«Das spricht bestimmt viele an. Augen und Ohren hat schließlich jeder.»

«Sei nicht so miesepetrig. Es soll eine Art soziologische Studie über Long Pidd werden. Immerhin ist es ein sehr altes Dorf, eines der ältesten in Northants. Und wenn ich die Leute interviewe und – tja, Augen und Ohren offenhalte…» Sie lachte verschmitzt.

«Klatsch, mit anderen Worten», sagte Melrose.

«Das ganz gewiß nicht! Ich kann wohl Besseres mit meiner Zeit anfangen.»

«Ich auch», sagte Melrose und raschelte mit seiner *Times*.

Dritter Teil

Schauplatz London

7

Der Kater Cyril saß auf dem Fensterbrett hinter Fiona Clingmores Schreibtisch und beobachtete einen kleinen Käfer, der sich abmühte, vom Fensterrahmen in die lichteren Gefilde der Scheibe hinaufzukrabbeln, ohne zu ahnen, welch grausames Schicksal Cyril ihm zugedacht hatte. Chief Superintendent Racer hätte darin einen zutreffenden Analogiefall gesehen, dachte Jury – er, Racer, läge auf der Lauer, um Jury, den Käfer, in einem passenden Augenblick zu zerquetschen.

Fiona Clingmore, Racers Sekretärin, saß wie gewohnt auf ihrem Stuhl und widmete sich ihrer vormittäglichen Schönheitspflege. Es war eine erschöpfende Prozedur, die nicht einfach nur darin bestand, daß man etwas Rouge auftrug und sich das Haar toupierte, sondern vielmehr einer vollständigen Außenrenovierung gleichkam. Ihr schwarzes Wollkleid war über der Brust mit einem neuen Abnäher versehen worden, der offensichtlich dazu diente, die wogenden Massen darunter ein wenig zu bändigen. Jury bemerkte, daß ihre übliche schwarze Garderobe heute durch modische Strümpfe ergänzt wurde, die mit winzigen schwarzen Schmetterlingen verziert waren.

Fiona ließ ihre Puderdose mit einem kleinen Klicken zuschnappen und schenkte Jury ein strahlendes Lächeln. Dazu schlug sie herausfordernd ihre schick bestrumpften Beine übereinander, wodurch der Saum ihres Kleides ein paar Zentimeter nach oben rutschte. «Ich finde, es ist eine Schande, Sie so einfach aus Ihren Weihnachtsferien zurückzupfeifen. Wann haben Sie eigentlich das letzte Mal so richtig Urlaub gemacht?»

«Mit fünf. Da war ich in Brighton und habe Sandburgen gebaut. Aber keine Sorge. Ich mußte sowieso zurückkommen. Ist Wiggins im Lande?»

Sie nickte. «Ich hab ihn vor einer Weile im Gang rumschleichen sehn. Brauchen Sie ihn?»

«Ja, er könnte mir helfen.»

Sie seufzte. «Manchmal glaube ich, da sind Sie der einzige. Außer Ihnen scheint keiner mit ihm zusammenarbeiten zu wollen. Armer Al.»

Jury lächelte. «Vielleicht haben die anderen Angst, sich anzustecken.» Er warf einen Blick auf Racers Tür. «Vermutlich hat er mich schon vor zwei Stunden erwartet?»

Sie zog eine Grimasse. «Jetzt wird er Ihretwegen zu spät zum Lunch in seinem Club erscheinen. Sie wissen doch, wie er es haßt, wenn er nicht Punkt zwölf seinen Whisky-Soda bekommt.»

Kein Fall hatte Scotland Yard mehr Rätsel aufgegeben als Racers geheimnisvoller Aufstieg zum Chief Superintendent. Man hatte lange von Vetternwirtschaft gemunkelt, denn irgend jemand hatte herausgefunden, daß Racers Frau mit einem hohen Tier verwandt war. Dann war die Mär umgegangen, er wolle seinen Abschied einreichen. Und nun lag ein neues Gerücht in der Luft, und dieses Gerücht stank zum Himmel – es hieß, daß Racer die Treppe noch weiter hinauffallen und zum Deputy Assistant Commissioner ernannt werden sollte.

Die Aussicht, daß Racer seinen Mund bald noch weiter aufreißen durfte, schreckte alle außer Jury, der sich bereits daran gewöhnt hatte, wie Sisyphus seinen Stein den Berg hinaufzurollen, bis Racer ihm kurz vor dem Gipfel ein Bein stellte.

Als Jury eintrat, schlüpfte Cyril unbemerkt durch die Tür und nahm seinen Lieblingsplatz auf dem Fensterbrett hinter Racers Schreibtisch ein. Racer verabscheute «das räudige Vieh», wie er zu sagen pflegte. Cyril war alles andere als räudig. Er hatte weiße Pfoten und ein kupferfarbenes Fell, das er ausgiebig pflegte, wenn er nicht gerade damit beschäftigt war, den Chief Superintendent zu überlisten.

Racer nahm gerade seinen nagelneuen maßgeschneiderten

Mantel vom Kleiderständer. Es war Zeit für den Lunch in seinem Club. «Sie sind's!» Es klang, als bräche mit Jurys Erscheinen eine Naturkatastrophe über ihn herein. Er zog den eleganten Mantel über seinen perfekt sitzenden Maßanzug und fügte mit samtweicher Stimme hinzu: «Was für ein Jammer, daß wir Sie aus Glasgow, oder wo immer Ihre Schwester wohnt, zurückbeordern mußten, nicht wahr?»

Jury machte keinerlei Anstalten zu gehen, im Gegenteil, er setzte sich. Daß Racer seinerseits im Aufbruch war, kümmerte ihn nicht im geringsten. «Cousine. Und sie wohnt in Newcastle, nicht in Glasgow.»

«Welch ein Pech für die armen Glasgower», höhnte Racer. Dann wütete er: «Sie sollten sich heute morgen bei mir melden. Jetzt habe ich keine Zeit, ich muß zum Lunch.»

«Heute morgen saß ich noch im Zug.»

«Wenn Sie schon einmal in Urlaub gehen, können Sie da nicht wenigstens die Bezirkspolizei in Ruhe lassen? Sie haben Ihre Nase in deren Angelegenheiten gesteckt. Sie sollten es eigentlich besser wissen.»

Jury ließ sich Zeit für seine Antwort und sah aus dem Fenster. Cyril saß in majestätischer Ruhe da, den Schwanz um die Vorderpfoten drapiert. Sein Fell glänzte im fahlen Licht der Wintersonne. An der Wand neben dem Fenster hing das offizielle Porträt der Königin. Jury überlegte verträumt, ob Cyril immer noch dort sitzen würde, wenn alle Könige dieser Erde schon längst zu Staub zerfallen wären.

«Nun?» polterte Racer. «Ich hab nicht den ganzen Tag Zeit, Mann!»

Jury erwachte aus seinen Träumereien von katzenhafter Anmut. «'tschuldigung. Ich bin dort in Tyne und Wear auf etwas gestoßen, das wir uns ein bißchen näher ansehen sollten.»

Die Nachahmung eines Lächelns spielte um Racers Lippen. Wenn es etwas gab, das ihn mehr erfreute als der Lunch im Club und Mädchen, deren Vater er hätte sein können, dann waren das die langatmigen Vorträge über den Zustand der englischen Polizei, die er Jury zu halten pflegte. Er begann seine Ausführungen stets mit den Wachtruppen des frühen 19. Jahrhunderts, beschrieb die Aufstellung der lokalen Polizeieinheiten und ging dann zu den Fortschritten in puncto Verbrechensaufklärung über. «Sogar mit Mord werden sie dort fertig, Jury. Stellen Sie sich vor, auch im Nordosten Englands gibt es eine Polizei. Selbst im Tyne und Wear-Distrikt. Warum also stecken Sie Ihre Nase in Dinge, die Sie einen feuchten Kehricht angehen?»

Jury sagte nichts. Cyril ließ seinen Schwanz wie eine Peitsche durch die Luft sausen und gähnte.

«Nun? Sie halten mich seit einer guten Viertelstunde auf; ich sollte schon längst im Club sein. Was haben Sie zu Ihrer Entschuldigung zu sagen?»

Die gute Viertelstunde hatte Racer gebraucht, um Jury über die Geschichte der englischen Polizei in Kenntnis zu setzen, den Bau des Polizeigerichts in der Bow Street zu erwähnen und von den Gebäuden zu berichten, die früher in Whitehall für die schottischen Könige reserviert waren und später Scotland Yard seinen Namen gegeben hatten. «Nicht viel, außer daß ich nicht verstehe, was all das mit der Sache zu tun hat.»

«Na hören Sie mal! Das habe ich Ihnen doch eben lang und breit erklärt, junger Mann. Die Polizei von Northumbria ist durchaus in der Lage, mit einem Mord fertig zu werden – falls es Mord ist –, der vor ihrer eigenen Haustür stattgefunden hat. Auf *Sie* können die ganz bestimmt verzichten.» Und ich auch, klang es deutlich zwischen den Zeilen. Er schickte sich an zu gehen.

Aber Jury blieb sitzen und zündete sich mit stoischer Ruhe eine Zigarette an, was Racer sichtlich verärgerte, denn es bedeutete, daß Jury sich auf ein längeres Tauziehen einstellte. Die schnellste Methode, zum Ziel zu kommen, bestand darin, Racers Lunch hinauszuzögern. «Also, folgendes ist passiert ...»

Jury begann zu erzählen, wie Helen Mintons Leiche gefunden worden war. Nach drei oder vier Minuten unterbrach Racer ihn. «Schon gut, schon gut. Sie brauchen mir nicht jede verdammte Einzelheit aufzuzählen. Sagen Sie schon, was Sie wollen. Sie wissen doch ganz genau, daß wir unsere langen Nasen nicht in die Angelegenheiten von Northumbria stecken können, wenn die uns nicht um Hilfe bitten.»

«Der Sergeant, mit dem ich gesprochen habe, scheint nichts dagegen zu haben – wie der Chief Constable dazu steht, weiß ich nicht. Jedenfalls kann es sein, daß sie meine Hilfe brauchen.»

«Ihre Hilfe, daß ich nicht lache!» Racer stutzte; er hatte Cyril entdeckt, der anmutig von seinem Sitzplatz hinuntergesprungen war. Der Chief Superintendent brüllte in die Sprechanlage, Fiona solle ihm den Mäusefresser vom Hals schaffen. Cyril umkreiste unterdessen den Schreibtisch und rieb sich an Jurys Bein, schnurrend wie ein kleiner Motor.

«Meine Hilfe», fuhr Jury ungerührt fort, «weil ich vielleicht der letzte war, der mit Helen Minton gesprochen hat. Ich warte noch auf das Ergebnis der Autopsie. Aber vorderhand würde ich mir gerne Helen Mintons Londoner Haus anschauen.»

«Sie wollen also einen Durchsuchungsbefehl?» Racer klopfte auf seine goldene Armbanduhr und hielt sie an sein Ohr, als habe Jurys Erscheinen womöglich sämtliche Uhren Scotland Yards zum Stillstand gebracht. «Dann holen Sie sich doch einen. Das ist kein Problem.»

«Wahrscheinlich brauche ich gar keinen, wenn das Haus bewohnt ist. Immerhin haben wir den Cousin bis jetzt noch nicht ausfindig machen können.»

In diesem Moment stieß Racer mit Fiona Clingmore zusammen, die in der Tür erschienen war, um Cyril zu holen. Racer wich nicht zurück, sondern blieb auf Körperkontakt und sagte mit der ihm eigenen Liebenswürdigkeit: «Wehe, wenn ich dieses räudige Mistvieh noch ein einziges Mal in meinem Büro vorfinde...» Hier gewann sein Interesse an Fionas üppigem Vorbau die Oberhand, und er lehnte sich noch fester gegen ihren Busen.

«Cyril gehört schließlich nicht mir, oder?» Sie ließ eine

Kaugummiblase dicht vor dem Gesicht ihres Chefs zerplatzen. «Ich kann nicht ständig auf ihn aufpassen.»

Jury wollte das Ende dieses Wortwechsels nicht abwarten und fragte, wo Wiggins sei.

«Im Krankenrevier», sagte Racer und zog sein Revers zurecht.

Jury seufzte. «Wir haben kein Krankenrevier.»

«Brauchen wir auch nicht. Wir haben ja Wiggins.»

Cyril schlüpfte zwischen Racers Beinen hindurch und baute sich vor der Tür zum Gang auf. Er leckte seine bereits makellos saubere Pfote, bis Racer nahe genug war, daß er zu einem Tritt ausholen konnte, dem Cyril mit einem graziösen Satz auf Fionas Schreibtisch entging, wo er sich gelassen wieder seiner Pfote widmete.

«Nur noch zwei Einkaufstage bis Weihnachten, und ich spür genau, daß ich mir was eingefangen habe», sagte Detective Sergeant Alfred Wiggins, dessen untere Gesichtshälfte mit einem Taschentuch maskiert war, als sei der bakteriologische Krieg ausgebrochen. «Ich muß noch Geschenke besorgen.»

Sie hatten den Wagen in einer sichelförmigen Seitenstraße der King's Road geparkt und waren auf den Sloane Square zumarschiert, als die glitzernd dekorierten Schaufenster von Peter Jones Wiggins daran erinnerten, daß er noch keine Geschenke gekauft hatte. In einem Schaufenster sah man gesichtslose Puppen, deren Körper in silbrig und schwarz schimmernden Kleidern steckten, was offenbar der diesjährigen Wintermode entsprach. Im nächsten hell erleuchteten Fenster war eine Krippe aufgebaut worden, die – wie in so schicken Stadtteilen wie Chelsea und Kensington nicht anders zu erwarten – um einiges prächtiger aussah als das ärmliche Ensemble im «Jerusalem Inn». Die Heiligen Drei Könige trugen fließende Gewänder aus Goldlamé und seidigem Stoff, als wären sie nicht gekommen, um dem Kind in der Krippe zu huldigen, sondern als rasteten sie hier auf dem Weg zu einem Rendezvous mit den gesichtslosen Mädchen im Nebenfenster.

«Es ist für meine Verwandten in Manchester – alles in allem haben sie wohl ein Dutzend kleiner Rangen. Ach, ich weiß nie so recht, was ich Kindern eigentlich schenken soll. Geht's Ihnen nicht genauso – ich meine, wo Sie doch auch keine haben?» Wiggins steckte sich eine Halspastille in den Mund. «Jedenfalls bin ich froh, daß die Schaufenster auch eine gewisse religiöse Note haben.» Marias Porzellangesicht sah aus, als sei es in Peter Jones' Kosmetikabteilung geschminkt worden.

«Wenn Sie's so nennen wollen», sagte Jury.

«Es ist ein bißchen übertrieben, nicht? Schauen Sie mal, wie die Geschenke der Heiligen Drei Könige eingepackt sind. Man könnte meinen, sie hätten sich in Bethlehem noch schnell Geschenkpapier und Schleifchen besorgt.» Wiggins nieste.

«Ein wenig von der Myrrhe würde Ihnen guttun», sagte Jury.

Die Erwähnung jedes ihm unbekannten Heilmittels ließ Wiggins aufhorchen. «Myrrhe? Ich hab immer gedacht, das wäre irgend so ein Parfumzeug. Sie wissen doch, wie allergisch ich gegen Parfums bin.» Seine Stimme klang vorwurfsvoll.

Jury wußte es. Wiggins war gegen fast alles außer Fish and Chips allergisch. «Ich glaube, Myrrhe wird auch als Medizin verwendet. Früher jedenfalls. Gut gegen Erkältungen. Und Grippe.» Jury hatte keine Ahnung, wozu das Zeug gut war, aber die Vorstellung, daß die Drei Weisen so vernünftig gewesen waren, eine Art Heilmittel mitzubringen, schien Wiggins ein wenig aufzuheitern. Jury merkte, daß er die Krippe mit neu erwachtem Interesse betrachtete: Er trat näher an das Fenster heran und war höchstens ein kleines bißchen traurig darüber, daß dort drinnen irgendein Säftchen, ein Amulett, ein Mittel gegen seine vielfältigen Gebrechen verborgen sein könnte, das für ihn unerreichbar war.

«Glauben Sie daran, Sir?» fragte Wiggins.

Vielleicht meinte er die Myrrhe, vielleicht Gott. Jury dachte an

Pater Rourke, der sein Leben damit verbrachte, solche Fragen zu beantworten. Und er grübelte darüber nach, ob der Dekorateur mit seinen Arrangements aus Flitterkram und neongrellen Heiligenscheinen nicht auch unbewußt eine große Hoffnungslosigkeit ausgedrückt hatte, indem er die Partyszene direkt neben den Drei Weisen angesiedelt hatte, als seien diese Teil eines einzigen, kitschigen Blendwerks.

Als Jury nicht antwortete, fügte Wiggins hinzu: «Man kommt ins Grübeln, nicht wahr?»

Jury blieb stumm. Er empfand plötzlich den Verlust von etwas Unersetzbarem, als sei ein Dieb auf leisen Sohlen aus der Dunkelheit herangeschlichen und habe ihm unbemerkt gestohlen, was immer es auch gewesen sein mochte, um sich dann über den Platz mit seinen bunten Lichterketten davonzumachen.

8

Das hübsche Hausmädchen, das ihnen am Eaton Place öffnete, trug eine adrette flaschengrüne Uniform mit weißen Manschetten, die ebenso blitzsauber wirkte wie der Türklopfer aus Messing. Aber die Augen des Mädchens waren rotgeweint, ihr Gesicht blaß und betrübt. Beim Anblick von Jurys Ausweis wurde ihre Miene noch trauriger. Ja, sie sei von der Polizei in Northumbria benachrichtigt worden. Die Eingangshalle hinter ihr lag im Dunkel, nur die trüben Strahlen einer Hängelampe mit Rauchglasschirm erhellten die Finsternis.

Ihr Name, sagte sie, sei Maureen Littleton, und sie sei die Haushälterin. Das überraschte Jury – sie war wirklich noch ausgesprochen jung. Er entschuldigte sich für die späte Störung und drückte sein Bedauern über die Umstände aus, die sie hierher geführt hatten. Doch vielleicht wäre es besser gewesen, sich weniger mitfühlend zu zeigen. Denn als Wiggins zu allem Überfluß auch noch sein Taschentuch hervorzog, war das Mädchen den Tränen gefährlich nahe. Um sie abzulenken, bat Jury um eine Tasse Tee.

«Sergeant Wiggins scheint krank zu werden, und mir täte eine Tasse auch ganz gut. Vielleicht könnten wir uns in der Küche unterhalten?»

Jurys sanftes Drängen und die Aussicht, eine kleine Routinearbeit zu erledigen, ließen Maureen bald ihre Selbstbeherrschung zurückgewinnen. Die warme, vertraute Umgebung der Küche im Souterrain tat ein übriges.

Bei der Zubereitung des Tees verschonte Jury sie mit unbequemen Fragen. Sie plauderten einfach über das Wetter und darüber, daß die Kinder sich wohl auf das schönste Weihnachtsgeschenk überhaupt freuen konnten: auf Schnee.

Sie nahmen an einem runden Tisch im Wohnzimmer der Haushälterin Platz, wo ein wärmendes Kohlenfeuer glühte. Maureen schenkte den dampfenden Tee in andächtigem Schweigen ein, ein Schweigen, das ihr bei dieser rituellen Handlung offenbar geboten erschien. In dem helleren Licht im Wohnzimmer wirkte sie älter, als Jury zunächst gedacht hatte, aber das mochte zum Teil auch an ihrer altmodischen Frisur liegen – sie trug ihr dunkelbraunes Haar ringsherum zu einer Rolle hochgesteckt wie eine Gouvernante aus der Zeit um die Jahrhundertwende. Dazu kamen das ungeschminkte Gesicht und, natürlich, die streng geschnittene Uniform. Diese hätte gut und gern eine ganz persönliche Form von Trauerkleidung sein können.

«Wie lange sind Sie schon bei Miss Minton?»

«Nun, eigentlich waren die Parmengers meine Dienstherren. Ich bin seit neunzehn Jahren hier im Haus. Helen – Miss Minton – war Mr. Parmengers Mündel. Ich war damals noch sehr jung. Ich habe als Küchenmädchen angefangen. Damals lebte Mr. Edward Parmenger noch. Mr. Frederick ist sein Sohn. Der Maler. Wir waren damals vier Bedienstete.» Es klang, als spräche sie über eine längst vergangene Epoche. «Es war zu der Zeit, als Miss Minton aufs Internat kam.»

Wiggins wollte schon sein Notizbuch zücken, steckte es aber auf Jurys Kopfschütteln hin wieder ein und zog statt dessen eine Tüte mit Hustenbonbons hervor.

«Sie kam also aufs Internat. Und Mr. Frederick?»

«O nein, Sir. Der ging in London zur Schule.»

Maureen Littleton konnte damals nicht viel älter als Helen Minton gewesen sein. «Ihr Dienstherr war also Helens Vormund.»

Maureen nickte. Ihr Gesicht nahm hinter dem Dampfschleier, der aus ihrem Teebecher aufstieg, wieder einen verschlossenen und traurigen Ausdruck an.

«Kannten Sie Miss Mintons Eltern?»

«Nur ihre Mutter. Ihren Vater nicht.»

«Schien ihr Onkel sie – gern zu haben?»

Sie senkte den Blick auf ihre Tasse, noch Jahre über den Tod des älteren Parmenger hinaus die treue Dienerin. Maureen war offensichtlich keine Klatschbase, schon gar nicht unter Umständen wie diesen. «Er war ein sehr... strenger Mann –»

Eine vorsichtige Umschreibung für Leuteschinder oder Sklavenhalter, dachte Jury.

«– und zeigte selten Gefühle, außer –»

Als sie stockte, half Jury nach: «Außer?»

Sie zuckte leichthin die Achseln, während sie Sergeant Wiggins, der ihr seine Tasse hinhielt, Tee nachschenkte. «Nun ja, ab und zu konnte er schon ein bißchen wütend werden.»

Ein Choleriker, mit anderen Worten. Aber Maureen ließ sich nicht dazu bewegen, weiter ins Detail zu gehen. «Was Miss Helen betrifft – ich glaube, die anderen Bediensteten und ich haben nie ein böses Wort von ihr zu hören bekommen. Weder als sie jung war, noch als sie...» Wieder mußte sie das Gesicht abwenden.

«Es ist doch ein wenig seltsam, daß Mr. Parmenger das Haus Helen Minton und nicht seinem eigenen Sohn vermacht hat.»

Maureen sah das nicht so. «Sehen Sie, Mr. Frederick...» Sie machte eine Handbewegung, als wäre Mr. Fredericks berufliche und finanzielle Stellung Erklärung genug. «Er hat seine eigene Wohnung. In St. John's Wood. In der Nähe von Keats' Haus. Keats, der Dichter», ergänzte sie zu Jurys besserem Verständnis. «Die Wohnung ist zwar ziemlich klein, aber er meint, das Licht darin sei gut. Er kam manchmal zum Abendessen zu Miss Helen. Er ist ein großer Maler, aber ich versteh nicht viel von solchen Sachen.» Maureen hatte sichtlich Ehrfurcht vor Mr. Frederick – wie wahrscheinlich vor all jenen Größen, deren Namen aus irgendwelchen Gründen in der Zeitung standen, ob es sich nun um Künstler, Rockmusiker oder Filmstars handelte.

«Die beiden standen also in gutem Einvernehmen miteinander?»

Sie schien ganz verdutzt darüber zu sein, daß Jury eine andere Möglichkeit überhaupt in Betracht zog. «Ihr Tod wird ihn umbringen», sagte sie schlicht.

Das überraschte Jury. Helen Minton hatte nicht den Eindruck gemacht, als glaubte sie, daß von ihrer Existenz oder Nichtexistenz das Leben eines anderen abhinge. «Und weiter?» fragte er.

«Nichts weiter.»

Redselig war Maureen bestimmt nicht. Jury lächelte ihr zu. Er hatte damit bei verstockten Frauen schon oft Erfolg gehabt und sie in Plauderstimmung versetzt. Und Maureen war dafür ebenso empfänglich wie Wiggins für die Verlockungen des federleichten Biskuitkuchens, den sie zum Tee gereicht hatte. Er verdrückte bereits sein zweites Stück.

«Sie glauben also, Frederick Parmenger hat – hatte – seine Cousine sehr gern.»

«Ja, das glaube ich.» Sie schenkte sich und Jury noch etwas Tee ein und hing ihren Erinnerungen nach. Von dem Augenblick an, als Helen das Haus betrat, seien die beiden ein Herz und eine Seele gewesen. Einfach unzertrennlich. «Bis sie aufs Internat kam. Er hat ihr das Malen beigebracht oder es zumindest versucht. Sie bekam aber nie so richtig den Dreh raus. Aber er, er war ein Genie, schon als kleiner Junge. Ich war damals natürlich noch nicht hier, aber Mrs. Petit – die Köchin – hat's mir erzählt. ‹Er ist ein Genie.› Das waren ihre Worte.»

Ob Maureen oder Mrs. Petit verstanden hatten, was das bedeutete? Das Wort allein genügte; es schwebte im Raum wie der Wohlgeruch guten Essens.

«Oben hängen viele Bilder von ihm. Sie sollten sie sich einmal anschauen.»

«Ich würde mir gerne das ganze Haus ansehen, wenn es Ihnen nicht zu viele Umstände macht.»

Für ihn, sagte ihr Blick, wäre ihr nichts zuviel. Das Geplauder mit Jury und der Anblick des Kuchen essenden Wiggins hatten Maureen merklich beruhigt. Die Tatsache, daß ein Inspektor von Scotland Yard den Tod ihrer Herrin untersuchte, schien sie nicht weiter zu verwundern. Für Maureen waren plötzlicher Tod und Polizei gleichbedeutend.

Als Jury erneut auf den älteren Parmenger zu sprechen kam, nahm ihr Gesicht wieder den verschlossenen Ausdruck an.

Aber Jury glaubte, den Schlüssel zu dieser Tür zu kennen. «Wissen Sie, Maureen, ich kannte Helen Minton.»

Sie setzte sich kerzengerade auf. Jury war nun nicht mehr der Polizist, der eine Routineuntersuchung durchführte, sondern so etwas wie ein Seemann, der von einem Törn gekommen ist, um seinem Zuhörer die erstaunliche Mär zu erzählen, er sei in einem fremden Hafen auf dessen lange verschollenen Bruder getroffen. «Es war eine zufällige Begegnung. Ich kannte sie im Grunde nur flüchtig.»

«Ach, sie war ja so ein liebenswerter Mensch.» Sie fixierte Jury mit einem beunruhigten Blick. «Aber warum stellen Sie mir eigentlich all diese Fragen?» Erst jetzt schien ihr aufzugehen, daß wohl kaum ein Superintendent von New Scotland Yard zu ihr käme, wenn die Frau eindeutig eines natürlichen Todes gestorben wäre.

Jury antwortete ihr nicht direkt. «Ich wollte etwas über ihr Verhältnis zu ihrer Familie erfahren – zu ihrem Onkel, ihrem Cousin oder sonst jemandem, der vielleicht einen Groll gegen sie gehegt haben mag.» Wiggins zog jetzt diskret sein Notizbuch hervor, ohne daß Jury ihn diesmal daran gehindert hätte.

«‹Groll›?» Maureen blickte von einem zum anderen, sah, daß sie es ernst meinten, und lachte gezwungen. «Das klingt ja fast, als glaubten Sie, Miss Helen sei…» Sie brachte das Wort nicht über die Lippen.

Jury sprach es aus. «Ermordet worden? Diese Möglichkeit besteht, ja.»

«Das ist doch Unsinn!» Ihr dünnes Lachen klang weit weniger überzeugend als ihre Worte. «Niemand hätte Helen Böses gewünscht.» Freundschaft siegte über Förmlichkeit, sie vergaß, «Miss» zu sagen. «Sie hatte keine Feinde; allerdings auch kaum Freunde. Ich meine, sie ging nicht viel aus und bekam selten Besuch.»

«Sie hatte ihren Cousin.»

«Mr. Frederick? Das ist was anderes.»

«Wissen Sie, wo er ist? Wir haben ihn bisher noch nicht ausfindig machen können. Die Polizei in Northumbria würde sich gerne mit ihm unterhalten.»

Sie schüttelte den Kopf. «Er ist oft im Ausland. In Frankreich und so.» Maureen schien nicht viel vom Ausland zu halten.

«Als Helen nach dem Tod ihrer Eltern hier aufgenommen wurde – kam sie da gut mit Edward Parmenger aus?»

Maureen antwortete nicht; sie beobachtete Wiggins, der mit seinem Füller eifrig drauflosskritzelte, und nahm es ihm sichtlich übel. Wiggins sah auf, bemerkte ihren mißbilligenden Blick und legte sein Notizbuch beiseite. «Haben Sie den Kuchen selbst gebacken, Miss? Es ist der beste, den ich je gegessen habe. Und ich bin ziemlich wählerisch, was das Essen angeht, besonders bei süßen Sachen.»

Jury wandte das Gesicht ab, um ein Grinsen zu verbergen. Als getreuer, gewissenhafter und unermüdlicher Schreiber von Notizen war Wiggins unersetzlich. Und in letzter Zeit hatte er zudem noch seinen Charme aufpoliert.

Sein Lob schien zu wirken, denn Maureen legte ihm geschmeichelt ein neues Stück Kuchen auf den Teller. Mit vollem Mund nahm Wiggins das Gespräch dort auf, wo Jury steckengeblieben war: «Dieser Mr. Edward Parmenger – ich hab irgendwie das Gefühl, daß er das Mädchen nicht besonders mochte. Was meinen Sie?»

Sergeanten waren ihr offenbar weniger unheimlich als Superintendenten – zumindest wenn sie schon die dritte Portion Kuchen verspeisten –, jedenfalls antwortete sie: «Wie gesagt, er schien ihr ein bißchen die kalte Schulter zu zeigen. Aber er war eben ein sehr harter Mann, wenn ich ehrlich sein soll.»

«Sie meinen, er war zu jedem so?» fragte Wiggins, während er mit der Gabel die letzten Kuchenkrümel aufpickte.

«Nein, das nicht gerade.»

«Was meinen Sie dann, Miss?»

«Er mochte sie nicht. Mrs. Petit sagte immer, er habe sie nicht leiden können.»

«Mrs. Petit ist die Köchin, nicht?»

«Ja, aber sie lebt nicht mehr. Jedenfalls sagte sie immer, Miss Helen täte ihr leid.»

Jury rauchte, starrte ins Feuer und wartete auf die entscheidende Frage: Warum hatte Parmenger sie dann überhaupt aufgenommen?

«Könnte ich vielleicht noch eine Tasse Tee haben?» Wiggins konnte mitunter in seinem Bestreben, Zeugen durch Schmeicheleien Antworten zu entlocken, zu weit gehen.

Während Maureen dem Sergeanten den Rest des Tees einschenkte, fragte Jury: «Wie alt war sie damals? Und wo lag dieses Internat?»

«In Devon. Es war eine sehr *teure* Schule», sagte sie mit einer Betonung, die andeuten sollte, daß Edward Parmenger zwar mit seiner Liebe geknausert haben mochte, aber nicht mit seinem Geld. «Miss Helen war ungefähr fünfzehn. Sie war ein oder zwei Jahre dort. Dann hat Mr. Edward sie wieder vom Internat genommen.»

«Warum?»

Sie schüttelte den Kopf. «Ich weiß nicht. Ich kam damals kaum je aus der Küche heraus. Mrs. Petit hat zwar so einiges erzählt, aber ich habe nie erfahren... Jedenfalls hab ich mir nichts dabei gedacht.»

O doch, das haben Sie, dachte Jury. «Hatten Sie nicht das Gefühl, daß vielleicht ein... Skandal dahintersteckte?»

«Nein, Sir, gewiß nicht!»

Jury mußte lächeln. Sie war so viel jünger als die altvertrauten Vertreter ihrer Zunft – etwa eine Mrs. Petit oder Melrose Plants Butler Ruthven. Dennoch glich sie ihnen. Ein Verehrer alten Stils, fand Jury, hätte ihr gut angestanden. Ihr Anblick gemahnte ihn irgendwie an die längst vergangenen Tage des gloriosen Empire. In Wiggins brachte sie offenbar eine andere Saite zum Klingen: Seinem faszinierten Blick nach zu urteilen, stand zu vermuten, daß er ihretwegen sogar sein Füllhorn von Medikamenten vergessen hätte.

«Falls unser Verdacht zutrifft... um es klipp und klar zu sagen: Falls Miss Helen ermordet wurde, wollen Sie doch sicherlich, daß der Schuldige seiner Bestrafung zugeführt wird.» Nun benutzte er selbst einen altertümlichen Ausdruck.

Sie richtete sich empört auf. «Natürlich will ich das! Aber ich kann doch nicht...» Sie unterbrach sich.

Jury wartete, aber Maureen schwieg.

«Ich habe den Eindruck, daß Edward Parmenger das Mädchen gegen seinen Willen bei sich aufnahm. Fühlte er sich aus irgendeinem Grund dazu verpflichtet?» fragte Jury schließlich.

«Wenn *ich* noch ein Kind wäre und *meine* Mutter stürbe» – sie bekreuzigte sich –, «dann würde ich doch auch hoffen, daß jemand mich bei sich aufnimmt. Ich habe kaum noch Verwandte. Bloß eine alte Tante in der Grafschaft Clare.» Sie errötete. Die

Maureens dieser Welt blieben nüchtern und sachlich und belästigten andere nicht mit ihren Problemen. Sie räusperte sich und fuhr mit leiser Stimme fort. «Ich wollte nur sagen, ja, es war eine Art Verpflichtung.» Sie sah Jury aus traurigen Augen an. «Es hieß, Helens Vater hätte sich umgebracht. Und dann ist ihre Mutter gestorben, wahrscheinlich an gebrochenem Herzen.» Auch das war typisch: der Hang zur romantischen Verklärung.

«Edward Parmenger hat sie also bei sich aufgenommen, schien das aber nicht gerne zu tun?» Jury beugte sich über den Tisch und legte ihr die Hand auf den Arm. «Ich vermute, daß Edward Parmenger Helen Minton loswerden wollte», fuhr er fort, «und sie auf dieses teure Internat schickte, weil er sie nicht gerne in der Nähe seines Sohnes sah. Die beiden mochten sich sehr – und sie waren Cousin und Cousine. Zudem war Helen ein hübsches Mädchen. Und ihr Vater war wohl kein sehr charakterfester Mann...» Er wartete; seine Hand blieb auf ihrem Arm liegen. Wiggins machte seine Notizen und warf Jury zwischendurch ganz gegen seine Art finstere Blicke zu.

Sie seufzte und ergriff den Schürhaken, um im Kamin herumzustochern. Doch Jurys Hand hielt sie am Platz fest, so daß sie nicht an das Feuer herankam und ihre Bemühungen schnell wieder aufgab. «Ihr Vater war Mr. Edwards jüngerer Bruder. Er trank zuviel und spielte. Er arbeitete für Mr. Edward und hinterging ihn, indem er – wie sagt man? – ‹die Bücher frisierte›.»

«Sie meinen also, der gute Onkel Edward hat dann Miss Minton dafür büßen lassen?» fragte Wiggins.

«Es sah jedenfalls so aus. Andererseits mochte er seine Schwägerin wirklich gern. Das war auch kein Wunder. Helen – ich meine Miss Helen war ihr in allem sehr ähnlich. Auch im Aussehen. Sie war ein stiller Typ. Und als alles über ihren Mann herauskam, hat es Miss Helens Mutter einfach umgebracht, und dann drohte Mr. Edward auch noch mit dem Gericht und...» Maureen hob die Hände in einer hilflosen Geste.

«Und als alles so tragisch endete, wollte er vielleicht sein Gewissen beruhigen, indem er sich Helens annahm», sagte Jury.

«Aber er wollte sie nicht um sich haben. Deswegen hat er sie aufs Internat geschickt.» Aber das ist noch nicht die ganze Geschichte, dachte er.

Sie wandte das Gesicht ab. Jury hatte Mitleid mit ihr. Er bemerkte erst jetzt, daß im Verlauf des Gesprächs die Jahre zusammen mit der ganzen Förmlichkeit von ihr abgefallen waren: unsichtbare Hände schienen ihren Kragen und ihre Haarnadeln gelöst zu haben; eine dunkle Haarsträhne hing über ihre Wange, und der Kamm, der die Frisur am Hinterkopf hielt, war verrutscht. Sie starrte ins Feuer und sagte leise: «Ach, das arme Mädchen.»

«Er wollte seinen Sohn Frederick von ihr fernhalten.»

Sie schüttelte müde den Kopf. «Ich bin wirklich ganz offen zu Ihnen. Ich weiß es nicht.»

Es mochte noch nicht die ganze Geschichte sein, aber Maureen Littleton war am Ende ihrer Kräfte. Jury erhob sich. Wiggins tat es ihm widerstrebend nach. Er hatte sich so sehr an Maureens Anblick geweidet und hingebungsvoll seine Füße am prasselnden Feuer gewärmt, daß er sogar vergessen hatte, sich weiterhin Notizen zu machen. «Danke, Maureen. Sie haben uns ein gutes Stück weitergeholfen. Bemühen Sie sich nicht. Wir finden allein hinaus.»

Augenblicklich verwandelte sie sich wieder in die adrette, pflichtbewußte Haushälterin. Frisur, Kragen und Uniform wurden zurechtgerückt, das Gesicht nahm wieder einen dienstbeflissenen Ausdruck an, und ein *Auf gar keinen Fall, Sir* hing unausgesprochen in der Luft.

Es war ein schönes Haus; die Schatten in der schwach erleuchteten Eingangshalle fielen ebenso schwer herab wie die dunklen Vorhänge an den hohen Fenstern von Helen Mintons Wohnzimmer, an dem ihr Weg zur Haustür vorbeiführte. Auch im Wohnzimmer brannte ein Feuer, und Jury sah den kleinen Kopf eines Dackels in die Höhe fahren, der den Geruch von Fremden witterte.

«Er gehört ihr», sagte Maureen. Sie betraten das Zimmer, und der kleine Hund rappelte sich mühsam auf, als wäre sein Gewicht oder seine Trauer zu schwer für seine Beine. Er hatte auf einer alten Decke vor einem ledernen Ohrensessel gelegen, der am Feuer stand. «Er will einfach nicht dort weg. Ich bringe ihn immer in mein Wohnzimmer, damit er da vor dem Feuer liegt, aber sobald ich mal nicht aufpasse, quält er sich die Treppe rauf und kommt wieder hierher. Sie hat nach dem Abendessen immer dort gesessen. Und was für große Stücke sie auf den alten Hund gehalten hat!» Maureen warf dem Dackel einen hilflosen Blick zu. «Er ist fast blind. Er wird bald sterben.» Sie sagte es mit der Entschiedenheit eines Arztes, dessen Diagnose unerschütterlich ist.

Sie standen vor der Tür in der Dunkelheit. Maureen hatte die Arme über der Brust verschränkt und zitterte in ihrer dünnen Uniform. Wiggins drängte sie, doch wieder hineinzugehen, bevor sie sich den Tod holte. Jury blickte über die Straße auf die schlichte Fassade der Church of Scotland. Ihr gelblichweißer Anstrich hatte im Mondlicht etwas ungesund Fahles. Er störte sich an ihrer Schmucklosigkeit. Nicht die Spur einer Verzierung, keine bunten Fensterscheiben, nur diese Krankenzimmerfarbe. Der Gott der Schotten, dachte er voller Widerwillen, hätte sich ruhig etwas mehr Mühe geben können. Diese Presbyterianer, dachte er verächtlich, und fragte sich dann ein wenig beschämt, ob das überhaupt stimmte. Waren wirklich alle Schotten Presbyterianer? Hätte er das nicht wissen sollen? Er war wütend auf sich. Wenigstens soviel Allgemeinbildung mußte ein Superintendent haben. Wußte er denn überhaupt etwas Nützliches? Er konnte sich beim besten Willen auf nichts besinnen. Aber diese eine Frage mußte jetzt und auf der Stelle geklärt werden. Er würde Wiggins fragen, der kannte sich mit so etwas aus. «Wiggins!»

Sergeant Wiggins fuhr herum. Jury hatte ihn aus einem anregenden Gespräch über das bevorstehende Weihnachtsessen aufgescheucht. «Sir?»

«Ach, nichts.»

Wiggins nahm sein Gespräch mit Maureen wieder auf. «In meinem Beruf muß man natürlich immer mit allem rechnen, aber falls ich Weihnachten hier bin... ich würde mich freuen. Aber ich esse am liebsten ganz einfache Gerichte...»

Jury überlegte, wer da wen zum Essen einlud, was seinen Hader mit Gott immerhin so weit besänftigte, daß er sogar ein wenig lächelte.

«... fritierte Scholle mit Chips, damit liegen Sie bei mir immer richtig», fuhr Wiggins fort. «Ich weiß, das klingt einfallslos, aber...»

«Mit Erbsenpüree», sagte Maureen fröhlich.

Jurys Blick fiel wieder auf die Kirche, und die beruhigende Wirkung der harmlosen Debatte über die Vorzüge von pürierten gegenüber ganzen Erbsen verflog. *Nur ein einziges lausiges Buntglasfenster, wäre das etwa zuviel verlangt? Ist Dir denn jedes bißchen Schmuck zuwider? Wie kannst Du erwarten, daß die Leute angesichts dieser kahlen käsebleichen Fassade Hoffnung schöpfen?* Er hatte den beiden noch immer den Rücken zugewandt, als er sich plötzlich sagen hörte: «Sie war wie eine Schwester für Sie.»

Das Gespräch verstummte. Er hörte Maureen aufschluchzen und drehte sich beschämt um. Er hatte das nicht laut sagen wollen. Aber während ihres Gesprächs vorhin hatte er immer wieder daran denken müssen: zwei gleichaltrige Mädchen, die eine Hausmädchen, die andere Waise, beide hübsch, freundlich und ernsthaft und beide – da war er sicher – einsam. «Tut mir leid», murmelte er, schmerzlich berührt von der Unzulänglichkeit seiner Worte, und wandte sich ab, um mit wiedererwachtem Zorn die Church of Scotland zu betrachten. *Schau, was Du angerichtet hast!*

Er merkte, daß Maureens Hand sanft wie der herabrieselnde Schnee seinen Arm berührte, und in ihrer Stimme schwangen Trauer, Zärtlichkeit und Zorn mit, als sie sagte: «Es stimmt, sie war wie eine Schwester für mich. Aber ich schwöre, daß ich nicht weiß, was geschehen ist. Wenn Sie recht haben, und jemand hat – hat schuld an ihrem Tod, nun, ich halte mich für eine gute Katholikin, aber ich glaube nicht, daß ich auf Gottes Rache warten würde. Nein, wenn mir der Mörder in die Finger geriete, ich würde ihn eigenhändig umbringen. Und das ist die Wahrheit.»

Jury starrte auf die Church of Scotland und dachte nach. Er wurde immer ungehaltener, weil er spürte, daß zwar sein Zorn nachließ, nicht aber seine Traurigkeit. Dieses Haus erinnerte ihn zu sehr an jenes andere Haus am Dorfanger von Washington.

«Wer zum Teufel», sagte er und räusperte sich, «wer zum Teufel ißt schon gerne Erbsenpüree?»

9

«Natürlich feiere ich Weihnachten nicht», sagte Mrs. Wasserman, während sie Jury eine Tasse von ihrem starken Kaffee einschenkte. «Sie wissen ja...» Und sie lächelte und zuckte die Achseln, als hätte sie ihre eigene Religion aus einer Laune heraus beim Einkaufsbummel erstanden. «Aber das heißt nicht, daß ich anderen, denen Weihnachten etwas bedeutet, keine Geschenke mache.»

Sie saßen in Mrs. Wassermans Kellerwohnung, tranken Kaffee und aßen Kuchen. Er war müde nach dem langen Besuch am Eaton Place, und doch hatte er nicht bedauert, daß sie ihn vom Fenster aus gesehen und eingeladen hatte. Jury mochte die zwei Etagen zu seiner leeren Wohnung nicht hinaufgehen. Vielleicht sollte er Cyril adoptieren; Mrs. Wasserman würde ihn bestimmt gerne füttern, so wie sie es auch mit Jury tat, wann immer sie Gelegenheit dazu hatte.

Sie war erstaunt gewesen, ihn zu sehen, denn er hatte ihr erzählt, er verbringe die Feiertage bei seiner Cousine in Newcastle.

Erstaunt und erfreut. Jury garantierte nämlich ihre Sicherheit. Die Riegel, Schlösser, Ketten und Gitter an ihrer Tür – die er in der Mehrzahl eigenhändig angebracht hatte – waren kein Vergleich zu einem leibhaftigen Superintendent von Scotland Yard, der über einem wohnte und nun sogar am selben Tisch mit einem saß.

Eine Weile lang war sie behaglich auf ihrem Stuhl hin und her gerutscht und hatte über das Weihnachtsfest geplaudert; jetzt beugte sie sich zu ihm herüber und senkte die Stimme zu einem Flüstern, als hielten die Riegel und Gitter nicht nur Diebe fern, sondern auch Jahwe, den Gott der Juden: «Ehrlich gesagt, ich mag Ihr Weihnachten.» Als hätte Jury das Fest erfunden. «All diese Dekorationen, die bunten Lichter, und dann sehe ich immer so gerne, wie Prinz Charles die Lichter an dem großen Weihnachtsbaum einschaltet... Und Selfridge's! Haben Sie die Schaufenster gesehen?» Jury schüttelte den Kopf. «Sie müssen sie sich einfach ansehen! Ich weiß ja, Sie haben viel zu tun, aber nehmen Sie sich mal ein bißchen Zeit. Die haben dort die ganze Weihnachtsgeschichte aufgebaut, von Fenster zu Fenster, und man geht um das Gebäude herum und sieht die Drei Weisen aus dem Morgenland, das Christkind und so weiter!»

Jury lächelte. «Bei Peter Jones haben sie die Drei Weisen auch. Die kommen ganz schön in der Weltgeschichte rum.»

Mrs. Wasserman winkte verächtlich ab. «Ach, dieser Laden... Nur weil er am Sloane Square ist... nein, nein. Selfridge's müssen Sie sich ansehen. Das sind vielleicht Schaufenster, Mr. Jury.»

Er dachte an die Drei Weisen und an Maureen und an die Church of Scotland.

«Entschuldigen Sie, aber Sie sehen ein bißchen niedergeschlagen aus. Das liegt bestimmt an Ihrer Arbeit. Hier, nehmen Sie noch ein Stück Kuchen.»

Er schüttelte den Kopf und lächelte. «Wahrscheinlich liegt es wirklich an meiner Arbeit. Tut mir leid.»

«Es tut Ihnen leid? *Sie* entschuldigen sich bei *mir*?» In gespieltem Entsetzen spreizte sie die Finger über ihrem ausladenden, in

Schwarz gehüllten Busen. Ihr Haar war ebenso schwarz wie ihr Kleid und wie immer straff nach hinten gekämmt und in einem Knoten zusammengefaßt, der so fest war, daß Jury oft dachte, der Kopf müsse ihr davon weh tun. «Bei mir entschuldigt er sich», sagte sie zu dem leeren Stuhl neben Jury wie zu einem dritten Besucher. Sie schenkte Kaffee nach. «Nach allem, was Sie für mich getan haben, müssen Sie sich bestimmt nicht entschuldigen, wenn Sie einmal niedergeschlagen sind.»

«Danke. Aber so viel habe ich ja gar nicht getan. Ich habe Ihnen lediglich geholfen, ein paar Fenstergitter und ein Riegelschloß anzubringen.»

Mrs. Wasserman stellte die Kaffeekanne ab und wandte sich erneut an den unsichtbaren Dritten. «Nur ein Schloß, sagt er.» Sie schüttelte traurig den Kopf über Jurys scheinbare Einfalt. «Sie haben mir schon so viel geholfen, seitdem Sie hier eingezogen sind. Hatte ich nicht sogar Angst, mit der U-Bahn zu fahren?» Sie nippte an ihrem Kaffee. «Und eines Tages werden Sie ihn finden, das weiß ich.»

Nach all dem Geplauder über weihnachtliche Schaufenster dauerte es einen Augenblick, bis Jury klar wurde, wen sie meinte: nicht Gott sollte er finden, sondern den gnadenlosen Verfolger, der nach Mrs. Wassermans Überzeugung seit Jahren hinter ihr her war. Jury wußte jedoch, daß es diesen Mann gar nicht gab.

Aber für Mrs. Wasserman existierte er. Seit ihrer Flucht aus Polen während des Zweiten Weltkrieges hatte sich sein Bild unauslöschlich in ihre Seele eingebrannt. Sie nannte ihn den Alten Krieg, als würde sie zwischen bedeutsamer Vergangenheit und flüchtiger Gegenwart unterscheiden. Den Vietnamkrieg hielt sie für ein dummes und überflüssiges Scharmützel. Die haben alle eine Schraube locker, hatte sie über die Verantwortlichen in Amerika gesagt. Verglichen mit dem Zweiten Weltkrieg zählte Vietnam nicht. In Jury aber sah sie trotz des Altersunterschiedes einen Verbündeten. Er hatte den Alten Krieg als Kind erlebt, sie selbst war damals eine junge Frau gewesen. Er fragte sie nie nach ihren Erlebnissen in Polen, und sie hatte ihm nur ein paar belanglose Familienfotos gezeigt, die nichts mit dem Krieg zu tun hatten. Was immer auch die Ursache für ihren Verfolgungswahn war, er lag schwer auf ihrer Seele und nährte sich von der Dunkelheit wie die Pflanze dort in der Zimmerecke, die selten Licht bekam. Und deshalb hielt Mrs. Wasserman die Vorhänge geschlossen und die Tür verriegelt und mit Ketten gesichert.

Es war jedoch ein gewaltiger Trost für sie, daß Jury ihr zu glauben schien. Jedesmal wenn sie ihren Jäger wieder gesehen hatte – und das kam sehr häufig vor –, hatte Jury sich den Mann beschreiben lassen. Die Beschreibung paßte allerdings auf jeden Dritten, der die Straße hinunterlief.

Nun erklärte sie dem unsichtbaren Besucher, daß der Inspektor viel zu bescheiden sei. Und daß sie stets eine Todesangst gehabt habe, ihre Wohnung zu verlassen, bevor er oben im zweiten Stock eingezogen war.

Das stimmte. Bis sie einmal in seiner Begleitung zur Camden Passage, zu den Märkten und zur U-Bahn gelaufen war, hatte sie sich höchstens einmal die Woche auf die Straße getraut, um ins nächstgelegene Geschäft zu huschen und das Notwendigste einzukaufen.

Und obgleich sie gewohnheitsmäßig durch einen Spalt im Vorhang nach Jury Ausschau hielt und immer wußte, ob er zu Hause war oder nicht, hatte Mrs. Wasserman stets größtes Taktgefühl bewiesen und seine Privatsphäre respektiert. Nicht ein einziges Mal hatte sie versucht, sich in seine Privatangelegenheiten einzumischen – im Gegensatz zu seiner Cousine und seinen Kollegen mit ihrem ewigen *Was du brauchst, ist eine Frau, ein Mädchen, eine Katze, ein Hund oder sonstwas.*

«… in gewisser Weise ist es auch deprimierend.» Sie sprach wieder über das Weihnachtsfest. «So viel Flitterkram, so viel Rauschgold.» Sie zuckte die Achseln. «Ist es wahr, daß zu Weihnachten mehr Leute Selbstmord begehen als sonst?»

Jury nickte. «Es ist wahr.»

Sie trank ihre Tasse leer. «Das ist traurig. Viel zu traurig, als daß man an Weihnachten wirklich glücklich sein könnte. Das muß doch schwer sein für euch Christen.»

Es war mehr eine Frage als eine Feststellung, und da sie befürchtete, taktlos gewesen zu sein, wandte sie sich errötend ab.

Jury lächelte. «Ich weiß ja nicht mal, ob ich einer bin. Ich war seit Urzeiten nicht mehr in der Kirche.»

«Wir könnten doch gehen», sagte sie unvermittelt.

«Was?»

Sie war schon aufgesprungen. «Kommen Sie. Nur für ein paar Minuten, das wird Ihnen nicht schaden. St. Stephens ist gleich um die Ecke.»

Jury traute seinen Ohren nicht. «Aber Mrs. Wasserman! Ich meine – dürfen Sie das denn?»

Flehend wandte sie sich mit ausgestreckten Armen an den leeren Stuhl. «Ob ich *darf*, fragt er allen Ernstes. Ob ich *darf*! Wer sollte es mir denn verbieten – die Polizei vielleicht?» Sie konnte gar nicht mehr aufhören zu lachen, so gut gefiel ihr der Witz. Während sie ihren Hut mit einer Nadel feststeckte und sich dann von Jury in den Mantel helfen ließ, sagte sie: «Mr. Jury, nach allem, was wir beide durchgemacht haben, können wir uns solche Haarspaltereien doch sparen, oder?»

DAS SCHRILLE KLINGELN DES TELEFONS riß Jury am nächsten Morgen aus dem Schlaf. Als er zum Hörer griff, fiel sein Blick auf den Wecker – es war fast Mittag! Das kann doch nicht sein, dachte er. Das alte Ding mußte kurz vor Mitternacht stehengeblieben sein. Er packte und schüttelte ihn, um ihn wieder zur Vernunft zu bringen, aber der Wecker tickte ungerührt vor sich hin, als habe er überhaupt nichts damit zu schaffen, daß sein Besitzer den Frühzug nach Newcastle verpaßt hatte.

«Verdammt», schimpfte dieser leise in den Hörer, direkt in das muschelförmige Ohr von Chief Superintendent Racer am anderen Ende der Leitung.

«Es ist schon schlimm genug, daß Sie bis Mittag schlafen, Jury», fauchte Racer, «aber daß Sie auch noch Ihren Vorgesetzten anschnauzen, ist eine Unverschämtheit!»

«Ich habe mit meinem Wecker gesprochen.»

Es folgte ein kurzes Schweigen, währenddessen Racer, wie Jury sehr wohl wußte, fieberhaft nach einer möglichst schlagfertigen Erwiderung suchte.

Das Ergebnis seiner Überlegungen war matt: «Legen Sie sich doch 'ne Katze zu, Jury.» Dann folgte ein dumpfes Geräusch in Racers Büro, und Jury glaubte ein leises, aber drohendes Fauchen zu hören. «Es ist nicht gut, so ganz alleine zu leben. Sie können Fionas Mäusefresser haben.»

«Cyril hängt doch viel zu sehr an Ihnen. Haben Sie mich etwa deswegen angerufen? Weil Sie meine und Cyrils Zukunft mit mir besprechen wollten?» Jury hielt sich den Kopf. Warum fühlte er sich nur so verkatert? Er hatte gestern nicht ein einziges Bier getrunken. Aber vielleicht war der Kirchgang dran schuld. Die Galle kam einem da hoch, das ganze Gift, das man mit sich herumgetragen hatte... Racer ließ unterdessen seinerseits Schmähungen vom Stapel.

«Wie bitte?»

«Ich sagte – wenn Sie sich bloß eine Minute auf das Thema konzentrieren könnten, Mann – dieser Kerl von der Bezirkspolizei Northumberland...»

«Northumbria», berichtigte Jury. «Dazu gehören Northumberland, Sunderland...»

«Ich brauche keinen Geographie-Unterricht. Seitdem Sie es zum Superintendent gebracht haben...»

Das ging etwa eine Minute so weiter. Jurys Beförderung lag dem Chief Superintendent wie ein Stein im Magen. Jury schnitt ihm schließlich das Wort ab. «Sie sagten etwas von einem Mitarbeiter der Polizei von Northumbria, Sir.»

Racer prüfte dieses «Sir» auf Widerhaken, bevor er es schluckte: «Sein Name ist... warten Sie mal.» Papiergeraschel. «Colin Soundso...» Wieder Geraschel.

Jury hörte auf zu gähnen und richtete sich auf, wobei er die Füße auf den Boden stellte. Sein Kopf dröhnte. «Vielleicht Cullen? Sergeant Roy Cullen?»

«Ja, ja, genau», sagte Racer ungeduldig. «Was zum Teufel denkt der, wer ich bin? Ihr Anrufbeantworter?»

Jury kämpfte sich bereits in sein Hemd, wobei ihm die Telefonschnur ständig in die Quere kam. «Würden Sie mir bitte sagen, was für eine Nachricht er hatte, Sir?»

«Ah, hier ist es ja: es geht um eine Frau namens Minton.» Racer wußte sehr gut, was es mit dieser Frau auf sich hatte, aber weil er nicht selbst auf den Fall gestoßen war, ließ er sich nun Zeit. «Helen Minton. Autopsiebericht. Er meinte, es würde Sie interessieren. Sie wurde vergiftet.»

Es knackte in der Leitung, dann war sie tot. Jury starrte auf den Hörer.

Vierter Teil

Schneeblind

10

Schneeflocken rasten wie ein Sperrfeuer von Leuchtspurgeschossen gegen die Windschutzscheibe und nahmen ihnen jede Sicht.

«Wir haben uns verirrt», sagte Lady Ardry, die schon bei den ersten Anzeichen von Schneefall zur Landkarte und einer füllhaltergroßen Taschenlampe gegriffen hatte. Neben ihr auf dem Rücksitz des Flying Spur kauerte Ruthven, eingemummt in seine Reisedecke.

«Red keinen Unsinn, Agatha», sagte Vivian. «Wir haben uns überhaupt nicht verirrt. Wir fahren nur etwas langsamer, weil Charles gesagt hat, wir müßten hier irgendwo abbiegen.»

«Du kannst in diesem Schneesturm nicht fahren, Plant. Du mußt auf der Stelle anhalten.»

Aber wo, das war Melrose ein Rätsel. Es war halb sechs und bereits stockfinster. Er konnte höchstens zwei Meter weit sehen. «Gern, sobald du eine schöne Wiese siehst, wo wir unser Zelt aufschlagen können.» Er wischte die beschlagene Windschutzscheibe mit seinem Lederhandschuh ab.

«Da war eben eine Stelle, wo du von der Straße hättest runterfahren können – was steht auf dem Schild da?» Sie rieb an ihrer Scheibe ein Guckloch frei und spähte hinaus in die tiefe Dunkelheit. «‹Spinney Moor›.» Mit der Taschenlampe verfolgte sie die Straße auf der Landkarte. «Um Himmels willen, Plant, du hast uns mitten in ein Moor kutschiert!»

«Dann sind wir nicht weit von Seainghams Haus. Er meinte, es sei nördlich von Spinneyton», sagte Vivian.

«Sümpfe und Moore sind mir zuwider», sagte Agatha erschauernd.

Melrose steuerte den Wagen sicher durch eine scharfe Kurve

und sagte: «Dieses Moor ist in der Tat recht interessant. Kennt ihr die Geschichte vom Schlächter von Spinneyton? Nein? Nun, der Schlächter hat Leute in Stücke gehackt und die Leichenteile in den hiesigen Moorlöchern versenkt.»

«Melrose!» sagte Vivian entsetzt, und Ruthven murmelte: «Also wirklich, Mylord.» Danach herrschte im Auto Totenstille, vielleicht zum erstenmal, seit sie Ardry End verlassen hatten.

«Du versuchst doch nur, uns Angst einzujagen», sagte Agatha. Aber ihre Stimme klang unsicher.

«Nein, wirklich, der Schlächter war ein Beilfetischist...»

«Hör um Himmels willen auf, Melrose», sagte Vivian und wischte über die Windschutzscheibe, die schon wieder beschlagen war.

In Gedanken spann Melrose seinen makabren Faden weiter: *Die Morde im Spinney Moor. Der stille Jäger vom Spinney Moor*... Vielleicht sollte er ein paar Schlagzeilen dieser Art seiner Freundin Polly Praed zu ihrer Erbauung übermitteln.

«Wir sind gerade an einem Schild vorbeigefahren, auf dem ‹Spinneyton› stand.» Vivian seufzte erleichtert auf. «Da muß es doch irgendwo einen Pub geben, von dem aus wir Charles Seaingham anrufen können.»

«Vivian hat recht», sagte Agatha. «Halt beim ersten Pub an.»

«Der erste wird vermutlich auch der letzte sein. Ich fürchte, Spinneyton ist kaum bewohnter als ein Potemkinsches Dorf. Wie sollte sich da eine Wirtschaft halten?»

«Was ist ein Potemkinsches Dorf?» fragte seine Tante. Man hörte Papiergeraschel. Die bloße Erwähnung einer Wirtschaft schien sie hungrig gemacht zu haben, denn sie kramte wieder nach den von Martha zubereiteten Sandwiches.

Die Arme über dem Lenkrad verschränkt, spähte Melrose angestrengt durch die beschlagene Windschutzscheibe und fragte: «Hast du noch nie von Potemkin, dem Schrecken der Dörfer, gehört –?»

«Licht! Licht!» rief Agatha.

«Du hörst dich an wie Othello. Ich sehe es.»

In der Ferne schimmerten die erleuchteten Fenster eines Hauses wie fahle Sterne durch das Schneetreiben. «Seainghams Landhaus liegt nur eine oder zwei Meilen nördlich von Spinneyton. Was Scott in der Antarktis geschafft hat, schaffen wir doch allemal.» Seine Bemerkung rief einstimmiges Protestgeschrei hervor. Selbst Ruthven sah sich zu einem matten Protest genötigt, weniger aus Angst, in der glucksenden Bodenlosigkeit eines Moorlochs zu versinken, als aus Sorge, Seine Lordschaft könnte sich eine Lungenentzündung holen.

«Wenn das da ein Dorf ist», sagte Agatha, den Mund voller Sandwich, «dann gibt's da auch einen Pub. Kein Dorf ohne Pub.»

Es gab tatsächlich einen Pub. Die erleuchteten Fenster gehörten zu einem gedrungenen, quadratischen Gebäude, das einsam und verlassen dastand. Daneben befand sich ein kleiner Parkplatz mit schneebedeckten Autos. Als sie aus dem Flying Spur ausstiegen, wurde die Tür des Pubs aufgestoßen, und ein Mann beförderte einen anderen unsanft hinaus in den Schnee. Dieser rappelte sich auf, klopfte sich ungerührt den Schnee von Hemd und Stiefeln und marschierte wieder hinein.

«O Gott!» sagte Agatha. «Was ist denn das für eine Spelunke?»

Melrose warf einen Blick auf die fensterlose Seitenmauer, wo eine trübe Lampe einen schwachen Lichtschein auf das Wirtshausschild warf. «Wie passend», sagte er, «‹Jerusalem Inn›.»

«Na, hier herrscht doch wenigstens noch Stimmung!» Melrose zündete sich eine Zigarre an und beobachtete die Prügelei, von der sie draußen bereits einen Vorgeschmack bekommen hatten und die nun im Schankraum fortgesetzt wurde. Der Kampf schien um der puren Rauflust willen geführt zu werden. War sie verraucht, würde er einfach aufhören – gleich einer Silvesterrakete, die nur so lange weitersaust, wie der Zündstoff reicht, und dann abstürzt.

Agatha klammerte sich an den Arm ihres Neffen und bestand darauf, sofort zu gehen. Vivian betrachtete die Szene mit vor Staunen aufgerissenem Mund. Ruthven zog den Kopf ein, als ein Stuhl an ihm vorbeizischte.

Irgend jemand stand am Eingang Schmiere – aber was hätte der Dorfpolizist hier schon ausrichten können? –, während der eine der Kontrahenten, ein Schwarzhaariger mit einem Ring im Ohr, einen Tisch hochhob, um ihn auf dem Schädel des anderen, eines tätowierten Fettkloßes in Lederjacke, niedersausen zu lassen. Ein Kerl mit Sonnenbrille und nietenbesetzter Weste hinderte ihn daran.

Zum Dank bekam er ein «Ich schlag dir die Fresse ein, du Arsch!» zu hören, bevor der mit dem Ring im Ohr sich von ihm losriß.

«Ach, Nutter, schlag dir doch deinen eigenen Hohlkopf ein!» kreischte ein alter Mann und pochte mit seinem Stock dreimal auf den Boden, als würde er damit dem ganzen Spuk ein Ende bereiten.

Nutter dachte nicht im Traum daran, dergleichen zu tun. Doch bevor er sich dem Fettkloß wieder zuwenden konnte, wurde er von einem großen Rotschopf herumgewirbelt und bekam dessen Faust direkt ins Gesicht. Nutter packte den Störenfried bei seinen roten Locken und rammte ihm seinen Schädel gegen die Nase. Mit blutüberströmtem Gesicht stürzte der Rothaarige über eine Bank.

«Na los, steh auf, ich hau dir die Birne zu Brei!» schrie der Bursche, der Nutter genannt wurde.

Der Mann hinter dem hufeisenförmigen Tresen, den Melrose für den Wirt hielt, wirkte wie ein General, dessen Truppen verrückt spielten und der machtlos zusehen mußte, wie nun ein weiterer Tisch unter dem Anprall zweier Männer zusammenkrachte, die hingebungsvoll mit den Schädeln zusammenkrachten. Das schien in diesen Gefilden ein überaus beliebter Zeitvertreib zu sein.

Mehrere Unbeteiligte, darunter ein paar Frauen, waren auf

den harten Holzbänken an der Wand sitzen geblieben und verfolgten von dort aus interessiert das Geschehen. Das Ganze hat etwas von einem Schaukampf, dachte Melrose. Unterdessen war es dem Mann, der an der Tür Schmiere gestanden hatte, anscheinend zu langweilig geworden, denn er bewegte sich jetzt mit einem abgebrochenen Tischbein in der Hand drohend auf ihn zu. Melrose drückte einen Knopf am Silberknauf seines Stockes und zog den Stockdegen aus der Scheide. Der heranrückende Angreifer schien daraufhin seinen Irrtum einzusehen, jedenfalls wandte er sich ab und probierte das Tischbein am Kopf eines anderen aus.

Das Handgemenge endete so abrupt, wie Melrose es erwartet hatte. Stühle und Tische wurden wieder aufgestellt, und ehe man sich's versah, waren die Scherben weggefegt, volle Gläser standen auf den Tischen, und alle saßen friedlich beim abendlichen Drink.

Mehrere Augenpaare wandten sich nun den vier Eindringlingen zu, und Melrose schoß der Gedanke durch den Kopf, daß seine kleine Gruppe in dieser Arbeiterkneipe bestimmt einen recht seltsamen Anblick bot: Vivian im Nerz, einem Geschenk des italienischen Grafen; Agatha in ihrem schwarzen Cape; Ruthven mit seiner Melone, die er immer noch unter die Armbeuge geklemmt hielt; Melrose in einem Mantel mit Samtkragen und mit seinem außergewöhnlichen Spazierstock. Sie paßten so gut hierher wie ein Streichquartett auf den Jahrmarkt.

«Haben Sie ein Telefon?» fragte Melrose den Wirt. «Und eine Flasche Remy?»

Der Wirt, der etwas blaß, aber sonst recht unbeeindruckt wirkte – vermutlich war er derlei Dinge gewohnt –, antwortete: «Das Telefon ist hinter der Bar, Kumpel, da an der Wand.» Vivian ging Charles Seaingham anrufen.

«Da hast du uns ja in ein schönes Lokal gebracht, Melrose», schimpfte seine Tante und marschierte mit ihrem Cognacschwenker zu einem leeren Tisch am Kamin. Ruthven ließ sich einen winzigen Schluck einschenken und setzte sich ergeben auf eine harte Bank, als sei dies das Los eines jeden Butlers. Aber bald war er in ein lebhaftes Gespräch mit seinem Banknachbarn vertieft.

Melrose wartete auf Vivian und sah sich in der Kneipe um. Trotz der Schlägerei, der spartanischen Einrichtung und der schlichten Holzmöbel bewies der Weihnachtsschmuck, daß das «Jerusalem Inn» redlich bemüht war, seinem Namen Ehre zu machen.

«Was trinken Sie?» fragte Melrose den Wirt und legte einen großen Geldschein auf den Tresen. «Worum ging's eigentlich bei der Prügelei?»

Der Wirt, der sich als Hornsby vorstellte, dankte Melrose für den Drink und zuckte die Achseln. «Keine Ahnung, Mann. Passiert hier ständig. Nutters dummes Geschwätz hat irgend jemand gestunken, und dann gab's eben Krach. Wenn Nutter die Schnauze nicht halten kann, dann soll sich der blöde Hund nicht wundern, wenn er mal eine verpaßt kriegt.» Er tat das Ganze mit einem erneuten Schulterzucken ab, warf einen Blick auf Melroses Stock und fragte: «Ist das Ding da erlaubt?»

«Eigentlich nicht. Kennen Sie einen gewissen Charles Seaingham? Wir wollen nämlich zu seinem Haus.»

«Mr. Seaingham? Na klar. Sie fahren durch Spinneyton – verirren können Sie sich da nicht – und nehmen dann die erste Straße nach rechts. Aber ich glaub nicht, daß Sie in diesem Schneetreiben sehr weit kommen.» Er ging zum Zapfhahn am anderen Ende des Tresens, denn der Kerl mit den Tätowierungen und ein kleiner Mann, der Melrose an eine Natter erinnerte, hatten nach Bier verlangt. Hornsby war bald wieder zurück. «Schlimme Nacht. Sind Sie aus dem Süden?»

«Aus Northants.»

Hornsby verzog das Gesicht, als gäbe es keinen südlicheren Ort auf weiter Flur.

Im «Jerusalem Inn» herrschte eine Atmosphäre verschlafener Festlichkeit. Staubiger Weihnachtsschmuck war aus Kisten gekramt und an Wänden und Decken aufgehängt worden. Auf dem großen Spiegel hinter dem Tresen klebten große grüne und rote Pappbuchstaben, die «Fröhliche Weihnachten» wünschten. Bunte Lichterketten waren an den Deckenbalken befestigt, von denen zusätzlich kleine Lamettakaskaden herabhingen.

Die auffälligste Dekoration jedoch war eine fast lebensgroße Krippe, die in der Nische neben dem Kamin aufgebaut worden war. Die billigen Gipsfiguren mit ihrer abblätternden Farbe boten einen jämmerlichen Anblick: es gab dort eine Ziege mit abgebrochenen Ohren und ein Lamm, dem ein Vorderbein fehlte, was den Eindruck vermittelte, es sei im Begriff, niederzuknien. Zwischen Lamm und Ziege schlummerte ein Hund von unbestimmter Rasse, dem es anscheinend zu Herzen gegangen war, daß die Tierwelt hier nur so dürftig vertreten war. Man konnte fast meinen, er sei der Stickerei über dem Kamin entsprungen. Diese verkündete allen, die es noch nicht wußten, den Tod von Treu und Glauben, den wohl allein jene verschuldet hatten, die ihre Zeche nicht bezahlten. Maria und Joseph beugten sich mit gütigem Lächeln über eine Art Kiste, die außer Stroh nichts enthielt als ein Kätzchen, das seine Chance gewittert und genutzt hatte. Sein Fell war häßlich gescheckt, das Mäulchen so schief und verzerrt wie das eines Wasserspeiers.

Melrose wurde auf einmal traurig, weil Maria und Joseph nicht wußten, daß ihr Kind fehlte. Und warum waren die Heiligen Drei Könige nur zu zweit? Er gesellte sich zu Agatha und Vivian.

«Hör auf, Löcher in die Luft zu starren und setz dich, Melrose. Vivian hat gerade Charles Seaingham angerufen…»

«Er kommt und holt uns ab», sagte Vivian. «Er meinte, es sei das beste bei diesem Schneetreiben.»

«Wir sollten ihm nicht solche Ungelegenheiten bereiten. Wir könnten ja auch hier übernachten und morgen früh weiterfahren.»

«*Übernachten*?» protestierte Agatha. «In einer *Kneipe*?»

Während sie warteten, schlenderte Melrose mit seinem Glas ins Hinterzimmer, wo ein paar Pool- und Snooker-Tische einige Leute in verschiedenen Stadien der Trunkenheit angelockt hatten, die nun ihr Talent beim Billardspiel unter Beweis stellen wollten. Die einzigen, die nüchtern aussahen, waren ein hübscher junger Mann mit dunklem Hemd und Lederweste, der gerade die Spitze eines Queues einkreidete, und ein anderer, hochgewachsener junger Mann mit braunen Haaren, dem trüben Blick und dem schlaffen Mund eines Debilen. Die beiden unterhielten sich.

Melrose beobachtete einen Spieler dabei, wie er die Kugeln zurechtlegte, eine Weile überlegte, Maß nahm und dann die weiße Kugel mit einem kräftigen Stoß im hohen Bogen über die Bande beförderte. Schließlich schaffte er es auch noch, etwas Bier auf der Tischbespannung zu verschütten. Sofort brach ein Streit aus, doch bevor er sich zu einer Neuauflage der Prügelei von vorhin steigern konnte, verließ Melrose den Bierdunst der Spielstätte zugunsten des milderen Klimas im Vorderraum. Dort erblickte er zu seiner großen Freude einen Gentleman, der in einer Schneewolke zur Tür hereintrat und nur Charles Seaingham sein konnte. Der Mann wechselte ein paar Worte mit Hornsby, und der deutete auf ihren Tisch am Kamin.

Charles Seaingham entschuldigte sich wortreich und dankte ihnen für ihre Geduld, als trüge er allein die Verantwortung für das Wetter. Er war groß, Ende Sechzig, hatte eisengraues Haar und würde, wie Melrose ihn einschätzte, auch noch seinen Mann stehen, wenn die restliche Welt längst aufgegeben hatte. Zwar schien er seiner Erscheinung und seinem Auftreten nach ausgezeichnet in diese ländliche Abgeschiedenheit zu passen, doch Melrose wußte, daß Charles Seaingham ein Mann von Welt mit einem äußerst verfeinerten Geschmack war und als Kritiker so viel Respekt genoß, daß er den Ruhm eines Künstlers so schnell vergessen machen konnte wie eine Nachricht von vorgestern. Vivian durfte sich geschmeichelt fühlen, daß Seaingham nicht allein von ihren Gedichten, sondern auch von ihrer Person so viel hielt, daß er sie in sein Haus einlud. Man machte sich gegenseitig bekannt, und Agatha nutzte die Gelegenheit, um zu einer Aufzählung der Titel der Earls of Caverness anzusetzen. Melrose stopfte ihr zu Seainghams Verwirrung rasch den Mund.

«Tja, wir sollten vielleicht aufbrechen. Ich habe den Landrover mitgebracht, mit anderen Fahrzeugen kommt man zur Zeit nicht durch.» Auf dem Weg zur Tür fügte er hinzu: «Wir sind nur ein kleiner Haufen; alte Freunde, die Ihnen, glaube ich, gefallen werden.» Er lachte. «Die werden froh sein, ein paar neue Gesichter zu sehen. Wir sind da oben schon seit drei Tagen eingeschneit.»

Na prächtig, dachte Melrose.

II

Natürlich war es eine alte Abtei, wie konnte es anders sein.

«Spinney Abbey» verkündete das Bronzeschild an dem steinernen Torpfosten. Die Steinmassen, die sich in der Ferne auftürmten, als «Haus» zu bezeichnen, war, gelinde gesagt, eine Untertreibung. Plant stellte sich schon darauf ein, daß ihn am Ende der langen, nur wenig geräumten Auffahrt eine kalte, ungemütliche Zelle erwartete. Das Gebäude war riesengroß, abweisend, düster, mittelalterlich. Aus mächtigen Schornsteinen ragten hohe Abzugsrohre mit spitzen Kappen wie Speere in den Nachthimmel. Als Seaingham seinen Gästen auch noch erklärte, die Umgebung der Abtei sei ein beliebter Drehort für Gruselfilme, wurde Melroses Laune nicht besser.

Sie kletterten aus dem Landrover und kämpften sich durch den Schneesturm zu einer Eingangstür, die aussah, als könnte allenfalls eine Schar Gallier oder Goten sie aufstemmen. Wunderbarerweise wurde sie jedoch von einem einzigen Butler geöffnet.

«Marchbanks», sagte Seaingham, während man ihnen aus Mänteln, Schals und Stiefeln half, «sehen Sie zu, daß Lord Ardrys Diener versorgt wird, ja? Und sagen Sie der Köchin, daß wir in einer halben Stunde zu Abend essen.» Er lächelte. «Die Leute hier brauchen einen Drink zum Aufwärmen.»

Was Melrose betraf, würde es mehr als nur eines Drinks bedürfen. Die Vorhalle war zwei Stockwerke hoch, ihre tiefen Fensternischen waren mit je zwei Oberlichtern versehen und unten durch Läden verschlossen. In der Mitte des Raums befand sich ein riesiger offener Kamin. Ein mächtiger, mit weißen Lichtern geschmückter Weihnachtsbaum ragte zu der gewölbten Decke empor. In früheren Zeiten mußten hier Banketts zu Ehren fürstlicher Besucher und deren Gefolgschaft stattgefunden haben. Heute diente dieser Saal nur noch als Durchgangszimmer, das eine Anzahl Statuen beherbergte und auf dem Weg zu anderen, zweifellos ebenso feudalen Räumlichkeiten passiert werden mußte.

Marchbanks, der Butler, paßte perfekt hierher. Er hätte geradewegs aus einer der Wandnischen getreten sein können, in denen schmucklose Büsten und Statuen mit geistlich anmutenden Gewändern traurig die Köpfe hängen ließen.

Während Ruthven Marchbanks hinterhertrottete, setzte Seaingham seinen kleinen Trupp in Bewegung und führte ihn zu einer weiteren Tür – einer großen Doppelschiebetür, deren blankgewienertes Holz durch den Rauch von Kerzen und Kamin mit den Jahren tiefdunkel geworden war.

Eigentlich waren nicht allzu viele Leute versammelt; dennoch machte der Raum einen fast überfüllten Eindruck. Vielleicht lag es an der Art, wie die Gäste im Zimmer verteilt waren – gleich den Statuen in der Vorhalle schienen sie allein zum Zweck einer ausgewogenen Komposition auf ihren Sitz- und Stehplätzen postiert worden zu sein. Die Stimmung war hier allerdings eher alkoholisiert als vergeistigt. Der Martinikrug war offenbar schon einige Male herumgereicht worden, und auch die Whiskyflaschen und der Sodasiphon waren nicht unberührt geblieben.

Dieses Wohn- oder Empfangszimmer erinnerte nur noch vage an die Vorhalle. Auf einem Fries, der den Sims des prächtigen Kamins stützte, prangte das Wappen eines verblichenen Lords. Es gab hohe Fenster mit mehrfach unterteilten Scheiben und steinernen Fensterbänken. Doch abgesehen davon herrschte eine Atmosphäre behaglicher Eleganz: Samt und Brokat, pastellgrüne Wände, eine cremefarbene Decke mit Stuckgirlanden. Melrose liebte schöne Zimmerdecken; auf Ardry End gab es viele von Adam gestaltete Decken, deren Feinheiten Melrose besonders in jenen müßigen Stunden studierte, wenn Agatha zum Tee vorbeikam.

Aus einem entfernten Gebäudeflügel drangen die schrägen Klänge des schlechtesten Klavierspiels, das Melrose je gehört hatte.

Grace Seaingham, Charles' Frau, erwies sich als perfekte Gastgeberin: Sie stellte Agatha und Vivian allen vor, ohne daß man etwas von ihrer diskreten Führung gemerkt hätte. Sie war eher zierlich und von einer kühlen Schönheit, die das weiße Seidenkleid und das platinblonde Haar noch unterstrichen. Als einzigen Schmuck trug sie einen Mosaikanhänger.

Alle hatten sich feingemacht, die Damen waren in Abendgarderobe, die Herren im Smoking erschienen. Melrose fiel ein, daß Ruthven bestimmt auf der Stelle tot umfallen würde, wenn er den Earl of Caverness im Tweedanzug zum Dinner Platz nehmen sähe. Aber als er die anderen Gäste betrachtete, bereute er fast, nicht in Reithosen und einem Pullover mit durchgewetzten Ellenbogen gekommen zu sein. Agatha würde tausend Tode sterben, weil sie ihr purpurnes Samtkleid und ihre Perlenkette nicht mitgenommen hatte. Die Perlenkette seiner Mutter, besser gesagt. Die Countess of Caverness hatte ihren Schmuck Agatha nicht vermacht. Aber das kümmerte Agatha nicht. Im Augenblick trug sie einen Opal, der zum Ardry-Plant-Familienschmuck gehörte.

Während sie den Anwesenden vorgestellt wurden, bemerkte Melrose, daß nicht alle ihre Abendgarderobe mit der gleichen lässigen Selbstverständlichkeit trugen wie Lady St. Leger, die eindeutig für das fürstliche Purpur wie geschaffen war, das Agatha so gern getragen hätte. Elizabeth St. Leger reichte Melrose die Hand, deren Finger ein wenig gichtig waren, was bei einer Frau ihres Alters nicht verwunderte. Sie trug eine lange Perlenkette, und ihr Kleid war tatsächlich aus Samt, aber grau und mit Rücksicht auf ihre untersetzte Figur sehr schlicht geschnitten. Es war allerdings von einer Schlichtheit, die einer Stenotypistin ein Jahresgehalt gekostet hätte.

Der Vergleich mit der Stenotypistin drängte sich Melrose beim Anblick der nächsten Dame auf, Lady Assington («Susan», flüsterte sie ihm ins Ohr, als sei ihr Vorname ein wohlgehütetes Geheimnis). In Lady Assingtons teurem grünem Kleid im Stil der zwanziger Jahre steckte unverkennbar der Typ einer kleinen Büroangestellten mit hochfahrenden Plänen, was sie vor ihrer Ehe mit Sir George Assington zweifellos auch gewesen war. Ihr Mann war dreißig Jahre älter als sie, hatte einen Schnurrbart und sah aus wie ein Herrenreiter. Er war, wie Melrose erfuhr, ein angesehener Arzt. Es mußte ja auch einen Grund geben, warum Seaingham die Anwesenheit dieser Frau in Kauf nahm. Als Sir George ihm vorgestellt wurde, betrachtete er aufmerksam Melroses Ohr oder das Gebiet um Melroses Ohr herum, legte dann wieder die Hände auf den Rücken und wandte den Rücken dem Feuer zu.

Zum Glück war das Zimmer gut beheizt, denn sonst wäre die Dame, die Melrose als Beatrice Sleight vorgestellt wurde, bereits erfroren gewesen: Ihr schwarzes Kleid hatte hinten einen tiefen Ausschnitt, vorne ein spitz zulaufendes Dekolleté bis zur Taille und an den Seiten Schlitze wie drohende Pfeile. Sie hatte eine prächtige, schimmernde mahagonibraune Mähne, in der zahlreiche Lack- und Bernsteinkämmchen steckten. Eines der Kämmchen krönte ein goldener Drachen mit Rubinaugen und Saphirflügeln. Die Kämme verliehen ihrem Haar ein zerzaustes

Aussehen, als käme sie soeben aus dem Bett. Wenn man sie sich so ansah, verbrachte sie auch sonst viel Zeit darin, dachte Melrose. Um den Hals trug sie ein Collier aus großen quadratischen Smaragden in emaillierten Fassungen; in dem gedämpften Licht wirkten die Steine fast schwarz. In krassem Gegensatz zu diesem Überfluß an Juwelen stand Mrs. Seainghams Anhänger: in das Mosaik eingelegt war das Symbol ☧ – das christliche Chi Rho. Beatrice Sleight war das Gegenstück zu Vivian, die in ihrem einfachen Rock und dem Kaschmirpullover wie ein Aschenputtel aussah und sich so unwohl fühlte, als sei sie soeben auf einem Kamel in den Saal geritten.

Beatrice Sleight bot Melrose mehr als nur ihre Hand zur Begrüßung. Sie rückte ihm so nah, daß nur noch ihr Cocktailglas ihre Körper voneinander trennte. Sie war Schriftstellerin, und ihre Spezialität war ein Genre, das sie selbst erfunden zu haben schien: Schlüsselromane, deren Hauptthema der britische Adel war. Zwei ihrer Bücher – *Ein Graf am Galgen* und *Ende eines Earls* – waren kometenhaft an die Spitze der Bestsellerlisten aufgestiegen. «Für das Privatleben des Adels interessiert sich doch jeder, stimmt's?» sagte sie.

«Wenn Sie meinen», entgegnete Melrose lächelnd, bevor Seaingham ihn von Beatrice befreite und ihm einen jungen Mann vorstellte. Es war William MacQuade, der Schriftsteller, den Vivian bewunderte. MacQuade hatte kürzlich mehrere Preise für einen Roman gewonnen, den selbst Charles Seaingham gelobt hatte. Und das wollte einiges heißen. Melrose mochte ihn, sowohl wegen seines schlechtsitzenden Smokings als auch wegen seiner offenkundigen Intelligenz: Nach zehnminütigem Geplauder hatte Melrose immer noch keine Platitüden à la «Scheußliches Wetter draußen» von ihm gehört oder genialische Angebereien ertragen müssen.

Der große schweigsame Bursche, der am Fenster gelehnt hatte, als sie hereingekommen waren, entpuppte sich als der Maler Parmenger. Er machte einen schlechtgelaunten Eindruck, und die Tatsache, daß Melrose und Agatha ihm vorgestellt wurden, schien ihn nicht aufzuheitern. Mit der einen Hand umklammerte er ein großes Whiskyglas, die andere ließ er in der Hosentasche stecken, während er die beiden Neuankömmlinge mit einem knappen «Hallo» begrüßte. Er schien nicht im mindesten daran interessiert, daß Melrose ein richtiger Lord und gar noch der Neffe dieser Dame war, die sofort das Wort ergriff, als Seaingham sie miteinander bekannt gemacht hatte und wieder gegangen war. Wie vernünftig von ihm, dachte Melrose.

«Mein Neffe, Lord Ardry», wiederholte Agatha.

«Melrose Plant», korrigierte ihr Neffe sie zum x-tenmal.

Frederick Parmenger sah von einem zum anderen, und ein amüsiertes Lächeln umspielte seine Mundwinkel. Sein Blick jedoch blieb kalt. «Sie scheinen sich ja schwer darauf verständigen zu können, wer dieser Mann ist.»

Da Melrose durchaus wußte, wer er war, kümmerte ihn die Geringschätzung im Ton des Mannes nicht im geringsten. Er nahm sogar an, daß dieses Gespräch das Interessanteste gewesen war, was Parmenger im Verlauf der gesamten Cocktailstunde erlebt hatte – eine Stunde, aus der zwei geworden waren, da Charles Seaingham seine letzten Gäste vom Inn abholen mußte.

«Melrose erzählt den Leuten gerne, daß er seinen Titel aufgegeben hat», sagte Agatha in einem Tonfall, der nahelegte, daß Melrose log wie gedruckt. Sie nippte an ihrem Gin Bitter.

«Liebe Tante, ich glaube eher, daß *du* es bist, die den Leuten gerne erzählt, daß ich gerne herumerzähle...»

Sie unterbrach ihn mit einer unwilligen Handbewegung wie einen ungezogenen Jungen. «Hör auf, in Rätseln zu sprechen, Plant.» Sie wechselte jäh das Thema und begann, über Malerei zu fachsimpeln. Parmenger, der soeben begonnen hatte, sich für den kleinen Familienzank zu interessieren, verfiel sogleich wieder in Lethargie und sehnte sich sichtlich nach einem neuen Whisky, während sie ihm lang und breit ihre Kunst-ist-was-mir-gefällt-Philosophie erläuterte.

Das Klaviergeklimper – stellten die Seainghams sich das etwa unter mittelalterlicher Hausmusik vor? – war verstummt, und

Melrose wollte gerade Vivian aus Lady Assingtons Klauen befreien, als Charles Seaingham hinter ihm auftauchte und sagte: «Mein Lieber, hier ist jemand, den Sie kennenlernen müssen.»

Melrose drehte sich um.

«Lord Ardry. Der Marquis von Meares.» Seaingham kicherte und blinzelte Melrose zu. «Wir nennen ihn Tommy. Familienname Whittaker.»

Melrose starrte den Jungen an. Es war der Billardspieler aus dem «Jerusalem Inn».

Tommy Whittaker, Marquis von Meares, starrte zurück. Seinem Gesichtsausdruck nach zu urteilen, hatte auch er Melrose bemerkt, als dieser in das Hinterzimmer der Kneipe spaziert war. Tommy sah ein wenig bleich aus.

Melrose fragte sich, wie in aller Welt dieser Junge es geschafft hatte, noch vor dem Landrover in Spinney Abbey anzukommen, sich in einen Abendanzug zu werfen und ans Klavier zu setzen (von dem er sich nun zum Glück wieder erhoben hatte).

Tommy Whittaker räusperte sich: «Ich wünschte, die Leute würden mich nicht immer mit diesem Titel vorstellen.»

«Ihm geht's genauso», sagte Vivian, die sich hinzugesellt hatte.

«Ich bin zu jung, um schon Marquis zu sein.»

Vivian, die nach zwei Martinis zu schnippischen Bemerkungen aufgelegt war, entgegnete: «Und er hier ist zu alt, um noch Earl zu sein. Ihr habt also etwas gemeinsam. Aber dafür hast du dich in dieser Arbeiterkneipe doch recht gut amüsiert, nicht wahr, Melrose?»

«Ich wäre an deiner Stelle vorsichtig, Vivian. Schließlich warst du es, die unbedingt beim ‹Jerusalem Inn› anhalten wollte.» Er hielt inne, als er Tommy Whittaker erröten sah. Die Schamröte stand dem Marquis von Meares ausgezeichnet. Er war einer der schönsten jungen Männer, die Melrose je gesehen hatte. Die Mädchenherzen mußten ihm nur so zufliegen.

Vivian rauschte vom Alkohol beflügelt davon, und Tommy Whittaker räusperte sich ein weiteres Mal und bat inständig: «Sie werden doch nichts davon erzählen, daß Sie mich dort gesehen haben?»

«Eher würde ich mich erschießen lassen. Aber eins mußt du mir sagen: Wie zum Teufel hast du es bloß geschafft, *vor* uns hierzusein? Wir haben's ja kaum mit dem Landrover geschafft.»

Tommy Whittaker warf ihm ein strahlendes Lächeln zu, aber bevor er antworten konnte, erschien Lady St. Leger an seiner Seite, gestützt auf einen Gehstock mit Silberknauf. «Wie ich sehe, haben Sie meinen Neffen bereits kennengelernt», sagte sie zu Melrose, indes ihr Blick liebevoll auf Tommy Whittaker ruhte. «Du kommst ein wenig spät, mein Lieber. Ich weiß ja, du mußt üben...» Dann wandte sie sich an Melrose und erklärte ihm, wie musikalisch ihr Neffe sei.

In diesem Moment öffnete Marchbanks die Schiebetür und verkündete, das Dinner sei serviert. Er schien ein wenig ungehalten, denn erstens hatte das Dinner sich erheblich verzögert, und zweitens hatte er auch noch den Butler des Butlers spielen und sich um Ruthven kümmern müssen.

Das Speisezimmer war mit Eichenholz vertäfelt, seine Sprossenfenster hatten blaßrote und amethystfarbene Scheiben. Im Zusammenspiel zwischen dem Licht der vielen Kerzen und den dunklen Tönen des Raums schien es, als läge eine feine Patina aus poliertem Kupfer auf dem gedeckten Tisch.

Susan Assingtons Stimme wirkte wie ein Kratzer auf dieser schönen Oberfläche. «Ich finde», sagte Lady Assington plötzlich, als sie beim Dessert waren, «jetzt müßte ein Mord geschehen.»

Ihr Blick wanderte über die Dinnertafel, auf der glänzendes Porzellan und funkelndes Kristall standen, Mittelpunkt einer eher trüben Unterhaltung.

«Ich meine», erklärte sie und klopfte mit einem silbrig schimmernden Fingernagel an ihr Weinglas, «es *paßt* einfach alles zu gut.» Nachdem sie so zum erstenmal die Aufmerksamkeit der gesamten Gesellschaft auf sich gezogen hatte – und sie waren bereits beim Dessert –, wartete sie gespannt auf eine Reaktion.

Da niemand sonst antwortete, fragte Melrose, der ihr gegenübersaß, höflich: «Warum denn das?»

«Na ja, wir sitzen hier im kleinen Kreis und sind eingeschneit! Da könnten einem doch leicht die Nerven übergehen...»

Übergehen? dachte Melrose. Stilsicherheit war offenbar nicht Lady Assingtons Stärke. Das galt auch für ihr Aussehen. Ihr dunkles Haar war zu einem Bubikopf im Stil der zwanziger Jahre geschnitten. Das Kleid hing ihr seltsam schief am Körper, als habe die Schneiderin bei der Arbeit plötzlich durchgedreht und unter Mißachtung aller menschlichen Proportionen mit Schere und Nadel drauflosgewütet. All das fiel Melrose auf, während sie fortfuhr, von Mord und Totschlag zu plappern, und dabei mit ihrem Löffel herumfuchtelte, an dem noch ein Rest Grand Marnier-Soufflé klebte, das wahrscheinlich in einer ebenso düsteren Küche wie ihre Gedanken zusammengerührt worden war. Das Soufflé war jedoch weitaus genießbarer.

«... wir sind genau zwölf, oder? Da drängt sich einem ein Mord doch geradezu auf! Das ist genau wie in diesem Buch, wo die Leute auf einer Insel stranden und sich dann gegenseitig umbringen...»

«Ach, ich erinnere mich. Die waren zwar nur zu zehnt, aber wir finden schon noch eine Leiche im Kaminschacht oder draußen im Treibhaus. Ringsherum natürlich keinerlei Fußspuren im Schnee...»

MacQuade lachte und deutete hinter sich auf das Fenster. «Dabei muß ich an die verschneiten Moore da draußen denken – dunkle Fußspuren auf einer weiten verschneiten Ebene... ich liebe solche Symbole.»

«Ich fürchte, ein Mord würde kaum Ihrem Sinn für Ästhetik entsprechen, Mr. MacQuade», griente Melrose. «Wie sollten denn diese hübschen dunklen Fußstapfen mitten ins Moor gekommen sein...»

Lady Assington erschauerte. «Wollen Sie nicht mal das Thema wechseln?» Offenbar hatte sie bereits vergessen, daß sie es erst aufgebracht hatte. «Offen gesagt, ich lese eigentlich keine Krimis, Lord Ardry.» Nachdem sie so ihren literarischen Hochgeschmack ins rechte Licht gerückt hatte, sah sie beifallheischend in die Runde.

«Ich schon», fiel ihr MacQuade in den Rücken. Er schwenkte den Wein in seinem Glas. «Ich hab sogar mal versucht, einen zu schreiben, aber es wurde nichts draus. Mir fehlt einfach die mörderische Ader. Und dann all die losen Enden, die man am Schluß verknüpfen muß...»

Melrose dachte an seine Freundin Polly Praed, die Krimiautorin. «Manche Kriminalromane sind einfach wirklich gut. Übrigens müssen Sie mich nicht mit ‹Lord Ardry› anreden, Lady Assington. Ein schlichtes ‹Plant› genügt.»

Doch damit war er an die Falsche geraten, wie er feststellen mußte, als er ihre Gazellenaugen verständnislos auf sich gerichtet sah. Wenn Susan Assington etwas liebte, dann waren das Adelstitel – sie hatte ja auch lange genug gebraucht, um selbst einen zu ergattern. Susan (geborene Breedlove, wie Melrose von Beatrice Sleight erfahren hatte) war Verkäuferin in einer Boutique gewesen, bis eines Tages das große Geld hereinspaziert war. Lady Assington wäre eher gestorben, als auf ihren Titel zu verzichten.

«Aber wenn Sie der Earl of Caverness sind – nun, dann ist die Anrede doch eindeutig ‹Lord›.» Ein Buch hatte sie mit Sicherheit Zeile für Zeile gelesen – den *Debrett's.* «Ich verstehe nicht ganz...» sagte sie.

«Wer tut das schon?» bellte Agatha von ihrem Tischende herüber. «Können Sie sich vorstellen, daß jemand darauf verzichtet, ein Earl zu sein? Aber Melrose war ja schon immer ein komischer Vogel.» Seufzend ließ sie sich von Marchbanks eine zweite Portion Grand Marnier-Soufflé auftun und machte Ruthven

Zeichen, ihr Wein nachzuschenken. Plants Butler hatte die gnädige Erlaubnis erhalten, Marchbanks zu sekundieren – sehr zur Freude Agathas, die ihn als ihr persönliches Eigentum betrachtete.

Melrose fragte sich, ob nun sein Passierschein, der ihm Zugang zu diesem illustren Kreis verschafft hatte, ungültig geworden war, denn alle wandten sich ihm zu und verlangten nach einer Erklärung für sein seltsames Verhalten. Nur MacQuade lächelte versonnen, und Vivian studierte betont eifrig die Zimmerdecke. Bea Sleight indessen beugte sich ihm so weit über den Tisch entgegen, daß ihr kammgespicktes Haar der Kerzenflamme gefährlich nahe kam. Die Rubinaugen des Drachen glitzerten.

«Da gibt es nicht viel zu erklären», sagte Melrose. «Ich wollte den Titel nicht mehr. Und das Getue», fügte er hinzu.

Tommy Whittaker mischte sich zum erstenmal ein. «Sie meinen, man kann einfach damit – *aufhören*?» Es klang, als sei Melrose alkohol- oder drogenabhängig gewesen.

«Natürlich. 1963 wurde ein Gesetz verabschiedet, das es erlaubt, einen Titel abzulegen. Es sei denn, man ist Ire. Dann muß man sein Kreuz auf Lebenszeit mit sich herumschleppen.»

Beatrice Sleight beugte sich noch weiter vor, wohl um ihr Dekolleté besser zur Geltung zu bringen. «Warum haben Sie es nun wirklich getan?» fragte sie in einem Ton, der unterstellte, daß Lord Ardry mit den wahren, verabscheuungswürdigen Gründen für die Aufgabe seines Titels noch hinter dem Berg hielt. Ihre Stimme triefte vor Sarkasmus, als sie ihrem Groll gegen die gesamte Adelskaste die Zügel schießen ließ: «Waren Sie neidisch auf all die Privilegien, die uns gemeinen Sterblichen vorbehalten sind? Ich meine, wollten Sie *wählen* oder so was?»

«Wählen? Ja wen denn bloß?»

Parmenger lachte laut auf, Vivian senkte den Kopf und schmunzelte in ihre Dessertschale, und Susan Assington strich sich eine Strähne ihres glatten Haars aus dem Gesicht und schien die Frage gern beantworten zu wollen, hätte sie es nur gekonnt.

Aber so leicht ließ Bea Sleight Melrose nicht davonkommen.

In einem ihrer Bücher gab es auch einen Earl, der seinen Titel loswerden wollte. «Ihr macht alle den gleichen Fehler», sagte sie und schnippte Zigarettenasche auf den Adventskranz in der Mitte des Tisches. «Ihr geht augenzwinkernd über die Dekadenz des Adels hinweg.» Ihr Blick glitt von Melrose hinüber zu Tom Whittaker, Lady St. Leger und Sir George und heftete sich dann auf eine empörte Susan Assington.

«Der Adel ist sicherlich auch nicht dekadenter als der Rest der Welt», sagte Charles Seaingham begütigend vom anderen Tischende, wo er neben Agatha saß. (Der Mann mußte Nerven wie Drahtseile haben.) Es ging das Gerücht, daß er demnächst geadelt werden sollte; ein Ritterschlag hätte allerdings nur ihn selbst getroffen – nicht auch noch seine arme Nachkommenschaft.

«Nein? Dann schauen Sie sich mal Leute wie Lucan und Joslyn Erroll an.»

Lady St. Leger sagte kühl: «Die sind wohl kaum repräsentativ für den Adel. Schwarze Schafe finden sich überall.»

«Schwarze Schafe? Sie würden die beiden als schwarze *Schafe* bezeichnen? Ihr haltet alle zusammen, was? Da sagt keiner was, wenn einer von euch Kindermädchen ermordet oder nach Belieben auf seinen Mitmenschen herumtrampelt und ...»

«Ich glaube, wir können auf diese Aufzählung von Entgleisungen des Adels verzichten.»

«Ich würde Errolls Verhalten kaum als bloße Entgleisung bezeichnen. Immerhin hat er ...»

Melrose versuchte, die Gemüter zu beruhigen, indem er ein oder zwei Geschichten über Adlige zum besten gab, die für ihre Verrücktheit ein weniger blutrünstiges Ventil gefunden hatten – weniger blutrünstig jedenfalls als die mörderischen Umtriebe eines Lord Lucan. «Ich mag den alten Poachy ganz gerne – Lord Ribbenpoach ist sein Hoftitel; er ist Erbe eines Herzogtums oder so etwas. Der Gute ist ein bißchen verschroben. Er marschiert durch seine eigenen Wälder und spielt dort den Wilderer. So heißt es jedenfalls.»

Charles Seaingham griff den Faden auf und erzählte von den

Problemen, die er auf seinem eigenen Land mit Wilderern gehabt hatte, wohl ebenfalls in der Hoffnung, das Gespräch auf unverfänglicheres Terrain zu lenken.

«Die meisten von euch sind doch nicht ganz dicht...» begann Bea Sleight. Gemurmel vom anderen Tischende signalisierte, daß Agatha hierin ganz ihrer Meinung war. «Kein Wunder bei der jahrhundertelangen Inzucht.»

«Ich bitte Sie», sagte Melrose lachend. «Der Inzucht verdanken wir doch höchstens, daß wir alle ähnliche Nasen und vorstehende Zähne haben.» Sie waren inzwischen bei Stilton-Käse und Portwein angelangt (Grace Seaingham hatte mit der ehrwürdigen Tradition gebrochen, daß die Damen sich bei diesem letzten Akt des Dinners zurückzogen), und MacQuade, dem die ganze Unterhaltung großen Spaß zu machen schien, reichte Melrose die Flasche, während dieser fortfuhr: «Schade, daß ich *decessit sine prole* sterben werde.»

Seine Tante hörte entsetzt auf zu kauen und sagte mit vollem Mund: «Wenn du noch kein Testament aufgesetzt hast, dann solltest du das augenblicklich nachholen, Melrose!»

Beatrice Sleight lachte. «Er meint kinderlos.»

«Ich finde, Mr. Plants Titel ist allein seine Angelegenheit», sagte Grace Seaingham. Sie schob ihre unberührte Dessertschale beiseite.

Melrose lächelte ihr dankbar zu und sagte zu Beatrice: «Es scheint eine Ihrer Leidenschaften zu sein, dem Adel gehörig auf die Finger zu klopfen. Da kann man von Glück sagen, daß ich nicht mehr dazugehöre.»

«*Sie* persönlich nehme ich von meinem Urteil aus. Sie faszinieren mich.»

Melrose hoffte inständig, daß dem nicht so war.

«Ich habe Ihren Namen im *Burke's* nachgeschlagen.»

«So schnell? Ich bin doch eben erst angekommen.»

Bea Sleight lächelte. «Charles hat uns erzählt, daß Sie kommen würden. Sie stehen überall, im *Burke's*, im *Debrett's* und im *Landed Gentry*.»

«Im *Almanach de Gotha* haben Sie nicht nachgesehen?»

«Das hätte ich gern. Aber der ist auf französisch.»

«Wie schade.»

Da das Gespräch sich nun schon einmal um Agathas Lieblingsthema drehte, ergriff sie nur zu gerne die Gelegenheit, mit düsterer Grabesstimme all die schönen verlorenen Titel aufzuzählen, als handelte es sich um die Namen einer Schar ertrunkener Kinder: Baron Mountardry of Swaledale ... aus dem 16. Jahrhundert ... Viscount of Nitherwold, Ross and Cromarty ... Clive D'ardry De Knopf, vierter Viscount ...

So leierte sie ihren Text herunter. Melrose hatte das Gefühl, dem Ansager beim Rennen in Ascot zuzuhören, während die Pferde ihren Platz in den Startboxen einnahmen: *Das Feld ist ab! Viscount of Nitherwold setzt sich an die Spitze* ... Melrose gähnte. Inzwischen kreiste das Gespräch um das historisch-politische Thema der Rosenkriege. Er betrachtete den aus rosa und weißen Christrosen geflochtenen Adventskranz. Im ganzen Haus waren Christrosen verteilt.

Während am Tisch der Kampf zwischen den Häusern Lancaster und York tobte (Parmenger war in der richtigen Laune, einen – wenn auch längst beendeten – Strauß auszufechten, und favorisierte auf seine wunderbar verquere Art Richard III.), unterhielt Melrose sich mit Lady St. Leger über Gärtnerei und Rosenzucht, um sie vom Nachdenken über Beatrice Sleights taktlose Bemerkungen abzuhalten.

«Susan hat die Blumen mitgebracht», sagte sie mit einem Blick auf den Kranz. «Lieb von ihr. Man sieht es ihr vielleicht nicht an, aber sie ist eine ausgezeichnete Gärtnerin.» Ihre Stimme klang angespannt. «Wir haben selber ausgedehnte Gärten in Meares. Früher habe ich dort so gerne selbst mit Hand angelegt. Aber jetzt –» Sie zuckte die Achseln. «Mögen Sie geometrische Gartenanlagen? Mir sind sie ein Greuel.»

«Nein, aber ich kann meinen Gärtner einfach nicht davon abhalten, die Hecken in alle möglichen Formen zu zwingen.»

«Wie schrecklich. Ich hasse beschnittene Hecken und Büsche. Wie kann man den Pflanzen nur so etwas antun!»

«Ich wette, daß Tante Betsy mehr über Parks und Lustgärten weiß, als Miss Sleight jemals über Adlige erfahren wird», warf Tommy Whittaker mit einem ironischen Seitenblick auf Bea Sleight ein.

Seine Tante lächelte ihn verschwörerisch an. Doch Beatrice war die Bemerkung nicht entgangen. «Da wäre ich nicht so sicher, Schätzchen», sagte sie spitz. Ihre Augen funkelten boshaft im Kerzenlicht. Melrose fand allmählich, daß Susan Assington recht hatte: Ein Mord wäre vielleicht doch keine so schlechte Idee.

Zuerst das Klavier, und jetzt auch noch die Oboe. Die meisten, die sich schließlich mit ihren Drinks und Zigarren in den Salon geflüchtet hatten, waren diesem musikalischen Genuß nicht gewachsen gewesen; außer Lady St. Leger hatte nur Grace Seaingham Tommys Darbietung gelauscht – ein sicherer Beweis für ihre Engelsgeduld.

Fasziniert von ihrer bleichen, madonnenhaften Schönheit nahm Melrose seinen Brandy und setzte sich neben sie. «Danke, daß Sie mir vorhin beigesprungen sind», sagte er.

«Ich bin sicher, Sie wären auch allein mit ihr fertig geworden.» Grace Seaingham warf einen Blick auf Beatrice Sleight, die ihr Möglichstes tat, Parmenger auf sich aufmerksam zu machen. «Wir kennen Bea seit Jahren. Sie kann ziemlich unausstehlich sein.» Sie sagte es in einem so mitfühlenden Ton, daß man hätte meinen können, noch der abscheulichste Charakter sei liebenswert, wenn man es nur versuchte. «Kennen Sie eigentlich Freddie Parmenger? Ich meine, haben Sie seine Arbeiten gesehen?»

«Ich habe von ihm gehört. Er stellt doch zur Zeit in London aus, in der Akademie, nicht wahr? Ich muß gestehen, daß mir jeglicher Zugang zur modernen Kunst fehlt.»

«*Das* würde Freddie bestimmt nicht gerne hören.» Sie lachte glockenhell. «Er hält sich auch nicht für modern; er hält sich für unsterblich.»

«Ist er so arrogant?»

«Arroganz hat doch nichts mit Kunst zu tun, oder? Ich meine bei Künstlern von Freddies oder Bill MacQuades Kaliber. Obwohl man *ihm* kaum vorwerfen könnte, er sei arrogant.» Sie deutete mit dem Kopf auf MacQuade, der ihr zulächelte. Dann schweifte ihr Blick hinüber zu Parmenger, der lesend auf einem Stuhl saß. «Schauen Sie, wie er dasitzt: ein Bollwerk gegen jede Geselligkeit.»

Da es Bea Sleight war, deren Gesellschaft Parmenger entfliehen wollte, konnte Melrose leicht über seine schlechten Manieren hinwegsehen. Ihr geheucheltes Interesse an seinem Buch war schnell verflogen, und sie schwebte wie eine dunkle Wolke auf Charles Seaingham zu.

Ihr Blick und die Vertraulichkeit, mit der sie ihren Arm unter seinen schob, ließen deutlich erkennen, warum sie überhaupt eingeladen worden war. Melrose bemerkte auch, daß Grace die beiden mit einem Blick bedachte, in dem kein Zorn, sondern bloß tiefe Trauer lag.

Er konnte diesen Ausdruck in ihren Augen nicht ertragen und kam hastig auf ihre Bemerkung über die Kunst zurück. «Arroganz hat nichts damit zu tun? Da mögen Sie recht haben. Sie räumen mithin ein, daß für Künstler andere moralische Maßstäbe gelten als für normale Sterbliche?» Sogleich bereute er seinen Fauxpas.

Sie lächelte ihn an: «Ich glaube, es ist völlig bedeutungslos, was ich ‹einräume› oder nicht ‹einräume›. Vermutlich würde auch meine Moral keiner näheren Untersuchung standhalten.»

Auf diese überraschende Feststellung fiel Melrose keine passende Antwort ein.

Sie stellte ihren Sambuca ab und erhob sich. «Würden Sie mich jetzt bitte entschuldigen, Mr. Plant. Ich möchte gerne mein Cape holen und zur Kapelle gehen.»

«Ihr Cape? Heißt das, Sie wollen jetzt noch nach draußen gehen? Gibt es hier keine Hauskapelle –?»

Seine Besorgnis amüsierte sie. «Ich gehe in die Marienkapelle. Keine Angst; sie liegt direkt gegenüber dem Ostflügel, und der Weg ist überdacht. Der Flügel steht mehr oder weniger leer, bis auf das kleine Arbeitszimmer meines Mannes und die Waffenkammer. Und an seinem hinteren Ende habe ich ein Sonnenstudio einrichten lassen. Morgen werde ich Ihnen das alles zeigen.»

Sie ging hinaus, und während er ihr nachsah, stellte er fest, daß er seltsam verwirrt war. Er fragte sich tatsächlich, wie es wäre, mit ihr verheiratet zu sein. Würde dieses Übermaß an Tugend – deren Echtheit Melrose nicht bezweifelte – einen Jahr um Jahr umspülen wie das Meer die Küste, bis die Umrisse der eigenen Persönlichkeit ausgewaschen und ausgehöhlt waren?

«Ich weiß, was Sie denken, Mr. Plant, aber ich habe wirklich keine tauben Ohren.» Lady St. Leger warf ihm einen schelmischen Blick zu.

«Der Marquis braucht wahrscheinlich nur ein wenig Übung», sagte Melrose, ohne eine Miene zu verziehen.

«Nur ein wenig? Verzeihen Sie, wenn ich vermute, daß Sie das aus reiner Höflichkeit sagen. Wären wir befreundet, würde Ihr Urteil gewiß offener ausfallen.» In ihrem Schoß lag ein Stickrahmen. Sie arbeitete an einem komplizierten Muster. «Alle denken, ich hätte Tom zum Musikunterricht gezwungen. In Wirklichkeit besteht Tom darauf, nicht ich. Ich weiß nicht, was er sich da in den Kopf gesetzt hat. Aber solange es ihm Spaß macht, spiele ich da gern mit. Bitte verzeihen Sie mir den Kalauer.»

«Sowohl den Kalauer als auch das Klavier, Lady St. Leger.»

Den Blick auf ihre Stickarbeit gerichtet, sagte sie: «Aber die Oboe wohl nicht.»

«Äh, nein, ich fürchte, das wird mir schwerfallen – aber Ihr Neffe wird sicherlich noch ein Gebiet finden, auf dem er sein Talent beweisen kann.»

«Das hoffe ich sehr. In der Schule zeigt er leider wenig Neigung zum Lernen – aber die Geschichte des Altertums interessiert ihn aus irgendeinem Grund. Der Direktor von St. Jude's…»

«St. Jude's Grange? Er geht doch hoffentlich nicht auf *diese* Schule?» Melrose war schlichtweg entsetzt.

«Doch, wieso?» Sie sah ihn mit leuchtenden Augen an. «Sie kennen sie also?»

Er kannte St. Jude's in der Tat, obgleich er eher zugegeben hätte, Verbindung zu einem Satansorden zu haben. Nicht daß in dieser Zuchtanstalt geistigen Mittelmaßes die Jungen (und inzwischen wohl auch Mädchen) verprügelt oder schlecht ernährt worden wären, es sei denn in intellektueller Hinsicht. Aber St. Jude's war einer der größten Anachronismen auf den Britischen Inseln. Wer heute dort Schüler war, folgte einer Tradition, die auf den Urururgroßvater zurückging – es war wie ein Familienfluch. Die Schule hatte hohe Mauern und Glockentürme, und Melrose hätte sich während seines kurzen Aufenthalts dort nicht gewundert, auch einen Burggraben vorzufinden. Es gab keine Wärter, keine Zuchtmeister und keine guten Lehrer, die diese Bezeichnung verdient hätten. Er war einmal dorthin eingeladen worden, um einen Vortrag über die französischen Romantiker zu halten, und die Handvoll bebrillter sommersprossiger Jungen, die erschienen war, um ihn in seiner schwarzen Robe reden zu hören, hatte sich auf den hinteren Bänken prächtig mit ihren Gummizwillen amüsiert. Das eigentlich Unglaubliche aber war, wie St. Jude's es fertigbrachte, im Ruf einer ausgezeichneten Lehranstalt zu stehen, während doch jeder wußte, daß die Absolventen allenfalls klug genug waren, um das Geld in ihren Brieftaschen zu zählen. Das einzige, womit St. Jude's sich brüsten konnte, waren ein erstklassiges Cricket-Team und ein Haufen spendierfreudiger Ehemaliger, die ihre Cricketbegeisterung noch nicht abgelegt hatten. Melrose hatte einmal tief durchgeatmet, als er der muffigen Atmosphäre der Schule mit ihren Zinnen, dem Efeu und den schwarzen Roben endlich entronnen war. Er hätte sich lieber von Poe einmauern lassen, als dort ein Trimester zu verbringen.

«Sie halten mich bestimmt für sehr altmodisch, Mr. Plant», sagte Lady St. Leger, die über junge Leute im allgemeinen und ihren Großneffen im besonderen gesprochen hatte.

«Ich bin selber ziemlich altmodisch», sagte Melrose und stellte den italienischen Likör weg, den Grace Seaingham ihm empfohlen hatte. Sie behauptete, er wirke wahre Wunder nach dem Essen, vor allem dank der Kaffeebohnen, die an seiner Oberfläche schwammen. *Sambuca con mosca* nannte sie das Getränk.

Agatha, die immer auf der Höhe der Zeit sein wollte, was Essen und Trinken betraf, war von diesem Sambuca recht angetan gewesen und hatte gefragt, was *con mosca* bedeutete.

«‹Mit Fliegen›», hatte Grace mit todernstem Gesicht gesagt, worauf Tante Agatha angeekelt ihr Glas beiseite gestellt hatte.

Melrose mochte klebrige Liköre nicht und rauchte eine Zigarre, um den Geschmack loszuwerden. Alle hier schienen ihren Lieblingslikör zu haben: Beatrice Sleight sprach dem mit der grausigsten Farbe zu – einem preiselbeerroten Zeug; Grace Seaingham trank ihren kristallklaren Sambuca, und Agatha blieb letztlich doch lieber bei Crème de violette.

Lady St. Leger bevorzugte vernünftigerweise teuren Courvoisier. Sie hielt die ihr von Melrose angebotene Zigarette vorsichtig zwischen Daumen und Zeigefinger wie jemand, der selten raucht. «Vielleicht nehme ich das alles auch zu genau, weil Tom nicht mein eigener Sohn ist. Sein Vater, der zehnte Marquis, und seine Mutter starben, als er zehn war, und da ich ihre engste Freundin war... Besser gesagt, *wir* waren ihre engsten Freunde, aber Rudolph lebt nicht mehr.» Ihre Augen verschleierten sich. Sie waren von einem irisierenden Perlgrau wie das kristallene Cognacglas in ihrer Hand.

«Sie starben beide zur gleichen Zeit?»

«Ja, an Malaria. Es war in Kenia. Die beiden reisten viel.»

Insgeheim dachte Melrose, daß er schon sehr großes Fernweh

würde haben müssen, bevor es ihn nach Kenia triebe. Er dachte sehnsüchtig an Ardry End und starrte Vivian an, die sich mit Charles Seaingham unterhielt. Sie blinzelte und winkte ihm zu, schien aber kaum zu bemerken, daß er ihre Zeichen nicht erwiderte.

«... Safari.»

Melrose erwachte aus seinen Träumen. «Verzeihung... Toms Eltern waren auf einer Safari?» Er rutschte tiefer in seinen Sessel.

«Ja. Sie starben auf einer Safari.»

«Und er war erst zehn? Das muß eine traumatische Erfahrung für ihn gewesen sein.» Melrose begann heftige Abneigung gegen Toms Eltern zu empfinden. Dagegen schien es ihm weitaus ehrenwerter, sturzbetrunken im offenen Sportwagen von einer Eisenbahn überrollt zu werden.

«Es war schlimm für Tom. Besonders der Tod seines Vaters, glaube ich. Jedenfalls haben sie uns den Jungen hinterlassen.»

Es klang, als sei der junge Marquis von Meares ein testamentarisch vermachtes Erbstück. Melrose war nahe daran, für Beatrice Sleights Ansichten über den Adel Verständnis aufzubringen.

«Ich fand sie manchmal ein wenig... leichtfertig», gestand Lady St. Leger leise.

Gelinde gesagt, dachte Melrose.

«Deswegen neige ich vielleicht dazu, in der Erziehung ein bißchen zu übertreiben und eher zu streng mit dem Jungen zu sein. Ich habe Tom sehr lieb; er ist ein guter Junge. Aber er hat eben auch einen Namen, dem er verpflichtet ist, und aus dieser Pflicht kann er sich nicht so einfach davonstehlen – oh, entschuldigen Sie bitte vielmals. Ich wollte Sie nicht verletzen.»

Schon war sie wieder die feine Lady. Melrose akzeptierte ihre Entschuldigung, aber mit innerlicher Belustigung.

Sie kam schnell auf ihre Pläne für ihren Neffen zurück, die ein Studium im Christ Church College in Oxford und eine Karriere als Arzt oder Jurist vorsahen. Und falls Tom partout den

Bohemien spielen wollte – hier warf sie einen abfälligen Blick zu Parmenger und MacQuade hinüber, die auf Melrose keineswegs den Eindruck von Bohemiens machten –, dann sollte er sich in Gottes Namen eine Zeitlang als Musiker oder Schriftsteller versuchen.

Armer Tommy Whittaker. Sein Leben schien bereits verbrieft und versiegelt und auf Bahnen gebracht, die schnurstracks in die Bürohochhäuser in der Londoner City führten und allenfalls einen kurzen Abstecher in den Bordellbezirk gestatteten.

«Sie halten mich bestimmt für zu streng?»

Melrose war ein wenig erstaunt, wie wichtig es ihr war, daß er ihre Erziehungsmaßnahmen billigte.

«Darüber kann ich mir kein Urteil erlauben. Aber ich neige zu der Ansicht, daß jeder sein Leben so leben sollte, wie es ihm gefällt. Man lebt schließlich nur einmal.»

«Aber genau das haben Toms Eltern ja getan. Allerdings habe ich wohl nicht das Recht, sie dafür zu kritisieren: Rudy – mein Mann – und ich sind früher selbst oft nach Kenia auf Safari gefahren. Inzwischen finde ich dergleichen ziemlich albern. Von Gefahr und Abenteuer kann keine Rede sein. Du lieber Himmel, man zieht sich bei diesen Spritztouren in die Savanne ja sogar zum Dinner um. Und ich bin heute auch der Meinung, daß die Jagd zu unserem Vergnügen unmenschlich ist. Ich brauche nur an unsere Fuchsjagden zu denken... brrr...» Sie schüttelte sich.

«Sie sympathisieren also mit den Jagdgegnern?»

«So ist es.»

«Und was halten Sie davon, daß kürzlich einige Jagdhunde fast erschossen worden wären, weil sie zwei Hirsche getötet hatten? Das Ganze jedoch nur, da sogenannte Jagdsaboteure mit Hupen und Trillerpfeifen die Hunde wild gemacht hatten. Würden Sie diese Art von Tierschutz gutheißen?»

Sie schien irritiert. «Sie billigen also diesen blutigen Sport, Mr. Plant?»

Melrose hatte keine große Lust, über die Jagd zu reden, zumal er Tante Agatha auf sie zupirschen sah.

«Ich habe selbst einmal eine Antilope geschossen. Scheußliches Gefühl.» War es purer Zufall, daß er, sobald Agatha auftauchte, ans Schießen dachte? Ob Tante oder Antilope, das machte doch keinen großen Unterschied. «Ihr Neffe macht im übrigen keineswegs einen leichtfertigen Eindruck auf mich.» Tommy Whittaker stand andächtig vor dem Feuer. «Im Gegenteil, er scheint mir viel zu ernst für sein Alter.»

Sie schüttelte den Kopf. «Sie irren sich, Mr. Plant. Er schlägt seinen Eltern nach. Abgesehen von seiner Musik – immerhin nimmt er die wenigstens ernst…»

Gott sei's geklagt, dachte Melrose.

«Er ist ziemlich leichtfertig.»

Melrose neigte zweifelnd den Kopf. Vielleicht irrte er sich wirklich. Aber eigentlich glaubte er das nicht. «Und wie äußert sich das?»

Sie bürstete ein wenig Zigarettenasche von ihrem Samtkleid. «Er spielt Pool.» Ihre silbrigen Augen nagelten Melrose in seinem Sessel fest.

«Du liebe Güte!» sagte er. Aber dann kam Agatha, und er stand schnell auf. Agatha ließ sich auf den freigewordenen Platz fallen, als habe sie vor, die nächsten Jahre dort sitzen zu bleiben.

«Na so was, Betsy! Wie ich sehe, stickst du auch!»

Auch? wunderte sich Melrose, der in ihrer linken Hand noch nie etwas anderes gesehen hatte als eine Tasse Tee oder ein Törtchen.

«Ihr Buch hat mir gefallen», sagte Melrose zu William MacQuade.

«Mein Buch?» Der junge Mann schien irritiert.

Melrose lächelte nachsichtig. «Sie erinnern sich doch bestimmt daran. Das, für das Sie den Booker-Preis bekommen haben.»

MacQuade errötete. Er war mit den Gedanken offenbar ganz woanders gewesen, und nach der Richtung seines Blicks zu schließen, hatten sie bei Grace Seaingham geweilt, als Melrose zu ihm getreten war. «Entschuldigung. Ich wollte nicht den Bescheidenen spielen.»

Den mußte er nach Melroses Einschätzung auch gar nicht erst spielen: er war offenbar die Bescheidenheit in Person. Aber vielleicht erkannte man gerade daran wahres Talent. Wenn diese Theorie stimmte, mußte es der Autorin von *Ende eines Earls* notgedrungen fehlen. «Charles Seaingham hat das Buch in den höchsten Tönen gelobt. Und in der Regel tut er eher das Gegenteil. Bitte verstehen Sie mich richtig; das soll nicht heißen, daß ich Seaingham für einen Mäkler und Beckmesser halte. Er ist bloß aufrichtig. Was zur Zeit an junger Literatur erscheint, reißt einen ja nicht gerade zu Begeisterungsstürmen hin. Aber es ist doch ziemlich schwer, Seainghams Ansprüchen zu genügen. Ich glaube, seit *Krieg und Frieden* hat ihm kaum mehr etwas gefallen.» Melrose redete einfach drauflos, um MacQuade über seine Verlegenheit hinwegzuhelfen. Es mußte scheußlich sein, die Frau des Mannes zu lieben, der einen so förderte.

MacQuade grinste. «So alt ist er nun auch wieder nicht!»

«Das habe ich auch nicht damit sagen wollen.» Charles Seaingham ging zwar schon auf die Siebzig zu, aber seine asketische Lebensführung schien ihn verdammt gut in Form zu halten. Anders seine Frau, die den durchsichtigen Teint einer chronisch Kranken hatte und recht abgemagert aussah. Melrose meinte, sie erinnere ihn ein wenig an die Hauptfigur in Wilkie Collins' Roman *Die Frau in Weiß*.

«Ja, das stimmt», sagte MacQuade und wurde wieder rot, als befürchtete er, der andere könnte seine Gedanken lesen. «Sie dürfte bei dieser Kälte nicht nach draußen gehen. Das müßte er verhindern.»

Melrose versuchte, ihn zu besänftigen: «Nun, wenn jemand religiös ist und Weihnachten vor der Tür steht...» Ihn persönlich allerdings hätten zu dieser Stunde keine zehn Pferde dazu gebracht, selbst die wenigen Schritte zur Kapelle zu eilen – nicht einmal, wenn er einen hermelingefütterten Mantel gehabt hätte. «Kennen Sie sie denn schon lange?»

«Ich… nein, das nicht. Aber ich glaube, ich kenne sie besser als ihr eigener Mann.» MacQuade räusperte sich und bedachte Melrose mit einem Blick, der endgültig alles verraten hätte, wäre es nicht schon klargewesen.

Melrose hatte sich zu den Bücherregalen zurückgezogen, blätterte in einem Band mit französischer Lyrik und beobachtete Frederick Parmenger und Beatrice Sleight. Bea hatte Vivian rücksichtslos verdrängt, sobald diese es geschafft hatte, Parmenger von seinem Buch abzulenken. Vivian rauschte nun an Melrose vorbei – offenkundig auf der Suche nach jemandem, der sie mehr interessierte als er.

«Die kann blaues Blut zur Wallung bringen, was, mein Süßer?» sagte sie im Vorbeigehen.

Es war schon imposant, wie Parmenger Beatrice abblitzen ließ. Nachdem sie Vivian, an der er interessierter gewesen zu sein schien, erfolgreich aus dem Feld geschlagen hatte, drapierte sie ihren Leib über seinen Sessel und wucherte mit ihren Pfunden. Doch Parmenger machte sich nicht einmal die Mühe, von seinem Buch aufzublicken, als er sie mit ein paar Worten von der Sessellehne vertrieb. Ein ruppiger Hund, dachte Melrose, aber irgendwie liebenswert, vielleicht gerade weil er sich weigert, mit…

«Falls Sie sich wundern, warum er sich mit uns abgibt – er porträtiert mich gerade», unterbrach ihn eine Stimme. Grace Seaingham war von ihrer Andacht zurückgekehrt. Sie gehörte offenbar zu den Leuten, in deren Gegenwart es gefährlich war zu denken. «Ich kann mir niemanden vorstellen, der im Zusammenhang mit Ihnen von ‹sich abgeben› sprechen würde, Mrs. Seaingham.»

«Ich bitte Sie, Mr. Plant. Sie sind doch kein Schmeichler.» Sie lachte ebenso glasklar wie sie sprach.

«Ich weiß. Deswegen habe ich es auch so vorsichtig formuliert.»

Sie errötete ein wenig. Auf ihrem blassen Gesicht wirkte der plötzliche Anflug von Rot beinahe unnatürlich, so als habe ihr nicht das Blut die Wangen gefärbt, sondern die Christrose, die sie – einer plötzlichen Eingebung folgend – aus dem Adventskranz gepflückt und sich an den Ausschnitt gesteckt hatte – eine Art Dank an Susan Assington für die Blumen und gewiß eine für Grace typische Geste, voller Liebreiz und Anmut. Melrose fand es schwer, bei ihrem Anblick nicht in solch ätherischen Begriffen zu denken. Andererseits aber hatte sie ihn mit der Rose in der Hand sehr an die Feen auf den Bildern des Malers Rackham erinnert, zarte, fast durchsichtige Elfenwesen, die mit zerbrechlichen Flügeln über einem Märchengarten schwebten. «Dieses Porträt würde ich gern einmal sehen. Ist es denn schon fertig?»

«Ja. Es war Charles' Idee», fügte sie achselzuckend hinzu, als wollte sie damit ausdrücken, daß ihr selbst solch eitle Hoffart natürlich fremd sei. «Charles hält ihn für ein Genie ersten Ranges. Er malt gewöhnlich keine Porträts. Ich habe keine Ahnung, wie Charles ihn dazu überreden konnte.»

Das war glatt gelogen. Sie mußte sehr genau wissen, daß Seaingham einfach kein Mann war, dem man so etwas abschlug. Hatte er denn nicht dafür gesorgt, daß MacQuade kein armer unbekannter Schreiberling mehr war? Und Vivian, die Gesellschaften eigentlich nicht mochte – hatte er die nicht auch überredet, hierherzukommen?

Sie entschuldigte sich, als Susan Assington ihr zuwinkte. Während sie auf ihre anderen Gäste zusteuerte, fragte sich Melrose, ob sie nicht einfach zu gut für diese Welt war.

12

«Akonit», sagte Cullen. «Die Königin der Gifte. Schon zu Mittag gegessen?» fragte er und reichte Jury den Autopsiebericht über den Tisch wie einen gefüllten Teller.

Jury hatte Cullen und Trimm in einem kleinen Restaurant in Washington namens «The Geordie Nosh» aufgestöbert. Trimm schaufelte riesige Portionen Fleisch und Gemüse in sich hinein. Die Uhr hatte bereits drei geschlagen, die Lunchzeit war vorbei; sie waren die einzigen Gäste.

«Danke, ich habe im Zug gegessen.» Eine freundlich aussehende Frau kam an ihren Tisch. Jury bestellte Kaffee.

«Im Zug? Das ist doch der letzte Fraß dort, Mann. Was gibt's Neues in London?»

«Alles beim alten. Erzählen *Sie* mir mehr.»

Kauend begann Cullen zu berichten. «Ein mörderisches Zeug. Der Leichenbeschauer meint, daß schon ein fünfzigstel Gramm ausreicht, um einen Mann zu töten. Schon die Griechen haben es auf Pfeile und Speere geschmiert. Haben Sie *Ich, Claudius, Kaiser und Gott* gesehn? Da ist einer von den alten Ganoven auch so abgemurkst worden...»

«Ich interessiere mich eigentlich mehr für die Gegenwart», sagte Jury.

«Benommenheit, Prickeln, Brennen, Herzrasen – das sind die Symptome, sagt der Leichenbeschauer», fuhr Cullen fort. «Mit anderen Worten, sie muß gemerkt haben, daß etwas nicht stimmte, hatte aber keine Zeit mehr, was zu unternehmen – das Zeug wirkt schnell. Die richtige Dosis, und *bong*, es haut einen um...» Er hieb Trimm mit der Faust auf die Schulter. Der Constable aß unbeirrt weiter. Mit großer Konzentration trug er Berge von Rübenbrei, Schmorbraten und Gemüse ab; die Welt jenseits des Tellerrands schien er vergessen zu haben.

Jury überflog den Autopsiebericht. «Könnte sie das Zeug aus Versehen geschluckt haben?»

Cullen schüttelte den Kopf. «Ausgeschlossen. Es kommt nur in den Wurzeln des Eisenkrauts vor. Die sehn in etwa aus wie Steckrüben oder so.»

Trimm verputzte unverdrossen seinen Brei aus Steck- oder Kohlrüben. «Wird auch Wolfsgift genannt. Die Wölfe graben das Zeug im Winter aus, wenn sie nichts anderes zu fressen haben.» Die Gabel fest in der Faust, säbelte er heftig an seinem Steak herum, das so zart war, daß er es auch mit dem Finger hätte schneiden können. Auch eine Art, seine Aggressionen loszuwerden. Er stopfte sich ein großes Stück Fleisch in den Mund und wies mit der Gabel auf den Bericht.

«Ich glaube, ich erinnere mich an einen ähnlichen Fall», sagte Jury. «Ist reines Akonit nicht ein kristallines Pulver?»

Cullen nickte mit vollen Backen. «Stimmt. Es braucht nur auf die kleinste Wunde zu kommen, um einen zu töten.»

Jury schob ihm die Zuckerdose zu. «Sieht es aus wie Zucker?»

Cullen runzelte die Stirn. «Weiß nicht. Soll irgendwie süßlich schmecken, meinte der Leichenbeschauer.»

«Helen Minton sagte, daß sie Besuchern von Old Hall gelegentlich Tee anbot.»

«Und ein Besucher tut es in die Zuckerdose? Hm, das würde für eine Handvoll amerikanischer Touristen reichen.» Er kaute nachdenklich auf einem Stück Fleisch herum. «Schon mal Football gesehn? Die Washington Redskins, vielleicht?»

«Ich habe dabei nicht an die Zuckerdose gedacht.»

Die Bedienung kam wieder an den Tisch und nahm die Bestellungen für den Nachtisch entgegen. Trimm tunkte mit einem Stück Brot sorgfältig die letzten Reste der fetten Bratensauce auf. Nachdem das erledigt war, legte er Messer und Gabel ordentlich auf den Teller und verlangte nach Apfelauflauf. Als Jury wieder nichts bestellte, sagte Cullen: «Wenigstens einen Nachtisch müssen Sie essen, Mann. Hier ist alles frisch zubereitet. Das beste Essen im Umkreis und billig dazu. Haben Sie eigentlich diesen Maler gefunden?»

Jury schüttelte den Kopf. «Ich habe jemanden auf ihn angesetzt. Der Bursche ist schwer greifbar.» Er beschäftigte sich wieder mit dem Bericht. «Ist der Tod sofort eingetreten?»

«Mit Akonit könnte es Minuten gedauert haben, aber auch Stunden, je nach der Dosis.»

«Kennen Sie einen Pub namens ‹Jerusalem Inn›?»

Trimm griff nach einem Zahnstocher und rülpste. «So 'n Schuppen mitten in der Pampa? Liegt Richtung Spinneyton. Nichts als Keilereien und Besäufnisse.»

«Da treibt sich ein Junge namens Robin Lyte rum.»

Trimm zuckte die Achseln. «Sagt mir nichts», brummte er mürrisch, um ja keine falschen Vorstellungen über seine Hilfsbereitschaft aufkommen zu lassen.

Jury wandte sich an Cullen. «Ist der Name Lyte häufig in dieser Gegend?»

«Nicht daß ich wüßte.» Er lachte kurz auf. «Wenn Sie in *der* Spelunke nach dem Mörder von Helen Minton suchen, wundert mich das kein bißchen. Nur ist um Durham herum viel mehr Schnee runtergekommen als hier. Soviel ich gehört habe, ist Spinneyton eingeschneit.» Seine Miene verdüsterte sich. «Sogar das Spiel gegen Sunderland ist ausgefallen.»

«Wollen Sie damit sagen, daß es nicht möglich gewesen wäre, durch den Schnee von Spinneyton nach Washington zu kommen?»

«Es sei denn auf Skiern», sagte Cullen. «Sie glauben, es war jemand von dort, was?»

Jury zuckte die Achseln. «Ich weiß nicht, was ich glauben soll. Hier in der Gegend gibt es ein Hotel, das Margate...»

«In Shields», sagte Trimm. «Sunderland-Küste.» Er deutete mit dem Daumen über seine Schulter, als läge die Küste von Sunderland auf der anderen Straßenseite.

«South Shields», sagte Cullen. «Ich kenn das Hotel. Ist jetzt 'n bißchen runtergekommen; früher war's richtig elegant. Übrigens, Ihr Sergeant hat angerufen. Wiggins – so heißt er doch? Der Mann hat in einem fort geniest, er war so schlecht zu verstehn. Sie sollen Scotland Yard anrufen.»

«Danke. Gehen Sie zurück aufs Revier?»

«Ja. Na los, Trimm, wir haben nicht den ganzen Tag Zeit.»

Trimm löffelte den Rest von Cullens Vanillesauce aus und ließ den Löffel klirrend in die Schale fallen. «Geschafft!» sagte er mit der Selbstzufriedenheit eines Mannes, der eine schwierige Aufgabe bewältigt hat.

«Sie war schwanger damals», sagte Wiggins. Es knisterte in der Leitung; entweder war die Verbindung schlecht, oder Wiggins riß gerade das Zellophan einer neuen Tüte Hustenbonbons auf. «Natürlich konnten sie sie nicht auf der Schule behalten, sagt die Direktorin. Die ehemalige Direktorin, meine ich. Ich hab ziemlich lange gebraucht, um sie ausfindig zu machen. Und dann wohnt sie auch noch an der Küste.» Es folgte eine Pause, um Jury Gelegenheit zu geben, ihn wegen seiner aufopfernden Arbeit zu bemitleiden.

Aber Jury schwieg. Er konnte es in Wiggins' gequälten Nebenhöhlen pfeifen hören. Manchmal schien es fast, als führten sie ein Eigenleben.

Sergeant Wiggins fuhr beherzt fort. «Maureen hat mir erzählt..., ach ja, ich bin noch einmal auf einen kleinen Plausch bei ihr gewesen. Ich weiß, Sie haben mich nicht ausdrücklich beauftragt, noch einmal zum Haus von Helen Minton zu gehen...»

Jury lächelte. Es war sicherlich nicht Wiggins' letzter Besuch bei Maureen gewesen. «Nein, aber ich bin froh, daß Sie es trotzdem getan haben. Ich glaube, Maureen weiß mehr, als sie uns erzählen wollte.»

«Das stimmt; sie wußte auch, daß Helen Minton schwanger war. Sie wollte es uns nicht sagen, weil das in ihren Augen einem Vertrauensbruch gleichgekommen wäre. Aber da ich es sowieso herausgefunden hatte, meinte sie wohl, es könnte nicht schaden, wenn sie es bestätigte.»

«Was weiter?»

«Parmenger, ihr Onkel, ist damals vor Wut fast geplatzt. Die Sache hat ihn völlig um den Verstand gebracht.»

Jury schwieg eine Weile. «Aha, da liegt also der Hase im Pfeffer...» Er sprach nicht weiter. Wiggins war mucksmäuschenstill. «Wiggins? Was hat sie Ihnen noch erzählt?»

Wiggins räusperte sich. «Ich habe versprochen, nichts weiterzusagen...»

Jury hielt sich den kühlen Hörer einen Moment gegen die Stirn, um nicht loszubrüllen. Dann sagte er ganz ruhig: «Ich arbeite für Scotland Yard. Sie wollen gegenüber Maureen nicht wortbrüchig werden. Aber ich kann eine Vermutung äußern, und Sie sagen mir, ob ich richtig liege. Sie denkt, Frederick Parmenger war der Vater, richtig?»

«Entschuldigung, Sir. Ja, das ist richtig. Sie ist ziemlich sicher, daß er der Vater war.»

«Das würde die Reaktion des alten Parmenger erklären. Trotzdem... ob er wohl an all die Ammenmärchen über die schrecklichen Folgen des Inzests zwischen Cousin und Cousine geglaubt hat?»

«Ich weiß es nicht. Aber wir haben den jungen Parmenger ausfindig gemacht, Sir.»

Jury zündete sich eine Zigarette an. «Na, Gott sei Dank. Wo ist er? In einer Einsiedlerhöhle?»

«In einer Abtei. Spinney Abbey heißt sie – sie liegt ganz in der Nähe von dort, wo Sie gerade sind. Ungefähr zehn Meilen von Durham.»

Jury verbrannte sich fast die Finger an seinem Streichholz. «Spinney Abbey? Und das nächste Dorf heißt Spinneyton?»

«Stimmt, Sir. Die Abtei gehört einem Mann namens – Sekunde – Charles Seaingham. Er schreibt Bücher oder Artikel...»

«Ich weiß. Er ist ein bekannter Kritiker. Reden Sie weiter.»

«Nun, Frederick Parmenger ist anscheinend vor ein paar Wochen dahin gefahren, um zu malen. Dieser Seaingham hat ihm den Auftrag gegeben, seine Frau zu porträtieren.»

Jury dachte schweigend nach.

«Sir?»

«Danke, Wiggins. Sie haben ausgezeichnete Arbeit geleistet.»

Normalerweise hätte ein Kompliment von Jury Wiggins' verstopfte Nebenhöhlen augenblicklich freigemacht. Aber im Moment schien er zu sehr von gewissen bösen Vorahnungen erfüllt. «Werden Sie mich dort brauchen, Sir?» Seine Stimme verriet, daß er nicht gerade darauf brannte, seinem Vorgesetzten zu folgen.

«Ja, sicher.»

Schweigen. «Es liegt bei Newcastle-upon-Tyne.»

«Das weiß ich.»

«Ein Kohlerevier. Kennen Sie den alten Spruch ‹Kohlen nach Newcastle und Eulen nach Athen tragen›?» Wiggins erstickte fast an seinem gekünstelten Lachen. «Mit dem Zug? Sie wissen, wie ich Bahnhöfe verabscheue.» Als Jury immer noch schwieg, fügte er wehmütig hinzu: «Weil ich morgen doch dienstfrei habe, wollte ich eigentlich mit Maureen nach Stevenage fahren, um ihren Bruder zu besuchen.»

«Okay. Da mir so weihnachtlich ums Herz ist, können Sie den Zug von Stevenage aus nehmen.» Jury ließ Wiggins noch eine Weile über Kohle, Rauch und Ruß jammern und sagte dann: «Schön. Ich erwarte Sie also morgen. Nehmen Sie einen Schnellzug.»

«Vor denen muß man sich in acht nehmen. Ihr Sog ist so stark, daß er einen vom Bahnsteig auf die Gleise reißen kann.»

«Dafür haben sie die dicken gelben Linien auf die Bahnsteige gemalt. Hinter denen sind Sie sicher.»

13

Jury sah den Strand hinunter auf das Margate Hotel, ein langgestrecktes, weißgetünchtes Gebäude, das sich vor einem steilen felsigen Abhang aus dem nassen Sand erhob wie das Skelett eines von der Flut ausgespülten Schiffsrumpfes. Der Wind hatte den Schnee zu hohen Dünen aufgetürmt, die sich gegen die Felswand drückten. Der Strand war menschenleer. Nur hinten, zwischen den Felsen, gingen Arm in Arm ein Mann und eine Frau spazieren, schwarze Schatten vor der versinkenden Sonne.

Auf der Veranda des Margate standen vereinzelt Schaukelstühle herum und wiegten sich knarrend im Wind oder unter dem Gewicht von Geistern längst verstorbener Gäste. Alles Leben schien von hier geflohen zu sein. Zugegeben, man konnte kaum erwarten, daß es zur Winterszeit in einem Badeort zuging wie in einem Bienenstock. Aber über diesem Hotel schwebte eine solche Aura der Verlassenheit, daß Jury sich fragte, ob der Sommer etwas daran ändern oder ob nicht auch dann die Scharen bunt gekleideter Gäste, das Kreischen planschender Kinder, kurz: das ganze leuchtende, wimmelnde Strandleben nur eine fahle Erinnerung an längst vergangene Zeiten sein würde.

Nur die großen offenstehenden Eingangstüren sagten ihm, daß das Haus über die Feiertage nicht geschlossen war. Und dann bemerkte er auch noch andere Lebenszeichen: laute Stimmen vom Ende der dunklen Vorhalle, und in einem Raum hinter der Rezeption gingen Schubladen auf und zu. Als er linker Hand durch eine halboffene Tür blickte, erkannte er die Gestalten von zwei oder drei älteren Leuten, die regungslos wie Ölgötzen dasaßen. Von einer der Gestalten sah er nur einen grauen, geflochtenen Zopf über einer Sessellehne liegen. Eine andere war wohl eingeschlafen, denn das Kinn war ihr auf die Brust gesunken. Und dann bemerkte er noch die huschende Bewegung einer Hand, die in einer Illustrierten blätterte.

Ein Mädchen kam mit einem Stapel Aktendeckel aus dem

Zimmer hinter der Rezeption und blieb überrascht stehen – sie hatte zu dieser Jahreszeit offenbar keinen neuen Gast mehr erwartet. Sie war gewiß die Jüngste im Haus, Ende Zwanzig und von einer vernachlässigten Schönheit. Wahrscheinlich dachte sie, daß es hier nicht der Mühe wert sei, zu Puder und Lippenstift zu greifen. Aber nun taxierte sie Jury ab und betrachtete sich dann kritisch in einem zerbrochenen Spiegel, der in einer Ecke hinter dem Empfangspult hing. Sie biß sich auf die Lippen und strich sich mit der freien Hand übers Haar. «Sie wollen ein Zimmer, ja?» Sie steckte eine Anmeldekarte in einen kleinen Klemmhefter und schob sie ihm hinüber. Ihr Lächeln war kokett, aber leider durch schlechte Zähne entstellt.

Jury ließ ihr für eine Weile die Illusion, daß er ein Gast sei. «Nicht viel los um diese Jahreszeit, was?»

Tiefe Verdrossenheit breitete sich auf ihrem Gesicht aus. «Allerdings. Und wenn schon mal Leute kommen, dann höchstens steinalte Rentner. Und alle haben sie irgendwelche Wehwehchen, aber Mrs. Krimp – das ist die Besitzerin – läßt sie hier billig wohnen.» Sie zuckte ihre mageren Schultern. «Warum auch nicht... sonst kommt ja sowieso keiner.» Sie nahm ihre Handtasche vom Pult, kramte einen Lippenstift hervor und begann sich zu schminken. Als nächstes griff sie zu Kamm und Nagellack, als wäre Jury nur gekommen, um sie zu einer flotten Tour durch sämtliche Pubs des Ortes abzuholen. Und für einen kleinen Schwatz war er ihr vorerst allemal willkommen. «Na ja, jedenfalls kann ich hier ein bißchen Geld verdienen, warum soll ich mich also beklagen? Ich bin zwar ausgebildete Stenotypistin, aber versuchen Sie mal, in dieser Gegend einen Job zu bekommen. Sie sind wohl nicht von hier, ich hör's an Ihrer Aussprache.»

«Ich bin aus London.»

«London.» Er hätte ebensogut Atlantis sagen können. «Da war ich noch nie. Haben Sie ein Glück!»

Jury lächelte. «Es hat seine Nachteile. Keine frische Seeluft zum Beispiel.»

«Im Sommer ist es gar nicht mal so übel hier. In Shields gibt's ein paar Läden, wo man ein bißchen Spaß haben kann.» An welche Art Spaß sie dabei dachte, überließ sie Jurys Vorstellungsvermögen. «Und dann geh ich manchmal nach Washington, in dieses neue Einkaufszentrum. Da gibt's 'ne Disko, wo ab und zu Rockgruppen spielen, das ‹Silver Spur›. War'n Sie da schon mal?» Jury schüttelte den Kopf. «Mögen Sie keine Diskomusik? Heute abend spielen *Kiss of Death*.»

«Wer?»

«Ach, kommen Sie. *Kiss of Death*! Eine der besten Gruppen, die's gibt. So alt sind Sie nun auch wieder nicht.»

«Leider doch.»

Sie schmiegte ihr Kinn in ihre Hände und lächelte ihn an. «Das sieht man Ihnen aber nicht an. Mir sind sowieso...»

... ältere Männer lieber. Er kannte die Leier. «Übrigens brauche ich kein Zimmer. Ich brauche eine Auskunft.»

Sie reagierte, als hätte er ihr nach einer langjährigen Beziehung den Laufpaß gegeben. Unter der Schminke verhärtete sich ihr Gesicht. «Was für eine Auskunft?»

Jury zog das Foto von Helen Minton hervor. «Diese Frau. Ich glaube, sie war einige Male hier. Erkennen Sie sie wieder?»

Aber das Mädchen würdigte das Bild keines Blickes. Ihre Augen wurden schmal. «Sind Sie von der Polizei, oder was?»

«Ja.» Jury legte seinen Ausweis auf den Tisch, den sie stirnrunzelnd begutachtete.

«Scotland *Yard*?» Was er auf romantischem Gebiet in ihrer Gunst an Boden verloren hatte, machte sein Beruf wieder wett. Die Vorstellung, daß Scotland Yard sich für das Margate Hotel interessierte, zauberte kindliches Erstaunen auf ihr Gesicht. Sie warf einen Blick auf das Bild, schüttelte den Kopf und sah dann noch einmal genauer hin. «Ja, stimmt. Sie war zwei- oder dreimal hier.»

«Wann zum letztenmal?»

«Ich erinnere mich nicht genau – vielleicht vor einer Woche.»

«Wie lange ist sie geblieben?»

Sie zuckte die Achseln. «Ein paar Tage.»

«War sie mit irgendwelchen anderen Gästen befreundet?»

«Komische Frage. Mit wem soll man sich hier schon anfreunden? Aber halt, warten Sie... Sie hat, glaub ich, manchmal mit Miss Dunsany geredet. Aber meistens ist sie nur am Strand auf und ab gelaufen. Ich glaube, sie kam wegen der Seeluft.» Sie beugte sich über das Empfangspult; ihre ansonsten leer blickenden Augen glitzerten scharf wie Glasscherben. «Warum interessiert sich die Polizei für sie?»

«Haben Sie sie irgendwann einmal mit einem Mann gesehen? Ich meine, kam sie gelegentlich in Männerbegleitung hierher?»

«Nein, nicht während ich hier war. So was passiert in diesem langweiligen Kasten sowieso nie. Wenn *mich* ein Mann übers Wochenende in so einen Schuppen bringen würde...»

Jury unterbrach sie, bevor sie ihre erotischen Phantasien zum besten geben konnte. «Sie kam also allein, blieb auch die meiste Zeit für sich und machte lange Spaziergänge. Fanden Sie das nicht ein wenig seltsam?»

Sie zuckte die Achseln. «Ich kapier sowieso nicht, warum jemand, der noch so jung ist – ich meine jung im Vergleich zu denen da» – sie gestikulierte in Richtung Salon –, «warum so jemand ausgerechnet ins Margate kommt.»

Sie schraubte ihr Fläschchen Nagellack auf und begann, ihren kleinen Fingernagel blutrot anzumalen. Da von Jury offenbar keine obszönen Enthüllungen über Helen Minton zu erwarten waren, hatte sie jedes Interesse an ihr verloren.

«Sie sagten, sie habe sich mit einem der Gäste angefreundet.»

«Ja, mit Miss Dunsany.»

«Und wo ist Miss Dunsany?»

«Wahrscheinlich im Salon. Maxine wird jetzt gleich mit dem Kaffee kommen. Nach dem Abendessen halten sie sich alle gern dort auf.»

In diesem Moment kam ein schlampiges Mädchen in einer Schürze – vermutlich Maxine – mit einem Tablett den Flur herunter. «Heißes Wasser, heißes Wasser», rief sie wie ein orientalischer Straßenhändler. «Die ganze Zeit auf Achse für diese Alten, mir steht's langsam bis hier, Glo.» Offenbar sprach sie mit der Empfangsdame. Die schien an Maxines Gejammer gewöhnt zu sein, denn sie sah nicht einmal von ihren glänzenden Fingernägeln auf. Sie zuckte lediglich die Achseln, während das Mädchen in den Salon schlurfte.

«Wären Sie so freundlich, mir Miss Dunsany zu zeigen?» bat Jury.

Glo machte keine Anstalten, sich zu erheben. «Sie finden sie schon selber. Sie sitzt immer in dem Sessel am Kamin.»

Falls Miss Dunsany es gerne warm hatte, so nützte ihr der Platz am Kamin nicht viel. Der Rost sah aus, als hätte seit einem halben Jahrhundert kein Feuer mehr darauf gebrannt. Die Holzscheite, die Jury zunächst für feuersichere Attrappen hielt, erwiesen sich jedoch als echt.

Der Raum war mit planlos verteilten Sofas und Sesseln möbliert, deren dunkelbraune Polster teilweise unter zerschlissenen Schonbezügen verschwanden. Im winterlichen Dämmerlicht wirkte das Zimmer noch kälter, als es ohnehin schon war.

Die alte Dame, die sich vielleicht noch aus ihrer Jugend daran erinnerte, daß Salons von einem prasselnden Feuer erwärmt wurden, saß in einem Ohrensessel am Kamin. Sie trug ein Kleid aus dunkelblauem Crêpe de Chine und einen Schal um ihre Schultern. Als Jury auf sie zutrat, nahm sie gerade ihre Tasse in beide Hände und führte sie vorsichtig zum Mund. Es waren noch zwei weitere Gäste im Raum, eine kleine magere Frau und ein Mann mit vorquellendem Bauch, der schnaufend seine Kanne mit heißem Wasser inspizierte. Keiner sprach.

«Miss Dunsany», sagte Jury und setzte sich ihr gegenüber in einen klobigen Sessel. «Mein Name ist Richard Jury. Ich bin von Scotland Yard.» Als sie ihn erschrocken ansah, fügte er rasch hinzu: «Und ein Bekannter von Helen Minton.»

Das beruhigte sie nicht. «Helen. Ihr ist etwas zugestoßen, nicht wahr?»

«Leider ja.»

Sie starrte auf den kalten Rost – eine Frau, die an schlechte Nachrichten gewöhnt war. «Hätten Sie gerne eine Tasse Kaffee, Mr. –? Es tut mir schrecklich leid, aber mein Gedächtnis ist nicht mehr so gut wie früher.»

«Jury. Aber nennen Sie mich Richard.»

«Ich heiße Isobel. Was ist denn geschehen?»

«Ein Unfall. Helen ist tot.»

Sie warf einen Blick in den trostlosen Raum, als wollte sie damit sagen, daß dies genau die Art Nachricht sei, die man im Margate erwarten würde. «Das tut mir furchtbar leid. Ich mochte Helen. Ich weiß, daß sie wegen einer Herzschwäche Medikamente nahm. Aber deswegen sind Sie wohl nicht hier?»

«Wir sind noch nicht sicher, was ihren Tod verursacht hat. Ihre Nachbarin sagte, daß Helen Sie kannte.»

Isobel Dunsany starrte wieder in den kalten Kamin. «Wissen Sie, ich habe mich immer gewundert, warum sie ausgerechnet ins Margate kam. Es ist ziemlich scheußlich hier, finden Sie nicht?» Ihr Gesicht war alt und faltig, aber ihr Lächeln war jung geblieben. «Ich glaube, es ist nur die Gewohnheit, die mich hier hält. Es war nicht immer so, wie es heute ist. Natürlich könnte ich mir etwas Besseres leisten.»

Einen Moment lang dachte Jury, daß dies nur eine Ausrede sei, wie sie alte Leute gebrauchten, die einst bessere Tage gesehen hatten und die das ärmliche Leben, das sie nun fristen mußten, verabscheuten – die gräßlichen Möbel, die gleichgültige Bedienung, die leeren Zimmer, die Einsamkeit, die ihnen sagten: *Das habt ihr nun aus eurem Leben gemacht; ihr habt's nicht besser verdient.* Aber mit einem Blick auf ihre Kleidung – die Qualität des Crêpe de Chine, die feine Wolle des Schals – und angesichts ihrer Silberbrosche und der Ringe an ihrer Hand wurde ihm klar, daß sie die Wahrheit sagte: Sie hätte sich leicht etwas Besseres leisten können.

Sie spielte mit ihrer leeren Tasse herum. «Ich kenne dieses Hotel seit meiner Jugend. Ich war noch ein Mädchen, als ich mit meinen Eltern zum erstenmal hierherkam. Sie wären überrascht, wie beliebt das Margate damals war. Und wie fröhlich es hier zuging.» Ihre Augen – die von jenem Blau waren, das bei alten Menschen immer so erstaunlich hell aussieht – streiften durch den Raum. «Die Möbel in diesem Raum waren Louis Quinze, burgunderrot und vergoldet... dort drüben stehen noch ein oder zwei Stühle» – Jurys Blick folgte dem ihren zu den verblichenen Stühlen, die zwischen zwei Fenstern an der Wand standen –, «und mitten im Zimmer stand eine große kreisförmige Couch. Dort saß ich oft und träumte davon, daß ein schöner junger Mann kommen und mich zum Tanz auffordern würde. Im hinteren Teil gibt es einen Ballsaal. Jetzt ist er geschlossen. Zu schwer zu beheizen.» Sie zog den Schal enger um ihre Schultern. «Aber wenigstens *hier* könnten sie ein Feuer anzünden.»

«Das ist nicht weiter schwierig», sagte Jury und zog Streichhölzer aus der Tasche. Das Papier und die Kienspäne fingen Feuer, und kurz darauf begannen die Scheite Funken zu sprühen.

Dieses völlig unerwartete Ereignis riß die beiden anderen Anwesenden aus ihrer Lethargie; sie erhoben sich ächzend und steuerten auf Sessel zu, die näher am Feuer standen. Dann saßen sie ganz still, wie um diesem wundersam warmen Glanz in ihrer kalten Kammer zu huldigen.

Die Wärme im Salon mußte sich bis in die Halle ausgebreitet und die Aufmerksamkeit der Hoteldirektorin erregt haben – falls es Mrs. Krimp war, die in diesem Augenblick zur Tür hereinrauschte, um nachzusehen, was zum Teufel hier los war und welchen ihrer Gäste sie für diesen Bruch der Hausordnung zur Rechenschaft ziehen konnte.

Mrs. Krimps Erscheinung vermittelte in der Tat den Eindruck, als wäre jede künstliche Wärme in ihrem Falle Verschwendung. Über kokaltblauen Hosen leuchtete ein orangefarbener Pullover. Ihr dauergewelltes Haar war rot und züngelte in feurigen kleinen Locken um ihren Kopf. Ihre katzengelben Augen glühten vor Empörung. «Was ist denn hier los! Mr. Bradshaw!» – als wäre er der Brandstifter – «Sie wissen doch, daß wir nach dem Abendessen kein Feuer mehr anzünden. Das lohnt sich nicht. Sie gehen sowieso bald ins Bett. Mrs. Gibbs, ich bin überrascht...» Beim Anblick des Fremden verstummte sie. Es war bestimmt nicht gut fürs Geschäft, wenn sie alte Herrschaften vor einem möglichen neuen Gast herumkommandierte. Bei dem Gedanken, frisches Blut in die greisen Adern des Hotels zu bekommen, leckte sie sich die Lippen. Mrs. Krimp hatte etwas von einem Vampir. Inzwischen war Glo hinter ihr aufgetaucht und flüsterte ihr etwas ins Ohr.

«Polizei!» rief Mrs. Krimp. «Das gibt Ihnen noch lange nicht das Recht, in mein Hotel einzudringen und alles in Unordnung zu bringen...»

Langsam erhob Jury sich aus seinem Sessel. Gewöhnlich legte er es nicht darauf an, Eindruck zu schinden, aber er hatte eine Art kultiviert, sich aufzurichten, die ihn größer als seine 186 Zentimeter erscheinen ließ, und er konnte einen samtweichen Ton anschlagen, der einem Schauer des Entsetzens den Rücken herabrieseln lassen konnte. Mrs. Krimp wich ein oder zwei Schritte zurück, als er zu ihr sagte: «Sie wissen doch, Mrs. Krimp, daß es gewisse Richtlinien gibt, an die jedes Hotel sich zu halten hat. Wann hat in diesem Kamin dort zum letztenmal ein Feuer gebrannt? Heute nach dem Frühstück? Ich würde mich schon sehr wundern, wenn es in der letzten Woche überhaupt angezündet worden wäre.» Er zückte sein Notizbuch, blätterte darin herum (als hätte er bereits umfangreiche Aufzeichnungen über die Vorgänge im Margate gemacht) und kritzelte etwas hinein. «Zugegeben, ich bin nicht von der Aufsichtsbehörde. Aber ich werde jemanden von dort kommen lassen» – er lächelte zuckersüß –, «und zwar schleunigst.»

Der alte Mann unterdrückte ein Kichern, und die andere alte Dame sah Mrs. Krimp erwartungsvoll an, als wollte sie sagen: Na, wie schmeckt dir das, du alte Hexe.

Mrs. Krimp wurde feuerrot. Ihre Lippen bewegten sich, doch sie brachte keinen Laut hervor.

Miss Dunsany ließ sich die günstige Gelegenheit nicht entgehen und sagte im Tonfall eines Menschen, der gewohnt ist, mit Personal umzugehen: «Ja, Mrs. Krimp. Und da wir gerade dabei sind: Könnten wir zum Abendessen vielleicht einmal etwas anderes bekommen als Tomatensuppe aus der Dose?» Dann fügte sie mit beiläufiger Grandezza hinzu: «Und wir hätten alle gerne ein Glas Port.»

«*Port*? Was soll das nun heißen? Die Bar ist im Winter geschlossen…»

«Meine gute Frau, ich spreche von *meinem* Port. Die Kiste Cockburn's, die ich Ihnen anvertraut habe, damit sie in Ihrem Keller gelagert wird.»

Jury hätte wetten können, daß Mrs. Krimp sich schon seit geraumer Zeit die trübe Winterlaune mit dem Cockburn's vertrieb. Das Netzwerk feiner roter Äderchen in ihrem Gesicht sprach Bände. Cockburn's und Gin, schätzte er.

Mrs. Krimp fegte wutentbrannt aus dem Zimmer.

Nach ein paar Minuten erschien Maxine, die jetzt um einiges eilfertiger wirkte und Jury ansah, als fürchtete sie, er werde ihr auf der Stelle Handschellen anlegen. Sie trug ein Tablett mit einigen zusammengewürfelten Gläsern und einer Flasche Bristol Cream darauf.

Miss Dunsany lächelte. «Bestimmt aus ihren Privatbeständen. Ich kann mir schon vorstellen, was aus meinem Cockburn's geworden ist.»

Während der nächsten halben Stunde wurde es richtig gemütlich. Sie tranken jeder zwei Gläschen (Jury sah, wie Bradshaw ein drittes kippte, während Miss Dunsany ins Feuer starrte) und unterhielten sich.

Bradshaw und Miss Gibbs nickten schließlich sanft ein, während Miss Dunsany die alten Zeiten im Margate Hotel wiederaufleben ließ: die Strandpromenade, deren Planken längst verrottet waren, die Badekarren, die Damen mit Sonnenschirmen und die Herren mit weißen Hosen und gestreiften Jacketts. Während sie erzählte, hörte Jury den Wind ums Haus heulen.

Irgendwo knallte ein Fensterladen zu, eine unverriegelte Tür knarrte, als wolle der Wind sich einen Weg ins Haus suchen. Miss Dunsany spann ihre Vergangenheit aus, und das Zimmer summte vor Erinnerungen.

«Helen Minton», nahm Miss Dunsany das unterbrochene Gespräch wieder auf, nachdem sie genüßlich an ihrem Glas genippt hatte. «Sie war ganz anders als die Leute, die man gewöhnlich hier im Margate antrifft.»

«Wie war sie denn?» Er zog seine Zigaretten hervor, bot auch Miss Dunsany eine an und gab ihr Feuer.

«Unglücklich. Im übrigen hat sie wohl mehr über mich erfahren als ich über sie. Ich glaube, sie hatte kaum Angehörige. Einen Cousin, den sie selten sah; er ist Künstler. Über ihre Eltern weiß ich nichts Genaues. Soviel ich mir zusammenreimen konnte, war der Vater in eine ziemlich unangenehme Sache verwickelt. Vielleicht in eine Unterschlagung?» Sie sah Jury fragend an, als könnte er aus den dürftigen Anhaltspunkten, die sie zu bieten hatte, möglicherweise die genauen Fakten ableiten. «Jedenfalls nahm er sich das Leben, und die Mutter starb kurz danach. Es sieht so aus, als wäre der Skandal zuviel für sie gewesen. Sie muß demnach ein ziemlich empfindsamer Mensch gewesen sein. Wenn ich da an meinen eigenen Mann denke – aber lassen wir das. Helen kam auf ein Internat und fand es dort gräßlich. Es muß ein schwerer Schlag für sie gewesen sein, erst die Eltern zu verlieren und dann einfach irgendwohin abgeschoben zu werden. Sie hat einmal gesagt: ‹Wenn die anderen herausbekommen, daß einer allein ist, dann werden sie todsicher alles daransetzen, ihn noch einsamer zu machen.› So, wie sie über die Schule redete, konnte man meinen, all das sei ein böser Alptraum gewesen. Die anderen Mädchen waren kaltherzig, die Flure ein einziger Irrgarten. Und als sie dann sechzehn oder siebzehn war, hat sie der Onkel, dem sie das alles zu verdanken hatte, plötzlich vom Internat genommen.»

«Und warum?»

«Ich weiß es nicht.»

Jury dachte einen Moment nach. «Sie haben gesagt, daß Helen eine Menge über Sie wußte. War sie denn so neugierig?»

Isobel Dunsany schien ein wenig verwirrt, als hätte sie über diesen Gesichtspunkt noch gar nicht nachgedacht. «Neugierig war sie bestimmt nicht. Eher andersherum: Sie hat meine Geschwätzigkeit immer mit viel Geduld ertragen. Aber das haben Sie ja auch.» Sie schnippte lässig ihre Zigarette in den Kamin.

Hinter ihnen entbrannte zwischen Bradshaw und Gibbs ein kleiner Streit um die Sherryflasche.

«Wäre es möglich, daß Helen Minton Ihretwegen hergekommen ist?»

Sie sah ihn nachdenklich aus ihren kühlen blauen Augen an. «Wenn ich es mir so recht überlege – wäre das schon möglich. Damals war ich einfach froh, daß jemand zuhörte, wenn ich meine langweiligen Geschichten erzählte – über die alten Zeiten, meine Familie und so weiter. Sie schien sich sehr für die Dienerschaft zu interessieren, obwohl mir das zu dem Zeitpunkt nicht weiter aufgefallen ist. Ich hatte ein Dienstmädchen, Danny. Richtig hieß sie Danielle. Ihre Mutter muß entweder Französin oder ziemlich dumm gewesen sein, ihr so einen ausgefallenen Namen zu geben.»

«Wie kam das Mädchen zu Ihnen?»

«Vor ihrer Ehe hatte sie jahrelang als Bedienstete gearbeitet. Ihre Referenzen waren ausgezeichnet, und ein liebes Mädchen war sie auch. Ihr Mann war durchgebrannt, und sie hatte ein Kind zu ernähren. Ich vermute, sie saß in der Patsche, weil er ihr Erspartes hatte mitgehen lassen. Deswegen mußte sie sich wieder nach einer Anstellung umsehen.»

«Wann war das?»

Sie lachte leise und ein wenig verlegen. «Ich habe ein schlechtes Zeitgefühl. Vor zwölf Jahren ungefähr, es kann auch länger her sein.»

«Und was ist später aus Danny geworden?»

«Ich habe sie aus den Augen verloren. Tut mir leid.» Sie preßte die Finger gegen ihre Stirn, sah dann plötzlich auf und sagte, als sei ihr plötzlich eine Erleuchtung gekommen: «Lyte. Natürlich!»

«L-y-t-e?»

«Ja, genau. Danny Lyte. Jetzt fällt's mir wieder ein. Es war der Name einer alten Familie aus Washington. Seltsam, aber für sie hat Helen sich besonders interessiert.»

«Erinnern Sie sich an das Kind?»

Aber der Sherry und das behagliche Feuer schienen Miss Dunsanys Erinnerungsvermögen eingelullt zu haben. «Danny wohnte in Washington. Den kleinen Jungen habe ich nur ein einziges Mal gesehen. Wie hieß er doch gleich?»

Jury wartete, aber Miss Dunsany schüttelte nur den Kopf.

«Robin?»

Er hatte ins Schwarze getroffen. «*Robin*! Sie haben recht! Er wurde nach seinem Vater benannt. Jetzt sehe ich ihn auch wieder vor mir.» Sie beschrieb den Jungen: braunes Haar, braune Augen, ziellos schweifender Blick. «Es war traurig. Der Junge war ein wenig... zurückgeblieben. Eine traurige Geschichte.»

«Und für den Jungen hat Helen Minton sich auch interessiert?»

Wieder ein Treffer für Scotland Yard. «Ja, stimmt. Woher wissen Sie das bloß alles?»

Jury lächelte. «Ich hab einfach geraten.»

Mr. Bradshaw und Miss Gibbs hatten sich so intensiv mit der Sherryflasche beschäftigt, daß sie nun eine Art dissonanten Weihnachtskanon anstimmten, jeder mit einem anderen Lied.

Jury bedankte sich bei Isobel Dunsany und erhob sich. Zum Abschluß versprach er ihr, daß ein Aufsichtsbeamter demnächst das Hotel inspizieren werde. Die Wiedereröffnung des Tanzsaals sei damit zwar noch nicht gesichert, aber mit den Dosensuppen werde es wahrscheinlich ein Ende haben.

«Ich hoffe, Sie finden, was Sie suchen. Leben Sie wohl, Mr. Jury.»

Sie wandte sich wieder dem Feuer zu, das nun langsam herunterbrannte.

14

«Ich werde mich heute etwas früher zur Ruhe begeben», sagte *Lady Stubbings.* Normalerweise hätte Melrose über so etwas gerade noch hinweglesen können – in Krimis begab man sich eben gerne früh zur Ruhe –, aber in diesem Fall empfand er den Satz als absolut unerträglich und wünschte, sämtliche handelnden Personen würden schleunigst ihre Betten aufsuchen.

Bis jetzt hatte er ein halbes Dutzend Leichen gezählt, die entweder im Studierzimmer, auf der Terrasse oder im Treibhaus entdeckt worden waren. Melrose gähnte und legte *Die Morde auf Stubbings* beiseite. Er hatte schon nach ein paar Seiten gewußt, wer die Mörderin war, und war nur allzu froh, daß sie sich nun endlich zur Ruhe begab... Anstatt sich jeden Abend wieder früh in ihre Zimmer zurückzuziehen, sollten alle Romangestalten es ihm gleichtun und lieber gleich ganz im Bett bleiben. Dann bliebe allen eine Menge Mühe und Ärger erspart: die Opfer müßten sich nicht umbringen lassen, der Mörder müßte nicht morden, der Leser müßte das Buch nicht lesen, und vor allem müßte der Autor gar nicht erst mit dem Schreiben anfangen. Daß Melrose im allgemeinen trotzdem gern in Krimis schmökerte, ging auf seine Bekanntschaft mit Polly Praed zurück. Er hatte jedes ihrer Bücher zweimal gelesen, um es in seinen Briefen einer kritischen Würdigung unterziehen zu können. Seine Kritik war jedoch nicht mit ungeteilter Begeisterung aufgenommen worden, wie Pollys letzter Brief an *Mr. M. Plant (Lord Ardry? Euer Gnaden??)* bezeugte. Also wirklich!

Melrose klopfte die Kopfkissen zurecht, um sich eine bequemere Leseposition zu verschaffen. Dann nahm er *Die Fußspur an der Decke* von dem Bücherstapel auf seinem Nachttisch und las den Namen der Autorin – Wanda Wellings Switt. Grund genug, das Buch ohne Umschweife auf den Stapel abgelehnter Romane zu legen. Es interessierte ihn nicht die Bohne, von wem der blutige Fußabdruck an der Decke stammte.

Die dritte Taube, von Elizabeth Onions. Der Schutzumschlag zeigte einen Schwarm Tauben, die auf einen dunklen, wolkenverhangenen Himmel im Bildhintergrund zuflogen. Eine Taube, die zu blöd gewesen war, sich rechtzeitig aus dem Staub zu machen, stürzte wie ein Stein auf ein Gebüsch im Vordergrund herunter, aus dem finster ein Gewehrlauf lugte. Warum zum Teufel schrieb jemand über den Mord an Tauben, wenn ihm potentiell vier Milliarden Menschen als Opfer zur Verfügung standen?

Es wurde langsam Zeit, daß er aufstand. Die Migräne, die er am Morgen vorgeschützt hatte, konnte ihn ja nicht auf ewig bei den anderen Gästen entschuldigen – und Agatha nahm auf sein Ruhebedürfnis ohnehin keine Rücksicht. Mit schöner Regelmäßigkeit tauchte ihr grauhaariger Kopf in seiner Tür auf, um immer neue Vermutungen über seine Krankheit anzustellen: Die tödlichen Krankheiten waren inzwischen abgehakt, denn Ruthven hatte sich standhaft geweigert, einen Priester zu rufen; akute Erkrankungen fielen ihr offenbar keine mehr ein, und so begnügte sie sich nun mit einer Aufzählung chronischer Leiden.

Melrose stand auf und trat an das hohe schmale Fenster. Vielleicht hatten die Götter ja das kleine Wunder eines Wetterumschwungs vollbracht, und er konnte seine Taschen in den alten Flying Spur werfen und ...

Schnee.

Schnee, Schnee und noch mal Schnee. Lady Assington hatte erklärt, dies sei «endlich mal ein echtes Abenteuer», als wären sie gezwungen, sich in arktischem Klima von Lebertran zu ernähren und Stöckchen aneinanderzureiben, um Feuer zu machen, während in Wirklichkeit prasselnde Kaminfeuer, Zigarren, Grand Marnier und Sambuca für ihr leibliches Wohl bereitstanden.

Ruthven klopfte, trat ein und fragte, ob Seine Lordschaft zum Nachmittagstee erscheinen würde.

Melrose studierte die Decke, fand sie kalt, klösterlich und bar jeder Fuß- oder Blutspur, und beinahe wäre er wie die besagte dritte Taube aus dem Bett gestürzt.

ZUM NACHMITTAGSTEE wurde eine Vielfalt von Speisen gereicht, an denen jeder außer Agatha sich auf Tage hinaus hätte satt essen können: Räucherlachs, Rebhuhnpastete mit Trüffeln und natürlich eine Kuchenplatte, die Agatha sofort nach Sahnetörtchen absuchte.

Da die interessanteren Gäste wie Parmenger und MacQuade anscheinend Schweigegelübde abgelegt hatten, dominierten wieder Beatrice Sleight und Agatha das Gespräch.

Nachdem Agatha sich tags zuvor erschöpfend über die Titel der Ardry-Plants ausgelassen hatte, ging sie heute zu deren Besitztümern über. Da sie kein eigenes Vermögen besaß, gab sie um so mehr mit Melroses Reichtum an: «...und auf Ardry End haben wir eine der besten Lalique-Sammlungen. Nächsten Monat gehen wir zu der Auktion bei Christie's...»

Von dieser Auktion wußte Melrose noch gar nichts, und er hatte auch nicht vor, hinzugehen. Irgendeine beiläufig gestellte Frage erwiderte Agatha mit einem Lachen, das eher zu einem Rollkutscher als zu einer Lady paßte.

«Mein verstorbener Mann, Honorable Robert Ardry...» plapperte Agatha weiter und garnierte ihr Thema mit einer erneuten Aufzählung von Adelstiteln. Unterdessen floh Melrose aus dem Speisesaal in die Halle, hörte aber noch, wie sie auf eine Frage von Beatrice Sleight antwortete: «Ich? O nein, meine Liebe, keinen Penny.» Sie lachte. «Ich hab nur noch meinen Schmuck und, äh – *ma devise*.»

Da der Schmuck aus dem Besitz seiner Mutter stammte, blieb ihr lediglich ihr Anteil am Familienwappen. Aber den würde sie mit Zähnen und Klauen verteidigen.

Melrose schlenderte in den Salon, wo er Tommy Whittaker vor dem Feuer sitzen sah. «Verbrenn dir nicht die Finger», sagte er. «Sonst ist es aus mit dem Oboespielen.»

Tommy sah auf und lächelte. Sein Gesicht war von makelloser Schönheit, aber ihm selbst schien das kaum bewußt zu sein. Den Barockspiegel über dem Kamin ignorierte er vollständig. «Ich spiele erbärmlich, nicht wahr? Ich müßte mehr üben.»

«Aber bitte nicht jetzt.»

Tommys düstere Miene hellte sich auf; er begann zu lachen. «Tut mir leid, daß Sie meine Katzenmusik ertragen mußten.»

«Schon gut.»

«Interessieren Sie sich für Bücher?»

«Manchmal sogar für das, was drinsteht.» Melrose zündete sich eine Zigarre an.

«Mir ist die Lust am Lesen vergangen.» Er sah sich vorsichtig um. «All diese Schreiberlinge hier...»

«Aber, aber! Du weißt ja gar nicht, was dir entgeht! Ich denke da an so herrliche Bücher wie *Die dritte Taube* oder all die übrigen Werke von Elizabeth Onions.» Tom sah ihn verwirrt an, und Melrose fuhr fort: «Nur eine Krimiautorin. Keine Sorge, die Onions wird nicht auch noch hier auftauchen. Wahrscheinlich liegen Krimiautoren unter Mr. Seainghams Niveau.»

Tommy stieß einen Seufzer aus. «Wahrscheinlich wäre ein Mord wirklich keine so schlechte Idee. Ich würde mich gerne als Opfer anbieten.» Er stützte sein Kinn in die Hände und sah wieder so aus, als wollte er sich jeden Augenblick in die Flammen stürzen.

«Deine Opferbereitschaft ist edel, aber unnötig. Trotzdem, ich verstehe, was du meinst.»

«Ich bin froh, daß wenigstens einer mich versteht.»

Melrose wußte nicht genau, ob er wirklich den Seelentröster spielen wollte. So etwas konnte zu allerlei Komplikationen führen.

Tommy stand auf. «Machen wir doch einen kleinen Spaziergang. Haben Sie Lust?»

«Einen Spaziergang? Wohin?»

Tommy zuckte ungeduldig die Achseln. «Einfach raus. Wir könnten in den Ruinen rumlaufen.»

«Na prächtig. Hast du nicht bemerkt, daß der Schnee knietief liegt?»

«Wir könnten auch durch den Kreuzgang laufen und uns dann in die Kapelle setzen.»

Kreuzgang, Kapelle – das waren ja schöne Aussichten. Melrose hatte nichts weiter vorgehabt, als zurück auf sein Zimmer zu gehen und sich mit der *Dritten Taube* krank ins Bett zu legen.

«Ich wollte mit Ihnen über heute abend sprechen. Unter vier Augen.»

«Heute abend? Steht heute abend etwas Besonderes an?»

«Ja.» Tommy Whittaker war bereits unterwegs, um ihre Mäntel zu holen.

Mit jedem Schritt die lange Galerie hinunter, an deren hinterem Ende Charles Seainghams Arbeitszimmer lag, spürte man, wie die Kälte einem mehr und mehr in die Glieder drang. Die Galerie lag im Ostflügel des Hauptgebäudes, dessen Räume in vergangenen Tagen dem Abt als Unterkunft gedient hatten. Das vordere Ende der Galerie war in einen Wintergarten umgebaut worden, in dem es im Sommer ganz angenehm sein mochte, der aber im Winter nichts als ein ungemütlicher Glaskasten mit einer trostlosen Aussicht war. Melrose glaubte schon zu fühlen, wie ihm der Schnee in die Schuhe drang. Die Marienkapelle, in der Grace Seaingham abends zu beten pflegte, stand am Ende eines überdachten Wegs zu ihrer Rechten. Linker Hand lagen die Klosterruinen. Der Kreuzgang beziehungsweise dessen Überreste war immerhin noch gedeckt. Von der Basilika aber war kaum noch etwas zu sehen, so daß zwischen dem augenblicklichen Standort der Männer und dem Haupteingang eine unberührte Schneefläche lag, die nur von der halbherzig geräumten und schon wieder zugeschneiten Auffahrt zerteilt wurde.

Die Luft war frisch, der Wind hatte sich gelegt. Melrose fühlte sich plötzlich um Jahrhunderte zurückversetzt und meinte, die Zisterziensermönche zur Morgenandacht schreiten zu sehen. Die Vorstellung ließ ihn frösteln.

Dann sagte Tommy Whittaker etwas, das ihn jäh in die Gegenwart zurückholte. «Auf *Skiern*?» rief Melrose. «Du erwartest doch nicht etwa, daß ich mir Skier an die Füße schnalle und mit dir zum ‹Jerusalem Inn› laufe?»

«Ach, kommen Sie schon. Das wird ein Heidenspaß. Wenn Sie wollen, können Sie auch Schneeschuhe nehmen. Die haben hier ein ganzes Arsenal von Sportgeräten. In der Waffenkammer, gleich neben dem Solarium. Mr. Seaingham ist bestens ausgerüstet, also...»

«Moment mal! Ich hab noch nie im Leben auf Skiern gestanden und erst recht nicht auf Schneeschuhen.»

«Ich auch nicht, bevor ich hier festsaß. Sieht ja aus, als müßten wir den Rest unseres Lebens hier verbringen.»

«Beschrei's nicht.» Melrose sandte ein stummes Stoßgebet gen Himmel.

«Skilaufen ist wirklich ganz einfach», sagte Tommy beruhigend, und um Melroses Vorbehalte gegen das Unternehmen vollständig zu zerstreuen, fuhr er fort: «Sie haben doch gesagt, Sie hätten *Auf Skiern* gelesen. Das Buch ist praktisch eine Anleitung zum Skilaufen. Ich hab daraus gelernt, wie man sich auf den Dingern bewegt. MacQuade ist Experte für Skilanglauf. Und das ist die einzige Möglichkeit, von hier wegzukommen.» Tommy wies auf die endlose Schneefläche vor ihnen, als wollte er Melrose plastisch vor Augen führen, daß man hier nicht mit Hausschuhen durchkam.

«Das ist mir durchaus klar. Aber wenn du dich unbedingt auf dieses Wagnis einlassen willst, warum fragst du dann nicht MacQuade, ob er dich begleitet?»

«Weil man mit Erwachsenen nicht reden kann.»

Was, fragte sich Melrose, bin denn dann ich? «Wieso willst du eigentlich partout im Schnee rumschlittern?»

«Heute abend findet ein Match statt. Im ‹Jerusalem Inn›. Ich spiele dort schon seit einiger Zeit Snooker; Meares Hall liegt nicht weit von dort, am anderen Ende von Spinneyton. Wußten Sie das nicht? Tante Betsy und die Seainghams sind schon seit Ewigkeiten miteinander befreundet. Sonst ist hier ja auch kaum jemand, oder?»

«Der Schlächter von Spinneyton vielleicht.»

«Nie von gehört.» Angst war ihm offenbar auch nicht einzuflößen. Tommy Whittaker interessierte sich für nichts als sein Snooker-Match. «Jedenfalls find ich's super im ‹Jerusalem Inn›. Natürlich mußte ich mir was einfallen lassen, damit niemand merkt, daß ich dorthin gehe, und die Leute da wissen selbstverständlich nicht, wer ich bin.»

«Das ist mir auch nicht ganz klar», sagte Melrose und wandte sich ab, um wieder ins Haus zu gehen.

«Ich kann Ihnen in fünf Minuten beibringen, wie man Ski läuft. Wir müssen nur bis nach dem Abendessen warten. Dann ist es stockdunkel, und keiner wird sehen, wie wir verschwinden.»

«Man wird mich beim Brandy vermissen», sagte Melrose, obwohl er genau wußte, daß zu so später Stunde und mit dem Drink in der Hand sich keiner mehr um den Verbleib des anderen scheren würde.

«Erfinden Sie eine Ausrede. Sagen Sie, Sie seien krank. Genau wie heute morgen.»

Sie hatten inzwischen die Tür zur Kapelle erreicht. «Ich bin kein Lügner.»

«Natürlich sind Sie einer. Sie haben anscheinend vergessen, wie es ist, jung zu sein und nicht tun zu dürfen, was einem gefällt. Alles ist verboten – Zigaretten, Drinks, Snooker. Zu Hause darf ich auch nicht spielen, obwohl wir ein riesiges Spielzimmer haben. Als Tante Betsy nämlich gesehen hat, wieviel Spaß es mir macht, hat sie Angst gekriegt, daß… also, ehrlich gesagt, glaube ich, sie hat Angst, daß ich so werde wie mein Vater. Sagen würde sie das allerdings nie. Es ist im Grunde ihr einziger schwacher Punkt. Sie hat's tatsächlich geschafft, Parkin – das ist unser Butler – so weit zu bringen, daß er ständig neue Gründe dafür erfindet, warum er den Raum verschlossen halten muß.»

«Das klingt wirklich ein bißchen übertrieben. Hübsch ist es hier.» Sie standen im Mittelschiff. Vor der blaßblau und gold bemalten Figur der Jungfrau Maria brannten Kerzen.

Aber Tommy Whittaker hatte anderes im Kopf als Gott und

die Heiligen. «Übertrieben? Das kann man wohl sagen. Wenn ich Ihnen erzählen würde, was ich durchmache, um im Training zu bleiben... ach, lassen wir das. Jedenfalls muß ich jeden Tag Snooker spielen, um nicht aus der Übung zu kommen.»

«Und wofür brauchst du dann ausgerechnet mich? Wenn du schon die letzten zwei Nächte auf Skiern...»

«Als Alibi.»

«Wie bitte?»

«Es ist auf die Dauer zu riskant für mich allein. Bis jetzt hat mich zwar noch keiner gesehen. Aber wenn Tante Betsy es rauskriegt, komme ich in Teufels Küche. Sind Sie aber dabei, dann kann ich erzählen, wir hätten uns die Ruinen angesehen oder so was. Ihnen wird schon was einfallen.»

Melrose betrachtete das unbewegte Gesicht der Jungfrau Maria. Er hätte schwören können, daß sie ihm eben aufmunternd zugelächelt hatte.

«Na schön», sagte er so barsch wie möglich, damit der junge Marquis sich nicht etwa einbildete, er könne jetzt frei über ihn verfügen und ihn zu weiteren unbesonnenen Abenteuern überreden.

Aber als Tom ihm einen kameradschaftlichen Klaps auf die Schulter gab, mußte Melrose zugeben, daß er einem Abend mit der *Dritten Taube* alles andere vorziehen würde, sogar eine Skifahrt zum «Jerusalem Inn».

15

ALLES WAR WIE GEWOHNT: Robbie spielte Pac-Man, und Nell Hornsby stand hinter der Bar. Das Kätzchen lag wieder in der Krippe – die Puppe Alice war vermutlich für andere, wichtigere Aufgaben gebraucht worden.

In Jurys Kielwasser erschienen nach und nach ein paar Stammgäste an der Bar. Dickie stand bereits am Tresen, den Lauch wie einen ständigen Begleiter neben sich; er entblößte seine zahnlosen Kiefer zu einem freundlichen Grinsen, als er Jury ansprach: «Ich brauch 'n Bier, Mann. Woll'n Sie auch eins?» Jury nahm dankend an. Dickie war kein Geizkragen, soviel stand fest.

Nell Hornsby warf sich das Geschirrtuch über die Schulter und zapfte zwei Glas Bitter.

«Gießen Sie sich auch was ein, Nell», sagte Jury. Sie nahm eine Flasche aus dem Regal und schenkte sich einen kleinen Whisky ein. «Wissen Sie, wo Spinney Abbey liegt?»

«Klar. Die Hauptstraße weiter bis zum Ortsausgang und dann nach rechts. Sie etwa auch?»

«Ich etwa auch? Was meinen Sie denn damit?»

«Gestern abend haben vier Leute nach dem Weg gefragt. Aus Northants, meinte Joe. Einer von ihnen war ein richtiger Earl. Sie sind mitten in eine Prügelei geplatzt – gleich, du alter Saftsack!» schrie sie zu Nutter hinüber. «Ich hab bloß zwei Hände.»

«Wie sah er aus?»

«Groß, aber nicht ganz so groß wie Sie. Helles Haar, grüne Augen. Gutaussehender Bursche.» Fast hätte sie noch «Nicht ganz so gutaussehend wie Sie» hinzugefügt.

«Wer waren die anderen?»

Sie zuckte die Achseln. «Ich selber hab sie nicht gesehn. Joe sagte, der eine sah aus, als wäre er der Dienstbote vom andern. Eine alte Dame war auch dabei. Und eine junge. Joe meint, sie sei ziemlich hübsch gewesen. Hat ihn an diesen Filmstar erinnert – wie heißt sie doch gleich?»

«Vanessa Redgrave», sagte Jury mehr zu seinem Glas als zu Nell.

«Genau. Sie kennen diese Leute also.»

Jury nickte. «Wollten sie zu den Seainghams?»

«Ja.»

Jury hatte keine Ahnung, was Melrose Plant in Spinney Abbey trieb, aber er war froh, daß er dort war. Das würde ihm eine

Menge Zeit und Ärger ersparen. Plant hatte ihm schon bei so manchem Fall weitergeholfen.

Nell Hornsby leerte ihr Whiskyglas und fragte: «Mögen Sie eigentlich Snooker? Im Hinterzimmer findet gerade ein Match statt. Clive macht auch mit.»

«Danke. Vielleicht seh ich's mir mal an.» Jury verschob seinen Besuch in der Abtei auf später. Je später die Stunde, desto größer der Überraschungseffekt.

Und desto später käme es zu der Begegnung mit Vivian Rivington.

Der hintere Teil des Pubs bestand aus einem langen Zimmer mit Steinfußboden, das ein Radiator in dem großen, kalten Kamin nur äußerst unzureichend beheizte. Das Zimmer war im Moment für die Snooker-Partien reserviert; den niedrigeren Pool-Tisch hatte man in den Vorderraum gestellt. Die Kälte schien keinen zu stören, weder die Spieler noch die Zuschauer, die zum größten Teil von dem Spiel am ersten Tisch zum zweiten Tisch hinüberwanderten, wo soeben eine neue Partie begann.

Clive, der eine Sonnenbrille trug, setzte in einer Art Boxerpose zum ersten Stoß an. Jury fragte sich, wie er durch die dunklen Gläser noch die Kugeln erkennen konnte. Obwohl er von Snooker etwa soviel Ahnung hatte wie von der Hundepflege, kam ihm Clives Haltung doch ein wenig nachlässig vor. Seine linke Hand bildete eine wacklige Brücke für das Queue. Allerdings war er mit seinen kurzen Stummelfingern ohnehin im Nachteil. Wenn man jedoch danach ging, wie die Leute sich um den Tisch drängten, um ihm zuzusehen, dann schien Clive der Dorfchampion zu sein. Er fixierte lange das Dreieck mit den roten Kugeln und visierte dann die linke hintere an. Er versenkte sie in der linken Ecktasche. Der Spielball prallte von der Bande ab und kam hinter den farbigen Kugeln fast wieder auf der Feldlinie zum Stehen. Für Jury, den Laien, sah das nach einem verdammt guten Stoß aus, denn Clive hatte jetzt keine Schwierigkeiten, die gelbe Kugel in der mittleren Tasche zu versenken. Er konnte abwechselnd noch drei rote und drei farbige einlochen, bevor ihm bei einem Stoß auf eine rote Kugel, die an der Bande lag, das Queue abrutschte. Aber er hatte eine hübsche Serie hingelegt, so daß er sich beruhigt zurücklehnen konnte.

Jury ging hinüber zu Clive, der sich gerade selbst mit einem Bier zuprostete. Er zeigte ihm seinen Ausweis und das Foto von Helen Minton. «Tut mir leid, daß ich Sie stören muß, aber Mrs. Hornsby hat mir erzählt, Sie hätten sich mit dieser Frau hier unterhalten.»

Clive beäugte mißtrauisch das Bild und zuckte die Achseln. «Ich hab ihr nur einen Drink ausgegeben. Sie hat kaum ein Wort geredet.» Er schaute zum Snooker-Tisch hinüber. «Ich bin wieder dran.» Er schob sich an Jury vorbei und trat an den Tisch.

In Höhe von Jurys Ellbogen sagte eine Stimme: «Ich hab die Kleider.»

Es war Chrissie. Im Arm hielt sie die große Puppe, die jetzt mit Stoffstreifen umwickelt war und wie ein Fall fürs Leichenschauhaus aussah.

«Schön», sagte Jury. «Jetzt sieht sie schon eher wie das Jesuskind aus.»

Chrissie war offenbar mit diesem mageren Kompliment noch nicht zufrieden, aber als Jury dem nichts weiter hinzuzufügen hatte, drehte sie sich um und sah gleichfalls dem Spiel zu. «Spielen Sie das auch?» Ihre Kinderstimme drang hell durch den rauchgeschwängerten Bierdunst.

«Psst», machte jemand, denn Clive konzentrierte sich gerade auf einen schwierigen Bandenstoß.

In diesem Moment wurde die Hintertür aufgerissen, ein eisiger Wind fegte eine dichte Schneewolke herein und mit ihr zwei Gestalten in Skimützen.

Clive landete einen Fehlstoß und fluchte.

Jury war im Vorteil gegenüber Melrose Plant. Der riß beim unverhofften Anblick seines Freundes in sprachlosem Erstaunen Mund und Augen auf.

«Was ist das?» fragte Jury und sah von Melrose zu Tom. «Die Olympia-Auswahl von Spinneyton?»

«Ich frage am besten gar nicht erst, was das zu bedeuten hat», sagte Jury.

«Ich bitte darum», sagte Melrose. «Aber wir sind tatsächlich auf Skiern gekommen.»

«Was Sie nicht sagen.»

Melrose beobachtete Tommy, der sich mit den anderen Spielern unterhielt, als wäre er hier zu Hause. «Sie, äh... sind wohl mit dem Auto hier?»

«Ja. So ist das eben mit uns Stadtmenschen. Wenn Sie bei Seaingham zu Gast sind, kennen Sie wahrscheinlich den Mann, nach dem ich suche – Frederick Parmenger.»

«Parmenger? Was wollen Sie denn ausgerechnet von dem?»

«Vorgestern wurde im Schlafzimmer von Old Hall eine Frau tot aufgefunden...»

«Old Hall? Sagt mir nichts.»

«Das Herrenhaus in Washington. Es gehört der Gesellschaft für Denkmalschutz... lesen Sie denn keine Zeitungen?»

«Zeitungen. Wie denn? Spinney Abbey ist seit drei Tagen eingeschneit. Wir sind mehr oder weniger von der Welt abgeschnitten.» Melrose hielt seine Skimütze hoch. «Sie glauben doch nicht etwa, daß ich jeden Tag mit dieser Polarausrüstung durch die Gegend streife, oder?»

«Ich hoffe es jedenfalls nicht. Parmenger ist der Cousin der Frau, die gefunden wurde. Ihr Name ist Helen Minton.»

«Wie wurde sie gefunden?»

«Tot.»

Melrose zündete sich eine Zigarre an. «Das habe ich mir beinahe gedacht. Ich wollte eigentlich wissen, wie sie gestorben ist. Wer hat sie gefunden? Die Denkmalschützer?»

«Touristen», sagte Jury knapp.

«Sie wurde also ermordet. Ansonsten hätte man Sie wohl kaum hierhergeschickt.»

«Man hat mich nicht geschickt, ich war schon hier.»

«In dieser Einöde? Wieso denn das?»

Jury erzählte ihm von seinem vorzeitig abgebrochenen Besuch in Newcastle und seiner Begegnung mit Helen Minton.

Melrose schwieg eine Weile, blies auf die Glut seiner Zigarre und sagte dann: «Das tut mir leid.»

Jury zuckte die Achseln und trank einen Schluck Bier. «Es muß Ihnen nicht leid tun. Ich kannte sie kaum.» Ein schreckliches Gefühl, sie verraten zu haben, überkam ihn, während seine Augen abwesend das Spiel verfolgten, das gerade zu Ende ging. Clive hatte haushoch gewonnen; sein Gegner gab entnervt auf.

«Was ist mit Parmenger?»

«Er ist Helen Mintons Cousin. Wir haben zwei Tage gebraucht, um ihn ausfindig zu machen. Anscheinend ist er nicht gerade der gesellige Typ.»

«Ha! Darauf trink ich einen, wenn Sie mich einladen. Übrigens ist Parmenger der einzige, der seine Sinne noch alle beisammen hat: Er ist nicht zum Vergnügen in der Abtei, sondern beruflich. Er hat Grace Seaingham porträtiert. Allerdings finde ich es ziemlich erstaunlich, daß er dafür die lange Reise in den kalten Norden in Kauf genommen hat. Parmenger ist nämlich ganz und gar nicht der Typ, der anderen Gefälligkeiten erweist. Und außerdem würden Sie bei diesem Sauwetter nicht extra nach Spinney Abbey fahren, wenn Sie Parmenger lediglich bitten wollten, die Leiche seiner Cousine zu identifizieren. Was ist also los?»

Jury sah Clive dabei zu, wie er die Kugeln für ein neues Spiel zurechtlegte. «Sie wurde vergiftet.» Er starrte auf die drei Kugeln, die Clive auf die Feldlinie gelegt hatte – gelb, braun, grün. «Was trinken Sie?»

Melrose sah ihn einen Moment lang schweigend an. «Das Übliche.»

Während Hornsby ein Old Peculier und ein Newcastle Ale zapfte, bemerkte Jury, daß die in Lumpen eingewickelte Puppe inzwischen wieder in die Krippe gelegt worden war. Der Anblick machte ihn unsagbar traurig; er dachte an Mrs. Wasserman und Pater Rourke.

«Kann man die Abtei nur auf Skiern erreichen?» fragte er und reichte Melrose das Bier.

«Lustig wär's ja. Nein, man kommt auch mit dem Geländewagen durch, aber auf Skiern geht's am schnellsten. Und es ist die einzige Fluchtmöglichkeit, wenn man» – er deutete auf Tommy Whittaker – «sich einem so lasterhaften Zeitvertreib wie Pool nur heimlich hingeben darf.»

«Snooker», wies Jury ihn zurecht.

«Für mich ist das ein und dasselbe.»

«Snooker ist komplizierter, soviel ich weiß.» Er sah, daß Clive sein Queue neu einkreidete. Wenn ihn nicht alles täuschte, würde Clive jetzt gegen den Jungen spielen, der mit Melrose gekommen war. Er wollte sich gerade nach Whittaker erkundigen, als er Plant sagen hörte: «...die Straße wird bestimmt bald wieder frei sein; ich werde also demnächst mein Auto startklar machen und Agatha und Viv...» Melrose verstummte und begutachtete wieder die Spitze seiner Zigarre.

«Was tut Vivian denn hier? Ich dachte, sie hätte diesen italienischen Herzog geheiratet.»

«Er ist ein Graf. Und gondelt nach wie vor als Junggeselle durch Venedig. Ich habe den Verdacht, Vivian hat kalte Füße bekommen. Oder besser: nasse Füße.»

Jury sagte nur: «Aha.» Seine letzte flüchtige Begegnung mit Vivian hatte in Stratford-upon-Avon stattgefunden. Sie war damals mit dem anderen, diesem Italiener, zusammengewesen. Als er nun von der veränderten Situation erfuhr, wallten alte Gefühle mit einer Heftigkeit in ihm hoch, die ihn überraschte. Zum Teufel, warum konnte er nicht in Ruhe seinen Angelegenheiten nachgehen, statt andauernd über Leute zu stolpern, die dann doch bloß wieder aus seinem Leben verschwanden? Er beschloß, nicht weiter darüber nachzudenken, und deutete auf den zweiten Tisch. «Wird der Junge jetzt gegen Clive spielen?»

«Welchen Clive?»

«Den Sieger der letzten Runde. Wieso begleiten Sie ihn eigentlich auf seinen Skiwanderungen? Und was sollte das Geflachse von wegen ‹Herr Marquis› vorhin, bevor er Sie ans Schienbein getreten hat?»

«Ihnen entgeht aber auch nichts, was? Ich will den Jungen nur ein wenig aufmuntern.» Melrose seufzte schicksalsergeben. «Er tut mir leid, obwohl ich mir eigentlich eher selbst leid tun sollte. Es ist wahrlich kein Vergnügen, in diesem kalten Gemäuer festzusitzen und sich anhören zu müssen, wie Tom auf Klavier und Oboe dilettiert. Aber es ist nicht seine Schuld. Es ist die Tante...»

«Jetzt verstehe ich.»

«Tja. Ich muß allerdings sagen, daß *seine* Tante ihn wirklich gern hat. Das Dumme ist nur, daß sie ihn nicht nach seiner Fasson selig werden läßt: sie hat Angst, daß er so wird wie seine Eltern – ein Playboy, der sich ständig in Kenia rumtreibt, seine Frau betrügt, Orgien feiert, und was solche Typen sonst noch so anstellen. Der Kleine ist der Marquis von Meares, und sie will, daß er seinem Namen Ehre macht.»

«Armer Kerl, er ist doch noch viel zu jung für einen Marquis.»

«Nicht hier», flüsterte Melrose mit einem Blick auf Tommy, der gerade einen Schluck aus seinem Bierglas nahm. Die Kugeln waren aufgelegt, das Spiel konnte beginnen. «Dummerweise ist Großtantchen wiederum zu nachsichtig, was seine musikalischen Darbietungen betrifft. Er spielt einfach grauenhaft – was zum Teufel will er hier eigentlich mit diesem verfluchten Oboenkasten? Den hat er sich vorhin also über die Schulter geschnallt.»

In der Tat hatte Tommy Whittaker seinen Oboenkasten mitgebracht. Er entnahm ihm zwei dünne Rundhölzer, schraubte sie behende zusammen und kreidete die Spitze ein.

«Ein Queue! Du hattest ja ein Queue in deinem Oboenkasten», rief Melrose.

Tommy sah von Plant zu Jury. Mit unbewegter Miene entgegnete er: «Haben Sie schon mal versucht, mit 'ner Oboe Snooker zu spielen?»

Fünfter Teil

Sicherheits-Spiel

16

Mit dem Queue konnte er eindeutig besser umgehen als mit der Oboe.

Clives Nerven begannen bereits zu flattern, bevor Tommy nur einen Stoß gemacht hatte. Nach einer Serie von 24 Punkten verpatzte Clive einen einfachen Direktstoß. Allein auf Rot und Schwarz spielend schaffte Tommy eine Serie von 40, wozu ein erstaunliches Repertoire an Stößen notwendig war. Ein Stoß auf die letzte rote Kugel führte dazu, daß der Spielball zur Feldlinie und in eine günstige Position zu den farbigen rollte. Er versenkte die gelbe mit einem Rückläufer, desgleichen die grüne und die braune und machte dann einen Sicherheitsstoß über zwei Banden.

Als Clive wieder an den Tisch trat, hatte Tommy eine Serie von 54 Punkten hingelegt, ein Ergebnis, auf das selbst ein professioneller Spieler hätte stolz sein können. Aber es war nicht die Präzision, die Jury erstaunte, es war die Geschwindigkeit. Tom schien es nicht nötig zu haben, erst lange über einen Stoß nachzudenken, und doch war es klar, daß er nach einem bestimmten Plan spielte wie ein Schachspieler, der mehrere Züge vorausdenkt. Nur in seinen Bewegungen ähnelte er eher einem Tornado als einem Schachspieler.

«Wo hast du gelernt, so zu spielen?» Melrose bot ihm eine Zigarre an.

«Übung», sagte Tommy schlicht, dankte Melrose für die Zigarre und ging zurück an den Tisch. Clive hatte den Spielball ungünstig an die Bande gespielt und konnte nicht an seine farbige herankommen. Er versuchte, Tommy den Zugang zur blauen zu verbauen, aber es gelang ihm nicht, und Tommy versenkte sie und gleich darauf die rosa Kugel. Die schwarze einzulochen war danach nur noch Routine, und dann war das Spiel zu Ende.

«Übung ist gut! Du mußt schon in der Wiege damit angefangen haben.»

Tommy lächelte. «Mit fünf, um genau zu sein. Wissen Sie, mein Vater spielte gern Billard. Ich mußte mich immer auf eine Kiste stellen, damit ich über den Tisch reichen konnte.»

«Ich habe noch nie jemanden so schnell spielen sehen», sagte Jury.

«Dann haben Sie noch nie Hurricane Higgins gesehen.»

«WAS SOLL DAS HEISSEN, ich kann nicht mitfahren?» Melrose dachte schaudernd an die Skier.

Hornsby hatte schon vor einer halben Stunde die Sperrstunde verkündet, aber da ein paar Stammgäste auf ihren Ohren zu sitzen schienen, mußte er sich nun lautstark wiederholen.

«Es wäre besser, wenn wir nicht zusammen in Spinney Abbey auftauchten. Außerdem sollten Sie den Jungen nicht allein durch dieses Schneegestöber...» Er nickte Tommy zu, der sich mit Clive unterhielt. Clive zeigte sich trotz seiner Niederlage gegen den Jungen als guter Verlierer.

«Der liefe sogar bis zur Antarktis, wenn es dort einen Snooker-Tisch gäbe. Und überhaupt: Glauben Sie etwa, daß unsere Freundschaft ein Geheimnis bleibt, wenn Agatha Sie erst einmal gesehen hat? Unsere gemeinsamen Erlebnisse werden in ähnlich epischer Breite dargestellt werden wie die von Euryalus und Nisos.» Er kannte Jurys Vorliebe für Antike und Klassik.

«Ich weiß, daß wir kein Geheimnis daraus machen können. Trotzdem werden Sie mir eine größere Hilfe sein, wenn gar nicht erst der Eindruck entsteht, daß wir zusammen an diesem Fall arbeiten.»

«Dann sagen Sie mir wenigstens, an was für einem Fall wir arbeiten. Was hoffen Sie in der Abtei zu finden?»

«Zunächst einmal Frederick Parmenger. Also los, rauf auf

die Skier. Sie werden wahrscheinlich vor mir dort sein. Bis zum Ortsausgang und dann nach rechts, stimmt's?»

«Ja. Sie können die Abtei gar nicht verfehlen. Außenrum ist nichts als Dunkelheit; halten Sie einfach auf den einzigen beleuchteten Punkt zu. Aber ist es nicht selbst für Scotland Yard schon ein bißchen zu spät, um harmlose Leute in einer dienstlichen Angelegenheit aufzusuchen?»

«Schon möglich. Aber manchmal ist mir der Überraschungseffekt wichtiger als meine gute Erziehung.» Lächelnd steckte Jury seine Zigaretten ein. «Hoffentlich komme ich mit dem Wagen durch. Sie werden schon hübsch warm in den Betten liegen.»

«Wahrscheinlich. Hier auf dem Lande ist eben nicht viel los.»

«Täuschen Sie sich da nur nicht», sagte Jury.

Er hätte es Tom gegenüber mit keinem Wort zugegeben, aber trotz des eisigen Windes fand Melrose Vergnügen daran, lautlos durch Schnee und Dunkelheit zu gleiten. Vielleicht schlummerte in einem verborgenen Winkel seines Herzens ein Rest Jack London-Romantik, denn er sah sich schon als Held von *Auf Skiern*. Aber während in seiner Phantasie noch Bilder von Alaska und Goldgräberlagern herumspukten, schweiften seine Gedanken allmählich zurück zu Ardry End, zu seinem bequemen Sessel vor dem Kamin und einem Glas Port, und er kam zu dem Schluß, daß ihn von MacQuades Held doch einiges unterschied.

Tommy dachte ebenfalls an das Buch. «Es ist wirklich spannend», sagte er. «In dem ganzen Buch tritt nur eine einzige Figur auf, und trotzdem wird es nie langweilig. Es muß schwierig sein, so etwas zu schreiben.»

«Ein großer Wurf, das Buch», sagte Melrose. «Kein Wunder, daß er den Booker-Preis dafür bekommen hat. Und er selber ist auch ganz in Ordnung.»

Der fahle Mond verschwand hinter einer Wolkenbank, einzig Toms fluoreszierender Kompaß schimmerte in der Dunkelheit. «Die Richtung stimmt. Es ist nur noch eine halbe Meile bis zur Abtei. Ich erkenne die Mauer dort drüben. Ich glaube, es ist ein altes Bauernhaus oder so was.»

Melrose sah nur eine schwarze Silhouette. «Apropos Mauer – wie schaffst du es, auch in St. Jude's zu trainieren? Denn um so spielen zu können wie du, muß man doch bestimmt wie ein Verrückter üben. Da bleibt dir doch wenig Zeit zum Lernen.»

«Das Lernen hab ich mir abgewöhnt. Die Pauker wundern sich zwar manchmal, wo ich abgeblieben bin – aber nur ein bißchen, als hätten sie ihre Pfeife oder Brille verlegt. Ich glaube, die würden keinen vermissen, der nicht gerade ein Cricket-As ist. Ich klettere immer so früh ich kann über die Mauer und gehe in die Spielhalle unten im Dorf. Und natürlich lese ich viel abends, nachdem die Lichter gelöscht werden, damit ich nicht ganz den Anschluß verpasse. Mein Spezialgebiet ist Mesopotamien, da bin ich inzwischen eine echte Autorität, und deswegen denkt jeder, daß ich über alles andere auch eine Menge weiß. Es ist schon komisch: wenn man sich gut mit einer Sache auskennt, die keinen besonders interessiert, halten die Leute einen gleich für hochgebildet. Nein, in St. Jude's hab ich genug Gelegenheit zum Trainieren; schwierig wird es erst, wenn ich in den Ferien nach Hause komme.» Melrose hörte jemanden seufzen; vielleicht war es Tom, vielleicht aber auch nur der Wind, der ihm um die Ohren blies. «Tante Betsy ist strikt dagegen, daß ich spiele. Ich glaube, es erinnert sie an Vater. Außer am Billardtisch hat er sich nie viel um mich gekümmert. Sie hat schon recht, er war wirklich so eine Art Playboy. Hat nie gearbeitet und das Geld mit beiden Händen ausgegeben. ‹Leichtfertig›, so nennt sie ihn. Ihn und meine Mutter. Ich will aber nicht sagen, daß sie schlecht von meinen Eltern spricht, das bestimmt nicht. Jedenfalls muß ich mir in den Ferien alle möglichen Tricks ausdenken, um nicht aus der Form zu kommen. Die Klavierstunden nehm ich zum Beispiel, damit meine Finger geschmeidig bleiben. Ich bin ein ziemlich miserabler Klavierspieler, oder?» Er schien auf seinen Mangel an Talent fast stolz zu sein.

«Einem miserableren bin ich noch nicht begegnet.»

Tom lachte. «Na ja, und dann die Oboe. An der interessiert mich eigentlich nur der Kasten. Ich meine, es ist nicht ganz einfach, mit einem Queue durch die Gegend zu laufen, ohne daß jemand dumme Fragen stellt. Außerdem schieße ich ziemlich gut.»

Melrose blieb stehen. «Du schießt? Womit?»

Tom blieb ebenfalls stehen. «Mit dem Gewehr natürlich. Oder mit Pistolen. Wir haben einen Schießstand. Vater hat ihn bauen lassen, um üben zu können. Aber seit Tante Betsy ihre Tierliebe entdeckt hat, darf auf unserem Land nicht mehr geschossen werden. Mr. Seaingham versucht sie manchmal umzustimmen, weil er ganz verrückt auf die Vogeljagd ist. Denn hier gibt's jede Menge Fasanen, Rebhühner und Wachteln. Jedesmal wenn die Seainghams zu Besuch kommen, sieht er große Vogelschwärme aus dem Unterholz auffliegen...»

«Aber was hat Schießen denn mit Snooker zu tun?» fragte Melrose, während er sich eine sanfte Steigung hocharbeitete.

Vor ihnen lag ein Abhang. Sie stießen sich mit ihren Skistökken ab und fuhren Schuß. Über ihnen glänzten ein paar Sterne so kalt wie Stahl. «Der linke Arm wird dabei genauso benutzt wie beim Schießen», rief Tom. «Mit dem Gewehr trainiere ich ganz einfach eine ruhige Armhaltung. Wenn man bei einem Schuß auch nur das kleinste bißchen zittert, kann die Kugel das Ziel schon weit verfehlen.»

«Deine Snooker-Leidenschaft hält dich ja ganz schön auf Trab.»

«Der ganze Aufwand wäre nicht nötig, wenn ich jeden Tag spielen dürfte. Aber wenn man nicht tun kann, was man will, muß man eben versuchen, auf Umwegen ans Ziel zu kommen.»

Tante Betsy hatte einen Neffen, der seiner Berufung ebenso ergeben war wie nur irgendein Maler oder Schriftsteller, aber sie war blind für sein Talent. Der Gedanke stimmte Melrose traurig.

Tommy begann von dem Pub in der Nähe seiner Schule zu erzählen. «Natürlich weiß dort keiner, daß ich von St. Jude's komme und diesen verdammten Titel trage.»

Sie glitten eine Weile schweigend dahin, bis Tom plötzlich fragte: «War Ihre Familie böse, als Sie auf Ihren Titel verzichteten?»

«Meine Eltern waren schon tot. Lady Ardry ist meine einzige Verwandte.»

«Meine Eltern sind gestorben, als ich zehn war.»

«Erinnerst du dich noch gut an sie?»

«Ja. Mutter war wunderschön. Ich glaube, ich bin ihr manchmal ziemlich auf die Nerven gegangen. Besonders zärtlich war sie jedenfalls nie. Mit Vater war es oft lustig, vor allem am Billardtisch.» Er lachte. «Mann, hatten wir einen Spaß! Aber ich habe sie selten gesehen; sie trieben sich meistens in der Weltgeschichte herum.» Nach einem kurzen, wehmütigen Schweigen fuhr er fort: «Sie hätten mich ruhig mal mitnehmen können. Aber ich mußte immer bei Tante Betsy bleiben.» Als hätte er eben einen Verrat an seiner Großtante begangen, fügte er schnell hinzu: «Das heißt nicht, daß ich sie nicht liebe. Mal abgesehen vom Snooker ist sie schwer in Ordnung. Für Tante Betsy würde ich alles tun», sagte er mehr zu sich selbst, bevor er sich wieder an Melrose wandte. «Sie waren wahrscheinlich schon ziemlich alt, als Sie Ihren Titel abgelegt haben.»

«Ich finde nicht, daß man mit Ende Dreißig *alt* ist.»

Tom ging nicht weiter darauf ein. «Ich würde meinen Titel auch gerne loswerden, aber ich will Tante Betsy nicht weh tun. Sie lebt für die Familienehre – was immer die damit zu tun hat.»

«Aber es ist *dein* Leben; kein anderer kann dir die Verantwortung dafür abnehmen.»

Als hätte Melrose ihm damit einen Ausweg aus der Misere gezeigt, legte Tommy zu einem Spurt los. Spinney Abbey lag immer noch eine Viertelmeile entfernt.

Melrose fühlte sich wie ein Walroß auf Schlittschuhen, als er zehn Minuten später keuchend das kleine Tor in der Klostermauer erreichte. Er kam gerade noch rechtzeitig, um den Schrei zu hören und zu sehen, wie Tommy Whittaker der Länge nach hinschlug, als hätte ihn jemand von hinten niedergeschossen.

Die Skier ragten schräg nach oben, und Tommy lag bäuchlings im Schnee, als Melrose sich endlich bis zu ihm vorgearbeitet hatte.

«Verdammt noch mal!» rief Tom. «Helfen Sie mir doch hoch!»

Zu Melroses unendlicher Erleichterung schien er quicklebendig zu sein.

Es war kein leichtes Stück, jemandem aufzuhelfen, der Skier an den Füßen hatte, zumal wenn man selber auf Skiern stand, aber schließlich brachte Melrose den Jungen wieder auf die Beine. Tommy zerrte sich die Skimütze vom Kopf und wischte sich den Schnee aus dem Gesicht. «Was zum Teufel war denn *das*? Hat sich angefühlt wie ein Baumstumpf.» Er stellte die Skier parallel, ging in die Hocke und tastete im Schnee herum. «Haben Sie denn keine Taschenlampe dabei?» fragte er Melrose.

«Nein. Ich bin schließlich noch Anfänger im Überlebenstraining.»

«Es scheint ein Tierkadaver zu sein oder so was – o Gott...»

«Was ist los?»

«Das ist doch Mrs. Seainghams Hermelincape –»

«Laß es liegen», sagte Melrose rasch. Er hatte es endlich geschafft, die Bindungen seiner Skier zu öffnen. Hier, in der Nähe des überdachten Fußwegs, lag der Schnee nur knöcheltief.

«Wieso?»

Melrose kniete nieder und betastete vorsichtig das Cape. Das weiche Fell war schnee- und eisverkrustet. Der Körper darunter lag mit dem Gesicht im Schnee. «Weil», sagte er langsam, «weil du nicht über ein Cape gestürzt bist, alter Junge.»

Er fragte sich, wer in aller Welt den Wunsch gehabt haben konnte, Grace Seaingham zu ermorden.

Der zweite Schock ließ nicht lange auf sich warten, denn die erste, die in weißen Satin gehüllt auf der Treppe der Vorhalle erschien, nachdem Marchbanks und Ruthven Alarm geschlagen hatten, war Grace Seaingham.

Warum sie denn so dreinstarrten, wollte sie wissen. Ob irgend etwas nicht in Ordnung sei?

Melrose wählte seine Worte vorsichtig. «Ich denke, Mrs. Seaingham, Sie werden feststellen, daß einer Ihrer Gäste... fehlt.»

Lady Ardry war es jedenfalls nicht.

Sie kam im Morgenmantel und Schlafhaube die Treppe heruntergestürzt und überschüttete sie mit einem Schwall von Fragen. Warum hatte man sie aus dem Schlaf gerissen? Wieso lief Melrose in dieser komischen Aufmachung herum? Warum, wieso, weshalb?

Lady St. Leger, die mit großen Augen ihren Neffen anstarrte, verlangte ebenfalls nach einer Erklärung. «Wo in aller Welt kommst du jetzt her, Tom?»

«Ich war Ski laufen», sagte Tommy. Beim Anblick seines schuldbewußten Gesichtsausdrucks brach MacQuade in Gelächter aus.

Erst als Melrose Vivian sah, bemerkte er, wie groß seine innere Anspannung gewesen war. Ihr Haar war völlig zerzaust, ihr Morgenmantel einige Nummern zu groß; sie gehörte zweifellos nicht zu jenen Frauen, die kurz nach dem Erwachen am schönsten aussehen. Zudem war sie ziemlich benebelt. Zuviel Brandy, vermutete er. Als sie ihn gähnend fragte, ob er vorhabe, eine Art Gesellschaftsspiel zu veranstalten, sagte er kein Wort.

Alle Bewohner des Hauses, Gastgeber und Gäste, hatten sich inzwischen im Salon eingefunden. Die meisten steuerten unverzüglich auf den Tisch mit den Getränken zu.

Melrose sah von einem zum anderen und sagte dann ohne Umschweife: «Beatrice Sleight ist ermordet worden.»

Außer Susan Assington, die erschrocken ihren Drink verschüttete – und selbst das schien in Zeitlupe zu passieren –, erstarrten alle in verschiedenen Posen der Verblüffung und des Unglaubens.

Es war Frederick Parmenger, der mit einem gezwungenen Gelächter die Anspannung löste. «Wirklich ein verdammt origineller Scherz – was immer Sie auch damit bezwecken mögen.»

Es kam wieder Bewegung in die Anwesenden; die einen lachten nervös mit, andere ließen sich erleichtert in die Sessel fallen. Agatha seufzte und steckte einen Lockenwickler unter die Schlafhaube, die ihrem Kopf das Aussehen eines riesigen Pilzes verlieh. «Achten Sie am besten gar nicht auf Melrose. Er liebt seltsame Scherze.»

Nur Charles Seaingham hatte seine Sinne so weit beisammen, daß er Beatrice Sleights Abwesenheit bemerkte. Er warf Melrose einen prüfenden Blick zu und erbleichte. «Das ist kein Scherz. Aber, mein Gott, was... wo...?» Er sah sich suchend um, als könne die Leiche plötzlich auf dem Fußboden auftauchen.

«Draußen», sagte Melrose. «Tom und ich haben sie gefunden. In der Nähe des Wegs, der zur Kapelle führt.»

Wieder erstarrten alle. «Treiben Sie bitte nicht solche makabren...» begann Grace Seaingham, doch als sie sah, daß Melrose und Tommy keineswegs zu Scherzen aufgelegt waren, griff sie haltsuchend nach dem Arm ihres Mannes.

«Sind Sie sicher, daß sie tot ist?» fragte Sir George Assington.

«Ja.»

«Bitte – schauen Sie nach, George», bat Seaingham.

Melrose hielt ihn auf. «Es wäre vielleicht besser, auf die Polizei zu warten.»

«Die braucht doch Stunden, um herzukommen», sagte Seaingham.

«Das glaube ich eigentlich nicht», entgegnete Melrose.

17

JEMAND POCHTE MIT DEM RIESIGEN MESSINGRING an der Tür zweimal gegen das Holz. Das Geräusch ließ alle auffahren.

Als Ruthven – der in seinem alten gestreiften Morgenrock so würdevoll einherschritt, als trüge er einen Cut – Jury in den Salon führte, wünschte Melrose, er hätte etwas mehr Zeit gehabt, seine Gedanken zu ordnen.

Die arme Lady Ardry stellte Jurys Erscheinen offensichtlich vor ganz andere Probleme: Sie riß den Mund auf, hievte sich aus dem Rosenholzsofa, achtete nicht mehr auf die Lockenwickler, die unter ihrer Haube hervorsprossen, und machte mit einem Schrei ihrer Verwunderung Luft: «Großer Gott! Inspektor Jury!» Bei ihrer letzten Begegnung war er noch «Herr Oberinspektor» gewesen. Und obgleich Melrose ihr mehr als einmal erzählt hatte, daß Jury jetzt Superintendent sei, kaufte sie ihm das nicht ab, weil sie von der Beförderung nicht persönlich unterrichtet worden war. Jury schüttelte ihr die Hand, und Agatha, die offenbar schon vergessen hatte, daß draußen im Schnee eine Tote lag, begann ihn den anderen vorzustellen.

Bei Vivian Rivingtons Anblick leuchteten Jurys Augen auf. Vivian schenkte ihm ein so nervöses, gekünsteltes Lächeln, daß man hätte glauben können, sie habe etwas zu verbergen. Sie entfernte sich schnell wieder und trat hastig aus dem Feuerschein in einen dunkleren Winkel des Raums.

Melrose beschloß, Agathas unaufhörlichem Geplapper ein Ende zu bereiten: «Sie sollten sich einmal anschauen, was da draußen im Schnee liegt, Superintendent.»

Jury richtete sich auf, warf einen letzten Blick auf die Tote und klopfte den Schnee von seiner Hose. «Der Schuß kam aus einer Schrotflinte.» Er ließ den Strahl der Taschenlampe, die Marchbanks ihm besorgt hatte, über den Boden um die Leiche herumkreisen. «Schöne Sauerei.»

«Tut mir leid, daß wir den Schnee zertrampelt haben. Wir wußten ja nicht, daß hier eine Leiche liegt.»

«Ich mache Ihnen doch keine Vorwürfe. Wo mag nur die Waffe geblieben sein?» Er schien die Frage mehr in die Nacht hinein als an Melrose zu stellen.

«Ich würde mal in Seainghams Gewehrständer nachsehen. Die Waffenkammer – dort bewahrt er seine gesamte Sportausrüstung auf – liegt dort drüben; es ist das erste Zimmer hinter der Galerie.» Er sah wieder auf die Leiche hinab. «Wie lange ist sie wohl schon tot?»

Jury schüttelte den Kopf. «Noch nicht lange. Gesicht und Nacken sind trotz des Frostes noch nicht erstarrt. Eigentlich müßten aber Sie doch den Zeitpunkt des Todes besser abschätzen können.» Er knipste die Taschenlampe aus. «Wann haben Sie sie zuletzt gesehen?»

«Gegen neun. Tom und ich sind gleich nach dem Dinner aufgebrochen. Die anderen gingen alle in den Salon, um ihren Schlummertrunk zu nehmen.»

Jury zuckte die Achseln. «Man kann wohl noch eine weitere Stunde dazurechnen. Ich denke, daß der Täter gewartet hat, bis die anderen ins Bett gegangen sind. Wahrscheinlich ist sie nicht länger als eine Stunde tot. Was wissen Sie über die Frau?»

«Daß sie nicht sehr beliebt war.»

«Das», sagte Jury, «ist mir auch schon aufgefallen.»

Von Charles Seainghams Arbeitszimmer aus rief Jury das Northumbria-Revier an. Cullen hatte Nachtdienst und setzte zu einer bitteren Klage über eine Horde Rabauken an, die eben aus einem Pub im Einkaufszentrum Kleinholz gemacht hatten. Jury brachte ihm schonend bei, daß die Nacht für ihn noch nicht zu Ende war.

«Herrgott! Passieren solche Sachen immer, wenn Sie irgendwo auftauchen?»

«*Ich* habe sie nicht erschossen.»

Einen Moment lang schien Cullen diese Möglichkeit in Erwägung zu ziehen, aber dann sagte er: «Na schön. Ich benachrichtige Durham und sage, sie sollen ein paar Leute zu Ihnen rausschicken. Wahrscheinlich werden sie früher dasein als ich. Ist die verfluchte Straße zu diesem gottverlassenen Ort geräumt?»

«Ja.»

«Mist.» Cullen legte auf.

Als Melrose erfuhr, daß sie auf Cullen warten mußten, runzelte er die Stirn. «Wieso? Wir haben doch einen ausgezeichneten Polizisten hier.»

«Niemand hat mich um meine Hilfe gebeten», entgegnete Jury. «Wir warten auf Cullen. Und in der Zwischenzeit... wer von den Anwesenden ist Parmenger?»

Melrose machte Jury mit Gastgebern und Gästen bekannt. Susan Assington versuchte, seine Aufmerksamkeit auf sich zu lenken, indem sie sich so geschickt vor ihm aufbaute, daß ihm die Sicht auf die anderen versperrt war. Sie reichte ihm ein Glas Brandy. «Das können Sie jetzt brauchen», sagte sie und senkte dann ihre affektierte Kleinmädchenstimme zu einem kehligen Gurren. «Einfach grauenvoll, was hier geschehen ist.» Ein anmutiger Schauder überlief ihren Körper und ließ ihr dünnes Satinneglìgé noch ein Stück weiter über die Schultern hinabrutschen. Susan stand im vollen Schein des Feuers, an ebenjenem Platz, den Vivian vor kurzem geräumt hatte.

Aber Jury lächelte ihr nur flüchtig zu, nahm weder ihr Negligé noch ihr schimmerndes Haar zur Kenntnis, sondern starrte auf Vivian, die ihrerseits betrübt an ihrem schäbigen Morgenrock hinunterschaute wie ein Kind, das in den Matsch gefallen ist.

«Wie geht es Ihnen, Miss Rivington? Es ist lange her, seit wir uns das letzte Mal gesehen haben.»

Melrose stieß einen Seufzer aus. *Miss Rivington*, Allmächtiger! Und vermutlich würde sie ihn *Superintendent* nennen...

«Superintendent Jury», sagte sie mit leiser, gepreßter Stimme, während sie verlegen in ihrem Haar herumnestelte. «Es ist Jahre her. Na ja, genaugenommen ein Jahr. Wenn man das überhaupt mitzählen kann... ich meine, es waren ja höchstens ein paar Minuten...»

Melrose kippte seinen Brandy hinunter. Die beiden würden sich vermutlich noch als Greise so aufführen. Manchmal kamen sie ihm vor wie eine Gleichung mit zwei Unbekannten, die beim besten Willen nicht zu lösen ist. Welches Klischee würden sie wohl als nächstes abhaken? Ach ja.

«...darf ich überhaupt noch *Miss* zu Ihnen sagen...?»

Die hilfreiche Agatha nahm Vivian die Antwort ab: «Ja, Sie dürfen. Und ob Sie das dürfen. Noch ist sie nicht mit diesem gräßlichen Italiener verheiratet!»

Melrose befreite Jury aus Agathas Klauen und machte ihn mit Frederick Parmenger bekannt, der, allein mit seinem Whisky-Soda, sich mit dem Rücken gegen ein Bücherregal lehnte und düster vor sich hin starrte.

«Könnte ich mich kurz mit Ihnen unterhalten, Mr. Parmenger?» fragte Jury.

«Mit mir? Wieso? Sehe ich denn heute besonders mordlüstern aus? Zugegeben, ich konnte das Weib nicht ausstehen, aber...»

«Es geht nicht um Miss Sleight.»

Parmenger war sichtlich verblüfft. «Nicht? Ja, was zum Teufel wollen Sie denn dann von mir?»

Jury empfand eine heftige Abneigung dagegen, Parmenger über Helens Tod aufzuklären. Das lag zum Teil daran, daß er den Tatsachen nicht noch ein weiteres Mal ins Auge blicken wollte.

Sie hatten sich in Seainghams Arbeitszimmer zurückgezogen. Es war ein ziemlich kleiner Raum, ein Zufluchtsort, der um einiges behaglicher war als Grace Seainghams Kapelle. Die Wände waren mit glänzendem dunklem Holz getäfelt; in den Bücherschränken standen seltene Ausgaben geschützt hinter Glas; auf dem Schreibtisch stapelten sich Zeitungsausschnitte und Zeitschriften neben einer großen Karaffe Whisky und einer Apothekerlampe; den offenen Kamin schmückten wunderschöne Kacheln; die Couch war mit hellbraunem Leder, der Lehnstuhl mit abgewetztem dunkelbraunem Samt bezogen. Abgesehen von ein paar holzgeschnitzten Enten und Fasanen fehlte jeder überflüssige Zierat. Nichts sah hier nach künstlichem Arrangement aus; die Möbel, die Bücher, die Bilder – sie paßten wie zufällig perfekt zusammen und zeugten von Charles Seainghams selbstverständlicher Sicherheit in Geschmacksfragen.

Allein die Bilder waren schon ein kleines Vermögen wert. Ein Manet, ein Druck von Picasso, ein Munch. Und ein Parmenger. Das Bild stand auf einer Staffelei in der Mitte des Raums. Offenbar hatte Parmenger in diesem Zimmer daran gearbeitet.

«Es geht um Helen Minton», begann er zurückhaltend.

«Um *Helen*? Was ist mit ihr?»

Jury war nicht ganz sicher, ob das Zittern in Parmengers Stimme echt oder nur gespielt war. Aber er scheute sich immer noch, mit der Wahrheit herauszurücken, und fragte ausweichend: «Haben Sie nicht die Zeitungen gelesen?»

«Welche Zeitungen? Wir waren hier eingeschneit. Was ist denn mit Helen?»

«Ich muß Ihnen leider eine traurige Mitteilung machen. Es hat einen Unfall gegeben. Helen ist tot.» Parmenger rutschte tiefer in seinen Sessel. Er erinnerte Jury an einen Menschen, der in einer Taucherglocke gefangen ist. Einen Moment lang hatte er den Eindruck, Parmenger würde gleich in Ohnmacht fallen.

Statt dessen erhob er sich, griff nach der Karaffe auf dem Tisch, füllte sein Glas mit Whisky, stürzte ihn hinunter und schenkte sich sofort einen neuen ein. Er hielt das Glas so fest umklammert, daß das Blut aus seinen Knöcheln wich.

«Unmöglich. Wie kann Helen tot sein?»

Jury betrachtete dies als rhetorische Frage. «Wann haben Sie sie zuletzt gesehen?»

«Vor zwei Monaten.» Parmenger sah Jury aus tränenfeuchten Augen an. «Wie kann Helen tot sein?»

«Sie war Ihre Cousine?»

Als könnte ihn die Nähe seiner Arbeit von der bedrückenden Anwesenheit des Todes und der Polizei befreien, trat Parmenger vor sein Porträt von Grace Seaingham. «Ja», sagte er.

Jury wartete ab.

Nach einer Weile drehte Parmenger sich um. «Was zum Teufel hat das alles zu bedeuten? Wieso kommt ein Mann von Scotland Yard hierher und will mit mir über Helen reden?»

«Ich kannte sie. Leider nur sehr flüchtig. Sie war eine... charmante Frau.» Er beobachtete Parmengers Gesicht, als erwartete er, es im nächsten Moment zersplittern zu sehen wie eine Windschutzscheibe.

Parmenger schien ein wenig zurückzuweichen, aber darüber hinaus zeigte er keinerlei Gefühlsregung. «Charmant. Ganz recht.» Er starrte Jury an, als wollte er nach altrömischer Sitte den Überbringer der schlechten Nachricht mit eigenen Händen erwürgen. Sein schönes scharfgeschnittenes Gesicht hätte sicher gut auf die Rückseite einer alten Münze gepaßt.

Sie musterten einander stumm. Schließlich brach Jury das Schweigen: «Sie haben mich noch gar nicht gefragt, wie sie gestorben ist.»

«Ihr Herz?»

«Nein. Sie wurde vergiftet.»

Frederick Parmenger wandte ihm abrupt den Rücken zu und studierte erneut sein Gemälde. Nach einer Weile sagte er leise: «Ich kann das einfach nicht glauben.»

Jury warf einen Blick auf seine Uhr. Zwanzig Minuten waren vergangen, seit er Cullen angerufen hatte. Es würde noch einmal so lange dauern, bis Cullen eintraf. Er hatte viel Zeit, Parmenger aus der Reserve zu locken. Er konnte warten.

Das Porträt zeigte Grace Seaingham in einem langärmeligen elfenbeinfarbenen Kleid, dessen schlichter Schnitt in reizvollem Kontrast zu dem kostbaren Stoff stand. Parmenger hatte die Textur der Moiréseide wunderbar wiedergegeben und mit gleicher Meisterschaft das Wintersonnenlicht eingefangen, das durch die Fenster strömte und in Streifen auf den chinesischen Teppich zu ihren Füßen fiel. Das Licht verlieh ihr ein überirdisches, schemenhaftes Aussehen. Jury glaubte fast, den dunklen Umriß des Bücherschranks durch ihre Gestalt hindurch sehen zu können.

Parmenger stand zigarrerauchend vor dem Bild und betrachtete es unverwandt, als gelte ihm beider ausschließliches Interesse. «Meine letzte Herzogin. Ist das nicht von Robert Browning? Jedenfalls ist dies hier hoffentlich mein letztes Porträt.»

«Sehen Sie sich in der Rolle des Herzogs von Ferrara?»

Es schien Parmenger zu überraschen, daß ein Polizist Browning kannte. «Nein. Ich glaube, Herzog Ferdinand liegt mir eher. Ich meine den, der in der *Herzogin von Malfi* verrückt wird, weil er glaubt, er würde sich in einen Wolf verwandeln. Seltsames Stück.» Der Blick, den er Jury zuwarf, war der eines tollwütigen Tieres. Doch er beherrschte sich und wandte sich mit einem Stirnrunzeln wieder dem Porträt zu, als habe er darin eine Unzulänglichkeit entdeckt.

«Der Tod von Beatrice Sleight scheint Ihnen ja nicht allzu nahe zu gehen.»

«Ehrlich gesagt, nein. Im Gegenteil, ich war unglaublich erleichtert, daß es nicht Grace getroffen hat. Grace ist wirklich ein guter Mensch. Ihre Bigotterie kann einem zwar auf die Nerven gehn, aber schließlich ist niemand vollkommen.» Er stürzte seinen Drink hinunter. «Dagegen war Beatrice Sleight ein Miststück. Ich kann mir keinen vorstellen, der es auch nur eine Stunde mit ihr allein ausgehalten hätte, ohne daß er Lust bekam, sie in Stücke zu reißen. Und wir waren ganze drei Tage zusammen mit ihr eingeschneit – Mann, mich wundert's, daß erst jetzt einer auf die Idee gekommen ist, ihr den Garaus zu machen.»

«Wer hätte Ihrer Meinung nach einen handfesten Grund gehabt, sie zu töten?»

«Alle.» Er trank den Whisky aus und goß sich einen neuen ein. «Aber einer ganz besonders.»

«Ich jedenfalls nicht. Werden Sie jetzt wissen wollen, wo ich zur fraglichen Zeit war und so weiter?» Er ließ sich wieder in den Sessel fallen, neigte den Kopf zur Seite, wie um das Porträt schärfer ins Auge fassen zu können, und beantwortete seine Frage gleich selbst. «Ich war auf meinem Zimmer.» Seine Augen, die unverwandt auf das Bild gerichtet waren, verengten sich zu Schlitzen. «Irgendwas stimmt da doch nicht.» Künstlerische Probleme interessierten ihn scheinbar über alles. «Ich war auf meinem Zimmer, genau wie alle anderen. Wir sind früh nach oben gegangen. Hatten wohl alle genug davon, Abend für Abend in die gleichen langweiligen Gesichter zu starren.»

«Haben Sie nichts gehört? Keinen Schuß, nichts?» fragte Jury. Parmenger schüttelte den Kopf, stand auf, trat ohne sein Glas abzusetzen an das Bild, nahm einen Pinsel aus einem Glastopf, mischte ein wenig Ocker mit einer Idee Schieferweiß und zog eine Linie, die so hauchdünn war, daß Jury sie kaum wahrnahm. Dann tat er den Pinsel zurück in den Topf und setzte sich wieder.

«Gar nichts. Die Schlafzimmer liegen auf der von der Kapelle abgewandten Seite des Hauses. Außerdem hat's ziemlich gestürmt. Bei dem Wind hätte man nicht mal eine Kanone gehört.»

«Sie waren aber noch nicht zu Bett gegangen», sagte Jury mit einem Blick auf Parmengers Anzug.

«Natürlich nicht. Ich mußte ja angezogen bleiben, damit ich mich nicht erkältete, während ich Bea Sleight auflauerte.» Er betrachtete Jury mit dem gleichen ungeduldigen Blick, mit dem er sein Bild begutachtet hatte.

«Ist es denkbar, daß jemand hier im Haus auch Helen Minton den Tod gewünscht haben könnte?»

«Hier im Haus?» Er lachte verächtlich. «Großer Gott, nein. Keiner von denen kannte sie.»

«Könnte vielleicht sonst jemand in Frage kommen?»

Parmenger schüttelte nachdenklich den Kopf. «Helen war zu anständig; sie hatte mit Sicherheit keine Feinde.»

«Mit einer Ausnahme», sagte Jury und erhob sich. In der Ferne hörte er das gedämpfte Geräusch eines Automotors.

18

Detective Sergeant Roy Cullen war in Sunderland geboren und aufgewachsen. Darum hatte er grundsätzlich nichts gegen Gewalt, wenn er sie auch nicht unbedingt begrüßte. Bei den zahlreichen handgreiflichen Auseinandersetzungen im Fußballstadion von Newcastle fühlte er sich jedenfalls durchaus in seinem Element. Aber mit einem Mordfall, in den Angehörige der Oberschicht verwickelt waren, gab er sich nur äußerst widerwillig ab. In Cullens Augen konnte man die in Spinney Abbey Versammelten größtenteils als Arbeitslose (oder, nach anderen Maßstäben, als Asoziale) bezeichnen, die auf eine Art zu Geld gekommen waren, die ihn mehr oder weniger an Falschmünzerei erinnerte. Daß jemand mit Bücherschreiben Geld verdiente (und zwar nicht zu knapp), war eine Sache, die er nicht ganz mit seinem eigenen undankbaren und schlechtbezahlten Job in Einklang bringen konnte.

Zu diesem Unbehagen gesellte sich nun auch noch der verdammte Schnee, der ihm in die Schuhe gedrungen war; die Tote, die er sich gerade angeschaut hatte; das Fußballspiel, das am Samstag wahrscheinlich wegen des schlechten Wetters ausfallen würde; und nicht zuletzt war da der Mord in Old Hall aufzuklären. Es war also durchaus verständlich, daß es mit Sergeant Cullens Laune nicht gerade zum besten stand. Er war ohnehin selten gut gelaunt, und der Butler, der ihm hochnäsig und mit spitzen

Fingern Hut und Mantel abgenommen hatte, als gehörten sie erst einmal gründlich entlaust, hatte seine Stimmung bestimmt nicht gebessert.

Was die Hausgäste betraf, die im Salon versammelt waren, so brachte er ihnen in etwa die gleichen freundlichen Gefühle entgegen wie den Fußballrowdies in der Fankurve des Stadions von Newcastle. Charles Seaingham verdiente mit seiner Schreiberei wahrscheinlich in einer einzigen Woche mehr als er selbst in einem ganzen Jahr; der Doktor – sicherlich mit Praxis in der feinen Londoner Harley Street – trug einen seidenen Morgenmantel; der jüngere Mann, der so interessiert dreinschaute, sah aus wie ein Landadeliger und Rennstallbesitzer; der Intellektuelle (jeder, der eine Hornbrille trug, wurde so von ihm klassifiziert) schrieb vermutlich zugkräftige Stücke mit viel Sex oder ging sonst einer unnützen, aber gut bezahlten Beschäftigung nach. Ein Sechzehn- oder Siebzehnjähriger war ebenfalls mit von der Partie. Der sah ganz erträglich aus, war aber eindeutig nicht der Typ des Fußballfans und bestimmt ein verzogener Schnösel. Und um dem Ganzen die Krone aufzusetzen, war da noch der Kerl von Scotland Yard. Nicht, daß Cullen sein Revier verteidigen wollte – es ging ihm einfach zutiefst gegen den Strich, daß Scotland Yard vor ihm am Tatort eingetroffen war. Diese vornehmen Pinkel schienen zu denken, daß für sie das Feinste gerade gut genug war: Gemüse kaufen bei Fortnum's, bei Todesfällen Scotland Yard.

All das ging Roy Cullen durch den Kopf, während er einen nach dem anderen musterte. Nach einem verlegenen Lächeln, das niemand im Raum erwiderte, sagte er: «Und das ist Constable Trimm.»

Cullen schätzte Trimm. Er schätzte ihn wegen seiner kleinen Statur und seines offenen, arglosen Gesichtsausdrucks. Doch dieser Eindruck kindlicher Harmlosigkeit war trügerisch und wurde von Cullen gern bei Verhören ausgenutzt, um den Verdächtigen in Sicherheit zu wiegen. Denn Trimm konnte wesentlich brutaler werden als Cullen, wenn es Ärger mit dem «Gelump» gab, wie sie die Schlägerbanden von Sunderland und Newcastle nannten. Er griff dann zu Methoden, die nicht immer ganz den Dienstvorschriften entsprachen, aber dafür blitzschnell das gewünschte Resultat erbrachten. Bei den Leuten hier in der Abtei würden sie etwas behutsamer vorgehen und sich mehr an die Regeln der Kunst halten müssen.

«Tut mir leid, aber wir müssen Ihre Zeit noch ein wenig in Anspruch nehmen», sagte er schadenfroh. Er konnte nichts dagegen tun; sie sahen einfach so verdammt... *privilegiert* aus. «Die Polizei von Durham sucht inzwischen die Umgebung ab. Wer hat die Tote gefunden?»

«Ich, oder besser gesagt wir.»

Der Rennstallbesitzer. Und der Junge. Mit dem Jungen würden sie keine Probleme haben, aber dem anderen war möglicherweise nicht so leicht beizukommen. «Darf ich um Ihren Namen bitten, Sir?» fragte Cullen übertrieben höflich.

«Melrose Plant.»

«Earl of Caverness», raunzte die Alte mit der Schlafhaube.

Ein Earl. Er hatte mit dem Rennstall wohl richtig getippt.

«Melrose Plant», berichtigte der Earl.

Cullen steckte sich einen Streifen Kaugummi in den Mund und sagte mit falscher Liebenswürdigkeit: «Was denn nun? Könnten Sie sich bitte einmal einigen?»

«Sie dürfen mir ruhig glauben, daß ich meinen eigenen Namen kenne», sagte der Rennstallbesitzer.

Cullen zuckte die Achseln. Wenn die ihre Titel nach Belieben trugen oder ablegten wie ein altes Hemd, so war das nicht sein Problem. «Sie und der Junge da haben sie also gefunden?»

«Jawohl», sagte Tommy Whittaker und buchstabierte ungefragt seinen Namen. Trimm zückte seinen Notizblock.

Das wiederum alarmierte die andere Alte – die um einiges vornehmer wirkte als die erste. «Er ist der *Marquis von Meares*!»

Mein Gott, dachte Cullen. Noch feucht hinter den Ohren, aber schon Marquis.

«Auf *Skiern*?» Cullen schob die Notizen beiseite, die der Mann von der Spurensicherung auf den Tisch in Seainghams Arbeitszimmer gelegt hatte, und starrte Melrose ungläubig an. «Wollen Sie mir erzählen, Mr. Plant, daß Sie und der junge Whittaker auf Skiern unterwegs waren?»

Plant hielt ihnen sein Zigarrenetui hin, bekam von beiden einen Korb und zündete sich dann selbst eine an. «Ganz recht. Wir kamen zurück aus dieser Kneipe; ‹Jerusalem Inn› heißt sie...»

«Kenn ich. Am Ortsrand von Spinneyton. Aber könnten Sie mir bitte erst mal erklären, warum Sie sich überhaupt veranlaßt fühlten, diese Spelunke aufzusuchen?»

«Im ‹Jerusalem Inn› fand ein Snooker-Match statt, das wir uns ansehen wollten. Auf dem Rückweg sind wir dann über die Leiche gestolpert.» Cullen fixierte ihn mit zusammengekniffenen Augen. «Als wir die Abtei verließen, lag sie noch *nicht* da, Sergeant.»

«Woher wissen Sie das?»

«Wir haben zurück die gleiche Route genommen wie auf dem Hinweg. Tommy kannte sich ja aus...» Melrose verstummte. Es hatte keinen Sinn, ihnen mehr zu erzählen als unbedingt nötig.

«Aber die beiden Polizisten waren nicht auf den Kopf gefallen. Trimm sah auf und wandte Melrose sein rosiges Puttengesicht zu. «Er kannte sich aus? Was soll das heißen?»

«Ach nichts. Er hatte sich nur die Route gut eingeprägt, um sicherzugehen, daß wir uns auf dem Rückweg nicht verirren würden.»

«Um welche Zeit sind Sie aufgebrochen?»

«Gegen neun. Nach dem Dinner.»

«Und wann haben Sie sich wieder auf den Heimweg gemacht?»

«Als der Pub schloß. Um elf war Feierabend, und wir sind dann noch etwa zehn Minuten geblieben. Für den Rückweg haben wir ungefähr zwanzig Minuten gebraucht, es war also –»

«Elf Uhr dreißig», soufflierte Trimm zuvorkommend.

«Sie sagen es.»

«Was geschah dann?» fragte Cullen.

«Der Junge ist mit seinen Skiern über die Leiche gestolpert und gestürzt. Ich bin ihm zu Hilfe gekommen.»

Cullen schüttelte beinahe traurig den Kopf, als hätte er Melrose eine bessere Lügengeschichte zugetraut. «Fangen wir noch mal von vorne an. Sie sagen, Sie und der junge Whittaker bekamen ganz plötzlich Lust, sich Skier anzuschnallen» (erneutes Kopfschütteln) «und querfeldein zum ‹Jerusalem› zu laufen. Aber warum kam Ihnen dieser spontane Einfall ausgerechnet heute nacht?»

«Ich fand die Idee nicht schlecht. Es war mal eine Abwechslung.»

«Eine Abwechslung, soso.» Cullen blickte von seinen Papieren auf. «Sie und der Junge stecken mittendrin, ist Ihnen das klar? Sie waren zur fraglichen Zeit als einzige in der Nähe des Tatorts. Keiner der anderen war jedenfalls auf Skiern unterwegs.» Er lächelte mit schneidendem Charme.

«Dann wissen Sie mehr als ich, Sergeant. Wollen Sie nicht erst einmal abwarten, bis der Arzt den Zeitpunkt des Todes bestimmt hat? Und haben Sie sich schon einmal gefragt, was Beatrice Sleight dort draußen eigentlich wollte, noch dazu um diese Zeit?»

«Ich stelle hier die Fragen, wenn Sie erlauben.»

Das gleiche hätte auch der Inspektor in *Die dritte Taube* gesagt. Melrose seufzte.

«Sie wurde mit einer Schrotflinte, Kaliber .041, in den Rükken geschossen. Und nun raten Sie mal, wo wir die Waffe gefunden haben. Na?»

Die Frage war zweifellos rhetorisch. «In der Waffenkammer.»

«An der Sie zweimal vorbeikamen: als Sie die Abtei verließen und dann wieder bei Ihrer Rückkehr.»

«Sie glauben doch nicht etwa, daß wir eine Schrotflinte ins ‹Jerusalem› mitgeschleppt haben?»

«Warum sollte ich diese Möglichkeit ausschließen?» Cullen stopfte sich grinsend einen neuen Kaugummi in den Mund. Dann studierte er wieder die Notizen auf dem Schreibtisch. «Sie sind der Earl of Caverness?»

«Nicht mehr. Mein Familienname lautet Plant.»

«Warum führen Sie Ihren Titel nicht mehr?»

«Weil ich nicht will.»

Das schien diesen Verächtern der Aristokratie gar nicht zu schmecken: Ein Aristokrat hatte gefälligst dem Kodex seiner Kaste zu gehorchen. Aber vielleicht dachten sie auch, sie seien mit ihrer Frage auf irgendein dunkles Geheimnis in Plants Vergangenheit gestoßen, das mit den gegenwärtigen Vorgängen eng zusammenhing. «Tut mir leid, daß Sie damit nicht einverstanden sind.»

«Aus politischen Gründen wohl? Wollen Sie sich etwa ins Unterhaus wählen lassen oder so was?»

«Nein. Im übrigen verstehe ich nicht ganz, warum Sie sich so brennend für meinen Titel interessieren, während dort draußen eine Tote liegt, Sergeant.»

«Können Sie gut mit Schußwaffen umgehen, Mr. Plant? Als Earl haben Sie doch sicherlich einen Landsitz und gehen viel auf die Jagd?»

«Nein.»

Es war ihnen deutlich anzusehen, daß sie ihm nicht glaubten. Wieviel würden sie wohl auf die Worte des Marquis von Meares geben, wenn sie erfuhren, daß er ein geübter Schütze war?

Tommy kam jedoch bester Laune von seiner Vernehmung zurück. «Ich glaube, ich war ihnen sympathisch, besonders dem Pausbäckigen.»

«Wie bitte? *Sympathisch*? Mein lieber Junge, es geht hier nicht um Sympathie oder Antipathie. Die sind bestimmt nicht gekommen, um herauszufinden, wer von uns der Netteste ist. Wie kommst du überhaupt darauf?» Melrose fühlte ein Ziehen in seinen Beinen. Er war sicher, daß er am nächsten Morgen mit

Muskelkater erwachen würde – falls man ihn überhaupt noch einmal ins Bett gehen ließ.

«Ich hab ihnen erklärt, daß ich in meinem Oboenkasten kein Gewehr versteckt hatte, sondern nur ein Queue. Constable Trimm war ganz hingerissen. Sie sind beide Snooker-Fans. Ich hab allerdings das Gefühl, daß sie nicht so sehr auf Leute wie Hurricane Higgins stehn, sondern mehr auf die reinen Techniker. Ray Reardon zum Beispiel. Natürlich hab ich sie gebeten, die Sache mit dem ‹Jerusalem› für sich zu behalten.»

«Natürlich», sagte Melrose.

«Hoffentlich halten Sie mich nicht für gefühllos, weil ich hier über Snooker rede, während die arme alte Beatrice Sleight...»

«Hauptsache, Cullen und Trimm finden nichts dabei», sagte Melrose. «Meinetwegen brauchst du dir keine Gedanken zu machen.»

SCHON NACH FÜNF MINUTEN mit Charles Seaingham war Jury froh, daß er weder Schriftsteller noch Maler war. Seaingham war ein Mann, der aus tiefster Überzeugung heraus handelte und es einem durch seine unbestechliche Art, den Dingen gnadenlos auf den Grund zu gehen, fast unmöglich machte, seinen Urteilen zu widersprechen. Er war offenbar der Auffassung, daß man ein Kunstwerk erst jeglichen schmückenden Beiwerks entkleiden müsse, um dann das nackte Gerüst in Augenschein zu nehmen. Falls dabei nichts übrigblieb als ein klappriges Konstrukt, so konnte der Künstler nicht mit Seainghams Mitleid rechnen.

In diesem Fall jedoch verdiente er selbst Mitleid, und ohne Umschweife kam er darauf zu sprechen, daß er ein Verhältnis mit Beatrice Sleight gehabt hatte. «Es war eine Dummheit. Ich habe schon eine Menge Dummheiten begangen, aber noch nie wegen einer Frau. Das Ganze ist unentschuldbar. Ich kann nur hoffen, daß Grace es nie herausfindet. Sie wäre schrecklich verletzt. Tja, jetzt wissen Sie's.» Er hob kraftlos die Arme, als wollte er den Himmel um Hilfe anflehen, und ließ sich dann in seinen Ledersessel fallen.

Eine Dummheit, vielleicht. Aber Jury konnte durchaus nachvollziehen, warum Seaingham ausgerechnet auf Beatrice Sleight verfallen war. Er war ziemlich sicher, daß ihn weniger ihr reizvoller Körper in Bann geschlagen hatte als vielmehr ihre Gewöhnlichkeit. Vielleicht war Seaingham es manchmal leid, sich mit Künstlern und gelegentlich sogar mit Genialität auseinandersetzen zu müssen.

Sie saßen in dem kleinen Arbeitszimmer vor dem Porträt seiner Frau. Jurys Blick fiel auf ein Buch, das auf dem Tisch neben Seainghams Sessel lag. «*Auf Skiern*», sagte Seaingham. «Es ist das beste Erstlingswerk seit langem. Ich hoffe, MacQuades unerwiderte Liebe wird seiner Arbeit nicht schaden.»

Jury lächelte. «Was wollen Sie damit ausdrücken?»

«Er ist in Grace verliebt. Und er ist nicht der erste. Manchmal denke ich, sie hätte in den zwanziger Jahren leben sollen. Sie hätte dann einen Salon geführt und den Literaten als Muse gedient. Grace versteht es, Menschen Mut zu machen. Im Gegensatz zu mir. Zigarette?» Er hielt Jury ein schwarzes Lederetui hin. «Nein, ich fürchte, ich entmutige die Leute eher. Manchmal hasse ich meine Arbeit. Ich bilde mir längst nicht mehr ein, daß ich derjenige bin, der Künstler ‹entdeckt›. Ein echter Künstler schafft es früher oder später auch ohne meine Hilfe.»

«Ich habe auch ein wenig in MacQuades Buch gelesen. Es ist ausgezeichnet. Er könnte sicherlich Überlebenstraining unterrichten. Was halten Sie von ihm als Mensch?»

Seainghams Blick ruhte auf dem Manet, als hoffe er in dieser schwierigen Situation auf den Beistand großer Kunst.

«Sympathischer Bursche. Und gutmütig, jedenfalls nach meinem Eindruck. Ich wage sogar zu behaupten, daß er mit einem Gewehr umgehen kann. Das können allerdings die meisten von uns. Wir schießen Moorhühner, Tauben und so weiter.»

«Verzeihen Sie, aber der Mord an Beatrice Sleight scheint Sie nicht sonderlich erschüttert zu haben –»

Seaingham fiel ihm ins Wort. «Der *Mord* schon. Ihr Tod weniger. Sie wurde allmählich... nun ja, lästig. Das klingt schrecklich, aber es ist nun mal so. Sie fing an, Ärger zu machen.»

«Ärger? Inwiefern?»

«Sie dachte anscheinend, sie könnte mich unter Druck setzen oder zumindest meine Meinung über ihre Schundromane beeinflussen. Sie drohte, Grace alles über uns zu erzählen.»

«Und hätten Sie das um jeden Preis verhindert?»

«Sie wollen wissen, ob ich sie umgebracht habe? Wahrscheinlich wäre ich dazu in der Lage gewesen. Aber ich hab's nicht getan.»

Die nächste Frage schien Seaingham zu überraschen. «Kommt Ihnen der Name Helen Minton bekannt vor?»

Seaingham stand auf und schenkte sich einen Whisky ein. «Darf ich Ihnen einen Drink anbieten?»

Jury vermutete, daß er Zeit gewinnen wollte. «Nein danke.»

«Wie war der Name noch...?»

«Helen Minton.»

«Nein, tut mir leid.»

«Haben Sie heute Zeitung gelesen?»

«Ich habe seit Tagen keine Zeitung mehr gelesen. Wir waren eingeschneit. Wieso?»

«Helen Minton stammte aus London und lebte in Washington. Vor zwei Tagen wurde im Schlafzimmer von Washington Old Hall ihre Leiche gefunden.»

«Schrecklich.» Seaingham sah ihn verdutzt an. «Aber warum erzählen Sie mir das? Besteht denn irgendein Zusammenhang zwischen dem Tod dieser Frau und dem Mord an Beatrice Sleight?»

«Helen Minton war Frederick Parmengers Cousine.»

Jury hatte zum erstenmal den Eindruck, daß Seaingham Mühe hatte, eine Information zu verarbeiten: Er schüttelte nur ratlos den Kopf.

«Hat Parmenger sie nie erwähnt?»

«Nein, nicht daß ich wüßte. Parmenger redet wenig über sich. Haben Sie Grace schon gefragt? Ihr vertrauen die Leute sich eher an als mir.»

Jury ließ diese Frage unbeantwortet. «Ich bin nicht etwa rein zufällig hier vorbeigekommen, wie Sergeant Cullen Ihnen sicherlich bestätigen wird. Ich wollte Frederick Parmenger ein paar Fragen stellen. Und seltsamerweise finde ich eine Leiche vor Ihrer Haustür.»

Als Seaingham aufstand, um sich einen neuen Drink einzuschenken, bemerkte Jury, daß seine Hand zitterte. Es mußte wohl einiges zusammenkommen, bevor Charles Seaingham nervös wurde.

MacQuade dagegen war wesentlich leichter zu verunsichern – zumindest gewann Jury diesen Eindruck. Bei den einfachsten Fragen geriet der Schriftsteller bereits ins Stottern. Nein, er habe nichts gehört, jedenfalls keinen Schuß oder dergleichen.

Jury deutete auf Seainghams Exemplar von *Auf Skiern*. «Ich habe ein bißchen in dem Buch gelesen und kenne ein paar Rezensionen. Soviel ich weiß, ist es inzwischen für zwei weitere Preise nominiert worden. Sie scheinen im Aufwind zu sein.»

«Und die Kritiker warten darauf, daß ich mit meinem nächsten Buch eine Bauchlandung mache.» Er lehnte sich zurück und entspannte sich ein wenig. «Sie scheinen sich in der Literaturszene auszukennen, Superintendent. Seaingham hätte Sie zu seiner Party einladen sollen.»

«Das hat er nun ja.» Jury lächelte. «Von Beatrice Sleights Arbeit halten Sie gewiß nicht sonderlich viel, habe ich recht?»

«Ja.» MacQuade rieb ein Streichholz an, und im Licht der Flamme glühten seine dunklen Augen wie Kohlen. «Haben Sie schon mal etwas von ihrem billigen Geschmier gelesen? Jeder Schriftsteller, der etwas auf sich hält, hätte sie dafür niederschießen müssen – schon weil sie damit unseren Beruf verunglimpfte.»

Clevere Antwort, dachte Jury. Er war erleichtert, daß MacQuades Verstand nun die Oberhand über sein etwas unreifes Benehmen gewann.

«Aber», fuhr MacQuade fort, «wenn Bea Sleight ein Verhältnis mit Charlie hatte, dann wäre ich doch der letzte gewesen, der...» Er merkte, daß er zu weit gegangen war, und verstummte, um seine Gefühle gegenüber Grace Seaingham nicht zu verraten. Bill MacQuade konnte in so viele verschiedene Rollen schlüpfen, daß er für Jury schwer einzuschätzen war. Bemüht, wieder den Gleichgültigen zu spielen, fuhr er fort: «Und warum hätte ich sie auch umbringen sollen? Weil sie miese Groschenromane schrieb? Wohl kaum. Ich will Ihnen nichts vormachen, Superintendent. Ich könnte Ihnen aus dreißig Metern Entfernung das Auge ausschießen, und ich bin ein guter Skilangläufer. Ich habe mir dieses verdammte Buch hier nicht einfach aus den Fingern gesogen» – er gab dem Buch einen wütenden Stoß, daß es quer über den Tisch schlitterte und zu Boden fiel –, «und eine nächtliche Skifahrt nach Washington und wieder zurück wäre ein Kinderspiel für mich. Falls jemand diese Theorie verfolgt, komme also nur ich in Frage. Ich und vielleicht noch Tommy Whittaker – aber nicht einmal ein Dummkopf käme auf diesen Verdacht...» Er legte eine Pause ein, die Jury reichlich dramatisch vorkam. Es ging hier schließlich nicht darum, Leser bei der Stange zu halten. «... nein, nicht einmal der größte Dummkopf wäre so hirnverbrannt, den Jungen zu verdächtigen. Zudem hat seine Tante etwas gegen Schußwaffen – wahrscheinlich hat er noch nie ein Gewehr in der Hand gehabt.»

«Wahrscheinlich», sagte Jury. «Wer hat Ihnen von Helen Minton erzählt?»

«Parmenger.» Er blickte Jury an, und wieder verwandelte er sich in eine andere Person, vielleicht sogar in den echten MacQuade. «Ich habe ihren Namen vorher noch nie gehört.»

Eine Weile später betrat Jury wieder das Arbeitszimmer, in dem Cullen gerade Sir George Assington vernahm, und setzte sich nach einem zustimmenden Nicken von Cullen auf einen Stuhl, der abseits an der Wand stand.

Er hatte das Gefühl, in eine Theateraufführung geraten zu sein. Nicht, daß Cullen oder gar Trimm in irgendeiner Weise theatralisch agiert hätten. Aber Sir George liebte es, zu monologisieren. Er war offenbar nicht ganz frei von beruflich bedingter Eitelkeit, und sein ausführlicher Vortrag über Hämatologie und Blutgruppen wäre gewiß noch um einiges länger ausgefallen, wenn Trimm ihn nicht unsanft unterbrochen hätte. «Sie sind doch hier, um zu schießen, oder?»

«Aber doch nur auf Fasanen und Rebhühner, nicht auf Menschen. Und falls Sie wissen wollen, ob ich mit einem Gewehr umgehen kann, so lautet die Antwort: Ja, *Constable.*» Sir George betonte das letzte Wort gerade genug, um Constable Trimm wissen zu lassen, daß Welten sie voneinander trennten.

Cullen hielt es nun für geraten, selbst die Befragung zu übernehmen, und Trimm lehnte sich gegen den Bücherschrank. «Sie sind Mrs. Seainghams Arzt, ist das richtig?» Als Sir George nickte, fuhr Cullen fort: «Und was fehlt der Dame, wenn ich fragen darf?»

«Sie dürfen nicht», sagte Sir George. «Über den Gesundheitszustand meiner Patienten diskutiere ich nicht mit Außenstehenden.»

Jury sah zu, wie Cullen sich einen neuen Streifen Kaugummi in den Mund steckte und eine Engelsmiene aufsetzte. «Nicht einmal mit der Polizei?»

«Wollen Sie meine Akten beschlagnahmen?» fragte Sir George scharf.

«Nicht unbedingt. Ich meine, es wäre doch viel unkomplizierter, wenn Sie einfach meine Frage beantworteten.»

Da war er bei Sir George an den Falschen geraten. «Sergeant, ich habe morgen eine wichtige Besprechung im Royal Hospital –

besser gesagt, heute. Kann ich jetzt gehen? Oder stehen wir unter Arrest?»

«Wer weiß», sagte Cullen, knüllte das Kaugummipapier zusammen und warf es zielsicher in den Papierkorb. «Es ist nur so: Als ihr Arzt wollen Sie doch sicher, daß sie am Leben bleibt. Ich meine, das ist doch Ihre Aufgabe, nicht?»

Sir George stieß einen Seufzer aus. «Mrs. Seainghams Gesundheitszustand ist zugegebenermaßen nicht gut.»

«Tja, aber er könnte sich noch um einiges verschlechtern, wenn nämlich noch einmal jemand auf sie schießt.»

«Ich bin ein wenig verwirrt, Sergeant. Ich dachte, es sei auf Miss *Sleight* geschossen worden.» Der süffisante Unterton in der Stimme sollte zeigen, was er von der Polizei aus Northumbria hielt, die nicht einmal den Namen eines Opfers behalten konnte.

Cullen lehnte sich zurück und legte die Füße auf Charles Seainghams blankpolierten Schreibtisch. «Oh, aber das war doch nur ein Versehen. Der Schuß galt eigentlich Mrs. Seaingham. Das ist der entscheidende Punkt an der ganzen Sache.» Er konzentrierte sich auf seinen Kaugummi.

Jury wippte im Gleichtakt mit Cullens Kinnladen auf seinem Stuhl und lächelte versonnen in sich hinein. Einen Moment lang herrschte Schweigen. Dann räusperte sich Sir George und sagte mit trockener Kehle: «Grace? Warum in aller Welt sollte jemand Grace Seaingham ermorden wollen?»

«Das frage ich Sie. Nach allem, was ich über Mrs. Sleight gehört habe, war sie nicht gerade der Typ, der nachts zum Beten in die Kirche geht. Und sie trug Grace Seainghams Cape. Ein Schuß, im Dunkeln abgegeben... Wenn Sie also etwas über Mrs. Seaingham wissen, das für uns interessant sein könnte, dann raus mit der Sprache. Sie könnten uns damit eine Menge Scherereien ersparen. Stimmt's, Superintendent?»

Einschüchterungsversuche dieser Art waren nicht Jurys Stil, und während er durchdringend von Sir George gemustert wurde, sagte er kurz angebunden: «Stimmt. Aber ich würde Sir

George lieber eine ganz andere Frage stellen. Erinnern Sie sich an einen gewissen Doktor Lamson? Er lebte im 19. Jahrhundert.»

Sir George lachte gekünstelt. «Ganz so alt bin ich nun auch wieder nicht, Superintendent.»

Jury lächelte ihm mit entwaffnender Freundlichkeit zu. «Gewiß nicht, Sir George. Hat dieser Lamson damals nicht einen jungen Burschen vergiftet …?»

«Ja, richtig», fiel ihm Sir George ins Wort. «Mit Akonit. *Aconitum napellus*», fügte er hinzu, als seine Verblüffung über die Belesenheit dieses Polizisten sich gelegt hatte. «Damals war es fast unmöglich, eine Akonitvergiftung nachzuweisen. Lamson erzählte seinem Opfer, es sei ein Medi …» Sir George verstummte erschrocken.

«Ein Medikament, ganz recht. Ein berühmt-berüchtigter Fall. Das Gift wurde in einer Gelatinekapsel verabreicht, nicht wahr?»

Sir George bedachte Jury mit einem wütenden Blick und erhob sich langsam. «Sie wollen doch nicht etwa andeuten, die Medikamente, die ich Mrs. Seaingham verabreiche …» Er wurde puterrot, ballte die Fäuste und beugte sich zu Jury hinab. «Was erlauben Sie sich! Mrs. Seaingham fühlt sich seit ein paar Monaten nicht wohl. Sie hat in dieser Zeit zusehends abgenommen, und ich hatte zunächst den Verdacht, es handele sich um Magersucht. Diese Diagnose hätte allerdings völlig dem Bild widersprochen, das ich mir in der Zeit unserer Bekanntschaft von Grace gemacht habe.»

«Sie leidet also unter Appetitlosigkeit?» fragte Jury.

Sir George warf ihm einen scharfen Blick zu. «Richtig. Ansonsten ist ihr nur zu entlocken, daß sie sich irgendwie krank fühlt.»

«Sicherlich würde eine Blutuntersuchung …»

Sir George stemmte die Arme in die Hüften. In dieser Feldwebelhaltung machte er einen imposanten Eindruck. «Grace will sich nicht untersuchen lassen. Obwohl ich mit allem Nachdruck darauf bestanden habe. Sie meint, mit Gottes Hilfe wird es schon wieder gut.» Er steckte sich erregt die Pfeife in den Mund, sichtlich erzürnt darüber, daß Grace sich lieber auf Gottes Ratschluß verließ als auf seinen.

«Sicher, Gott wird's schon richten. Alles hat ja mal ein Ende», bemerkte Cullen ironisch.

19

GRACE SEAINGHAM war ihm ein Rätsel.

Sie saßen vor ihrem Porträt im Arbeitszimmer. Parmenger war es gelungen, die kühle, glatte Oberfläche zu durchdringen und die so gegensätzlichen Eigenschaften dieser Frau in seinem Bild festzuhalten: ihre frostige Schönheit und ihre warme Ausstrahlung, ihre Empfindsamkeit und ihre innere Stärke, ihre schwärmerische Ader und ihre nüchterne Art, die Dinge zu sehen.

Zum Beispiel schien sie keineswegs erschüttert, als Jury sie auf das Verhältnis ihres Mannes mit Beatrice Sleight ansprach. «Ich weiß schon seit einiger Zeit davon.»

Ihre Direktheit war verwirrend. Es war, als verschlösse sie alle wirklich wichtigen Geheimnisse so tief und unantastbar in ihrem Inneren, daß es keine Rolle spielte, wie offen sie in bezug auf unbedeutende Dinge war.

In ihrer sanften Art fuhr sie fort: «Eigentlich konnte ich's ihm nicht mal verdenken. Nachdem der erste Schmerz vorbei war und ich mich damit abgefunden hatte.» Es klang, als schäme sie sich dafür, etwas so Kindisches wie Eifersucht empfunden zu haben.

«Warum haben Sie sich überhaupt damit abgefunden? Warum haben Sie nichts dagegen unternommen?» Jury hatte sein Notizbuch gezückt, machte sich aber keine Aufzeichnungen. Er kritzelte nur darin herum. Das half beim Denken.

Grace Seaingham neigte den Kopf zur Seite und lächelte nachsichtig. «Glauben Sie nicht auch, daß wir unser Schicksal gelassen hinnehmen sollten?»

Er lächelte zurück. «Sie meinen, wir sollten unser Kreuz tragen und alles verzeihen, weil Gott es so will?»

Sie lächelte noch immer. «Ja. Weil Gott es so will.»

«Ich kenne Gottes Gedanken nicht.»

Sie senkte den Blick auf ihre Hände, die gefaltet in ihrem Schoß lagen. Ihr eleganter weißer Morgenmantel aus Satin paßte gut zu ihrem blonden Engelshaar. Er fragte sich, ob sie immer Weiß trug.

«Es war bestimmt nicht leicht für Sie, Miss Sleight hier im Haus zu haben. Ehrlich gesagt bin ich auch ziemlich überrascht, daß Sie sich so kurz vor Weihnachten noch Gäste eingeladen haben, Mrs. Seaingham.»

«Es war mir im Grunde nicht recht. Aber Charles ist an London gewöhnt. Ich liebe die Einsamkeit hier, mein Mann nicht. Er hat gerne viele Leute um sich. Man kann einen Mann wie Charles nicht... einsperren.»

Beim Gedanken an die hohen Steinmauern der Abtei kam Jury der Verdacht, daß sie ebendies gerne getan hätte. Sie hatte ihm erzählt, daß sie das Haus entdeckt und gekauft hatte. Ihr verstorbener Vater, ein wohlhabender Geschäftsmann, wie sie sagte, hatte ihr offensichtlich ein recht ansehnliches Vermögen hinterlassen.

«Mrs. Seaingham, können Sie sich erklären, warum Miss Sleight in Ihrem Cape zur Kapelle wollte? Soviel ich gehört habe, war sie nicht besonders fromm.»

«Ich habe keine Ahnung. Ich weiß nur, daß sie mich um dieses Cape sehr beneidet hat. Glauben Sie, daß der – der Mörder es über sie geworfen hat, um ihre Leiche im Schnee zu verbergen?» Grace Seaingham sah ihn unsicher an. «Ich kann mir einfach nicht vorstellen, warum sie ermordet wurde.»

«Sie war anscheinend nicht sehr beliebt… aber das ist nicht der Punkt. Ich will Ihnen bestimmt keinen Schrecken einjagen, aber es war doch *Ihre* Gewohnheit, spätabends noch in die Kapelle zu gehen, nicht wahr?»

Nun kam ihre Selbstbeherrschung ins Wanken. «Sie wollen doch nicht etwa andeuten, daß *ich* diejenige war, die…?»

Jury nickte. «Ihr Gedanke, daß der Pelz zur Tarnung über die Leiche geworfen wurde, wäre gar nicht so schlecht, wenn der Schuß nicht durch das Cape hindurchgegangen wäre. Sie muß es folglich getragen haben. Wie Sie schon sagten, wird die Galerie im Winter kaum betreten. Es war also dunkel. Nehmen wir an, jemand hat in der Dunkelheit gewartet, bis die Person, auf die er oder sie es abgesehen hatte, auftauchte, um die Schultern ein langes weißes Cape mit Kapuze: Sie. Nur waren Sie es nicht.»

«Ich habe keine Feinde, Superintendent. Und gewiß nicht unter unseren Gästen. Das ist ganz ausgeschlossen.»

«Was wissen Sie über Ihre Gäste? Kennen Sie sie schon lange?»

«Einige ja, andere noch nicht so lange. Die Assingtons zum Beispiel habe ich erst vor kurzem kennengelernt. Und Bill MacQuade ist eigentlich weniger mein Freund als der meines Mannes.» Ein leichter Anflug von Röte auf ihrem Gesicht strafte sie Lügen. Jury fragte sich, ob sie bewußt gelogen oder die Wahrheit nur ihren Wünschen angepaßt hatte. Grace Seaingham machte auf ihn nicht den Eindruck einer Frau, die sich einen Liebhaber nahm – schon gar nicht unter den Augen ihres Mannes. «Er ist ein großartiger Schriftsteller», fuhr sie fort. «Charles lobt ihn in den höchsten Tönen. Und Charles ist unbestechlich. Keine Macht der Welt könnte ihn dazu bewegen, etwas gegen seinen Willen für gut zu befinden.»

«Nicht einmal Ihre Majestät?» Jury lächelte und kritzelte vor sich hin.

Sie sah ihn verdutzt an. «Entschuldigung, ich verstehe nicht.»

«Ich habe gerüchteweise gehört, er soll zum Ritter geschlagen werden.»

Grace lächelte. «Ihre Königliche Hoheit hat sich meines Wissens noch nie als Malerin oder Autorin versucht; deshalb dürfte sie kein berufliches Interesse an der Meinung meines Mannes haben.»

Jury betrachtete sie amüsiert. Sie ließ sich nicht so leicht aufs Glatteis führen. «Ich meinte nur, daß jeder irgendeinen wunden Punkt hat. Und wenn man den Finger drauflegt – wer weiß, was dann passiert?»

Sie schwieg.

«Wie war MacQuades Verhältnis zu Beatrice Sleight?» fuhr Jury fort.

«Verhältnis? Von einem Verhältnis kann man da wohl kaum sprechen. Ich glaube nicht, daß er ihr vor unserer Party schon einmal begegnet ist. Bill ist ziemlich» – sie schien nach dem richtigen Wort zu suchen – «introvertiert.»

«Aha. Und die Assingtons? Kannten die sie vorher?»

«Höchstens ganz flüchtig. Es kann sein, daß sie ihr bei einer ihrer Signierstunden begegnet sind. Wie vermutlich jeder, der sich in Literatenkreisen bewegt – falls man Bea als Literatin bezeichnen kann», fügte sie wegwerfend hinzu. «Über die Assingtons weiß ich nicht viel mehr, als daß Sir George ein ziemlich bekannter Arzt und Susan seine dritte Frau ist.»

«Und die anderen – mal abgesehen von Mr. Plant und seiner Begleitung – sind vermutlich gute Freunde von Ihnen?»

«Ja. Charles hat Vivian Rivington auf einer kleinen Party ihres Verlegers kennengelernt. Ihre Gedichte haben großen Eindruck auf ihn gemacht. Als sie fragte, ob sie ein paar gute Freunde mitbringen dürfe, war er natürlich hocherfreut. Je voller das Haus, desto wohler fühlt sich Charles. Lady Ardry ist, soviel ich weiß, eine alte Freundin von Betsy – von Lady St. Leger.»

Jury schmunzelte. Er hatte da seine Zweifel.

«Betsy kennen wir seit Jahren. Noch aus der Zeit, bevor sie Meares Hall übernommen hat.»

«Übernommen?»

«Nun, als Tommys Eltern – Irene und Richard – starben, war

Betsy die einzige, die sich um den Jungen kümmerte. Sie übernahm seine Erziehung und die Leitung von Meares Hall. Sie tat das beileibe nicht aus Geld- oder Prestigegründen. Das hätte sie gar nicht nötig. Die St. Legers haben einen Stammbaum, der so lang ist wie Ihr Arm. Betsy ist die Schwester von Tommys Großvater. Er war der elfte Marquis von Meares.»

«Eine alte Familie.»

Sie nickte. «Und Betsy ist ganz vernarrt in den Jungen. Sie hat keine eigenen Kinder. Ihr Mann, Rudy, ist vor ein paar Jahren gestorben. Er war auch Maler. Obgleich Freddie da wohl anderer Meinung wäre.»

«Wie lange ist denn Parmenger schon hier?»

«Seit mehreren Wochen. Ich habe mich von ihm porträtieren lassen, wie Sie sehen.» Sie errötete ein wenig, als fürchtete sie, daß Jury sie nun für eitel hielte. «Charles hat darauf bestanden.»

«Das Bild ist wundervoll.»

«Freddie hat als Künstler einen ziemlich guten Namen.»

«Kennen Sie irgend jemanden aus seiner Verwandtschaft?»

Sie schüttelte verwundert den Kopf. «Warum sollte ich? Außerdem spricht er nie über seine Familie.»

«Auch nicht über seine Cousine? Ihr Name war Helen Minton.»

Offensichtlich fand Grace Seaingham es ausgesprochen seltsam, daß Jury Parmengers Cousine kannte. «Nein, er hat nie etwas von einer Cousine erzählt. Sie sagten, ihr Name ‹war› Helen Minton. Ist sie gestorben?»

Jury bemerkte, daß er unbewußt Pater Rourkes Viereck in sein Notizbuch gezeichnet hatte. «Ja. Die Polizei fand sie vor zwei Tagen in Washington Old Hall. Sie wurde vergiftet.»

Grace Seaingham wurde so blaß wie ihr Morgenrock. Sie erhob sich langsam aus ihrem Sessel. Die Nachricht vom Tod dieser Fremden schien sie mehr aufzuwühlen als die Gefahr, in der sie möglicherweise schwebte. «Das ist ja schrecklich. Der arme Freddie … weiß er es schon?»

«Ja. Ich habe es ihm gesagt. Hat Mr. Parmenger Spinney Abbey während seines Aufenthalts irgendwann einmal verlassen?»

Sie runzelte die Stirn. «Natürlich ist er manchmal nach Newcastle oder Durham gefahren, wie wir alle, bevor wir einschneiten. Warum?»

«Ich habe mich gerade gefragt, ob er auch einmal in Washington war. Es ist ja nicht weit.»

«Sie meinen, um seine Cousine zu besuchen. Wenn er das getan hätte, hätte er uns doch sicherlich davon erzählt. Ich wäre auch über ihren Besuch sehr erfreut gewesen.»

Aber Frederick Parmenger vielleicht nicht, dachte Jury.

«Es hat ja lange gedauert, bis Sie endlich zu uns gefunden haben, Inspektor», sagte Lady Ardry und deutete mit einer weitausholenden Handbewegung auf Lady St. Leger und Vivian, die ihren Morgenrock enger um sich zog und sich nach Kräften bemühte, Jury nicht in die Augen sehen zu müssen. «Ich stehe Ihnen aber gerne als Zeugin zur Verfügung, und –»

«Vielen Dank, Lady Ardry. Ich bin sicher, daß Sie Augen und Ohren offengehalten haben. Aber zunächst einmal möchte ich mich mit Lady St. Leger unterhalten.»

Agatha war schon halb aufgestanden und ließ sich nun wieder in den Sessel plumpsen, sichtlich betrübt, daß sie die zweite Geige spielen mußte.

Elizabeth St. Leger brachte offenbar weniger Enthusiasmus für die Kriminalistik auf; sie wollte die Sache so schnell wie möglich hinter sich bringen. «Ich beantworte natürlich gerne Ihre Fragen, Superintendent. Ich fürchte nur, daß ich Ihnen nicht viel zu erzählen haben werde.»

Sie wollte sich erheben, aber Agatha hielt sie mit ihrer plumpen Hand zurück. «Mr. Jury kann uns doch beide zusammen befragen. Schließlich kennt er mich seit Jahren und weiß, daß *ich* mit diesem schrecklichen Vorfall nichts zu tun habe.»

Lady St. Leger schüttelte ihre Hand ab und stand auf. «Das mag auf Sie zutreffen, Agatha, aber ich habe leider keine langjährigen Beziehungen zu Scotland Yard aufzuweisen.» Sie zwinkerte Jury schelmisch zu.

«Es tut mir leid, wenn es den Anschein hat, daß ich diese Angelegenheit auf die leichte Schulter nehme», sagte Lady St. Leger, als sie Jury in Seainghams Arbeitszimmer gegenübersaß. «Offen gestanden bereitet mir Beatrice Sleights Tod weit weniger Kopfzerbrechen als die Tatsache, daß mein Neffe in den Fall verwickelt ist. Wie sagt man so schön: Ich weine ihr keine Träne nach.» Sie klopfte mit ihrem Stock auf den Boden. Er hatte einen Silberknauf und ähnelte auch sonst dem von Melrose Plant. Jury bezweifelte allerdings, daß er einen Degen enthielt.

«Sie konnten Miss Sleight nicht besonders gut leiden?»

Elizabeth St. Leger schien sich ihre nächsten Worte sorgfältig zu überlegen. «Ich konnte sie nicht ausstehen. Wenn Sie also nach einem Motiv suchen, hier haben Sie's.»

Jury lächelte zuvorkommend. «Wenn Abneigung ein hinreichendes Motiv wäre, lägen an jeder Straßenecke Leichen herum. Da müssen Sie sich schon etwas Besseres einfallen lassen.»

Amüsiert beobachtete er, wie Lady St. Leger die Stirn runzelte, als suche sie tatsächlich nach einer besseren Lösung, ihn zu überzeugen. Wie weit würde sie gehen, um ihren Neffen zu schützen, der sich immerhin am Tatort aufgehalten hatte? Jury unterbrach seine Gedanken. «Falls Sie sich aber Sorgen um Ihren Neffen machen, so kann ich Sie beruhigen. Es spricht einiges dagegen, daß er der Täter ist. Er war ja zur fraglichen Zeit mit Mr. Plant zusammen. Und ich kenne Mr. Plant. Schon seit Jahren.»

Sie musterte ihn von oben bis unten, als sei seiner beruflichen Qualifikation nicht mehr ganz zu trauen, nun da er zugegeben hatte, mit diesem abtrünnigen Adeligen befreundet zu sein, von dem man anscheinend nichts anderes erwarten konnte, als daß er Leichen aufstöberte und überhaupt Ärger ins Haus brachte.

«Mr. Plant ist ein netter, aber ausgesprochen ketzerischer junger Mann.»

«Das mag durchaus sein. Aber er versorgt Tom mit einem Alibi. Beurteilen Sie ihn also nicht zu streng.»

Sie lächelte. «Ja, da haben Sie recht. Kommen wir also zu mir: Ich bin kurz nach dem Dinner mit den anderen nach oben gegangen.»

Jury zückte sein Notizbuch. «Wann war das ungefähr?»

«Gegen zehn, halb elf. Halb elf, richtig. Ich erinnere mich, daß ich die Uhr schlagen hörte. Wir hatten alle keine Lust, lange aufzubleiben, und ich darf sowieso nicht allzu spät zu Bett gehen.» Sie tippte sich gegen die Brust. «Das Herz. Die Ärzte meinen, ich bräuchte meinen Schlaf. Sonst wär's bald ganz vorbei mit dem Wachbleiben», fügte sie mit makabrem Humor hinzu. «Mein Schlafzimmer liegt am anderen Ende des Hauses. Wie alle Schlafzimmer übrigens.»

«Haben Sie irgendwelche Geräusche gehört? Ich meine Schritte oder das Auf- und Zugehen von Türen.»

«Ja, natürlich. Wir haben nicht alle unsere eigenen Badezimmer. Die Abtei ist nicht vollständig modernisiert. Ab und zu ist jemand über den Flur gelaufen. Aber ich habe nicht darauf geachtet. Ich bin sogar selbst einmal nach unten gegangen, um mir ein Buch zu holen. Meine Ärzte hätten das bestimmt nicht gerne gesehen. Das Treppensteigen soll ich nämlich möglichst auch vermeiden, sagen sie. Jedenfalls ging ich in die Bibliothek.»

Die Bibliothek lag hinter der großen Eingangshalle neben dem Eßzimmer.

«Wann war das?»

«Kurz nachdem ich mich zurückgezogen hatte.» Sie schien an ihren Fingern nachzuzählen. «Fünfzehn Minuten später vielleicht.»

«Haben Sie da jemanden gesehen? Jemanden aus der Dienerschaft vielleicht?»

«Keine Seele, Superintendent.» Sie breitete die Arme aus.

«Nichts zu machen, kein Alibi. Aber Tom...» Sie machte ein besorgtes Gesicht.

«Der hat eins.»

«Ich würde zu gerne wissen, was er dort draußen im Schnee eigentlich getrieben hat – mit Ihrem Freund Mr. Plant.» Wieder sah sie Jury prüfend an.

Er grinste. «Sieht ganz nach Wintersport aus. Wie lange kennen Sie die Seainghams schon?»

«Seit Ewigkeiten. Ich kannte sie schon, als Toms Eltern noch lebten. Die Seainghams waren mit ihnen befreundet; die Männer sind oft zusammen auf die Jagd gegangen.»

«Und Sie? Waren Sie manchmal mit von der Partie?»

«Wie raffiniert, Superintendent! Ja, ich kann schießen, falls Sie das wissen wollten.»

Jury fiel auf, daß sie offenbar versuchte, ihren Stock so zu halten, daß man die Gichtknoten an ihren Fingern nicht sah.

Mit ihren Schießkünsten war es wahrscheinlich nicht mehr weit her. Dennoch imponierte ihm Lady St. Leger. Nicht nur wegen ihrer Selbstbeherrschung und ihres inneren Feuers, sondern vor allem wegen ihrer Entschlossenheit, sich schützend vor den Marquis von Meares zu stellen, falls sein Alibi ins Wanken geraten sollte.

Ihre grauen Augen funkelten ihn an. Sie erinnerten ihn ein wenig an Helen Mintons Augen. Er fragte sich, ob eine Frau ihn jemals so lieben würde, wie Tommy Whittaker von seiner Tante geliebt wurde.

«Wären Sie so freundlich, Miss Rivington zu mir zu bitten, wenn Sie auf Ihr Zimmer gehen?»

Sah man einmal davon ab, daß sie einen viel zu großen Flanellmorgenrock trug und ihr Haar völlig zerzaust war, hatte sich Vivian Rivington seit ihrer allerersten Begegnung vor etlichen

Jahren, die unter ganz ähnlichen Umständen stattgefunden hatte, überhaupt nicht verändert. Es kam ihm mit einemmal vor, als habe er sich ihr letztes Zusammentreffen, das wegen des italienischen Verlobten an Vivians Seite kurz und peinlich ausgefallen war, nur erträumt. Damals war sie wie ein Model von de la Renta einherstolziert. Jetzt sah sie eher aus wie eine Vogelscheuche.

Im Kamin zerbarst funkensprühend ein Scheit. Aus irgendeinem unerfindlichen Grund erinnerte er sich plötzlich an sein Lieblingsbuch aus der Kindheit, in dem Maulwurf und Dachs zusammen in einem hohlen Baum saßen. Kein sehr schmeichelhafter Vergleich für sie beide, dachte er lächelnd. Fehlte nur noch Melrose Plant als Ratz, und das Trio wäre komplett. Er malte ein Herz und einen Pfeil, der es durchbohrte, in sein Notizbuch, und plötzlich war ihm nicht mehr nach Lächeln zumute. Er spürte eine unerträgliche Sehnsucht nach einer Geborgenheit, die er nie gekannt hatte.

Sie sah so verdammt menschlich aus, wie sie in ihrem schäbigen Morgenrock und den alten Pantoffeln da stand, daß er sie am liebsten umarmt und geküßt hätte. Und wahrscheinlich nicht nur das.

«Hallo, Vivian.»

«Hallo. Falls Sie sich wundern: das Ding gehört Agatha.»

«Welches Ding?» fragte er verdutzt. Es war nett, geradeso als hätten sie sich in den letzten Jahren täglich getroffen und könnten nun unbeschwert miteinander reden.

«Dieser Morgenrock», sagte sie, und ihre Augen wurden schmal. «Sie starren ihn so komisch an. Ich habe meinen vergessen und mir deshalb einen von Agatha geliehen. Sie hat immer genug Kleidung für drei dabei.» Zum erstenmal in den vergangenen Stunden sah sie ihm nun offen ins Gesicht und deutete ein Lächeln an, das ihr jedoch anscheinend unangemessen erschien, denn gleich darauf runzelte sie die Stirn.

«Er steht Ihnen. Aber bitte, setzen Sie sich doch.»

Er verspürte große Lust, über ihren verdrießlichen Gesichtsausdruck zu lachen. Sie saß auf dem äußersten Rand des Sessels, den Grace Seaingham vor kurzem verlassen hatte. Beiden Frauen war anscheinend gemeinsam, daß sie sich für Sünden bestrafen mußten, die sie nicht begangen hatten, denn es standen weitaus bequemere Sessel im Raum. Aber wahrscheinlich war sogar eine Vergnügungsreise, zum Beispiel nach Italien, für Vivian eine ernste Angelegenheit. Und hier ging es immerhin um Mord.

Er nahm sein Notizbuch vom Schreibtisch und bemerkte aus den Augenwinkeln, daß sie verstohlen ihr Haar ordnete. Als er aufsah, ließ sie schnell die Hände sinken. Ihre persönliche Form der Eitelkeit bestand in der steten Sorge, sie könne eitel erscheinen. «Ich weiß nicht, warum Sie ausgerechnet mich verhören wollen. Die ganze Sache ist natürlich schrecklich. Aber Sie wissen doch genau, daß ich nichts damit zu tun habe.» Sie legte ihren Arm auf die kunstvoll geschnitzte Lehne. Was eine anmutige Bewegung hätte sein können, wurde von den zu kurzen Ärmeln des Morgenmantels zunichte gemacht.

«Sind Sie nervös?» Jury malte ein weiteres großes dickbauchiges Herz und durchbohrte es mit einem Pfeil.

«Ach, Unsinn. Wir sind erst seit gestern hier, oder besser gesagt seit vorgestern. Die Leute hier waren uns bis dahin vollkommen fremd. Charles Seaingham war der einzige, den ich kannte.» Er sah interessiert auf, und sie sagte hastig: «Aber nur ganz flüchtig. Wir sind uns nur ein einziges Mal vorher begegnet.»

«Aha. Ich habe Sie auch nicht zu einem Verhör hergebeten. Was mich vor allem interessiert, ist Ihr Eindruck von den Leuten. Genauer gesagt: Wer hat es *Ihrer* Meinung nach getan?»

Sie kratzte sich am Kopf und brachte ihre Frisur noch mehr in Unordnung. «Ich bin ganz... ich kann es einfach nicht fassen. Gestern beim Dinner saß sie mir noch gegenüber. Und jetzt ist sie tot.»

Der traurige, verlorene Ausdruck, den Jury so gut kannte, brannte sich förmlich wie ein Abbild ihrer selbst in seinem Gesicht ein. Er senkte den Blick und starrte auf eine leere Seite in seinem Notizbuch. «Ich kenne das. Ein schreckliches Gefühl. Tut mir leid.» Er klappte das Notizbuch zu. «Vielleicht ist es sogar gut, daß Sie die Gäste nicht näher kennen. Dadurch können Sie objektiv urteilen.»

Ihre Anspannung ließ wieder ein wenig nach; sie lehnte sich zurück und schlug die Beine übereinander. Ihre Pantoffeln waren ebenfalls einige Nummern zu groß. «Sie war nicht besonders sympathisch. Na ja, warum soll ich's nicht unumwunden sagen? Sie war einfach ein Ekel.»

«Beatrice Sleight?»

«Wer sonst? Ist noch jemand ermordet worden?»

«Nein. Aber sie trug Grace Seainghams Cape.»

Vivian fuhr hoch. «Sie wollen doch nicht etwa sagen, daß jemand *Grace Seaingham* ermorden wollte?»

«Es sieht so aus. Beatrice Sleight wurde in den Rücken geschossen, als sie in Grace Seainghams Hermelincape zur Kapelle ging.»

«Mein Gott», sagte Vivian leise. «Aber Grace ist doch so ... so gut. Fast wie ein Heilige.»

«Mag sein. Sie haben also nichts gehört? Keinen Schuß, keinen Schrei, nichts?»

Vivian schüttelte den Kopf. «Die Schlafzimmer liegen ziemlich weit entfernt auf der anderen Seite des Hauses. Ich kann mir Beatrice gar nicht draußen im Schnee vorstellen. Sie war absolut keine Frischluftfanatikerin.»

«Sie sind alle ungefähr zur gleichen Zeit zu Bett gegangen?»

«Ja.» Sie spielte mit dem troddelverzierten Gürtel des Morgenrocks. Dann zuckte sie mit den Achseln. «Ich kann das alles nicht begreifen. Ich hatte nie das Gefühl, daß irgend jemand Grace nicht mochte. Ich hätte eher das Gegenteil angenommen. Außerdem war sie eine perfekte Gastgeberin. Als Beatrice Sleight pausenlos über Adelstitel räsonierte und auch Melrose nicht aussparte – übrigens, dies sind seine Hausschuhe –», fügte sie zusammenhanglos hinzu, «da wechselte Grace das Thema.

Ich versteh das alles nicht. Aber sicherlich kann Ihnen Melrose mehr sagen. Sein gutes Gespür hat Ihnen ja schon häufiger weitergeholfen.»

«Ja, es ist tragisch. Nun denn, danke, Vivian. Sie sind sicher müde und wollen ins Bett.»

Aber sie blieb sitzen. «Wollen Sie's nicht wissen?»

«Was?» Er durchbohrte ein neues Herz mit einem neuen Pfeil.

Die einsilbige, gleichgültige Frage brachte sie völlig aus dem Konzept.

«Warum ich nicht geheiratet habe.» Sie wandte sich wieder den Troddeln zu.

«Steht das in irgendeinem Zusammenhang mit dem Mord?» fragte Jury mit Unschuldsmiene. Warum er diesen Drang verspürte, sich für etwas zu rächen, das sie ihm in Wirklichkeit nie angetan hatte, wußte er selber nicht. Sadist, dachte er. Eigentlich war ihm eher zum Lachen zumute, als sie aufstand und in dem zu weiten Morgenmantel und den übergroßen Hausschuhen einen würdevollen Abgang versuchte. «Er schien doch ein ganz netter Bursche zu sein. Natürlich, ich habe ihn nur dieses eine Mal gesehen...»

Doch da fiel schon die Tür hinter ihr ins Schloß.

Die anderen waren zu Bett gegangen. Das Team aus Durham hatte die Leiche abtransportiert. Cullen, Trimm und Jury saßen im Arbeitszimmer. «Mann, bin ich fertig.» Cullen gähnte und ließ sich in einen der Sessel in Seainghams Arbeitszimmer fallen. «Was haben wir in der Hand, Trimm?» Er drehte sich träge zu seinem Constable um.

Trimm untersuchte die Schrotflinte, die sie in dem kleinen Raum gefunden hatten, wo die Waffen und Sportgeräte aufbewahrt wurden.

«Das da zum Beispiel.» Er kippte den Lauf des Gewehrs ab

und linste hinein, als wären dort möglicherweise weitere Indizien zu finden. Dann ließ er ihn wieder einschnappen und legte die Flinte auf den Schreibtisch.

«Geben Sie die Knarre in die Ballistik.»

«'ne andere kann's gar nicht sein», sagte Trimm. «Sonst gibt's hier keine .041. Nur ein paar Elefantenbüchsen und Kleinkalibergewehre.»

«Machen Sie hier keine weisen Sprüche, was sein kann und was nicht, sondern geben Sie die Knarre –»

Jury unterbrach den kleinen Familienstreit. «Aus welcher Entfernung wurde der Schuß ungefähr abgegeben?»

«Nach der Streuung der Schrotkugeln war es mindestens ein Meter.» Er nahm die Aufzeichnungen des Sachverständigen zur Hand. «Wohl eher anderthalb oder zwei. Die Wunde war ziemlich groß. Außenrum ein paar kleinere Einschußlöcher. Aber das Cape war ja auch dick.» Cullen zuckte die Achseln.

«Führte der Schuß sofort zum Tod?»

«Darauf können Sie Gift nehmen.»

«Der Mörder könnte in der Tür des Wintergartens gestanden haben», sagte Jury. «Aber keiner hat den Schuß gehört. Die Schlafzimmer liegen zwar auf der anderen Seite, trotzdem ...»

«Schalldämpfer», sagte Trimm mit gewohnter Einsilbigkeit.

«Was? Wie zum Teufel sollen diese Herrschaften hier zu einem Schalldämpfer für eine Schrotflinte kommen?» meinte Jury.

«Seaingham behauptet, er hätte des öfteren Ärger mit Wilderern. Sein Jagdaufseher hat das Ding mal gefunden.» Cullen deutete auf den kurzen Stahlzylinder, der auf dem Schreibtisch lag. «Irgend jemand hat ihn wohl verloren.» Er widmete sich wieder seinem Kaugummi. «Keiner von ihnen hat ein Alibi. Und das Motiv ist auch noch unklar ...» Er schloß schläfrig die Augen.

«Jedenfalls scheiden Plant, Lady Ardry und Miss Rivington aus ...»

Cullen schlug die Augen wieder auf. «Ach ja? Und wieso, Mann?»

«Weil ich sie schon seit vielen Jahren kenne.» Er erwähnte nicht, daß Plant ihm bei mehreren Fällen geholfen hatte. Cullen war vermutlich kein großer Freund von hergelaufenen Amateurschnüfflern.

«Wen kennt man schon wirklich?» Wieder fielen ihm die Lider zu.

Jury ging nicht auf diese Bemerkung ein. «Der junge Whittaker scheidet ebenfalls aus... Warum schütteln Sie den Kopf?»

«Weil in seinem Alibi zehn Minuten fehlen. Nämlich die zehn Minuten, die er vor Ihrem Freund am Tatort war.»

«Gut, Roy, wenn Sie mir erklären können, wie ein Mann auf Skiern es in zehn Minuten geschafft haben soll, in die Waffenkammer zu marschieren, dafür zu sorgen, daß sein Opfer ihm noch rechtzeitig und mit dem richtigen Mantel bekleidet vor die Flinte läuft, zu schießen, die Waffe wieder an ihren Platz zu legen, und dann, immer noch auf Skiern, über die Leiche zu stolpern...» Er ließ den Satz unvollendet.

«Das heißt gar nichts», sagte Trimm.

Es war fast sechs, aber er wußte, daß er keinen Schlaf mehr finden würde. Jury stand im geheimnisvollen Purpurlicht der Morgendämmerung des Wintergartens und sah hinab auf die Stelle, an der vor kurzem noch Beatrice Sleight gelegen hatte. Nur die tiefen Fußspuren, die Cullens Männer im Schnee hinterlassen hatten, deuteten darauf hin, daß hier etwas vorgefallen war. Er machte sich auf den kurzen Weg zur Kapelle und stieß die schwere Tür auf.

Die Zugluft brachte die Kerzenflammen zum Flackern, und eine oder zwei verloschen. Er dachte an Grace Seaingham, die Morgen für Morgen und Abend für Abend hierherkam wie jemand, der eine regelmäßige Verabredung einhält.

Er setzte sich und betrachtete die Gipsstatue der Jungfrau

Maria. Irgendwie hatte Grace Seaingham deren ätherisches Aussehen angenommen, so wie man das Aussehen von Menschen annimmt, mit denen man lange zusammengelebt hat.

Er dachte an Pater Rourkes paradigmatisches Viereck. Was der Priester beschrieben hatte, war ein Glaubenssystem von solcher Komplexität, daß Jury es auch nicht annähernd verstehen konnte. Mußte denn alles so rätselhaft sein? Lag die Weisheit nicht vielmehr im Einfachen? *Widersprüche*, hatte der Priester gesagt, *Gegensätze*. Aus seiner Gesäßtasche zog er den Zeitschriftenumschlag, auf den Pater Rourke sein Viereck gezeichnet hatte, jenes Viereck, das umfassend genug war, um für alles ein Erklärungsmuster abzugeben. Er betrachtete das H in der einen Ecke. Dann zeichnete er in zwei andere Ecken ein D und ein R. Helen, Robin, Danny. Er dachte an die kecke junge Blondine auf Robbies Foto, die nicht die geringste Ähnlichkeit mit ihrem angeblichen Sohn hatte, und er dachte an die Bonaventura-Schule, die Kinder aufnahm, um die sich sonst niemand kümmerte.

Er betrachtete das Viereck. Seine Gedanken kreisten jetzt um die vierte Ecke, die noch leer war: Er dachte an den Mörder.

Wie lange er dort gesessen hatte, wußte er nicht, aber als er die Kapelle schließlich verließ, war es schon hell. Draußen, jenseits der verfallenen Mauer, lag ein dünner blaßgoldener Sonnenschimmer über dem verschneiten Moor, und der Schnee erstrahlte in einem zarten Violett, während das Licht langsam kräftiger wurde.

«Stehen Sie auf», sagte Jury im Feldwebelton und reichte Melrose eine Tasse Tee. Der fuhr hoch und blinzelte schlaftrunken ins Licht.

«Aufstehen? Was reden Sie da? Ich habe mich doch eben erst hingelegt. Mein Gott.» Er warf einen Blick aus dem Fenster. «Verdammt, es ist ja noch nicht mal richtig hell.» Er nippte an dem Tee. «Und diese Brühe ist kalt. Kalter Tee im Morgengrauen. Steht das Erschießungskommando bereit?»

«Ruthven hat Sie mit seinen Rosinenbrötchen und heißen Bädern viel zu sehr verwöhnt. Na los, stehen Sie schon auf! Wir fahren zum ‹Jerusalem Inn›.»

Plant ließ sich wieder in die Kissen sinken. «Sie sind verrückt. Den Verdacht hatte ich ja schon immer. Was haben Sie vor? Ein Snooker-Spiel im Morgengrauen? Bei Ihnen piept's doch! Haben Sie vergessen, daß Sie und diese beiden spanischen Folterknechte uns bis fünf Uhr morgens auf Trab gehalten haben? Und jetzt ist es höchstens sechs. Und dann bringen Sie mir auch noch kalten Tee. Außerdem kann ich mich vor Müdigkeit kaum rühren.»

«Ihr Mundwerk funktioniert aber schon wieder ganz gut. Also auf. Es ist schon nach sieben.»

«Ohne meinen Tee stehe ich *nicht* auf.» Er reckte sich, beugte sich zum Klingelzug hinüber und läutete nach dem Mädchen. «Erst mal eine schöne heiße Kanne Tee. Und dann überleg ich mir, ob ich aufstehe. Wie können Sie nach der vergangenen Nacht überhaupt einen klaren Kopf haben? Was hat übrigens unser altes Mädchen, Vivian, erzählt? Hoffentlich gibt's auch Toast zu meinem Tee.»

Jury lächelte. Die scheinbar so beiläufige Frage nach Vivian war natürlich ein Köder. Jury biß bereitwillig an.

«Unser ‹altes› Mädchen? Sie ist gut zehn Jahre jünger als wir.»

«Ich kenne sie jedenfalls seit einer Ewigkeit», gab Plant gereizt zurück. «Wundern Sie sich nicht, daß sie diesen ‹gräßlichen Italiener›, wie Agatha ihn nennt, noch nicht geheiratet hat? Sie sind ihm damals in Stratford begegnet. Der Kerl mit den Fangzähnen.»

«Doch, ich wundere mich.» Es hatte keinen Sinn, Melrose Plant anzutreiben. Der würde wie ein Stein im Bett liegenbleiben, bis man ihm seinen Tee gebracht hatte.

«Sie platzen ja geradezu vor Neugier, wie? *Mir* will sie's jedenfalls nicht erzählen. Aber ich glaube nicht, daß sie ihn jemals heiraten wird.»

Es klopfte an der Tür, und ein hübsches Stubenmädchen trug ein Tablett herein. Als sie sah, daß Melrose nicht allein war, sagte sie: «Oh, entschuldigen Sie, Sir. Ich hole gleich noch eine Tasse.»

Jury stand von seinem Platz am Fenster auf und nahm ihr das Tablett ab. «Nicht nötig. Mr. Plant braucht keine.»

Das Mädchen sah entsetzt zu ihm hoch – der Größenunterschied war beträchtlich –, und ihre Hand nestelte unsicher an ihrer weißen Haube. Sie lächelte verlegen. «Sehr wohl, Sir. Vielen Dank, Sir.»

Als sie davongeeilt war, sagte Melrose: «Sehr witzig. Geben Sie mir jetzt mein Tablett.»

«Sehr wohl. Und außerdem gebe ich Ihnen zehn Minuten, um Ihren verdammten Tee zu trinken.» Jury nahm eine Scheibe Toast von dem Silberteller und lehnte sich kauend ans Fenster.

Nachdem Plant schweigend seinen Tee getrunken hatte, stellte er die Tasse ab und sah Jury an. «Ins ‹Jerusalem Inn› wollen Sie? Lieber Freund, der Laden macht doch frühestens um elf auf.»

«Ich weiß. Aber Robbie wird schon dasein. Er macht dort sauber. Außerdem wollte ich später noch nach Durham. Erinnern Sie sich? Heute ist Heiligabend. Und Grace Seaingham wollte zum Gottesdienst in die dortige Kathedrale. Ich möchte noch einmal mit ihr allein sprechen.»

«Aha. Aber wer zum Teufel ist Robbie?»

«Robin Lyte, der Junge, nach dem Helen Minton wahrscheinlich gesucht hat. Ich glaube, er ist ihr Sohn.» Jury sah versonnen über den Schnee auf die Kapelle. Seine Gedanken kreisten immer noch um den vierten Buchstaben.

20

Das kleine Dorf Spinneyton lag, vielleicht weil es Heiligabend war, noch in tiefem Schlaf. Außer einem schmuddeligen kleinen Kind war weit und breit keine Menschenseele zu sehen. Das Kind baute einen genauso schmuddeligen, traurig dreinblikkenden Schneemann, der sich bedrohlich mit dem flachen, halbverfallenen Haus hinter ihm um die Wette zur Seite neigte.

Das Spinney-Moor lag öde und nebelverhangen da; einzelne Nebelfetzen drifteten über die Straße.

Tommy starrte auf diese trostlose Leere und zog fröstelnd die Schultern ein. «Ich bin ja gerne mitgefahren, aber was soll schon dabei herauskommen, wenn *ich* mit Robbie rede?»

«Na, du hast doch gesagt, du würdest ihm das Spiel beibringen. Ich nehme an, er hat Vertrauen zu dir. Vielleicht erinnert er sich doch an mehr, als er denkt. Und vielleicht erzählt er dir was», sagte Jury.

«Das bezweifle ich. Armer Robbie...» Er starrte wieder auf das Moor hinaus. «Sieht aus, als würden da Gespenster umgehen, was?»

«Tun sie wohl auch», sagte Melrose schläfrig vom Rücksitz.

«Eine Grabesstille», sagte Tommy.

«Das Dorf ist wahrscheinlich völlig ausgestorben, weil alle im Torfmoor abgesoffen sind. Aufgedunsene Leichen mit grünlichen Gesichtern werden aus den Sümpfen steigen und uns alle im Schlaf erwürgen. Solange sie auch Agatha den Garaus machen, will ich mich da gar nicht beklagen.»

«Sie schäumen ja geradezu über vor guter Laune, was?» bemerkte Jury, als er den Wagen im Hof des «Jerusalem Inn» zum Stehen brachte.

Dach und Regenrinne des Hauses waren wie eine Hochzeitstorte mit Zuckerguß überzogen. Ein einzelner Sonnenstrahl brachte den unberührten Schnee zum Glitzern und ließ das Eis auf den unterteilten Fensterscheiben wie Sterne aufglänzen. Dahinter erschien Robbies Gesicht, das durch das gewellte alte Glas zu einer Fratze verzerrt wurde. Als Jury klopfte, verschwand es, doch es dauerte eine Weile, bis Robbie ihnen schließlich die Tür öffnete.

«Hallo, Robbie», sagte Jury. «Ich weiß, ihr habt noch nicht auf, aber wir müssen dringend mit den Hornsbys sprechen. Wir sind von der Polizei, verstehst du?» Jury zeigte dem verstört dreinsehenden Jungen seinen Ausweis und sagte beruhigend: «Routine, nichts weiter, Robbie.»

Das braune Haar, das sich der Junge aus der Stirn strich, die hellbraunen Augen, das Gesicht, das ihm anfangs nur leer vorgekommen war, vielleicht weil es so weich und formbar war wie Wachs – in alldem glaubte Jury nun – oder bildete er sich das nur ein? – Spuren einer Ähnlichkeit mit Helen zu entdecken, gerade als würde ihr Gesicht unter der Wasseroberfläche vorübertreiben.

Nell Hornsby kam durch den Vorhang, der den kleinen Nebenraum im hinteren Teil der Bar abtrennte. «Oh, hallo! Ist was passiert?»

«Keine Sorge. Es ist nichts passiert. Ich würde mich nur gern ein bißchen mit Ihnen unterhalten.»

«Klar. Ich schau nur schnell nach Chrissies Brei.» Sie verschwand wieder durch den Vorhang.

Der ungelenke, kräftig gebaute Robbie fegte lethargisch den Boden. Robin... ein häufiger Deckname für Kriminelle, Außenseiter, Vogelfreie, dachte Jury. Erst als Tommy etwas von einer Runde Snooker sagte, hellte sich seine Miene auf, und er arbeitete schneller.

Melrose zündete sich eine Zigarre an und fragte leise: «Wo ist da der Zusammenhang? Ich meine, zwischen diesem ungeschlachten Jungen, Ihrer Helen Minton und... allem anderen?»

«Frederick Parmenger ist das Bindeglied.»

«Parmenger? Und wieso?»

«Ich denke, er ist Robbies Vater. Von einer Haushälterin, die jahrelang bei den Parmengers gearbeitet hat, wissen wir, daß Edward Parmenger – das ist Fredericks Vater, der die Pflegschaft für Helen übernommen hatte – Amok lief, als er erfuhr, daß sie schwanger war. Ihm sträubten sich die Haare angesichts der Vorstellung, daß sein Sohn und Helen –»

«Das ist nicht gerade verwunderlich, bedenkt man ihr Alter und die Umstände. Kaum jemand wäre erfreut, wenn er entdeckt, daß sein Mündel guter Hoffnung ist.»

«Vor allem, wenn er noch viktorianische Moralvorstellungen hat. Aber wir leben nicht mehr im 19. Jahrhundert. Und wieso dann nach Jahren diese Gewissensbisse, die Edward dazu veranlaßten, Helen das Haus zu vermachen, statt es seinem eigenen Sohn zu hinterlassen? Zuerst wollte er Helen einfach nur loswerden, und dann holt er sie wieder zurück. Ziemlich merkwürdig, das muß ich schon sagen.»

Nell kam in die Bar zurück. «Nun also. Was wollen Sie von mir?»

«Old Peculier», sagte Melrose und legte eine Pfundnote auf den glänzenden Tresen.

Sie machte einen verwirrten Eindruck. «Es ist noch zu früh für die Bar. Ich fürchte, ich kann Ihnen nichts Alkoholisches ausschenken. Das heißt –» Sie warf Jury einen schnellen Blick zu. «Ich werde ausnahmsweise ein Auge zudrücken.» Sie zapfte Melrose sein dunkles Ale.

«Erzählen Sie uns ein bißchen von Robbie.»

Sie setzte das Glas abrupt ab. «Robbie? Was ist denn mit ihm?»

Jury hielt ihr sein Zigarettenpäckchen hin. «Woher soll ich das wissen? Deshalb frage ich ja.»

Sie fischte eine Zigarette aus dem Päckchen und zündete sie an. «Na ja, er geht uns halt ein bißchen zur Hand. Dafür kriegt er was zu essen und etwas Taschengeld. Armer Junge. Wie gesagt, er kam hierher, als er von der Schule abging. Ein herzensguter Kerl. Wir haben ihn aufgenommen. Er gehört zur Familie.»

«Er ging auf die Bonaventura-Schule?»

«Ja.»

«Auf dem Friedhof der katholischen Kirche in Washington liegt ein Robert Lyte begraben. Könnte das ein Verwandter von ihm gewesen sein?»

Auch wenn es noch etwas zu früh dafür war, so sagte Nell Hornsby doch nicht nein zu einem Drink. Während sie eine Flasche aus dem Regal nahm, meinte sie: «Robert? Möglich wär's. Ich weiß nicht. Aber warum haben Sie's denn so auf Robbie abgesehen? Hat er denn was angestellt? Er doch nicht, das kann ich mir nicht vorstellen.»

«Nein, natürlich nicht.»

Melrose, dessen Laune sich durch den Old Peculier wesentlich gebessert hatte, ließ Jury mit Nell Hornsby plaudern und ging in das kalte Hinterzimmer, um Tommy Whittaker und Robbie beim Spielen zuzuschauen. Robbie hielt das Queue zwar wie seinen Besen, aber doch mit sehr viel mehr Begeisterung. Tommy machte einen Sicherheitsstoß und ermöglichte Robbie einen langen, direkten Stoß auf eine rote Kugel. Nicht zu einfach und nicht zu kompliziert. Der Stoß mißlang.

Doch Tommy war ein zu guter Spieler, um nicht alles um sich herum zu vergessen – auch Robbie, zumindest für den Augenblick. Er versenkte dieselbe rote Kugel mit einem so raffinierten Effetstoß, daß die weiße in günstiger Position zur schwarzen liegenblieb.

Melrose war völlig in das Spiel vertieft, als jemand in Höhe seines Ellbogens sagte: «Er könnte doch einfach gleich die schwarze spielen.»

Er sah sich um, konnte aber niemanden entdecken, bis er den Blick senkte. Die Eigentümerin der Stimme hielt eine Puppe im Arm, die beinahe so groß war wie sie selbst. Ein Kind! Er warf der Kleinen einen Blick zu, der jeden anderen auf der Stelle verscheucht hätte.

Sie aber blieb nicht nur stehen, sondern verteidigte auch noch ihre Meinung. «Warum spielt er nicht einfach mit der schwarzen weiter, statt immer mit der weißen, wenn er sie doch loswerden will?» Sie sah stirnrunzelnd zu Melrose auf, als wäre er verantwortlich für diese lächerlich umständlichen Spielregeln. Melrose überlegte. Sie konnte nicht älter als fünf oder sechs sein, stand einfach da mit dieser übergroßen, blöden Puppe im Arm – und wollte schon neue Spielregeln aufstellen. «Weil», erwiderte Melrose bissig, «es bestimmte Regeln gibt. Und jetzt gehst du wieder schön brav zurück und ziehst deine Puppe an.»

«Sie ist doch angezogen», sagte die Kleine, die seine Bemerkung offensichtlich als Einladung auffaßte, ihm Gesellschaft zu leisten. Sie rutschte neben ihn auf die Bank und fügte vielsagend hinzu: «Oder besser: *er*.» Der Blick, den sie der Puppe zuwarf, ließ Zweifel erkennen.

Er versuchte Tommys Spiel zu verfolgen und verwünschte sich insgeheim dafür, daß er die Puppe überhaupt erwähnt hatte. Die Kleine hielt seine Bemerkung für ein Zeichen echten Interesses und ließ nun nicht mehr locker.

«Sie hat 'n hübsches Kleid an, oder?»

Ihre einschmeichelnde Stimme und strahlenden Augen ließen Melrose jedoch kalt. Er wandte den Blick nicht von Tommys Queue – Robbie war zurückgetreten und stand vergessen da wie eine einarmige Statue in einem Park – und hütete sich, ihr darauf zu antworten.

«Die Windel darunter macht ihn 'n bißchen dick.»

Wenn er Agathas Geplapper ertragen konnte, dachte Melrose, warum nicht auch das dieser kleineren und, wie er zugeben mußte, weitaus attraktiveren Ausgabe. «Ich bin etwas durcheinander», gab er zu und zündete sich eine Zigarre an in der Hoffnung, das Nikotin würde verhindern, daß sein Gehirn sich im Strudel eines zu früh genossenen Old Peculiers auflöste. «Ich dachte, die Puppe sei ein Mädchen.»

«Ist sie auch», mischte Jury sich ein, der soeben mit einem Glas vom besten Bitter in der Hand hereinspazierte. Er setzte sich auf die harte Bank, so daß die Kleine noch näher an Melrose heranrücken mußte. «Sie heißt Alice.»

«Also schön, Alice, was ist los mit deiner Puppe?»

Die braunen Augen betrachteten ihn mitleidig: «*Ich* doch nicht! Sie!» Sie hielt ihm die Puppe unter die Nase und fügte auf ihre kryptische Art hinzu: «Oder er. Ich heiße *Chrissie.*»

Eine Serie von 147 Punkten war gewiß einfacher zu bewerkstelligen, als aus Chrissie schlau zu werden. Ihre Mutter hätte ihr den Unterschied zwischen den Geschlechtern erklären sollen, dachte Melrose und lehnte sich zurück, um das Wunderkind dabei zu beobachten, wie es eine Serie von fünfzig Punkten herunterriß und sich erst dann wieder an seinen Freund Robbie erinnerte. Tommy verkorkste absichtlich einen ziemlich einfachen Stoß und trat zurück, um Robbie ans Spiel zu lassen. Robbie verpatzte seinen Stoß ebenfalls. Sie unterbrachen ihr Spiel, und Tommy gab eine Runde Zigaretten aus Jurys Päckchen aus. Dann nahmen sie jenseits des Tisches auf einer Bank Platz und unterhielten sich, das heißt, Tommy führte ein etwas einseitiges Gespräch mit seinem Freund.

«Was hoffen Sie denn hier herauszufinden?» fragte Melrose Jury, während Chrissie ihre Puppe auszuziehen begann.

«Weiß ich selbst noch nicht. Ich habe keine Ahnung, ob er sich überhaupt noch an Danielle Lyte erinnert. Sie ist vor Jahren gestorben, wie mir eine Bekannte von Helen Minton sagte.»

Die Puppe war, wie Melrose bemerkte, in Stoffstreifen gehüllt, die von einem Bettuch zu stammen schienen. Chrissie machte sich daran, sie von neuem einzuwickeln.

«Ich kann immer noch keinen Zusammenhang mit den Morden sehen. Angenommen, er ist der Sohn...» Melrose warf Chrissie einen mißtrauischen Blick zu, da er grundsätzlich von der Annahme ausging, daß Kinder alles hörten und einen im richtigen Augenblick damit erpreßten. Vorsichtig fuhr er fort: «Sie wissen schon, der Sohn dieser beiden. Mußte sie deswegen gleich sterben?»

«Vielleicht war sie einfach nur böse», meinte Chrissie.

Er hatte doch gewußt, daß ihr kein Wort entging. «Wir fragen dich schon, wenn wir deine Meinung hören wollen», sagte Melrose und übersah geflissentlich die rote Zunge, die sie ihm plötzlich entgegenstreckte. Die strahlend braunen Augen auf Jury gerichtet, meinte sie: «Schätze, ich sollte ihn wieder zurücklegen.»

Jury nickte. «Ja, das solltest du tun. Maria und Joseph vermissen ihn bestimmt schon.»

Maria und Joseph? Melrose gab es auf, den Sinn dieser dunklen Andeutungen ergründen zu wollen. Chrissie griff sich ihre Puppe, zwängte sich an Jury vorbei und rannte hinaus.

«Wenn ich aus Durham zurück bin, muß ich noch nach Newcastle zum Bahnhof, um Wiggins abzuholen.»

«Sergeant Wiggins! In diesen nördlichen Breiten? Weiß er, auf was er sich da eingelassen hat?»

«Ich fürchte, ja.»

In diesem Augenblick kam Tommy zurück und reichte Melrose ein Queue, das er aus der Halterung an der Wand genommen hatte. «Warum versuchen Sie's nicht mal mit Robbie? Vielleicht haben Sie ja Glück.»

«Vielen Dank», sagte Melrose eisig, nahm das Queue und trat an den Tisch.

«Er erinnert sich kaum noch an seine Mutter. Sie ist gestorben, als er noch ziemlich klein war; wie klein, weiß er aber nicht mehr. Er hat ein Foto von ihr», sagte Tommy zu Jury.

«Ja, ich kenne es.»

«Klingt alles ziemlich vage.» Tommy betrachtete traurig sein Queue. «Im Vergleich zu ihm bin ich ein richtiges Glückskind.» Ganz sicher schien er sich da allerdings nicht zu sein. «Das Problem ist nur, daß ich der letzte Marquis von Meares bin – falls ich nicht heirate und Kinder bekomme. Ich glaube, Tante Betsy hat schon eine der Töchter eines Herzogs ins Auge gefaßt – keine bestimmte, die sehen sowieso alle wie Kobolde aus. Aber ich sollte mich nicht beklagen. Niemand macht mir Vorschriften außer Tante Betsy und vierzehn Anwälten.» Er sagte das ohne jede Ironie. «Man kann also sagen, daß ich genügend Freiheit habe und tun und lassen kann, was ich will.»

«Klingt eigentlich nicht so.»

Tommy verteidigte seine Tante. «Sie ist nicht schuld. Ich versage schon auf St. Jude's Grange in allen Fächern und ziehe den Namen der Familie in den Dreck. Ich weiß doch bloß über Mesopotamien einigermaßen Bescheid, aber das kommt leider nur so selten dran. Ich laß die Nachhilfestunden ausfallen, um Snooker zu spielen, und hoffe im Grunde nur, daß sie mich einfach für blöd halten und in Ruhe lassen. Sonst bin ich erledigt. Das bedeutet, ich lande auf dem Christ Church College – das ist 'ne Art Sammelbecken für Leute wie mich.»

Jury lachte. «Man könnte meinen, du sprichst von dem Hochsicherheitsgefängnis außerhalb von Durham.»

Tom balancierte das Queue auf der Handfläche. Es stand wie eine Eins. «Oxford ist ein ödes Kaff. Da gibt's nur Buchläden und Herrenausstatter, in denen sie Schals in den College-Farben verkaufen. Und von mir würde man wahrscheinlich erwarten, daß ich das Blau des Ruderclubs trage. Ich hasse Rudern. In dem gottverdammten Nest gibt es nicht mal eine Billardhalle. Ich hab's überprüft.»

«Wenn du nicht aufpaßt, fällt dir der Stock noch aus der Hand.» Jury steckte seine Zigaretten ein und sah auf die Uhr.

«Mir? Mir fällt nie was aus der Hand. Wissen Sie, daß Tante Betsy dem Butler befohlen hat, das Billardzimmer abzuschließen? So wie manche Leute die Flaschen wegschließen, wenn sie einen Säufer in der Familie haben.»

«Das ist ein starkes Stück.»

«Na ja, irgendwie kann ich sie auch verstehen. Eine Sucht ist eine Sucht.»

«Aber so verderblich ist deine Sucht nun auch wieder nicht», meinte Jury lächelnd.

Tommy ließ den Stock fallen, fing ihn mit der anderen Hand und legte ihn an wie ein Gewehr. «Wissen Sie, wie ich in das Billardzimmer komme? Während der Führungen. Man kann nämlich das Schloß besichtigen, vor allem auch den Park, der wirklich toll ist. Ich verkleide mich mit einem alten Mantel, Hut und Sonnenbrille. Und bei der letzten Führung bleib ich dann zurück, verstecke mich in einem Wandschrank und warte, bis alle weg sind. So kann ich ungefähr eine Stunde täglich üben. In das Billardzimmer kommt nie jemand. Dann schleich ich mich durch die Verandatür wieder hinaus und geh ums Haus herum. Bis jetzt ist noch niemand draufgekommen, warum die Verandatür morgens manchmal aufsteht.»

«Deine Entschlossenheit ist wirklich erstaunlich!» Jury lachte.

Irgendwie war es Robbie gelungen, den Spielball mit einem Sicherheitsstoß an die Bande zu spielen. Melrose kreidete sein Queue ein. Wenn er nicht danebenstieß – die Wahrscheinlichkeit war allerdings sehr hoch –, konnte er die schwarze Kugel einlochen.

«Nehmen Sie das Kinn runter», sagte Tommy, der hinter ihn getreten war.

Melrose richtete sich seufzend auf. «Ich brauche kein Publikum.»

«Wenn Sie mit einem Champion spielen, müssen Sie sich an so was gewöhnen. Beeilen Sie sich, ich muß noch nach Durham», warf Jury ein.

«Dann stören Sie mich nicht.»

Das hatte ihm gerade noch gefehlt – dieses Paar brauner Augen, das ihn über die Tischkante hinweg anblickte.

«Husch, weg mit dir», sagte Melrose.

Chrissie rührte sich nicht vom Fleck. Sie starrte ihn weiterhin unverwandt an.

Es blieb ihm nichts anderes übrig, als den Versuch zu wagen. Mit der linken Hand machte er auf dem Rand des Tisches eine Brücke.

«Strecken Sie die Finger. Dieser Ansatz ist falsch bei einem Bandenstoß.»

O zum Teufel mit ihnen allen! Er hatte das Gefühl, sein Arm wäre völlig erstarrt, und er schämte sich insgeheim, daß ihm soviel daran lag, Tommy Whittaker zu imponieren, der ihn jetzt noch einmal aufforderte, das Kinn auf die Höhe des Queues zu bringen.

«Und schauen Sie nicht immer auf die Tasche, schauen Sie auf die Kugel.»

Verdammt, woher wußte er, daß Melrose den Blick zur Tasche hatte wandern lassen. Er sah vom Spielball zur schwarzen Kugel – ein prima Stoß, wenn nichts danebenging.

In dem Augenblick, als er das Queue zurückzog und wieder vorschnellen ließ, sagte die Piepsstimme: «Es wäre doch viel einfacher, gleich die schwarze zu spielen.»

Er fluchte. Die Spitze des Queues glitt von der weißen Kugel ab, und Chrissie – ihre Mission war offensichtlich erfüllt; der Stoß war mißlungen – suchte mit Alice im Arm das Weite.

Jury griente. Tommy verlieh seinem Mitgefühl Ausdruck. Melrose starrte die weiße und die schwarze Kugel an. Er richtete sich auf und warf einen wutentbrannten Blick auf die Tür, durch die Chrissie soeben verschwand. «Jede Wette», sagte er, «daß Beatrice Sleight gemeint war und niemand anderes.»

Vielleicht hatte er sich beim Snooker als Niete erwiesen, aber das Grinsen aus Jurys Gesicht verschwinden zu sehen bot ihm Entschädigung genug dafür.

Sie standen draussen neben dem Granada, den die Ortspolizei Jury zur Verfügung gestellt hatte. Melrose zog fröstelnd die Schultern unter seinem dicken Anglerpullover ein. «Er hat das so eingefädelt, damit keiner dachte, daß er es tatsächlich auf Beatrice Sleight abgesehen hatte. Im wahrsten Sinne des Wortes ein Mord unter dem Deckmantel der Verwirrung: unter Grace Seainghams weißem Cape. Der Mörder hat die schwarze Kugel mit der weißen eingelocht. So einfach ist das. Allerdings mußte die gute alte Bea erst mal dazu gebracht werden mitzuspielen.»

Jury lehnte sich gegen die Wagentür und sah zu den Fenstern des Pubs hinüber. «So was ist kinderleicht, wenn man ein Gewehr in der Hand hält.»

«Sie glauben also auch, daß jemand Beatrice in den Wintergarten gelockt und sie gezwungen hat, das Cape umzulegen?»

«Ich könnte mir vorstellen, daß es ein bißchen raffinierter eingefädelt war, aber im großen und ganzen, ja.»

«Sie teilen also meine Meinung?»

«Hundertprozentig. Es ist so viel einsichtiger als jede andere Erklärung für Beatrice Sleights merkwürdiges Verhalten – es wäre ihr doch nicht im Traum eingefallen, diese Kapelle aufzusuchen, und dann noch mit Grace Seainghams Cape. Irgendwer scheint mit aller Gewalt verhindern zu wollen, daß die Polizei gewisse Schlüsse zieht.»

Melrose zog sich die Ärmel seines Pullovers über die Hände. Der Himmel war von einem unglaublich tiefen Blau; der Schnee begann in der Sonne zu schmelzen, und der Wind hatte sich gelegt. «Sie war ja nicht eben beliebt. Und wenn die Dame des Hauses nicht das *Opfer* sein sollte… na ja, Grace Seaingham hatte ein handfestes Motiv, sie umzubringen.»

Jury schüttelte den Kopf.

«Ach, kommen Sie schon! Sie halten sie für einen Engel und übersehen dabei das Nächstliegende.»

«Nein, das ist es nicht», sagte Jury. «Selbst wenn sie Beatrice Sleight lieber tot gesehen hätte, welchen Grund hätte sie gehabt, Helen Minton umzubringen?»

Melrose, der im Schnee auf und ab geschritten war, um sich warm zu halten, blieb stehen. «Wer sagt denn, daß es nicht zwei Mörder gibt?»

Jury warf seine Kippe auf den vereisten Boden. «Ich.» Er blickte zum stahlblauen wolkenlosen Himmel empor. «Viele Gifte sind sehr unzuverlässig – sie machen einen einfach nur krank. Und so wirkt auch Akonit, wenn die Dosis nicht tödlich ist. Der Mörder dachte anscheinend, er könne es dem Zufall überlassen, *wann* Helen Minton die tödliche Dosis bekam. In diesem Fall hätte ein Besucher von Old Hall ihr Medikament mit dem Gift präparieren können, und ihr Tod hätte nach Herzversagen ausgesehen. Dann aber fand Helen Minton etwas über Robin Lyte heraus. Doch das hilft uns auch nicht viel weiter, stimmt's?»

«Wenn er wirklich Parmengers Sohn ist…?»

«Hm. Parmenger bestärkt mich ebenfalls in der Annahme, daß wir es hier nur mit einem Mörder zu tun haben. Parmenger kannte sowohl Helen als auch Beatrice. Er ist das Bindeglied.»

«Hätte Helen Minton seinem Ruf schaden können, wenn sie die Sache publik gemacht hätte?»

«Das scheint mir nicht ihre Art – weder seine noch ihre. Sie hätte so was nicht getan, und ihm hätte es nichts ausgemacht. Wen haben wir denn sonst noch? Lady St. Leger? Eigentlich kaum anzunehmen, daß sie eine Bürgerliche abknallt, nur weil diese den Adel haßt…»

«Da wäre immer noch Tante Agatha», sagte Melrose hoffnungsvoll.

Jury überging diesen Einwand. «William MacQuade? Ein unbeschriebenes Blatt, keiner, der sich leicht unterkriegen läßt, aber ich sehe kein Motiv.»

«Er konnte Beatrice Sleight nicht ausstehen. Sie machte ständig schnippische Bemerkungen über ‹literarische› Autoren. Und was ist mit den Assingtons? Sie scheinen sich nur am Rande des Geschehens zu bewegen. Kein Motiv weit und breit. Er ist der berühmte Arzt, und sie scheint von dem Schund, den Beatrice Sleight schrieb, beeindruckt zu sein. Spatzenhirn. Genau die Sorte, die Elizabeth Onions in *Die dritte Taube* zum Mörder auserkoren hätte.»

«Wie bitte?»

«Nichts. Ich finde es ziemlich unfair, Unzurechnungsfähige als Mörder auftreten zu lassen. Sie sind ja nicht für ihre Taten verantwortlich zu machen.»

Jury stieg ins Auto. «Ich fahre jetzt nach Durham und bringe Sie vorher schnell in Spinney Abbey vorbei. Grace für mich, Susan für Sie.» Er ließ den Motor an.

«Danke bestens. Zyankali wär mir lieber.» Der Motor lief,

doch Jury machte keinerlei Anstalten, loszufahren, sondern starrte an Melrose vorbei ins Leere.

«Was ist? Haben Sie was entdeckt?» Plant wandte sich um. Chrissie drückte ihr Gesicht gegen die Scheibe eines der winzigen Fenster des Lokals.

«Ein Paar brauner Augen», sagte Jury und winkte ihr zu, bevor er losfuhr.

Melrose sah das Augenpaar schnell unter der Fensterbank verschwinden. Das Schmelzwasser tropfte von den Scheiben.

21

An einem nebligen Tag wie diesem schien die Kathedrale von Durham aus der Ferne betrachtet über der in einer engen Schleife des Wear gelegenen Halbinsel zu schweben.

Der Gottesdienst war schon seit fünf Minuten zu Ende, doch Grace Seaingham kniete noch immer auf einer der Bänke. Wie lange kann eine Frau es in einer solchen Stellung aushalten? fragte sich Jury. Im Stehen ging's ja noch einigermaßen, aber auf den Knien mußte einem jede Minute wie eine kleine Ewigkeit vorkommen.

Jury betrachtete das geometrische Muster der Steinquader, aus denen die Säulen bestanden, behielt Grace Seaingham aber immer im Auge. Ein Weilchen später erhob sie sich endlich, ging durch das leere Gestühl und trat auf den Mittelgang. Sie hielt den Blick gesenkt und bemerkte Jury erst, als sie vor ihm stand. Bei seinem Anblick schlug sie den Kragen ihres weißen Wollmantels hoch, als hätte sie ein kalter Windstoß getroffen. Sie sah ihn mißtrauisch an.

«Entschuldigen Sie, Mrs. Seaingham. Ich bin nicht hier, weil ich Sie beschatte.» Sein Lächeln kam ihm gezwungen vor, wie immer, wenn er in ihrer Nähe war. «Aber Sie hatten gesagt, Sie würden heute vormittag hiersein; da ist etwas, das ich Ihnen erzählen möchte... Aber wollen wir nicht lieber woanders hingehen?» Ihr Lächeln gab ihm das unbestimmte Gefühl, er werde um etwas betrogen.

«Ich habe nichts gegen diesen Ort einzuwenden. Wenn wir schon über den Tod sprechen müssen» – sie sah ihn achselzuckend an –, «dann am besten hier. Wir können uns ja ein bißchen die Beine vertreten und dabei die Kirche ansehen.» Mit einer typischen, eleganten Armbewegung bedeutete sie ihm, ihr zu folgen.

Jury fühlte sich in der Kathedrale irgendwie im Nachteil. Ihm war jedoch nicht ganz klar, warum er Grace Seaingham unbedingt etwas voraushaben wollte. Er wandte sich ihr zu und betrachtete das scharfgeschnittene Profil, das helle Haar. Sie war vor dem Fresko des heiligen Cuthbert stehengeblieben. «Freddie Parmenger sollte sich das mal anschauen. Er mag nur leider keine Kirchen. Wußten Sie, daß die Mönche im Laufe der Jahrhunderte die Gebeine des heiligen Cuthbert immer wieder verlegt haben? Zuerst Lindisfarne, dann Chester-le-Street. Das ist nicht weit von hier. Hier ist seine endgültige Ruhestätte.» Immer noch dem Fresko zugewandt, fragte sie ihn: «Was wollten Sie mir denn erzählen?»

«Sie waren nicht gemeint, Mrs. Seaingham. Ich habe mich geirrt. Der Mörder hatte es doch auf Beatrice Sleight abgesehen.»

Ihm war nicht wohl in seiner Haut. Die Nähe dieser Frau, die Fremdheit dieses Orts mit seinen kolossalen Dimensionen – all das verunsicherte ihn. Er fühlte sich klein und schutzlos. Wie lächerlich!

Nichts, was sie sagte oder tat, rechtfertigte jedoch seine Gefühle. Die abrupte Bewegung, mit der sie sich ihm zuwandte, drückte nur Überraschung und Erleichterung aus. «Aber warum um Himmels willen sollte Bea mein Cape genommen haben?»

«Wer immer sie erschossen hat, wollte den Eindruck erwekken, daß Sie...» Er beendete den Satz nicht. «Wie der Killer sie dazu brachte, sich das Cape umzulegen und nach draußen zu gehen, weiß ich allerdings auch nicht. Irgendein plausibler Vorwand, zum Beispiel ein kleines Gespräch unter vier Augen an einem Ort, wo man nicht gesehen würde. In der Kapelle vielleicht...»

Ihre Augen schimmerten feucht; Jury konnte jedoch nicht sagen, ob sie den Tränen nahe oder einfach nur erleichtert war.

«Es war also nicht...» Sie unterbrach sich abrupt und wandte sich wieder dem Bild des heiligen Cuthbert zu.

«Nicht was? Oder wer?»

Sie schwieg.

«Sie meinen, Ihr Mann? Ich halte Ihren Mann auf keinen Fall für verdächtig.»

«Sie glauben nicht, daß er sie erschossen hat?»

Jury zögerte mit der Antwort. «Sie war doch seine...»

Sie lächelte frostig. «Sprechen Sie es ruhig aus. Geliebte. Er hätte doch beispielsweise Angst haben können, sie würde reden?» Ihre Stimme klang beklommen.

«Erpressung?»

«Charles hatte doch keine Ahnung, daß ich davon wußte.»

Jury bohrte weiter. «Eben waren Sie sehr erleichtert darüber, daß niemand versucht hat, *Sie* umzubringen. Dachten Sie dabei ebenfalls an Ihren Mann?»

«Nein, natürlich nicht.» Die Antwort kam viel zu hastig.

«Mrs. Seaingham, als Sie von dem Mord an Beatrice Sleight erfuhren, nahmen Sie sogleich an, der Anschlag habe in Wirklichkeit Ihnen gegolten. Keiner von den anderen kam auf diese Idee.» Außer Melrose Plant, aber das sagte er ihr nicht.

«Nun, dieses Cape...» Das klang nicht sehr überzeugend.

«Auf den ersten Blick schienen Sie recht zu haben. Aber irgendwie finde ich es seltsam, daß Sie sofort diesen speziellen Verdacht schöpften. Warum tragen Sie eigentlich immer Weiß?»

Sie wirkte verunsichert. «Warum? Ich weiß es nicht, ich hab noch nie darüber nachgedacht.» Sie sah an ihrem Mantel herunter.

«Es steht Ihnen nicht sonderlich. Es betont Ihre Blässe; es

macht Sie noch durchscheinender. Sie sollten Farben tragen. Pastelltöne zum Beispiel. Offensichtlich wollen Sie nicht, daß man Sie für krank hält. Aber Sie *sind* krank, nicht wahr?»

Sie hatte Ihre Fassung wiedergewonnen und meinte kühl: «Todkrank, um genau zu sein.»

«Und was ist das für eine Krankheit?»

An ihrer Wange zuckte ein kleiner Muskel. «Ich weiß es nicht. Selbst Sir George ist ratlos. Er kann nichts feststellen. Die Untersuchungen haben nichts ergeben.»

«Sie lügen, Grace. Es wurden überhaupt keine Untersuchungen durchgeführt. Sie haben sich geweigert.»

Ihre Porzellanhaut bekam etwas Farbe, während sie ihm einen prüfenden Blick zuwarf. «Wenn Sie bereits wußten, daß –»

«Weil Sie nämlich befürchten, Ihr Mann könnte dahinterstekken, ist es das? Viele Gifte wirken erst allmählich. Man verabreicht sie in kleinen Dosen, immer nur ein bißchen. Arsen zum Beispiel. Und auch Akonit, nur würden Sie bei Akonit sofort bemerken, daß etwas nicht stimmt. Benommenheit, Kribbeln…»

«O hören Sie auf! Wie kommen Sie nur darauf…» Ihre Stimme zitterte.

Jury nahm ihren Arm. «Sie irren sich, was Charles betrifft.»

Sie wußte darauf offenbar keine Antwort und wandte sich wieder dem Heiligen auf dem Fresko zu. Sie schien vor den dunklen Steinquadern wie ein Geist zu leuchten, der seine Ruhe nicht finden kann. «St. Cuthbert mochte keine Frauen. Er ließ die galiläische Kapelle, in der ich vorhin war, nur für Frauen erbauen, damit sie sich nicht seinem Altar näherten.»

Jury lachte. «Niemand ist vollkommen. Lassen Sie uns gehen.»

Die Prinzessin war aus ihrem Turmverlies heruntergestiegen, um einen Blick aus der Tür auf die wirkliche Welt zu werfen. Der Knoten, der Grace Seainghams in der Sonne schimmerndes Haar im Nacken zusammenhielt, hatte sich gelockert; ein paar Strähnen hatten sich gelöst und umspielten ihre Schläfen. Das zarte Rot ihrer Wangen war echt, und ihre Haut schimmerte beinahe bernsteinfarben in dem schummrigen Licht des Hofes, den auf drei Seiten Gebäude der Universität von Durham umgaben.

Grace schien wie ausgewechselt. Zusammen mit der Angst und der Unsicherheit waren ihr ätherisches Gehabe und ihre manierierten Gesten verschwunden: Sie leckte sich die Lippen, ohne sich Gedanken um ihren hellen Lippenstift zu machen; ihre Augen funkelten lebhaft; sie spielte mit dem Riemen ihrer Tasche. Jury meinte ein junges hübsches Mädchen vor sich zu haben. Und nun erzählte sie ihm von der Übelkeit, die sie immer wieder überkam, von ihrer Weigerung, mehr zu essen als unbedingt notwendig, und von der peinlichen Sorgfalt, mit der sie jede Flüssigkeit untersuchte, die sie zu sich nahm. «Schauen Sie sich gerne alte Filme an?»

«Wenn ich Gelegenheit dazu habe.»

«Erinnern Sie sich an *Verdacht*? Ich kam mir vor wie Joan Fontaine – Sie wissen schon, in der Szene, in der Cary Grant mit einem Glas Milch die Treppe hochkommt.» Ihr Lächeln kam von Herzen; die Tränen, die ihr beim Verlassen der Kathedrale übers Gesicht geströmt waren, hatten befreiend gewirkt. «Man hatte wirklich Angst, ihr Mann könnte es gewesen sein. Aber natürlich glaubte man nicht im Ernst, Cary Grant würde den Bösewicht spielen. Weil er einfach zu charmant ist – und weil er eben Cary Grant ist. Aber mein Mann ist nicht Cary Grant.»

«Nein. Er versucht allerdings genausowenig wie Cary Grant damals, Sie zu vergiften.»

«Wieso sind Sie sich da so sicher?»

«Ganz einfach. Er liebt sie.»

Sie warf ihm einen schon beinahe koketten Blick zu. «Und woher wollen Sie das nun wieder wissen?»

«Erstens, weil er es selbst gesagt hat. Zweitens, weil er Beatrice Sleight nicht geliebt hat. Drittens, weil er Sie auf eine ganz bestimmte Art anschaut! Und viertens – ein sehr stichhaltiger

Hinweis: Ich kann mir nicht vorstellen, daß ein Mann wie Ihr Gatte Sie in seinem Arbeitszimmer, seinem ureigensten Territorium, einem Maler Modell sitzen ließe, wenn Sie ihm nicht sehr viel bedeuteten.»

Sie sah ihn bewundernd an. «Sie haben mir eine Last von der Seele genommen. Sie sind entweder ein phantastischer Detektiv oder ein schrecklicher Romantiker.»

Er lächelte. «Oh, beides.» Er nahm wieder ihren Arm. «Kommen Sie, gehen wir etwas essen.»

Das winzige Restaurant mitten in der Altstadt Durhams war brechend voll. Sie bestellten ein wundervolles Menü: mit Käse überbackene Pilze in Weißweinsoße und Kalbsragout; danach Stilton-Käse und Stachelbeerkuchen. Jury paßte auf, daß Grace auch alles aufaß, was keine großen Überredungskünste seinerseits erforderte. Beim Essen erzählte sie von sich und Charles: daß sie gehofft habe, die Sache mit Bea sei eine dieser Affären, die Männer in seinem Alter brauchten; daß sie sich immer Kinder gewünscht habe, aber dieser Wunsch sei nicht in Erfüllung gegangen. «Und dann gibt es Frauen wie Tommys Mutter, für die Kinder einfach nur lästig sind.» Sie steckte ein Stück Kuchen in den Mund und schwieg einen Augenblick. «Ich habe Tommy oft beobachtet, wenn er mit seiner Mutter zusammen war. Er liebte sie abgöttisch; sie war schön, doch es fehlte ihr an Charakter. Offen gesagt hatten beide nicht viel davon, weder Irene noch Richard waren charakterfest. Sie waren amüsant, charmant und reich, das ja...» Achselzuckend wechselte sie das Thema. «Hier in der Nähe ist übrigens ein alter Trödelladen, in dem ich oft herumstöbere. Dies hier habe ich auch dort gefunden...» Sie hob den Anhänger an ihrer Kette hoch, die sie stets zu tragen schien. «Später fand ich dann heraus, wie wertvoll er wirklich ist. Der arme alte Kerl in dem Laden hatte keine Ahnung; er wollte ein Pfund dafür haben, dabei ist er ungefähr tausend wert.» Sie ließ den Anhänger wieder fallen. «Wie wär's, wenn wir da mal kurz reinschauen?»

«Einverstanden.» Jury bezahlte, und sie spazierten hinaus auf die Straße.

«Es beruhigt mich, daß Sie nicht ganz so vollkommen sind, wie Sie scheinen, Grace.»

«Was meinen Sie?»

«Der Trödler. Seine Unwissenheit hat ihn tausend Pfund gekostet.» Jury lachte.

Sie blieb abrupt stehen. «Also hören Sie, Mr. Jury. Ich bin natürlich zurückgegangen und hab ihm das Geld gegeben.»

«Teufel auch. Und ich dachte schon, Sie wären doch kein ganz hoffnungsloser Fall.»

Sie lächelte verschmitzt. «Das heißt – ich habe das Geld mit ihm geteilt. Also vielleicht besteht noch Hoffnung für mich?»

Wer weiß, ob noch Hoffnung besteht, dachte Jury. Denn wenn ihr Mann sie nicht vergiftet, wer tut es dann? Aber vielleicht bildet sie sich das auch alles bloß ein…

22

«Woran denken Sie, Ruthven?» fragte Melrose. Sein Butler, der gerade dabei war, Melroses Jackett auszubürsten, schien die Rätsel der Schöpfung vor seinem inneren Auge Revue passieren zu lassen.

«Haben Sie bemerkt, Sir, wie Mr. Marchbanks gestern abend den Bordeaux dekantiert hat?»

Jeder andere hätte sich zu den traurigen Ereignissen der letzten Nacht etwas Passenderes einfallen lassen. Doch Melrose kannte ja Ruthvens starrsinnige Haltung in Fragen der Etikette zur Genüge und hätte von seiner Bemerkung eigentlich nicht allzu überrascht sein dürfen. «Hat er ihn nicht atmen lassen, oder was?» Melrose betrachtete sich prüfend in einem Drehspiegel, nicht aus Eitelkeit, sondern weil er nach ersten Anzeichen von

Verfall und frühem Tod suchte. In letzter Zeit fragte er sich auffallend häufig, ob er nicht eine widerstrebende Schönheit dazu bringen könnte, Ardry End mit ihm zu teilen, bevor es zu spät war. Er dachte seufzend an Polly Praed und ihren idiotischen Brief (*Euer Gnaden?*). «Ehrlich gesagt beschäftigt mich eher das Ungemach, das Miss Sleight widerfahren ist, und nicht Mr. Marchbanks Ungeschicklichkeit.»

«Schrecklich, wirklich schrecklich, Mylord. Ich hab kaum ein Auge zugetan heute nacht wegen dieser Sache.» Das eilige Zugeständnis ließ vermuten, daß in Ruthvens Augen der Mord an Beatrice Sleight Mr. Marchbanks Frevel sozusagen nur die Krone aufsetzte.

Melrose entfernte eine mikroskopisch kleine Fussel von dem ansonsten untadelig gebürsteten Jackett und zog es an. Wenn sein Butler bloß auf dieses «Mylord» verzichten würde. Er hatte es jedoch schon längst aufgegeben, ihn zu korrigieren: einmal Earl of Caverness, immer Earl of Caverness. Es mußte auch ein harter Brocken für Ruthven sein, daß der Earl in der Rangfolge erst nach dem Marquis kam. Und dazu noch nach diesem minderjährigen Lümmel von einem Marquis.

Ruthven, der die bereits von Seainghams Hausdiener blankpolierten Stiefel noch einmal nachwienerte, seufzte und murmelte undeutlich so etwas wie «Die arme Mrs. Seaingham».

Überrascht wandte Melrose sich nach ihm um; seine Bemühungen, ein widerborstig abstehendes Haarbüschel glattzustreichen, gab er resigniert auf. «Was ist denn mit Mrs. Seaingham?»

«Diese Stiefel waren nicht ordentlich poliert, Mylord.»

Melrose fand, daß sie wie Messing glänzten. Geduldig wiederholte er: «Was ist mit Mrs. Seaingham?»

«Nun ja, sie sieht sehr angegriffen aus, Sir. Ihnen mag noch nicht aufgefallen sein, daß sie ihr Essen kaum anrührt. Ich habe gesehen, daß sie ihren Teller zurückgehen ließ, ohne auch nur einen Bissen zu sich genommen zu haben. Andererseits ist das so verwunderlich nicht, wenn man sich's recht überlegt. Wir, die wir Mrs. Ruthvens Küche gewohnt sind –»

«*Marthas*. Sie kocht für uns, seit ich denken kann. Sie brauchen also nicht so förmlich zu sein.»

«Sehr wohl, Sir. Vielen Dank, Sir. Aber was ich sagen wollte – wenn man weiß, was *haute cuisine* bedeutet, dann braucht man sich über Mrs. Seainghams mangelnden Appetit nicht zu wundern. Alles was recht ist, Sir. Die Cumberland-Sauce kaschierte doch nur eine ziemlich verkochte Keule.» Ruthvens normalerweise unbewegliches Gesicht verzog sich zu einem fast hämisch zu nennenden Grinsen. «Und die Béarnaise...»

«Mein lieber Ruthven. Ich glaube nicht, daß das, was auf Spinney Abbey geschehen ist, sich auf zwei, drei mehr oder weniger gelungene Soßen zurückführen läßt.»

«Nein, Mylord. Da haben Sie recht», sagte er, ohne sich jedoch von seinem Gedanken abbringen zu lassen. «Es wird wohl eher was mit den Leuten zu tun haben.»

«Das möchte ich auch glauben, Ruthven.» Melrose zündete sich die obligatorische Zigarre vor dem Lunch an und sah zu, wie Ruthven die Stiefel auf den Boden stellte und sie kopfschüttelnd begutachtete, als hätten sie schon weitaus bessere Tage gesehen.

«Sie werden nie wieder so sein wie früher, Sir.»

«Die Stiefel? Oder die Gäste? Ich nehme an, beide erregen Ihr Mißfallen?»

«Das zu äußern stünde mir nicht zu, Mylord. Aber es läßt sich nicht leugnen, daß einige dieser Leute, nun ja, nicht eben gesellschaftsfähig sind. Ich meine, haben Sie gesehen, was Lady Assington mit dem Stilton gemacht hat?»

«Sie hat ihn auf den Boden geworfen, stimmt's?»

Ruthven ließ sich nicht beirren: Sein junger Herr (in Ruthvens Augen würde Melrose immer jung bleiben) nahm wieder einmal Dinge von gravierender Bedeutung auf die leichte Schulter. «Sie hat einen Löffel benutzt, Sir. Wenn irgendwelche Neureichen...»

«Sie werden die Seainghams doch nicht als ‹neureich› bezeichnen wollen, und wenn sie den Käse mit Löffeln servieren – Ruthven, warum, zum Teufel, sprechen wir über Käselöffel? Kommen wir zu wichtigeren Dingen: Was sagt das Personal über die Seainghams?»

Ruthven war schlichtweg schockiert. «Also wirklich, Mylord, ich werde doch nicht den Klatsch der Dienstboten kolportieren.»

In der Ferne läutete es. Es hörte sich wie eine Kuhglocke an. «Lunch, Ruthven. Kommen Sie, geben Sie –» Melrose schneuzte sich in sein Taschentuch.

«Ich hoffe, Sie haben sich bei Ihrem Ausflug gestern abend nicht erkältet. Sie sind nicht in der richtigen Verfassung für diese Art von Wintersport, Mylord.» Ruthven war wirklich ein Meister der Untertreibung.

«Für *jede* Art von Sport. Ich gehöre zu besagter Sorte reicher Müßiggänger.»

«Das stimmt keineswegs. Sie haben doch Ihre Pflichten als Professor an der Universität.»

«Irgend etwas muß Ihnen doch zu Ohren gekommen sein. Sie bewegten sich doch nicht die ganze Zeit zwischen Messern, Gabeln und Branston Pickles, ohne etwas mitzubekommen.»

Während Ruthven ein letztes Mal mit seiner Bürste über Melroses Jackett fuhr, sagte er: «Nur, daß die Seainghams sich ein paarmal heftig gestritten haben und daß er sich scheiden lassen wollte. Aber Mrs. Seaingham, strenggläubig, wie sie ist, wollte nichts davon wissen.» Er machte eine nachdenkliche Pause. «Ist Ihnen das mit Mr. MacQuade aufgefallen, Sir? Ich meine, gestern abend beim Dinner?»

«Was soll mir aufgefallen sein? Sein Interesse für Mrs. Seaingham ist ja nicht zu übersehen.»

«Das entzieht sich meiner Kenntnis, aber er hat die Portweinkaraffe nicht angehoben, er hat sie *gekippt*.»

Und mit dieser sensationellen Enthüllung verließ Ruthven den Raum.

Melrose entdeckte Susan Assington in der Bibliothek; in ihrem flaschengrünen Batistkleid wirkte sie an diesem Ort verloren wie ein vom Baum gefallenes Blatt. Offensichtlich nicht an den Umgang mit Büchern gewöhnt, stand sie vor einem Regal und blätterte mit einem Ausdruck so vagen Erstaunens in einem Band, daß man hätte meinen können, Gutenbergs Erfindung der Buchdruckerkunst läge gerade einen Tag zurück.

«Sie sind auf der Suche nach Lektüre, Lady Assington?»

Er hatte sie anscheinend überrascht, denn sie errötete und stellte das Buch hastig wieder an seinen Platz. «Nur etwas über Gärten.»

Melrose konnte sie sich kaum mit einer Hacke in der Hand vorstellen. Er zeigte ihr *Die dritte Taube*. «Elizabeth Onions; das Buch kann ich Ihnen empfehlen, falls Sie das Ambiente einer Vogeljagd in Schottland mögen.»

Offensichtlich war das keine Empfehlung für sie. «Ich kann Krimis nicht leiden. Ich kapier auch nicht, wie Sie darüber jetzt Witze reißen können.» Sie schien den Tränen nahe. «Schöne Bescherung.» Hinter der hochvornehmen Lady Assington aus Hampstead Heath kam in kritischen Phasen wie dieser wieder das Ladenmädchen Susan aus Lambeth zum Vorschein.

«Tut mir leid. Ich habe mir nichts dabei gedacht. Möchten Sie eine Zigarette?» Melrose hielt ihr sein goldenes Etui hin und hoffte, sie würde sich in einen der alten Ledersessel setzen und mit ihm plaudern.

«Ja, warum nicht», sagte sie schmollend und ließ sich tatsächlich nieder.

Melrose nahm in dem Sessel ihr gegenüber Platz und gab erst ihr, dann sich selbst Feuer. Ihm fiel auf, daß sie nervös mit ihrer Zigarette herumspielte.

«Hier oben festzusitzen... wie im Gefängnis, genauso fühl ich mich. Wann, denken Sie, kommen wir hier je wieder weg? George ist zu einer seiner Versammlungen nach London gefahren und hat mich einfach hier hocken lassen.» Über dem elegant beschuhten Fuß, mit dem Susan Assington nervös auf und ab wippte, glaubte Melrose eines dieser schlichten Laura Ashley-Kleider zu erkennen, die hundert Pfund und mehr kosten, die Trägerin aber wie ein einfaches Mädchen vom Lande aussehen lassen, das gerade ein goldenes Kalb gemolken hat. Ansonsten aber hatte Susan Assington nichts mit dem Typ jenes schlichten Landmädchens gemeinsam, der in Melroses romantischen Träumen bukolische Idyllen bevölkerte.

«Haben Sie sie gut gekannt?»

«Wen?» Sie schnippte ihre Zigarettenasche auf den Kaminrost.

Die Frau hatte entweder wirklich ein Spatzenhirn, oder sie war eine gute Schauspielerin.

«Beatrice Sleight.»

«Oh», sagte sie, als sei ihr die Ermordete so gleichgültig wie Elizabeth Onions Tauben. «Nun, wir sind ihr hin und wieder begegnet. Eine, die mit allen Wassern gewaschen war, wenn Sie mich fragen, obwohl George sie für völlig harmlos hielt. ‹Harmlos›, hab ich zu ihm gesagt. ‹Sieh dir doch bloß mal die Bücher an, die sie schreibt.› Nicht, daß ich solchen Schund wirklich lese», beeilte sie sich hinzuzufügen.

Aus dem Musikzimmer drangen die gequälten Klänge einer von Tommy Whittaker malträtierten Klavieretüde.

Susan Assington preßte eine mit Smaragden beladene Hand gegen die Stirn. «Wenn der Junge doch bloß die Finger davon lassen würde. Ist mir ein Rätsel, wie seine Tante dazu kommt, ihn für musikalisch zu halten.» Sie blätterte in einer Modezeitschrift und reichte sie Melrose. «Was halten Sie von dieser Frisur?» Als wäre er ihr Friseur.

Geduldig zog Melrose seine Brille hervor und studierte das Foto. Das Haar des Models stand senkrecht in die Höhe, seine Augenränder waren schwarz nachgezogen. Sie machte auf Melrose den Eindruck, als wäre sie dem Ungeheuer von Spinney Moor begegnet. Oder vielleicht war sie es gar selbst? «Nicht für Sie, Lady Assington. So wie Sie Ihr Haar jetzt tragen, steht es Ihnen bestimmt besser.»

Sie fuhr sich über den glatten, dunklen Helm ihres Haars und sagte: «Und Sie sollten keine Brille tragen. Sie haben so hinreißende Augen. Grün», fügte sie hilfsbereit hinzu, falls ihm die Farbe entfallen sein sollte.

Melrose dankte ihr und steckte seine Brille wieder ein. Die Haarkreation schien vergessen zu sein. Sie beugte sich auf dem Sessel vor und ließ Melrose neben dem glänzenden Haar noch andere ansehnliche Dinge bewundern, während sie ihm tief in die Augen sah. «Seltsam, daß Sie immer noch Junggeselle sind.» Der Mord war plötzlich unwichtig geworden.

«So seltsam nun auch wieder nicht. Ich habe einfach noch nicht die Kurve gekriegt.» Im Hintergrund versuchte Tommy sich beharrlich an einer Tonleiter und scheiterte immer wieder an der gleichen Stelle. Um das Gespräch wieder auf den Mord zu bringen, bemerkte er: «Sie dürften sich eigentlich nicht beklagen.» Sie warf ihm einen verständnislosen Blick zu. «Nun, Sie sagten doch neulich beim Essen, unsere kleine Gesellschaft biete sich geradezu an für einen Mord.»

«Schon, aber das war doch nicht ernst gemeint», sagte sie betroffen.

«Aber natürlich», beschwichtigte Melrose sie. «Wie haben Sie denn Beatrice Sleight eigentlich kennengelernt?»

«Sie fragen, als wären Sie bei der Polizei», sagte sie, und Melrose staunte, daß sie der Wahrheit so nahe gekommen war. Doch sie stand ihm Rede und Antwort. «Bei einer Autogrammstunde in einer Buchhandlung. George dachte, es würde vielleicht Spaß machen, hinzugehen und sie eines ihrer Bücher signieren zu lassen. Er kannte sie nur ganz flüchtig.»

«Flüchtig» – das hatte Sir George auch der Polizei von Northumbria gesagt. Lady Assington schien diesen dehnbaren Begriff nicht in Zweifel zu ziehen. «Aber eigentlich hatte man es doch auf Grace Seaingham abgesehen, oder?» fragte sie und warf Melrose einen überraschend scharfen Blick zu. «Bei solchen Geschichten denkt man bekanntlich sofort an... den Ehemann.»

«Ich hatte bei den Seainghams eigentlich den Eindruck, sie würden ganz gut zueinander passen; ein glückliches Paar.»

«Da kann man sich leicht täuschen», meinte Susan. «Aber was *ich* nicht verstehe: Warum tut die Polizei so, als hätte einer von uns das getan? Wo es doch genausogut ein Einbrecher oder vielleicht ein Landstreicher gewesen sein kann. Beatrice wird ihn gesehen haben, und dann …» Sie hatte jedes Kleid und jede Frisur in ihrer Zeitschrift genau studiert. Nun stand sie auf, warf sie auf den Tisch und schickte sich an zu gehen.

Um erwiesene Sachverhalte schien sie sich mit ihrer These nicht zu scheren. Melrose beschloß, sie freundlich darauf hinzuweisen: «Wissen Sie, das kommt mir bei dem Schnee eher unwahrscheinlich vor. Wir waren doch bis heute morgen so gut wie eingeschneit.»

Sie drehte sich im Hinausgehen zu ihm um. «Ach ja?» sagte sie. «Aber es waren doch auch gewisse andere Leute auf Skiern unterwegs.»

«Komm, spiel den Strohmann, Melrose», sagte Lady Ardry und klatschte eine Karte auf den Tisch, als Melrose das Spielzimmer betrat. Agatha, Lady St. Leger und Vivian spielten Bridge zu dritt. «Du brauchst überhaupt nichts zu tun. Das Kartenspiel gehörte ja noch nie zu deinen Stärken.»

Er sah den *Debrett's* herumliegen und dachte, sie hätten besser *König, Dame, Bube* spielen sollen. «Deine Einladung, mich zu euch zu gesellen, ist einfach unwiderstehlich, Agatha, aber trotzdem vielen Dank. Wenn ihr zu dritt spielt, habt ihr sowieso keine Verwendung für einen Strohmann.»

«Ich schon», sagte Vivian mit diesem süffisanten Lächeln, das man in letzter Zeit öfter von ihr sah. Sie plante wohl einen Stich.

«Die Damen scheinen die Ereignisse des gestrigen Abends ja mit großer Fassung zu tragen. Ich möchte Ihnen meine Bewunderung ausdrücken.»

Lady St. Leger lief unter der Rouge- und Puderschicht rot an, als wäre sie bei verbotenen Spielen ertappt worden. «Wir versuchen lediglich, uns etwas abzulenken von dieser – dieser unerfreulichen Geschichte.»

Zu diesem Zweck hatte sie auch wohl gerade die Vorzüge der Marqueterien von Miln und Abbisford gegenüber dem Titel eines Earl of Dunleith gerühmt, als Melrose eingetreten war. Seine Tante biß nun bereitwillig auf diesen Köder an.

«Es ist nicht zum Aushalten dort», sagte Agatha, die in der Nähe des Serviertischchens saß. «Die Affen klettern auf den Autos herum... Wenn du nicht mitspielst, Melrose, warum bist du dann immer noch hier, während wir uns zu konzentrieren versuchen?»

Affen? wunderte sich Melrose. «Ich dachte, ich hätte mein Buch hier liegengelassen. Ich warte eigentlich nur auf Superintendent Jury.» Er nahm einen Billardstock aus der Halterung und ging um den Tisch, um einen Blick in Agathas Karten zu werfen. Er hatte schon häufiger mit ihr gespielt.

Sie preßte die Karten wie einen Fächer gegen ihren Busen, und ihr Gesichtsausdruck ließ keinen Zweifel daran, daß sie es vorgezogen hätte, wenn er seine Wartezeit anderswo verbracht hätte. «Es geht mich natürlich nichts an», sagte sie, legte eine Trumpfkarte auf Vivians König und kassierte ihren Stich, «aber was hat Jury eigentlich hier zu suchen? Was kümmert Scotland Yard der Tod von Beatrice Sleight?» Sie verzog das Gesicht zu einer Grimasse, als Elizabeth St. Leger Karo ausspielte. «Schließlich hat ihn die Polizei von Northumbria nicht um Hilfe gebeten, oder?» Vivian legte eine Kreuz-Zwei auf den Tisch.

«Was soll das heißen, ‹Affen›?» fragte Melrose.

«Wovon redest du?» Agatha bekam plötzlich einen Hustenanfall und zog ein Taschentuch aus ihrem Ärmel; Melrose ließ den Blick an seinem Billardstock entlangwandern und bemerkte, daß ihr ein Herzkönig in den Schoß gefallen war. Agatha hüstelte erneut, schob das Taschentuch wieder zurück und sagte: «Wir sprachen nur darüber, was sich unser Adel alles einfallen lassen muß, um seinen Besitz zusammenzuhalten.» Sie knallte den Herzkönig auf die Dame des nicht vorhandenen vierten Spielers. «Natürlich hat man mit einem kleineren Besitz wie Ardry End nicht solche Probleme wie auf einem so riesigen Anwesen wie Meares.»

Melrose hatte sie nie zuvor von Ardry End als einem «kleineren Besitz» sprechen hören.

«Also, ich weiß nicht», sagte Melrose, der fasziniert beobachtete, was seine Tante beim Mischen alles mit den Karten anstellte. Mindestens zwei waren schon unauffällig in ihrem Ärmel verschwunden. «Ardry End ist zwar nicht so groß wie Spinney Abbey, aber...»

«Es ist gar kein Vergleich!» Sie fächerte ihre Karten auf, betrachtete sie und spielte einen Karo-Buben aus. Dann schien sie sich wieder daran zu erinnern, daß es sowohl in ihrem eigenen Interesse wie auch in dem ihres Neffen lag, den Stammsitz der Familie ins beste Licht zu rücken. «Von den kleineren ist Ardry End immer noch einer der hübschesten», meinte sie. «Außerdem brauchen wir keine Eintrittskarten an Busladungen von Touristen zu verkaufen, um ihn instand halten zu können, oder uns mit Kindern abzuplagen, die mit ihren schmutzigen Fingern alles anfassen und den Rasen und die Beete zertrampeln.»

Melrose unterdrückte die Bemerkung, daß *sie* gar nichts instand zu halten brauchte, da ihr ja nichts gehörte. Ihn interessierte viel mehr, was mit dem As in ihrem Ärmel geschehen würde.

Elizabeth St. Leger war unbeeindruckt. Sie legte eine Karte auf den Tisch und sagte: «Da haben Sie Glück. Die meisten von uns» – Melrose lächelte; er wußte, daß dieses «uns» Agatha auf ewig ausschloß – «müssen sich tatsächlich einiges einfallen lassen, um die Kosten zu decken. Aber mir gefällt das sogar. Es freut mich, wenn die Leute meine Gärten bewundern. Ich habe auch nichts gegen Gartenarbeit... ist das schon *wieder* ein As, Agatha?»

Agatha ignorierte diese Frage geflissentlich. «Oh, wir haben auch sehr hübsche Gärten. Aber wir erfreuen uns selbst daran. Ein Jammer, daß es mit dem englischen Adel so weit gekommen ist. Denken Sie bloß an Woburn Abbey. Überall Imbißbuden, Antiquitätenstände und was weiß ich nicht alles. Und dann Bath!» Lady St. Leger spielte ihren letzten Trumpf aus – eine Kreuz-Fünf. «Dort sind die Affen», erklärte sie Melrose, «in Longleat. Und Löwen und so weiter. Das Ganze ist ein *Zoo.*» Jäh überkam sie ein weiterer Hustenanfall, und dann stach sie die Fünf mit einem Buben. «Aber ich habe natürlich Verständnis für solche Maßnahmen», fügte sie hinzu.

Das wär das erste Mal, dachte Melrose.

«Es gibt eben Zeiten, in denen man vor nichts zurückschrekken darf, um die Familientradition aufrechtzuerhalten. Melrose wird mir da sicher beipflichten.»

«Gewiß», sagte Melrose und sah sie auch noch den letzten Stich einheimsen, bevor sie sich der Kuchenplatte zuwandte.

Elizabeth St. Leger hatte entweder die Lust am Spiel selbst oder an Agathas speziellen Varianten verloren; sie hatte sich am Kaminfeuer im Salon niedergelassen und widmete sich ihrer Stickerei.

Melrose, der auf Jurys Anruf wartete, war baß erstaunt, als Agatha aus einem Körbchen, das sie wahrscheinlich bei ihrer Gastgeberin abgestaubt hatte, einen Stickrahmen hervorholte.

«Du, Agatha? Ich habe dich noch nie sticken gesehen.»

«Dabei ist das eines meiner liebsten Hobbies. Du hast dich ja auch nie danach erkundigt», sagte sie mit der ihr eigenen Logik und stieß einen tiefen Seufzer aus. «Es ist ein Weihnachtsgeschenk für dich, wenn du's partout wissen willst.»

Das war erst recht erstaunlich. Soweit er sich zurückerinnern konnte, hatte ihm seine Tante noch nie etwas geschenkt. Statt mit Geschenken hatte sie ihn immer nur mit Entschuldigungen überhäuft. Er sah ihr über die Schulter und betrachtete die wenigen Stiche, die man bestenfalls als unbeholfen bezeichnen konnte. «Sieht aus wie eine Maus.»

Sie stieß ihre Nadel energisch durch den cremefarbenen Untergrund. «Unsinn. Es ist ein Einhorn.»

«Ich finde, es sieht aus wie ein Mauseohr.»

«Es ist das Horn eines Einhorns.»

«Aber warum, um Gottes willen, stickst du Einhörner?»

«Wenn du's unbedingt wissen und dir die Überraschung verderben willst...»

Nichts würde sie davon abhalten, ihm diese Überraschung nunmehr ihrerseits zu verderben, denn sie war fest entschlossen – davon war er überzeugt –, Lady St. Leger mit ihrem ehrgeizigen Projekt zu beeindrucken. Sie wollte schon loslegen, doch Melrose kam ihr zuvor.

«Nein, nein, Agatha, mir wäre lieber, es bliebe eine Überraschung», und dann lenkte er das Gespräch auf den nächstbesten Gegenstand, der ihm ins Auge fiel: eine Schale mit Christrosen. «Sehr hübsch, diese Blumen», sagte er und wandte sich an Elizabeth St. Leger, die Gärtnerin unter ihnen. «Es ist schön, zu Weihnachten weiße Blumen zu haben.» Er wußte nicht genau, warum das so sein sollte, aber es lenkte von Agathas Stickerei ab.

«Ja, nicht wahr», sagte Lady St. Leger. Sie betrachtete die Schale mit den Christrosen. «*Helleborus niger*, schwarze Nieswurz. Komischer Name. Wahrscheinlich wird sie wegen ihrer Wurzel so genannt. Die ist schwarz und hochgiftig.» Sie schnitt mit ihrer Schere einen dunkelgrünen Faden ab. «Nett, daß Susan all diese Blumen mitgebracht hat. Wenn ich ganz ehrlich bin, hätte ich ihr das gar nicht zugetraut.»

Nett von Susan, in der Tat. Melrose starrte gedankenverloren die Blumen an, bis Elizabeth St. Leger die Hände vor die Ohren schlug. «Ach, du liebe Güte», stöhnte sie. «Er hat wieder angefangen.» Sie warf Melrose einen hilfesuchenden Blick zu. «Was meinen Sie, Mr. Plant, könnten Sie ihn nicht eine Weile vom Üben abhalten? Alle wären Ihnen unendlich dankbar, glauben Sie mir, mich eingeschlossen.»

Melrose überlegte kurz und sagte dann zuvorkommend:

«Jetzt, wo die Straßen wieder frei sind, wäre es mir ein Vergnügen, wenn er mich nach Durham begleiten würde.»

Lady St. Leger fädelte einen neuen Faden ein. «Wohin hat Superintendent Jury ihn heute morgen mitgenommen?» fragte sie. «Aus Tom konnte ich nur herauskriegen, daß es eine reine Routineangelegenheit gewesen sei. Dürfen wir überhaupt das Haus verlassen? Die Polizei schwirrt doch überall herum...»

Was maßlos übertrieben war. Draußen suchten lediglich zwei Polizeibeamte den Schnee um die Kapelle ab. Er war froh, daß sie ihm gleich noch eine zweite Frage gestellt hatte und er die erste somit nicht zu beantworten brauchte. «Wir stehen nicht unter Hausarrest, Lady St. Leger. Ich bin überzeugt, daß wir uns frei bewegen können, solange wir das Land nicht verlassen.» Er stellte sich wieder hinter Agatha, um zu sehen, welche Fortschritte das undefinierbare Einhorn machte.

«Durham?» warf Agatha ein. «Was willst du denn da?»

Melrose kannte seine Tante zur Genüge und wußte, daß Agatha es vorziehen würde, bei ihrer lieben Freundin am Kamin zu sitzen, statt eine großartige Kathedrale zu besichtigen, und antwortete bereitwillig: «Es ist ein hübsches kleines Städtchen. Ich möchte die Kathedrale besichtigen.»

«Na schön», sagte sie, als erteilte sie ihm gnädig ihre Erlaubnis. «Ich bleibe hier und mache damit weiter. Das ist eine zeitraubende Arbeit.» Sie wartete zweifellos, daß er sich für dieses Opfer – das ihr größere Ausgaben ersparte – bedankte. Doch er schwieg, und sie fuhr fort: «Wenn du es partout wissen willst: Ich sticke das Wappen der Earls of Caverness.»

Er zwinkerte. «Weihnachten ist bereits morgen, liebste Tante. Meinst du, du schaffst es bis dahin?»

«Bei solch kompliziertem Unternehmen wirst du wohl etwas Geduld aufbringen können. Zwei Löwen in Hermelin und ein Einhorn in Waffen, das zu der Familie der Ungaluten gehört.»

Elizabeth St. Leger biß sich auf die Lippen.

«Ungulaten, Agatha.»

Er ging ins Musikzimmer, um Tommy zu sagen er solle aufhören, Chopin zu vergewaltigen, sich etwas überziehen und sich mit den wesentlichen Dingen des Lebens zu befassen.

Tommy zerquetschte sich beinahe die linke Hand, so schnell ließ er den Klavierdeckel heruntersausen. «‹Jerusalem Inn›? Das ist doch wohl nicht Ihr Ernst? Tante Betsy –»

«Heute nachmittag verlegen wir das ‹Jerusalem Inn› in die Kathedrale von Durham.»

23

Ein Christ im Circus Maximus hätte den ausgehungerten Löwen nicht mutiger ins Gesicht sehen können als Detective Sergeant Wiggins dem Bahnhof von Newcastle. Er war nicht schlimmer und nicht besser als Victoria Station, King's Cross oder St. Pancras, nur kleiner. Architektonisch nicht uninteressant, hatte er doch nicht das Flair (ein Wort, das Sergeant Wiggins wohl kaum gebraucht hätte) von St. Pancras, dem seltsamsten aller Bahnhöfe.

Der Bahnhof von Newcastle bot das übliche Bild von Gleisen, Pennern, Dreck und Würstchenbuden. Wiggins hatte Bahnhöfe schon immer als gigantische Müllcontainer betrachtet, als etwas, das man nach Möglichkeit mied. Das galt ganz besonders für die Londoner U-Bahn, deren Benutzung jedoch leider unumgänglich war, da sie eindeutig die schnellste Verbindung zwischen seiner Wohnung in Lambeth und dem New Scotland Yard darstellte. Jury erinnerte sich, wie erleichtert Wiggins gewesen war, als er etwa ein Jahr zuvor die Entdeckung gemacht hatte, daß ein Spezialwagen die Tunnels regelmäßig reinigte. Wiggins mußte die Bakerloo-Line nehmen und behauptete steif und fest, die Bakerloo und die Northern seien mit Abstand die verdrecktesten.

Jurys Schicksal war die Northern, woran ihn sein Sergeant nicht oft genug erinnern konnte.

Da Wiggins ohne seine nachmittägliche Tasse Tee nicht zu gebrauchen war, ließ er sich von Jury dazu überreden, sich an einen der verklebten, papierübersäten Tische des Bahnhofscafés zu stellen. Natürlich nicht, ohne ihn vorher mit Papierservietten zu reinigen.

Gewisse Rituale waren einfach unumgänglich, um eine gewisse anfängliche Widerspenstigkeit in ihm zu besänftigen, bevor er dazu aufgefordert werden konnte, sich an die Arbeit zu machen. Und Jury drängte ihn nie, denn das verärgerte seinen Sergeanten nur, der, alles in allem, ein unerschöpflicher Informationsquell war und an Sorgfalt und Gründlichkeit selbst Boswell in den Schatten stellte. Er notierte sich gewissenhaft jedes – auch das nutzloseste – Detail, das selbst das stärkste Teleskop nicht am nächtlichen Sternenhimmel hätte herausfiltern können. Doch gewisse Tatsachen waren einfach von unschätzbarem Wert, und Jury hatte gelernt, sie aus dem Schwall von Informationen zu isolieren.

Im Augenblick lag Wiggins' aufgeschlagenes Notizbuch neben einem unappetitlich aussehenden Stück Apfelstrudel mit durchweichtem Boden. «Annie Brown», las er. «Geboren 1925 in Brixton – natürlich lange vor den Unruhen, aber auch damals schon eine ziemlich heruntergekommene Gegend.» Es folgte eine detaillierte Beschreibung Brixtons sowie der Brownschen Wohnung. «Keine nennenswerte Ausbildung – sie hat zwar einen Abschluß, machte aber nicht weiter.» Es schloß sich eine vorbildliche Aufzählung der schulischen Leistungen an, die Annie erbracht hatte. Zum Glück wurde der Rest dann etwas schneller abgehandelt. «Sie bekam eine Assistentenstelle an einer Realschule; danach zog sie nach Dartmouth und unterrichtete die ersten Klassen einer Mädchenschule namens Beedle. Schätze, daß Ellbogeneinsatz einen dort weiterbringt als Geistesblitze. Schließlich landete sie dann an der Laburnum School.» Wiggins wischte sich den Mund mit einer Papierserviette ab. «Die Schulleiterin dort meinte, sie sei in Ordnung gewesen, mehr aber auch nicht. Zumindest hatte ich diesen Eindruck. Eines Tages brach sie dann ihre Zelte ab und kündigte mit der Begründung, sie habe was Besseres gefunden.»

«Wir sollten hier auch unsere Zelte abbrechen und sie den Rest der Geschichte selbst erzählen lassen. Sie haben gute Arbeit geleistet, Wiggins – so viele Informationen auszugraben, während Ihnen der kalte Seewind um die Ohren pfiff.» Jury warf einen bedeutungsschwangeren Blick auf den unappetitlichen Apfelkuchen. «Hoffentlich überleben Sie dieses Zeug hier so lange, daß Sie Maureen noch davon erzählen können.»

In der Bonaventura-Schule wurden sie von dem Jury bereits bekannten schmächtigen Mädchen empfangen. Jury gewann jedoch nicht den Eindruck, daß sie hier besonders willkommen waren.

Schon die Haltung, die Miss Hargreaves-Brown an ihrem Schreibtisch einnahm, signalisierte den Besuchern, daß sie nur ihre Zeit hier vergeudeten. Aber immerhin stand sie auf, als Jury Sergeant Wiggins vorstellte. Die Begrüßung, die Wiggins zuteil wurde, fiel jedoch auch nicht entgegenkommender aus als die Jurys zwei Tage zuvor.

Sie trug dasselbe schwere Wollkleid, aus dessen Ärmel ein Zipfel ihres weißen Taschentuchs hervorragte, dieselben dunklen Strümpfe und altjüngferlichen Schuhe. Ihre Augen waren kalt und ausdruckslos wie zwei auf Hochglanz polierte Pennies. Aber hinter ihrem kühlen, distanzierten Äußeren glaubte Jury die innere Anspannung zu spüren. Immerhin konnte das Auftauchen von zwei Polizisten bedeuten, daß die Angelegenheit nun langsam ernst wurde.

Er kam ohne Umschweife zur Sache. «Es geht um Helen Minton, Miss Brown, und Ihr Verhältnis zu ihr. Sie hießen doch einst schlicht und einfach Annie Brown, nicht wahr?»

Sie schien die Hände noch fester ineinander zu verkrampfen, sagte jedoch nichts, sondern starrte nur an ihm vorbei durch das hohe, breite Fenster, das auf den Hof hinausging. Keine Kinderstimmen drangen von draußen herein.

«Die Kinder», sagte Jury, «sind wohl in ihren Klassenzimmern, vermute ich. Was immer Sie hier an Kindern haben.» Langsam wandte sie den Kopf; der ausdruckslose Blick war einem unsteten gewichen. «Ich nehme an, Sie hätten aus dieser Schule am liebsten eine zweite Laburnum School gemacht. Aber hier...» Jury zuckte die Achseln. Sie schwieg noch immer. Jury zog ein Päckchen Zigaretten aus der Tasche, zündete sich eine an und gab Wiggins ein Zeichen.

Mit unbewegter Miene leierte Wiggins aus seinem Notizbuch dieselben Dinge herunter, die er Jury bereits im Bahnhofscafé vorgelesen hatte. «...und Sie verließen Laburnum zur selben Zeit wie Miss Helen Minton. Auf den Tag genau. Parmengers Anwälte haben uns nach sanfter Überredung» – Wiggins lächelte auf seine typische schmallippige Art – «erzählt, daß der Bonaventura-Schule ein paar tausend Pfund überwiesen wurden. Nicht gerade viel für einen Kasten von dieser Größe. Hat wohl kaum die Heizkosten gedeckt.» Wiggins entnahm seiner Taschenapotheke eine Tüte Hustenpastillen und riß den winzigen Plastikstreifen ab, als hätte ihn diese Bemerkung an die Heerscharen von Viren gemahnt, denen er sich in diesem schlecht beheizten Raum aussetzte.

Nun begann Jury wieder zu reden: «Edward Parmenger hat Ihnen den Posten verschafft. Oder vielmehr gekauft. Ich habe den Eindruck, daß ein hübsches Sümmchen in diese Schule gepumpt worden ist. Den Löwenanteil aber bekamen Sie. Damit Sie schwiegen.»

Sie versuchte noch einmal in aller Hargreaves-Brown-Manier aufzutrumpfen, aber ihre Courage hatte sie längst im Stich gelassen. «Ich habe nichts Ungesetzliches getan», sagte sie.

«Das kommt darauf an.»

«Ich weiß nicht, was Sie meinen.»

«Ich dachte an Robin Lyte.»

«Robin? Was ist mit ihm?» Ihr Gesicht erstarrte zu einer ausdruckslosen Maske.

«Er ist doch Helen Mintons Sohn, oder? Sie waren die Lehrerin, der Helen ihr Herz ausgeschüttet hat. Das war Helens Pech. Denn Sie liefen schnurstracks mit der Nachricht zu Edward Parmenger. Parmenger war ein hartgesottener alter Puritaner und hütete seinen Sohn wie seinen Augapfel. Schlimm genug, daß sein Mündel schwanger war. Aber schwanger vom eigenen Cousin…»

Konvulsivisches Gelächter unterbrach ihn. «Cousin!» keuchte Annie Brown, als sie sich von ihrem Lachanfall erholt hatte. «Die Blutsbande waren sehr viel enger, Superintendent. Sie waren Halbgeschwister.» Daß sie ihrerseits mit einer Enthüllung aufwarten konnte, schien ihr enormes Vergnügen zu bereiten. «Anscheinend wissen Sie doch nicht alles.»

«Dann wären wir Ihnen sehr dankbar, wenn Sie uns aufklären könnten.»

Mit gespielter Ruhe studierte sie ihre Fingernägel. «Sie haben recht, was das Geld, die Schule und das Vertrauen betrifft, das beide, sowohl Helen als auch ihr Vater, in mich setzten.»

Wie jemand dieser Frau vertrauen konnte, war Jury ein Rätsel. «Mit ‹ihrem Vater› meinen Sie wohl Edward Parmenger?» fragte er.

«Natürlich. Weder Helen noch der Junge – hieß er nicht Frederick? – wußten etwas von dem Verhältnis, das Edward Parmenger mit seiner Schwägerin gehabt hatte. Sie können sich jetzt vielleicht vorstellen, warum er so außer sich geriet.»

«Hat Parmenger Ihnen das erzählt? Aber warum bloß?»

«Mr. Jury, ich bin auch nicht auf den Kopf gefallen…»

«Daran habe ich keinen Augenblick gezweifelt», sagte Jury. Entweder bemerkte sie seinen eisigen Tonfall nicht, oder es war ihr gleichgültig, weil sie nun wieder die Oberhand zu haben glaubte.

«Als ich ihm mitteilte, was mit Helen los war…»

«*Sie* teilten es ihm mit?»

«Ja, natürlich. Warum? Das Mädchen konnte ja wohl kaum auf der Schule bleiben, wo denken Sie hin. Die Familie mußte benachrichtigt werden.»

«Aber das wäre doch wohl Aufgabe der Schuldirektorin gewesen, oder?»

Sie schien über seinen Einwand ernsthaft nachzudenken. «Daran hab ich natürlich auch gedacht. Aber schließlich – man möchte einem jungen Mädchen in dieser Situation soviel wie möglich ersparen...»

«Man möchte», sagte Jury, «es auch zu was bringen.» Er kam ihrem Protest mit einer weiteren Frage zuvor: «Und Edward Parmenger hat Ihnen dann erzählt, welche Familienbande zwischen Helen und Frederick bestanden? Das überrascht mich.»

Annie Brown zuckte die Achseln. «Die Sache hat ihn wohl etwas aus dem Gleichgewicht gebracht. Und ich bin eben ein Mensch, dem sich die Leute gern anvertrauen. Helen hat das ja auch getan.»

Das schien die Wahrheit zu sein. Jury hatte auch den Eindruck, daß es sich bei dieser Dame um ein vielseitiges Chamäleon handelte, das es offensichtlich verstand, sich bei allen möglichen Leuten einzuschmeicheln.

«Mein Eindruck von Mr. Parmenger war, daß er sich die Sache einfach vom Hals schaffen wollte. Gar kein Mann von großer Charakterfestigkeit. Er tobte wie ein Berserker. Ich hatte das Gefühl, daß sein Sohn sehr viel mehr Charakter besaß. Auf seine Art. Zumindest war er fest entschlossen zu kriegen, was er wollte.» Sie lehnte sich auf ihrem alten knarrenden Stuhl zurück. «Sie sehen ja, wie weit er es gebracht hat.»

«Ja, in der Tat, Miss Hargreaves-Brown», sagte Jury diplomatisch. «Es wäre allerdings zwecklos, ihn unter Druck zu setzen. Kein Pfennig würde dabei herausspringen. Er ist der Typ, der sich der Meute stellt.»

Ihre Augen wurden hart. «Was wollen Sie damit sagen?»

«Erzählen Sie lieber weiter von Helen.»

«Nun… ich wollte eben gern Schulleiterin werden. Und ich brauchte Helen nur so lange zu behalten, bis das Kind geboren war, dann sollte ich mich um die Adoption kümmern und Helen wieder nach Hause schicken.»

Wie ein Paket mit Stempel «Annahme verweigert», dachte Jury. «Kein Wunder, daß sie hier aufgetaucht ist.»

«Eine unangenehme Situation, das können Sie mir glauben. Wir hatten ausgemacht, daß sie nie wieder hierher zurückkommen sollte. Mr. Parmenger hat sie gleich danach auf eine Weltreise geschickt.»

«Wenn man unglücklich ist, fühlt man sich überall elend.»

Miss Hargreaves-Brown zuckte die Achseln. «Ein dummes, unerfahrenes Ding. Sie hätte heiraten, sich irgendwo niederlassen und Kinder kriegen sollen.»

«Sie hatte bereits eins. Sie haben ihr kein Wort gesagt, stimmt's?»

«Ja. Sie halten mich wohl für ein Ungeheuer, weil ich mich auf diese Sache eingelassen habe. Mal abgesehen von dem moralischen Aspekt – glauben Sie, sie hätte sich besser gefühlt, wenn ich ihr erzählt hätte, daß das Kind, na ja, zurückgeblieben ist? Ein erblich bedingter Defekt. Sie waren zu nahe verwandt.»

«Ammenmärchen.»

«Ammenmärchen enthalten oft sehr viel Wahres», fuhr sie ihn an.

«Und was war mit Danielle Lyte?»

Sie zuckte zusammen. Jury gewann wieder die Oberhand. «Eine junge Frau und ihr Mann – ein Alkoholiker, was ich leider zu spät herausfand – erklärten sich bereit, Robin zu nehmen. Natürlich nur gegen eine stattliche Summe.»

«Das ist also das Geld, mit dem der Mann abgehauen ist? Und Sie haben Robin dann wieder zu sich genommen, als Danielle starb. Die Kinder scheinen hier ja von Hand zu Hand zu gehen!»

Sie hatte das Kinn auf die gefalteten Hände gestützt und lächelte dünn. «Wie gesagt, ich bin nicht herzlos. Natürlich hat ihn die Schule wieder aufgenommen. Wer hätte es sonst tun sollen?

Aber als er alt genug war, um selbst für sich zu sorgen, konnten wir ihn nicht länger behalten. Sechzehn ist unsere Altersgrenze, es sei denn, es bestehen außergewöhnliche Umstände.»

«Komisch, ich hätte in seinem Fall eigentlich genau das angenommen.»

Sie erhob sich. «Ich habe wirklich sehr viel zu tun. Gibt es sonst noch etwas zu klären?»

«Im Augenblick nicht», sagte Jury.

«Trinken wir was im ‹Cross Keys›», schlug Jury vor, als sie auf das eiserne Tor zugingen. «Ich brauche was, um die Kälte in den Knochen zu verjagen.»

Es summte, und das Tor öffnete sich; hinter ihnen raschelte es in den Zweigen.

«Leb wohl», sagte der Baum. «Gott segne dich.»

«Was war das?» fragte Wiggins und sah sich nach allen Seiten um.

«Die Bäume hier sind anders als die in London. Sie reden.» Jury zog einen kleinen Beutel aus der Tasche, verschnürte ihn fest und rief dem Baum zu: «Fang!»

Wiggins zog sich fröstelnd seinen Schal um den Hals und betrachtete seinen verrückt gewordenen Vorgesetzten, der zusah, wie der weiße Beutel zwischen den Zweigen verschwand.

«Leb wohl, und Gott segne dich.»

Wiggins, der mit sanfter Gewalt zwei junge Frauen von dem gemütlichsten Tisch am Kamin verdrängt hatte, saß nun einigermaßen zufrieden vor einem dicken Sandwich und einem mit Zimt und Butter gebrauten Bier. «Nach allem, was Sie mir erzählt haben», sagte er, «gibt's eigentlich kaum jemanden mit einem besseren Motiv.»

«Um Helen Minton am Reden zu hindern? Ich traue Miss Brown zwar durchaus einen Mord zu, wenn für sie etwas dabei herausspringt. Aber in diesem Fall hätte sie einfach ihre Sie-schulden-mir-Methode ausprobieren und Helen unter Druck setzen können. Erpressung vielleicht. Aber wer hätte denn nichts erfahren dürfen?»

«Ausgezeichnet, dieses Sandwich», sagte Wiggins. «Chips auf Brötchen, wer hätte das gedacht. Glauben Sie, es war Frederick Parmenger?»

«Vielleicht hat sie versucht, ihn zu erpressen. Er ist aber bestimmt nicht darauf eingegangen. Ich weiß, daß nicht alles stimmt, was sie uns erzählt hat; Danny Lyte ist nicht einfach zufällig aufgekreuzt. Ich werde noch mal zu Helen Mintons Cottage gehen, und Sie sollten sich auf dem Northumbria-Revier die Unterlagen über diese Frau ansehen. Sie arbeitete für eine Isobel Dunsany. Miss Dunsany meinte, sie wäre sehr tüchtig gewesen und hätte beste Referenzen gehabt. Ich frage mich, ob sie die vielleicht von Edward Parmenger bekommen hat.»

Wiggins notierte sich das und widmete sich dann wieder seinem Sandwich. «Wollen Sie nichts essen, Sir? Würde Ihnen guttun.»

«Ich esse nur Erbsenpüree», sagte Jury und leerte sein Glas.

24

Es wurde langsam dunkel. Durch ein Fenster von Helen Mintons Cottage fiel schwaches Licht, und die Haustür stand offen.

Mit einem Drink in der Hand stand Frederick Parmenger vor dem Bild von Washington Old Hall und betrachtete es. Als Jury eintrat, wandte er sich zu ihm um, als hätte er ihn erwartet oder als wäre es ihm, da Jury nun einmal da war, egal, daß man ihn hier antraf. Er deutete auf die Wand über dem Kaminsims. «Sie hat mein Bild abgenommen.»

«Vielleicht wollte sie nicht ständig mit sich selbst konfrontiert werden.»

Parmenger schwieg einen Augenblick. «Was», fragte er dann dumpf und machte eine weit ausholende Armbewegung, «soll ich nun mit alldem anfangen?»

Jury holte sich ein Glas aus dem Schrank und setzte sich ihm gegenüber in einen Sessel. «Sie könnten noch einen trinken.» Er füllte ihre Gläser. Aber Parmenger war nicht der Typ, den man mit Alkohol zum Sprechen brachte. Die Stille senkte sich über sie wie die Abenddämmerung über den winterlichen Garten, in dem die kahlen Stengel der Dahlien in die Luft ragten und der Frost die Pflanzen mit einer dünnen Eisschicht überzogen hatte. Nur das Ticken der alten Uhr war zu hören. Parmengers Schweigen zehrte stärker an den Nerven, als ein Schwall von Klagen es getan hätte. Eine abrupte Handbewegung ließ erahnen, wie gern er sein Glas gegen das Bild geschleudert hätte, das den Platz des von ihm gemalten eingenommen hatte. Jury hörte förmlich schon das Glas klirrend an der Wand zerschellen, als er das Schweigen mit einer bewußt vorsichtigen Frage brach: «Sie haben sie wohl sehr gemocht?»

«Gemocht? Ja.» Parmengers Stimme klang hölzern. Er leerte sein Glas zur Hälfte und verfiel wieder ins Brüten.

«Sie haben sie aber nicht sehr häufig besucht?»

«Helen lag nicht so viel an meinen Besuchen.» Er griff nach der Flasche und goß sich etwas nach. «Sie hat mich nicht wirklich gemocht.»

Um seine Lippen spielte die Andeutung eines Lächelns. «Sie denken wohl, ich bin betrunken – zu Recht, ich bin's oft genug – und werde in diesem berauschten Zustand lauter Katzen aus dem Sack lassen, all die Geheimnisse, die ich so lange gehütet habe?» Er rutschte etwas tiefer in seinen Sessel. «Eines muß ich Ihnen lassen: Ihre Methode ist wesentlich angenehmer als die von Sergeant Cullen.»

Jury schwieg.

Parmenger fixierte ihn mit dem klaren Blick des Künstlers.

«Die Geduld in Person, stimmt's? Sie warten einfach nur ab.» Er trank einen Schluck.

«Würde ich vielleicht. Wenn ich nur wüßte, worauf.»

«Das weiß anscheinend keiner von uns beiden, nicht wahr?» Es war eine einfache Feststellung ohne Groll und ohne seine sonstige Ironie. «Stümperhafte Arbeit.» Er wies mit dem Kopf auf das Gemälde von Old Hall. «Ich habe Helen nie ganz verstanden. Obwohl ich doch derjenige war, der immer alles wußte. Das Genie.» Er hob das Glas, schien aber nicht betrunkener, sondern immer nüchterner zu werden.

«Sie sagen das, als wäre Ihnen das völlig gleichgültig.»

«Ich wiederhole nur, was die Kritiker sagen. Und wenn schon Seaingham nicht weiß, wer eines ist und wer nicht, wie zum Teufel, soll dann ich es wissen?» Seine Stimme veränderte sich, als er hinzufügte: «Netter Kerl, dieser Charlie.»

«Helen Minton schien viel von Ihrer Malerei zu halten.» Jury betrachtete das abstrakte Bild an der gegenüberliegenden Wand. «Komisch, daß jemand, der so gute Porträts malt, vor allem wegen seiner abstrakten Bilder bekanntgeworden ist...»

«Sie haben keine Ahnung von der Malerei, Superintendent», sagte Parmenger nüchtern. «Wie übrigens die meisten Leute, die ich kenne, selbst Kollegen...»

«Ihr Vater war mit Rudolph St. Leger befreundet, sagte seine Frau. Haben Sie ihn auch gekannt?»

«Ich erinnere mich an ihn. Er war ein Narr. Hielt sich für den Whistler des 20. Jahrhunderts – düstere Szenen mit Bäumen, Wiesen und Kühen. Sentimentaler Quatsch, Imitationen von irgendwelchen Spätromantikern aus dem 19. Jahrhundert. Er haßte meine Sachen und wollte verhindern, daß ich in die Akademie aufgenommen wurde. Hielt mich wohl für eine Krähe, die zu hoch hinauswollte. Oder für einen Hornochsen. Dabei kriegte er nicht einmal eine richtige Kuh hin. Und er hätte überhaupt nichts hingekriegt, wenn *sie* nicht gewesen wäre. Sie war diejenige, die Kohle und Beziehungen hatte. Sie hat seine Ausstellungen finanziert und die Kritiker so weit gebracht, daß sie kamen und einigermaßen passable Rezensionen schrieben. Nur Charlie hat sich geweigert. Er hüllte sich in Stillschweigen wie Thomas Morus bei der Eheschließung von König Heinrich. Ich hielt das damals für sehr taktvoll. Zugegeben, der gute alte Rudy verfügte über eine gewisse Technik, der es zu verdanken war, daß seine Malerei nicht ganz und gar als peinlich empfunden wurde. Ich meine, setzte man ihm eine Pistole auf die Brust, hätte er auch eine Kuh zustande gebracht. Leute wie Sie – nehmen Sie's mir nicht übel – würden sich seine Kühe und Pferde bestimmt ansehen und sie ganz nett finden. Aber Elizabeth St. Leger war überzeugt davon, daß er wirkliches Talent besaß. Ich weiß nicht, ob einem so was guttut. Viele Leute lügen aus Liebe. Vielleicht nicht absichtlich. Sie wissen es einfach nicht besser. Aber warum erzähle ich Ihnen das bloß alles? Ich habe in den vergangenen Jahren nie an den alten Rudy gedacht.»

«Es interessiert mich durchaus.»

Parmenger bedachte Jury mit einem forschenden Blick. «Kann ich mir vorstellen», sagte er. «Der Junge tut mir ja ein bißchen leid. Ich weiß, wie es ist, wenn man ständig unter Aufsicht steht – wollen Sie noch was?» Er hielt die Whiskyflasche hoch und schien überhaupt nicht zu bemerken, daß Jury nur an seinem Glas genippt hatte. Jury hielt es ihm dennoch entgegen. Parmenger fuhr fort: «Mein eigener Vater hat versucht, mich mit allen Mitteln vom Malen abzuhalten. Einmal hat er sogar in blinder Wut meine Farben aus dem Fenster geworfen. Er gab mir auch kein Geld für die Kunsthochschule, aber das hat auch nicht weiter geschadet. Ich sollte in seine Fußstapfen treten und nicht nur – wie er sich ausdrückte – auf der Leinwand herumklecksen.» Parmenger lächelte traurig. «Als er diesen Wutanfall bekam, flog alles zum Fenster raus, sämtliche Farben und Pinsel.»

Jury schmunzelte. «Ich glaube, Tommy Whittaker weiß sich schon zu helfen. Sie haben es ja auch geschafft.»

«Ich mußte. Mein Vater kriegte zwar nicht *mich* unter seine Fuchtel, aber dafür Helen. Womit hätte sie sich denn schon gegen ihn zur Wehr setzen können?» Er stellte sein Glas neben den Sessel auf den Boden und machte es sich bequem.

«Er hat ihr aber ziemlich viel Geld und auch das Haus hinterlassen. Hat ihn vielleicht doch das Gewissen geplagt?»

Parmenger ging nicht darauf ein. «Wer spricht denn von Geld? Helen hatte sehr viel kreative Energie, fand aber keine Ausdrucksform. Ich brachte ihr sämtliche Fertigkeiten bei, die ich selbst beherrschte. Wir versteckten uns auf dem Dachboden, um dort zu malen. Ich war schon immer Maler – schon seit ich überhaupt in der Lage war, einen Stift zu halten.» Er sagte das mehr zu sich selbst als zu Jury. «Selbst wenn ich mich auf etwas anderes verlegt hätte, wäre ich... aber das ist idiotisch. Wunsch und Begabung müssen Hand in Hand gehen. Dieser Dachboden...» Er sah zur Decke hoch, als gäbe es ihn immer noch, ein paar Stockwerke über ihnen, von der Zeit verschont – hier in Helens kleinem Cottage. «...diesen Dachboden durchflutete an schönen Tagen das Sonnenlicht. Wir saßen direkt am Fenster. Es hatte die Form eines gotischen Kirchenfensters, und ganz oben waren kleine rote Scheiben eingesetzt. Wenn die Sonne da durchfiel, waren unsere Gesichter und Arme rot gesprenkelt. Ich habe Helen oft beobachtet, wie sie sehr konzentriert vor einem Bild saß, das blasse Gesicht voll blutroter Flecken. Wir malten, was wir vom Fenster aus sahen: die Baumwipfel auf dem Eaton Square; die Gärten; die Leute, die unten auf den Parkbänken saßen.» Er hielt inne. «Ist alles schon sehr lange her.»

Jury ließ ihn noch ein Weilchen in der Vergangenheit verweilen, bevor er erwiderte: «Sie sagten doch, Helen hätte Sie nicht besonders gemocht. Den Eindruck habe ich aber nicht.»

Parmenger leerte sein Glas und stellte es neben sich auf den Boden. «Das war später. Wir haben uns zerstritten.»

«Worum ging es?»

«Geht Sie das was an?» Parmenger erhob sich aus seinem Sessel, trat an die Verandatür und starrte in den verschneiten Garten hinaus.

«Allerdings. Ich will Ihnen sagen, worum es ging: Sie hatte

etwas herausgefunden. Kennen Sie zufällig Miss Hargreaves-Brown, die Leiterin der Bonaventura-Schule?»

Frederick Parmengers Antwort kam zögernd. «Nein, noch nie von ihr gehört. Worauf wollen Sie hinaus?»

«Helen wollte damals wohl keine direkten Fragen stellen, um niemanden in Verlegenheit zu bringen. Aber ich glaube, sie hat gefunden, wen sie suchte.»

«Wen?»

«Ihren Sohn.»

Parmenger drehte sich langsam um. Er schien vulkanische Kräfte zu besitzen, obwohl der Whisky seine Sinne getrübt hatte. Während er sah, wie sich Parmengers Gesichtsausdruck veränderte, mußte Jury an einen aufkommenden Sturm, einen grauen, bleiernen Himmel denken. Parmenger blickte entsetzt.

«Es ist Ihr Sohn, Mr. Parmenger. Ich weiß Bescheid. Kommen Sie, setzen Sie sich, bevor Sie mir hier noch umkippen.»

Parmenger ließ sich wieder in den Sessel fallen und verbarg das Gesicht hinter seinen verschränkten Händen. «Ich wußte nichts davon, zumindest damals nicht. Helen war...» Er verstummte, unfähig, es auszusprechen.

«Ihre Halbschwester. Ist mir bekannt.»

Parmenger stand wieder auf und ging zur Vitrine mit den Getränken. «Sie sind verdammt gut informiert, Superintendent.»

«Miss Hargreaves-Brown – oder schlicht Annie Brown – hat mir das alles erzählt.»

Parmenger erbleichte. «Dieses Miststück. Mein bigotter Vater hat ihr genügend Geld gegeben, damit sie den Mund hält.»

«Sie ist auch nicht gerade mein Fall. Wie haben Sie denn herausgefunden, was zwischen Ihrem Vater und seiner Schwägerin vorgefallen ist?»

«Einer seiner überaus liebenswürdigen Kollegen war damit beauftragt worden, mir nach dem Tod meines Vaters diese freudige Nachricht zu überbringen. Wahrscheinlich damit ich in Zukunft die Finger von Helen lasse –» Er schien mit seinen Blicken den Raum abzusuchen, die immer dunkler werdenden Schatten durchdringen zu wollen, und meinte schließlich fassungslos: «Von meiner Schwester...» Jury meinte, in diesen Worten einen schrillen, hysterischen Ton mitklingen zu hören. Doch Parmenger hatte sich sofort wieder in der Gewalt, wie das wahrscheinlich bei jeder Gefühlsaufwallung der Fall war, die er sich nicht leisten konnte.

«Wie können Sie nur sich die Schuld geben? Sie wußten doch gar nicht –»

«Hören Sie auf, Mann! Ich brauche das Beileid der Polizei nicht. Ich hab ihr Leben ruiniert.»

«Helens Leben ruiniert? Vielleicht hat sie ja Ihres ruiniert?»

Diese Frage und ihre Implikationen schienen ihn zu ernüchtern. «Was soll das heißen?» fragte er herausfordernd.

«Hätten Sie gewollt, daß das an die Öffentlichkeit kommt?»

Er warf Jury einen verächtlichen Blick zu. «Das ist doch absurd. Helen hätte nie etwas gesagt. Außerdem liegt mir nichts an meinem ‹guten Ruf›. Darum sollen sich ruhig die Kritiker kümmern, dann haben sie wenigstens was zu tun.» Mit dem Glas in der Hand wanderte er durch das Zimmer. Ab und zu nahm er von den Dingen, die Helen einmal gehört hatten, etwas in die Hand und stellte es nur widerstrebend auf seinen Platz zurück, als wäre es ein Stück von ihr, von dem er nicht lassen wollte.

«Jemand versucht, Grace Seaingham umzubringen», sagte Jury.

«Stellt sich aber nicht sehr geschickt dabei an.» Parmenger leerte sein Glas.

«Ich spreche nicht von dieser angeblichen Verwechslung, dem Mord an Beatrice Sleight. Was übrigens gar keine Verwechslung war. Nennen Sie es ein Ablenkungsmanöver, wenn Sie wollen. Der Mörder hatte es auf Beatrice Sleight abgesehen. Und er versucht immer noch, Grace Seaingham aus dem Weg zu räumen.»

Parmenger lachte. «Einfach lächerlich.» Aber dann begriff er, daß es Jury Ernst war. «Warum? Sie denken doch nicht etwa an Charles?»

«Und Sie?»

«Nein. Ich weiß nur, daß Grace sich nie von ihm scheiden lassen würde.»

«Es ist also allgemein bekannt, daß Seaingham und Beatrice Sleight ein Verhältnis hatten?»

Parmenger blieb stehen. «Nein. *Ich* weiß es, aber ich bin auch ein guter Beobachter. Wie zum Teufel kommen Sie überhaupt darauf? Bis jetzt ist Grace doch nichts passiert.»

Jury überging die Frage. «Helen Minton, Beatrice Sleight, Grace Seaingham … Helen hat, soviel ich weiß, die anderen beiden Frauen nicht gekannt.»

«‹Helen›? Sie reden sie mit dem Vornamen an?» Seine Miene verfinsterte sich.

Jury dachte an die Bemerkung, die in einem anderen Gespräch gefallen war und sich auf Ferdinand, den bis zum Wahnsinn eifersüchtigen Bruder der Herzogin von Malfi, bezogen hatte, der seine Schwester lieber tot als in den Armen eines anderen Mannes gesehen hätte. «Ich kannte sie nur einen Nachmittag lang, aber ich stand ihr nahe. Ist das jetzt noch wichtig?»

Parmenger schwieg. Er starrte auf das Bild von Old Hall, als wäre die stümperhafte Ausführung ein unerschöpflicher Quell seelischer Pein für ihn.

«Helen hatte eine Woche bevor sie starb Besuch.» Jury zog sein Notizbuch heraus und blätterte darin. «… ‹eine heftige Auseinandersetzung›. So hat es Nellie Pond beschrieben, ihre Nachbarin. Mal hörte sie gar nichts und dann wieder laut erhobene Stimmen … Das waren Sie, nicht wahr? Sie haben sie besucht?»

«Eine sehr scharfsinnige Folgerung. Nein.»

«So scharfsinnig nun auch wieder nicht. Sie haben gefragt, warum sie das Bild abgenommen hat. Woher wußten Sie überhaupt, daß Ihr Porträt hier hing? Wo Sie sie doch monatelang nicht gesehen haben?»

Sein Blick blieb an dem Bild hängen. Er seufzte. «Okay, ja, *ich* hab Helen besucht. Und es hat auch eine Auseinandersetzung gegeben. Ich wollte, daß sie damit aufhörte.»

«Womit aufhörte?»

«Mit ihrer Suche. Ich hab gewußt, daß sie hierherkommen würde. Maureen, Helens Haushälterin –»

«Ist mir bekannt.»

Parmenger drehte sich wieder zu ihm um, aber in seinem Gesicht und in seiner Stimme lag kein Groll mehr. «Gibt es denn irgend etwas, das Ihnen nicht bekannt ist, Superintendent?»

«Vieles», sagte Jury und zündete sich eine Zigarette an. Parmenger schüttelte den Kopf, als Jury ihm auch eine anbot.

«Erwarten Sie nicht von mir, daß ich Sie aufkläre. Maureen hatte nur gesagt, daß Helen hierherkommen wollte. Das ist Wochen her. Dachten Sie etwa, daß ich die ganze Zeit bei den Seainghams herumhänge, nur um ein Porträt zu malen?»

«Fahren Sie fort.»

«Das ist alles. Helen hatte sich diese Suche in den Kopf gesetzt, und ich wollte sie davon abbringen.»

«Warum?»

Parmenger zögerte. «Ich hatte Angst», sagte er einfach.

«Daß Sie Ihren Teil der Verantwortung übernehmen müßten?»

«Seien Sie doch nicht so verdammt moralisch. Vielleicht hatte ich einfach nur Angst vor dem, was sie vorfinden würde. Ich meine, wie das Kind sein würde.»

Falls Parmenger von Robin Lyte wußte, so würde er bestimmt nicht mit Jury darüber reden wollen. «Sind das nicht Ammenmärchen, Mr. Parmenger? Die engen Blutsbande, das geistig behinderte Kind – Antigone konnte man kaum als geistig behindert bezeichnen.»

Parmenger war überrascht. «Oho, auch noch in der griechischen Mythologie bewandert, was? Superintendent, Sie sind ja ein richtiges Universalgenie.» Aber dann wurde er wieder ernst: «Helen fühlte sich sowieso schon schuldig genug.» Er schüttelte langsam den Kopf, als sei der noch voller Staub und Spinnweben von dem alten Dachboden, wo sie zusammen am Fenster gesessen und die Bäume auf dem Eaton Square gemalt hatten... Parmenger nahm seinen Spaziergang durch das Zimmer wieder auf.

Jury sah ihm dabei zu und hing seinen eigenen Gedanken nach. Er dachte an Pater Rourkes theologische Betrachtungen; er dachte an Isobel Dunsany, an Annie Brown und an die Farben, die Edward Parmenger aus dem Fenster geworfen hatte; aber vor allem dachte er an das «Jerusalem Inn».

25

NELL HORNSBY wischte gerade die Flaschenregale ab, als Jury hereinkam. Sie begrüßte ihn freudig, zapfte ihm ein Newcastle und wünschte ihm ein frohes Fest.

«Vielen Dank, Nell. Nicht viel los heute abend. Ich bin überrascht.»

«Wir haben doch eben erst aufgemacht. Die kommen später, keine Sorge. Am Heiligabend geht's hier immer rund.»

Auf den Bänken saßen nur ein paar ältere Dorfbewohner. Marie und Frank, Wange an Wange, ebenso der Kerl im Anorak mit seinem Buch und dem nervösen Rennhund.

«Wo ist Robin?» fragte Jury.

«Robbie? Ich hab ihn eben noch im Hinterzimmer gesehen.» Während sie mit der Hand, in der sie das Wischtuch hielt, nach hinten deutete, sah Jury gerade noch einen Rockzipfel durch die Tür nach oben verschwinden.

«Chrissie!» rief Nell. Keine Antwort. Sie seufzte. «Das verdammte Gör kann die Puppe einfach nicht in Ruhe lassen.»

Jury lächelte. «Sie wird sie schon wieder zurückbringen. Wahrscheinlich brauchte die Puppe ein Bad.»

Nell schüttelte den Kopf und begann die Zapfhähne zu polieren; Jury nahm sein Glas und ging zu dem Tisch am Kamin. Im Augenblick wollte er nichts weiter tun als nachdenken.

Er hatte keine Ahnung, wie lange sie schon dagestanden hatte, mit Alice im Arm, die in eine Decke gewickelt war, an der hier und da noch Strohhalme hingen. «Übermorgen krieg ich sie wieder zurück, sagt Mam.»

«Na wunderbar. Freust du dich denn auf Weihnachten?»

«Ach ja. Ich krieg Smurfs, 'ne Barbie-Puppe, 'n paar Malbücher und 'n neues Kleid.» Sie setzte sich und hüllte Alice noch fester in ihre Decke.

«Du weißt also schon, was du kriegst?»

Sie nickte. «Ich hab geguckt. Es ist alles oben im Schrank. Aber ich hab alles wieder eingepackt. Werden Sie's petzen?»

«Seh ich aus wie jemand, der petzt?»

Sie zuckte die Achseln. «Weiß nicht.» Sie musterte ihn kritisch. «Mam sagt, Sie sind von der Polizei.»

«Stimmt. Wir Polizisten sind verschwiegen wie ein Grab. Aus uns kriegt man nicht so schnell was raus.»

Ihr frisch gewaschenes, noch feuchtes Haar umrahmte ihr Gesicht wie dunkles Laub. Sie starrte ihn aus ihren braunen Augen an. «Ich hab ihn wieder ausgewickelt. Die Windeln waren drekkig. Und hab dafür diese Decke genommen. Denken Sie, das ist okay?»

Chrissie wurde mit all diesen Geschlechtsumwandlungen spielend fertig. «Ganz sicher», sagte Jury. «Maria und Joseph macht es bestimmt nichts aus, solange du das Baby wieder zurücklegst.»

Sie legte den Kopf schief. «Sind die denn so dumm, daß sie nicht merken, daß es Alice ist?»

Mit dieser gotteslästerlichen Bemerkung rutschte sie von ihrem Stuhl und kroch unter dem Seil durch, um die Puppe in die Krippe zu legen.

Jury blieb einen Augenblick sitzen und starrte auf die Krippenszene. Er fragte sich, wie er ein und dieselbe Sache immer wieder hatte hören können, ohne daß ihm etwas aufgefallen war…

Da legte Melrose Plant ihm die Hand auf die Schulter und

schüttelte ihn. «Wo haben Sie denn gesteckt? Tommy ist längst dahinten» – Melrose deutete in Richtung Hinterzimmer – «und schlägt sie alle vernichtend. Ich brauche länger für ein Kreuzworträtsel als der Bursche für eine Partie Snooker. Er hat Tattoo ein paarmal schwer in die Klemme gebracht, das hätten Sie sehen sollen. Ich trage mich mit dem Gedanken, sein Manager zu werden. Aber Sie hören ja gar nicht zu... Warum starren Sie denn dauernd auf die Krippenfiguren?»

«Wie konnte ich nur so blöd sein und nicht merken, daß es Alice war?» Er stand auf und ging auf das Telefon neben der Bar zu.

«Ich verstehe kein Wort.»

Jury drehte sich um. «Ich rufe jetzt Grace Seaingham an und bitte sie, mich zum Abendessen einzuladen. Natürlich werde ich vorsichtig sein und mir das Essen vorher genau ansehen.»

Nach dem Telefonat kam Jury mit dem Rest seines Biers und einem frischen Krug Old Peculier für Melrose an den Tisch zurück. Dafür, daß er sich nur zum Abendessen hatte einladen wollen, war er erstaunlich lange weggeblieben.

«Zum Glück gibt's das Old Peculier hier vom Faß», sagte Melrose. «Ist sehr viel stärker. Was trinken Sie da? Lager?»

Jury lächelte. «Newcastle Brown Ale. Ist genauso stark.»

«Ich bin Ihrer Bitte gefolgt und habe ein wenig mit Susan Assington geplaudert. Und ich habe mich über Gifte informiert.»

Jury starrte immer noch auf die ramponierten Krippenfiguren, dachte an Skier, Priester und Malerpinsel. «Und was haben Sie herausgefunden?»

«Ich habe mir Gedanken über das Eingeschneitsein gemacht, wissen Sie, über die These, derzufolge keiner von uns diese Minton getötet haben kann. Und dann dachte ich an Skilanglauf. MacQuade. Wer sonst könnte wochenlang mit einem Gewehr in der Wildnis leben?»

«Sie wollen sagen, sein Held könnte es?»

Melrose zuckte die Achseln und hob sein Glas. «Auf das Leben: Es ist doch nur eine Geschichte.» Er fuhr fort: «Nachdem ich mich mit den Eigenschaften des Akonits vertraut gemacht hatte, war mir eigentlich klar, daß derjenige, der sie vergiften wollte, sich erstens viel Zeit damit ließ und zweitens nicht unbedingt dabeigewesen sein muß, als sie die tödliche Dosis nahm.»

«Ich weiß. Darauf bin ich auch schon gekommen.»

«Eine nicht tödliche Dosis scheidet der Körper schnell wieder aus. Vielleicht kamen davon diese anderen Beschwerden. Es könnte zum Beispiel in ihrer Arznei gewesen sein, oder?»

«Auf diese Weise hat einmal vor langer Zeit ein Kerl namens Lamson sein Opfer getötet. Das fiel mir auch gleich ein. Und weiter?»

Melrose malte mit seinem Bierkrug feuchte Ringe auf den Tisch. «Also gut, streichen wir MacQuade wieder. Die Gelegenheit war für ihn auch nicht günstiger als für die anderen. Und kein Motiv weit und breit.» Er strich die Asche von seiner Zigarre. «Und nun zu Grace Seaingham. Sie meint also, wie Sie sagten, auch sie wolle jemand vergiften?»

«Glauben Sie, sie lügt?»

«Sie will sich partout nicht von Assington untersuchen lassen, was?»

«Richtig. Aber sie ist tatsächlich krank.»

«Es ist ja schon vorgekommen, daß Leute sich selbst kleine Dosen verabreicht haben – auf jeden Fall würde so was den Verdacht ablenken. Aber lassen Sie mich meinen Gedanken weiterspinnen …» Melrose schob sich die Zigarre in den Mund, legte ein Buch auf den Tisch und schlug es auf einer mit einer kleinen weißen Blüte gekennzeichneten Seite auf. «Wie der amerikanische Dichter Robert Frost sagen würde: ‹Was kümmert's diese Blume, daß sie weiß ist?› *Helleborus niger*, die schwarze Nieswurz. Die Christrose mit der tödlichen Wurzel. Äußerst giftig. Von Susan Assington frei Haus geliefert, wie finden Sie das? Etwa nach dem Motto: Gärtnern einmal anders.»

«Meinen Sie damit, daß Akonit auch in Blumengärten zu finden ist?»

«Ich meine nur, was ich *sage*. Vielleicht hatte Sir George auch was mit Beatrice Sleight. Und möglicherweise mit Grace Seaingham? Mord aus Eifersucht, frei nach unserem Gartenbuch. Gift frisch aus dem eigenen Garten.»

«Aber wie bringen Sie Susan Assington mit Helen Minton zusammen?»

«Gar nicht. Aber sie ist genau der Typ, den Polly Praed bevorzugen würde. Dieses ganze dümmliche Verkäuferinnengetue, hinter dem sich ein zutiefst psychopathischer Charakter verbirgt.»

Jury grinste. «Dazu halte ich besser meinen Mund. Polly zuliebe.» Er ergriff sein Glas. «Gehen wir und sehen uns mal an, was Whittaker, der Wirbelwind, macht.»

«Ich habe mich lange mit Pater Rourke unterhalten», sagte Jury, während er Tommys Gegner bei einem Stoß zusah, der nicht entschlossen genug ausgeführt wurde und deshalb mißlang. «Das ist der Dorfpfarrer von Washington. Er hat Helen Minton gekannt. Rourke ist Strukturalist...»

«Tatsächlich? Dann schon lieber Manager.»

«...und er hat mir von verschiedenen Auslegungen des Evangeliums erzählt. Absolut faszinierend. Ich wünschte, ich hätte ihm besser zugehört.»

Plant zündete sich eine Zigarre an. «Gott sei Dank haben Sie das nicht getan, sonst säßen wir morgen noch hier. Aber fahren Sie fort.»

«Ich erinnere mich vor allem an etwas, was er über die psychologische Interpretation gesagt hat. Er sprach vom verlorenen Sohn und den ödipalen Hintergründen dieser Geschichte.» Tommys Gegner lochte eine rote Kugel ein, aber es gelang ihm nicht, die weiße günstig zu einer farbigen zu plazieren.

«Der verlorene Sohn. Ach, diese Geschichte, die einen glauben machen will, man wäre besser von zu Hause abgehauen.»

«Es ist weniger das als der Bezug, den er zu Ödipus hergestellt hat.»

«Ödipus wäre wohl besser zu Hause geblieben, der arme Kerl. Er hätte sich nicht von der Stelle rühren sollen.»

«Er wurde aber nicht gefragt, oder?» sagte Jury.

Mit einem Seitenblick auf Robin, der wie alle Anwesenden gespannt dem Spiel zusah, sagte Plant: «Eine traurige Geschichte. Muß schlimm für sie gewesen sein, als sie diese Entdekkung machte – ich meine Helen Minton.»

Sie sahen schweigend zu, wie Tommy mit einem verblüffenden Stoß eine rote Kugel einlochte und die grüne genau da plazierte, wo er sie haben wollte. «Können Sie sich vorstellen, wie gerissen der Kleine sein mußte, um sich diese Geschicklichkeit aneignen zu können?» fragte Jury.

«Gerissen? Gerissen würde ich das nicht nennen», nahm Plant den Jungen in Schutz.

Jury lächelte. «So habe ich das auch nicht gemeint. Er ist eben einfach ein cleverer Bursche. Eigentlich hätte mir das sofort auffallen müssen.»

«Was hätte Ihnen sofort auffallen müssen?»

«Ich dachte wieder an Ödipus: Sie mußten ihn loswerden, oder? Der König von Theben konnte kaum jemanden in seiner Nähe dulden, der ihn eines Tages um die Ecke bringen würde.»

«Erst Alice, jetzt Ödipus. Sie bringen mich ganz durcheinander.»

«Machen Sie sich nichts daraus. Ich habe Wiggins und mich heute abend zum Dinner eingeladen.» Jury sah auf die Uhr.

«Sie hatten ein ewig langes Telefonat mit Grace. Aber das wissen Sie ja selbst.»

Jury drückte seine Zigarette in einem der alten, blechernen Aschenbecher aus. Inzwischen waren keine roten Kugeln mehr im Spiel. «Ich glaube, unser Killer wird versuchen – um mit Tommy zu sprechen –, jemanden in eine üble Position zu manövrieren.»

«Und wen?»

«Grace Seaingham.»

«Das habe ich vermutet», sagte Plant.

Jury sah ihn erwartungsvoll an. «Warum?»

«Nun, bei solchen Methoden.»

«Von welcher Methode sprechen Sie?» fragte Jury. «Gift oder Gewehr?»

«Ich halte Gift für das Mittel der Wahl; das Gewehr bemühte der Täter meiner Meinung nach nur, weil Beatrice Sleight auf der Stelle zum Schweigen gebracht werden mußte. Gift ist gewöhnlich nicht so sicher, wenn man nicht gerade Zyankali oder etwas Ähnliches nimmt, was das Opfer sofort außer Gefecht setzt.» Plant schlug das Buch auf einer anderen Seite auf, die mit einem Streichholz markiert war, und zeigte auf eine kleine Abbildung. «Wie das hier zum Beispiel»

Jury starrte darauf. «Verdammt, bei dem Zeug braucht man allerdings keine Angst zu haben, daß man den gesamten Braten vergiftet und das Haus bis unters Dach mit Leichen füllt. Wirklich verdammt raffiniert, diese Dosierung.» Jury las die beiden Absätze unter der Abbildung und gab Plant kopfschüttelnd das Buch zurück.

Tommy Whittaker versenkte die letzte Kugel, die schwarze, trat bescheiden zurück und zog seine Weste glatt.

«Er hat reinen Tisch gemacht; Sie haben dasselbe mit meinem Kopf bewerkstelligt», sagte Jury. «Heißen Dank.»

«Bitte, bitte. Wollen Sie sich nicht revanchieren und mir sagen, wer es nun auf all diese Frauen abgesehen hat? Auf Helen Minton, Beatrice Sleight und jetzt auch noch, wie Sie sagen, Grace Seaingham? Ein wild gewordener Weiberfeind? In dem Falle würde ich auf Parmenger tippen.»

«Sie nehmen es mir hoffentlich nicht übel, wenn ich mich noch nicht dazu äußere. Warten Sie noch bis zum Abendessen!»

«Doch, das nehme ich Ihnen allerdings übel, aber ich möchte mich nicht mit Ihnen streiten.» Plant nickte in Tommys Richtung. «Ich habe ein Weihnachtsgeschenk für unseren Champion parat. Das zu arrangieren war beinahe so schwierig, wie das

Familienwappen zu sticken, an dem sich meine Tante gerade versucht.»

Jury schwieg einen Augenblick.«Gut. Er wird's gebrauchen können. Kommen Sie, lassen Sie uns fahren.»

Sechster Teil

Das Spiel ist aus

26

Als Grace Seaingham ihren Gästen während des Cocktails aus heiterem Himmel ankündigte, daß der Herr von Scotland Yard mit ihnen dinieren würde, goß sich Vivian Rivington ihren halben Martini über das hochgeschlossene, jadegrüne Kleid, in dem sie einer Geisha mehr ähnelte als der Anwärterin auf einen italienischen Adelstitel.

Die anderen hatten sich ebenfalls in Schale geworfen, um Heiligabend zu feiern: Lady St. Leger war ganz in Spitze gehüllt, Lady Ardry in ein nicht näher definierbares Gewebe; Susan Assington fummelte am losen Saum eines hauchdünnen braunen Stoffes herum, dessen Farbe Melrose an ein verdorrtes Getreidefeld erinnerte. Um so kräftiger leuchteten die frischen Frühlingsfarben von Grace Seainghams Kleid. Ja, wirklich: Susan schien in dem Maße zu welken, wie Grace erblühte.

Diese Nachricht bewirkte eine Veränderung in der Haltung und den Mienen der Anwesenden, als wären sie der Aufforderung eines imaginären Fotografen gefolgt, sich neu zu gruppieren. MacQuade sah neugierig drein, Parmenger gelangweilt. Tommy starrte gebannt die solchermaßen verwandelte Grace an.

Charles Seaingham war offensichtlich verärgert. «Davon hast du mir ja gar nichts erzählt, mein Liebes.»

«Nein, ich hab's nur dem Koch erzählt», sagte Grace liebenswürdig. Sie lächelte ihm zu, als wollte sie betonen, daß in diesem Falle nur einer den Vorrang hatte haben können. Grace trug ein teerosenfarbenes Kleid, das ihr in weichen Falten um den Körper fiel und Parmenger zu begeisterten Komplimenten hinriß – wie sehr es ihrem Teint schmeichelte und die Farbe ihres Haars zur Geltung brachte –, und er ging um sie herum, als wollte er ihr Porträt auf der Stelle neu malen. Grace dankte ihm, bemerkte, daß der Ton ihres Kleids zu dem der Christrosen paßte, nahm eine aus der flachen Kristallschale und steckte sie sich an den Ausschnitt. Sie schenkte Susan Assington ein strahlendes Lächeln. Susan wandte schnell den Blick ab.

Von allen Anwesenden schien Grace Seaingham die einzige zu sein, die völlig gelassen war, einmal abgesehen von Frederick Parmenger und den Damen St. Leger und Ardry. Letztere flankierten mit ihren Stickrahmen den Kamin wie zwei unverrückbare Felsen.

Melroses Vermutung, daß Grace etwas im Schilde führte, hatte sich zur Gewißheit verdichtet, als sie auf das wiederholte *Sie sehen so viel besser aus, meine liebe Grace* antwortete: «Ich fühle mich auch sehr viel besser. Wahrscheinlich verdanke ich das diesem wundervollen Lunch, den ich heute mittag mit Superintendent Jury in Durham eingenommen habe.»

Dieser «wundervolle Lunch» wurde nun mit allem Drumherum, dem Auflauf sowie den eingelegten Pilzen, in den schillerndsten Farben beschrieben. Melrose bemerkte, daß diese einseitige Konversation bei den Gästen Unbehagen auslöste. Die Gläser mußten häufiger als sonst nachgefüllt werden. Bei dieser erlesenen Gesellschaft war das etwa so wie ein Ölwechsel bei einem Rolls-Royce.

«Wie dem auch sei, meine Liebe», bemerkte Charles, «ich glaube, daß wir alle der Polizei reichlich überdrüssig sind. Diese Bürokraten schwirren noch immer mit ihren verdammten Laternen und Taschenlampen in der Gegend herum. Ich habe sie nun lange genug ertragen und möchte mich nicht auch noch mit einem von ihnen an einen Tisch setzen müssen.»

Als Marchbanks die große Doppeltür aufschob, erhob Grace sich lächelnd und meinte: «Sich an einen Tisch zu setzen, scheint mir in diesem Haus unproblematisch zu sein. Wieder aufzustehen schon eher. Gehen wir hinein!»

Es war schon beschämend genug, sich in einem durch einen großen Fleck verunzierten Kleid an die festliche Tafel setzen zu müssen. Daß aber Superintendent Jury auch noch ihr Tischherr war, brachte Vivian Rivington fast zur Verzweiflung. Jury war nach einer vorzüglichen Consommé mit Verspätung erschienen, und den Blicken der Anwesenden nach zu urteilen, waren sie offenbar einhellig der Meinung, daß ihnen das Dinner ohne Jury weitaus besser bekommen wäre.

Jury trug es mit Fassung. Er entschuldigte sich, auf dem Revier der Polizei von Northumbria aufgehalten worden zu sein, widmete sich ausgiebig dem exzellenten warmen Austernsalat in Weinschaum und äußerte sich beifällig über die köstliche Champagnersoße und den Chardonnay. Danach gab es Lammrücken, und Jurys und Graces amüsiertes Geplänkels über die Schwierigkeit, im Dezember ein Frühlingslamm zu finden, beherrschte das Tischgespräch.

Überhaupt schien Grace Seaingham und Richard Jury die Zeit nicht lang zu werden, während sie sich ausführlich über Essen, Trinken, Fisch und Wildbret verbreiteten: über den Lachs in Pitlochary und die diesjährige Fasanenjagd, die eher enttäuschend ausgefallen war; über den St. Emilion im Vergleich zu dem Chardonnay, Rules im Vergleich zu White's, das Browns im Vergleich zum Ritz, das Boodles im Vergleich zum Turf Club.

Dabei würde Richard Jury, das wußte Melrose nur zu gut, keinen Fuß in diese Clubs setzen, es sei denn aus beruflichen Gründen. Und Melrose bezweifelte, daß sich dort jemals etwas ereignete, was Scotland Yard auf den Plan rufen würde. Allenfalls konnte die Massierung all dieser hinter den Ausgaben des *Punch* oder des *Guardian* zu steifen Posen erstarrten Achtzigjährigen hier und da den Besuch eines Leichenbeschauers erforderlich machen.

Grace Seaingham und Jury machten die anderen offensichtlich reichlich nervös. Niemand schien zu verstehen, warum dieser *bon vivant* von einem Superintendent mit ihnen an einem Tisch saß; außer Agatha, die – allerdings erfolglos – versuchte, dem

Gespräch eine andere Wendung zu geben, machten alle einen schuldbewußten Eindruck; insbesondere Vivian, die in den letzten Tagen von einer Rolle in die andere getaumelt war: Würde sie am Trevi-Brunnen vorbeigehen oder würde sie hineinspringen? Schuldgefühle nagten an ihrem Herzen und kribbelten in den Spitzen ihrer langen, sensiblen Finger.

Nachdem das Obstsorbet serviert und verspeist worden war, legten die Gäste ein für sie völlig uncharakteristisches rüdes Benehmen an den Tag – rüde sogar nach den Maßstäben eines Parmenger, der sich – ohne abzuwarten, bis die Gastgeberin die Tafel aufhob – entschuldigte und sagte, er müsse unbedingt noch einmal einen Blick auf Graces Porträt werfen; Charles Seaingham meinte, er müsse sich um das Dekantieren einer neuen Flasche kostbaren Portweins kümmern; Lady St. Leger schützte Migräne vor und ging ihre Medizin holen, Tommy Whittaker sagte, er wolle sich ins Musikzimmer zurückziehen; Susan Assington, erschöpft von ihrer Fachsimpelei mit Lady Ardry über Gärten und ihre Pflege, wollte sich einen Augenblick auf ihrem Zimmer erholen.

Zurück blieben Vivian, die es tatsächlich fertigbrachte, ein weiteres Weinglas umzuwerfen, Agatha, Melrose, Jury und MacQuade.

«Na also, da haben wir's», sagte Jury zu Grace.

Was hatten Sie? wollte Melrose eben fragen, als auch Grace sich erhob und alle anderen den Tisch verließen.

Nach dem Essen nahmen sie wie gewöhnlich, aber mit Verspätung, ihre Drinks im Salon ein; Marchbanks reichte das Tablett herum; Jury rauchte mit Genuß eine von Charles Seainghams exzellenten Zigarren und schlürfte seinen ausgezeichneten Cognac.

Die anderen tranken, wie Melrose bemerkte, was sie immer zu

trinken pflegten. Agatha ihre fürchterliche Crème de violette; Parmenger und MacQuade Remy; Vivian ebenfalls Cognac, da sie sich mit dem bauchigen Schwenker wohl sicherer fühlte; Lady Assington und Lady St. Leger Crème de menthe; Grace Seaingham ihren Sambuca con mosca und Tommy wie üblich nichts – bis Grace Seaingham ihm zur größten Überraschung seiner Tante etwas von ihrem Sambuca anbot. «Ach, lassen Sie ihn doch, Betsy», lächelte Grace. «Das bißchen Alkohol wird ihm nicht schaden.»

Doch Elizabeth St. Leger hatte sich bereits des Glases bemächtigt: «Weiß der Himmel, was Tom alles auf der Schule treibt. Aber hier, meine liebe Grace, sollte er besser nicht in Versuchung geführt werden.» Als sie ihrer Gastgeberin das Glas zurückgeben wollte, stieß sie mit der Hand gegen die Schale mit den Christrosen, und der Likör schwappte heraus. «Oh, tut mir furchtbar leid. Heute scheint der Abend zu sein, an dem alle ihre Drinks verschütten.» Doch bevor sie auch nur ihr Spitzentaschentuch zücken konnte, hatte Jury den Likör bereits aufgewischt.

Grace lächelte versöhnlich. «Aber ich bitte Sie, es ist doch nichts passiert.» Sie stellte das leere Glas auf den Tisch zurück. «Tut mir leid, Betsy. Alles meine Schuld. Aber ehrlich gesagt, ich kann mir kaum vorstellen, daß Tommy es in der Schule wirklich so wild treibt.» Sie warf Jury einen verschwörerischen Blick zu. Jury steckte sein Taschentuch wieder ein.

Keiner hatte bemerkt, was sich hier vor aller Augen abspielte, außer den dreien, die es direkt betraf, und Melrose, der alles genau beobachtete. Ihn beeindruckte jedoch weniger der Vorgang selbst, als vielmehr die eiserne Selbstbeherrschung, mit der Lady St. Leger sich erhob und erklärte, sie wolle sich heute früh zur Ruhe begeben.

Diese Floskel drang gar nicht bis in sein Bewußtsein, weil sie hinzufügte, sie wünsche vorher noch mit dem Superintendent zu sprechen.

ELIZABETH ST. LEGER schien nichts dagegen zu haben, daß Melrose Plant ihnen auf einen Wink von Jury hin in Seainghams Arbeitszimmer folgte. Sie schien vielmehr an einem Punkt angelangt, an dem ihr alles gleichgültig geworden war.

Melrose ärgerte sich, weil er so dumm gewesen war und sie nie richtig ernst genommen hatte. Es mußte wohl an Agathas erfolgreichen Verbrüderungsversuchen mit «Betsy» liegen, daß die beiden für Melrose gleichsam eine Einheit bildeten – zwei wakkere alte Damen mit Stickrahmen und Spielkarten, die sich über nichts als den englischen Adel unterhielten.

Er musterte sie eingehend; sie stand vor dem Kamin und lehnte es rigoros ab, sich zu setzen. In ihrer Jugend war sie bestimmt eine Schönheit gewesen. Mit ihren feinen Zügen und ihrem klaren Teint war sie das in gewissem Sinne immer noch. Die streng um den Kopf geflochtenen grauen Haare glänzten, als wären sie stundenlang gebürstet worden; die grauen Augen leuchteten ebenfalls in einem beinahe metallischen Schimmer, den das graue Spitzensatinkleid noch betonte. Wenn sie sich nicht in Agathas Gesellschaft befand, hatte sie bislang den Eindruck einer warmherzigen, mütterlichen Frau auf ihn gemacht; jetzt spürte er auch die Kälte, die von ihr ausging. Sie erinnerte ihn an eine Gedenkmünze, die für ungültig erklärt und aus dem Verkehr gezogen wurde, als man Mängel entdeckte.

«Das war eine interessante kleine Scharade, Superintendent», sagte sie mit sanfter Ironie, als ginge es für sie nicht um alles oder nichts, als sähe nicht auch sie das Buch, das Plant Jury gezeigt hatte, aufgeschlagen auf dem Tisch liegen. Sie würdigte es keines Blickes. «Mein Glück, daß Susan Assington soviel vom Gärtnern versteht», sagte sie zu Melrose gewandt. «Aber Sie haben mich ganz schön nervös gemacht mit ihrem Exkurs über Christrosen, Mr. Plant. Diese Pflanzen gehören, wie Sie sicher wissen, zu derselben Familie der Hahnenfußgewächse wie der Eisenhut. Sie sind der Sache schon gefährlich nahe gekommen.»

«Ich weiß nicht, ob im Augenblick Komplimente angebracht sind, Lady St. Leger», sagte Melrose, «aber Sie haben sich sehr elegant aus der Affäre gezogen, indem Sie mein Augenmerk auf Lady Assington lenkten.»

Elizabeth St. Leger zuckte die Achseln. «Alle Achtung vor der Guten, sie hat Sie ja ganz schön abblitzen lassen.»

Jury entfaltete sein Taschentuch. «Nun gut. Fangen wir doch hiermit an. *Ricinus communis.* Man braucht nur auf eine einzige Rizinusbohne zu beißen, um einen anaphylaktischen Schock zu bekommen. Das Zeug hat es in sich. Sie sind heute abend ein ziemliches Risiko eingegangen, als Sie versuchten, Grace Seaingham umzubringen.»

«Not macht eben erfinderisch, Mr. Jury. Sie verstehen das, nicht wahr?»

«Grace Seaingham gehört doch zu denen, die lieber sterben als ein Geheimnis preiszugeben. Sie hätte nie jemandem etwas erzählt...»

«Aber sie wußte schon lange Bescheid. Irene, die geschwätzige Nudel, muß es ihr einmal erzählt haben. Sie war immer eine Gefahr mit ihrem religiösen Dünkel, finde ich. Und heute abend plante sie offensichtlich etwas. Sie hat *Sie* hierher zitiert. Und aus irgendeinem Grund hatte sie plötzlich keine Angst mehr, zu essen und zu trinken. Richtig aufgeblüht war sie. Entschuldigen Sie bitte dieses makabre Wortspiel – bei all der Pflanzenkunde...»

«Und da nur *sie* Sambuca mit Kaffeebohnen trinkt, haben Sie die Bohnen ausgewechselt, als Sie Ihre Medizin holen gingen. Sie haben sie einfach auf den Teller gelegt, der auf dem Tablett bereitstand. Dachten sie denn nicht daran, daß Grace vielleicht schon mit mir darüber gesprochen haben könnte?»

«Diese Möglichkeit bestand natürlich. Aber ich hielt es für unwahrscheinlich. Allerdings dachte ich, daß sie es im Verlauf des Abends noch tun würde.»

«Und woher haben Sie die Rizinusbohnen?»

«Sie kommen sehr häufig vor, in allen möglichen Größen und Formen.»

Das hörte sich an, als spräche sie von Konfektionskleidung.

«Manche sind gesprenkelt, manche grau. Die meisten kann man eigentlich gar nicht mit Kaffeebohnen verwechseln. Aber die aus dem Garten von Meares waren zufällig von der kleinen, dunklen Sorte. Wie sie schmecken, kann ich Ihnen leider nicht sagen», fügte sie sarkastisch hinzu. «Ich weiß nur, daß man sie kauen muß. Schluckt man sie ganz, passiert seltsamerweise gar nichts. Aber Grace mochte den Geschmack von Kaffeebohnen.»

«Schade, daß Beatrice Sleight keinen Sambuca trank!»

Elizabeth St. Leger funkelte ihn zornig an. «Diese unerträgliche Person. Sie war gefährlicher als alle anderen, dabei kannte ich sie nicht einmal.»

«Erpressung also?» fragte Jury.

«Erpressung – meinen Sie *Geld*?» Es klang, als hätte sie sich mit diesem Zeug noch nie die Hände schmutzig gemacht. «Machen Sie sich nicht lächerlich. Es war ihr neuer Schlüsselroman. Sie glauben doch wohl nicht, ich hätte so etwas zugelassen. Nicht, nachdem ich solche Mühe mit Grace und Helen Minton hatte. Und die waren viel ungefährlicher. Reine Unsicherheitsfaktoren. Aber bei Beatrice Sleight sah das anders aus. Ganz anders. Sie hat mir einfach die Pistole auf die Brust gesetzt.»

«Und da Sie und Charles Seaingham gelegentlich zusammen auf die Jagd gegangen sind – Fasane, Moorhühner und so weiter –, wußten Sie genau, wo die Gewehre stehen, und Sie kannten sich mit Feuerwaffen aus. Und da haben Sie Beatrice Sleight zu einem Gespräch unter vier Augen nach unten gelockt...»

Sie nickte steif. Ihr Gesicht wurde aschfahl. Sie tastete nach dem Stuhl, der hinter ihr stand, und setzte sich nun schließlich doch. «Die Polizei durfte natürlich nicht anfangen, nach einem Zusammenhang zwischen Beatrice Sleights Büchern und... und jemandem, der sie möglicherweise am Schreiben hindern wollte, zu suchen. Andererseits gab es nicht den geringsten erkennbaren Grund, warum ich Grace Seaingham aus dem Weg räumen sollte. Kein Motiv.»

Sie holte tief Luft. «Das Kind wurde auf einer von Irenes und Richards Reisen geboren: Kenia. Ach, diese Safaris waren ja keineswegs gefährlich, sie brauchten sich nicht durch den Dschungel zu kämpfen oder vor Nashörnern davonzurennen: Sie hatten einen Führer, alles war im voraus geplant und gut organisiert. Üppige Bankette und so weiter…» Ihre Verachtung für dergleichen Unternehmungen war offenkundig. «Jedenfalls hat Irene mich angerufen, völlig hysterisch, als sie von den Ärzten erfuhr, daß das Kind einen Dachschaden hatte. Sie war schon immer ein flatterhaftes, kopfloses Ding gewesen, unfähig, ihre Probleme selbst in die Hand zu nehmen. Und Richard war auch nicht besser. Ich versprach ihnen, die Sache zu regeln.»

«Sie fackeln nicht lange, Lady St. Leger, wenn es darum geht, das Leben anderer Menschen zu regeln, habe ich recht?»

Das Blut schoß ihr ins Gesicht. «Zufälligerweise liebe ich meinen Neffen. Auch wenn Sie mich vielleicht eines solchen Gefühls nicht für fähig halten – trotzdem ist es so.»

«Wo sind Sie Helen Minton begegnet?» fragte Jury weiter, ohne auf ihre Beteuerungen einzugehen.

«Auf einem Ausflug nach Old Hall. Sie hatte mich noch nicht gesehen, aber ich habe sie sofort erkannt an Hand der Fotos, die Edward mir gezeigt hatte. Ich konnte es kaum glauben – ich meine, daß sie es war. Daß sie in Washington wohnte, konnte ich mir nur damit erklären, daß sie Nachforschungen über den Verbleib ihres Kindes anstellte. Ich… ich habe mich mit ihr angefreundet…»

Die Kälte in Jurys Stimme war förmlich mit Händen zu greifen: «Eine seltsame Art, sich mit jemandem anzufreunden. Akonit ist also auch eine Pflanze, die man in jedem Garten findet. Eisenhut, nicht wahr? Die Wurzel, die das Gift enthält, sieht aus wie ein Meerrettich. Oder eine Rübe. Helen aß gern so scharfes Zeug wie Meerrettich.»

«Ich weiß. Ich brachte ihr immer etwas mit, wenn ich sie besuchte.»

«Es war also nicht ihr Medikament?»

«Nein. Auch bei Grace nicht. Akonit schmeckt leicht süßlich, hinterläßt aber einen bitteren Nachgeschmack. Ich habe es in das

Saccharinpulver getan, das Grace immer nimmt. Das Problem ist dabei natürlich die Dosierung. Eine ziemlich unsichere Angelegenheit. Aber in Helen Mintons Fall habe ich eine andere Sorte benutzt, die ich auf einer Indienreise entdeckt habe. In Nepal, soweit ich mich erinnere...» Sie ließ ihren Blick schweifen, als gingen ihr vergnügliche Reiseerlebnisse durch den Kopf. «Ja, Nepal. *Nabee* heißt es dort. Es enthält Pseudoakonitin. Eines der tödlichsten Gifte überhaupt. Entschuldigen Sie diesen toxikologischen Exkurs –»

«Schon gut. Man gewöhnt sich an alles, jedenfalls an fast alles. Helen Minton litt an Herzkammerflimmern. Wenn sie nicht gerade in Old Hall gestorben wäre, hätten alle an einen natürlichen Tod geglaubt.»

Elizabeth St. Leger sah ihn verwundert an. «Sie scheinen sie gekannt zu haben?»

Jury schraubte seinen Füllfederhalter auf und zog ein Blatt Papier aus der Tasche. «Ja, ich kannte sie.»

«Tut mir leid», sagte sie vollkommen aufrichtig.

Jury ließ diese Beileidsbezeugung unkommentiert. «Ich mache Ihnen ein Angebot – weil Weihnachten ist.» Er lächelte kühl. «Wenn Sie hier unterschreiben wollen, können wir vielleicht warten, bis die Feiertage vorbei sind. Für Tom wird das ein harter Schlag sein.»

«Ich danke Ihnen.» Genausogut hätte er ihr ein Tablett mit Drinks gereicht haben können. Mit Hilfe ihres Pincenez überflog sie die Schriftstücke, nickte Jury kaum merklich zu und unterschrieb.

Jury schraubte seinen Füllfederhalter wieder zu und sagte: «Einer von unseren Leuten in Northumbria wird leider nach Meares Hall mitkommen müssen, um – Sie verstehen – ein Auge auf Sie zu haben.»

Ihr Lächeln war genauso kühl wie seines. «Ja, ich verstehe.»

«Polizeischutz – falls Tommy fragen sollte.»

«Kann ich mich jetzt zurückziehen? Ich verspreche Ihnen, daß ich nicht aus dem Fenster klettern und mich am Efeu hinunterhangeln werde. Ich kann ohnehin nirgendwo hingehen.» Ihre Stimme klang plötzlich sehr alt.

«Gewiß.»

Sie mußte sich etwas mehr als sonst auf ihren Stock stützen. «Sie sind ein kluger Kopf. Sie sind beide kluge Köpfe. Wollen Sie mir nicht noch erzählen, wie Sie auf Tom gekommen sind?»

«Durch Frederick Parmenger», sagte Jury. «Sein Charakter, sein Enthusiasmus, sein Wille, sich durchzusetzen, als er jung war, und es – genau wie Tommy – mit jedem aufzunehmen. Sie haben seinen Vater ja gekannt.»

«Und ob. Sich Edward gegenüber durchzusetzen, erforderte schon sehr viel Willenskraft.»

«Noch lange nicht soviel, wie es braucht, sich Ihnen gegenüber zu behaupten, Lady St. Leger.»

Mit der Spitze ihres Stocks zeichnete sie das Muster des Teppichs nach. Dann sah sie auf. «Gute Nacht, Superintendent. Mr. Plant.» Sie ging hinaus.

«Da laust mich doch der Affe», sagte Melrose, als die Tür hinter ihr zugefallen war. «Deswegen also die Bemerkungen über Alice. Das richtige Kind hatte einen Dachschaden und wurde durch ein anderes ersetzt.»

«Sie hätten den armen Robin Lyte wohl kaum als zehnten Marquis von Meares gebrauchen können. Das geistig behinderte Kind der Marquise wurde der Kammerzofe Danielle übergeben. Kein Wunder, daß sie bei Isobel Dunsany mit ausgezeichneten Referenzen aufwarten konnte. Ein anderes Kind – der Sohn von Helen und Parmenger – kam dafür als Erbe nach Meares Hall. Edward Parmenger und Elizabeth St. Leger haben diesen Tauschhandel organisiert. Als Vermittler fungierten Danny Lyte und Annie Brown.»

«Eigentlich sollte man annehmen, die Leiterin der Bonaventura-Schule wäre als erste fällig gewesen, wenn dem so war.»

«Aber wußte sie denn, wo Helen Mintons Kind schließlich landete? Sie hat es doch nur als Findelkind in der Bonaventura-Schule aufgenommen. Und als Danny kurz darauf mit einem dicken Batzen Geld auftauchte und ihr ein Angebot machte – nun, da bestand für sie zwischen Danny, den St. Legers, den Parmengers und den Meares' nicht die geringste Verbindung. Miss Hargreaves-Brown ist schon immer sehr zugänglich für gewisse Angebote gewesen», fügte Jury trocken hinzu. «Oh, sie hat bestimmt gewußt, daß an der Sache was faul war – es war ihr absolut klar, daß Robin Lyte nicht Helen Mintons Kind war, aber sie hatte vor Jahren ihre Unterlagen, sagen wir mal, entsprechend geordnet. Und als Helen Robins Akte las, hielt sie natürlich ihn für ihren Sohn. Im ‹Jerusalem Inn› ist sie ihm dann begegnet. Das Hausmädchen Danny Lyte hatte ein weicheres Herz als ihre Dienstherren – sie ist zurückgekehrt und hat Robin adoptiert. Wie der gute Hirte von Sophokles.»

«Mann, die bedienten sich ja wie im Kaufhaus.» Melrose streckte die Beine aus und hielt Jury die Hand mit dem Whiskyglas entgegen. Jury füllte es nach. «Was nun? Ich meine, was passiert mit Tommy?»

«Nichts. Er ist und bleibt der Marquis von Meares.»

Plant verschluckte sich beinahe. «Nun mal langsam! Was wollen Sie ihm denn sagen, wenn diese siamesischen Zwillinge, Cullen und Trimm, Großtante Betsy abführen?»

Geistesabwesend mischte Jury einen Stoß Karten, der auf dem Tisch gelegen hatte. «Nun, ich glaube, daß es nicht dazu kommt, Sie verstehen?» Er deckte eine Karte auf, eine Dame.

«Nicht dazu kommt? Darum also all das Gerede über ihre Rückkehr nach Meares Hall? *Ich kann ohnehin nirgendwo hingehen, Superintendent.* Glauben Sie wirklich, sie wird sich das Leben nehmen?»

Jury sagte nichts; er mischte langsam die Karten und starrte in die blauen Flammen des erlöschenden Feuers.

«Also hören Sie, ich meine, ist das nicht ein bißchen unmoralisch und unprofessionell oder unyardgemäß oder so was?»

«Bestimmt», sagte Jury. «Racer würde ausrasten. Wenn er das nicht sowieso schon dauernd täte.»

«Aber was ist mit Tommy? Er muß es doch erfahren.»

Jury blickte von den Karten auf. «Großer Gott, Sie nehmen es aber genau mit der Wahrheit, was? Glauben Sie, es würde ihm was nützen, wenn er wüßte, daß seine Tante zwei Frauen ermordet und es bei einer dritten versucht hat?»

Eine leichte Röte überzog Plants Gesicht. «Gewiß nicht. Aber gibt es nicht eine andere Lösung? Ich meine, er *muß* doch erfahren, daß er nicht der rechtmäßige Erbe ist.»

Tonlos meinte Jury: «Ich wüßte nicht, warum.»

«Ja, zum Teufel, ich aber. Zum einen will er gar kein Marquis sein; der Fortbestand des Hauses liegt ihm keineswegs am Herzen. Er möchte einfach nur Snooker spielen.»

«Dem steht nun nichts mehr im Wege.»

«Meinen Sie? Wenn seiner Tante Betsy etwas… etwas zustieße, hätte er bestimmt schreckliche Gewissensbisse», sagte Plant, den das Gespräch und der Alkohol immer mehr in Fahrt brachten. «Er würde wahrscheinlich für immer die Flinte ins Korn werfen – ich meine, das Queue wegstellen.» Er stand erregt auf und trat an den Kamin.

Jury legte die Karten aufgefächert auf den Tisch und trank einen Schluck. «Übertreiben Sie mal nicht. Er ist genau wie Parmenger. Nichts kann ihn aufhalten. Ziehen Sie eine.»

«Nein.»

«Na machen Sie schon. Sie werden sich gleich viel besser fühlen. Es ist ein Trick.» Jurys Lächeln verschwand, als er an das Tor der Bonaventura-Schule dachte. «Wenn auch kein sehr guter.»

«Ich verstehe einfach nicht, wie Sie den jungen Whittaker in eine solche Lage bringen können.»

«Deswegen hat er seine Partie noch lange nicht verloren. Er doch nicht. Ganz im Gegenteil.»

Plant schwieg; er hatte die Hände um das Glas gefaltet und starrte mit gerunzelter Stirn ins Feuer, als suche er nach neuen

Argumenten. «Ich hätte gedacht, daß Sie – diese Frauen gerne gerächt sehen würden.»

Jurys Hand mit dem Glas darin verharrte mitten in der Bewegung. «Das ist das Dümmste, was ich je aus Ihrem Mund gehört habe. ‹Gerächt›. Wenn ich auf Rache aus wäre, dann hätte mir ein Blick auf Lady St. Leger genügt.»

«Ich spreche von Gerechtigkeit.»

«Sie sprechen von der Gerechtigkeit des Gesetzes.» Jury schnaubte verächtlich. Er hatte den Eindruck, daß sie beide schon ziemlich betrunken waren. Er sollte besser Cullen verständigen. Und Racer. Doch er goß sich lieber einen weiteren Drink ein und schob die Flasche seinem Freund hinüber.

«Vielleicht nicht gerade diese Sleight. Aber was ist mit Helen Minton? Wird ihr Tod einfach ad acta gelegt? Ich hatte eher den Eindruck, daß Sie... ach, schon gut.»

Jury starrte in sein Whiskyglas und schwenkte es, so daß kleine, bernsteinfarbene Wellen entstanden. Er dachte an Isobel Dunsany, die in diesem verlassenen Kaff an der Nordsee von ihren Erinnerungen an glanzvolle alte Zeiten lebte.

«Ihr Tod wurde nicht einfach ad acta gelegt. Ich habe sie doch nur ein paar Stunden gekannt.» Jury hatte das Gefühl, sich verteidigen zu müssen. Als ob die Dauer einer Bekanntschaft das Maß des persönlichen Engagements bestimmen könnte! Er wich Melrose Plants forschendem Blick aus.

Plant bemerkte nur einfühlsam: «Aber Sie mochten sie.»

«Ich habe schon viele Frauen gemocht», sagte Jury lässig und hoffte, damit den Anschein eines knallharten Detektivs aufrechtzuerhalten, der sich seinen Weg durch Scharen von schönen Frauen bahnte. Natürlich vergeblich. «Haben wir das nicht alle?» Er sah Melrose an.

«Lenken Sie nicht ab.»

Jury tat es trotzdem, da ihm dieses Thema widerstrebte. «Ich konnte mir anfangs einfach nicht zusammenreimen, warum der Marquis und die Marquise nicht einfach einen Erben *adoptierten* – statt einen zu klauen, um es mal so lapidar zu formulieren.»

«Weil ein Adelstitel sich so nicht übertragen läßt. Keine Adoptionen, keine zweifelhafte Herkunft.» Melrose starrte auf das glühende Ende seiner Zigarre wie das sprichwörtliche Kaninchen, das hypnotisiert in das Auge der Schlange blickt. «Noch nie was von dem alten Needwood, Graf Dearing, gehört? Er behauptete, das Kind, das die Gräfin zur Welt gebracht hatte, sei nicht von ihm. Versuchte ungefähr drei Dutzend Zeugen beizubringen, die das bestätigen sollten. Da die Gräfin aber eiserne Nerven und versiegelte Lippen besaß, wenn es um Schlafzimmergeschichten ging, entschied das Gericht, daß entweder der Graf der Vater des Kindes sei oder es sich um eine unbefleckte Empfängnis gehandelt haben müsse.» Melrose warf seine Zigarre in den Kamin und legte einen Arm auf den Sims. «Wie Sie sehen, alter Knabe, muß man absolut lupenrein und aus dem echten Holz geschnitzt sein, sonst läßt sich da nichts machen.» Um seine Lippen zuckte ein Lächeln. «Können Sie sich vorstellen, daß jemand einen Namen so durch den Dreck zieht, noch dazu, wenn es sich um die eigene Familie handelt? Ich nicht.»

Jury sah ihn nachdenklich an. «Nein. Wahrscheinlich läuft es eher umgekehrt, stimmt's? Wenn's mal zu einem Ehebruch kommt, wird die Familie dichthalten.»

«Ja, so ist es.» Plant setzte sich wieder und schenkte sich einen neuen Drink ein. «Ich glaube, wir sind dabei, uns zu besaufen.»

«Das glaube ich auch.»

Plant schaute auf seine Uhr. «Wir sollten im Pub weiterzechen, ich muß da noch was erledigen...»

«Was meinen Sie damit?»

«Nichts. Nichts. Sie rufen Cullen an; ich hole Tommy. Ich glaube nicht», sagte er grinsend, «daß es sehr schwierig sein wird, die Erlaubnis seiner Tante einzuholen, um mit ihm einen letzten Ausflug ins ‹Jerusalem Inn› zu machen.» Melrose hob sein Glas. «Frohes Fest, Superintendent.»

Sie stießen an; Plants Glas glitt ab, und der Whisky schwappte auf seine Krawatte. «Schlimmer als Vivian.» Er wischte die Tröpfchen weg. «Ich bin gespannt, was dieses Weib – ich meine unsere gute alte Vivian – mit ihrem Graf Dracula zu tun gedenkt.» Er rutschte tiefer in seinen Sessel. «Also Polly Praed...»

«Sie sind ein Narr, wissen Sie das?»

Plant runzelte die Stirn. «Was soll das heißen? Ach, was soll's. Noch mal, frohes Fest!»

«Frohes Fest, mein Freund.»

Und wieder stießen sie an.

Siebter Teil

«Jerusalem Inn»

27

«Ja was haben wir denn hier?» fragte Melrose Plant, als er beim Einsteigen in Jurys Dienstwagen zwei Pakete auf dem Rücksitz entdeckte, ein ziemlich großes und ein etwas kleineres.

«Weihnachtsgeschenke für die Hornsbys», sagte Jury. «Hab ich heute in Durham gekauft.» Er hörte das Papier rascheln. «Es ist nicht für Sie. Finger weg.»

Tommy Whittakers Begeisterung, heute abend auch mit von der Partie zu sein, wurde etwas gedämpft durch seine Sorge um Lady St. Leger. «Was ist eigentlich los mit Tante Betsy? Sie sah richtig angegriffen aus, als sie auf ihr Zimmer ging.»

Einen Augenblick lang herrschte Schweigen, bevor Jury antwortete: «Sie ist eine alte Frau, Tommy. Du weißt, daß es mit ihrer Gesundheit nicht zum besten steht. Nach alldem, was vorgefallen ist…»

«Das wird's wohl sein. Haben Sie denn inzwischen was rausgefunden? Verdächtigt Sergeant Cullen mich immer noch?»

«Du gehörst nicht zu den Verdächtigen.»

Tommy stieß einen erleichterten Seufzer aus.

«Vielleicht», sagte Jury, «ist es einer von diesen Fällen, die ungelöst bleiben.»

«Was? Das ist doch wohl nicht Ihr Ernst?» Tommy hatte sich noch seinen Kinderglauben an die Allmacht von Scotland Yard bewahrt.

«Ist alles schon vorgekommen. Im Augenblick interessiert mich aber vor allem, was Mr. Plant mit dem Paket macht», sagte er in Richtung des leisen Raschelns, das vom Rücksitz kam.

Das grosse Paket war geöffnet und sein Inhalt, eine im Lauf der Jahre etwas verblichene Figur eines der Weisen aus dem Morgenland, neben die beiden anderen gestellt worden. Das kleinere Geschenk war für Chrissie; es enthielt ein ähnlich verblichenes Jesuskind, das sie liebevoll ins Stroh bettete.

Chrissie stand mit Alice im Arm vor der um zwei Figuren angewachsenen Krippe. Ihre schmalen Augenbrauen berührten sich beinahe, so kritisch musterte sie die Szene. «Der neue ist aber kleiner als die beiden andern. Und er bringt auch Gold mit, genau wie der da.» Sie deutete auf den Weisen neben Jurys etwas zu klein geratener Figur. «Ich glaube, es ist der gleiche. Und der Mohr fehlt.» Sie warf Jury einen vorwurfsvollen Blick zu, als hätte er nun wirklich besser über die Weihnachtsgeschichte Bescheid wissen können.

Ohne das Stimmengewirr der zwei Dutzend Jerusalem-Pilger zu beachten, die sich schon seit den späten Nachmittagsstunden in die richtige Stimmung für den Abend brachten, meinte Jury: «Du hast recht. Aber sie hatten nur den. Ich habe ihn und das Jesuskind in einem alten Laden gefunden. Wahrscheinlich sind es Überbleibsel von einer anderen Krippe.» Jury merkte, daß seine Bemühungen, die Krippe Chrissies Wünschen gemäß zu vervollständigen, nicht sehr erfolgreich gewesen waren. Er lächelte. «Ist ja auch nicht einfach, einen Weisen aufzustöbern...»

Chrissie strich Alices Kleid glatt. «Das kann ich mir denken. Ist ja auch sehr nett von Ihnen.» Das klang grimmig. «Nur... das Jesuskind hat keine Windeln an.» Inmitten des allgemeinen Lärms – der aus voller Kehle gesungenen Weihnachtslieder und gebrüllten Bestellungen – war die friedliche Krippenszene eine kleine Oase der Ruhe. «Glauben Sie, Maria und Joseph hat es was ausgemacht, daß es nicht drin lag?»

«Bestimmt. Aber jetzt ist es ja wieder da. Und das ist die Hauptsache.»

Ihrem schmalen Brustkorb entrang sich ein tiefer, resignierter Seufzer. «Na, dann muß ich ihm wohl oder übel ein paar Windeln besorgen.»

Melrose und Tommy hatten sich an den Tresen vorgedrängt und standen nun eingeklemmt zwischen Nutter und einem Fremden mit langen dunklen Ringellocken und einem Ohrring – also ganz offensichtlich nicht Nutters Typ. Hätten Tommy und Melrose sich nicht dazwischengedrängelt, so hätte sich die knisternde Spannung in der Luft wohl bald auf dramatische Weise entladen.

Tommy brüllte Hornsby ihre Bestellung zu und grinste dabei Dickie an, dessen riesige Lauchstange festlich mit einer roten Schleife geschmückt war. Dickie grinste und machte eine Bemerkung, die im allgemeinen Radau unterging. Der Raum war voller Leute: Stammgäste, Laufkundschaft und auch der eine oder andere, der nur zum Weihnachtenfeiern im «Jerusalem Inn» aufgetaucht war.

Der dunkelhaarige Fremde neben Melrose trug ein graues Hemd und eine schwarze Weste, rauchte eine Zigarette und trank ein Lager. Er sah Tommy irgendwie ähnlich – so mochte Tommy in zwanzig Jahren aussehen. Er nickte Melrose freundlich zu, und Melrose nickte zurück.

«Viel los hier, was», sagte der Fremde und strich sich das lockige schwarze Haar aus der hohen Stirn.

«Kann man wohl sagen. Wollen Sie was trinken?»

«Ja, warum nicht. Vielen Dank.» Er schob sein Glas über den Tresen und deutete mit der Zigarette auf den Oboenkasten, den Tommy an den Tresen gelehnt hatte. «Was ist denn da drin? Du hältst ihn ja fest, als würde gleich der Teufel persönlich über den Tresen springen und ihn dir wegnehmen.»

«Das? Da ist nur mein Queue drin.» Tommy sah sich den Mann etwas genauer an. «Sie waren schon mal hier, stimmt's?»

«Nein, liegt nicht gerade auf meinem Weg.» Der Mann lachte. «Spielst du Pool? Ich hätte nichts gegen eine Partie.»

«Snooker.»

«Okay, warum nicht. Ist mir gleich.» Der Fremde streckte die Hand aus. «Ich heiße Alex. Du bist also dabei?»

Tommy, dem nie etwas aus der Hand fiel, ließ seinen Queuekasten auf den Boden fallen und bückte sich schnell danach. Er schüttelte den Kopf.

Nutter, der ungern unbeachtet blieb, versetzte Tommy einen Rippenstoß. «Mach schon, Junge, zeig's ihm. Wir wollen hier keine Fremden, die das große Wort führen.» Er schob sich näher an Alex heran und war sichtlich irritiert, daß dieser einfach stehenblieb und sein Bier trank.

«Nein, danke, keine Lust», sagte Tommy und verdrückte sich mit dem Glas in der Hand und den Kasten gegen die Brust gepreßt in der Menge. Zum erstenmal, dachte Jury, sieht er wie ein Sechzehnjähriger aus, ein bißchen schüchtern und einsam.

«Will sonst vielleicht jemand? Sagen wir einen Fünfziger das Spiel?» bot Alex an.

Von einem Moment zum anderen war Nutters Feindseligkeit verschwunden – er witterte ein gutes Geschäft. «Clive. Für fünfzig Mäuse läßt er sich vielleicht überreden.»

Alex lächelte. «Na schön. Ihr macht aber nicht den Eindruck, als würdet ihr die fünfzig Kröten zusammenbringen, nicht mal, wenn ihr alle zusammenlegt.»

Dickie begann schon in seinen Taschen zu kramen, da zog Melrose gelassen seine Geldklammer hervor. «Dickie soll die Börse verwalten.» Er drückte Dickie ein paar Scheine in die Hand.

Clive lachte. «Wer sie verwaltet, ist mir völlig gleichgültig, solange ich sie nur hinterher bekomme.»

Clive bekam gar nichts.

Clive kam kaum an den Tisch heran.

Es gelang ihm lediglich, den Pulk der roten Kugeln so ungeschickt zu sprengen, daß Alex 81 Punkte in Folge machen konnte und eine Viertelstunde später den Tisch abgeräumt hatte.

Clive starrte gebannt auf den leeren Tisch. Das konnte doch nicht wahr sein?

Melroses Ruf als Hinterzimmermäzen machte schnell die Runde. Bald strömten auch die anderen herein und wollten ihr Glück versuchen.

«Die müssen verrückt sein», sagte Tommy, der sich mit seinem Bier in eine dunkle Ecke verzogen hatte.

«Warum? Sie verspielen doch nur Plants Geld.»

«Dann muß er verrückt sein. Wissen Sie denn nicht, wer das ist?»

Innerhalb von dreißig Minuten hatte Alex drei Partien gespielt und unglaubliche Serien von 90 und 110 Punkten hingelegt. Und da nicht die geringste Aussicht bestand, daß ein einziger seiner Gegner ihn jemals schlagen würde, konnte er ein paar aufsehenerregende Stöße riskieren.

«Wer zum Teufel ist das?» erkundigte sich Jury bei Plant.

«Sie lesen wohl nichts außer Ihren Akten?» Plant hielt ihm die Sportseite des *Guardian* unter die Nase; Jury sah erst das Foto, dann Alex an und stöhnte: «Allmächtiger!»

Nutter war betrunken genug, um ebenfalls einen Versuch zu wagen. Er war entschlossen, gleich mit dem ersten Stoß einzulochen, aber er gab dem Spielball einen solchen Effet, daß er eine rote Kugel mit Karacho über die Bande beförderte.

Nutter bekam großen Applaus für diese beeindruckende Leistung. Alex hielt sich in sportlicher Fairness zurück.

«Auf dem Fußboden sind leider keine Taschen, Mann», sagte Dickie und bekam dafür beinahe Nutters Queue über den Schädel. Das Spiel war ebenso schnell vorbei wie die anderen. Weitere fünfzig Pfund wechselten den Besitzer.

«Hören Sie», sagte Melrose, «ich gebe Ihnen am besten gleich einen Tausender, dann brauche ich nicht immer die Klammer herauszuholen.»

Alex lächelte. «Ich hab nichts gegen Ihren Tausender, nur möchte ich ihn mir auch verdienen. Wo steckt denn dieser junge Bursche, von dem hier überall erzählt wird, er sei der Lokalmatador? Bist du das?» Irgendwie war sein Blick sofort auf Tommy gefallen.

«Dieser Bursche», sagte Tommy und richtete sich auf, und zum erstenmal, seit Melrose ihn kannte, rümpfte er die Nase, «bin ich.»

«Reichlich jung. Wie alt bist du denn, zwanzig?»

Tommy zuckte die Schultern. «So ungefähr.»

«So ist das, Tommy», scherzte Melrose. «Den Rest deines Lebens wirst du nun wie Gary Cooper in *High Noon* verbringen. Vergiß ja nicht, dich immer mit dem Gesicht zur Tür zu setzen.»

Alex lachte. Melrose lachte ebenfalls. Tommy nicht.

Tommy begann und schaffte auf Anhieb 23 Punkte. Er spielte auf wenige rote Kugeln und auf die schwarze; die übrigen beließ er vorerst in einem dichten Pulk auf dem Tisch. Schließlich lochte er die blaue ein, und der Spielball kam hinter der Feldlinie zum Stillstand. Er mußte jetzt mit einem langen Stoß den Pulk sprengen. Der Stoß mißlang.

Unterdrücktes Stöhnen war zu vernehmen. Dickie breitete beide Arme aus: «Vielen Dank, meine Dam'n un' Herr'n – Ruhe bitt schön.»

Nach den Mienen der beiden Spieler zu urteilen, hätte selbst eine vorbeistürmende Büffelherde sie nicht gestört. Alex trat an den Tisch. Der Spielball lag jetzt am anderen Ende des Tisches dicht an der Bande. Der Winkel schien unmöglich für einen guten Stoß. Trotzdem gelang Alex das Kunststück, die anvisierte rote Kugel von der schwarzen zu trennen und sie in eine Mitteltasche zu befördern. Die weiße blieb in idealer Position zur grünen liegen. Mit dem nächsten Stoß versenkte er die grüne und brachte die weiße über drei Banden wieder in eine günstige Position zu den restlichen roten Kugeln.

Sorgfältig legte Dickie die grüne Kugel an ihren Platz zurück.

«Wisch sie ab», sagte er dann zu Dickie.

Dickie beugte sich über den Tisch, betrachtete die weiße Kugel und schüttelte den Kopf. «Ich seh nichts, Kumpel.»

Alex fixierte ihn. «Du brauchst auch gar nichts zu sehen, Mann. Beim letzten Stoß ist sie geeiert. So was kann 'ne Menge Geld und Nerven kosten.»

«Den Marker, Dickie, mach schon», sagte Tommy.

Dickie suchte nach dem kleinen schwarzen Marker, konnte ihn aber nicht finden; statt dessen markierte er die Position der

Spielkugel mit der Lauchstange. Dann machte er sich daran, die Kugel sorgfältig zu polieren. «So blank wie 'n Kinderpopo.»

Alex funkelte ihn zornig an und nahm angeekelt den Lauch vom Tisch.

«Tut mir leid, Mann.» Dickie grinste und bat erneut um Ruhe.

Alex hatte die Positionsbilder anscheinend so deutlich vor Augen, als wären sie auf dem Tisch eingezeichnet. Er versenkte rot, schwarz, rot, schwarz in so schneller Folge, daß Dickie kaum Zeit hatte, die schwarze Kugel immer wieder an ihren Platz zu legen.

Alex beförderte den Spielball über vier Banden hinter die Feldlinie in die Nähe der gelben Kugel. Er versenkte diese, dann die grüne, und die braune blieb dicht an der Bande liegen. Den nächsten Stoß, der die braune von der Bande in die Mitte und den Spielball über drei Banden hinter die Feldlinie in die Nähe der rosa Kugel beförderte, schien Alex einfach aus dem Handgelenk zu schütteln.

Tommy schaffte es nicht, sich aus dieser Notlage zu befreien. Er versuchte es mit einem Sicherheitsstoß, der bei der unmöglichen Entfernung und dem unebenen Tisch einfach mißglücken mußte.

Alex versenkte die blaue Kugel mit einem gewaltigen Effetstoß und räumte den Tisch innerhalb von zwei Minuten ab.

Alle im Raum schienen die Luft anzuhalten.

«Noch eine Runde?» fragte Alex und kreidete sein Queue neu ein.

Tommy nickte sprachlos. Melrose klopfte ihm ernutigend auf die Schulter. Darauf trat Tommy wieder an den Tisch, kreidete sein Queue ein, und jetzt trat jener wild entschlossene Ausdruck auf sein Gesicht, der damals auch Parmengers Züge verzerrt haben mußte, als sein Malzeug aus dem Fenster geflogen war.

Er verlor.

Vor- und Rückläufer, Effetstöße, Kopfstöße – das ganze Repertoire: Alex war nicht nur ein erstklassiger Spieler, er war auch schneller als Tommy. Die Kugeln schossen wie Schnellzüge über den Tisch.

«Kaum zu fassen», sagte Jury. «Vor allem, wenn man bedenkt, daß er ‹rein zufällig› hier aufgetaucht ist. Wieviel hat Sie das gekostet?»

«Ein paar Scheinchen.»

«Ein paar Scheinchen ist gut. Wieviel genau?»

Melrose antwortete nicht.

«Ist das Ihr Geschenk?»

Alex hatte den Tisch leergefegt. Dritte Runde.

«Ein schönes Geschenk.» Jury leerte sein Glas. «Und was haben Sie für mich? Liebesgedichte?»

Melrose lachte. «Was wollen Sie denn? Tommy ist doch begeistert. Es braucht sein ganzes Können, um sich an diesem Tisch zu behaupten. Endlich ein Gegner, der seiner würdig ist. Und wenn man bedenkt, *was* das für ein Gegner ist!»

«Aber wie haben Sie es geschafft, ihn am Heiligabend hierher zu locken? Ich meine, der Mann wäre doch bestimmt lieber zu Hause bei Frau und Kindern...»

Melrose warf Jury einen gequälten Blick zu. «Sind Sie etwa verheiratet und haben Kinder? Außerdem ist er Ire.»

«Oh», sagte Jury, als erklärte das alles. «Aus Nord- oder Südirland?»

«Lassen Sie die Haarspaltereien.»

Tommy hatte drei rote Kugeln an der Feldlinie plaziert, was Alex einen Sicherheitsstoß unmöglich machte. Er konnte eigentlich nur den Spielball ans andere Tischende befördern und Tommy zu einem langen Stoß zwingen. Das Spiel stand 29 zu 30.

Alex führte mit einem Punkt Vorsprung, und ein angespannter Ausdruck war in sein Gesicht getreten. 59 Punkte lagen noch auf dem Tisch.

«Poesie im Zeitraffer», sagte Melrose, als der Effet, den Tommy dem Spielball gegeben hatte, eine Kugel in die Ecktasche beförderte und die weiße in eine günstigere Position zur blauen brachte. In schneller Folge versenkte er zuerst diese, dann eine rote, die grüne, wieder eine rote und schließlich die gelbe.

Am anderen Ende lag dicht neben der schwarzen Kugel noch eine letzte rote. Er mußte irgendwie die schwarze wegbekommen.

Er setzte den Stoß zu steil an. Die Zuschauer stöhnten auf. «Ruhe», brüllte Dickie, nachdem Mane ein paar Kraftausdrücke gemurmelt hatte.

Die weiße Kugel lag in einem äußerst ungünstigen Winkel zur roten. Alex drückte seine Zigarette aus, trat an den Tisch und schaffte es trotzdem, die rote Kugel von der Bande wegzubefördern und zu versenken; die weiße hatte solchen Schwung, daß sie über drei Banden ging und die schwarze so mühelos in die Mitteltasche beförderte, als wäre eine unsichtbare Hand am Werk. Ein kolossaler Stoß. Aber an die Kugeln auf der Feldlinie kam er nicht heran. Er mußte auf Nummer Sicher gehen.

Aus dem hinteren Teil des Raums war Beifall für Alex zu vernehmen. Nutter packte sofort einen Stuhl und wollte auf die Verräter los, doch Clive hielt ihn zurück.

Dickie streckte begütigend die Arme aus; die Augen hielt er geschlossen wie ein Chorleiter, der seine Rangen zu bändigen versucht. Er war wie in Trance. «Vielen Dank, meine Dam'n un' Herr'n, vielen Dank.»

Vorsichtig nahm er die weiße Kugel vom Tisch und unterzog sie einer feierlichen Reinigung. Dann schlug er der Länge nach hin.

Für Dickie war das genauso ein Ritual wie für Alex das Polieren der Kugel.

«Mach du weiter, Robin», sagte Tommy.

Robin sah ihn entgeistert an.

Tommy lächelte ihm genauso aufmunternd zu wie Jury und Plant. «Schiedsrichter, Robbie. Du kennst doch die Regeln.»

Und ob er das tat! Als nämlich Tommy das Queue eine Sekunde zu lang durch die Finger gleiten ließ – vielleicht, weil er sich zu sehr auf seinen Stoß konzentrierte –, rief Robbie: «Geschoben!»

Die Zuschauer waren sauer. Nutter mußte schon wieder zurückgehalten werden, sonst wäre er ihm an die Kehle gegangen. Aber Robbie hatte recht gehabt. Tommy trat vom Tisch zurück und mußte es Alex überlassen, die restlichen Kugeln einzulochen.

Als sie sich die Hand schüttelten, brandete stürmischer Beifall auf. Jury sah, daß Tommy strahlte – ein wirklich guter Verlierer. Plant hatte recht gehabt. Tommy mochte nicht von adeliger Abkunft sein, aber er war – wie hatte Plant sich ausgedrückt? – absolut lupenrein und aus echtem Holz geschnitzt.

Robin Lyte sah so glücklich aus, als hätte er die ganze Show inszeniert.

Die Zuschauer hielten den Snooker-Virtuosen Gläser hin, klopften ihnen auf die Schultern und wollten eine Zugabe sehen.

Alex sagte, es täte ihm leid, aber er müsse gehen.

«In deinem Alter, mein Junge, war ich nicht annähernd so gut wie du. Jetzt bin ich doppelt so alt, aber noch bin ich dir über, was?» Er zog ein Päckchen Zigaretten aus der Tasche, bot Tommy eine an und zückte sein Feuerzeug.

«Werden Sie wiederkommen?»

Werden Sie wiederkommen? Jury fand, das war die traurigste Frage, die er seit langem gehört hatte.

«Hierher? Das bezweifle ich.» Er grinste, musterte jedoch seinen Gegner mit scharfem Blick. «Aber ich wette, wir werden uns mal wieder begegnen.» Er zog seinen Mantel an, schlug den Kragen hoch und verschloß seinen Queuekasten. Dann streckte er Melrose die Hand entgegen. «War mir ein Vergnügen.»

«Können Sie denn nicht noch ein bißchen bleiben?» fragte Tommy sehnsüchtig.

«Würd ich ja, wenn ich könnte. Aber ich muß morgen spielen. Ich hab dir doch gesagt, daß ich dir einiges voraushabe. Ich bin Profi, verstehst du?»

«Ich weiß», sagte Tommy.

Tatsächlich? dachte Jury ironisch. Wer hätte das gedacht.

«...und ich hab dir noch auf anderem Gebiet etwas voraus», rief Alex von der Tür. Er mußte sich anstrengen, um sich über das Gebrüll der Besoffenen hinweg verständlich zu machen, die eine alkoholisierte Version von *Stille Nacht* zum besten gaben. «Ich bin Ire.»

Tommy sah zu, wie er sich umdrehte, noch einmal winkte und hinausging.

«Er war's tatsächlich», sagte er. Jury bemerkte, daß eine ehrfürchtige Betonung auf dem Wort «er» lag.

Draußen in der Dunkelheit würde Alex sich nun aufmachen und all den guten und schlechten Spielen entgegengehen, die ihn jenseits der Tür des «Jerusalem Inn» noch erwarteten.